Nicolaas, de duivel en de doden

Op het omslag:
Nicolaas (Brussel, eind vijftiende eeuw)
(Museum van Gerwen-Lemmens, Valkenswaard)

ISBN 90 263 1275 X
Copyright © 1993 by L.M. Janssen, Utrecht
Ontwerp omslag Harm Meijer
Verspreiding voor België: Uitgeverij Westland nv, Schoten
11.93.1120

Alle rechten voorbehouden. Niets uit deze uitgave mag worden verveelvoudigd, opgeslagen in een geautomatiseerd gegevensbestand, of openbaar gemaakt, in enige vorm of op enige wijze, hetzij elektronisch, door fotokopieën, opnamen, of enige andere manier, zonder voorafgaande schriftelijke toestemming van de uitgever.

Willy de Heer.

Willy, willy toch(!), riep uw grootvader destijds al,
en nu doet uw Sint dat ook, die vermanende kwal.
Wat hij nu toch weer van u moet horen
doet hem versteld staan, ik geloof nauwelijks mijn oren.
U zinspeelt op de duivel als u over Sinterklaas spreekt,
in hemelsnaam, waar komt deze ketterij vandaan, toch niet uit een preek?
Ik sta echt versteld van uw streken,
U zou toch beter moeten weten.
Er is geen trouwere kindervriend dan deze goedheiligman,
ook al trekt hij zijn beste, den wel slechtste, tabbert an.
Niemand kan toch zo pervers zijn te kunnen menen,
dat Sint andere zaken doet dan die we uit de versjes vernemen?
Welaan dan, hou er dan ook mee op,
want Sint leidt door al die verhalen reuze strop.
Het praten over duivels en dood in Sint's naam,
daarmee verbleekt gelijk heel zijn kindvriendelijke faam.
We zullen het ons maar permitteren,
u nogeens wat over dit onderwerp bij te leren.
Daarom een lijvig naslagwerk,
dan wordt u in Sints mening gesterkt.

Sint en een doodleuk Pietje.

Louis Janssen

Nicolaas, de duivel en de doden
Opstellen over volkscultuur

Ambo/Baarn

Inhoud

Voorwoord	7
DEEL I. NICOLAAS EN ZIJN GEVOLG	11
A. *Geschiedenis van een feest*	13
Inleiding	13
1. Het middeleeuwse feest	20
2. Het Nederlandse feest	29
B. *Nicolaasmaskerades*	47
3. De Amelander Klaasomes	47
4. 'Klausjagen' in Zwitserland	51
5. Sinterklaas in Oostenrijk	60
DEEL II. DEMONISERING VAN DE DODEN	77
6. Voorchristelijke dodencultus	79
7. De 'Wilde Jacht' I: Herlequin	92
8. De 'Wilde Jacht' II: Diana	108
9. Duivelsmaskerades	134
DEEL III. HET CHRISTENDOM EN DE DODEN	163
A. *Christelijke 'dodencultus'*	163
10. Van vereerde doden tot 'arme zielen'	163
11. Elk naar zijn stand	181
12. Dodencultus in de orthodoxe Kerk	198

B. De doden in de religieuze verhaaltraditie	203
13. De reis in het hiernamaals	203
14. Godsdienstige opvoeding van het volk	222
C. De doden in de profane verhaaltraditie	236
15. Middeleeuwse verhaaltraditie	236
16. Sprookje en sage	249
Aantekeningen	273
Geraadpleegde literatuur	295
Register	309

Voorwoord

Het is verwonderlijk dat in Nederland de discussie over de vraag naar de identiteit van Sinterklaas en zijn knecht nog steeds voortduurt. Deze vraag werd immers al in 1931 afdoende beantwoord. In allerlei publikaties en krantestukjes geniet de mening dat Nicolaas de opvolger van Wodan is, nog steeds een zekere populariteit. Een andere opvatting hier te lande benadrukt dat het feest in zijn huidige gedaante niet ouder is dan de negentiende eeuw en dat de knecht een koloniale uitvinding is. Hoe verschillend beide opvattingen ook zijn, gemeenschappelijk is dat zij de historische dimensie negeren. Men zou toch dienen uit te leggen waar een levende Sinterklaas vandaan kwam en waarom de heilige er een knecht op nahoudt, een zwarte nog wel. Zonder kennis van de voorgeschiedenis van het moderne feest zijn deze vragen niet te beantwoorden.

Over Sinterklaas bestaan twee monumentale studies, Meisen (1931) en Jones (1978, 1988). Een vergelijkbare historische studie in het Nederlands is er niet. Geen serieuze behandeling van het onderwerp kan om Meisen heen. M. Zender schreef in het voorwoord tot de herdruk van 1981: 'Weinig boeken hebben op het terrein van de volkskunde zoveel opzien gebaard. De mening dat Nicolaas een opvolger van Wodan is, heeft sindsdien definitief afgedaan.' Meisen baseerde zich slechts op gedocumenteerde feiten. Dat mag nu vanzelfsprekend lijken, in de studie van de volkscultuur anno 1931 was het revolutionair. De historische werkelijkheid blijkt spannender te zijn dan het mythologisch verzinsel uit de vorige eeuw. Een van mijn doelstellingen was, het betoog van Meisen voor een Nederlands publiek toegankelijk te maken. Dit leek me des te wenselijker omdat het feest sinds enige tijd wordt bedreigd.

Het middeleeuwse feest heeft kunnen overleven omdat het zo flexibel was. De gebruiken rond 5/6 december kregen gestalte in drie verschillende scenario's: het scholierenfeest, een maskerade voor de oudere jeugd en het nachtelijk bezoek voor de kleintjes. Naar gelang de omstandigheden van tijd en plaats hebben deze scenario's elkaar beïnvloed. Tot ver in de negentiende eeuw bestonden er in Nederland en Vlaanderen maskerades op de vooravond van het feest. Met de groeiende populariteit van het moderne feest zijn ze geleidelijk verdwenen. Alleen op de Waddeneilanden gaan nu nog de *Oude Sinterklazen* of *Klaasomes* rond. Over hun ware aard is veel gespeculeerd.

Deze nog bestaande Nederlandse maskerades blijken een parallel te hebben in de Nicolaasmaskerades in Oostenrijk en Zwitserland. Volgens de Zwitserse classicus Meuli en de Belgische volkskundige S. Glotz zou het gaan om jaarlijks terugkerende doden. Het mag onwaarschijnlijk lijken dat een dergelijk verschijnsel de kerstening overleefd zou hebben. Al eerder had O. Driesen in *Der Ursprung des Harlekin* de stelling verdedigd dat het dodenleger van *Herlequin* werd gedemoniseerd en dat de doden in duivels waren veranderd. Alleen door hun verandering in duivels konden de oude doden 'overleven' en hun plaats in de feestkalender behouden. Meisen heeft deze gedachte overgenomen en ziet in het gemaskerde gevolg van Nicolaas *charivariduivels*. Ondersteuning vindt deze hypothese bij Jan de Vries, M. Eliade, C. Ginzburg en G. Dumézil. Deze laatste heeft een Indo-europese oorsprong van de mythe van de *Wilde Jacht* verdedigd. In dit boek vormen de gedemoniseerde doden de verbindingsschakel in het drieluik Nicolaas, de duivel en de doden.

Demonisering was een effectief middel om alles wat als onchristelijk gold te brandmerken. Voorbeelden: heksen, ketters, Moren en joden. Dit lot trof ook Diana, die geacht werd met haar gezelschap van *Goede Vrouwen* 's nachts de huizen te bezoeken en bij een goede ontvangst zegen te schenken. Terwijl vrouwen die beweerden iets met Diana te hebben gehad tot heksen werden bestempeld en Diana zelf in de kerkelijke literatuur als *des duivels moer* werd beschouwd, leefde zij in de volksverhalen onder regionale namen als Holda, Perchta of Befana voort als een min of meer goedaardige fee. Het geheimzinnige, nachtelijke gedoe verschilt niet wezenlijk van wat de heilige op zijn feestdag doet. Het is niet uitgesloten dat Nicolaas het handwerk van Diana heeft overgenomen. Aardig is in ieder geval dat in Italië Befana nog steeds in de nacht van 6 januari geschenken brengt, terwijl Nicolaas er als gavenbrenger onbekend is.

In de media kan men regelmatig lezen dat het met de historische kennis niet best gesteld is. Dit geldt ook voor de kennis van het christelijk verleden. Het leek me daarom zinvol de kijk van de middeleeuwse Kerk op dood en hiernamaals uiteen te zetten. Dit houdt in dat de ondertitel van dit boek slechts gedeeltelijk op deel III van toepassing is. Waar het me eigenlijk om ging, was het spoor van de doden in een christelijke cultuur te volgen. Conclusies van mijn onderzoek waren dat, ondanks de breuk met een voorchristelijke voorouderverering, restanten hiervan behouden zijn gebleven en dat de solidariteit tussen levenden en doden een dominant kenmerk was van het middeleeuwse christendom. Terwijl in recente historische studies vooral werk wordt gemaakt van de late middeleeuwen, ben ik van mening dat het in het geval van de doden om vroeg-middeleeuwse ontwikkelingen gaat. Ten slotte wil ik met mijn boek pleiten voor een herwaardering van het omstreden begrip 'continuïteit', niet als statisch gegeven, maar als continuïteit in verandering. Zonder enige vorm van continuïteit zijn zaken als het feest van 6 december, archaïsche gebruiken rond dood en begrafenis en bepaalde verhalen over doden onbegrijpelijk.

Een voorstudie van de drie eerste hoofdstukken verscheen als artikel in het Waalse volkskundige tijdschrift *Tradition Wallonne*, 5de jg., 1988. Een uitgebreidere versie werd gepubliceerd in *Veldeke*, tijdschrift voor Limburgse volkscultuur, 64ste-65ste jg., 1989-1990. De tekst van deze artikelen werd hier en daar aangepast. Hoofdstuk 2 werd voor een groot deel herschreven. Ook heb ik enkele opvattingen moeten herzien. Dit geldt met name voor dat deel dat handelt over het ontstaan van het moderne feest in het begin van de negentiende eeuw. De tweede helft van het derde artikel werd omgewerkt tot hoofdstuk 6. De inleiding is nieuw. [Citaten zijn tussen »guillemets« geplaatst; specifieke termen zijn *cursief* gezet.]

Op deze plaats wil ik Fernand Terbeek bedanken voor zijn kritische lezing van het manuscript en zijn waardevolle aanwijzingen.

Deel 1
Nicolaas en zijn gevolg

A. *Geschiedenis van een feest*

Inleiding

1. Een omstreden heilige

Belonen van het goede, bestraffen van het kwade werd al vroeg (12de eeuw) met de kinderheilige in verband gebracht. Omdat hij in een later stadium het straffen delegeerde aan zijn helper, bleef één kant van zijn karakter onderbelicht. Iets tegenstrijdigs heeft hij namelijk vanouds gehad. De legenden tonen hem als helper voor wie hem in vertrouwen aanriep, maar ook als agressief wanneer hij werd tegengewerkt. Een Nicolaashymne uit de elfde eeuw zegt het zo: »Gij jaagt diegenen doodsangst aan die het verdienen.« Het verhaal gaat dat hij een keer de prior van een klooster eigenhandig getuchtigd heeft, omdat deze zijn monniken verbood Nicolaashymnen te zingen die in die tijd in de mode kwamen. Tegenstrijdig is ook het feit dat hij uiteenlopende, soms tegengestelde belangen behartigde. Hij werd vereerd door volwassenen en kinderen, edelen en stedelingen, door armen en rijken, maagden en verliefden, kooplui en zwervers, rechters, advocaten, dieven en gevangenen.[1]

Deze tegenstrijdigheid vormde geen enkel probleem en werd eerder als veelzijdigheid beschouwd. Als heilige was hij in de late middeleeuwen dan ook universeel en onomstreden. Maar onomstreden waren niet alle praktijken die in zijn naam werden beoefend. Er was een oud gebruik om met Onnozele Kinderen, 28 december, een van de koorknapen of scholieren tot 'bisschop' te laten kiezen. In de loop van de dertiende eeuw werd dit gebruik overgeheveld naar 6 december. Het werd van hogerhand getolereerd en dikwijls zelfs gesubsidieerd. In 1299 liet koning Edward I van Engeland de *boy-bishop* en zijn kameraden de vespers zingen in zijn huiskapel, waarna hij hen vorstelijk beloonde. Als typisch omkeringsfeest gaf het algauw aanleiding tot allerlei 'misbruiken': dansen en onbetamelijke liedjes in de kerk, maskerades en dollen op straat. De klachten hierover waren op een gegeven moment zo talrijk dat het concilie van Bazel een verbod uitvaardigde (1435) tegen het »schandelijk misbruik« met »maskerades, toneelstukjes, reidansen en wapendansen«. Soortgelijke verboden werden uitgevaardigd door regionale synodes: Rouen (1435), Soissons (1455), Sens (1485), Parijs (1528), Keulen (1536). In Engeland werd het gebruik door Hendrik VIII afgeschaft in 1542 en door Mary I weer in ere hersteld in 1554. Aan de vooravond van de Hervorming in Nederland gaven de kanunniken van Sint-Jan in Utrecht 14 stuivers aan de koorknapen om, zoals alle jaren, hun 'bisschop' te kiezen (1568-1569).[2]

Met de Hervorming werd hij een teken van tegenspraak. Zijn populariteit duurde voort, tot verdriet van de dominees. Zij zagen in hem een gevaar voor de openbare orde en het ware geloof. Zijn feest was niet alleen »een saecke strijdend ende teghens alle goed ordre ende politye, maar ook de luiden afleidende van de ware godesdienst, ende streckende tot waengeloof, superstitie ende afgoderije«. Voor de verlichte geesten van de achttiende eeuw was het hele gedoe een vorm van boerenbedrog: »geen kind gelooft meer in die vent, die nergens leeft, die niemand kent.« In de negentiende eeuw was het voor sommige liefhebbers van het feest onverdraaglijk dat onverstandige ouders hem in vermomming lieten opdraven als boeman en »gemeenen kluchtspeler«. Bezwaren van opvoedkundige aard werden ook gehoord in de jaren zeventig van onze eeuw, de tijd van de anti-autoritaire opvoeding. Sinterklaas werd voor sommigen de exponent van een onderdrukkend opvoedingssysteem.[3]

Het wonderlijke aan Sinterklaas is dat rond zijn persoon en zijn feest steeds weer nieuwe controversen ontstaan. Uit de negentiende eeuw stamt de mening dat hij minder te maken heeft met een historische heilige en alles met de mythe van een Germaanse god. Van jongere datum zijn twee geruchten die jaarlijks in de weken voor 6 december in de krantekolommen opduiken. Gesuggereerd wordt dat er aan het feest een racistisch luchtje zit en dat de knecht een negentiende-eeuwse, koloniale uitvinding is. En, toppunt van ironie, de heilige zelf zou door de katholieke Kerk van de heiligenkalender zijn afgevoerd. Er gaan ook stemmen op om het kinderfeest maar helemaal af te schaffen, zoals in de volgende citaten uit een landelijk dagblad: »Sinterklaas begint een lastpost te worden. Hij zal moeten worden afgevoerd naar het bejaardenhuis van de folklore.« Kan in deze uitspraak de nodige ironie vermoed worden, dat is nauwelijks het geval met de volgende, waarin de zegsman, gevraagd naar zijn mening over Sinterklaas en zijn knecht, antwoordt: »Die tackelen we wel, dat is een kwestie van een paar jaar, dan houdt het op.« Betekent dit dat er inderdaad een lobby bestaat die zich heeft voorgenomen Sinterklaas beentje te lichten? Intussen heeft ook het winkelbedrijf zijn bijdrage aan de verwarring geleverd door de kinderheilige in te ruilen tegen de kerstman. Tegelijkertijd verscheen er in het *NRC Handelsblad* een reeks stukjes van Nicolaas Matsier over *De dreigende teloorgang van Sinterklaas* waarin hij »de stille slopers« van het feest hekelde. Al eerder schreef An Salomonson: »Niets blijft de goedheiligman bespaard.«[4]

2. NICOLAAS EN DE HEILIGENKALENDER

Luther zei het al: »God kent geen Nicolaas-bisschop.« Ook de katholieke Kerk zou inmiddels, zij het met een vertraging van enkele eeuwen, tot dezelfde conclusie zijn gekomen. Het bericht werd met grote stelligheid gebracht: »Het in 1969 genomen besluit was echter niet meer dan een formaliteit, want voor de kerk had Nicolaas zijn belang als heilige al veel eerder verloren« (Vellekoop). Wat is er waar van het gerucht dat Rome deze heilige inderdaad van de lijst van heiligen heeft geschrapt? Om deze vraag te kunnen beantwoorden, is een kleine excursie in het verleden nuttig. Toen in de Kerken van de Hervorming de heiligenverering werd afgeschaft, vatten enkele Nederlandse jezuïeten het plan op de heiligen wat kritischer te bekijken door alles wat over hen geschreven was te verzamelen, op zijn historische waarde te toetsen en van zijn fantastische toevoegsels te ontdoen. Het begin werd gemaakt door Heribert Rosweyde († 1629), afkomstig uit Utrecht. Het werk werd voortgezet door de Zuidnederlandse pater Jean Bolland († 1665), de eigenlijke grondlegger van de wetenschappelijke uitgave van de *Acta Sanctorum* of *Heiligenacten*. In drie en een halve eeuw werden door zijn opvolgers 65 banden met *Acten* en een reeks van andere wetenschappelijke uitgaven over heiligenlegenden en heiligenverering gepubliceerd. Tot op de dag van vandaag wordt dit kritische werk voortgezet door het Genootschap van bollandisten in Brussel.[5]

De vernieuwing van de Kerk die door Johannes XXIII in gang werd gezet met de aankondiging in 1959 van een algemeen concilie, moest ook de heiligencultus omvatten. De heiligenkalender moest worden ontdaan van de eeuwenlange wildgroei van soms dubieuze heiligen. Bovendien werd onderscheid gemaakt tussen heiligen die voor de hele Kerk van belang geacht werden en andere, die slechts plaatselijke of regionale verering genoten. Bij de heruitgave van de heiligenkalender in 1969 werd een weg bewandeld tussen de strenge maatstaven van de bollandisten en de gevoeligheden van het kerkvolk. Zo werd het feest van Cecilia, patrones van de kerkzangers, uit 'piëteit' gehandhaafd. Op p. 148 van het *Calendarium Romanum* van 1969 staat op 6 december achter 'Nicolaas' de laconieke vermelding: »*nil mutatur*/er wordt niets veranderd«. Op 21 februari 1984 bezocht Johannes-Paulus II het graf van de heilige in Bari en noemde hem »een getuige van de eenheid van oost en west« (Pernoud). *The Oxford Dictionary of Saints* vermeldt: »Het leven van Nicolaas, ofschoon hij een van de meest vereerde heiligen was in oost en west, is feitelijk onbekend [...] Maar er kan geen twijfel bestaan over de oudheid van zijn verering, die duidelijk gevestigd was in het oosten vanaf de zesde eeuw.«[6]

Geruchten leiden een eigen leven en het is vaak moeilijk het ontstaan ervan te achterhalen. Toen bekend werd dat er in Rome aan een nieuw *Calendarium Romanum* werd gewerkt, is door sommigen wat snel de conclusie getrokken dat ook Sint-Nicolaas zou worden geschrapt. Een merkwaardige rol speelt de Amerikaanse geleerde Charles W. Jones met zijn studie *Saint Nicholas of Myra, Bari and Manhattan*, waaraan hij de ondertitel 'biografie van een legende' meegaf. De *Nicolaas-is-dood-idee* is een onderdeel van zijn concept. De keuze van de metafoor *biografie* verklaart de titels van de verschillende hoofdstukken: 'Kindertijd', 'Jongensjaren' en 'Ouderdom'. Niet de historische Nicolaas, maar diens legende is het voorwerp van zijn studie. De logica van de gekozen beeldspraak brengt met zich mee dat op de ouderdom de dood volgt, van de Nicolaas van legende en cultus wel te verstaan. Een eventueel besluit van de katholieke Kerk om de heilige af te voeren van de heiligenkalender zou hem wel zeer gelegen zijn gekomen. Op p. 324 schrijft hij heel voorzichtig dat de autoriteiten het woord *dood* voor deze heilige vermijden en dat de verering facultatief is geworden. Desondanks staat op p. 2 te lezen: »Dit boek eindigt met het jaar toen het pauselijk hof [...] St.-Nicolaas van zijn heiligenkalender verwijderde.«[7]

De oudste vermelding van het gerucht, voor zover bekend, komt voor in *Sinterklaas en het Sinterklaasfeest* (1969) van A.P. van Gilst. Hier kan men lezen: »Op 9 mei 1969 schreef Paulus VI in een apostolisch schrijven, dat St.-Nicolaas van de liturgische kalender is afgevoerd.« Een dergelijk *schrijven* wordt door de auteur niet nader gedocumenteerd en valt niet te rijmen met de wel gedocumenteerde feiten. Zoveel is intussen duidelijk: als iets maar vaak genoeg wordt herhaald, wordt het op den duur voor waar versleten. Het gerucht is zo effectief gebleken – in Nederland – dat mensen ongelovig reageren als ze geconfronteerd worden met het tegendeel. Daarom ten overvloede de vraag nog maar eens voorgelegd aan het Genootschap van bollandisten. Het antwoord was zeer bondig: »Sint Nicolaas is en was wel degelijk bisschop; bovendien werd hij nooit van de kalender geschrapt« (J. van der Straeten SJ).[8]

3. Mythe of legende

Sinds het begin van de negentiende eeuw is in een groot aantal publikaties, boeken en tijdschriftartikelen een poging gedaan het ontstaan van het kinderfeest te verklaren. De interpretaties gaan in twee tegengestelde richtingen, twee stromingen die elkaar lange tijd hebben bestreden. De legendaire school brengt de gebruiken in verband met de legenden en de middeleeuwse verering van de heilige. De mythologische school zoekt de verklaring in de Germaanse godsdienst en beroept zich op Jakob Grimm, die zich echter slechts voorzichtig heeft uitgelaten met betrekking tot een Germaanse oorsprong. Zijn adepten kwamen met steeds fantastischer voorstellingen die ver uitgingen boven de bedoelingen van Grimm. Sinterklaas zou niemand anders zijn dan de god Wodan die voortleeft in de vermomming van een christelijke heilige. De diverse gebruiken konden alleen worden begrepen in het kader van een archaïsche, voorchristelijke godsdienst. In Nederland werd deze theorie geïntroduceerd door Eelco Verwijs

(1863). Jan ter Gouw, die aanvankelijk uitging van de christelijke legenden, bekeerde zich in zijn *Volksvermaken* tot de mythologische visie. In Vlaanderen leverde Guido Gezelle een bijdrage in deze richting. De zwakte van deze theorie is dat ze ahistorisch is en door geen enkel document wordt ondersteund. Gebaseerd op een zekere gelijkenis tussen de gebruiken en de oude mythen, gaat ze voorbij aan de overvloedige documentatie van de middeleeuwse Nicolaasverering, die door Meisen ter ondersteuning van zijn stelling werd bijeengebracht.[9]

Het mythologisch model was in het begin van de twintigste eeuw zo dominant geworden, dat het boek *Nikolauskult und Nikolausbrauch im Abendland* van Karl Meisen, verschenen in 1931, insloeg als een bom. Eerdere pogingen het feest te begrijpen vanuit de legenden, zoals van de Leidse hoogleraar W.A. van Hengel (1831), waren sinds lang vergeten. Omstandig toont Meisen aan hoe de legenden rond de grote wonderdoener uit het oosten tot zijn verering en zijn immense populariteit hebben geleid. Na de uiteenzetting van het ontstaan van de kerkelijke viering laat hij zien hoe de niet-liturgische gebruiken van 6 december tot stand zijn gekomen. Voor een Germaanse oorsprong is volgens Meisen geen plaats. Helaas verscheen het boek op een ongelukkig tijdstip. De nazi's, die bijzonder geïnteresseerd waren in het Germaanse model, lieten de onverkochte exemplaren en clichés vernietigen, zodat het werk tot aan de herdruk in 1981 een kostbare zeldzaamheid werd. De studie van Meisen kreeg een vervolg in het eerder genoemde werk van Jones, dat echter in de kring van bollandisten nogal kritisch werd ontvangen. Daarmee blijft Meisen onmisbare literatuur voor iedereen die zich voor het onderwerp interesseert.[10]

In het voorwoord tot de herdruk van 1981 schreef M. Zender: »Weinig boeken hebben op het terrein van de volkskunde zoveel opzien gebaard.« »De mening dat Nicolaas een opvolger van Wodan is, heeft sindsdien definitief afgedaan.« Is daarmee alle mythologie van de baan? Om deze vraag te beantwoorden is het wenselijk onderscheid te maken tussen a. liturgische en buitenliturgische viering, en b. de heilige zelf en zijn gevolg. Wat Nicolaas zelf betreft, valt eerder te denken aan invloed van de klassieke mythologie. Als maritieme heilige en patroon van de zeelui zou hij trekken van de Griekse zeegod Poseidon hebben aangenomen. Ook wordt er een verband vermoed tussen zijn nachtelijk bezoek om de kinderen geschenken te brengen en de godin Diana die met haar gezelschap van *Goede Vrouwen* 's nachts de huizen bezocht en bij een goed onthaal zegen schonk.[11]

De gebruiken van 6 december vallen uiteen in drie groepen of scenario's, bestemd voor verschillende leeftijdsgroepen: de schooljeugd, de oudere jeugd en de jonge kinderen. Meisen gaat er vanuit dat bij de eerste twee scenario's reeds bestaande gebruiken in de feestviering van 6 december werden opgenomen. De middeleeuwse *scholierenbisschop* liet zich op zijn bedeltocht door de stad vergezellen van een aantal duivels. Hier is weinig mythologisch aan. In de late middeleeuwen verliet de *toneelduivel* het toneel om als *feestduivel* of *straatduivel* te verschijnen op vastenavond en bij processies en ommegangen. Het gebruik van de *scholierenbisschop* ontstond binnen de feestviering van Onnozele Kinderen (28 december) en werd later overgebracht naar 6 december.

Het tweede scenario voor de oudere jeugd ademt een heel andere sfeer. De mannelijke dorpsjeugd ensceneerde een maskerade ter ere van Nicolaas, patroon van de vrijers. Deze *charivari*-achtige maskerade wordt door Meisen geassocieerd met de mythe van de *Wilde Jacht*. In hoofdstuk 9 van dit boek wordt een poging gedaan ook het derde scenario in verband te brengen met een bestaand gebruik. De heilige neemt daarbij het handwerk van Artemis/Diana over om 's nachts de huizen te bezoeken. Wat zij kon, kon hij ook – en beter. De legenden leverden vervolgens de stof om aan dit nieuwe gebruik vorm te geven.

Als er nog ruimte is voor mythologie, moet die in deze reeds bestaande gebruiken worden gezocht en niet in de persoon van de heilige. Het feest van Onnozele Kinderen zou zijn voortgekomen uit de Romeinse *Saturnalia*. Kenmerkend voor beide feesten is de rolverwisseling waarbij de minsten het tijdelijk voor het zeggen hebben, de schooljeugd op Onnozele Kinderen, de slaven tijdens de *Saturnalia*. Of er continuïteit bestaat tussen deze feesten moet nog worden aangetoond. Aan het feest van Onnozele Kinderen komt echter geen mythologie te pas. In het geval van Diana gaat het meer om de activiteit van de middeleeuwse dan van de klassieke Diana. Het verhaal van haar nachtelijk bezoek was zeer populair en talrijke kerkelijke verboden waarschuwden de gelovigen tegen deze 'heidense' illusie. Geloof in Diana was een zonde tegen het eerste gebod. Het meest intrigerend is het tweede scenario. De gemaskerden zouden de doden uitbeelden die jaarlijks bij de levenden op bezoek komen. Onder christelijke invloed zouden deze doden in duivels zijn veranderd. De demonisering van de doden is het onderwerp van hoofdstuk 7, de lotgevallen van de middeleeuwse Diana komen aan de orde in hoofdstuk 8. De mogelijke relatie tussen Nicolaas en Diana en tussen Nicolaas en de *charivariduivels* wordt behandeld in hoofdstuk 9.5.[12]

Rest ten slotte de vraag hoe het met de kennis van het feest in ons land is gesteld. Het onthutsende antwoord is dat het werk van Meisen niet echt aan Nederland besteed lijkt te zijn. De Nederlandse Sinterklaaskunde hinkt op twee gedachten, ze probeert het onverenigbare te verenigen, de mythologische en de historische aanpak met elkaar te verzoenen. In 1989 verscheen een boek over het onderwerp, waarin Nicolaas als *Janusfiguur* wordt gepresenteerd, authentieke heilige aan de ene kant, de onvermijdelijke Wodan aan de andere. In populaire publikaties en krantenartikelen is dit nog steeds een gangbare voorstelling van zaken.

Speciale aandacht verdient *Sint Nicolaas, patroon van liefde* (1949) van A.D. de Groot, een psychoanalytische studie waarin de auteur de confrontatie met Meisen aangaat. Naar zijn mening is Meisen te eenzijdig en te rationalistisch. Twee citaten: »Zijn de mythologen werkelijk zo vernietigend verslagen als

Meisen meent?« en »Wij kunnen Meisen en de mythologen wat nader tot elkaar brengen.« Hij pleit voor een meerduidige of meerzinnige benadering. De dingen zijn niet (alleen) wat ze lijken te betekenen. Als rechtgeaard psycholoog gaat de auteur op zoek naar de verborgen zin van de dingen en komt ten slotte toch weer terecht bij het vruchtbaarheidsdenken van de mythologen. Hij wijst weliswaar een verband met Wodan af en zoekt aansluiting bij de klassieke mythologie. Ruim veertig jaar later doet zijn analyse in de trant van Freud met een overdaad aan seksuele symboliek gezocht en gedateerd aan. Toch is daarmee niet alles gezegd. Zijn sympathiek pleidooi om het feest in ere te houden is nog steeds geldig. De Groot ziet de betekenis van het feest voor het jonge kind in de sfeer van het sprookje. Zoals een jong kind niet zonder sprookjes kan, zo min mag het dit sprookje, dat werkelijkheid wordt, onthouden worden.[13]

1. Het middeleeuwse feest

1. BYZANTIUM EN DE LEGENDEN

Hoe is de grote populariteit van Sint-Nicolaas in de middeleeuwen te verklaren? Hij zou bisschop zijn geweest van Myra, Klein-Azië, in de vierde eeuw, maar hiervoor zijn geen historische bewijzen. Enkele eeuwen later is hij prominent onder de heiligen van de oosterse Kerk. Na Maria wordt hij beschouwd als de grootste. In Rusland, dat tot de Byzantijnse Kerk behoorde, heeft zijn cultus bijna goddelijke vormen aangenomen. Men beschouwde hem als een tweede verlosser. »Mocht God ooit sterven,« zo werd gezegd, »dan zou men Nicolaas als zijn opvolger kiezen.«[1]

Deze reputatie heeft te maken met het grote aantal wonderen waarover in de legenden wordt verteld. Voor de moderne mens zijn dit naïeve verhalen en men is geneigd ze af te doen als onzin. Wil men echter iets begrijpen van de werkelijkheid zoals de middeleeuwse mens die zag, dan is het nodig zich in diens gedachtenwereld te verplaatsen. Voor de middeleeuwse christen was het wonder een levende, tastbare werkelijkheid, manifestatie van Gods almacht, zijn genegenheid en barmhartigheid. Het werd verricht door een heilige, middelaar tussen God en mens. Het wonder is het grote feit van de heiligenlevens, hymnen, sermoenen en kunstwerken. Het was het centrale gegeven van een speciaal toneelgenre, het mirakelspel. Kortom, voor de middeleeuwse mens was de legende geen sprookje maar sacrale geschiedenis die vertelde van Gods aanwezigheid onder de mensen.[2]

De titel van Sint-Nicolaas die zijn succes verklaart, is die van *thaumaturg*, de wonderdoener. De oudste legende is bekend als de *stratelatenlegende*, het verhaal van drie Byzantijnse generaals die vals van hoogverraad werden beschuldigd en door tussenkomst van de heilige bij de keizer werden gered. Het patroonschap van de gevangenen gaat terug op het motief van de generaals in de kerker. Bekender is de legende van de drie arme meisjes. Hun vader, die niet de middelen had om hen uit te huwelijken, dacht erover hen te prostitueren. Om deze schande te voorkomen gooide de heilige in drie opeenvolgende nachten drie beurzen met goud door het raam, bij wijze van bruidsschat. Deze scène is vaak afgebeeld door Italiaanse schilders, maar vaker ziet men Nicolaas voorgesteld met drie gouden bollen in zijn hand. Het valt gemakkelijk te begrijpen dat meisjes die bezorgd waren om hun maagdelijkheid, evenals de verliefden, in dit verhaal hun patroonheilige hebben herkend. Maar er is meer. Deze legende verklaart twee bestaande gebruiken: het nachtelijk bezoek van Sinterklaas om kinderen geschenken te brengen en het gooien van snoep en pepernoten door raam of deur, wanneer de kleintjes te zijner eer zingen.[3]

Ook van Byzantijnse oorsprong zijn verschillende legenden waarin Nicolaas de zee bedaart en zeelui het leven redt. Eeuwen later is de echo van deze wonderen nog te horen aan de oevers van de Noordzee en de Oostzee. De kooplui op hun riskante omzwervingen en de zeelui, bedreigd door de gevaren van de zee, wisten tot wie ze zich moesten wenden. Jones suggereert een mogelijk verband tussen Nicolaas, patroon van de zeelui, en een mediterrane cultus van Poseidon, god van de zee, die rijdend op een wit paard over de schuimende golven werd voorgesteld. Deze veronderstelling wordt ondersteund door H. Delehaye, bollandist. Maar, zegt deze: »Het verschijnsel is te danken aan toevallige omstandigheden en wat de heilige ook van een god geërfd mag hebben, hij behoudt er niet minder zijn eigen individualiteit om.«[4]

In de negende eeuw werd er een strijd op leven en dood gevoerd tussen Byzantium en de Arabieren, met als inzet de heerschappij over de Middellandse Zee. Kreta, Sicilië en de Balearen vielen in Arabische handen. De Franse en Italiaanse kusten werden tot diep in het binnenland geteisterd door Arabische piraten. De nood was hoog. Wie beter dan een maritieme heilige kon hier uitkomst bieden? Verschillende Nicolaaslegenden spelen in Morenland. Meer dan enige andere heilige kwam de H. Nicolaas voor op de Byzantijnse zegels. De ene Griekse haven na de andere kreeg zijn Nicolaaskerk. Venetië, opkomende zeemacht in de negende en tiende eeuw, kreeg haar Nicolaaskerk in 1044. Pisa en Genua volgden spoedig.[5]

De bevrijding van de *stratelaten* bevat nog een element dat aandacht verdient. De heilige zou dit wonder hebben verricht tijdens zijn leven. Dat houdt in dat hij de eigenschap bezat aan de keizer te verschijnen in diens verre hoofdstad, als was hij een engel. Inderdaad heeft de Byzantijnse Kerk hem beschouwd als een engelachtige heilige die zich door de lucht kon verplaatsen. Ook deze legendarische trek is terug te vinden in ons kinderfeest, waar de heilige verondersteld wordt over de daken te rijden en overal tegelijk aanwezig te zijn.[6]

2. Naar het Westen

Algemeen wordt aangenomen dat de overbrenging van de relieken van Sint-Nicolaas in 1087 van Myra naar Bari in Zuid-Italië het begin is van de Nicolaascultus in het Westen. Jones heeft duidelijk gemaakt dat het eerder het hoogtepunt was van een al bestaande ontwikkeling en een vertrekpunt voor een verdere, onstuitbare verovering van het Westen. Voor de verspreiding van een heiligencultus waren de *vitae* of heiligenlevens van eminent belang. Ze dienden onder meer om gestalte te geven aan de liturgie van het feest. Delen ervan werden opgenomen in het officie, het koorgebed van monniken en kanunniken. Hymnen werden gemaakt op basis van de *vitae*. Het waren lofliederen, geconcentreerde *vitae* in dichtvorm. Nog weer later ontstonden op analoge wijze de mirakelspelen waarin pakkende taferelen uit de legende werden geënsceneerd. Daar de kennis van het Grieks begon af te nemen, vertaalde Johannes de Diaken uit Napels rond 880 voor het eerst een Griekse *vita* in het Latijn, gevolgd door talrijke imitaties, aanvankelijk in het Latijn, vervolgens in de volkstaal.[7]

Vroege centra in Noordwest-Europa van waaruit de verering zich verder verspreidde, waren het Rijn- en Maasland, Lotharingen en Anjou. Het gaan dan echter meer om een aristocratische en monastieke dan een volkse traditie. In 972 huwde keizer Otto II de Byzantijnse prinses Theophano, een bijzondere vrouw die met vaste hand het regentschap voerde voor haar minderjarige zoon Otto III. Zij bevorderde de kloosterhervormingen van Gorze en Cluny. Dertien Nicolaaskerken en -kloosters zijn aan haar invloed te danken. Zij overleed in 991 in Nijmegen, waar rond 1050 de kapel van de nieuwe keizerpalts aan Nicolaas werd gewijd, misschien het oudste Nicolaasheiligdom in Nederland. Van het Rijnland loopt het spoor naar Saksen en Beieren. Godehard, bisschop van Hildesheim († 1038), hervormde het onderwijs en plaatste het onder het patronaat van Nicolaas. Hier werd het oudst bekende Nicolaasspel geredigeerd, waarin voor het eerst de relatie tussen de heilige en de scholieren tot stand kwam.[8]

Luik is in de late tiende en vroege elfde eeuw een literair en cultureel centrum van de eerste orde. Er waren zeven scholen, meer dan zeshonderd priesters. In die tijd is 6 december al een feest van hoge rang. Saint Nicolas-aux-Mouches is de oudste Luikse Nicolaaskerk, gebouwd in 1030. Kort daarna volgden nog twee andere. Ten slotte is er de Nicolaasabdij in Angers, gesticht door Foulques Nerra, graaf van Anjou en stamvader van de Plantagenêts, die op zijn tweede pelgrimage naar Jeruzalem van de verdrinkingsdood zou zijn gered door Nicolaas van Myra. Vanuit Luik en Angers verspreidde de verering zich naar Engeland, nog voor de Normandische verovering.[9]

Ondanks deze ontwikkeling blijft 1087 een mijlpaal. Zeelui uit Bari haalden (roofden) de relieken van hun beschermheilige uit Myra en werden met triomf thuis ontvangen. Het is moeilijk zich voor te stellen wat een translatie van relieken toen teweegbracht. De tastbare aanwezigheid van een heilige was de grootste schat die een gemeenschap zich kon wensen. Het geval van Bari bewijst dat, daarvoor was niets te gek. Brown citeert in zijn *Cult of Saints* Paulinus van Nola, die het naar aanleiding van een translatie heeft over »een moment van hoge en ontzagwekkende ontroering«.[10]

Drie factoren hebben de verdere verbreiding van de verering bevorderd.

1. In de buurt van Bari lag een ander druk bezocht pelgrimsoord, San Michele de Monte Gargano. De pelgrims profiteerden van de gelegenheid om ook de relieken van de nieuwe, populaire heilige van Bari te bezoeken.
2. De gebeurtenissen in Bari vielen samen met het begin van de kruistochten. De kruisridders scheepten zich in Bari in en aangekomen in het Oosten hoorden zij weer de lof verkondigen van de heilige die ze zojuist in Bari hadden vereerd. Weer thuisgekomen werden zij de propagandisten van de grote wonderdoener uit het Oosten.
3. Sinds het begin van de elfde eeuw hadden Normandiërs zich meester gemaakt van Sicilië en Zuid-Italië. Gauw genoeg stelden zij hun neven in Noord-Frankrijk op de hoogte van de wonderlijke dingen die zich in hun koninkrijk afspeelden. En daar in Noord-Frankrijk ontstond een nieuw steunpunt, met nieuwe cultusvormen, die van daaruit uitstraalden in alle richtingen.[11]

3. PATROON VAN DE SCHOLIEREN

Aan allerlei interessante aspecten van de verering moet stilzwijgend worden voorbijgegaan, want ons onderwerp is het kinderfeest. Het voorgaande was onmisbaar om de positie van Nicolaas in de laat-middeleeuwse cultuur te bepalen. Er zijn verschillende Nicolaaslegenden die met kinderen te maken hebben. We kennen al die van de drie meisjes. Onder nog andere moet die van de drie jongens of klerkjes genoemd worden. Tijdens de overnachting in een herberg werden ze gedood door de herbergier en in een vat ingepekeld, om vervolgens door Nicolaas weer tot leven te worden gewekt. 'Drie meisjes' ligt ten grondslag aan het kinderfeest in de vorm van het nachtelijk bezoek dat pas enige decennia geleden door pakjesavond werd vervangen. 'Drie jongens' gaf aanleiding tot het middeleeuwse scholierenfeest, dat ouder is dan het zojuist genoemde kinderfeest. Met dit scholierenfeest is het allemaal begonnen. Jones merkt op dat het getal drie een opvallend kenmerk is van de Nicolaaslegenden: drie stratelaten, drie dochters, drie klerkjes in het pekelvat, drie burgers van Myra, drie schepen die gered worden enzovoort. Van alle Nicolaaslegenden zijn het de 'drieverhalen' die het grootste succes hebben gehad.

Van alle kinderlegenden zijn 'drie meisjes' en 'drie jongens' favoriet in de iconografie: sculpturen, schilderingen, glasramen en borduurwerk. Meestal ziet men Nicolaas afgebeeld in bisschopsgewaad met een boek en drie gouden ballen in zijn hand, of met een ton aan zijn voeten waaruit drie knaapjes komen. Een tentoonstelling in Valkenswaard in 1988, gewijd aan de iconografie van Sinterklaas, telde vijf beelden of schilderingen waar hij is afgebeeld met de gouden bollen en 30, van de 52, met de drie jongens in de ton, een aanwijzing voor de grote populariteit van dit thema. Meisen geeft een uitvoerige uiteenzetting van het artistieke aspect van de cultus. In dit bestek kan het alleen maar worden aangeduid. Slechts één voorbeeld uit talloze: een romaanse doopvont in Zedelgem in Vlaanderen met afbeeldingen van diverse Nicolaaslegenden wijst op een vroege verbreiding in deze regio.[12]

a. Onnozele Kinderen (28 december): de scholierenbisschop

Nog één keer moeten we terug in de tijd om het ontstaan van het scholierenfeest te kunnen begrijpen. Daarvoor gaan we een middeleeuwse kloosterschool binnen, want daar is een van de charmantste feesten van de westerse wereld ontstaan: dat van Onnozele Kinderen, dat later zal fuseren met het feest van 6 december.[13]

Ekkehard IV, monnik en kroniekschrijver van de abdij Sankt Gallen in Zwitserland, gunt ons een inkijkje. Hij vertelt: »In 911 vierde koning Koenraad I het kerstfeest bij bisschop Salomon van Konstanz. De bisschop prees de processies en feestelijkheden, zoals die tussen kerst en nieuwjaar in Sankt Gallen gevierd werden. Ze besloten er samen heen te gaan. Koenraad, die van een grapje hield, liet tijdens het officie een berg appelen in de kerk deponeren voor de kinderen die in processie voorbijtrokken. Tot zijn grote verbazing gaven ze geen krimp, zo groot was hun discipline. In de refter moesten de kinderen om beurten de lezing verzorgen en telkens als er een uitgelezen was, hief men hem op naar de koning, die hem een goudstuk in de mond legde. De kleinste schrok zo, dat hij de munt weer uitspuwde. De volgende dag bepaalde Koenraad dat de kinderen voortaan het recht hadden zich op drie dagen na Kerstmis te vermaken.« Vermoedelijk bevestigde hij slechts een al bestaand gebruik, hetgeen door de volgende anekdote wordt bevestigd: »Het verblijf van de koning werd afgesloten met een uitbundige maaltijd, waarbij schotels werden opgediend zoals de monniken nog nooit hadden gezien, terwijl intussen jongleurs en muzikanten voor de koning en de hele communiteit dansten, speelden en zongen.

In 919, kort voor zijn dood, begaf bisschop Salomon zich een laatste keer naar Sankt Gallen om het kinderfeest mee te vieren. De monnikjes hadden die dag het recht een meerdere te 'gijzelen', die zich vervolgens moest vrijkopen. De kinderen bedachten dat het spannender was de bisschop te gijzelen dan de abt en ze zetten hem op de stoel van de magister. De bisschop, net iets slimmer dan de kinderen, draaide de rollen om en zei: 'Nu ik toch op de magisterstoel zit, doen jullie wat ik zeg, trek jullie pijen uit!' Zo gebeurde het. Maar de leerlingen revancheerden zich op geestige wijze en in mooie Latijnse verzen protesteerden ze tegen zoveel 'onrecht'. Toen omhelsde de bisschop hen en beval hen zich weer aan te kleden. Ten slotte verordende hij dat men in de toekomst op deze drie dagen de kinderen het beste voedsel zou opdienen.«

Er is in het klooster nog lang nagepraat over dit voorval, want het werd pas meer dan een eeuw na datum door Ekkehard († ca. 1060) opgetekend. Duizend jaar later was het gebruik van Sankt Gallen nog niet vergeten. Op *sluiterkesdag* was het de gewoonte de ouders of de meester buiten te sluiten, die zich dan moesten vrijkopen. Ook was het nog niet zo lang geleden in Limburg gebruik dat op Onnozele Kinderen de jongste van het gezin het voor het zeggen had en bepaalde wat die dag gegeten werd. In Venlo gaan jaarlijks kinderen in de kleren van volwassenen rond om te laten zien dat de rollen omgekeerd zijn.

Het gebruik van Sankt Gallen had een grote toekomst. Als *Festum Fatuorum* of *narrenfeest* werd het in kathedralen en kapittelkerken geïmiteerd. In de periode na Kerstmis hadden de lagere rangen van de geestelijkheid en ook de koorknapen ieder hun dag waarop ze zich 'de macht toeëigenden'. Op de vooravond van Onnozele Kinderen werd in de kathedraal een 'bisschop' (*episcopus puerorum*) gekozen. Gekleed als bisschop met mijter en staf voerde hij met zijn medeleerlingen een parodie van de liturgie op. Klaarblijkelijk was het een feest dat gemakkelijk ontaardde, getuige de talrijke verboden van bisschoppen en synoden. Deze steeds terugkerende verboden laten tegelijkertijd zien hoe taai het feest was. Er is sprake van schunnige liedjes, het verbranden van oude schoenen bij wijze van wierook, het dobbelen op het altaar enzovoort; kortom, de wereld op haar kop. Na een diner met de kanunniken trok de 'bisschop' met zijn gevolg, waarin zich ook gemaskerde scholieren bevonden, door de stad voor een bedeltocht. Tijdens deze rondgang permitteerden ze zich allerlei baldadigheden.[14]

b. Fusie van twee feesten (28 en 6 december)

In de elfde eeuw was 6 december al een hoge feestdag met plechtige liturgie. Een van de vroegste *vitae* in de volkstaal, het *Vie de Saint Nicolas* van Wace (12de eeuw), waarin hij de legende van de drie jongens in de pekelton vertelt, laat ons zien dat die dag ook door de scholieren werd gevierd. Er waren in die tijd dus twee scholierenfeesten. Wat ons hier interesseert, is dat de gebruiken van Onnozele Kinderen aan het feest van 6 december werden gekoppeld. Steeds vaker werd de kinderbisschop al op 6 december gekozen en zijn 'bestuur' duurde tot 28 december, soms zelfs tot het einde van het schooljaar in maart. Toen deze verbinding eenmaal tot stand was gekomen, werden de gebruiken van Onnozele Kinderen soms in hun geheel verplaatst naar 6 december. Dat houdt in dat er ook op die dag optochten waren met de 'bisschop', die algauw *Nicolaas-bisschop* werd genoemd. En zo zien we een springlevende 'Nicolaas' door de stad trekken. Ook nu weer ging dit gepaard met kwajongensstreken en ook hierover zijn de nodige klachten opgetekend. Het concilie van Bazel noemt in zijn verbod (1435) nadrukkelijk de maskerades. Uit andere bronnen is bekend dat het om duivels ging die hun *bisschop Nicolaas* behulpzaam waren. De stadskroniek van Bazel noemt »Teufel die den Knabenbisschof zu dienst lauffent« (1420). Volgens Jones bestond dit gebruik van de Hebriden en Scandinavië tot in Italië en van Ierland tot in Hongarije, bereikte het zijn hoogtepunt in de zestiende eeuw en hield het hier en daar stand tot in de negentiende eeuw. Daar moet aan worden toegevoegd dat de variant voor de oudere jeugd nog steeds bestaat (zie 9.5.d).

Een andere bron van inspiratie was zeker ook het *Nicolaasspel* dat op de vooravond van 6 december werd gespeeld en dat we in zijn Latijnse vorm nog kennen uit Hildesheim, bedoeld om het geleerde Latijn in praktijk te brengen en tevens om de patroonheilige te eren. Het oudste en bekendste spel in de volkstaal is het *Jeu de Saint Nicolas* van Jean Bodel uit Arras, eind twaalfde eeuw. Het is een mirakelspel en gaat over een christen die is gevangengenomen door Saracenen (Moren). Tijdens het proces dat hem daar wordt aangedaan, roemt hij de macht van zijn patroonheilige en spreekt hij zijn vertrouwen uit door hem te zullen worden geholpen in zijn ellende. De heilige wordt zichtbaar gemaakt door een icoon die een centrale rol speelt in het stuk. Ten slotte is de koning van de 'ongelovigen' zo onder de indruk van de krachtdadige wonderdoener van de christenen, dat hij zich met zijn familie tot het christendom bekeert. Hier blijkt en passant dat Nicolaas ook werd ingeschakeld in de propaganda tegen de islam. In het stuk weerspiegelt zich het woelige stadsleven met zijn taveernen, jongleurs, dieven enzovoort. Al spelend raakten de scholieren vertrouwd met de grote daden van hun patroon, die inmiddels een echte stadsheilige was geworden.

Uit deze elementen, waaraan men moet toevoegen de liturgie met haar pracht en de preken met hun zedelessen, ontwikkelde zich een opvoedkunde waarin de patroon van de scholieren centraal stond. Hij werd als het ware het model van alle deugden, inclusief de ijver op school, dat men de scholieren voorhield. De *roede*, een van de attributen van de knecht van Sinterklaas, heeft niets met een vruchtbaarheidscultus van doen, zoals de mythologen beweerden. Ze heeft haar oorsprong hier, in de middeleeuwse school, als strafinstrument.[15]

c. Ontstaan van het kinderfeest

Met het oog op latere ontwikkelingen is het wenselijk onderscheid te maken tussen het scholierenfeest voor de tieners en het kinderfeest, een gezinsfeest voor de kleintjes. Dat het scholierenfeest zeer geliefd was, kan worden geconcludeerd uit de verspreiding over nagenoeg het hele gebied van de westerse Kerk. Het werkte ook aanstekelijk op de jongere kinderen, die hun oudere broers naäapten, en op de ouders, die vlug doorhadden dat ze er opvoedkundig profijt uit konden trekken. Dat de vroegste ontwikkeling van het kinderfeest niet is gedocumenteerd, is niet zo verwonderlijk. Het speelde zich af binnen het gezin, onttrokken aan de openbaarheid, en er was geen noodzaak het op te tekenen. Hetzelfde geldt voor de ontwikkeling van het kinderfeest in Nederland in het begin van de negentiende eeuw. Ook toen voltrok het zich in de familiekring, reden waarom het zo gebrekkig is gedocumenteerd. Het nachtelijk bezoek wordt vermeld in een kloosterkroniek uit Tegernsee uit de vijftiende eeuw. Meisen, die uitgaat van de hypothese dat de verschillende Nicolaasgebruiken zich vanuit Noord-Frankrijk hebben verspreid, neemt aan dat er enige tijd voor nodig is geweest voordat het gebruik Beieren bereikte. Het ontstaan is op zijn laatst te dateren in de vijftiende en mogelijk al in de veertiende eeuw. Vanaf de zestiende eeuw is er informatie te over, die deels te danken is aan de tegenstanders van het feest. Een interessant getuigenis is dat van Matthäus Dresser uit Leipzig in zijn *De Festis [...] Liber* (1584), waarin hij zegt: »Sint-Nicolaas is de patroon van de jongens en meisjes die hem vereren in de kinderlijke verwachting dat ze cadeautjes van hem zullen krijgen op de vooravond van zijn feest.«

Dezelfde auteur geeft ook aan dat het nachtelijk bezoek in verband wordt gebracht met de legende van de drie dochters: »Deze mening is daaruit ontstaan, dat Sint-Nicolaas een bruidsschat verschafte aan drie dochters van een zekere behoeftige burger [...] hij wierp 's nachts heimelijk een beurs gevuld met geld door het raam in de kamer van hun vader, zodat hij hen op passende wijze kon uithuwelijken.« De *stratelatenlegende* verklaarde hoe de heilige zich door de lucht verplaatste en op verschillende plaatsen tegelijk aanwezig kon zijn. Of Diana iets met dit nachtelijk gebeuren te maken had, komt verderop ter sprake (9.5.d). Zoveel is zeker, het gebruik om geschenken te geven is zeer veel ouder dan het Sinterklaasfeest. In veel culturen is het verbonden met het nieuwjaarsfeest. In de eerste eeuwen van onze jaartelling verzette de Kerk zich tegen het geven van geschenken op de *kalenden* van januari vanwege het bijgelovig karakter ervan. De gedachte hierachter was, dat wie aan het begin van het jaar vrijgevig was, in het komend jaar hiervoor rijkelijk zou worden beloond. Het is aardig om te zien dat hetgeen de katholieke Kerk aan de heidense Romeinen verweet, haar op haar beurt door de protestanten werd verweten. Het originele van het kinderfeest was dat het geven van geschenken werd gedramatiseerd en dat men de elementen voor dit scenario ontleende aan diverse legenden.[16]

d. Samenvatting en vooruitblik

Over een historische Nicolaas is niets met zekerheid bekend. Twee eeuwen nadat hij zou hebben geleefd, genoot hij een geweldig aanzien in de Kerk van het Oosten. Vereerd als grote Wonderdoener kwam hij te hulp in iedere nood. De wonderen vormden de verhaalstof voor de legenden die weer werden gebruikt voor de vormgeving van de liturgie van de feestdag en gedeeltelijk ten grondslag lagen aan de verschillende feestgebruiken. Door monniken en leden van de hoge adel, die Nicolaas als een soort huisheilige beschouwden, werd de verering in de tiende tot de elfde eeuw bekend in West-Europa. Een hoogtepunt was de translatie van de relieken van Myra naar Bari in 1087. Dankzij de kruistochten en de pelgrimages werd Nicolaas bij het gewone volk bekend en kreeg de verering een plaats in de beginnende stadscultuur. De verschillende legenden gaven aanleiding tot de meest uiteenlopende patroonschappen, waarvan die van de kooplui, de zeelui en de scholieren de bekendste waren.[17]

Naast het liturgisch feest ontstond stilaan een vrolijk paraliturgisch feest, dat zich verplaatste van de kerk naar de straat en van de straat naar het gezin. Zowel op de middeleeuwse school als in de gezinnen werd het feest geëxploiteerd voor pedagogische doeleinden.

Van de drie scenario's is dat van de scholierenbisschop het oudste. Meisen heeft overtuigend aangetoond dat dit gebruik teruggaat op het feest van Onnozele Kinderen. Ook de maskerade voor de oudere jeugd wordt door hem teruggevoerd op een bestaand model, dat van een charivari-achtige maskerade, die in verband wordt gebracht met de mythe van de *Wilde Jacht*. Omdat dit scenario geen middeleeuwse sporen heeft nagelaten, moet dit later aan de orde komen. Als nu twee van de drie scenario's kunnen worden herleid tot reeds bestaande gebruiken, ligt de vraag voor de hand of dit mogelijk ook met het derde scenario, dat van het nachtelijk bezoek, het geval is. De trekken van dit gebruik zijn zo evident aan de Nicolaaslegenden ontleend, dat daarmee een voldoende verklaring gegeven lijkt te zijn. Ondanks de grote eruditie van Meisen blijft het ontstaan van dit gebruik in zijn betoog echter vaag en weinig overtuigend. Een alternatieve verklaring zou verband kunnen houden met de middeleeuwse Dianatraditie. Bespreking van deze mogelijkheid is pas zinvol als de lezer vertrouwd is met de figuur van Diana en moet dus eveneens nog even worden uitgesteld (9.5.d).

2. Het Nederlandse feest

Bij herhaling laat Meisen blijken bijzonder gecharmeerd te zijn van het Nederlandse feest. Hij geeft daarvoor verschillende redenen: »Nergens is het feest van de heilige van Myra ook maar in de verste verte zo populair gebleven en wel tot in de huidige tijd als hier [...] Nergens was de gelegenheid zo gunstig de oorzaken van het gebruik met behulp van het onderzoek op het spoor te komen. Want nergens vloeien de bronnen zo rijkelijk [...] Bovendien heeft zich nergens het gebruik, ondanks alle pogingen het uit te roeien [...] zolang in zijn oorspronkelijke vorm gehandhaafd als in dit land van het klassieke Sinterklaasfeest.« Het is duidelijk dat het Nederlandse feest het paradepaardje is voor zijn betoog. Wat echter niet uit de verf komt, is de grote verandering die in het begin van de negentiende eeuw heeft plaatsgevonden.[1]

1. De middeleeuwen

a. De Nicolaaskerken

De oudste sporen van de verering in ons land zijn de *patrocinia*, de patroonschappen van kerken en kapellen. Meisen komt in het door hem onderzochte gebied tot een totaal van 2137 Nicolaasheiligdommen. Op grond van recent onderzoek zou dit aantal met meer dan de helft moeten worden vermeerderd. Voor het bisdom Utrecht komt hij op het aantal van 59. H.J. Kok heeft een onderzoek gedaan naar de patrocinia van een tiental heiligen in het middeleeuwse bisdom Utrecht. Op 339 kerken en kapellen waren er 105 toegewijd aan Sint-Maarten, 95 aan Sint-Nicolaas, 139 aan de acht overige heiligen. De Sint-Maartenskerken, waaronder de Domkerk van Utrecht, zijn overwegend van voor de twaalfde eeuw. Hij was de favoriete heilige van het Frankische rijk en zijn cultus werd bevorderd door de Merovingers en Karolingers. Na 1100 loopt zijn populariteit terug ten gunste van de oriëntaalse heiligen: Catharina, Joris en Nicolaas. Wanneer men zich de achterstand realiseert die Nicolaas had op Martinus, is het verbazend dat hij meer dan een kwart van de *patrocinia* naar zich toe wist te trekken. Anders gezegd: dat zijn populariteit zeer groot was.

In het vorige hoofdstuk is gesproken over het patroonschap van de zeelui en de kooplui. Men heeft lang aangenomen dat de populariteit van Nicolaas in Nederland samenvalt met de opkomst van de handel, met name van de Hanzesteden en later van Amsterdam. Het onderzoek van Kok heeft echter aangetoond dat de *patrocinia* wezenlijk ouder zijn dan deze handel. Er moet dus een andere, meer algemene verklaring zijn voor de grote populariteit. In een land dat periodiek geteisterd werd door overstromingen, vaak van catastrofale omvang, zag men de grote Wonderdoener als heer van de elementen, die beschermde tegen het geweld van het water. Het is dan ook niet verwonderlijk deze *patrocinia* vooral aan te treffen rond de Zuiderzee, rond de voormalige Middelzee in Friesland en langs de rivieren. Kerken waar het *handelspatrocinium* wel een rol heeft gespeeld, vindt men onder andere in Deventer, Utrecht en Middelburg.

Een andere categorie Nicolaaskerken uit het onderzoek van Kok is te vinden in het veengebied tussen Utrecht en de kust. Deze gronden zijn ontgonnen door Hollanders en Friezen, die men later weer aantreft in Overijssel en Stellingerwerf. Een aantal van deze veenarbeiders trok zelfs naar Duitsland. Men vindt hun Nicolaaskerken in Saksen en rond Bremen. De reden van hun voorliefde voor Sint-Nicolaas is niet zo duidelijk, of het moest zijn dat ook voor hen het water de grote tegenstander was.[2]

Een *patrocinia*-onderzoek voor Limburg is me niet bekend. We hebben gezien dat er in Luik en Nijmegen al in de eerste helft van de elfde eeuw Nicolaaskerken waren. Aangezien een groot deel van Limburg tot het bisdom Luik behoorde, is het niet onwaarschijnlijk dat er al vroeg een verering is geweest. Nicolaaskerken in Maastricht, Roermond en Venlo hadden te maken met de Maashandel en zijn waarschijnlijk van latere datum, namelijk uit de (dertiende?) veertiende eeuw. In deze steden bestond een schippersgilde, in Venlo onder de naam 'Klaasbroeders', en was er een relatie met de Nicolaaskerk. Die van Maastricht heeft bestaan tot 1837, die van Roermond behoort thans aan de N.H.-gemeente. De Venlose Klaaskerk kwam later in handen van de Kruisheren, tot 1795. In Venray bestaat een Nicolaasgilde tot op de dag van vandaag.

b. Het middeleeuwse feest

Sinds de tweede helft van de twaalfde eeuw zijn er andere gegevens over de verering. Rond 1200 was het feest in Utrecht *festum duplex* bij de kanunniken van Sint-Jan. In 1346 werd 6 december tot feestdag verheven door bisschop Jan van Arkel. Sinds 1412 moest het feest ook als rustdag in acht worden genomen.

Informatie over het scholierenfeest is sporadisch terug te vinden in de stadsarchieven: verordeningen en rekeningen. In 1360 hebben de leerlingen in Dordrecht een vrije dag en worden ze getrakteerd. In 1363 kiezen zij hun 'bisschop' en krijgen ze een bedrag om hun feest te vieren. Eveneens in Dordrecht (1403) deelt men honing, 'claescoeck' en taartjes uit aan de kinderen. In Utrecht krijgen de arme kinderen witbrood. Ook in Utrecht (1427, 1512) schoenen voor de koorknapen. In 1568 het al vermelde geval van de Utrechtse koorknapen die geld kregen om hun 'bisschop' te kiezen. In 1625 wordt door vicaris Rovenius het gebruik van de scholierenbisschop ingeperkt in Oldenzaal. Zij mogen niet meer optreden in de kerk en evenmin rondgaan om te bedelen. Wat overblijft, is het spel binnen de schoolmuren. In 1673 wordt het bisschopsspel er nog één keer vermeld.

Voor de volwassenen had het feest een ander karakter. In meerdere steden was er een Nicolaasgilde of -broederschap. Het feest van hun patroon bestond uit religieuze plechtigheden: mis en processie en een feestmaal met allerlei festiviteiten. Het belang van de patroonheilige voor de handel blijkt onder andere uit het feit, dat er in de late middeleeuwen Nicolaasguldens en -daalders in omloop waren.[3]

c. Amsterdam en Sinterklaas

De handel brengt ons naar Amsterdam, dat altijd een speciale band met de heilige heeft gehad, getuige zijn drie Nicolaaskerken. De oudste, de Oude Kerk, dateert uit 1324, toen Amsterdam niet meer dan een vissersplaatsje was. Zijn koopmansgilde bestond sinds 1400 en had een eigen altaar met kapelaan. Vergeleken met andere steden is de verering er vrij laat opgekomen, maar ze zou er een des te hogere vlucht nemen. Het succes van de handel en de populariteit van de heilige gaan hand in hand en werden weerspiegeld in een groot zilveren beeld dat zich in de Oude Kerk bevond. Na de Hervorming werd het omgesmolten.

Uit deze tijd dateert ook het kinderfeest dat het best gedocumenteerd is in Amsterdam. Op 6 december gaven de Kerk en het stadsbestuur wat geld, snoepgoed of kleine geschenken aan de kinderen. De koorknapen kregen bovendien kleren. De avond van de vijfde deed men inkopen op de *Nicolaesmarkt*. Aan weerskanten stonden de kramen waar Sinterclaescoeck, amandelbroodjes, honingkoek en marsepein te koop waren. Als speelgoed worden poppen genoemd. Diezelfde avond trokken de kinderen in optocht rond met Nicolaasvaantjes. Voordat ze naar bed gaan, zetten ze de schoen, thuis en ook bij petemoei.

Maar er waren nog andere taferelen te zien. De matrozen trokken met hun lief van kroeg naar kroeg. Zij hadden een dubbele titel om werk te maken van Nicolaasavond, als zeeman en als vrijer. Een van hun favoriete liedjes is opgetekend:

»Wij sullen ons scheepken wel stieren
　al over die wilde see,
Al op Sinterklaes manieren
　soo gaet er ons soetlief mee.«

De patroon van de gelieven hield die avond open huis. De jongelui gaven elkaar rendez-vous met harten van speculaas of suikergoed. Ook de *vrijers* en *vrijsters*, grote speculaaspoppen, spreken duidelijke taal. In deze samenhang horen ook de *Zwarte Klazen* thuis, die met gerammel van kettingen langs de huizen trokken, op zoek naar *stoute kinderen*. Het is onwaarschijnlijk dat zij op deze avond van de gelieven de meisjes met rust hebben gelaten. Niet alles was even stichtelijk. Allerlei dubbelzinnige liedjes verwijzen naar Sinterklaas als *hylickmaker*, vrij vertaald: huwelijksmakelaar. Er ging weleens wat fout. In een van die liedjes wordt het vaderloze kind aangeraden zich tot Sinterklaas te wenden, die er misschien meer van weet. Onwettige zoontjes kregen bij de doop nogal eens de naam Klaas. Een *meisje van Sinterklaas* was iemand van verdachte zeden. De Duitse uitdrukking *der Klos is ko* (Klaas is gekomen) betekende zoveel als zwanger zijn (Jones).[4]

2. DE HERVORMING

De strijd van de predikanten tegen het kinderfeest is geen geïsoleerd verschijnsel. Het is onderdeel van een beweging die definitief wilde afrekenen met de vele uitingen van een ergernisgevende volkscultuur. Helemaal nieuw was dit offensief tegen bijgeloof, magie, dans, maskerades en kroeglopen niet. Het is niet moeilijk een middeleeuwse bloemlezing samen te stellen waaruit zou blijken dat de Kerk zich steeds – overigens zonder veel succes – heeft verzet tegen allerlei vormen van 'heidendom' en onzedelijkheid. Nieuw is het radicale karakter van het puriteinse beschavingsoffensief, dat zich ook richtte tegen paapse vormen van volksvroomheid als heiligenverering, bedevaarten en processies. In diepste wezen richtte hun toorn zich tegen de heiligschennende vermenging van het heilige met het alledaagse of zelfs het vulgaire. Bezien met moderne ogen heeft de puriteinse onverzettelijkheid soms het karakter van het schieten met kanonnen op muggen, bijvoorbeeld wanneer geageerd werd tegen zaken als speculaaspoppen en het schoenzetten. Wat voor veel rechtzinnige protestanten niet meer was dan een onschuldig volksvermaak, was voor de ijveraars »een saecke [...] streckende tot waengeloof, superstitie ende afgoderije«.

Naar het schijnt heeft de jonge Luther het Nicolaasfeest nog op traditionele manier met zijn kinderen gevierd. Later werden de gaven aan het Kerstkind toegeschreven en naar Kerstmis overgebracht. Met het verzet tegen de middeleeuwse kinderheilige verdween niet elk spoor van het oude feest. Het uniforme middeleeuwse gebruik werd voortgezet in een bonte verscheidenheid van regionale gebruiken. De duivel, ooit de begeleider van de heilige, ging zelfstandig opereren onder de meest uiteenlopende namen en vermommingen. Sommige namen verraden nog de vroegere relatie: *Stapklas*, *Ruklas*, *Clas Bur*, *Hell-Niklas* in Duitsland, *Klaaskerel* in Nederland.

Omdat hij nu twee functies in zich verenigde, van beloner/gavenbrenger en bestraffer, werd zijn duivels uiterlijk soms aangepast en was hij niet altijd meer als zodanig herkenbaar. Maar het zijn de attributen die ook dan nog aan zijn oude rol herinneren: de ketting, de zak en de roe. De ketting verwijst naar de geketende duivel van weleer, de roe kenmerkt hem als de bestraffer. De zak herinnert aan zijn vroegere reputatie als *zielenvreter*. In de zak verzamelde hij ooit de verdoemde zielen om ze mee te nemen naar de hel. In de plaats van de verdoemden kwamen de *stoute kinderen*. *Knecht Ruprecht*, een van de meest succesvolle 'opvolgers' van de heilige in Duitsland, openbaart zijn wezen in een tekst uit 1663: »Ik ben de oude boze man die alle kinderen opvreten kan.« *Nickel* werd een scheldnaam in samenstellingen als *Saunickel* of *Pumpernickel*, iemand die winden laat (Duden). Het werd zelfs de benaming voor een erts dat aanvankelijk voor waardeloos werd gehouden (Kluge). In Duitse vastenavondspelen was *Nickel* synoniem met duivel, net als het Engelse *Old Nick*. Waar hij ten slotte helemaal uit het gebruik verdween, leefde hij onder dit soort namen nog voort als boeman waarmee werd gedreigd. In de achttiende eeuw ging ook de katholieke Kerk optreden tegen Nicolaasmaskerades met »monsterachtige vermommingen«, »oorverdovend geraas« en in het bijzonder de »menigvuldige oneerbaarheid« (Meisen).

Met de Hervorming kwam in Nederland een abrupt einde aan de openbare, kerkelijke Nicolaasverering. Met de beeldenstorm zijn ongetwijfeld ook veel beelden, schilderingen en glasramen van de heilige verloren gegaan. Dit verlies wordt enigszins gecompenseerd door schilderijen uit de zeventiende eeuw, die voor ons hebben vastgelegd hoe binnenshuis alles op de oude voet verder ging. De katholieken mochten hun eredienst uitoefenen en hun heilige vereren, als het maar discreet gebeurde en niet zelden tegen de nodige steekpenningen of *recognitiegelden*. Hun eredienst voltrok zich in huis- of schuilkerken achter neutrale gevels. Alleen al in Amsterdam waren er meer dan twintig. Drie ervan hadden Nicolaas als patroon: de Sint-Nicolaas- en Barbarakerk, ook wel de *Liefde* genoemd, de oud-katholieke Nicolaaskerk aan de Nieuwezijds en *het Hert* of *Sint-Nicolaas binnen de veste* in de Haantjeshoeksteeg. Pikant detail is dat deze kerk in 1671 in handen kwam van de protestantse belegger Jan Reynst, die haar weer verhuurde aan pastoor Willem Schoen.

Het blijft verbazingwekkend dat het 'roomse' feest zich in zijn oorspronkelijke vorm wel in het calvinistische Holland en niet in het meer tolerante lutherse Duitsland heeft kunnen handhaven. Twee factoren verklaren mijns inziens het voortbestaan van dit volksfeest. In een traditionele samenleving is de gehechtheid aan gebruiken zeer groot en mensen laten zich niet zomaar feesten afnemen. Dat in het noorden een feest als vastenavond wel is verdwenen en het kinderfeest niet, zou kunnen wijzen op een bijzonder grote populariteit van het laatste. Waarschijnlijk is de aanval van de kerkleiders op dit aandoenlijke feest voor zeer jonge kinderen als overdreven ervaren. Minstens zo doorslaggevend was de tweeslachtigheid van de burgerlijke overheid. Bestuurders en kooplui behoorden tot dezelfde zeer rijke regentenstand. Hun gemeenschappelijk belang was de handel. Zij beseften zeer goed – vooral in de grote steden waar zich altijd invloedrijke buitenlanders ophielden: ambassadeurs en collega's – dat een fanatiek regime hun belangen zou schaden en bovendien waren ze benauwd voor rellen. Het is goed denkbaar dat de zeer talrijke verboden die door hen tegen het feest werden uitgevaardigd, niet meer waren dan schijnconcessies aan de dominees. Toen het stadsbestuur van Amsterdam in 1663 een serieus verbod uitvaardigde, brak er een kinderoproer uit. De autoriteiten gingen voor de kinderen en hun ouders door de knieën. Op 6 december 1732 werden in Amsterdam bij drie predikanten de ruiten ingegooid. Ze waren wat te hevig tegen het feest tekeergegaan. Wanneer men bedenkt dat het feest in andere landen, ook in katholieke, door een soort erosie is verdwenen, zou men zich kunnen voorstellen dat het zich in Nederland van de weeromstuit heeft gehandhaafd, uit een zekere koppigheid, als een vorm van burgerlijke ongehoorzaamheid tegen een als onredelijk ervaren betutteling.[5]

3. NA 1800

a. Kerkelijke verering

Met de nieuwe politieke verhoudingen kwam er in 1795 vrijheid van godsdienst voor iedereen. Na 225 jaar van onderdrukking kwam de katholieke emancipatie maar moeizaam op gang. Van effectieve emancipatie is pas sprake in de tweede helft van de negentiende eeuw. De zichtbare tekens ervan waren de talrijke neogotische kerken die in het hele land werden gebouwd. De kerkelijke Nicolaascultus bleek springlevend te zijn. De Amsterdamse katholieken bouwden in de jaren tachtig hun derde Nicolaaskerk, met de allure van een kathedraal. Afwijkend van de heersende smaak werd het een mengstijl van neorenaissance en neobarok. Dat een eeuw later de verering aan haar einde leek te zijn, ligt minder aan de heilige zelf dan aan de lagere waardering van de heiligenverering in het algemeen. De *nieuwe theologie*, die meer bijbels geïnspireerd was, en de liturgische beweging, die het heilsmysterie weer in het middelpunt plaatste, hadden ook gevolgen voor de volksvroomheid en gaven aan de heiligenverering een ondergeschikte plaats. De volgende formulering uit het *Liturgisch Woordenboek* (1958-1962) zou een eeuw geleden ondenkbaar zijn geweest: »Zonder enige twijfel behoort de verering van de heiligen niet tot het wezen van de godsdienst.« De hervorming van de heiligenkalender was een gevolg van de herbezinning op de betekenis van de heiligenverering. Daarmee waren de heiligen niet afgeschaft, ook Nicolaas niet. Nog in 1964 werd in Odijk een Nicolaasparochie gesticht en een kerk aan de heilige gewijd.[6]

b. Het kinderfeest, concurrerende scenario's

Het Nederlandse kinderfeest onderging in de negentiende eeuw een grote verandering. Na eeuwenlang onzichtbaar te zijn geweest, gaat de heilige weer in 'levenden lijve' optreden, verkleed als bisschop in vol ornaat. Met de kennis van deze verandering is het slecht gesteld en het is merkwaardig dat we over het feest in de zeventiende eeuw beter geïnformeerd zijn dan over dat in de negentiende eeuw. De vraag is nog steeds waar en wanneer men Sinterklaas in eigen persoon is gaan opvoeren. Oudere schrijvers, zoals Schrijnen, hadden het zo druk met de vermeende Germaanse oorsprong, dat ze de historische dimensie over het hoofd zagen en verzuimden te vragen naar het waar, wanneer en hoe van de veranderingen. Ook Jan ter Gouw, altijd goed voor menig interessant detail, laat ons in zijn *Volksvermaken* (1870), een soort folklorebijbel, in het onzekere. Wel haalt hij een bericht aan uit het *Handelsblad* van 11 december 1868:»Als een merkwaardigheid deelt men ons mede, dat op 5 december tusschen de verschillende stations van de Hollandsche Spoorwegmaatschappij zijn verzonden 10890 bestellingen. 't Zou nog merkwaardiger zijn geweest als men Sinterklaas zelven in den spoorwagen had zien rijden.« Bedoelt hij te zeggen dat een 'levende' Sinterklaas wel erg merkwaardig zou zijn geweest, of het feit dat hij zich per trein verplaatste? Van Ter Gouw tot Bomans was het een soort traditie op badinerende manier over het onderwerp te schrijven; scherts als excuus of alibi.[7]

De klassieke vorm van het kinderfeest was het nachtelijk bezoek. Sinterklaas en zijn knecht werden verondersteld 'snachts op bezoek te komen, maar ze bleven onzichtbaar. Eeuwenlang had men geen behoefte aan een 'levende' Sinterklaas, want de illusie was volmaakt. Bovendien zou hij in levenden lijve, als bisschop verkleed, de Hervorming niet overleefd hebben. Men hielp de fantasie een handje door met kettingen te rammelen, op deuren te bonzen en pepernoten te strooien. Daarnaast waren er maskerades van figuren met zwartgemaakte gezichten en een ketting aan het been. Soms werd zo'n *Klaaskerel* in huis gehaald om de kinderen bang te maken. Maar verder diende deze vermomming vooral tot vermaak van de oudere kinderen en opgeschoten jongelui.

Een beschrijving van dit traditionele feest is te vinden in de *Kroniek van een Friese boer*, dagboek van Doeke Wijgers Hellema uit Wirdum. Op 4 december 1829 beschrijft hij hoe zijn vrouw inkopen gaat doen in Leeuwarden, huishoudelijke spullen en »enige aardigheden als St. Nikolaasgeschenk voor de kleine kinderen [...] Tot nog toe heeft men ook onder de hervormden dezen dag, uit de Roomsche Kerk herkomstig, nog als een blijden dag voor de kinderen bewaard.« De geschenken zijn wel wat veranderd, »overeenkomstig deze verlichte eeuw«, waarmee hij op leesboekjes doelt. »De mannen beschouwen dit wel als beuzelingen vaak, maar de tedere harten der moeders kunnen het onmogelijk van zich verkrijgen om zo hard te zijn, dat zij haar geliefd kroost, na alvoorens zich van een genoegzaam voorraad dezer toegedagte geschenkjes voorzien te hebben en op St. Nikolaasavond, in hozen en schoenen en in allerlei lijfdragt der kinderen te vondeling gelegd te hebben, bij het opstaan op dien heuglijken morgen, het innerlijke genoegen niet te hebben, hoe dezelve uit hoeken en hornen hunne weggestopte klederen tot opspringens toe te zien opschommelen.«[8]

Het oudste bericht van het kinderfeest nieuwe stijl, voor zover bekend, is dat van de Limburgse pastoor H. Welters, geboren in 1839, zoon van de burgemeester van Wessem. Zijn boek over Limburgse feesten is uit 1877. Hij vertelt over het feest uit zijn kindertijd, »de lieflijkste idylle onzer kindsheid. Als het den 6 December geworden is, dan zal men ook in elk degelijk, goed geordend gezin Sinterklaas ontmoeten, of hij heeft daar tenminste het een of andere spoor van zijn bezoek achtergelaten«. De opmerking over »het goed geordend gezin« is van belang, omdat ook bij andere, nog te noemen auteurs, het standsverschil een rol speelt. »De goede kinderheilige is overal in Limburg bekend; voor hem wordt in den schoorsteen een ladder getekend, waar hij langs af kan dalen [...] onder de krijtladder wordt een klomp of bord vol haver voor Sinterklaas' rijpaard of ezel nedergezet [...] Als het liedje gezongen is, nadert de heilige man in plechtgewaad met zijn trouwen knecht [...] gelukkig is de stoute knaap [...] zo hem de zwarte knecht niet terdege afranselt of in den wijden zak stopt.« Beide vormen kwamen dus naast elkaar voor: het nachtelijk bezoek en de nieuwe gedramatiseerde vorm. Uit de beschrijving van pastoor Welters zou geconcludeerd moeten worden dat het moderne feest tenminste in Limburg in de jaren veertig van de vorige eeuw zijn vorm had gevonden. Toch blijven nog twee vragen over: die van de ontstaansfase en die van de verspreiding over het hele land.[9]

Dat het zo vanzelfsprekend niet was als Welters het voorstelt, blijkt uit de mededelingen van twee andere auteurs. W.A. van Hengel, theologieprofessor in Leiden, publiceerde in 1831 zijn artikel 'Sint Nikolaas en het Nikolaasfeest', in het *Archief voor Kerkelijke Geschiedenis III*, Leiden. Precies honderd jaar voor Meisen, zij het met minder vertoon van geleerdheid, leidt hij het feest af uit de kerkelijke cultus. Met instemming citeert Meisen dan ook zijn voorganger en verzucht dat het onderzoek beter dit spoor had kunnen volgen in plaats van mythologische paden in te slaan. In lovende woorden laat Van Hengel zich uit over het traditionele feest, het nachtelijk bezoek. Het is aardig om te zien hoe hij zich traditie voorstelt: »Dit geloof ging als kweekgras van het ene geslacht op het andere over en werd schier met elken leeftijd door de verhalen van nieuwe verschijningen bevestigd.« Geen goed woord heeft hij over voor de dwaze gewoonte om zelf voor Sinterklaas te spelen. Zijn Sinterklaas verschilt dan ook nogal van die van Welters. »Zij zelven gaven zich voor den persoon van Sint Nikolaas uit. Zij dochten zich op eene vreemde wijze uit om het bedrog te verbergen [...] zoo werd de Heilige verlaagd tot een' gemeenen kluchtspeler. In dat karakter verschijnt hij nog jaarlijks op zijnen geboortedag, en wie durft den tijd bepalen, waarin dit geheel veranderen zal?« Tot de uitmonstering horen: »oogen van Vuur«, »kettingen«, »beestenhuiden« en de »geeselroede«. Van

Hengel heeft ouders op het oog die hun gezag zouden verliezen zonder deze boeman »in de afzigtigste gedaante«. »Toen die vermommingen eenmaal waren ingevoerd, bleven zij van geslacht tot geslacht voortduren, en zoo zijn zij tot ons gekomen«. Als verlicht geleerde vindt hij dat hieraan een einde moet worden gemaakt: »Leraars en opvoeders verzetten zich genoegzaam met gemeene krachten tegen het ingeslopen gebruik, als voor de maatschappij hoogst nadeelig.«[10]

Veertien jaar na zijn eerste notitie over Sinterklaas komt boer Hellema terug op het onderwerp (6 december 1843). Het eerder geschetste beeld wordt aangevuld. Het gebruik »bestaat tot op heden onder de geheele bevolking van ons gewest (behalve Grouw) [...] Op permissie wordt ook opgezet bij nabestaanden of familie [...] en de ouders deelen hartelijk in de blijdschap en geestvervoering hunner kinderen«. Maar »onder de minder beschaafden heeft men daar te boven het barbaarsch vermaak St.Nikolaas in een schrikkelijk en monsterachtigen toestand te doen verschijnen om de kinderen angst en vrees aan te jagen en hun de beloften van gehoorzaamheid af te persen«. Niet alleen raken de kinderen in paniek, maar met hun angst wordt »den spot gedreven tot derzelver meerdere beschaming«. Deze »onbeschaafden« weten ook geen maat te houden: »men eet, teerd en smeerd tot walgens toe; de gemeene man het noodige en behoeftig brood dikwijls om deze verkwisting ontberende [...] Wanneer zullen de Christenen wijs worden?«[11]

Het traditionele, nachtelijk bezoek wordt door de drie auteurs met instemming beschreven. Daarnaast komen er nog twee scenario's voor, twee typen van een levende Sinterklaas, de nieuwe deftige van Welters die het mettertijd zal winnen en de oude »barbaarsche« die moet worden bestreden. Als de neiging om zelf voor Sinterklaas te spelen niet uit te roeien valt, dan maar de »barbaarsche« vervangen door een meer geciviliseerde. Zo kan het achteraf worden gereconstrueerd. Of Van Hengel en Hellema van de nieuwe »Roomsche« variant zo gecharmeerd zouden zijn geweest, is nog maar de vraag. Wel vindt Van Hengel dat de school het aangewezen instituut is om primitieve gebruiken te bestrijden. Wat concreet de rol van het onderwijs bij de verspreiding van het kinderfeest nieuwe stijl is geweest, kan alleen worden vastgesteld door onderzoek van archieven, jaarverslagen van school- en kerkbesturen, lokale en regionale bladen. Onderwijs was in die jaren nog openbaar onderwijs. De strijd om de confessionele school moest nog worden gestreden. Het is aannemelijk dat in katholieke streken de nieuwe variant gemakkelijker toegang heeft gevonden op scholen dan in een protestantse omgeving. In 1895 beklaagde de burgemeester van Sluis zich »dat er op de openbare school een St.Niklaasfeest gevierd werd, omdat dit een Rooms feest was«. Als de indruk zou worden bevestigd dat de scholen een beslissende rol hebben gespeeld in de verspreiding van het feest nieuwe stijl, zou dat een interessante parallel zijn met het middeleeuwse feest, dat immers ook uit de school is voortgekomen.[12]

c. Nicolaasteksten

Een Belgische studie van R. Ghesquiere (Leuven 1989) is gewijd aan de analyse van teksten over Sinterklaas, overwegend kinderliteratuur. Van de meer dan 500 titels is er niet meer dan een handvol uit de eerste helft van de negentiende eeuw. Een gedicht van de Friese domineesdochter Petronella Moens (1822) is om twee redenen interessant. Het is gericht tegen het »sprookje« van Sinterklaas »wiens nagedachtenis te dwaas, te schandelijk jaarlijks wordt onteerd«, en het beschrijft hem »in bisschopsdos, gezeten op een ros«, rijdend door de lucht. Enigszins verwarrend is het gedicht *Sint-Nicolaasavond* van De Genestet (1849) dat op twee gedachten hinkt. De hele scène lijkt op het deftige bezoek, beschreven door pastoor Welters, maar twee details lijken rechtstreeks ontleend aan de oude maskerades: de kleding binnenstebuiten en het masker: »de voering buiten« en »een masker voor 't gelaat, afschuwelijk van kleuren«. Mogelijk was het een parodie op het nieuwe feest.

De interessantste bijdrage zijn de nieuwe liedjes, niet vanwege hun kunstwaarde, maar omdat ze uitdrukking gaven aan de verwachting van de kinderen en die typische sfeer oproepen die kenmerkend is geworden voor het feest. Een nieuw repertoire voor een nieuwe Sinterklaascultuur. Typisch negentiende-eeuws die *zie- en hoor*-liedjes: *Zie, ginds...* (J. Schenkman, 1851), *Zie, de maan...* (J.P. Heye, 1847), *Hoort, wie klopt daar...*, *Hoor de wind waait...* Nieuwe formules voor een nieuw ritueel, een nieuw repertoire dat de oude spotliedjes van de maskerades afloste. De bundel *Sint Nicolaas en zijn knecht* van de Amsterdamse onderwijzer J. Schenkman (1851) is ook nog van belang vanwege de prenten van P. van Geldorp, misschien de oudste in hun soort. Hier worden de heilige en zijn knecht afgebeeld zoals ze sindsdien bekend zijn gebleven. Een van die prenten is een afbeelding van het bezoek aan een school.[13]

d. Nicolaasmaskerades

De »gemeenen kluchtspeler« van Van Hengel en »Sint Nikolaas in een verschrikkelijk en monsterachtigen toestand« van Hellema kunnen niet los worden gezien van de Nicolaasmaskerades uit dezelfde tijd. Ze vormen twee kanten van hetzelfde verschijnsel, binnen- en buitengebeuren, huiskamerscène en bedeltocht langs de huizen. Deze rondgangen maken deel uit van de Nicolaasmaskerades die ook bekend waren in Westfalen en het Rijnland en nu nog voorkomen op de Waddeneilanden, in Oostenrijk en Zwitserland. De grootste concentratie werd aangetroffen in het noordoosten, in Friesland, Groningen, Drenthe en Twente. Geïsoleerde voorbeelden zijn opgetekend op de Veluwe, in de Betuwe, de Meierij, in Amsterdam (de *Zwarte Klazen*), Marken en Brielle. Ook in Nederlandstalig België waren ze bekend. De overgeleverde voorbeelden zijn gedocumenteerd dankzij ijverige chroniqueurs. Andere zijn een zachte dood gestorven zonder dat iemand er aandacht aan besteedde. Nog in 1991 werd een bijna vergeten maskerade uit Venray en omgeving opgedolven door K. Swinkels. Omdat ze al vaker zijn beschreven, onder andere door C. van der Graft en S. de Ruiter, kan ik volstaan met enkele algemene kenmerken.[14]

In Friesland wordt de rondgang soms *Klaasjagen* genoemd, een uitdrukking die ook voor de Zwitserse optocht wordt gebruikt. Een verschil met de maskerade op de Waddeneilanden, met name op Ameland, is dat op het vasteland de band met het oorspronkelijke feest duidelijker bewaard is gebleven, ook al is de heilige onherkenbaar veranderd en heeft hij soms de gedaante van zijn knecht aangenomen. De gemaskerden bonzen op deuren, zijn op zoek naar *stoute kinderen*, strooien pepernoten en hebben herkenbare attributen als de ketting aan het been, de zak en de roe. De vermomming is geïmproviseerd: een omgedraaide jas, een schaapsvel, een wit laken, een niet nader beschreven mombakkes, een mijter van krantepapier of een haveloos hoofddeksel. Het zwarte gezicht dat in meerdere beschrijvingen wordt genoemd, was in feite de gemakkelijkste en goedkoopste vorm van maskerade. De namen van de gemaskerden zijn *Klaas* of *Pieter* of doodgewoon *Duivel*. Ze gaan in groepjes van twee of drie of in grotere groepen. Wanneer de maskerade wordt uitgevoerd door kinderen, wordt er een liedje gezongen in ruil voor een paar centen of versnaperingen. Vaak zijn het spotliedjes waarin Sinterklaas een *nieuw wijf* wordt beloofd. In Venray had 'Sinterklaas' inderdaad behalve de duivel een *vrouw* bij zich, een kerel in travestie. Van de maskerade op Marken wordt meegedeeld dat de jongens de meisjes achterna zaten en in de zak stopten (De Ruiter, 58). De patroon van de vrijers komt hier weer om de hoek kijken, zodat de dansavonden, de Nicolaasbals uit de negentiende eeuw, en volgens Van de Ven ook in onze tijd hier en daar nog gebruikelijk, niet hoeven te verbazen.[15]

In tegenstelling tot de uniformiteit van het hedendaagse feest was het negentiende-eeuwse feest pluriform met zijn drie scenario's, waarbij de maskerade nog allerlei plaatselijke varianten kende. In Friesland en in Venray en omgeving kwamen ze rond de eeuwwisseling nog voor. Door het 'betere volk' werden ze met minachting bekeken. Van Hengel en Hellema vonden het gedoe ronduit vulgair en bovendien pedagogisch onverantwoord. In een enkel geval is bekend dat de overheid heeft ingegrepen. Uiteindelijk hebben ze de concurrentiestrijd verloren. Over de ouderdom van dit gebruik schrijft Van Hengel: »Toen die vermommingen eenmaal waren ingevoerd, bleven zij van geslacht tot geslacht voortduren, en zoo zijn zij tot ons gekomen.«[16]

e. Over de grens

Voordat het kinderfeest in Duitsland door Kerstmis werd verdrongen, waren het nachtelijk bezoek en de maskerades in Westfalen en het Rijnland gemeengoed. Net als in Nederland heette het schoen opzetten daar *upsetten*. Waar het kinderfeest nog niet helemaal is verdwenen, wordt het *opzetten* nog wel beoefend en vinden de kinderen 's anderendaags wat lekkers in hun schoen. De echte cadeaus worden gereserveerd voor Kerstmis. In navolging van de nieuwe Nederlandse gebruiken wordt nu op tal van plaatsen in West-Münsterland een plechtige intocht gehouden, met dit verschil dat de Duitse Nikolaus niet uit Spanje komt maar uit *Holland*. Waar de afstand niet te groot is, wordt hij bij de grens afgehaald.

Van de maskerade, het *Nikolausjagen*, wordt verteld dat de mannelijke jeugd op de meisjes jaagde. Als zo'n 'Sinterklaas' in huis kwam, moesten de kinderen een gebed zeggen of een kruisteken maken.»Een wat te slordig gemaakt kruisteken werd door zo'n 'Sinterklaas' als een 'vraagteken' bestempeld en moest herhaald worden.« Tegenprestatie voor het bezoek waren een paar borrels. Het kwam wel voor dat twee groepen op straat met elkaar slaags raakten. Spotliedjes waren er ook:»Vater unser der du bist, werft den Niklaus auf den Mist.« Een oude politieverordening uit Münster (1825) verbood »de oude, onbetamelijke gewoonte [...] met allerlei onzedelijke en onwettige straatschenderij«. Maar ook in Westfalen hebben de oude maskerades het soms nog meer dan een eeuw uitgehouden.

Het veranderingsproces in West-Münsterland is daarom interessant, omdat hier met enige vertraging de Nederlandse veranderingen werden nagevolgd. Omdat het minder lang geleden is, is het beter gedocumenteerd. Zo is het bekend dat de onderwijzers een doorslaggevende rol bij de veranderingen hebben gespeeld. Het moderne feest werkte statusverhogend voor hun beroepsstand. »De figuur van Nicolaas was uitstekend geschikt om het beroep van onderwijzer te profileren en aan de persoon van de onderwijzer meer aanzien te geven« (Sauermann). Dit versterkt het eerder geopperde vermoeden dat ook in Nederland de school een voorname rol heeft gespeeld in de verspreiding van het feest nieuwe stijl.[17]

f. De plechtige intocht

S.J. van der Molen vermoedt dat het moderne feest een »recent en stedelijk verschijnsel betreft, zodat er wel sprake is van een van oorsprong Hollandse [lees: randstedelijke] viering«. De tot nu toe bekende gegevens ondersteunen dit vermoeden niet en lijken eerder te wijzen op een beweging van de 'provincie' naar de Randstad. Ter Gouw, die sterk op Amsterdam is gericht, weet van bovengeschetste ontwikkeling niets te melden. De oudste vermelding van het moderne feest stamt uit Limburg en hetzelfde geldt voor de jaarlijkse intocht van Sinterklaas. In de literatuur wordt hoog opgegeven van de intocht in Amsterdam (1934). In Leeuwarden werd hij omstreeks 1920 in een rijtuig rondgereden. In dezelfde tijd zou de intocht ook in Venlo en Deventer al gebruikelijk zijn. In *Peel en Maas*, weekblad voor Venray en omgeving, verscheen 10 november 1988 een artikel over het honderdjarig bestaan van de intocht aldaar. Het blad citeert zichzelf (8 november 1888): »Venrays ingezetenen zijn den 6 december niet achtergebleven om het feest van Sint Nicolaas te herdenken. Omstreeks tien uur kondigde een voorrijder aan, dat Sint Nicolaas in aantocht was. Omgeven van een prachtige eerewacht te paard en vergezeld van een schoone stoet engelen en bedienden, deed Sint Nicolaas onder daverend geschal der muziek, zijn plechtige intrede in Venray.« De engelen komen rechtstreeks uit de jaarlijkse processie. Jammer dat de bedienden niet nader benoemd of beschreven worden. De formulering: »Venrays ingezetenen zijn niet achtergebleven« suggereert dat het elders in de regio al bestond en hier werd geïmiteerd. Een voorzichtige conclusie ter afsluiting van de ontwikkeling in de vorige eeuw: zoals de moderne Sinterklaas de *Klaaskerel*, de *gemeenen kluchtspeler* afloste, zo verving de plechtige intocht de archaïsche maskerades.[18]

g. De twintigste eeuw

Het ontstaan en de verspreiding van het moderne feest in de negentiende eeuw vragen nog het nodige onderzoek. Intussen is het een klein wonder, het zoveelste in de loopbaan van de grote Wonderdoener, dat een 'levende' Sinterklaas zich in het hele land heeft kunnen verbreiden. De verklaring daarvoor moet wel liggen in zijn zeer grote populariteit, gebaseerd op een consensus van eeuwen en in het feit dat hij als folklorefiguur geen aanstoot meer gaf. Bovendien kon een levende Sinterklaas, een beschaafde wel te verstaan, pedagogisch worden uitgebuit, iets wat goed paste in het moralistisch klimaat van de negentiende eeuw. Mettertijd gingen anderen zich met het feest bemoeien: verenigingen, middenstand, het grootwinkelbedrijf. Opnieuw kon de kinderheilige geëxploiteerd worden, nu in termen van omzet en winst. De laatste jaren wordt de populariteit van het feest of de afname ervan uitgedrukt in omzetcijfers. Het intieme feest van weleer dreigde te bezwijken onder het geweld van de B.V. Sinterklaas.

In de eerste helft van de twintigste eeuw waren er nog steeds twee scenario's die om de voorrang streden: het nachtelijk bezoek en het bezoek aan huis van een lijfelijke Sinterklaas, en een tussenvorm waarbij de pakjes op de stoep werden gedeponeerd. Wanneer de deur werd geopend, was de gavenbrenger al verdwenen. Hieruit heeft zich ten slotte pakjesavond ontwikkeld met de jaarlijkse explosie van dichterlijk talent. In de vooroorlogse tijd was een persoonlijk bezoek van

Sinterklaas beslist niet algemeen. Wie kon zich dat permitteren? Was de heilige gevoelig voor standsverschillen? Een enquête onder de oudere generatie zou een duidelijker beeld kunnen geven van hoe het precies zat. Zeker is dat het nachtelijk bezoek nog lang de meest verbreide vorm was.

De laatste decennia zijn de ontwikkelingen zeer snel gegaan. Pakjes- of surpriseavond heeft het oude gebruik steeds meer verdrongen. Om praktische redenen werd afgeweken van de vaste datum, om uit te wijken naar het weekeinde, of de cadeaus werden verschoven naar Kerstmis. In 1989 maakte het winkelbedrijf bekend dat de inkopen voor kerst die voor 6 december hadden overtroffen. In 1991 was er weer een verschuiving van 15% ten gunste van Kerstmis. »Volgens een Nipo-enquête vierde in dat jaar slechts 51% van de Nederlanders Sinterklaas; in 1980 was dat nog 70%. Hoe hoger de leeftijd, hoe minder de verjaardag van de Sint gevierd wordt« (*NRC Handelsblad*). Dit laatste kan alleen verbazen als vergeten wordt dat het om een kinderfeest ging. Inmiddels wordt het einde van het feest voorspeld. Wat minder commercieel geweld kan geen kwaad. Misschien gaat het feest weer terug naar waar het thuis hoort, naar de kinderkamer, en zal het van de ouders met jonge kinderen afhangen of het feest nog een toekomst heeft. Aan Sinterklaas zal het niet liggen, want hij verpersoonlijkte het ijzersterke sprookjesmotief van de bovennatuurlijke gavenbrenger, dat werkelijkheid wordt.[19]

4. DE KRITIEK

a. '...tot derzelver meerdere beschaming'

»Laat die ouwe hard van zijn paard donderen. Dan zijn we een tijdje van hem af,« laat Henk Figee een tegenstander van de heilige zeggen in *De reis van Sinterklaas*. Tegenstanders heeft hij altijd gehad en de kritiek beriep zich, al naar gelang de tijd, op de religie, de moraal of de opvoedkunde om hem het proces aan te doen. In de jaren zestig waren er geluiden die in Sint en zijn knecht een gevaar voor de kinderziel zagen. Het bezwaar mag ooit geldig zijn geweest, zoals uit de commentaren van Hellema en Van Hengel blijkt. Er waren in hun tijd en ongetwijfeld nog lang daarna, ouders die het feest aangrepen om hun kinderen bang te maken en zelfs, zoals Hellema schreef, zich vrolijk te maken over hun angst »tot derzelver meerdere beschaming«. De discussie lijkt alweer gedateerd. Deze bezwaren worden weinig meer gehoord en we kunnen vaststellen dat het tweetal, mogelijk als reactie op de kritiek, opvallend veel vriendelijker is geworden.

Vragen over wat verstandig en onverstandig is in de opvoeding zullen steeds opnieuw gesteld worden en er zullen altijd bewuste ouders van jonge kinderen zijn die zich afvragen of ze wel of niet aan het feest moeten meedoen. Daarom is het nuttig te herinneren aan wat A.D. de Groot een halve eeuw geleden schreef in zijn klassieke *Sint Nicolaas [...], een psychologische studie [...]* Daarin hield hij een pleidooi vóór het sprookje en vóór het kinderfeest. Het gaat er niet om de angst bij het kind te ontkennen, maar het te leren ermee om te gaan. Beslissend is hoe ouders er zelf mee omgaan. Wanneer het feest wordt misbruikt om kinderen te terroriseren, is dat een heilloze zaak. Wanneer het op een plezierige manier wordt gevierd, is het voor de ontwikkeling van het kind alleen maar gunstig. »De kleutertijd is in veel opzichten belangrijk voor de ontwikkeling van de persoonlijkheid. Eén daarvan is dit, dat de wereld van spel, fantasie, sprookjes en Sinterklaas, als die werkelijk haar kans krijgt, een innerlijke verrijking voor het hele leven kan geven« (De Groot).[20]

b. Zwarte Piet

Sinds enkele jaren moet Zwarte Piet in zijn eentje de kritiek het hoofd bieden. Hij zou een restant zijn uit de koloniale tijd, een symbool van racisme. De bewering dat hij een negentiende-eeuwse uitvinding is, is in zoverre juist dat hij in zijn huidige gedaante samen met zijn baas het podium heeft betreden in het begin van de negentiende eeuw. Maar net als Sinterklaas heeft hij zijn voorgeschiedenis. De vraag naar zijn identiteit is wel op haar plaats.

Men heeft in hem de Moor menen te herkennen. Met Sinterklaas komt hij elk jaar uit Spanje, het voormalige Morenland. Anderen beschouwen hem als de geketende duivel, die zich verraadt door de ketting aan zijn been. Dat is ook de mening van Meisen. In bepaalde streken van Duitsland wordt de knecht *Beëlzebub* genoemd. De duivel was de middeleeuwse mens zeer vertrouwd. Hij was nadrukkelijk aanwezig in de kerkelijke kunst en de legende. Hij werd lijfelijk opgevoerd op het toneel en zijn masker was favoriet in de wintermaskerades en tijdens vastenavond, een zwart masker wel te verstaan. Duivel of Moor was voor de middeleeuwer geen vraag, want met het grootste gemak werd de Moor met de duivel geassocieerd (zie 9.6).[21]

Als argument voor de stelling dat Zwarte Piet een negentiende-eeuwse uitvinding is, wordt aangevoerd dat Sinterklaas op de oudste prenten zonder knecht wordt afgebeeld. Dit zou een serieus argument zijn als er geen andere aanwijzingen waren dat de heilige vanouds een gevolg had. Bovendien wordt verzuimd uit te leggen waarom hij in de negentiende eeuw opeens een gevolg heeft gekregen. De bedoeling van mijn betoog is, aan te tonen dat de heilige al in de legenden en de cultus iets met de duivel had (9.5.a), hoe dit op zijn laatst in de vijftiende eeuw vertaald werd in volksgebruiken omtrent een heilige met een bende duivels achter zich (9.5.b, c) en hoe deze gebruiken in allerlei lokale en regionale varianten tot in de negentiende eeuw en hier en daar tot op heden zijn blijven voortbestaan.

In 1593 schreef de theoloog Wirth uit Genève: »Het is de gewoonte op de vooravond van 6 december, dat de ouders heimelijk geschenken geven aan de kinderen en hun doen geloven dat Sinterklaas 'met zijn knechten' (*'cum famulis suis'*) rondgaat in stad en dorp.« Deze *famuli/knechten* werden niet gepreciseerd. Dat was ook niet nodig, bij het nachtelijk bezoek kreeg men ze immers niet te zien. Na de Hervorming hebben ze »veel namen, veel gezichten« (Metken) gekregen: *le Père Fouettard, Knecht Ruprecht, Beëlzebub, Nickel, Zwarte Piet*, ieder met zijn eigen geschiedenis. In het grensgebied ten oosten van Limburg, van Geldern tot Geilenkirchen, zijn de volgende namen overgeleverd: *Düvel, Manndüvel, der Schwarze Peter, Schwarz Käsperschen, Pluto*. De namen *Peter* en *Caspar* voor de duivel zijn ook bekend uit heksenprocessen (Meisen).[22]

De vraag waarom Sinterklaas een gevolg heeft, wordt zelden gesteld. Al in de zestiende eeuw kan men zich Sinterklaas niet voorstellen zonder helpers, zelfs niet bij het nachtelijk bezoek, dat alleen in de verbeelding bestond. Zo iets verzin je niet van de ene dag op de andere, dat vraagt om een traditie, en de enige traditie die daarvoor in aanmerking komt is de laat-middeleeuwse Nicolaasoptocht. De stedelijke variant van de *scholierenbisschop* werd in Oldenzaal nog in 1625 en 1673 gesignaleerd. In de bisdommen Mainz en Trier werd hij in 1779 en 1785 verboden. In de provincie Namen ging nog halverwege de negentiende eeuw een *kinderbisschop* rond met mijter en staf. De landelijke variant heeft langer standgehouden. In Oostenrijk en de katholieke kantons van Zwitserland wordt deze rumoerige maskerade nog steeds door een *bisschop Nicolaas* aangevoerd. In de landen van de Hervorming ging het spel verder zonder bisschop, maar de duivels die zich soms *Klazen* of *Kläuse* noemden, waren nog herkenbaar aan de ketting en aan het zwarte gezicht. Van de opvoedkundige taak van de kinderbisschop bewaarden ze het zoeken naar *stoute kinderen*. Voor Van Hengel was de oorsprong van deze griezels niet duidelijk. Hij weet slechts te melden dat het gebruik van geslacht op geslacht is overgeleverd. Ook de politieverordening uit Münster (1825) spreekt over een »oude, onbetamelijke gewoonte«.[23]

Het verslag van pastoor Welters van het feest in Limburg in de jaren veertig van de vorige eeuw laat een gebruik zien dat af is. Naar de ontstaansfase kan men voorlopig alleen maar gissen. In Oostenrijk was het al veel vroeger gebruikelijk. Abraham a Sancta Clara, een bekend volksprediker, schreef in het begin van de achttiende eeuw: »Het is een oeroud gebruik dat 'der Nicola' op de vooravond op bezoek komt om de kinderen te toetsen en te ondervragen.« De kinderen toonden dan hun vroomheid aan met hun *Klausholz*, een kerfstok waarop ze het aantal gebeden hadden bijgehouden. Moeten we misschien aan import uit Oostenrijk denken (5.8) of is het idee om zelf voor Sinterklaas te spelen zo voor de hand liggend, dat dit onafhankelijk op meerdere plaatsen gebeurde?[24]

5. Aspecten van het feest zonder verband met de legenden

Er zijn enkele elementen die niet kunnen worden verklaard uit de legenden of uit de middeleeuwse cultus. In het verleden werden ze vaak mythologisch of symbolisch geduid. De *schoen* werd wel geïnterpreteerd als een symbool van seksualiteit of vruchtbaarheid. Waarschijnlijk is er niets raadselachtigs aan en was het een voorwerp waar je iets in kon doen. In het Sinterklaasgebruik zijn de klomp en de kous bekende alternatieven met een soortgelijke functie. Vroeger, toen iedereen een hoed droeg, ook de kinderen, was dat ook een kledingstuk dat je altijd bij je had en waar je van alles in kon doen.

Het *paard* van Sinterklaas, dat wel werd gezien als het paard van Wodan of Poseidon, kan het ook zonder mythologische verklaring stellen. In de middeleeuwen was het paard het rijdier van edelen en bisschoppen. Zo heeft ook Martinus zijn paard. Toen Utrecht een beeld bestelde voor het dertiende eeuwfeest van de geboorte van Willibrord, apostel van de Friezen en eerste bisschop van de stad, werd hij uitgebeeld, gezeten op een paard. Net als deze missionaris moest ook Sinterklaas zich onophoudelijk verplaatsen om zijn drukke agenda af te werken. Het enige vervoermiddel in de middeleeuwen dat aangepast was aan zijn stand, was een paard. Toch is er een probleem. In de iconografie komt geen paard voor. Meisen brengt Nicolaas in verband met Georgius/Joris. Beiden waren oriëntaalse heiligen, beiden waren ze bekend als overwinnaar van de duivel. Sint-Joris wordt traditioneel wel afgebeeld, gezeten op een paard, terwijl hij de draak verslaat. Het vrome volk zou, aldus Meisen, Sinterklaas om dezelfde reden een paard hebben toebedacht.

Een rationele verklaring voor de *schoorsteen* is deze: het gooien van geschenken door het raam is bekend uit de *drie meisjes*-legende. Het raam wordt problematisch tijdens de nachtelijke rit, ontleend aan de *stratelaten*-legende. Blijft één opening over: de schoorsteen. De schoorsteen is echter ook bekend uit het volksgeloof als de verbinding tussen de huiselijke haard en de wereld van doden, geesten en demonen. Dat een bovennatuurlijke gavenbrenger zich ook van deze weg bedient, is goed voorstelbaar.

Er wordt vaak gezegd, dat Sinterklaas niets in *Spanje* te zoeken heeft. Hij kwam uit Klein-Azië, via Italië, naar het Westen. Toch blijft hij volgens de Nederlandse traditie hardnekkig uit Spanje komen. Dat is ook niet vreemd. De historische banden tussen Spanje en Nederland zijn bekend. Ook tijdens de Tachtigjarige Oorlog ging de handel tussen de twee landen gewoon door. Via Spanje kwamen aanvankelijk de exotische produkten uit het Oosten; het was het land van de appels van Oranje en het werd in de verbeelding een soort luilekkerland. Bovendien was Spanje het voormalige Morenland. Ten slotte, Zuid-Italië, dus ook Bari, stond in de zestiende en zeventiende eeuw onder Spaans bestuur.

Ofschoon slechts zijdelings verwant met het onderwerp, mag hier aan *Santa Claus* worden herinnerd, omdat hij vaak met de Nederlandse Sinterklaas in verband wordt gebracht. Hij zou met Nederlandse emigranten als een soort mascotte naar de nieuwe wereld zijn gereisd en zijn feest zou door hen in Nieuw-Amsterdam/New York geïntroduceerd zijn. Jones is de feiten nagegaan en heeft deze nieuwe legende ontrafeld. In Manhattan woonden begin achttiende eeuw inderdaad afstammelingen van deze emigranten, die misschien nog een vage herinnering hadden aan een feest in het vaderland. Maar van een *Santa Claus*-feest was geen sprake. Sterker, *Santa Claus* bestond niet. Wel werden elk jaar grote hoeveelheden *cookies* (speculaas) voor nieuwjaar uit Amsterdam naar New York verscheept. In 1804 werd de *New York Historical Society* opgericht. In 1809 schreef Washington Irving zijn *Knickerbocker History*. Daarin schiep hij *Santa Claus* en vervolgens droeg hij zijn boek bij wijze van grap op aan de *Historical Society*. In de decennia erna werd het boek mateloos populair. Geleidelijk werd er een iconografie van *Santa Claus* ontwikkeld met rendier en slee en de commercie deed de rest. Als kerstman is Santa Claus naar Europa 'teruggekeerd' en sloot een bondgenootschap met de Duitse 'Weihnachtsmann'. Door de sterke Sinterklaastraditie was hij in Nederland lange tijd niet meer dan een randfiguur. Sinds kort begint hij Sinterklaas echter serieuze concurrentie aan te doen, vooral door toedoen van het grootwinkelbedrijf. Half november 1992 had een aantal warenhuizen al een geschenkenafdeling ingericht als een Duitse kerstmarkt met een leger van tuinkabouters.[25]

B. Nicolaasmaskerades

3. De Amelander Klaasomes

Wanneer op de 'vastewal' de Nederlanders zich opmaken om hun Sinterklaas te vieren is het op de Waddeneilanden het moment voor de *Oude Sinterklazen* of *Klaasomes* om naar buiten te treden. Omdat dit feest, dat in allerlei varianten op de verschillende eilanden voorkomt, al vaker beschreven en geanalyseerd is, beperk ik me tot een beknopte beschrijving van de viering in Hollum op Ameland, waar het scenario in zijn zuiverste vorm is bewaard. Het feest vindt plaats op twee avonden, namelijk op 4 en 5 december. De eerste avond wordt het gespeeld door kinderen en tieners, 's anderendaags door de volwassenen op vrijwel dezelfde manier. De volgende beschrijving gaat alleen over de maskerade van 5 december.[1]

De Klaasomes van Hollum

Het toeristenseizoen is voorbij, het is stil op het eiland. De tijd voor het feest is aangebroken. Daarbij zijn de eilanders het liefst onder elkaar, pottekijkers worden niet op prijs gesteld. Wie toch de oversteek waagt om dit dorpsfeest mee te maken, doet er goed aan zich strikt aan de regels te houden. Van vijf tot zeven uur is het de taak van de *baanvegers*, als inleiding op het spel, om de straat *schoon te vegen*. Om zeven uur trekken ze zich terug om zich *in het pak te steken* en na acht uur gemaskerd en uitgedost in prachtige kostuums, als *Klaasomes* opnieuw te verschijnen. Naar het schijnt waren de *baanvegers* vroeger ook gemaskerd.

Als dus tegen vijf uur de *baanvegers* de straat opkomen, gehuld in een wit laken, wordt dit doodnormale dorp een gesloten wereld, waar de alledaagse werkelijkheid is opgeheven. Er is geen straatverlichting die avond en in de invallende duisternis hebben de onheilspellende gedaanten in hun fladderende mantels de vrije hand. Het *spel* dat gespeeld gaat worden, wordt gekenmerkt door krasse tegenstellingen: binnen-buiten, huis-straat, licht-donker. Tegenstelling tussen de seksen, waarbij de vrouwen zich goedschiks of kwaadschiks onderwerpen aan de grillen van de *Klaasomes*. Tussen de volwassenen en de niet-volwassenen. De jongens onder de achttien zijn strikt uitgesloten van de maskerade, op straffe van een hardhandige behandeling. Voor de jongelui is dit natuurlijk de grote uitdaging van het feest. Tegenstelling ten slotte tussen de ingezetenen en de buitenstaanders. Nooit is het wij-gevoel sterker dan op deze avond.

De alleenheerschappij van de *Omes* is niet vanzelfsprekend. Zij moeten deze afgesloten wereld, hun wereld, als het ware veroveren en dat gaat niet altijd zachtzinnig. Als *baanvegers* verjagen ze tussen vijf en zeven uur alle niet-ingewijden van de straat, hun domein, naar de beslotenheid van de huizen. Treiteren door het jongvolk en achtervolging door de *baanvegers* wisselen elkaar af. Vroeger schijnt het te zijn voorgekomen dat een meisje in een gierput belandde. Een blauwe plek is niet ongewoon en al te brutale jongens kunnen rekenen op een flink pak slaag. Tussen zeven en acht uur is er een adempauze zodat vrouwen, meisjes en kinderen zich kunnen verplaatsen en zich onder begeleiding naar de *open huizen* begeven.

In het pak gaan is de uitdrukking voor de maskerade die na acht uur begint. In het grootste geheim is aan dit *pak* wekenlang gewerkt, want ook de eigen familie mag niet weten wie zich erin verbergt. Het bestaat uit een witte broek, wit hemd, fantasiemantel en -hoofdtooi. Het masker, vroeger gemaakt van eenvoudig wit gaas, is vervangen door een confectiemasker. De *Omes* treden op in groepjes van twee of meer, gekleed in een identiek kostuum. De meeste tijd van de voorbereiding is besteed aan de vervaardiging van de kleurige mantels en hoofdtooi. Op de rugzijde ziet men afbeeldingen die plaatselijke of andere toestanden hekelen. Een versierde stok, symbool en instrument van hun macht, en een toeter (vroeger buffelhoorn) maken de uitrusting compleet. Omdat anonimiteit een absolute voorwaarde is voor het spel, wordt erop gelet dat men niet door details als bijvoorbeeld schoenen wordt herkend.

Om acht uur begint het eigenlijke spel. In groepjes gaan de *Omes* de straat op, terwijl ze onverstaanbare klanken uitstoten met behulp van hun toeters. Wanneer twee groepen elkaar ontmoeten, geven ze elkaar de rechterhand ten teken van respect en kameraadschap. Maar dit ritueel van het handgeven, het zogenaamde *voesten* (van vuist), heeft vooral tot doel de knapen *onder de leeftijd* te ontmaskeren. De 'hardhandige' ontmoeting is een soort mannelijkheidsproef en wee de jongen onder de achttien die het lef heeft *in het pak te gaan* en ontmaskerd wordt, want als het om hun rechten gaat, valt er met de *Omes* niet te spotten. Voor de 'illegalen' is het een uitdaging om deze proef te doorstaan. Waar de *Omes* ook niet van houden, is dat er ook maar een glimp licht tussen de gordijnen te zien is. Hun stokken vliegen dan tegen de ruiten en er gaan er altijd wel een paar aan diggelen.

In de *open huizen* wachten de vrouwen, meisjes en kinderen op hun komst. De *Omes* hebben het recht binnen te gaan waar het hun goeddunkt en onthaald te worden. Als wezens van een hogere orde, bekleed met macht, eisen ze het grootste respect. Door zich te laten respecteren, garanderen ze tevens respect voor de zeden en normen van de gemeenschap en staan ze borg voor de orde en het welzijn van het dorp. Zelf staan ze boven de wet en mogen ze zich vrijheden permitteren die in het dagelijks leven ongehoord zijn. Ze gaan bij een vrouw op schoot zitten en eisen van een vrouw of meisje dat ze voor hen danst. Dit gebeurt door met de stok op de grond te tikken, waarop zij enkele huppelpasjes maakt. Ongehoorzaamheid of ongezeggelijkheid wordt afgestraft met tikken tegen de benen. Het rondgaan door het dorp, voesten en huisbezoek wisselen elkaar de hele avond af. Het is de bedoeling dat alle *Omes* alle *open huizen* aandoen. De feiten weergeven is één ding, moeilijker is het, de zeer bijzondere, beklemmende sfeer in woorden te vangen.

Een ludiek maar zeer belangrijk aspect is dat de vrouwen op geraffineerde manier proberen uit te vinden wie zich achter dit of dat masker verbergt. Wanneer het 'ontmaskeren' lukt, is dat niet alleen een grote afgang voor de betrokken *Ome*, maar is ook de magie van het ritueel verbroken. Tegen middernacht laat de een na de ander zijn masker vallen en wordt in het café nagepraat over de belevenissen van de avond. Toch worden ook later nog ronddwalende *Omes* waargenomen die er kennelijk niet genoeg van kunnen krijgen. De informatie hierover is niet helemaal duidelijk, zelfs tegenstrijdig. Naar het schijnt is het démasqué de oorspronkelijke toestand. Vroeger, toen de mensen vroeg naar bed gingen, was het rond middernacht afgelopen. Het zouden vooral jongere *Omes* zijn die tot in de kleine uurtjes rondgaan.

Als men vraagt naar de zin van dit alles, luidt het antwoord dat het een gebruik is en dat men doet wat generaties voor hen hebben gedaan. De traditie wordt in Hollum zeer serieus genomen en met de regels mag niet gesjoemeld worden. In het verleden zijn er wel ernstige meningsverschillen geweest over aanpassing aan de moderne tijd. Men beschouwt de maskerade als een spel, maar dan een ernstig spel, dat bij tijd en wijle zelfs plechtig of angstaanjagend kan zijn. Een mythische bekentenis wordt er niet aan gehecht, wat ook moeilijk zou kunnen in een goed christelijk dorp. Er zijn verschillende elementen die de ernst onderstrepen. Het wordt gespeeld door de volwassen mannen en het is een zaak van het hele dorp. De avond tevoren wordt het op identieke wijze gespeeld door de jongelui, een soort leerschool of initiatie voor het eigenlijke feest. Voor de Hollumers is dit de gebeurtenis van het jaar, datgene waardoor ze zich onderscheiden van de anderen. De 'emigranten' komen terug naar het eiland, want ze kunnen niet buiten het feest.

In de andere dorpen op Ameland kent men hetzelfde feest, maar de regels worden er minder streng gehandhaafd – met uitzondering van Ballum, waar men eveneens aan het traditionele scenario vasthoudt. Op de andere Waddeneilanden heeft het feest veel van zijn oorspronkelijke karakter verloren en is het geleidelijk veranderd in een vrolijk 'midwintercarnaval'.[2]

Het bestaan van een dergelijke maskerade in een protestants milieu is nogal intrigerend. De vraag naar de zin en de oorsprong van deze maskerade en naar de identiteit van de gemaskerden ligt voor de hand. Zowel de namen van de gemaskerden als de datum van hun optreden verwijzen onmiskenbaar naar de heilige Nicolaas. *Oude Sinterklazen* worden ze genoemd, of *Sunderums* (Sinteromes), *Klozums* of *Klaasomes*. Op Texel vindt de maskerade een week na de eigenlijke datum plaats. Maar er zijn verschillen met de maskerades zoals die in de rest van Nederland tot ver in de negentiende eeuw plaatsvonden. Hier geen duivels met kettingen. Ook wordt er niet gezocht naar *stoute kinderen*. Het is een feest voor en door de oudere jeugd en de volwassenen. In Hollum is de leeftijdsgrens van achttien jaar dwingend.

Is het een overblijfsel van een laat-middeleeuws gebruik, vergelijkbaar met vastenavond, zoals M. Zender aanneemt, of valt eerder te denken aan charivari-achtige toestanden? Vooral de vraag naar de identiteit van de *Omes* zal ons in de volgende hoofdstukken bezighouden. Alvorens op deze vraag in te gaan is een vergelijking met soortgelijke Nicolaasmaskerades in Oostenrijk en Zwitserland aan te bevelen, omdat dit nieuwe gegevens kan opleveren die een meer verantwoord oordeel mogelijk maken.

Sinterklaas in de Alpen

Voor een beter begrip van de Nederlandse feiten is een vergelijking met overeenkomstige gegevens uit het buitenland voor de hand liggend. De Duitstalige Alpen – naast Nederland en België het enige gebied met een aaneengesloten Nicolaastraditie – bieden zich als het ware aan. Gelet op de geografische situatie, die vaak een grote mate van isolement met zich meebrengt, mag men er naast overeenkomsten, aanzienlijke regionale en lokale verschillen verwachten. In dat opzicht is de situatie eerder vergelijkbaar met die op de Waddeneilanden, waar het feest verschilt van eiland tot eiland en soms van dorp tot dorp. Tegenover de bonte verscheidenheid in de Alpen valt de eenvormigheid van het moderne Nederlandse feest pas goed op. De afzonderlijke behandeling van Oostenrijk en Zwitserland heeft twee redenen. Zwitserland, met zijn taalkundige en confessionele verschillen, biedt zo'n complex beeld, dat een thematische aanpak de voorkeur verdient boven een regionale. De beschikbare literatuur is een andere reden. Voor Oostenrijk stonden alleen regionale beschrijvingen van de hedendaagse toestand ter beschikking. Behalve de maskerades worden ook de andere aspecten van het feest beknopt beschreven om de plaats van de maskerades in het geheel te kunnen begrijpen.

4. 'Klausjagen' in Zwitserland

1. Overzicht van de verschijningsvormen

Het materiaal kan worden geordend naar datum, naar het uiterlijk van Nicolaas en zijn begeleiders en naar hun activiteiten: wijze van rondgaan, gaven gevend of vragend, het soort lawaai dat ze maken (Geiger).[1]

Datum

In de katholieke kantons van Centraal-Zwitserland, in Freiburg en de Berner Jura vinden de feestelijkheden plaats op of rond 5/6 december. Onder invloed van de Hervorming verdrong Kerstmis de Nicolaasdag, maar dit vermocht niet *Kläuse* van allerlei slag te doen verdwijnen. Maskerades met deze *Kläuse* tussen 25 en 31 december komen voor in Oost-Zwitserland (Sankt Gallen, Appenzell, Zürcher Oberland) en in het Berner Mittel- en Oberland. Daar waar de grenzen tussen de confessies grillig verlopen, dient de datum om de eigenheid te beklemtonen en zich af te zetten tegen de andere confessie. In sommige protestantse dorpen is men teruggekeerd naar de oorspronkelijke datum. Schematisch weergegeven zijn er in het Duitstalige deel twee groepen feesten: op 5/6 december en 25/31 december. In het Italiaanstalige Tessino, waar *Befana*, een goedige heks, ook wel *Striga* (heks) of *La Vecchia* (oud wijf) genaamd, naar goed Italiaans gebruik geschenken brengt met Driekoningen, komt Nicolaas nauwelijks voor. In Franstalig Zwitserland, naar gelang de confessies, zijn de data 5/6 december of Kerstmis.

Verschijningsvormen

Nicolaas in enkelvoud met een enkele begeleider die *Schmutzli* wordt genoemd, lijkt nog het meest op de Nederlandse Sinterklaas. Hij gaat rond in het dorp, bezoekt de kinderen in de huizen en deelt versnaperingen uit. Met Nicolaas in meervoud komen we bij de typisch Zwitserse maskerades. *Kläuse* in de meest fantastische vermommingen maken de straten onveilig of trekken met veel lawaai langs de huizen om gaven te eisen. Het kan gaan om groepen kinderen, opgeschoten jongens of jonge mannen. Naast de eigenlijke *Kläuse* treft men verder aan *der Nünichlingler* in Baselland, *der Mutti* in Berner Mittelland, *der Pelzmarti* in het Kander- en Simmental. In Franstalig Zwitserland is het allemaal wat minder angstaanjagend. De gavenbrengende figuren heten *Dame Noël* in de Jura, *le Bon Enfant* in Waadtland, voorts: *le Père Chalande, le Père Fouettard, le Père Noël, la Chaussevieille* of *la Tante Arie*. Van deze figuren treden enkele lijfelijk op, andere bestaan alleen in de verbeelding en worden geacht 's nachts op bezoek te komen.

Activiteiten

Het markantst zijn naast de maskerades, en in combinatie daarmee, de zogenaamde *Lärmbräuche*, ritueel lawaai dat van de herfst tot vastenavond voorkomt, maar twee hoogtepunten kent: 5/6 december en 25/31 december. Twee vormen zijn te onderscheiden:
a. één of meer *Kläuse* die weinig meer met de katholieke bisschop van doen hebben, maken zelf lawaai;
b. het gevolg van Nicolaas maakt lawaai.

a. De eerste vorm komt vooral voor in Oost-Zwitserland. De gemaskerden dragen bellen aan een gordel, dansen en springen en hebben vaak een fantastische hoofdtooi. Bekend zijn de *Silvesterkläuse* in Appenzell, die vergelijkbaar zijn met de Oostenrijkse *Perchten* en optreden op 31 december, Silvesterdag. Dit gebruik zou oorspronkelijk al aan de jaarwisseling gebonden zijn en zou de *Kläuse* naar zich toe hebben getrokken (Geiger).
b. Bisschop Nicolaas heeft een gevolg dat lawaai maakt met bellen en zwepen. Soms is het lawaai een inleiding tot het Nicolaasfeest; het vindt vooral in het katholieke Centraal-Zwitserland plaats. Er is een zekere spanning tussen lawaaigebruiken en de kerkelijke Nicolaas. De verbinding van de heilige met lawaai is door de Kerk bestreden, hier en daar met succes, bijvoorbeeld in Uri. Als Nicolaas in een lawaaioptocht voorkomt, schenkt hij vaak geen gaven. Men vertelt de kinderen dat hij 's nachts op bezoek komt en dat het om een andere Nicolaas gaat. Dus ook hier een nachtelijk bezoek. De kinderen zetten de schoen of hangen een kous voor de haard of bij deur of raam. Geiger neemt aan dat dit gebruik uit Frankrijk afkomstig is. In Baselland schijnt Nicolaas tot een oudere lawaaioptocht rond Kerstmis toegetreden te zijn. De *Nünichlingler* wordt hier vaak met *Nikolaus* verwisseld. Hij komt voor op 6 december of op 24 december.
Het bovenstaande is ontleend aan een overzichtsartikel van Paul Geiger in het

Schweizerisches Archiv für Volkskunde, 36ste jaargang. Hij verwijst naar het werk van Meisen en zegt het niet altijd met deze auteur eens te zijn wat de interpretatie van de feiten betreft. In het algemeen wordt Meisens reconstructie van het middeleeuwse feest geaccepteerd. De kritiek zet daar in waar Meisen geneigd is jongere wintergebruiken van het middeleeuwse Nicolaasfeest af te leiden.

2. Nikolausmarkt

In de week van 6 december vindt men hier en daar ook een *Klausmarkt*, meestal op een vaste dag in de week, als tegenhanger van de kerstmarkt elders. Die in het kanton Glarus gaan vergezeld van een lawaai- en bedeloptocht van de kinderen. Op de bergen worden vuren ontstoken. De Klausmarkt in Lenzburg en omgeving (kanton Aargau) is op de tweede donderdag van december. Vanaf de laatste week van november komen de zwepen te voorschijn. Tijdens de jaarmarkt vindt een wedstrijd in zweepknallen plaats. 's Avonds trekt een lichtjesoptocht rond met uitgesneden bieten, aangevoerd door twee, vier, zes of acht *Kläuse*. In een aantal gevallen gaat het om jaarmarkten die vanouds verbonden waren met het patroonsfeest van Nicolaas.

Op de eerste maandag van december vindt die van Frauenfelt (kanton Thurgau) plaats. Een bericht vermeldt hoe het eraan toeging in het begin van de vorige eeuw. Uit de wijde omgeving kwamen de boeren naar de stad, »waar ze alles kochten wat ze het jaar door in huis en op het land nodig hadden aan kledingstoffen en gereedschap«. Voor de kinderen nam men kastanjes mee naar huis. In de cafés deed men zich te goed aan een glas wijn en warme worst. Er is sprake van gebak in de vorm van een man of een vrouw, maar zuinige of arme mensen bakten die zelf. In Kaiserstuhl (kanton Aargau) verkocht men merkwaardig gevormde heiligenbeelden van klei, *Güetsli* of *Kläuse* genaamd. Een gemeentebesluit van 1912 in Glarus staat het *Klausmarkt-luiden* en het dragen van *Klausmütze* toe op de twee dagen voor de markt. Iedere vorm van bedelarij en het rondtrekken met fakkels en pekkransen werden echter verboden. Dit moet wel slaan op bedeltochten van kinderen die langs de deuren gingen om gaven in te zamelen.

Een zekere abbé Daucourt doet verslag van negentiende-eeuwse Nicolaasmarkten in de Berner Jura. In Porrentruy had die veel weg van een kermis en duurde bijna de hele nacht. Een bijzonderheid was de *foire des amoureux* of vrijersmarkt, ook *foire du petit doigt* genoemd omdat de paartjes pink aan pink liepen. De redacteur die deze gegevens uit het manuscript van de abbé publiceert (1914), zegt dat de door de abbé beschreven gebruiken verleden tijd zijn. Als oorzaak suggereert hij de kerstboom, die in de mode is gekomen. Vaak komt *Saint Nicolas* pas met Kerstmis om de kinderen geschenken te brengen. Wat het pinklopen betreft, merkt hij op dat alleen kwajongens zich deze »kwalijke grap« permitteerden. Ook in Zug is sprake van een vrijersmarkt op dinsdag voor 6 december.[2]

3. HET HUISELIJK FEEST

Hoe zag het feest er binnenshuis uit rond de eeuwwisseling? In Zug vielen de geschenken voor kinderen en het huispersoneel op 6 december royaler uit dan met Kerstmis of nieuwjaar. Wekenlang werd het feest aangekondigd door het *Schafgeiseln* of zweepknallen en hoornblazen van de opgeschoten jeugd. Intussen ging *Samichlaus* (Sinterklaas) rond en strooide noten en *Lebkuchen* (taai-taai). Het grote evenement was natuurlijk de *Schleiknacht*. 's Anderendaags stonden schalen en manden met geschenken op de tafel. Overdag vond het *Klausjagen* plaats met *Nikolaus*, *Schmutzli* en de *ezelskop* (zie paragraaf 4).

In de Birseck (kanton Baselland) verscheen *Santi-Klaus* met een witte baard en meestal met mijter om de brave kinderen noten, appelen enzovoort te schenken. Voor de *stoute kinderen* had hij een zak bij zich. Het dreigen met Sinterklaas was de gewoonste zaak. In 1899 was het feest aan het verdwijnen. Elders vervulde het Kerstkind al de rol van Sinterklaas. Vergezeld van de *ezel* en de *Schmutzli* bracht het lekkernijen voor de *brave*, een roe voor de *stoute kinderen*. Op het *Klausholz* hadden de kinderen boekhouding gevoerd van hun gebeden. Het een en ander werd door *Schmutzli* gecontroleerd. Maar ook de variant met het Kerstkind begon in onbruik te raken. Het Kerstkind werd onzichtbaar en deponeerde zijn gaven onder de kerstboom.

Soms was het onderscheid tussen straatfeest en huiselijk feest niet erg duidelijk en gingen de twee in elkaar over, zoals in het Frei- und Kelleramt (kanton Aargau). Hier is geen sprake van een deftige bisschop. Aangekondigd door kettinggerammel kwamen de *Samichlaus* en de *Schmutzli* binnen. De vermomming kon niet eenvoudiger zijn. Sinterklaas droeg een lang wit hemd, hij had een wit lapje voor het gezicht en een papieren *Niffele* of hoed op zijn hoofd. De *Schmutzli* volstond met een zwart pak, een zwart lapje voor het gezicht en een zwarte hoge hoed. Als attributen had hij: zweep, ketting, roe en een zak met versnaperingen. Het *Examen*, een onderzoek naar braafheid, ijver en vroomheid, was een vast bestanddeel van het rituteel. Hier en daar beperkte het bezoek zich tot strooien en werden de geschenken 's nachts gebracht.

De *Schmutzli* komt volgens de gegevens van Geiger alleen in katholieke streken voor en is daar de begeleider van *Samichlaus*. Zijn naam heeft te maken met zijn gezicht, dat meestal zwart is, en hij houdt ervan de omstanders zwart te maken. Hij is pakjesdrager en boeman tegelijk. Andere figuren zijn de duivel, *der Schwarze Tüsseler*, *der Butzli*. Meisen beschouwt de *Schmutzli* als afstammeling van de duivel, die in contrast staat tot de lichtende gestalte van Nicolaas.

In het gevolg komt ook de ezel nogal eens voor, hetzij in vermomming, hetzij als zogenaamde *Schnappesel*. Dit is een ezelskop op een stok, waarvan de onderkaak kan worden bewogen.[3]

4. Klausjagen

Net als het feest op de Waddeneilanden is het *Klausjagen* een feest in twee delen. Het eigenlijke gebeuren wordt voorafgegaan door dat van de kinderen. Overdag trekken die met de met linten versierde ezelskop langs de huizen, aldus een beschrijving uit Zug van 1897. Met deze *Klausesel*, die bevestigd is op een lange stok, tikken ze tegen de ruiten. Door aan een touw te trekken, gaat de bek open en komt er een lange tong te voorschijn. Pas als de ezel 'gevoerd' is met wat geld, gaat de bek weer dicht. 's Avonds tussen acht en elf uur trekken de grote *Klausjäger* in groepjes van elf tot vijftien man rond. Zij zijn gekleed in een wit hemd en dragen een zwarte kap. Ze zijn al uit de verte te horen door het *Tricheln*, dat is het lawaai maken met koebellen, verder het zweepknallen, hoornblazen en accordeonmuziek. Een van hen is als bisschop Nicolaas verkleed, een ander als *Schmutzli* en een derde als ezel. Eerst bezoekt dit rumoerige gezelschap de afgelegen boerenhoeven. Ze laten zich er onthalen op spijs en drank en delen op hun beurt noten en kastanjes uit aan de huisbewoners. In het dorp doet men alleen de huizen van goede bekenden aan. Ook nu gebeurt dat met de ezelskop. Het op die manier ingezamelde geld wordt na afloop in de cafés verteerd. De kroniekschrijver van 1897 vermeldt dat het Klausjagen alleen in het Aegerithal (kanton Zug) nog op grotere schaal voorkomt, ondanks verboden en straffen.

Een ander bericht gaat over het *Samichlausjagen* in Küßnacht am Rigi (kanton Schwyz) in 1912. Enkele dagen voor 5 december vindt het voorspel van het *Tricheln* en *Geißschwingen* plaats. Op het plein of op de wei stellen jongens zich in groepjes van twee of meer tegenover elkaar op en laten de soms drie meter lange zwepen op de maat knallen, een zware lichamelijke bezigheid. Op de avond van 5 december gaan de *Iffele* in groepen rond. Het zijn bizarre gedaanten met een witte baard, gehuld in een lang wit hemd met op hun hoofd de *Inful*. Dit zijn reusachtige, verlichte mijters, soms een meter hoog, die constant met beide handen moeten worden ondersteund om ze in evenwicht te houden. Ze zijn gemaakt van karton waarin sterren, kruisen en palmtakken zijn uitgesneden. De openingen zijn beplakt met bont papier. De mijters worden van binnenuit verlicht door kaarsen. De *Iffele* bewegen zich voort in een trage danspas: tien passen vooruit, intussen om de as draaiend en weer terug. Intussen maakt het gevolg een hels lawaai met de *Trinkels* of *Treicheln*, grote koebellen en met hoorns en glazen buizen, op een langzame vierkwartsmaat, twee korte, twee lange stoten. Straat in, straat uit, trekken ze de hele nacht rond. Bij cafés en boerenhoeven wordt halt gehouden om zich te goed te doen en gaven in te zamelen. De oudere jeugd neemt, meestal vermomd, hieraan deel. Vroeger trok men ook wel naar naburige dorpen, waar het soms tot vechtpartijen kwam. Ook was het gewoonte dat boerenzonen met hun *Treicheln* tegen de kersenbomen sloegen om zich van een goede oogst in het komende seizoen te verzekeren. De schrijver vertelt dat het gebruik door politieverordeningen is ingeperkt en hij verwacht dat het ooit helemaal zal uitsterven.

Bij Kapfhammer (1977) kan men nalezen hoe het feest 65 jaar later leeft als nooit tevoren. De stoet bestaat tegenwoordig uit ongeveer veertig *Kläuse* met hun buitenproportionele mijters, voorafgegaan door de muziekkapel en de zweepknallers, en gevolgd door *Nikolaus* en de *Schmutzli*. Met korte voorwaartse en zijwaartse passen bewegen ze zich voort, terwijl ze met hun handen de mijter in evenwicht houden. Een groep *Trichlern*, kerels die met koebellen zwaaien, sluit de stoet af. Het feest werd gered door een *Sankt Niklausen-comité* in 1928. Het hierboven beschreven gebruik, dat als *reine Lärmsitte* wordt getypeerd, was tegen 1928 inderdaad op sterven na dood. Voorheen ging het om ongeorganiseerde gebruiken, gedragen door de *Burschenschaft*, de jonge mannen van het dorp, waarbij weleens iets uit de hand liep. Nogal wat van dit soort gebruiken is in de voorbije decennia door organiserende comités, in overleg met de overheid, voor de ondergang behoed of tot nieuw leven gewekt. Tegenwoordig kan men het gebruik op tientallen plaatsen in meer georganiseerde vorm aantreffen onder de oude benaming *Klausjagen* of herdoopt als *Nikolausumzug*. Soms gaan de hedendaagse lawaaiprocessies terug op oudere tradities, vaak zijn het creaties van jongere datum.[4]

5. KLAUSBAUM

Dat ten gevolge van de Hervorming het feest van de heilige op 6 december werd afgeschaft, is licht voorspelbaar. Dat bestaande gebruiken met of zonder *Klaus*-etiket zich naar andere feesten verplaatsten, evenzo. Toch kijkt men op als men hoort dat *Nikolaus* iets met de kerstboom te maken heeft. Zoals bekend, is de kerstboom een betrekkelijk jong gebruik dat zich vanuit de stad over het platteland heeft verspreid. In katholieke streken stuitte hij lang op weerstand vanwege het vermeende 'heidense' karakter. Men hield het in die kringen bij de kerstkribbe.

In Zwitserland is het gebruik uitgegaan van Zürich-stad en heeft van daaruit ingang gevonden in het kanton Zürich. Een prent uit Zürich (1799) stelt Nikolaus voor, staande voor een verlichte boom. In 1819 werd deze boom *Klausbaum* genoemd. Tweede verrassing: deze *Klausbaum* stond niet in verband met Kerstmis, maar met *Silvester*, oudejaarsavond. Een zegsman uit Stammheim (kanton Zürich) haalt een herinnering op uit 1847: »Op oudejaarsavond hielden we een mooi feest, waarbij we elkaar bij een met kaarsen verlichte 'Klausbaum' allerlei geschenken gaven.« Een ander bericht stamt uit Bauma (kanton Zürich), 1863: »Ik kreeg mijn eerste boom bij grootvader op Silvesteravond. 'Chlaus' trad op, daarna werd de deur van een zijkamer geopend, waar de verlichte boom stond.« Deze *Chlaus* had weinig meer weg van een bisschop. Met zijn mantel met capuchon en witte baard leek hij meer op de kerstman. Soms kwam hij alleen, soms met de *ezel*. Volgens deze informant was het vanaf 1870 bij welgestelde families gebruikelijk dat deze boom naar kerstavond werd verplaatst en tot *Christbaum* werd omgedoopt.[5]

6. SILVESTERKLÄUSE

In enkele dorpen in het Zürcher Oberland heeft het *klausen* op Silvester zich gehandhaafd. De voorgeschiedenis van het huidige gebruik is ook bekend. In Wald droeg hij een rood wambuis, witte kousen en op zijn hoofd een lichthoed die zich naar boven verwijdde. Hierin waren figuren en spreuken uitgesneden. Om het middel droeg hij een houten ring met klokken, echte gegoten klokken, in tegenstelling tot de blikken bellen. Vandaar zijn naam *Gloggechlaus* en niet zoals elders *Schellenklaus*. In 1892 droeg hij nog een masker van hout of metaal, later van draad. Tegenwoordig is hij ongemaskerd. In de vorige eeuw werd hij vergezeld door de *Mehlhexe*, thans door de *Gurri*, een variant van de *ezel* die op veel plaatsen in het gevolg van *Samichlaus* wordt aangetroffen. Het is een ezelskop op een lange stok, met beweegbare kaken, die wordt gedragen en gemanipuleerd door een persoon onder een wit laken. Deze boeman moet de kinderen angst aanjagen en met zijn happende muil de geldgaven innen. Zonder beloning geen *Silvesterklaus*. Een zekere Marx Booshard is zestig jaar lang *klausen* gegaan (1852-1912), tegen beloning wel te verstaan. In 1863 werd de bedelplaag de gemeenteraad in Wald te veel en werd het *klausen* op Silvester beperkt van één tot zes uur. Het bedelen met nieuwjaarswensen werd verboden. In 1930 waren er klachten dat de uitrusting was verworden tot een carnavalskostuum. Het Verkehrsverein heeft toen de organisatie ter hand genomen. Vandaag de dag trekken acht paren rond, elk bestaand uit een *Klaus* en een *Gurrie*. 's Morgens in de buitengewesten, 's middags in het dorp. 's Avonds is er een gezamenlijke optocht door de hoofdstraten.

Oud en nieuw Silvester

In 1905 vond de gemeenteraad van Fischental (Zürcher Oberland) het nodig op te treden tegen de *oude Silvester*, die volgens de Juliaanse kalender op 13 januari viel. De herinnering aan deze oude kalender is ook in Appenzell nog levend; daar gaan de Silvesterkläuse op 31 december én op 13 januari rond. Dit gebruik weerspiegelt een oud conflict over de kalender. In 1582 bepaalde paus Gregorius XIII dat het jaarbegin ongeveer twee weken moest worden vervroegd, omdat de oude kalender niet meer klopte. Met name in de landen van de Hervorming heeft het verzet hiertegen lang geduurd, in Nederland tot 1700. In sommige Zwitserse dorpen heeft men de weerstand met boetes en met de sterke arm moeten breken. De Appelzellers maken er geen punt (meer) van en verschijnen vrolijk op nieuw oudjaar en op oud oudjaar.

De naam *Silvesterklaus* verraadt nog een ander stuk kalendergeschiedenis. *Klaus* verwijst naar zijn oorsprong op 6 december en de gebruiken van die dag. *Silvester*, wiens feest op 31 december valt, verwijst naar de gebruiken van de jaarwisseling. Een aardige bijkomstigheid van de naam *Silvesterklaus* is dat Silvester en Nicolaas, als hij geleefd heeft, tijdgenoten waren. Volgens de legende zou Nicolaas hebben deelgenomen aan het concilie van Nicea (325), wat plaatsvond tijdens het pontificaat van paus Silvester I (314-325). Door toedoen van de hervormers raakte het Nicolaasfeest in diskrediet. De gebruiken van die dag gingen over de kalender zwerven en dienen als gebruiken voor de jaarwisseling. Dankzij de hervormers ontmoetten de heiligen elkaar weer als kalenderheiligen op de laatste dag van het jaar. In de naam *Silvesterklaus* wordt zo een ironisch detail van de kerkgeschiedenis bewaard.

Urnäsch

De bekendste Appelzeller *Silvesterkläuse* zijn die van Urnäsch, waar het een toeristisch evenement is geworden. Een journalist schreef in 1848: »dat het een hoogst onbetamelijk, onwaardig en daarom verwerpelijk middel is om aalmoezen in te zamelen« en twaalf jaar eerder kon men in de krant lezen dat het »een overblijfsel uit barbaarse tijden« was. In de hongerwinter van 1816-1817 zouden meer dan honderd *Kläuse* en ongeveer tweehonderd bedelaars zijn rondgegaan om aan eten te komen. 'Folklore' uit bittere noodzaak.

Het *Klaus-lopen* heeft het werkwoord *klausen* opgeleverd. Het is een slopende bezigheid die voor dag en dauw op Silvester begint met het *frühklausen*, en pas eindigt in de vroege uurtjes van nieuwjaarsnacht met het *schlussklausen*. De maskerade is een mannenzaak, ook als ze vrouwelijke wezens uitbeelden, de zogenaamde *Rollenkläuse*, zo genoemd naar de ronde bellen die ze om het bovenlijf dragen. Zij vormen de tegenhangers van de mannelijke *Schellenkläuse* die op borst en rug twee gigantische koebellen torsen met een totaalgewicht van twintig à dertig kilo. Dan is er nog een derde groep, de *Wüeschte Kläuse*, wildemannen met angstaanjagende maskers.

De hoed van Sinterklaas is in Zwitserland een wonderlijke zaak. Niet alleen de omvang is soms buiten alle proporties, ze nemen ook de merkwaardigste vormen aan. Men herinnert zich de meterhoge mijters van de *Infele*. Op kerstavond gaan in Ziefel (Baselland) de *Nünichlingler* rond met meterhoge *kachelpijpen* op het hoofd. De vreemdste hoofdtooien zijn te vinden in Urnäsch. De *Rollenkläuse* dragen grote, bontversierde, halfronde hoofddeksels. Bij de *Schellenkläuse* zijn het een soort platforms waarop taferelen uit het landleven zijn uitgebeeld. In feite zijn het complete maquettes, die ook nog verlicht kunnen worden. Voordat het dag is, zijn ze al op pad, nog zonder masker en hoofdtooi, om bij vrienden op het ontbijt te worden genodigd. Zodra het licht is, begint het eigenlijke *klausen*. In groepjes gaan ze langs de huizen, bieden hun nieuwjaarswensen aan en nemen hun 'honorarium' in ontvangst. Na een zware dag wordt in de cafés potverteerd.[6]

5. Sinterklaas in Oostenrijk

In dit overwegend katholieke land zou men een meer uniforme viering verwachten dan in het confessioneel en taalkundig verdeelde Zwitserland. Dat de verscheidenheid er toch groot is, ligt niet aan de heilige maar aan zijn gezelschap. Een verschil met Nederland en Zwitserland is dat de heilige er overal zichzelf is gebleven. Gedemoniseerde vormen als *Klaaskerel*, *Klaasomes* of de Zwitserse *Kläuse* zijn hier onbekend. »De donkere begeleider wordt gezien als de door de heilige bedwongen helse bedreiging« (L. Schmidt). De meest verbreide naam voor deze figuur met het uiterlijk van een duivel en met de bekende attributen, ketting en roe, is *Krampus*. Regionale namen zijn *Klaubauf* in Tirol, *Bartl* in het zuidoosten. De verscheidenheid is het grootst waar de geografische situatie het isolement heeft bevorderd.

1. NEDER-OOSTENRIJK

In deze provincie, gelegen in het noordoosten van Oostenrijk, is 5/6 december een kalm feest. Het regelmatig herhaald verbod op maskerade is hier zeer effectief geweest. Een gecombineerde actie van verlichte vorsten en pedagogen in de achttiende eeuw en grote druk vanuit de geestelijkheid hebben er nagenoeg een einde gemaakt aan de oudere vormen van het feest. Restanten van de oude maskerades kwamen in het begin van de twintigste eeuw nog sporadisch voor op het platteland: figuren in geïmproviseerde kleding of dierevellen, gemaskerd of met een zwart gezicht. In adellijke en burgerlijke kringen werd het feest in de zeventiende en achttiende eeuw gevierd met bezoek aan huis van de bisschop, vergezeld van *Krampus* of een engel. L. Schmidt beschouwt dit bezoek van een lichtende gestalte en zijn duistere tegenhanger als een barokke ontwikkeling. Ook het optreden van *Krampusse* in groepen zou uit die tijd stammen. Een rechtstreekse voortzetting van middeleeuwse gebruiken acht hij minder waarschijnlijk.

Sinds de Tweede Wereldoorlog is het feest in handen van Kerk en school. Ook plaatselijke verenigingen en toeristische organisaties waren erin geïnteresseerd.

Dit verklaart de plaatselijke verschillen. Daar waar de geestelijkheid het initiatief nam, speelt het feest zich af in en om de kerk. Zoals het feest ooit uit de cultus is ontstaan, zo wordt ook hier gebeden en gezongen ter ere van de heilige die in levenden lijve de kerk binnenkomt. In een preek wordt de kinderen voorgehouden hoe hun patroon dient te worden nagevolgd. Het feest dus in dienst van het godsdienstonderricht. Soms wordt de bekende scène gespeeld, waarbij de heilige de kinderen ondervraagt naar hun gedrag, hun kennis van de geloofsleer en hun verzoekt een gebed te zeggen. Deze scène heet in de Duitstalige landen het *Examen*. De ceremonie wordt besloten met het uitdelen van versnaperingen. De wereldlijke variant, georganiseerd door sport- of *Heimat*-verenigingen, bestaat uit een feestelijke intocht te paard, per koets of, als het weer meewerkt, per slee. Voor het raadhuis, waar soms de sleutels van de stad aan de heilige worden overhandigd, is een toespraakje, gevolgd door de uitdeling. Soms wordt ook de figuur van *Krampus* weer in ere hersteld, zij het gedisciplineerder dan vroeger. In gezelschap van deze gemaskerde figuren trekt de bisschop door het dorp. Deze georganiseerde vormen lijken toekomst te hebben. Op school en bij de jeugdvereniging worden de kinderen er al vroeg vertrouwd mee gemaakt. Volgens H. Fielhauer-Fiegl is de feestelijke intocht mogelijk, via de televisie, beïnvloed door de Nederlandse Sinterklaas of de Amerikaanse *Santa Claus*. Met Meisen gaat zij uit van een christelijke oorsprong van de figuur van de kinderbisschop, maar anders dan Schmidt neemt zij een hogere ouderdom van de maskerades aan.

2. NICOLAASOPTOCHT IN INNSBRUCK

De intocht is van jonge datum (1947), maar gaat terug op een oudere traditie. Een raadsbesluit uit 1738 vermeldt een verzoek om subsidie voor het verstellen van de kleren van Nicolaas en *Krampusse*. Het gebruik, in 1947 in de Nicolaasparochie begonnen, is intussen uitgegroeid tot een stadsevenement. Op 5 december om 17.20 uur luiden de klokken van de Nicolaaskerk. Een *Nachtwächter*-koor zingt liederen. Nicolaas verschijnt met een groep engelen en houdt een toespraak. Dan trekt de stoet: Nicolaas, engelen, misdienaars, de *Nachtwächter* met lantaarns en een fanfare, richting centrum. *Knecht Ruprecht*, die van Duitse afkomst zou zijn, volgt met een wagentje met appels, getrokken door een ezel of pony. Langs de route deelt hij appels uit. Door de Nicolaasstraat, waar de ramen door kaarsen verlicht zijn, gaat het naar het *Golden Dachl*-plein in de *Altstadt*. Daar wordt om zes uur de kerstboom ontstoken, als opening van de kersttijd. Vanaf het balkon van het *Golden Dachl* wordt dan andermaal een toespraak gehouden.[1]

3. 5 DECEMBER IN TIROL

In beschrijvingen van het kinderfeest in Tirol en het Italiaanse Zuid-Tirol beperkt men zich meestal tot enkele dorpen waar het bezoek van de heilige tot een spektakel is uitgegroeid en waar bij voorkeur ook pers en televisie zich vertonen. Sinterklaas als *Medienereignis*. Heel anders pakt Friedrich Haider het aan. Hij neemt de lezer mee van dal naar dal, langs bergweggetjes naar dorpen en gehuchten die soms op geen kaart te vinden zijn en waar kinderen op de heilige wachten. Nu eens krijgen ze hem te zien, als hij met zijn gevolg: een engel en een of twee *Krampusse* op bezoek komt, dan weer is zijn aanwezigheid alleen maar hoorbaar door het gerammel van kettingen en tastbaar door het snoep dat naar binnen wordt gegooid. Om tijdens het nachtelijk bezoek niet vergeten te worden, wordt een schoen voor de deur gezet of een bord voor het raam. Hooi voor de ezel en een *Schnaps* voor de heilige onderstrepen het onuitgesproken verzoek, dit huis vooral niet over te slaan. En wat in deze katholieke streek niet verbaast: al meer dan een week hebben de kinderen de heilige in hun gebeden aangeroepen.

a. 'Klosen' in Stilfs

Maar het kan ook heel anders. In sommige dorpen is de mannelijke jeugd al dagenlang bezig met het maken van het bekende lawaai: zwepen, bellen, hoorns. De climax wordt bereikt op de namiddag van 5 december met het *Klosen* in Stilfs (Zuid-Tirol). Twee groepen vermomde jongelui (tussen 15 en 25 jaar), de *Scheller* en de *Schiachen*, wedijveren met elkaar en onderscheiden zich zowel in uiterlijk als gedrag. De *Scheller*, gekleed in een van onder tot boven met bonte snippers bedekt kostuum, een gordel van bellen om het middel en een masker met een lange rode tong, gaan als dollen tekeer, rollen door de sneeuw en maken het geluid van ezels, reden waarom ze ook wel *ezels* worden genoemd. Ze springen op vensterbanken en sloven zich uit in acrobatiek. De *Schiachen* (lelijken) zijn gehuld in voddenkleding waaraan zoveel loshangende lapjes zijn bevestigd, dat het lijkt of ze in een kostuum van louter losse vodden gekleed zijn. Een zwart masker met hoorns, grote ogen, grote mond, wit en rood beschilderd, wordt met behulp van een stuk huid dat de rest van het hoofd bedekt op zijn plaats gehouden. Hun attribuut is een ketting. Ze lopen waardig, maken een dof geluid, schudden voorbijgangers door elkaar, slaan met kettingen tegen de huizen.

Wanneer de groepen op elkaar stoten, lijkt het aanvankelijk tot een gevecht te komen, maar dan trekken ze gezamenlijk door de straten. Intussen maken enkelingen of kleinere groepen zich los, 'gijzelen' een toeschouwer, die zich tegen een drankje in het *Gasthaus* kan vrijkopen.

Een derde groep, de *Schianen* (mooien), lijkt er een beetje bij te hangen. De groep bestaat uit Sinterklaas zelf en zijn gevolg van *roedragers*, *lichtdragers*, enkele engelen en *ezels* (in vermomming). Vroeger, toen het rumoerige gezelschap nog in de huizen werd toegelaten, vond ook ondervraging van de kinderen plaats. De vermomde jongelui hadden het vooral op de meisjes begrepen. De beschrijving van het feest in Stilfs door drie auteurs laat verschillen zien met betrekking tot het uiterlijk en de activiteiten van de gemaskerden. Een van hen, Josef Pardeller, woont in Stilfs en om die reden is zijn beschrijving misschien betrouwbaarder.

b. 'Santa-Klas-Wecken' in Mals

Op het punt van Nicolaasviering is Tirol beslist koploper in Oostenrijk. De verklaring voor deze grote populariteit is te vinden in Zuid-Tirol. Hier zouden 54 kerken aan de heilige gewijd zijn. »Hij is er niet alleen kindervriend, maar ook beschermer tegen water- en lawinegevaar« (Fink). In Mals en andere dorpen van de Vintschgau (Zuid-Tirol) wordt Sinterklaas *gewekt* door de schooljongens. De jongsten (6 tot 8 jaar) dragen bellen, de 8 tot 10-jarigen hebben bovendien bokshoorns en de oudsten (tot 14 jaar), met stokken uitgerust, vormen de ordedienst en moeten de jongeren verdedigen tegen de *Klaubaufe* of *Krampusse*. Vanuit een hoog gelegen plek gaat het in optocht naar het dorp beneden. Op de plaats waar vroeger een Nicolaaskerk stond, wordt halt gehouden voor een afbeelding van de heilige en wordt *Santa Klas gewekt* door het lawaai van schellen en het blazen op hoorns. Na driemaal in een kring te zijn rondgegaan, trekt de stoet door de nauwe straten van het dorp en wordt meermalen door griezelige *Klaubaufe* aangevallen. Door de macht van het getal lukt het de jongens meestal deze tegenstanders uit te schakelen. In de avonduren komt *Santa Klas* soms in eigen persoon op bezoek in gezelschap van *Krampus*, die tevens als boeman dienst doet. Waar dat niet gebeurt, weten de kinderen dat de heilige hoe dan ook 's nachts langskomt. Zichtbaar of onzichtbaar, overal laat hij een spoor van zijn bezoek na.

c. 'Klaubauf' en 'Krampus'

In Tirol heet de knecht *Krampus* of *Klaubauf*, namen die door elkaar gebruikt worden. De *Klaubauf* begeleidt in Beieren en Oostenrijk de heilige op zijn rondgang. Hij is herkenbaar door het verwrongen duivelsmasker en een grote zak waarin hij luie en stoute kinderen *aufklaubt*. In plaats van de zak bedient hij zich ook wel van een mand op de rug, de *Bugglkorb*. Zijn identiteit van *geketende duivel* is onmiskenbaar, want de ketting ontbreekt zelden. Soms wordt hij ook met *duivel* aangeduid. In het Ladinisch gedeelte van Zuid-Tirol wordt hij *le Malang*, *de Boze*, genoemd. Behalve als begeleider mag hij ook graag op eigen initiatief opereren. Groepen van tien, twintig of meer *Klaubaufe* zijn in sommige plaatsen geen zeldzaamheid. Voorwerp van hun agressieve activiteiten zijn dan niet meer de kinderen, maar het jeugdige vrouwvolk.

Deze collectieve ondernemingen doen sterk denken aan de maskerades van de *Perchten* die op Driekoningen rondgaan. Beide maskerades worden in verband gebracht met de mythe van de *Wilde Jacht*. F. Haider aarzelt niet *Klaubaufe* en *Perchten* over één kam te scheren. In zijn visie zijn het allebei winterdemonen, wezens uit de oertijd, die in de dode tijd van het jaar ritueel worden opgeroepen om de natuur over het dode punt heen te helpen. Het lawaai zou bedoeld zijn om allerlei boze invloeden uit te bannen. Het is de bekende vruchtbaarheidsinterpretatie van de mythologische school. Nogal nadrukkelijk laat Haider weten dat alles eigenlijk om deze *demonen* draait, die echt inheems zouden zijn, terwijl Nicolaas, zoals hij herhaaldelijk verklaart, import van latere datum en in wezen van ondergeschikt belang is. Het als bezetenen tekeergaan, dat steeds weer tot verboden aanleiding gaf, noemt hij: »das Fieber der Urzeit«. Het *Klaubauf*-gaan werd vroeger als een riskante bezigheid beschouwd, waarbij enige bovennatuurlijke hulp wel gewenst was. Daarom stak men een gewijd voorwerp bij zich of liet zich door een priester zegenen.

d. Boeman in diskrediet

Net als in Nederland is ook in Oostenrijk de opvoedkundige kant van de zaak onderwerp van discussie geweest. Het is inderdaad voorstelbaar dat de angstaanjagende *demonen*, die zelfs volwassenen nog rillingen kunnen bezorgen, op zeer jonge en vooral angstige, overgevoelige kinderen een overweldigende indruk maken en acute angstgevoelens veroorzaken. Een echo van deze discussie is bij Haider terug te vinden, die er een korte passage aan wijdt. Het dreigen met de *Klaubauf* vindt hij een bedenkelijk opvoedkundig middel. Uit de literatuur zijn voldoende voorbeelden bekend waaruit blijkt dat dit vroeger de gewoonste zaak was. Zowel de materiële schade die bij maskerades soms ontstaat, als ook mogelijk geestelijk letsel ten gevolge van het dreigen met de boeman door onverstandige ouders, keurt hij af. Kennelijk zijn er stemmen opgegaan om het hele gedoe gewoon af te schaffen, maar dit vindt hij het andere uiterste. Hij vindt het zelfs bedenkelijk de boeman als een goedaardig wezen voor te stellen, zoals door de commercie gebeurt. De *Verniedlichung*, het lief en aardig voorstellen van de *Klaubauf/Krampus* »bergt de kern van het kwaad in zich«. Een oordeel dat misschien niet ieders instemming zal hebben, maar dat toch het eerder aangehaalde standpunt van A.D. de Groot nadert, dat het beter is kinderen met angst te leren omgaan dan de angst te ontkennen.

e. *'Klaubaufgehen' in Matrei*

Het bekendste evenement is ongetwijfeld het *Klaubaufgehen* in Matrei in Oost-Tirol. Nicolaas gaat rond met een omvangrijk gevolg, maar uiteindelijk draait het allemaal om de *Klaubaufe* die tot diep in de nacht rondspoken. Voor de jongelui is het de gelegenheid bij uitstek om zich uit te leven in het spel van jennen en jagen. Kinderen en tieners beleven de opwindendste dag van het jaar. Dit betekent dat in Matrei kinderfeest en jongerenfeest samengaan en het verklaart tevens waarom de hele dorpsgemeenschap er zo intens bij betrokken is. Maar ook nu weer moet er onderscheid worden gemaakt tussen vroeger en nu. Vroeger speelde een deel van het spel zich af in de grote *Stube*, waar de kinderen veilig achter de grote tafel op de hoekbanken zaten. Op een gegeven moment begon het gevecht om de tafel, het zogenaamde *Tischheben*, waarbij het erom ging dit zware meubel het huis uit te krijgen. Sterke kerels waren met de *Klaubaufe* in een gevecht gewikkeld om dit te beletten. Bij de solide boerenmeubels van toen kwam het op een schram meer of minder niet aan en als er iets stuk ging, werd het eenvoudig gerepareerd. Bij de mooie meubels uit het *Kaufhaus* ligt dat tegenwoordig natuurlijk anders, zodat het gevecht om de tafel een uitzondering aan het worden is.

Wat wel is gebleven, is het bezoek van Nicolaas, het kinderfeest, dat is uitgegroeid tot een klein barok toneelstuk, een *Stubenspiel*. Meerdere gezinnen komen samen in een huis waar voor een grotere groep ruimte is. De komst van de heilige wordt aangekondigd door het bekende lawaai. Zegenend treedt hij dan het huis binnen, gevolgd door twee engelen, de *Lötter* en de *Lötterin* (bedelaars) en een *baby*, de *Spielman* en enkele *Klaubaufe*. Als hij gezeten is, vindt het *Examen*, de ondervraging van de kinderen, plaats. Ook de volwassenen worden op de korrel genomen met *Rügegedichten* (hekelverzen). De engelen delen snoep en geschenkjes uit aan de kinderen. De bedelaars maken een dansje op de muziek van de accordeon en gaan met de bedelzak rond. Op een teken van Sinterklaas stormen dan nieuwe *Klaubaufe* naar binnen en begint het gevecht om de tafel. Sommige aanwezigen, bij voorkeur meisjes, worden opgepakt en afgevoerd naar buiten, in de sneeuw. Intussen vloeit de *Schnaps* rijkelijk. Het verdere verloop, het jongerenfeest, komt verderop ter sprake.[2]

4. KARINTHIË

Bartl of *Spitzbartl* is de naam voor de duivel in Karinthië. Hij draagt een zwart, gehoornd masker, waaruit een lange rode tong hangt, en is in zwarte schapevellen gehuld. Een van de *Bartl* in Haimburg heeft een paardevoet en hinkt. Dit motief van de hinkende duivel is ook bekend uit de literatuur en diende als titel voor de schelmenroman van Lesage (1707). In het Unterkärntnerland is het gevolg van Nicolaas te talrijk voor een gewone huiskamer. Een talrijker publiek, verzameld in een grote boerenkeuken, doet ook meer recht aan het theaterachtig optreden van de Nicolaasstoet die wordt aangekondigd door de *Gendarm*. Het gevolg bestaat uit twee engelen, een nar in rood kostuum met belletjes, en de dood met de zeis. De ondervraging wordt verricht door een *hofkapelaan*. Een harige figuur, *Ruppe*, met een grote *Buckelkorb*, is verantwoordelijk voor de verdeling van de versnaperingen. De heks *Pechtra Waba* commandeert een groep van drie tot zeven *Bartl* die ze aan een lijn meevoert. Op haar bevel gaan ze op de grond zitten, leggen een kaartje, knabbelen op een broodkorst en hangen de pias uit. Pas als de heilige het huis heeft verlaten, mogen ze in actie komen. Ze dreigen, slaan met de roe, stoten met hun hoorns in de richting van de vrouwen en maken het gezicht van de oudere meisjes die ze te pakken krijgen, zwart met houtskool.

In Oberdrauburg ging vroeger *Nikolo* met een enkele *Bartl* rond. Uit dit bescheiden gebruik is sinds 1965 een complete optocht gegroeid, bestaande uit ongeveer zeventig figuranten: engelen, grote en kleine *Bartl*, *Perchten*, *heksen* enzovoort. De houten maskers, die aanvankelijk uit Tirol werden betrokken, worden nu ook ter plaatse gemaakt en kunnen tot acht kilo wegen. De stoet bezoekt alleen de cafés, terwijl individuele *Bartl* de huizen ingaan. Geleidelijk aan is het een show geworden en werd het gezelschap uitgenodigd op te treden in de steden Villach en Klagenfurt en in het buitenland. In 1971 namen ze deel aan de carnavalsoptocht in Düsseldorf.[3]

5. HET 'NIKOLAUSSPIEL'

Het bonte gezelschap in de Oostenrijkse Nicolaasstoeten is een te opvallend verschijnsel om niet te vragen waar al deze figuren vandaan komen. De duivel is een vertrouwd personage en de aanwezigheid van engelen zou nog verklaard kunnen worden uit een behoefte aan symmetrie. In de stoet van 1888 in Venray werden ook engelen aangetroffen. Maar hoe zit het met merkwaardige figuren als de nar, de bedelaar, de kapelaan, de jager, de heks, de dood en veel andere?

Eerder is al de term *Stubenspiel* (huiskamerspel) gevallen. Het bezoek van de bisschop is al een vorm van dramatisering. Hij wordt aangekondigd, begroet het aanwezige publiek en gaat zitten, allemaal heel plechtig. Dan volgt de ondervraging met de antwoorden van de kinderen. Tussendoor zijn er geïmproviseerde dialogen met de duivels of met de ouders van de kinderen. In dit spel is de duivel onderworpen aan Nicolaas. Hij bedient de heilige op zijn wenken en houdt zich koest als hem dat gezegd wordt. Vaak volgt op dit officiële gedeelte een stuk waarin de rollen omgedraaid zijn. In Mittendorf (Salzkammergut) is dat het spel van de bedelaar die wil biechten. Uit zijn biecht blijkt dat hij geen berouw heeft, zodat de priester hem de vergiffenis weigert. Getroffen door de zeis van *de Dood*, wordt de zondaar door enkele duivels afgevoerd. Een *huwelijksduivel* houdt dan een preek waarin hij zich vrolijk maakt over alles wat er fout is in de families. Nicolaas komt in dit stuk niet meer voor. De duivels hebben het voor het zeggen en nemen het publiek in de maling met straf- en schertspreken.

In de oudste berichten over het middeleeuwse feest is er al sprake van toneel op 5 december. Het oudste mirakelspel in de volkstaal is het *Spel van Sint-Nicolaas* van Jean Bodel. In dit stuk wordt een wonder, door de heilige verricht, in scène gezet. Het milieu waar het feest is ontstaan, de middeleeuwse school, was bijzonder geschikt om een dergelijke vorm van toneel te cultiveren. In het spel werd de patroonheilige geëerd, maar er werd ook gespeeld tot lering en vermaak. Het is bekend dat in de landen van de Contrareformatie het schooltoneel door de jezuïeten werd bevorderd – voor het plezier van het spel, maar meer nog om de jeugd te doordringen van de leer en de waarden van de godsdienst. In Oostenrijk werd het schooltoneel overgenomen door andere kloosterorden die met onderwijs belast waren. Of het *boerentoneel* dat op Nicolaasavond een enkele keer nog wordt gespeeld door dit schooltoneel is beïnvloed, is onduidelijk. Gemeenschappelijk aan beide vormen is het stichtelijk karakter.

Maar er is een opvallend verschil met het twaalfde-eeuwse spel van Bodel. In de Oostenrijkse stukken is geen sprake van een wonder dat door de heilige wordt verricht. Zijn rol is beperkt tot een enkele scène. Als hij zijn zegje heeft gedaan, lijkt hij volmaakt overbodig te worden. Zijn tegenspeler, de duivel, heeft daarentegen het hoogste woord. Dat is de indruk die men krijgt uit de stukjes die hier en daar nog worden opgevoerd, maar die in feite brokstukken zijn van oudere spelen die uren duurden. Het aantal rollen was onvoorstelbaar groot. Het gold in de Tiroler dorpen als schande, wanneer men niet ten minste één keer in zijn leven in zo'n stuk had meegespeeld. Om aan deze behoefte tegemoet te komen, werden aan de eigenlijke handeling volkse scènes toegevoegd. Zo kon het gebeuren dat in dorpen van een paar honderd zielen, meer dan veertig mensen meespeelden. Bijzonder in trek waren de duivelsrollen, omdat men zich daarin kon uitleven.

Het spel in Prags

F. Haider vertelt hoeveel moeite het hem heeft gekost om in 1959 een bandopname te maken van het spel in Prags (Zuid-Tirol), dat om de zeven tot tien jaar wordt opgevoerd. De spelers beschouwden het als een uniek stuk plaatselijke cultuur en waren zeer wantrouwig tegenover mensen van de radio. Het spel is een van de weinige die nog in hun geheel worden gespeeld. Het doet denken aan een laat-middeleeuwse moraliteit die de lotgevallen van de ziel verhaalt. In een aantal scènes, zonder veel onderling verband, beeldt men uit hoe de mens door de duivel wordt verleid maar toch kan worden gered.

Om een indruk van zo'n stuk te krijgen volgt hier een schematische weergave.

Lucifer en een engel vechten om de *ziel*. Een schaapherder waarschuwt zijn broer de geitenherder voor de duivel. Een vrek en een verkwister worden afgevoerd naar de hel. Een pelgrim wordt door de duivel bedreigd, maar met succes door een engel in bescherming genomen. De duivels zweren wraak te zullen nemen op de mensheid. Nieuwe scène: de duivel, vermomd als jager, met een rood gezicht en zwarte handschoenen, zet de kinderen op tegen hun ouders. Aan het publiek laat de duivel zijn andere, zwarte, gezicht zien. De Goede Herder vermaant de kinderen en de duivel moet wijken. De *ziel*, in doodsnood, bidt tot God en houdt haar handen voor haar donker gezicht. Door razende duivels wordt ze geboeid, maar haar gebed wordt verhoord. Een engel neemt de donkere sluier (de zonden) weg en doet de *ziel* uitgeleide.

Intussen gaan de spelers die niet meer hoeven op te treden naar de volgende *Stube*. Nicolaas komt op met priester, engelen en *Klaubauf* die de kinderen met zijn ketting dreigt. Een duivel klaagt de kinderen aan, maar de engel voert hun verdediging. Een Moor verschijnt om snoep uit te delen. Kluchtige scène: een rechter wil tegen bedelaars optreden, maar wordt twee keer door hen verjaagd. Dans op de muziek van accordeon en mondharmonica. De schaapherder zit met zijn broer de geitenherder te kaarten. De laatste trapt in de listen van de duivel, als jonker verkleed, en wordt afgevoerd. Twee broers, een als dandy verkleed, de ander in streekdracht. De lichtzinnige wordt door *de Dood* geveld en door de duivel meegevoerd. Met de pelgrim beleven we nog een keer hetzelfde tafereel. Het goede wint en de duivels druipen af. Slotlied.

De *Stubenspiele* stammen volgens O. Koenig uit de zeventiende eeuw. Opvallend in al deze spelen is het gevecht tussen engel en duivel om het bezit van de ziel. Dit doet sterk denken aan het *Elckerlijc*-motief. Onder invloed van het humanisme ontstonden in de zestiende eeuw rond dit motief Latijnse schooldrama's met een neiging tot meer realisme. Een van deze stukken werd door Hans Sachs in het Duits vertaald (1549), eigenlijk een bewerking met een burgerlijk karakter (E. Frenzel). Koenig verwijst naar een *Jedermann*-spel uit Salzburg. Met de heilige van de dag hebben deze stukken weinig te maken en het optreden van Sinterklaas in dit stuk doet gezocht aan. Tegenwoordig worden nog maar weinig van deze spelen in hun geheel opgevoerd. Restanten van deze lange stukken worden soms nog als sketches gespeeld. In de meeste gevallen zijn de teksten vergeten en wordt ook de samenhang tussen de personages niet meer begrepen. Als figuranten trekken ze jaarlijks mee in de Nicolaasstoet.[4]

6. Patroon van de vrijers

In Nederland werd Nicolaas in de zestiende eeuw door het jongvolk gevierd als patroon. In de negentiende eeuw kwam sporadisch het *klaasjagen* nog voor en waren er bals op Sinterklaasavond. Nicolaas als patroon van de vrijers is sindsdien uit de herinnering van de Nederlanders verdwenen. Dat is niet het geval in Oostenrijk. In Matrei en elders in Tirol is het zowel een feest voor de kinderen als voor de jongelui. De *Klaubaufe* hebben het drukker met de andere sekse dan met de bisschop die ze geacht worden te volgen. Gedragswetenschappers vragen zich af wat er allemaal gebeurt en wat de drijfveren zijn achter het spel. Wat volgt, is ontleend aan een publikatie van prof. O. Koenig over dit onderwerp.

Koenig ziet weinig in religieuze of mythologische verklaringen. Het huidige gebruik is niet identiek met het historische gebruik. Het is het produkt van een historische ontwikkeling en het resultaat van *woekering en barokkisering*. Wat hem interesseert, is de zin van het gebruik voor de beoefenaren van nu. Wat zet jongelui ertoe aan dit spel met zoveel overgave te spelen? Het gevecht om de tafel is een proef van mannelijkheid, bedoeld om de meisjes te imponeren. De gruwelijke maskers, het lawaai van bellen en kettingen, het hoogspringen, de dreiggebaren, het stoeien, hebben geen andere bedoeling. Van de meisjes wordt verwacht dat ze dit imponeergedrag uitlokken en activeren door te jennen. Tot aan het moment van uitputting sloven de *Klaubaufe* zich uit om maar veel indruk te maken. Behalve het *tafelgevecht* in de huizen speelt het feest zich op straat af. Het gaat om niets minder dan het vinden van een partner, in de veilige anonimiteit van het masker, een *Gruppenbalz*, een collectief baltsritueel.

Ruwweg gesproken kent men in Oostenrijk drie maskerades: *Klaubauf* (5 december), *Perchten* (6 januari) en *Fastnacht*, respectievelijk het begin, midden en einde van de winter, het dode seizoen van het agrarisch jaar. De mannelijke jeugd, die naar het dorp was teruggekeerd van de seizoenarbeid elders, had weinig omhanden. Er was tijd voor een feest, tijd om werk te maken van de meisjes. Het feest als aanleiding tot paarvorming. Het begin van de winter zag het begin van de toenaderingspogingen. *Klaubauf*-gaan was daarvoor een enorme stimulans. Kwam er wat van, dan werd er getrouwd aan het eind van de winter, voordat de vasten begon. Geen feesten zijn zo vast verankerd als *Klaubauf* en *Fastnacht*.

De traditionele feestkalender kende een reeks data waarop men met succes de toekomst kon voorspellen. In de loop van de winter stapelden de feesten met seksuele symboliek zich op. Dat waren dagen waarop de *liefdesorakels* werden geraadpleegd, magische methoden om de toekomstige partner te leren kennen. Gunstige feestdagen voor deze *orakels* waren: Andreas (3 december), Barbara (4 december), Lucia (14 december), Thomas (21 december), Driekoningen (6 januari) en Valentijn (14 februari). In het winterseizoen was er veel tijd voor gezelligheid. De *Spinnstube* op de lange winteravonden was spreekwoordelijk. Tijdens het spinnen hielden de jongens de meisjes gezelschap. Er werd verteld, gezongen en gedanst. In Nederland heette dit verschijnsel *spinning*, *spinmalen* of *spinnejacht*. De textielindustrie maakte er een einde aan. Een ander gebruik om een partner te vinden was het *Gassln*, het clandestiene, nachtelijke bezoek aan een meisje. Hierbij hoeft niet gedacht te worden aan wilde toestanden. Een meisje dat al te vrijgevig was met haar gunsten, stond bij de jongens in laag aanzien. Als streng geritualiseerd gebruik werd het min of meer getolereerd door de dorpsgemeenschap die weinig contacten tussen jongens en meisjes toestond. Vanwege mogelijke risico's verkleedde men zich soms en bedekte het gezicht. Met verdraaide stem werden de *Gassl*-rijmpjes gedeclameerd. Meestal opereerde men in groepjes van twee of drie. Rivaliteit werd in evenwicht gehouden door het groepsbelang, dat eiste dat de meisjes van het dorp niet door buitenstaanders werden versierd. Het moet een wijdverbreid gebruik geweest zijn. In Nederland was het bekend onder de naam *kweesten* of *nachtvrijen*.

In deze samenhang heeft het masker een duidelijke functie. Standsverschillen en taboes kunnen worden doorbroken, zonder dat de gemaskerde wordt aangesproken op zijn persoonlijke verantwoordelijkheid. In een puriteinse omgeving kunnen zo de fatsoensnormen ongestraft worden overtreden. Verder heeft het masker een duidelijke functie bij het al genoemde imponeergedrag. Koenig onderscheidt symmetrische en asymmetrische maskers. Tot de eerste rekent hij de eenvoudige bedekking met gaas of met een kous, het dieremasker en het expressieve gezichtsmasker. Hij had er het beschilderen van het gezicht aan kunnen toevoegen, het zwart maken als populaire en goedkope maskerade. Het asymmetrische masker is het extreem gedeformeerde, afstotelijke masker dat bij *Klaubauf*- en *Perchten*-loop in gebruik is. Dit laatste type is een jonge maskervorm. Terwijl in het algemeen deze maskers met twee of vier hoorns zijn uitgerust, hebben de *Klaubaufe* geen of korte hoorns. Hoorns vormen een belemmering bij het springen en zouden blessures kunnen veroorzaken. De pels, vroeger gewone herdersdracht, kreeg een rituele functie. Het onderscheid dat Koenig maakt tussen *Klaubauf* en *Krampus* lijkt ver gezocht. De laatste zou wel, de eerste zou geen duivel zijn. Volgens Haider, kenner van het Tiroler volksleven, zijn het namen voor hetzelfde. Met het ingezamelde geld houden de *Klaubaufe* op tweede kerstdag hun *duivelsmaal*. Zelf beschrijft Koenig de *Krampuslauf* in Gastein, die dezelfde functie heeft als het *Klaubauf*-gaan. Ten slotte moet nog worden vermeld dat in Matrei, net als in andere plaatsen waar een maskerade wordt opgevoerd, de kinderen de groten imiteren. In de dagen voor het feest trekken ze rond met zelfgemaakte maskers en maken het daarbij horende lawaai.[5]

7. Voorlopige balans (hoofdstuk 2-5)

»Iedere poging tot analyse van een gebruik moet uitgaan van de psychische behoefte van de mens« (Koenig). Wat Koenig interesseert, is de functie van het feest, de psychische en sociale realiteit die achter de feestvormen schuilgaat. Omdat de persoonlijke en sociale behoeften zich wijzigen, verandert ook het gebruik. Verandering is dan ook een sleutelwoord in zijn betoog. »De tegenwoordige vorm [...] van een gebruik is ten opzichte van zijn oorsprong ten zeerste veranderd, overwoekerd en uit zeer verschillende delen, vooral brokstukken van oude vormcomplexen, tot een nieuwe harmonie uitgegroeid.« De term *overwoekerd* is een negatieve aanduiding die te veel doet denken aan de volkscultuur als een tuin vol onkruid, zoals puriteinen en pedanten het in de voorbije eeuwen wensten te zien. Men hoeft er P. Burkes *Volkscultuur in Europa, 1500-1800* maar op na te lezen.

Het is een tijdlang mode geweest om de verandering van de gebruiken eenzijdig te beklemtonen en de continuïteit meer of minder te verdoezelen. Het begrip continuïteit is zelfs enige tijd in diskrediet geweest. Dit is begrijpelijk als reactie op de oudere volkskunde, die allerlei gebruiken *oeroud* verklaarde. Een evenwichtige behandeling kan niet zonder verandering én continuïteit of continuïteit in verandering. De Sinterklaastraditie laat dit goed zien. Dit feest bestaat vanaf de twaalfde eeuw en heeft steeds weer nieuwe feestvormen voortgebracht. Alleen al de geschiedenis van het feest in Nederland in de laatste twee eeuwen laat zien hoe hetzelfde feest zich telkens weer aanpast aan gewijzigde omstandigheden.

De belangstelling voor feesten en rituelen in het afgelopen anderhalf decennium heeft de balans weer wat in evenwicht gebracht. Gebruiken en rituelen bestaan bij de gratie van de continuïteit en blijven interessant door het vermogen zich aan te passen. De *Duden*, woordenboek van de Duitse taal, definieert gebruik als »binnen een gemeenschap gegroeide gewoonte die vaste vormen heeft aangenomen«. Een andere omschrijving luidt: »Manier van doen van een gemeenschap die door overlevering 'geheiligd' is en in elk geval iets verplichtends heeft« (Beitl). In de laatste definitie wordt het traditionele – traditie begrepen als datgene wat wordt doorgegeven – en dwingende karakter van gebruiken benadrukt. Nog weer een andere omschrijving ziet gebruik als een »reeks van symbolische handelingen die volgens een bepaald patroon verlopen en aan plaats en tijd gebonden zijn«. M. Zender onderscheidt vorm, functie en dragers van het gebruik. Het maakt verschil of een gebruik door schoolkinderen, jongvolwassenen of de hele dorpsgemeenschap wordt gedragen. In tegenstelling tot kerkelijke en staatsrituelen is er bij gebruiken geen gebiedende instantie die veranderingen tegenhoudt.

Een voorbeeld van het beklemtonen van verandering ten koste van de continuïteit geeft L. Schmidt in zijn beschrijving van het feest in Neder-Oostenrijk. Hij erkent dat de middeleeuwse ingrediënten: een 'bisschop', patroon van de scholieren, de ondervraging van kinderen, 6 december als geschenkendag, er wel waren, maar, zegt hij: »er voert nauwelijks een weg van de middeleeuwse scholierenfeesten of van gebruiken rondom de scholierenbisschop naar de nieuwe Nicolaasgebruiken«. Het gebruik van een 'deftige' bisschop is in Oostenrijk in de zeventiende eeuw ontstaan. »In de zeventiende en achttiende eeuw zijn in elk geval Nicolaas en 'Krampus' in de huizen gekomen.« Het model van de scholierenbisschop met mijter en staf moet daarbij wel degelijk een rol hebben gespeeld. Volgens Hannelore Fielhauer-Fiegl is dit gebruik in adellijke kringen ontstaan en overgenomen door de burgerij en de scholen. Schmidt is van mening dat de duivel die de bisschop begeleidde, zich heeft vermenigvuldigd en is uitgegroeid tot de eerder beschreven maskerades. Hij geeft niet aan hoe het gebruik in de zeventiende eeuw is ontstaan en evenmin geeft hij argumenten voor zijn stelling.

Dit standpunt is niet in overeenstemming te brengen met de gegevens die in de voorgaande hoofstukken zijn verzameld. In Nederland en Zwitserland zijn/waren er Nicolaasmaskerades in katholieke en protestantse gemeenschappen. Het is niet aannemelijk dat er maskerades zijn ontstaan in een protestantse omgeving, die zich bovendien de naam van een katholieke heilige hebben aangemeten. In Zwitserland was goed te zien hoe een katholieke en protestantse variant van dezelfde maskerade bestaat. Ze moeten beide wel teruggaan op een gemeenschappelijk middeleeuws gebruik. Uitgaand van dit gegeven ligt het voor de hand het nieuwe gebruik in Wenen en omgeving te zien als een geslaagde poging de ruwe maskerades te civiliseren. Het feest was interessant voor de 'betere kringen' vanwege het opvoedkundig karakter. De 'primitieve' Nicolaas van de maskerades werd opgepoetst, 'salonfähig' gemaakt. Hij mocht zich ook laten begeleiden door een of twee duivels, die zich evenwel 'netjes' dienden op te voeren. Hun taak was die van bestraffer. De ondervraging van de kinderen stond bij het bezoek centraal en het belonen was altijd belangrijker dan het straffen, want 6 december was per slot van rekening geschenkendag.

Over dit gebruik zijn we in een vroeg stadium geïnformeerd door de augustijner volksprediker Abraham a Sancta Clara († 1709). Als hij het over een *oeroud* gebruik heeft, betekent dit minstens dat het van voor zijn tijd dateert. Hij meet het pedagogisch karakter van het *huisbezoek* breed uit en beschrijft in detail welk soort vragen werden gesteld. Zijn bisschop Nicolaas is uitgerust met mijter en koormantel. Hij hoort niet te veel te drinken, want er waren klachten dat hij soms struikelde. Ook verdwenen er zilveren messen en lepels bij de rijken, »zodat men niet weten kan of de vermomde Sinterklaas of de engelen en duivels de grootste dieven waren«.

Nederland en Zwitserland lenen zich goed voor vergelijking, omdat in beide landen Nicolaasmaskerades zich bij protestanten en katholieken hebben gehandhaafd. De benaming *Klazen* komt in beide landen voor, evenals de term *klaasjagen*. Een verschil is dat de Zwitserse protestantse *Kläuse* zijn uitgeweken naar Kerstmis of de jaarwisseling. Het ontstaan van dit gebruik moet ruim voor de Hervorming worden gedateerd en zou in Noord-Frankrijk moeten worden gesitueerd (Meisen). De verspreiding tot aan de Noordzee en tot de Alpen heeft tijd gevraagd.

Twee opvallende verschillen onderscheiden de Waddeneilanden van de rest van Nederland en van Zwitserland. De gemaskerden lijken er niet op duivels, maar in de eeuwen van hun bestaan kan aan hun uiterlijk het een en ander veranderd zijn. De moderne maskers komen rechtstreeks uit de feestwinkel, terwijl aan het begin van de twintigste eeuw de maskerade bestond uit een stuk gaas of vitrage. Een ander verschil is dat het feest er een zaak is van het hele dorp en dat in principe alle volwassen mannen gemaskerd kunnen gaan. Die gedragen zich wat rustiger dan de jongelui die achter de meisjes aan zitten. De tegenstelling man/vrouw die we ook in Hollum hebben aangetroffen, wordt wel verklaard door het feit dat in vroeger tijd de mannen wekenlang van huis waren op de visvangst. De vrouwen bestuurden intussen de gezinnen. Maar eens in het jaar, op 5 december, maakten de *Klaasomes* duidelijk wie het in laatste instantie voor het zeggen had. Een verklaring voor het feit dat alle mannen voor *Klaasome* kunnen spelen, zou kunnen zijn dat vóór de Hervorming Nicolaas als patroon van de zeelui werd vereerd. De tegenstelling getrouwd/ongetrouwd was daarbij niet van belang.

8. Het 'moderne' feest

De lezer herinnert zich dat in hoofdstuk 2 de vraag werd gesteld waar de deftige Sinterklaas, die volgens pastoor Welters rond 1840 in Limburg inheems was, vandaan kwam. Wanneer we nu weten dat hij twee eeuwen eerder al een geaccepteerd figuur was in Oostenrijk en Beieren, is het verleidelijk te veronderstellen dat hij uit Oostenrijk kwam. Bij de vrede van Utrecht (1713) kwamen de Spaanse Nederlanden aan Oostenrijk. In 1725 werd aartshertogin Maria-Elisabeth, zuster van Karel VI, landvoogdes van de Zuidelijke Nederlanden. Zeer waarschijnlijk werd het kinderfeest aan het hof in Brussel op zijn Oostenrijks gevierd en werd het vervolgens geïmiteerd door de adel en de gezeten burgerij. De overname van het Oostenrijkse model is mogelijk bevorderd door het scenario van de scholierenbisschop (met mijter en staf), dat in België nog bestond tot in de negentiende eeuw. Tussen 1725 en 1840 zou het feest-nieuwe-stijl zich door imitatie in de katholieke gewesten verspreid kunnen hebben. Een dergelijke gang van zaken zou een verklaring bieden voor het feit dat in de beschrijving van Welters het gebruik als vanzelfsprekend overkomt, een gebruik dat 'af' is. Mettertijd heeft dit nieuwe scenario de oude 'vulgaire' Nicolaasmaskerades verdrongen.

Rest de vraag hoe het verschil in uiterlijk van de knecht te verklaren is. In Oostenrijk is hij onmiskenbaar een duivel, in Nederland heeft hij trekken van de *Moor*. De vervanging van de duivel door de *Moor* past goed in het streven de oude maskerade een beschaafder aanzien te geven. Een eenvoudige ingreep, een nieuw kostuum, was daarvoor voldoende. De gesneden duivelsmaskers van de Oostenrijkse Nicolaasmaskerades waren in Nederland en Vlaanderen onbekend. Hier volstond men ermee zijn gezicht zwart te maken, een praktijk die teruggaat tot de late middeleeuwen. De sjofele plunje van de oude maskerade werd vervangen door het pagekostuum.

Vanouds werd de *Moor* met Spanje, het voormalige Morenland, geassocieerd,

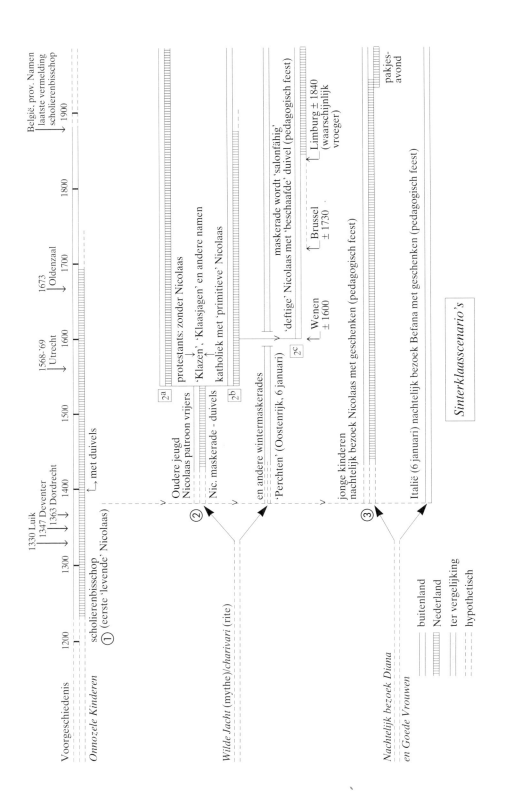

zoals in de Nederlandse traditie ook Sinterklaas zelf hardnekkig uit Spanje blijft komen, hoewel hij er, historisch gezien, weinig te zoeken heeft. De politieke banden met Spanje hebben in de Zuidelijke Nederlanden tot 1700 geduurd. In de literatuur en de beeldende kunst van de zeventiende en de achttiende eeuw was de Moorse page een vertrouwd motief. Verderop (9.6.) wordt uiteengezet hoe in de middeleeuwen de duivel en de *Moor* uitwisselbaar waren. Dat het uiterlijk secundair was, blijkt uit het feit dat de functie dezelfde bleef. Duivel of *Moor*, in beide gevallen behield de knecht de functie van straffende instantie met de roe als symbool en waren de *stoute kinderen* zijn doelwit. Ook in zijn aangepaste gedaante als *Moor* behield hij de oude attributen die zijn ware identiteit verraden: de ketting van de *geketende duivel* en de zak van de duivel als *zielen-* of *kindervreter* (zie 2.2 en 9.5.b).[6]

Deel II
Demonisering van de doden

6. Voorchristelijke dodencultus

1. DUIVELS OF DODEN?

Over de stelling van Meisen, dat Nicolaas een authentiek christelijke figuur is en dat gebruiken als de *scholierenbisschop* en het *nachtelijk bezoek* nadrukkelijk door legenden, cultus en patroonschap zijn beïnvloed, bestaat in de serieuze vakliteratuur een vergaande eenstemmigheid. Evenmin is er veel verschil van mening over dat de maskerades die door de oudere jeugd onder de vlag van Nicolaas worden opgevoerd, op een middeleeuws gebruik teruggaan. De meningen lopen uiteen over de vraag naar de ware identiteit van deze gemaskerden. In beide typen optochten, die van de schooljeugd en die van de oudere jeugd, wordt de heilige vergezeld door duivels. Maar de ene duivel is de andere niet. Die van de scholierenbisschop volgden de mode van die tijd, het waren 'gewone' *straat-* of *feestduivels*, terwijl achter de duivels van het tweede type een oudere voorstelling, die van periodiek terugkerende doden, zou schuilgaan.

Illustratief voor het bovenstaande is de mening van M. Zender in zijn inleiding tot de heruitgave van Meisens werk in 1981, vijftig jaar na de eerste druk. Hij noemt de resultaten van diens onderzoek »indrukwekkend« en »van blijvende waarde«. Wat de maskerade van de oudere jeugd betreft, is hij het niet met Meisen eens. Hij schrijft: »Daarentegen is het niet mogelijk de gebruiken van 6 december in alle details tot het kerkelijk-kloosterlijk leven terug te voeren. In protestantse streken is het gebruik niet overal tot restvormen herleid [...] Deels is juist daar de laat-middeleeuwse vorm bewaard. Geen Nicolaas of Knecht Ruprecht gaat daar rond, maar een groep jongelui beeldt de 'Klazen' uit die, merkwaardig vermomd, geen geschenken uitdelen, maar gaven eisen. Juist in het door Meisen besproken Oost-Friesland [Duitsland] lijkt de Nicolaasommegang eerder op een vastenavondoptocht [...] Het zou echter onjuist zijn dit Nicolaasgebruik zonder serieus onderzoek in verband te brengen met de Germaanse religie en het daarvan te willen afleiden.« De laatste opmerking van Zender valt te begrijpen als reactie op de oude volkskunde en vooral op de nazi-propaganda die volksgebruiken voor haar doeleinden misbruikte. Ik verschil er met Zender van mening over dat de Nicolaasmaskerade een soort vastenavondoptocht zou zijn. Als de mening van Meisen juist is, dat deze maskerade verwant is met de mythe van de *Wilde Jacht*, dan berust ze op andere voorstellingen dan die van vastenavond, voorstellingen die aanzienlijk ouder zijn (7.6).

Een deel van de kritiek van Meisen komt hierop neer, dat hij te veel gebruiken uit de kerkelijk-kloosterlijke sfeer wilde afleiden. Wat hiervan zij, van belang is dat zowel Meisen als veel van zijn critici ervan uitgaan dat de Nicolaasmaskerade inderdaad in verband staat met de mythe van de *Wilde Jacht*, een *dodenleger* dat onder aanvoering van de duivel of een half-legendarische figuur in de winternachten tussen 6 december en 6 januari door de lucht raasde. De oorspronkelijke betekenis van de wintermaskerade zou dan zijn dat de doden elk jaar in vermomming bij de levenden op bezoek kwamen. De Kerk, die een dergelijke opvatting van de doden niet accepteerde, heeft deze mythe in een vroeg stadium in christelijke zin omgeduid. In een proces van geleidelijke demonisering werden deze doden achtereenvolgens voorgesteld als *arme zielen*, als verdoemden, en ten slotte als duivels.

Een tweede punt van kritiek op Meisen was dat hij de voorstelling van de *Wilde Jacht* beschouwde als een erfenis van de Grieks-Romeinse oudheid. »Voor deze opvatting heeft hij bij de kritiek nauwelijks instemming gevonden« (A. Bach). Volgens G. Dumézil zou het om een Indo-europese mythe gaan.[1]

Masker stond in de late middeleeuwen nagenoeg gelijk met duivelsmasker. Als het niet de duivel zelf voorstelde, zoals in de dieremaskers, dan nog was het duivels, gezien de vaardigheid van de duivel om zich in een willekeurige gedaante te vertonen, bij voorkeur in de gedaante van bepaalde dieren. Dat was althans de officiële kerkelijke opvatting. Deze strategie was gedeeltelijk succesvol en werd ook door het volk overgenomen. Het masker voordoen was niet alleen een vrolijk tijdverdrijf, een vorm van amusement, het was nog ver na de middeleeuwen een riskante zaak. De duivel had meer greep op een gemaskerde en daarom was het wenselijk maatregelen hiertegen te nemen door een gebed of anderszins. Daarnaast had de gewone man zijn eigen, minder orthodoxe voorstelling. De oude idee van periodiek weerkerende doden was niet verdwenen. Dit blijkt uit documenten waarop later zal worden ingegaan.

In de laatste decennia is wel betoogd dat het (duivels)masker volledig geïntegreerd was in de laat-middeleeuwse feestkalender en derhalve geen verdere verklaring behoefde. Is dit wel zo evident? Dat de boetetijd van de vasten werd voorafgegaan door uitbundig feesten is begrijpelijk. Dat daar maskerades aan te pas kwamen, spreekt minder vanzelf. Had het masker door de associatie met de duivel zijn plaats gekregen in het christelijk systeem, het was geen christelijke schepping. Te lang en te systematisch heeft de Kerk pogingen gedaan het masker uit te roeien. Het begon met Tertullianus in de derde eeuw, en dan volgt een lange, monotone reeks van verboden. Dit gegeven is op zich al een aanwijzing dat de verschillende maskerades (Romeinse, Germaanse, Keltische) met andere voorstellingen waren verbonden en dat het duivelsmasker een christelijke interpretatie van die oudere maskers was.

De christelijke schrijver Tertullianus († ca. 225) klaagde er al over dat christenen deelnamen aan heidense feesten als *Saturnalia, Kalendae Ianuariae, Brumalia* en *Matronalia*. Hij keerde zich tegen spelen, uitbundige maaltijden, het geven van geschenken. Het werd voor de Kerk pas goed een probleem toen het christendom staatsgodsdienst werd. Van al het traditionele vermaak waren het vooral de maskerades van de 'Kalendae Ianuariae', een soort Romeins nieuwjaarsfeest, voorkomend van Spanje en Gallië tot Klein-Azië, die de steen des aanstoots vormden. Deze gingen gepaard met dans, obscene liedjes en uitspattingen. De maskers die telkens weer worden genoemd, zijn: het hert, het oude wijf en, in verband daarmee, travestie. Verboden tegen dergelijke zaken keren steeds weer terug in de Merovingische conciliebesluiten. De vraag is: Hoe betrouwbaar zijn die kerkelijke uitspraken, wat zeggen ze over het werkelijk bestaan van de gebruiken die ze zeggen te hekelen? En als ze al betrouwbaar zijn, wat zeggen ze dan over Germaanse gebruiken? De meeste veroordelingen hebben betrekking op Gallië, en het hertemasker was van Keltische oorsprong.[2]

Deel II van dit boek is een uitwerking van de hier geopperde veronderstelling dat de duivels van de wintermaskerades eigenlijk gedemoniseerde doden of doden in duivelsvermomming zijn. In dit hoofdstuk wordt de rol van de doden in voorchristelijke feesten nagegaan; 6.2: de doden en het scenario van een archaïsch 'nieuwjaarsfeest'; 6.3: de doden in Indo-europese feesten; 6.4: de doden in het Germaanse winterfeest. De hoofdstukken 7 en 8 schetsen de wederwaardigheden van de mythe van de *Wilde Jacht* in een christelijke cultuur. Het gaat om twee tradities: een noordelijke, inheemse, en een zuidelijke of Grieks-Romeinse traditie. Hoofdstuk 9 behandelt de verandering van dodenmasker in duivelsmasker en de rol van de duivel in de laat-middeleeuwse feestcultuur: als *toneelduivel* en als *straat-* of *feestduivel* met vastenavond en bij het feest van de heilige Nicolaas.

2. Het 'bezoek' van de doden op 'nieuwjaar'

Het scenario van een archaïsch nieuwjaarsfeest is een van de voornaamste thema's dat de Roemeense geleerde Mircea Eliade in verschillende studies heeft uitgewerkt. Wat hier volgt, is ontleend aan het artikel 'New Year Festivals' van J. Henninger in *The Encyclopedia of Religion* (1987). In veel culturen was de dodencultus een onderdeel van een soort *nieuwjaarsfeest*, dat dagenlang duurde en waarin de overgang van het oude jaar naar het nieuwe werd bezworen. In een reeks van riten werd in deze periode met crisiskarakter het oude uitgebannen en het nieuwe ingehaald. Alles wat oud, afgeleefd, zwak en schadelijk was, moest met veel lawaai worden uitgedreven. Dit vond ook zijn uitdrukking in reinigingsritualen, vasten, het weggooien van oude kleren, het doven van het vuur. Soms werd letterlijk of symbolisch een *zondebok*, beladen met het kwaad van het hele volk, verdreven, begraven, verbrand of verdronken. In een dramatisch scenario werd dit conflict tussen oud en nieuw, kwaad en goed, chaos en kosmos geënsceneerd in een vorm van theater of uitgebeeld in een gevecht tussen twee groepen. In omkeringsrituelen werd de orde op haar kop gezet. Het gezag werd bespot en de machtelozen hadden het tijdelijk voor het zeggen. Het onderscheid tussen de seksen werd tenietgedaan door travestie. De grenzen tussen goed en kwaad, leven en dood vervaagden. De taboes werden voor enige tijd opgeheven, de doden kwamen bij de levenden op bezoek en kregen te eten en te drinken. Het was een terugkeer naar de chaos van voor de schepping, die werd beleefd in allerlei excessen van seks, eten en drinken. In zang en dans werden de mythen van de schepping of van het begin van de cultuur geactualiseerd. De zin van dit alles was een nieuwe schepping, regeneratie van de krachten van de natuur. Het vuur werd opnieuw ontstoken. Nieuwe kleren, 'grote schoonmaak', fris gekalkte huizen betekenden een nieuw begin. Vers of eeuwig groen symboliseerde het verwachte ontluiken van de natuur. De jonge leden van de stam werden ingewijd in de geheimen van het leven en in de wetten en zeden, zoals die door de voorouders waren overgeleverd. In deze beschrijving gaat het om een schematische weergave en meestal treft men slechts enkele elementen van dit scenario aan, afhankelijk van klimaat, type kalender, soort economie en niveau van cultuur. Bij jagers en verzamelaars, herdersvolken en landbouwers nam dit feest telkens andere vormen aan, terwijl bij andere volken een dergelijk feest eenvoudig niet voorkwam.[3]

3. DE DODEN IN INDO-EUROPESE FEESTEN

Het is een bekend gegeven dat bij het Chinese en Japanse nieuwjaarsfeest de doden geacht worden de levenden te bezoeken. Dit feit staat echter te ver van de westerse feesten af om er een argument aan te kunnen ontlenen. Voor de beantwoording van de vraag of onze voorouders een feest hebben gekend waarbij de doden een rol speelden, is alleen een vergelijking met verwante culturen geldig. Dit nu is een taak van het vergelijkend Indo-europees mythologisch onderzoek. De taalverwantschap van de Indo-europese volken: Indiërs, Iraniërs, Grieken, Romeinen, Slaven, Germanen, Kelten en andere volken, was al in de negentiende eeuw bekend. Deze taalverwantschap kan worden geïllustreerd met de verschillende varianten voor het woord *moeder*: *matar* (Sanskriet of Oudindisch), *madhar* (Iraans), *mètèr* (Grieks), *mater* (Latijn), *madre* (Spaans), *mutter* (Duits), *mother* (Engels), *mathir/mathair* (Iers-Keltisch).

De 'voorouders' van al deze volken zou een patriarchaal, krijgslustig herdersvolk uit de Euraziatische steppen zijn, dat omstreeks 3000 v.C. grote delen van Azië en vrijwel heel Europa in achtereenvolgende golven van expansie veroverde en zijn sociale systeem en religie oplegde aan de overwonnen volken. Na meerdere vergeefse pogingen van oudere godsdienstwetenschappers heeft G. Dumézil kunnen aantonen dat deze volken, ondanks grote culturele verschillen, resten van overeenkomstige mythen en van een gemeenschappelijk religieus-sociaal systeem hebben bewaard. Bij al deze volken heeft men ook een dodencultus aangetroffen die men als een Indo-europees erfgoed kan beschouwen (M.P. Nilsson). Hieronder volgen hier voorbeelden van. Men kan niet verwachten dat de verschillende dodenfeesten op eenzelfde tijdstip in het jaar vallen. Daarvoor is het ontstaan van de kalender te grillig, beïnvloed door concurrerende zonne- en maankalenders en klimaatomstandigheden. Van de genoemde volken hebben de Indiërs, Iraniërs, Grieken en Romeinen een geschreven traditie nagelaten, waaruit men een dodencultus heeft kunnen reconstrueren. Door het ontbreken van een schriftelijke traditie bij de overige volken is een dergelijke reconstructie problematischer.[4]

In *India* verwijst de term *Pitri/Vaders* naar de voorouders van de Hindoes. De *Pitri* worden verondersteld aan de andere kant van de maan te wonen. Vandaar dat hun bij volle maan offers worden gebracht en men veronderstelt dat de *Pitri* deelnemen aan een sacramenteel maal dat voor hen is bereid. De donkere helft van de maan, *Asvina* (september/oktober) is bekend als *Pitri-paksha*, wanneer de geesten en doden in actie komen en ook gevaarlijk kunnen worden, tenzij ze worden tevreden gesteld. De *Rgveda*, een van de oude heilige boeken, bevat twee hymnen gericht tot Yama, god van de doden en tot de *Vaders*. Enkele verzen hieruit laten zien hoe er meer dan drieduizend jaar geleden tot de doden werd gebeden.

»Eer de Koning met je offergaven, Yama, zoon van Vivasvan, die de mensen bijeenbrengt, die opsteeg tot verheven hoogten boven ons, om een weg te zoeken en die aan velen te wijzen.«

»Yama vond eerst een plaats voor ons om te wonen; dit groene land zal ons nooit ontnomen worden. Mensen, geboren op aarde, betreden hun eigen paden die leiden naar waar onze Vaders zijn heengegaan.«

»Mogen zij die het leven van geesten hebben bereikt, vriendelijk en rechtschapen, ons helpen wanneer wij hen aanroepen. Vaders, die rust op het heilige gras, kom, help ons. Deze offergaven hebben we voor u gemaakt, neem ze aan. Kom bij ons met gelukkige gunstbewijzen en geef ons gezondheid en kracht, zonder zorgen« (Boek X, hymne 14:1,2; hymne 15:1,4).

In het *Iran* van Zarathoestra was de nacht voor nieuwjaar een groot feest voor de *Fravashis*. Door allerlei verwarring over de kalender is dit nachtelijk feest uitgedijd tot een periode van tien dagen, die door de hedendaagse Parsis in Iran en India worden onderhouden met offers en gebeden. De doden worden beschouwd als welwillende beschermgeesten die regelmatige regen garanderen en instaan voor welvaart en welzijn van de familie. De huizen worden angstvallig schoongemaakt; wierook wordt op het vuur gegooid zodat het hele huis lekker ruikt. In een oude tekst heet het: »tijdens deze dagen dient men zich alleen maar bezig te houden met het vervullen van de verplichtingen en het verrichten van goede daden, zodat de zielen weer terug kunnen gaan naar hun verblijfplaatsen na tevreden te zijn gesteld en hun zegen te hebben gegeven« (M. Boyce).

Anthesteriën was een Grieks lentefeest ter ere van Dionysos en de doden. Op de eerste dag mocht voor het eerst de nieuwe wijn worden geproefd en waren er drinkwedstrijden. Op de derde dag werd een brij gekookt van verschillende graansoorten en honing om de doden tevreden te stellen. »Dit is het primitiefste graangerecht van de vroege landbouwers, ouder dan het malen en broodbakken; bij dodengebruiken bleef het tot op de huidige dag bewaard« (Burkert). Op het einde van het feest werd er geroepen: »Keres, de deur uit, Anthesteriën is voorbij«.

De *Romeinen* verwachtten het bezoek van de doden tussen 13 en 21 februari, het feest van de *parentalia*. De normaliteit was dan opgeheven, de magistraten legden hun ambtsgewaden af, het vuur werd gedoofd, de tempels gingen dicht, er mocht niet getrouwd worden (Dumézil). In deze periode werden de doden geacht tussen de levenden rond te waren en werden geëerd met huiselijke riten. Alleen de laatste dag had een officieel karakter, men bracht kransen naar de graven, zout, brood in wijn gedrenkt en viooltjes. Door deze offergaven verzoende men zich met de doden.

»Als goede Indo-europeanen geloofden de oude Slaven in een leven na de dood« (R. Boyer). In een verzameling preken uit het klooster Opatoviz in Bohemen (11de-12de eeuw) wordt gewaarschuwd tegen dodenverering: »We moeten oppassen dat onze godsdienst geen dodencultus wordt. Ook al hebben de doden vroom geleefd, toch vragen ze geen dergelijke verering [...] Wij moeten hen dus in ere houden maar hen niet aanbidden.« Nergens in Europa zijn de gebruiken van een voorchristelijke dodencultus zo lang bewaard als in Rusland, zij het onder een dun laagje christelijk vernis. In Wit-Rusland werd nog in de negentiende eeuw een feestmaal voor de *Dziady/Grootvaders* aangericht: »Kom bij ons, heilige Grootvaders, hier is alles wat God ons gegeven heeft.« De verering van de doden is in Rusland nauw verweven met de kerkelijke kalender; geen kerkelijk feest is denkbaar zonder dat de doden hun aandeel krijgen. Met Pasen »wordt een ritueel gerecht van tarwe of rijst en rozijnen naar de kerk gebracht [...] Het dodenmaal wordt voortgezet op het kerkhof, waarbij wijn een grote rol speelt« (Fedotov).

Het *Keltisch* jaar was verdeeld in twee helften en elk half jaar werd ingezet met een feest: *Beltaine* op 1 mei, *Samhain* op 1 november. Beide feesten hadden het karakter van nieuwjaarsfeesten, met dit verschil dat *Samhain* de opmaat was voor de donkere helft, de nachtzijde van het jaar. De nacht van *Samhain* was het kritiekste moment van het jaar, waarop de grens tussen boven- en onderwereld vervaagde. Men diende zich te wapenen tegen onheilspellende, onberekenbare, demonische machten. Tegelijkertijd diende alles in gereedheid te worden gebracht voor het nachtelijk bezoek van overleden vrienden en verwanten. Het huis moest schoon zijn, het vuur opgestookt, de stoelen werden klaargezet bij de haard, de deuren gingen niet op slot, voedsel en water stonden gereed voor de gasten. Onder invloed van de Ierse Kerk kwam het feest van Allerheiligen op 1 november tot stand, later gevolgd door Allerzielen (2 november), mogelijk mede bedoeld om de heidense praktijken van *Samhain* te doen vergeten. Echt gelukt is dat niet. Tal van oude gebruiken werden onder de nieuwe naam *Halloween* voortgezet, onder andere maskerades, vergelijkbaar met de wintermaskerades van het vasteland. Door een emigratiegolf uit Ierland halverwege de negentiende eeuw werd *Halloween* populair in de Verenigde Staten.[5]

4. Het Germaanse winterfeest en de doden

a. Vraagstelling

Op grond van de Indo-europese parallellen is het niet te gewaagd te veronderstellen dat ook de Germanen een dodencultus hebben gekend. De vraag is alleen, wat is daarvan overgeleverd? Anders gezegd: Wat zijn de bronnen die ons informeren over de Germaanse godsdienst in het algemeen en de dodencultus in het bijzonder? Een tweede vraag is: Wat was de houding van de Kerk tegenover heidense feesten, dodencultus en maskerades? De twee vragen zijn niet altijd scherp van elkaar te onderscheiden, omdat de kerkelijke documenten een onderdeel vormen van de bronnen.

De bronnen betreffende de Germaanse religie zijn deels van archeologische aard en geven informatie over begrafenis- en offerriten. De geschreven bronnen, Romeinse en kerkelijke, geven slechts een fragmentarisch beeld en zijn eerder schaars aan informatie over die godsdienst in het algemeen. De belangrijkste informatie is afkomstig uit de Oudnoorse literatuur, hetgeen een eenzijdig accent legt op de Scandinavische situatie. Een vroeg-middeleeuwse beschrijving van een Germaans dodenfeest bestaat niet. Het beeld van de Germaanse godsdienst is tot stand gekomen op grond van moeizaam detailonderzoek en is het resultaat van reconstructie. Het meest gezaghebbende werk over deze godsdienst is het klassieke handboek *Altgermanische Religionsgeschichte* (1956-1957) van Jan de Vries. Het beeld dat door De Vries wordt geschetst, wordt in grote lijnen bevestigd door recentere studies van de Franse germanist Régis Boyer. Het volgende is in hoofdzaak ontleend aan deze twee auteurs.[6]

b. Reconstructie van het 'winterfeest'

Voor een enigszins samenhangend beeld van de Germaanse religie zijn we voornamelijk aangewezen op de Oudnoorse literatuur, maar men moet zich realiseren dat hier christelijke auteurs aan het woord zijn, dat hun informatie voorzichtig moet worden gehanteerd en dat het bovendien gaat om de Scandinavische variant van die religie. Hetzelfde geldt ook voor de reconstructie van een Germaans *winterfeest*. De saga's, romanachtige verhalen, maken regelmatig melding van *berserker*, legendarische vechters die over buitengewone krachten beschikten, zich zeer merkwaardig gedroegen en een speciale relatie hadden met hun god Odin/Wodan. De IJslandse schrijver Snorri Sturluson († 1241) zegt over hen in de *Ynglingasaga*: »ze gingen zonder pantser en waren dol als honden of wolven. Ze beten op schilden en waren sterker dan beren of stieren. Ze versloegen mannen, maar vuur noch ijzer kon hen deren en dat is wat genoemd wordt 'de razernij van de Berserker'.« Elf eeuwen eerder had Tacitus († ca. 120) al gesproken over de op razernij lijkende strijdlust van de Germanen. In Zweden zijn metalen reliëfplaten gevonden waarop krijgers staan afgebeeld: één leidt een beer, een ander vecht met twee beren en twee dragen dieremaskers.

De identificatie van de *berserker* met dieren is opvallend. Ze vormden extatische kampgroepen die door een inwijdingsritueel voor de strijd gevormd waren. Zij waren aan Odin gewijd en ontleenden daaraan een bovennatuurlijke kracht en het vermogen tot *gedaanteverandering*. Over Odin schreef Adam van Bremen († ca. 1081): »*Wodan id est furor*/Wodan, dat betekent razernij.« Van zijn meer dan 170 bijnamen zijn er enkele die iets zeggen over de aard van zijn cultus. Hij werd *Grimnir/de Gemaskerde* genoemd, wat verwijst naar zijn eigenschap om van gedaante te veranderen. Hij was *Drauga Drottin/Heer van de doden* en *Jolnir/Beschermheer van Jol*, het winterse dodenfeest. Van hem wordt verteld dat hij in deze tijd van het jaar met zijn dodenleger door de lucht jaagde. Als sage van de *Wilde Jacht* is dit verhaal overgeleverd tot in de moderne tijd. Tijdens het winterfeest zouden de *berserker* gemaskerd deze doden vertegenwoordigen en daarbij vrouwen en niet-ingewijden terroriseren (Eliade). Zij ensceneerden op rituele wijze wat de mythe vertelde. Het beeld van de *berserker* wordt bevestigd door het Indo-europese onderzoek dat vergelijkbare mythen heeft opgespoord. Het zou gaan om een werkelijk bestaande, professionele oorlogselite, cultische gevechtsgroepen die verantwoordelijk waren voor de verspreiding van de verschillende Indo-europese volken.[7]

Voor een volk van herders en nomaden, dat de Indo-europeanen althans oorspronkelijk zijn geweest, waren de seizoenen de belangrijkste jaarindeling. Nog in de saga's valt de verteltijd samen met de gang van de seizoenen. Dit moet dan ook zijn invloed gehad hebben op hun cultus en feesten. In streken waar het contrast tussen de seizoenen groot is, zoals in Noord-Europa, moet de overgang tussen de seizoenen intenser ervaren en dus ook dramatischer geënsceneerd zijn dan elders. »Het is een feit dat de winterzonnewende een heel wat groter belang heeft in Noord-Europa dan in het Middellandse-Zeegebied. 'Joel' is het pathetische feest van dit kosmische, beslissende moment en de overledenen verzamelen zich dan rondom de levenden, want juist dan wordt de wedergeboorte van het jaar, de lente, aangekondigd« (Eliade).[8]

De doden waren de behoeders van de voorouderlijke wetten en zeden van de stam en tevens de waarborg voor zijn welzijn. Doden en levenden waren verbonden door een innige solidariteit. Het bezoek van de doden aan de levenden had tot doel, te zien of alles ging zoals het hoorde te gaan en, als alles in orde was bevonden, borg te staan voor de goede gang van zaken in het nieuwe seizoen. Bij de offerplechtigheden en banketten van dit winterfeest was er een gedekte tafel, gereserveerd voor deze onzichtbare genodigden die werden vertegenwoordigd door gemaskerde mannen. Men dronk ter ere van de goden en de doden. Deze heildronk werd gekerstend in de middeleeuwse *minne* of *minnedronk* ter ere van deze of gene heilige: *Sint-Jansminne*, *Sint-Steffensminne* en andere, en werd vervolgens een hoofs gebruik. *Minne* in de betekenis van *aandenken/gedachtenis* werd gecultiveerd in de drinkgelagen van de gilden. Samenvattend kan men zeggen dat het winterfeest een echte *communie* of gemeenschapsviering was tussen levenden en doden.[9]

c. Bekeringsstrategie: demonisering

Bekering was meer dan het bijbrengen van nieuwe waarheden. De kerstening was een dramatische breuk met het verleden; niet alleen met de voorouderlijke waarden en zeden, maar ook met de voorouders zelf. Om niet van zijn voorouders te worden afgesneden, zou de Friese koning Radboud liever van het doopsel hebben afgezien. Heidense opvattingen en gebruiken werden vertaald in termen van duivels en demonen. De Oudsaksische doopformule associeerde de oude goden met de duivel: »Zweer je de duivel af? Ik zweer de duivel af. En elk duivels offer? Ik zweer ook ieder duivels offer af. En alle werken van de duivel? Ik zweer ook alle werken en woorden van de duivel af, Donar en Wodan en Saxnot en alle afgoden die hun bondgenoten zijn.« Van Willibrord († 739) zijn door zijn biograaf Alcuïn van York († 804) de volgende woorden overgeleverd, die misschien niet letterlijk zo gesproken maar qua strekking heel aannemelijk zijn. Willibrord spreekt Radboud als volgt toe: »Het is geen god die jij vereert, maar de duivel die jou, koning, tot de ergste dwaling heeft gebracht, zodat hij jouw ziel aan de eeuwige vlammen kan prijsgeven.« Het is het bekende procédé. Telkens als de ene religie de andere aflost, wordt datgene gedemoniseerd wat vroeger werd vereerd. Dit betrof de goden evengoed als de cultisch vereerde voorouders. De demonisering van de voorouderclutus loopt als een rode draad door de geschiedenis van de christelijke missionering tot in de moderne tijd. Voorouderverering werd gelijkgesteld met afgoderij en viel onder het eerste gebod: »Gij zult geen afgoden vereren.«[10]

Gegevens over het heidendom in de Lage Landen en over het geestelijk leven in de eeuwen na de kerstening zijn zo schaars dat, wil men er toch een glimp van opvangen, men naar naburige streken moet uitwijken. Van een tijdgenoot van Bonifatius († 754), de kloosterbisschop Pirmin († 753) die in Zuidwest-Duitsland werkte, is een geschrift overgeleverd, of het werd hem tenminste toegeschreven, de zogenaamde *dicta Pirminii/uitspraken van Pirmin*. Hij bezweert zijn gelovigen »zich niet te bezondigen aan zang, dans en duivelse spelen, noch in de kerk, noch in de huizen, noch op een driesprong, noch op enige andere plaats«. De toevoeging *duivels* slaat op het heidense karakter ervan. Verboden van *schandelijke* of *duivelse* zang en dans en soortgelijke verwijzingen naar feesten zijn er wel meer in deze periode, maar het zijn gewoonlijk korte standaardformules waarin ongewenste feestgebruiken worden verboden. De maskerades ontbreken evenmin bij Pirmin; het zijn het al eerder gesignaleerde hertemasker en de travestie. Alcuïn heeft het over »mensen die een monsterlijk uiterlijk aannemen of zich in wilde dieren veranderen«. Deze formulering is een letterlijk citaat van Caesarius van Arles († 542). Het probleem van de niet eindigende reeks van op elkaar lijkende berichten, soms met dezelfde overschrijffouten, is dat vaak niet kan worden uitgemaakt of hier alleen maar oude conciliebesluiten worden herhaald of dat ze betrekking hebben op nog bestaande gebruiken. Genoemde reeks gaat terug op een preek van Caesarius van Arles, waarin deze het Romeinse nieuwjaarsfeest, de befaamde *Kalendae Ianuariae*, hekelt en waarbij het hertemasker een Keltische toevoeging is. Wat van de uitspraken van Pirmin en Alcuïn ook zij, actueel of niet, met een Germaans masker heeft het niets te maken.[11]

Het dodenmasker

In zijn artikel 'Maske' heeft de Zwitserse classicus Kai Meuli een poging gedaan het Germaanse masker langs een andere weg op het spoor te komen. Aan het Byzantijnse hof bestond in de tiende eeuw een nieuwjaarsceremonieel dat naar de Gothen *to Gothikon/Gothische dans* werd genoemd. Twee paar *Gothen*, gekleed in vellen en met maskers voor, stormden de zaal binnen, sloegen met een roede op hun schild en stootten daarbij onverstaanbare klanken uit. Een andere verwijzing komt van de Longobarden, waar de vermomde de geest van een dode krijger uitbeeldt. Vervolgens tracht Meuli de hoge ouderdom van het masker aan te tonen door de verschillende termen voor masker: *larva*, *masca*, *scema* te analyseren (9.1). Een van die termen, het Oudhoogduitse *talamasca* komt voor in een tekst van bisschop Hincmar van Reims († 882): »Geen geestelijke mag zich op de gedenkdag van een overledene of bij een andere bijeenkomst van geestelijken bedrinken of zich laten overhalen op de 'minne' van de heiligen of van de ziel [van de overledene] zelf te drinken of anderen tot drinken te dwingen. Ook mag niemand geschreeuw of onbeheerst gelach aanheffen, noch ijdele fabels voordragen of zingen, noch mag hij toestaan dat de schandelijke spelen met de beer of met danseressen voor hem opgevoerd worden, of dat men demonenmaskers draagt, die men gewoonlijk 'talamasca' noemt, omdat dit allemaal duivels is en door de heilige wetten verboden.« Hincmar brengt maskers in verband met dodenherdenking en, zegt hij, maskers zijn schandelijk en *duivels*. Het is dan ook niet verwonderlijk dat in de Latijnse bronnen de term *larva demonum/demonenmasker* de standaarduitdrukking wordt voor masker. In de volgende hoofdstukken wordt nader uitgewerkt hoe dodencultus en dodenmasker werden gedemoniseerd.[12]

d. Bekeringsstrategie: assimilatie

Demonisering was één strategie om met restanten van heidendom om te gaan. Daarmee waren ze nog niet zomaar verdwenen, maar doordat ze tot duivelse werken werden verklaard, kregen ze een zondig karakter en kon de gelovige er steeds weer op worden aangesproken. Dit betrof onder andere de grijze zone van bijgeloof, magie en wichelarij. Een andere strategie was assimilatie. Paus Gregorius de Grote († 604) was bereid de heidenen een eind tegemoet te komen. In zijn instructies aan de door hem uitgezonden monniken voor missionering onder de Angelsaksen, raadde hij aan de heidense tempels niet af te breken, maar ze voor de christelijke eredienst te wijden. »[...] en omdat zij een gebruik hebben meerdere ossen aan de duivel te offeren, moet een andere festiviteit de plaats van het offer innemen.« Voorchristelijke gebruiken die op de een of andere manier aangepast konden worden aan de christelijke praktijk, werden van een christelijk uiterlijk voorzien. Heidense bronnen en putten werden gekerstend door ze aan een heilige toe te wijden, zoals de bekende Willibrordputten in Nederland. Iets dergelijks gebeurde ook met de *minnedronk*. Het zal duidelijk zijn dat, als het aan Hincmar had gelegen, het zover niet was gekomen. In zijn boven aangehaalde woorden scheert hij het drinken op doden en op heiligen over één kam. Enkele eeuwen later was het een geaccepteerde praktijk onder namen als *Sint-Geerten-* of *Sint-Olavsminne*. Het proces van assimilatie werd bevorderd doordat de boerenkalender geënt werd op de heiligenkalender en de landbouwactiviteiten zich richtten naar een aantal markante heiligendagen.[13]

Ritueel drinken

Een wel heel bijzonder geval van assimilatie was de invoering van het kerstfeest in Noorwegen. Paragraaf 7 van het *Gulathingslög*, een verzameling Oudnoorse wetten, luidt: »Dit bier zal men in de Heilige Nacht aan Christus wijden om loon en aan de Heilige Maagd om een goede oogst en vrede te verkrijgen.« De namen van twee koningen zijn met de instelling van dit gebruik verbonden. Hakon de Goede († 951), christelijk opgevoed aan het Angelsaksische hof van Athelstan, heeft een eerste poging gedaan het christendom in Noorwegen in te voeren, zonder veel succes overigens. Snorri deelt mee dat hij een wet maakte waardoor *Joel* moest samenvallen met Kerstmis en »dat iedereen moest zorgen voor een maat bier en net zo lang vieren als het bier reikte«. Een andere tekst schrijft de verandering toe aan Olav Tryggvason († 1000), die bij zijn kersteningsactiviteit nogal gewelddadig optrad. »Hij schafte offers en offergelagen af en stelde met toestemming van het volk vier feesten in, Joel en Pasen, Johannesbier [midzomer] en Oogstbier op Sint-Michaël [29 september].« Er waren bieren in soorten, afhankelijk van de gelegenheid waarvoor het bestemd was, en het werd op rituele manier gebrouwen. Voor de moderne lezer is het moeilijk zich voor te stellen dat de gemeenschappelijke feestdronk de hoogste uiting van godsdienstigheid was. En als dat zo was, is nog verwonderlijker dat deze bij uitstek heidense zede te verenigen viel met een christelijk feest. Voor de Viking was feest zonder heildronk ondenkbaar. De aanpassing in christelijke zin bestond hierin, dat de vorm intact bleef en de zegespreuk en de intentie werden aangepast. *Jol* werd de nieuwe naam voor Kerstmis in Scandinavië, *Yuletide* in Engeland, *Jiuleis* in het Gotisch. Niet bewijsbaar, maar wel aannemelijk, volgens Martin Nilsson, is het bestaan ervan ook bij andere Germaanse volken.

Andere bepalingen wijzen op het gemeenschappelijk en dwingend karakter van het kerstfeest. »Minstens drie boeren moeten hun feestbier bijeendoen, één maat bier voor de huisheer, één voor de vrouw op iedere boerderij, en op kerstavond moeten ze een feest vieren ter ere van Christus en de heilige Maria. En als een man zo ver weg woont, op een eiland of in de bergen, dat hij niet naar zijn buren kan komen, dan moet hij een bier maken voor drie. Verzuim hiervan moet eerst met een geldboete afgekocht en door een drinkgelag achteraf goed gemaakt worden. Gaat een zondaar voort drie jaar achtereen met de mond droog te blijven, dan zijn de koning en bisschop heer over zijn huis en mag hij zich buiten Noorwegen een land zoeken, waar de goddelozen wonen.«

Rituele drinkgelagen zijn niet alleen uit Scandinavië overgeleverd. Aan de dom van Münster bestonden stichtingen om het *minnedrinken* in ere te houden. De stichting van bisschop Frederik van Wettin († 1084) voorzag in een dronk op Sint-Jan (27 december). Die van bisschop Werner von Steußlingen († 1151) was bestemd voor kerstavond. Niet alleen de kanunniken, ook de armen moesten hieraan deelnemen. »Bisschop Werner had de wens geuit dat de wijn *alle kerstesavende* op het domplein aan arm en rijk *in ere des hylgen kerstes* geschonken werd.« Ook had hij een zilveren beker geschonken voor deze *kerstminne*. In de late middeleeuwen was de toeloop zo groot, dat het duurde van 's morgens tien tot 's avonds acht of negen uur. In 1574 werd uit de *minnedronk* een aalmoes voor de armen gemaakt. Anders dan bij het Noorse *Joel*-drinken hebben we hier te maken met een gestileerde, quasi-liturgische dronk voor de zielerust van de stichter. Niet altijd was de *minnedronk* een stichtelijke aangelegenheid. De vroegst gedocumenteerde *Steffensminne* op tweede kerstdag wordt gehekeld in het capitularium (789) van Karel de Grote († 814) vanwege de uitwassen van dronkenschap en het veelvuldig zweren bij Sint-Stefanus.[14]

e. Assimilatie en rechtsdenken

Dat een gebruik als een ritueel drinken werd gekerstend, valt nog te begrijpen. Echt bevreemdend voor de moderne lezer is dat zo'n gebruik kracht van wet had. Dit voorbeeld laat echter zien hoe het christendom in Scandinavië zich heeft aangepast aan een mentaliteit die werd bepaald door rechtsdenken en familiedenken. Het gewoonterecht bepaalde de verhoudingen tussen de families en daar waar dit recht geschonden was, kon dat alleen worden hersteld door compensatie in de vorm van wraak of van schadevergoeding. Een telkens terugkerend thema in de saga's is dat van de vete die jaren kon duren en vaak een verwoestende uitwerking had. Echt herstel was alleen mogelijk door onderhandelingen tijdens het *ding/de volksvergadering*. Waren de partijen het eens over de schadevergoeding, dan moest *op de vrede gedronken worden*. De overeenkomst moest ritueel worden gegarandeerd. Recht en ritueel, vrede en welzijn hingen onderling nauw samen. Ook het christendom moest in dit systeem, in deze manier van denken, worden ingepast. Hoe dit er concreet uitzag, laat een andere wet uit het hierboven geciteerde *Gulathingslög* zien. »De eerste van onze wetten is dat wij ons naar het oosten moeten buigen en Christus, de zeer heilige, moeten bidden om een goed jaar en om vrede en dat ons land bewoonbaar mag blijven en dat het geluk van onze vorst bewaard blijft. Opdat hij onze vriend zij en wij zijn vrienden en dat God de vriend van ons allen zij.«[15]

7. De 'Wilde Jacht' 1: Herlequin

1. INLEIDING

a. Duivels en demonen

Dit hoofdstuk gaat over de demonisering van de doden. Wat zijn demonen, wat is demonisering? Het taalgebruik is niet altijd duidelijk als het erom gaat boze geesten te benoemen. Voor een goed begrip is het wenselijk, onderscheid te maken tussen kerkelijk en populair taalgebruik. In het kerkelijk taalgebruik worden *duivel* en *demon* vaak als synoniemen gebruikt. De duivel is een gevallen engel, hij vertegenwoordigt het absolute kwaad, hij is de *vijand* bij uitstek. Een demon is een »bovennatuurlijk wezen dat mensen en hun handelingen beheerst, ten goede of (gewoonlijk) ten kwade« (van Dale). In het populaire taalgebruik kan met *demon* de duivel bedoeld zijn of een wezen uit het volksgeloof. De volkse demon is onberekenbaar, kan uiterst wraakzuchtig zijn maar ook, zij het minder vaak, dankbaar. In sagen zijn het bovennatuurlijke wezens waarvoor ook de term *geesten* wordt gebruikt. Men spreekt dan van water-, lucht-, aard-, vuurgeesten of -demonen. De volkse demon kan zich in menselijke of dierlijke gedaante vertonen en hij kan zich manifesteren in geluid of in handelingen zonder dat hij gezien wordt. Geesten in volksverhalen zijn dus demonen in zover er niet de geesten van de doden mee bedoeld worden. Hoe vaag deze begrippen zijn, blijkt wanneer in volksverhalen agressieve doden optreden die nauwelijks van demonen zijn te onderscheiden.

In het laatste geval kan van gedemoniseerde doden worden gesproken. Met *demonisering* wordt een proces aangeduid waarbij een wezen steeds meer duivelse trekken krijgt toegekend. Er zijn gradaties van demonisering van enigszins tot zeer slecht. De laatste stap in dit proces is de verandering in de duivel zelf. In dat geval zou men eigenlijk van *diabolisering* (*diabolus/duivel*) moeten spreken. Bekende voorbeelden uit de geschiedenis zijn de demonisering van joden en heksen. Joden werden beschuldigd van rituele kindermoord en het schenden van hosties. Jodenvervolgingen werden dikwijls voorafgegaan door de systematische verbreiding van deze geruchten. Heksen zijn bij Burchard van Worms

(† 1025) nog domme vrouwen die zich inbeelden 's nachts met Diana op stap te kunnen gaan. Hun zonde bestaat volgens Burchard in het feit dat ze zich aan een duivelse illusie overgeven. In de loop van de tijd veranderen ze in wezens die geacht worden een pact met de duivel te hebben gesloten en zich van harte in zijn dienst te hebben gesteld. Ze worden demonisch in de hoogste graad zonder zelf in duivels te veranderen. Een fatale stap in deze ontwikkeling was toen het strafrecht zich met heksen ging bemoeien en de demonisering werd verbonden met *criminalisering*. In het vorige hoofdstuk zagen we hoe voorchristelijke goden in duivels werden veranderd. In dit hoofdstuk is sprake van een dodenleger dat aanvankelijk nog als zodanig herkenbaar is (12de eeuw), maar drie eeuwen later in een bende baarlijke duivels blijkt te zijn veranderd.

Dat demonen in beginsel goed of slecht kunnen zijn, is te verklaren uit hun oorsprong. Aanvankelijk was de Griekse *daimon* een wezen tussen goden en mensen en vervulde hij een bemiddelende rol. Hij werd gezien als een beschermgeest van de mens, als zijn *innerlijke stem*. Hij begeleidde de geest van de dode naar het dodenrijk. Onder Iraanse invloed veranderde dit beeld. De dualistische Iraanse wereldopvatting kende een beginsel van het goed en van het kwaad. Tegenover de lichtgod *Ahura Mazda* stond *Ahriman*, schepper van de materie, vertegenwoordiger van het kwaad. Beide hadden ze hun aanhang van respectievelijk goede of kwade geesten. Sinds de ballingschap was het jodendom sterk beïnvloed door deze leer. Het joodse monotheïsme verhinderde echter de aanname van een onafhankelijk oerbeginsel van het kwaad. De verklaring van het kwaad werd gevonden in de opstand van een deel van de engelen tegen God; hun aanvoerder was Satan. De demonen van *Ahriman* werden in de apocriefe bijbelboeken gevallen engelen of duivels. In de apocalyptische literatuur spelen engelen en demonen of duivels een grote rol. Het christendom heeft deze tweedeling overgenomen. In het Nieuwe Testament zijn demonen al vrijwel synoniem met duivels en worden ze in verband gebracht met magie, ziekte en bezetenheid. Van Jezus wordt gezegd »dat hij prekend en genezend rondtrok en demonen uitdreef« (Mat. 4:23v; Mar. 1:34). Paulus gaat een stap verder en stelt afgodendienst gelijk aan dienst aan de duivel (1 Kor. 10:20). Zowel het Grieks als het Latijn gebruikt hier het woord *demon*, dat in sommige vertalingen met *duivel* wordt weergegeven. De Kerk heeft de strategie van Paulus systematisch toegepast. Overal waar ze missioneerde, werden de vreemde goden gedemoniseerd, in duivels veranderd.[1]

Voor bewoners van cultuurland is de woestijn een onveilig land, de *wildernis*, bewoond door wilde dieren, angstaanjagende wezens en demonen. »Toen werd Jezus door de Geest naar de woestijn geleid om door de duivel verleid te worden. En nadat hij veertig dagen en veertig nachten gevast had, kreeg hij honger. En de verleider naderde hem en zei [...]« (Mat. 4:1v; Mar. 1:12v). De eerste monniken praktizeerden letterlijk wat hier van Jezus wordt gezegd, zij trokken de woestijn in (4de eeuw) om daar de strijd met het kwaad aan te gaan. Van de Egyptische woestijnvaders wordt verteld hoe ze in lijfelijke gevechten met demonen in allerlei gedaanten waren verwikkeld. »De duivel beklaagt zich bij Antonius, dat er geen steden of dorpen meer zijn waar hij zich kan ophouden, overal zijn christenen en tot overmaat van ramp raakt nu ook de woestijn vol monniken« (Regnault). »Demonen huisden in graven en ruïnes van heidense tempels en tegen een kluizenaar die in een oude tempel woonde, zeiden ze: 'Ga weg van onze plaats'« (ibid.).

De *wildernis* is de ongetemde, gedemoniseerde natuur. Voor de bijgelovige mens is die nooit ver. In volksverhalen spelen onheilspellende ontmoetingen zich 's nachts af op een eenzame weg, op een wegkruising, op het kerkhof, in een ruïne, op de plaats waar een misdaad is gepleegd. In feite begint de *wildernis* voor de huisdeur. Het is de *wildernis* in de mens zelf, datgene wat hij niet onder controle heeft, zijn angst, agressie en nachtmerries die hem spoken of demonen doen zien. »Wat in het geloof in demonen op de buitenwereld wordt geprojecteerd, is niet de angst voor iets concreets, maar de onbestemde angst voor het gruwelijke, het ongrijpbare. De rilling, de huivering, de plotselinge schrik, de gekmakende angst nemen de vorm van demonen aan. De demon vertegenwoordigt wat de wereld aan afschrikwekkends heeft, de onberekenbare machten rondom ons die zich van ons meester dreigen te maken« (Van der Leeuw).[2]

b. De 'Wilde Jacht'

De Nicolaasmaskerades maken deel uit van de wintermaskerades waartoe ook het *Perchtenlaufen* behoort, en vormen de rituele tegenhanger van de mythe van de *Wilde Jacht*. In deze mythe gaat het om een dodenleger of spookleger dat in de lange nachten met veel lawaai, soms ook met wonderlijke muziek, door de lucht trekt, aangevoerd door een historische of legendarische figuur. Van alle dodensagen is die van de *Wilde Jacht* het meest verbreid en ze komt in allerlei varianten voor in alle Germaanstalige landen en in Frankrijk. Hier is het motief bekend onder de naam *Chasse-Saint Hubert*, *Chasse-Caïn*, *Chasse-Arthur* enzovoort. Ook Meisen, die in het algemeen weinig op heeft met mythologische interpretaties, is van mening dat de Nicolaasmaskerades die als »restvormen worden aangetroffen van de Waddeneilanden tot de Alpen«, onmiskenbaar in relatie staan tot de voorstelling van de *Wilde Jacht*.

De meningen lopen uiteen in de discussie over de oorsprong van sage (mythe) en maskerade (rite) en de manier waarop sage en maskerade zich tot elkaar verhouden. O. Höffler voert in zijn *Kultische Geheimbünde der Germanen* (1934) beide terug op een Germaanse dodencultus. Probleem is de continuïteit tussen een laat-middeleeuws gebruik en de veronderstelde voorchristelijke oorsprong. Meisen wijst erop dat de oudste overgeleverde versie van het verhaal, die van Orderic Vital, uit de twaalfde eeuw stamt en door en door christelijk is. Hij geeft toe dat het een voorgeschiedenis moet hebben en ziet in genoemd verhaal de christelijke versie van een laat-klassieke voorstelling. Bovendien zou de maskerade secundair zijn, geïnspireerd door de verhalen; een gebruik dat pas mogelijk werd door de figuur van de duivel als 'verbindingsschakel'. Problematisch in zijn theorie is, waarom de voorstelling van Orderic Vital, die immers christelijk was en dus volmaakt onschuldig, verder gedemoniseerd moest worden. Demonisering heeft immers alleen zin als er onchristelijke of voorchristelijke opvattingen in het geding zijn. Was er mogelijk toch meer aan de hand? Van belang is dat beide theorieën uitgaan van een voorstelling van periodiek weerkerende doden. Controversieel is of dit oorspronkelijk in cultische of in verhalende vorm moet worden gedacht. Het is de bekende controverse: wat is ouder, de rite/het gebruik, of de mythe/het verhaal?

De volgende vragen moeten naar aanleiding hiervan worden beantwoord. Is er sprake van demonisering van doden? Zo ja, waarom was dat nodig en hoe is dat in zijn werk gegaan? De vraag naar het waarom is het gemakkelijkst te beantwoorden. Het christendom gaat uit van de zondigheid van de mens en van zijn behoefte aan verlossing, wat wordt uitgedrukt in het gezegde: 'Buiten de Kerk geen heil.' Uitgerekend de doden, die in het kerkelijk taalgebruik *arme zielen* worden genoemd, zijn in hoge mate hulpbehoevend. De voorstelling van autonoom opererende doden, die geen boodschap leken te hebben aan de Kerk en haar heilsmiddelen, was daarmee in tegenspraak en diende derhalve te worden bestreden. Bestrijding op theologisch niveau was voor het volk onbegrijpelijk en zou derhalve weinig uitwerking hebben. Effectiever was het de voorstelling op het niveau van het volk zelf aan te pakken door het procédé van demonisering. Dit gebeurde in de zielzorg. Met name de preek en het vrome verhaal waren de wapens om het volk te beïnvloeden. Dat er demonisering heeft plaatsgehad en hoe deze waarschijnlijk in haar werk ging, is het onderwerp van dit en de volgende hoofdstukken. Nu al kan worden gezegd dat de demonisering van de maskerade grondiger is geweest dan die van de sage, hetgeen betekent dat ze zich min of meer los van elkaar hebben ontwikkeld.[3]

c. Voorgeschiedenis

Noordelijke traditie

De Scandinavische mythologie kent twee verblijfplaatsen voor de doden: *Hel* voor de modale dode, *Valhöll/walhalla* voor de elite. Terwijl gewone stervelingen naar *Hel* gaan, een dodenrijk dat in het noorden wordt gedacht, geen plaats waar gestraft wordt maar eenvoudig een verblijfplaats, gaan zij die in de naam van Odin/Wodan gevallen zijn, naar *Valhöll*, een feestelijk oord. Daar worden ze door de Valkyren bediend met spijs en godendrank. De lievelingsbezigheid van de *Einherier*, zoals de gevallenen worden genoemd, is, wat hun naam aanduidt, elkaar bevechten, om na gevallen te zijn, onmiddellijk weer tot leven te worden gewekt.

Tacitus bericht in zijn *Germania* (ca. 90 n.C.) over de Harii, een volksstam, woonachtig aan de Oder, superieur in het oorlogvoeren. Met hun zwarte schilden, donkergeschilderde lijven, aanvallend in de nacht, verspreidden ze schrik en ontzetting. De naam *Harii* is net als die van de mythische doden, de *Einherier*, verwant met het Duitse woord *Heer/leger*. Ze hebben een opvallende overeenkomst met de eerder genoemde *berserker*, maar het frappantst is dat Tacitus ze met de term *feralis exercitus/dodenleger* aanduidt.

Kenmerkend voor de *berserker* was de identificatie met Odin, wiens naam *razernij* betekent en die ook *Sygfadir/Vader van de Overwinning* werd genoemd; verder hun aan razernij grenzende strijdlust en het vermogen *van gedaante te veranderen*. De eigenschap zich in dieren (wolf, beer) te veranderen wordt tweeledig uitgelegd: uiterlijk als een vermomming, innerlijk als een toestand van trance, waarin zij gelijk werden aan het wilde dier. Dit zou overeenkomen met Odins razernij en diens vermogen van gedaante te veranderen, uitgedrukt in zijn cultische bijnaam *Grimnir/de Gemaskerde*. Voor een Germaanse oorsprong pleiten het bestaan van een reële gevechtselite met uitgesproken cultische trekken en daarmee corresponderend dat van een mythisch dodenleger, en de relatie van beide met het winterse dodenfeest dat onder beschermheerschap stond van Odin/ *Jolnir*, heer van *Jol/Joel*.[4]

Zuidelijke traditie

Uit de late Grieks-Romeinse oudheid is een aanzienlijk aantal spookverhalen overgeleverd. In vroeger tijd kwamen ze ook al voor, maar daar »verbergen ze zich achter de namen van helden« (Nilsson). Behalve van individuele doden wordt ook gesproken over collectieve dodenverschijningen. Nilsson noemt in dit verband een achttal namen van schrijvers die hiervan melding maken en van wie Pausanias, Plutarchus, Vergilius en Plinius de bekendste zijn. Het verhaal van Pausanias zou afkomstig kunnen zijn uit een moderne sagenverzameling. In de vlakte van Marathon »kan men het lawaai van hinnikende paarden en vechtende mannen horen. Het heeft niemand ooit goed gedaan het van dichtbij gade te slaan, maar als het iemand per ongeluk overkomt, zal de woede van de demonische geesten hem niet achtervolgen.« Plinius schrijft: »Tijdens de Cimrische oorlogen hoorden we in de lucht gekletter van wapens en trompetgeschal [...] Tijdens het derde consulaat van Marius werden hemelse legers gezien, komend uit het Oosten en uit het Westen, die met elkaar slaags raakten [...].«[5]

Indo-europese traditie

Voor G. Dumézil, grondlegger van het vergelijkend onderzoek van de Indo-europese mythologie, gaat het in de discussie over een noordelijke of zuidelijke oorsprong om een schijntegenstelling, omdat beide tradities een gemeenschappelijke oorsprong hebben. Hij brengt de *berserker* in verband met de Romeinse *luperken*, de Griekse *centauren* en de Indo-iraanse *gandarven* en hun rituelen. »De Germaanse wereld schijnt niet de Indo-europese naam voor deze 'bonden' bewaard te hebben [...] maar de zaak zelf heeft bestaan, misschien sterker, in ieder geval duidelijker dan overal elders.« De moderne wintermaskerades noemt hij een verbastering van de oude rituelen. »De mannelijke dorpsjeugd ('la société des garçons') oefende nog onlangs een gematigde terreur uit in het dorp: het binnendringen in de huizen, het eisen van gaven, het plunderen van broodkisten, de achtervolging van meisjes en vrouwen [...] doen nog zo duidelijk denken aan de legenden van de Centauren, de rituelen van de Luperken en de overmoed van de jonge diermensen van het oude Germania.«[6]

In de sagen wordt de *Wilde Jacht* aangevoerd door een mannelijke of vrouwelijke figuur. In de literatuur worden ze vaak over één kam geschoren en voor de moderne sagenverteller maakt het al helemaal niets uit. In de discussie over de oorsprong maakt het wel degelijk verschil. De oorsprong van de aanvoerster is eenduidig mediterraan, namelijk Hecate en haar spookleger. »Door de dichters wordt ze vaak genoemd [...] namelijk als de godin van alle spokerij en tovenarij, zoals ze later algemeen bekend werd« (Nilsson). Met haar 'zusters' Artemis en Diana is zij de peettante van de heksen. In de middeleeuwen kreeg ze inheemse namen: Herodias, Holda, Perchta, Befana. Door de associatie met magie en hekserij is haar andere titel, die van aartsspook, op de achtergrond geraakt. Het is de verdienste van C. Ginzburg, dit aspect weer te hebben ontdekt. Ook de moderne sage kent overigens nog de figuur van Holda of Perchta aan het hoofd van een stoet dode kinderen. Omdat de geschiedenis van het dodenleger onder leiding van een mannelijke figuur een andere is dan die van de vrouwelijke aanvoerster, ligt het voor de hand ze gescheiden te behandelen. Hoofdstuk 7 gaat over de *Wilde Jacht* onder leiding van *Herlequin*, hoofdstuk 8 onder leiding van Hecate/Diana.[7]

2. Orderic Vital: Herlequin en zijn leger

De Anglo-Normandiër Orderic Vital († ca. 1142), monnik van de abdij Saint Evroul in Normandië, schrijft: »In de stad Aubin-de-Bonneval leefde een priester, Gauchelin genaamd [...] Op de eerste januari van het jaar des Heren 1091 werd priester Gauchelin bij een ziekbed geroepen, zoals gebruikelijk is [...] Toen hij op de terugweg was, helemaal alleen en ver van alle menselijke bewoning, hoorde hij plotseling een geweldig geraas, als van een groot leger [...] Hij werd ingehaald door een reusachtige man met een geweldige knots. Deze hief zijn knots boven het hoofd van de priester en sprak: 'Stop, ga niet verder.' De priester verstarde van schrik en bleef, steunend op zijn stok, onbeweeglijk staan. De gigantische knotsdrager bleef echter aan zijn zijde en wachtte zonder hem kwaad te doen, terwijl het leger voorbij trok.

En zie, een geweldige menigte krijgers trok te voet voorbij. Ze droegen op de nek en op de rug kleinvee en kleren, allerlei huisraad en gebruiksvoorwerpen, zoals rovers plegen te doen. Maar ze klaagden allemaal hardop en maanden elkaar tot spoed [...] Toen volgde een schare bewapende dragers, bij wie eerder genoemde reus zich aansloot. Ze droegen ongeveer vijftig doodkisten [...] en op deze kisten zaten mensen, zo klein als dwergen, maar met grote hoofden. Ook droegen ze manden.

Zelfs werd er door twee Ethiopiërs een stevige martelpaal meegedragen waaraan een beklagenswaardig mens stevig was vastgebonden. Te midden van zijn kwellingen schreeuwde hij luid. Een weerzinwekkende duivel, die op dezelfde martelpaal zat, stak zijn slachtoffer, dat met bloed overstroomd was, op gruwelijke wijze met vurige sporen in de lendenen en in de rug. In het slachtoffer herkende Gauchelin duidelijk de moordenaar van priester Etienne.

Nu volgde een menigte vrouwen. Hun aantal kwam de priester eindeloos voor. Ze reden op de manier van vrouwen en zaten op vrouwenzadels, waarin gloeiende spijkers zaten. Vaak slingerde de storm de vrouwen ongeveer een el de lucht in en liet ze vervolgens op de spitse punten van de gloeiende spijkers vallen. Ze moeten natuurlijk op deze ellendige manier [...] voor onkuisheid en walgelijk genot boeten, terwijl ze jammerlijk en luid hun eigen straffen verkondigden. In deze menigte herkende de priester sommige edelvrouwen.

Onmiddellijk daarop zag hij een lange rij van geestelijken en monniken [...] bisschoppen en abten, allemaal in veranderde priesterdracht [...] Ze zuchtten en weeklaagden en vroegen hem voor hen te bidden [...] En zie, daar kwam een menigte krijgers aan, zonder menselijke kleur, gehuld in een zwarte stofwolk en in vuur dat vonken spatte [...] Een van hen, Landry d'Orbec, die dat jaar gestorven was, wendde zich tot de priester [...]

Toen de ongelooflijk grote stoet krijgers voorbij was, dacht Gauchelin: Dit is ongetwijfeld het volk van *Herlequin/familia Herlequini*. Ik heb wel gehoord dat men ze vroeger gezien heeft [...] maar ik heb erom gelachen [...] Nu zie ik werkelijk de zielen van de gestorvenen voor me. Maar als ik dit vertel, zal niemand mij geloven.«[8]

Het visioen van priester Gauchelin is een hel die zich niet in de diepten bevindt, maar zich voortbeweegt door de lucht, of beter iets tussen hel en vagevuur, want uit het verhaal blijkt dat voor enkelen verlossing op termijn nog mogelijk is – het verzoek om gebed kan geen andere zin hebben. Al in de twaalfde eeuw wordt het begrip *Herlequinvolk* toegepast op levende mensen, namelijk op degenen die aan het kwaad toegeven en al bij voorbaat tot *Herlequins* leger gedoemd zijn. Over de naam *Herlequin* is veel gespeculeerd. Hij zou afkomstig zijn van het Oudfranse woord *herler*, schreeuwen, lawaai maken, of van het Vlaamse *helleke*, verkleinwoord van *hel*. Volgens een andere verklaring zou er, via de eigennaam *Harilo*, een verband bestaan met het historische *dodenleger/feralis exercitus* van de Harii en het mythische dodenleger van de *Einherier* (De Vries). Peter van Blois († ca. 1204) noemt de hovelingen aan het Engelse hof *Herlewinvolk*, vanwege hun goddeloos leven. Zijn tijdgenoot Walter Map († ca. 1209) legt een verband met een Oudbritse koning Herla, die gedoemd was met zijn leger eeuwig rond te zwerven, en spreekt van *Herlething-volk*. Het was kennelijk een vertelmotief waarover ook toen al graag werd gespeculeerd en uit het commentaar van priester Gauchelin blijkt dat het niet altijd serieus werd genomen.

Petrus Venerabilis († 1156), abt van Cluny, vertelt een verhaal dat enige overeenkomst vertoont met dat van Orderic Vital, zij het minder dramatisch, en dat zich in Castilië afspeelt (13,4). Beide vertellers gaat het om een leger van boetende zielen. De overeenkomst is niet verwonderlijk; beiden waren lid van de benedictijnenorde die veel werk maakte van de *arme zielen* in het vagevuur. Een 'ongekerstende' variant spreekt »van een storm die in 944 de kerk en de wijngaard van Montmartre bij Parijs verwoestte. De mensen geloofden dat dit was aangericht door de hoeven van spookpaarden. Sommigen hadden 'demonen die eruitzagen als ruiters' gezien, een duidelijke verwijzing naar de *Wilde Jacht*« (Fichtenau). Deze variant, die bijna twee eeuwen ouder is dan het verhaal van Orderic Vital, doet enigszins afbreuk aan het betoog van Meisen, die immers uitging van de gekerstende versie als de oudste die bekend is. Van de Normandische hertog Richard I Zonder Vrees († 996) werd verteld dat hij met het dodenleger was meegegaan.

In de hedendaagse Franse sagen is de *Chasse-Herlequin/Herlequinjacht* niet vergeten. Sébillot heeft nog de volgende varianten: *Chasse-* of *Mesnie-Hennequin*, *-Hannequin*, *-Ankin*, *-Hèletchien*. In Champagne worden dwaallichtjes *Arlequins* genoemd. In het volksgeloof waren dit zielen in nood of ongedoopte kinderen. In een Vlaamse sage uit Molenbeek wordt van een boer verteld dat hij tot zonsopgang dwaallichtjes doopte.[9]

3. Adam de la Halle: 'Jeu de la Feuillée'

Ongeveer honderdvijftig jaar later zien we *Herlequin* terug in het *Spel onder het Bladerdak* van Adam de la Halle, bestemd om te worden opgevoerd op de jaarmarkt van Arras (ca. 1262). In dit stuk, gespeeld in de nacht van de eerste mei en bedoeld om de lente te vieren en de dwaasheid te hekelen, verschijnen drie feeën en het nachtvolk, dat wil zeggen: *Herlequin* met zijn aanhang. De feeën komen om deel te nemen aan een feestmaal en gaven te schenken. Een van de drie, voor wie niet correct gedekt is, voelt zich te kort gedaan en spreekt een vloek uit. In vers 579 is dan sprake van het *Herlequinvolk*: »ik hoor het *Herlequinvolk* komen en veel klokjes klinken«. Al die duivels op het toneel is wat bezwaarlijk, de schrijver laat ze tenminste niet verschijnen. Slechts één van hen, *Croquesots/Narrenbijter*, komt op om namens zijn meester een boodschap aan Fee Morgue, op wie *Herlequin* een oogje heeft, over te brengen.[10]

Croquesots is een grappig, beweeglijk duiveltje. Hij is tenslotte een luchtdemon die als een schicht over het toneel heen en weer schiet. Hij weet goed hoe aartslelijk hij is en zijn eerste en laatste woorden, rechtstreeks gericht aan het publiek, zijn: »Staat mijn kop mij goed?« (v. 590, 853). Wat voor een kop? Het is een ruige, mismaakte duivelstronie, de ogen diep in de kassen, enorme mond, grote tanden en vooral een gezicht, harig als struikgewas. Hij wordt door een van de feeën aangesproken als *baardmannetje*. De merkwaardige vraag naar zijn uiterlijk was voor de tijdgenoten minder bevreemdend. De kop van Croquesots was hun welbekend. In het religieus toneel was een vaste plaats gereserveerd voor de *hel*. Op de voorgrond onder het toneel was de plaats waar de duivels zich ophielden. Die ruimte werd afgesloten door een gordijn waarop de bekende, afstotelijke duivelskop was afgebeeld. De duivels kwamen en gingen door de vlammende muil van deze kop, anders gezegd, door de *hellemond*. Het hoofd en de hoofdbedekking, de zogenaamde *chape Herlequin* werden synoniem met het hele gordijn. Nog steeds is de *manteau d'Arlequin* een technische toneelterm voor de gordijnen die het toneel omlijsten.[11]

De voorstelling van de hel als een gigantische muil had in de kunst een lange traditie. Traditioneel werd de hel voorgesteld als een vlammenzee, een vuurketel of oven en de muil van een monster. De oudste voorstellingen stamden uit de Karolingische tijd en in het Utrechter Psalter (ca. 830) komen ze alle drie voor. Of de voorstelling van Jonas die door de walvis wordt verslonden en weer uitgespuwd, en die al op de catacombenschilderingen voorkwam, model heeft gestaan (Réau) is twijfelachtig. In de vroeg-christelijke kunst was Jonas symbool van de gestorven en verrezen Christus. De populariteit van de *hellemond* is te danken aan het prestige van Gregorius de Grote († 604) die als geen ander de middeleeuwse verbeelding heeft beïnvloed. Hij associeerde het zeemonster *Leviathan* (Job 41; Jes. 27:1) met de hel (Russel). Een groteske variant is een *hellemond* op pootjes. Deze kopvoeter gaat terug op Openbaring 6:8: »En zie, ik zag een vaal paard en de naam van die erop zat was 'Dood' en de 'Hel' volgde hem.«[12]

Zo nadrukkelijk als de duivelskop, prototype van latere duivelsmaskers, in het spel onder de aandacht wordt gebracht, zo onopvallend worden de klokjes gesignaleerd die duiden op de nabijheid van het *Herlequinvolk*. Deze bellen behoorden ook tot de standaarduitrusting van de nar, die ten onrechte als een vrolijke clown werd gezien. Duivel en nar symboliseerden *de verkeerde wereld*, de van

God afgekeerde wereld die op vastenavond werd geënsceneerd. Door de associatie met *Herlequin* wordt eens te meer duidelijk dat bellen en klokjes een duivelse kwaliteit kunnen hebben. Want ook als het er allemaal vrolijk aan toe lijkt te gaan, moet die andere kant niet vergeten worden, namelijk dat de duivel de grote *verleider* is, de incarnatie van het kwaad. Als er met de duivel gelachen wordt, wordt er ook gelachen met de eigen angst. Het demonisch karakter van masker en schellen is nog steeds tastbaar aanwezig in de maskerades in de Alpenlanden. Zo gezien hadden de kop van *Croquesots* en de bellen van het *Herlequinvolk* een grote toekomst.

Intussen zorgden de geestelijken ervoor dat die demonische kant niet werd vergeten. Caesarius van Heisterbach († 1240) noemt de aanvoerder van de *Wilde Jacht* »infernalis venator/de helse jager«. Sprekend over »de nachtelijke ruiters die in de Franse taal 'Hellequins' en in de Spaanse 'exercitus antiquus/het oude leger' heten«, zegt Willem van Auvergne († 1249), »zoveel is zeker, dat het boze geesten zijn«. Een tijdgenoot, Etienne de Bourbon († ca. 1261), brengt het verhaal van een boer die »aan een nachtelijk feest van het *Herlequinvolk* had deelgenomen met eten en dans en de volgende morgen in jammerlijke toestand werd aangetroffen, liggend op de grond«. De verandering van dodenvolk in duivels lijkt in de dertiende eeuw een feit te zijn. Een veertiende-eeuws traktaat zegt hierover: »Van het *Herlequinvolk* zeg ik u, het zijn duivels die op de manier van dravende ruiters rondtrekken«. En aan de biechteling werd gevraagd: »Heb je soms ergens het *Herlequinvolk* gezien?« Van biechtvragen weten we dat ze telkens opnieuw werden gesteld.[13]

4. GERVAIS DU BUS: 'ROMAN DE FAUVEL'

Orderic situeerde het visioen van priester Gauchelin op 1 januari. Het spel van Adam de la Halle werd gespeeld op 1 mei bij gelegenheid van de jaarmarkt. Behalve met deze bekende data van de feestkalender zou het *Herlequinvolk* ook nog bemoeienis hebben met oogstfeesten (Driesen). Kortom, hun aanwezigheid wordt in verband gebracht met niet-kerkelijke feesten van de jaarcyclus. Hoe stond het met de levenscyclus? De geestelijken laten in hun commentaren blijken het *Herlequinvolk* zeer serieus te nemen. Zowel aan het begin als aan het einde van het leven bestond het gevaar het heil mis te lopen en in het *Herlequinleger* terecht te komen. Gezien de grote zuigelingensterfte was de kans reëel dat een kind ongedoopt stierf en als dwaallicht moest ronddolen. Werd iemand door de dood verrast en stierf hij zonder berouw, dan was zijn lot onontkoombaar inlijving in het leger der verdoemden. Een plotselinge dood werd dan ook zeer gevreesd.

In de nu kort te bespreken tekst zien we *Herlequin* in actie bij een bruiloft. Bij zoveel bedrijvigheid van het duivelsleger is de vraag in de biechtstoel of iemand *Herlequin* bezig heeft gezien of met hem heeft meegedaan, niet verwonderlijk.

102   Demonisering van de doden

In de *Roman de Fauvel* van Gervais du Bus (begin 14de eeuw), een satirisch diergedicht, wordt een volgend stadium in de ontwikkeling van het *Herlequinvolk* getoond. Het zijn geen komische duivels meer, maar een menigte gruwelijk uitgedoste en gemaskerde figuren die tekeergaan bij een dubieuze bruiloft. *Fauvel*, een allegorische diergestalte, een *vale hengst* die staat voor allerlei ondeugden, heerst over heersers en symboliseert aldus de verkeerde wereld, de wereld op haar kop. Als *Fauvel* zijn huwelijksaanzoek aan vrouwe Fortuna afgewezen ziet, besluit hij te trouwen met *IJdele Roem*. Uit zo'n verbintenis kan weinig goeds voortkomen en hun kinderen, *les Fauveaux*, »zullen dan ook verwoestend tekeergaan« (Kindler). Tijdens de bruiloftsnacht wordt Fauvel gewekt door een *hels* lawaai dat klaarblijkelijk een vast bestanddeel is van de *omgekeerde wereld*. Wie zijn deze gemaskerden?[14]

»Ze zijn verkleed op fantastische manier:
sommigen hebben de voorkant van achter en
anderen hebben kleren gemaakt
van ruwe zakken of monnikspijen.
Men zou hen nauwelijks herkennen, zo
waren ze beschilderd en slecht aangekleed.
De een had een grote koekepan,
de ander een keukenhaak, een braadijzer,
een vijzel of een koperen pan.
En allen speelden de dronkeman.
Sommigen hadden een bekken en sloegen er
zo hard op, dat allen verbaasd opkeken.
Ze hadden koebellen bevestigd
om hun dijen of op het achterwerk,
daaroverheen forse schellen die
weerklonken bij het hotsen en botsen.
Ook waren er die trommels en cymbalen hadden
en grote, lelijke en smerige instrumenten
en kleppers en macekotten
waarmee ze zulk lawaai en harde muziek
maakten, als niemand zeggen kan
[...]
[Toen zongen ze een dozijn zotte liedjes]
en hieven daarop geschreeuw aan
als nog nooit was gehoord.
De een liet zijn achterste in de wind zien
de ander brak een luifel af
of kraakte ramen en deuren
of gooide zout in de put

of wierp stront in het gezicht.
Ze zagen er al te lelijk en wild uit.
Op het hoofd droegen ze baardige maskers
en met zich droegen ze twee draagbaren:
waarop volk zat dat er slag van had
om het duivelslied te zingen.
[...]
Dan was er een reuzenkerel
die hard brullend kwam aanzetten
en gekleed was in mooi laken.
Ik geloof dat het Herlequin was
en al die anderen zijn aanhang
die hem volgde vol razernij.
Hij reed op een hoge knol
die zo vet was dat, bij Sint-Quinault,
men zijn ribben tellen kon.
[...]
Men zou zeggen dat hij terugkeerde
uit ballingschap.
Het was angstaanjagend
om te zien, dat durf ik te beweren.
Geen charivari, nog zo perfect
in vermomming, woorden en daden
kon het hierbij ook maar halen.«

Wat we hier zien, is een nachtelijke maskerade die in de literatuur bekendstaat als *charivari* of *ketelmuziek*, een volksgericht, bedoeld om een ongepast huwelijk aan de kaak te stellen. Hier gaat het niet meer om komische duivels, maar om jongelui die zich aan de ergste baldadigheid te buiten gaan en, om dit ongestraft te kunnen doen, duivelsmaskers dragen. Dat het om meer gaat dan literaire fantasie, blijkt uit veroordelingen van de synodes van Langres (1404, 1421): »Dat niemand aanwezig zij of meespele bij het spel dat 'charivari' wordt genoemd, waarbij maskers worden gebruikt, lijkend op demonen ('in figura daemonum') en waarbij tevens huiveringwekkende daden ('horrenda') worden bedreven.« De sanctie die hierop stond, was excommunicatie en een boete van drie pond. Behalve lawaai, obsceniteit en vernieling, vermelden de akten lijfelijk geweld en zelfs doodslag. Maar zoals het met verboden pleegt te gaan, helpen deed het niet veel. In gewijzigde vorm heeft het tot in de twintigste eeuw bestaan, en het komt sporadisch nog voor.

Hoe populair dit soort vermaak was, mag blijken uit anonieme deelname van koning Karel VI (de Dwaze) aan een *charivari* (1389), waarbij hij de nodige klappen opliep. In een andere versie (1392) zouden de gemaskerden in brand geraakt zijn en hun mannelijkheid erbij hebben verloren. Als *Bal des Ardents/Bal van de Brandenden* is het de geschiedenis ingegaan. De anekdote heeft alle trekken van een vroom verhaal. De monnik van Saint Dennis die het vertelt, waarschuwt tegen duivelse maskerdansen. Een Duitse sage vertelt een vrijwel identieke afloop van een gemaskerd bal op vastenavond. Wat ervan zij, de moraal is duidelijk: »Zij die het charivari van de duivel toestaan of zelf organiseren, met name de soevereinen, zullen er spoedig bloedig rekenschap van moeten afleggen« (Driesen).[15]

Met de personages uit de boven aangehaalde tekst is de lijst van figuranten niet uitgeput. De dichter verwijst nadrukkelijk naar de afbeeldingen die bij de tekst horen. Wat valt daar nog te zien? Duivels met zwarte gezichten (de *Ethiopiërs* van Orderic Vital) en de ongedoopte kinderen. Nu echter niet gezeten op doodkisten maar in een kinderwagen die door een kleine, groene heks wordt voortgeduwd of in een mand op de rug, twee motieven die ook in de moderne carnavalsoptocht zelden ontbreken. Andere spelers zijn deels naakt, deels in dierevellen gehuld en ze dragen dieremaskers. Het motief van de duivel als *zielenvreter* gaat waarschijnlijk terug op het toneelgordijn met de gapende *hellemond* waaruit de duivels kwamen en waar ze terugkeerden met hun buit aan verdoemde zielen. Een bijbelvers dat in het liturgisch avondgebed een plaats heeft gevonden, drukt het zo uit: »Wees sober en waakzaam, want je vijand, de duivel, gaat rond als een briesende leeuw, zoekend wie hij zal verslinden« (1 Petr. 5:8).

De verdere geschiedenis van *Herlequin* tot aan zijn metamorfose als *Arlequino* in de zeventiende-eeuwse Italiaanse komedie is voor ons onderwerp van minder belang. Geleidelijk veranderde de lelijke duivelskop in een mensengezicht. Wat van de duivel restte, behalve het duistere karakter en de acrobatische beweeglijkheid, was – en dat is tekenend – een elegant zwart half-masker. Het bekende lapjespak van *Harlekijn* was oorspronkelijk een maillot waaraan talloze loshangende lapjes waren bevestigd. Dit aanvankelijk haveloze kostuum is bewaard in sommige Oostenrijkse Nicolaasmaskerades.[16]

5. Charivari en de wintermaskerade

Wie voerde zo'n *charivari* uit? De dragers van deze traditie waren de ongetrouwde jongemannen, die een soort collectief ceremoniemeesterschap uitoefenden in de dorpsgemeenschap en de stadswijken. H. Pleij heeft dit met een overvloed aan teksten aangetoond voor de laat-middeleeuwse steden in onze gewesten. Op het platteland met zijn mondelinge traditie is de documentatie heel wat schaarser, maar juist daar heeft de jongelingschap gefunctioneerd tot aan de vooravond van de Franse Revolutie. In Zwitserland hebben de *Knabenschaften* of *sociétés de garçons* eeuwenlang een dominante rol gespeeld als paramilitaire organisatie, als organisatoren van jaarfeesten en bruiloften en als een soort zedenpolitie (Hoffmann-Krayer). In een document uit 1477 noemen ze zichzelf *die Bande von tollen Leben*. Ze hielden toezicht op de contacten tussen jongens en meisjes en controleerden de *Kiltgang*, het half legale, half clandestiene vrijen bij het meisje thuis. 'Onbevoegden', zoals ouderen of 'vreemdelingen', moesten het niet wagen op hun terrein te jagen. Wie hun code niet respecteerde, moest met hun wraak rekenen. Jongens uit andere dorpen moesten betalen of werden afgetuigd. Zij die voor de tweede keer trouwden of op een andere manier de huwelijksmoraal ondermijnden, liepen het risico dat ze aan de kaak werden gesteld en getrakteerd te worden op een charivari. Interessant detail: bij een dergelijke gelegenheid zat de aanvoerder net als *Herlequin* op een scharminkel van een paard. Dreigen met *charivari* was trouwens ook een manier om de kas te spekken, een vorm van chantage waarbij de betreffende persoon zich kon vrijkopen door drank of geld. Overigens was het *charivari* lang niet altijd kwaadaardig. Het *schertscharivari* kon een onderdeel vormen van een bruiloft, een verschijnsel dat in de literatuur over *charivari* weinig aandacht heeft gekregen.[17]

Het *charivari* van *Herlequin* en zijn bende is het oudste document, zij het in literaire vorm, van een ritueel waarbij een niet passend huwelijk met afgrijselijk lawaai en verbaal geweld werd gebrandmerkt. Het stuk wordt gedateerd omstreeks 1310-1314. De oudste kerkelijke veroordelingen, het concilie van Compiègne (1329-1330) en de synode van Avignon (1337), wijzen al op een zekere verspreiding van dit *spel/ludus*. Trouwens, voor de lezer van de *Roman de Fauvel* moest duidelijk zijn waarop gedoeld werd. De al genoemde synodes van Langres (1404, 1421) laten zien dat het eerder erger werd en wijzen op het *duivelse* en *misdadige* karakter ervan.

C. Ginzburg gaat uit van een samenhang tussen het *spel* en een demografische crisis. In navolging van N.Z. Davis stelt hij dat er onder andere ten gevolge van de pest een tekort aan huwelijkskandidaten was, waardoor een *eerlijke verdeling* in het gedrang kwam. Hertrouwen werd als onbehoorlijk en oneerlijk beschouwd. Bij het huwelijk tussen een jongeman en een oudere weduwe was het duidelijk dat er geen kinderen van zouden komen en dat de voortplanting gefrustreerd werd. Ook Ginzburg brengt het doen en laten van de jongelingschap in verband met de *Wilde Jacht*. »Tijdens hun veelvuldige rituele activiteiten vertegenwoordigden zij de doden. Naarmate de tijd vorderde, ging de mythologische betekenis nagenoeg verloren. In de oudste periode was er evenwel een vrijwel absolute samenhang tussen rite en mythe.« Het gemaskerde gezelschap van *Herlequin* lijkt inderdaad de legitieme erfgenaam te zijn van het dodenleger van Orderic Vital, maar dan wel in de gedaante van vermomde duivels.

In de loop van de zestiende en zeventiende eeuw raakte het *charivari* los van de maskerade. Met andere woorden: het *charivari*, eenmaal gangbare praktijk geworden, kon het ook stellen zonder deze maskerade, zonder de mythische aankleding die aanvankelijk als model, als rechtvaardiging had gediend en de veilige anonimiteit verschafte voor een omstreden optreden. Wat op vastenavond incidenteel gebeurde, iemand de waarheid zeggen of zelfs beledigen vanachter een veilig masker, was in het *charivari* een systeem geworden. Als zodanig is het *charivari* net als vastenavond een laat-middeleeuws verschijnsel. Wat bleef, na het laten vallen van het masker, was het ritueel lawaai, terwijl het nachtelijk duister ook verder een zekere anonimiteit garandeerde.

Het verband tussen de oorspronkelijke vorm, bekend van de *Roman de Fauvel*, en de wintermaskerades is zo opvallend, dat de vraag naar hun onderlinge verwantschap wel gesteld moet worden. De overeenkomst is al minder vreemd wanneer men bedenkt dat de dragers van het *charivari* ook de beheerders van de kalenderfeesten waren. Het morele en mythische karakter van het oudste *charivari* wordt begrijpelijk als overdracht naar de levenscyclus (een verdacht huwelijk) van een mythisch ritueel uit de jaarcyclus, namelijk als duivels vermomde doden die op bezoek komen om te zien of alles gaat zoals het hoort. Geen willekeurige doden, maar het bekende leger uit de sagen van de *Wilde Jacht*, dat steeds weer in verband gebracht wordt met markante data van de wintercyclus, het leger van *Herlequin* dat onder kerkelijke invloed veranderde van doden in demonen. Of men zich de doden nog herinnerde of niet, is daarbij nauwelijks van belang. Het is een bekend gegeven dat gebruiken van inhoud kunnen veranderen of zelfs hun zin verliezen, en desondanks angstvallig getrouw, eeuw na eeuw, als rituelen worden voltrokken.[18]

6. Ritueel lawaai

De veronderstelling dat zo'n verwantschap inderdaad heeft bestaan, vindt steun in het lawaai dat kenmerkend is voor *charivari* en wintermaskerade. In het Zwitserse *charivari* vormen de hoorns, koebellen en zwepen een onmisbaar element van het instrumentarium, zoals ze ook in de wintermaskerades onmisbaar zijn. De traditionele verklaring voor het winterse lawaai is een magische. Het zou een afwerende en een zegenbrengende kracht hebben. Het zou bedoeld zijn om de boze geesten te verdrijven en de vruchtbaarheid te bevorderen. De oude verklaring van demonen die demonen verdrijven, heeft altijd iets kunstmatigs gehad. Welke demonen verdrijven welke andere demonen? Ook de vruchtbaarheidsdemonen zijn een constructie van de mythologische school. Daarmee is niet gezegd dat het volmaakte onzin is. Het ambivalente karakter van doden en demonen houdt in dat ze goedaardig en boosaardig kunnen zijn, dat ze belonen en straffen. De gedachte, de doden welwillend te stemmen en zo hun zegen te ontvangen voor mens, dier en gewas, is in een agrarische samenleving uiterst zinvol. En zelfs daar waar deze samenhang niet meer begrepen wordt, is het opvallend hoe graag men de gemaskerden in zijn huis ontvangt, hun het grootste respect betoont, hun grillen verdraagt en alles vermijdt wat hun agressie kan opwekken. Daarvoor hoeft geen beroep gedaan te worden op een allesverklarend vruchtbaarheidsbeginsel, dat bovendien een sterk plantaardig karakter heeft.

Wat kan het lawaai dan wel betekenen? Bij het *charivari* is het duidelijk agressief bedoeld, een vorm van ritueel geweld, een »rituele wanorde, gecreëerd om een maatschappelijke wanorde« (Segalen), in dit geval een ongepast huwelijk, aan de kaak te stellen. Verschillende auteurs (Blok, Pleij) hebben gewezen op het reinigende aspect. Een gemeenschap kiest een *zondebok*, die van alles de schuld krijgt en uit haar midden wordt verstoten. Het slachtoffer van een *charivari* is zo'n *zondebok* op wie zich alle agressie richt. Agressie die gestalte krijgt in ritueel lawaai, ritueel geweld, met als uiterste consequentie verbanning uit het dorp.

Een iets andere verklaring ziet het lawaai als *antimuziek*, 'muziek' die tegen elke norm ingaat, 'muziek' die past bij gedrag dat van algemeen geaccepteerde normen afwijkt (Cl. Marcel-Dubois, I. Heim). Dat, om dit uit te beelden, het leger van *Herlequin* wordt gekozen, is niet vreemd, want overal waar het verschijnt, gaat het gepaard met geraas. Zelfs in een christelijke context is dat nog duidelijk. »In een veertiende-eeuwse legende verweet een bisschop een pastoor, dat hij te veel missen las voor de overledenen. Op een dag liep hij over het kerkhof en de doden stonden op en maakten zo'n angstaanjagend lawaai, dat de bisschop de priester toestond zoveel missen te lezen als hij wilde« (Segalen). Toen het dodenleger omgeduid werd tot duivels leger, werd het lawaai geïnterpreteerd als het misbaar dat duivels plegen te maken, letterlijk als *hels* lawaai.

Met behulp van het *charivari*-lawaai kan nu ook het lawaai van de wintermaskerades worden begrepen. In beide gevallen gaat het om een crisis die ritueel bezworen, onreinheid die verwijderd moet worden. In het ene geval een gemeenschap die zich bedreigd voelt door 'asociaal' gedrag, in het andere de overgang van *oud-in-nieuw*. Dat is *de tijd tussen de jaren*, de *twaalf nachten*, wanneer allerlei duistere machten vrij spel hebben en er van alles mis kan gaan. Bij de eerder beschreven maskerades is duidelijk geworden dat het om een uitzonderingstoestand gaat, dat de normaliteit is opgeheven, dat andere regels gelden. Kenmerkend voor dergelijke overgangs- of nieuwjaarsfeesten zijn *eliminatie* en *inauguratie* (Henninger). »Wat oud, versleten, afgeleefd, opgebruikt en oud is, moet verwijderd worden.« Het *kwaad* dat zich in de gemeenschap heeft opgehoopt, moet met veel lawaai worden uitgedreven. Soms wordt hetzelfde symbolisch uitgebeeld door het ritueel vegen van het huis, waarna het huisvuil wordt verbrand. Pas dan kan »wat nieuw, fris, machtig, goed en gezond is, geïntroduceerd worden« (Henninger). Bij dit archaïsch *oud-in-nieuw* zijn de doden als waarborg van de traditie, in de gedaante van gemaskerden, de welkome gasten (Eliade). Dat ze er eerder als duivels uitzien, is na het verhaal van *Herlequin* niet verwonderlijk. Deze analyse maakt ook duidelijk waarom de archaïsche wintermaskerades niet zonder meer met de maskerades van vastenavond kunnen worden gelijkgesteld.[19]

Over vastenavond als een christelijk antifeest gaat paragraaf 9.2.

8. De 'Wilde Jacht' II: Diana

1. BESCHULDIGINGEN GERICHT TEGEN HEKSEN

a. Inleiding

In de studie van het heksenwezen zijn, afgezien van de omvangrijke sensatieliteratuur, vier richtingen te onderscheiden. Er zijn twee verouderde, tegengestelde theorieën. De eerste gaat uit van het fantasiekarakter: heks en hekserij berusten louter op fantasie en zijn een verzinsel van theologen en inquisiteurs (Lea, A. White, G. Burr). De tweede ziet hekserij als een reëel verschijnsel, een heidense vruchtbaarheidscultus die in georganiseerde vorm tot in de zeventiende eeuw zou hebben bestaan (Marg. Murray). Deze fantastische theorie heeft nog haar aanhangers in de moderne heksencultus. Een sociaal-psychologische richting onderzoekt de functie die de heks als zondebok vervulde in de laat-middeleeuwse en vroeg-moderne samenleving, en probeert te verklaren hoe de heksenvervolging zulke sinistere en massale vormen kon aannemen (Trevor Roper). Een cultuurhistorische richting, ten slotte, onderzoekt de beschuldigingen die tegen heksen werden ingebracht en gaat de geschiedenis van de afzonderlijke elementen en hun onderlinge verstrengeling na (Caro Baroja, Russel, Eliade, die konden voortbouwen op het baanbrekende werk van Hansen). Het volgende sluit aan bij deze vierde richting.[1]

Een hoofdstuk over heksen mag wat vreemd aandoen in een studie over de doden. De bedoeling is na te gaan wat het verband is tussen hekserij en de mythe van de *Wilde Jacht* en in laatste instantie met de doden. Twee processtukken dienen als uitgangspunt om te zien waarvan heksen werden beschuldigd. Men dient te bedenken dat deze protocollen afkomstig zijn van de heksenvervolgers die hun slachtoffers zo lang martelden en ondervroegen tot de antwoorden klopten met de voorstelling van zaken in de handboeken voor inquisiteurs. Daarentegen heeft een onderzoek in een nauw omschreven gebied en tijdsbestek – Friuli in Noordoost-Italië, 1575-1644 – aangetoond dat er een kloof gaapte tussen de aanvankelijke voorstellingen van potentiële 'heksen' zelf en die van de inquisitie (zie 8.5).

De volgende teksten gaan over twee vrouwen uit Toulouse (14de eeuw). Anne-Marie de Georgel vertelt hoe ze met de duivel in aanraking kwam. »Op een morgen was ze de was aan het doen in de buurt van Pech-David toen ze een man zag van rijzige gestalte die over het water naar haar toe kwam. Hij had een donkere huid en zijn ogen brandden als vuur. Hij was gekleed in dierevellen. Dit monster vroeg haar of ze zich aan hem wilde geven, en ze stemde toe. Dan blies hij haar in de mond en vanaf de volgende zaterdag werd ze naar de sabbat gebracht, eenvoudig omdat hij dat wilde. Daar trof ze een grote bok aan en na hem begroet te hebben onderwierp ze zich aan zijn genoegens. In ruil daarvoor leerde hij haar allerlei geheime tovenarij. Hij legde haar de giftige planten uit en ze leerde van hem woorden voor magische formules en hoe ze tovenarij kon beoefenen in de nacht van het vigilie van Sint-Jan, op kerstavond en op de eerste vrijdag van de maand. Hij raadde haar aan op heiligschennende wijze te communiceren, God te beledigen en de Duivel te vereren. En zij voerde deze goddeloze influisteringen uit.«

Terloops zij de aandacht gevestigd op de volkse trekken van dit getuigenis: de duivel met zijn donker uiterlijk en zijn omhulsel van dierevellen; de tijdstippen van het jaar, geëigend voor magie, namelijk de winter- en zomerzonnewende.

Catherine Delort, die een buitenechtelijke relatie onderhield met een herder, werd door hem gedwongen een *pact* met de duivel aan te gaan. »Deze walgelijke ceremonie vond plaats om middernacht, aan de rand van een bos, daar waar twee wegen elkaar kruisen [...] Iedere vrijdagnacht viel ze in een vreemde, diepe slaap, tijdens welke ze naar de sabbat werd gebracht [...] op de top van de Zwarte Bergen of van de Pyreneeën. Daar vereerde ze de bok en diende zijn plezier en dat van al degenen die aanwezig waren op dat afschuwelijke feest. De lichamen van pasgeboren kinderen werden door hen gegeten.« Dan onderbreekt de inquisiteur het verslag en vervolgt met zijn eigen woorden: »Catherine, gedwongen om te bekennen door de middelen waarover wij beschikken om mensen de waarheid te laten zeggen, werd schuldig verklaard aan al de misdaden waarvan wij haar verdachten, ofschoon ze lang haar onschuld betuigde [...] Ze liet het hagelen op de velden van haar vijanden, liet hun tarwe rotten op de velden [...] Ze maakte de ossen en schapen van haar buren ziek [...] Ze veroorzaakte de dood van haar tante, wier erfgename ze was, door wassen beeldjes te verwarmen [...]«

Klassiek in deze beschrijving zijn: het duivelspact, perverse seks, kannibalisme en *zwarte magie*, gericht tegen mens, dier en gewas.

De publikatie, met pauselijke goedkeuring, van de *Malleus Maleficarum* of *Heksenhamer* van twee dominicanen (1486) was de opmaat voor een systematischer vervolging. Een weg terug was er niet meer. Van toen af nam de *heksenwaanzin* zijn noodlottig verloop, om zijn hoogtepunt te bereiken in de zestiende en zeventiende eeuw, ongeacht de confessies. »De *Malleus* definieerde hekserij als de meest verfoeilijke van alle ketterijen« (Russel). Hoewel dit boek geen wezenlijk nieuwe gezichtspunten bracht, werd het om zijn strakke opbouw een van de meest gebruikte handboeken voor inquisiteurs. Terwijl oudere kerkelijke auteurs ervan uitgingen dat sommige beschuldigingen, zoals de nachtelijke vlucht naar de sabbat en de gedaanteveranderingen, een gevolg waren van de duivelse illusie, ging de *Malleus* uit van het volstrekt werkelijke karakter ervan (Caro Baroja). Het systeem versterkte zichzelf omdat, wie het waagde dit in twijfel te trekken, daardoor zelf verdacht werd. Gevolg was dat meer verlichte personen het raadzamer vonden te zwijgen. Een eeuw na de *Malleus* kwam Jean Bodin in zijn *Démonomanie* (1580) op een totaal van vijftien *misdaden* die karakteristiek waren voor heksen.[2]

b. Beschuldigingen

Al heel oud waren de beschuldigingen van rituele kindermoord, orgieën, zwarte magie, duivelspact en de nachtelijke vlucht. Relatief jong: het heksentreffen in de vorm van *synagoge* of *sabbat*, een expliciete duivelscultus en ketterij.

Rituele kindermoord

In de tweede eeuw v.C. werden de joden door Antiochus Epiphanes beschuldigd van rituele kindermoord. In de middeleeuwen was dit een vast bestanddeel van anti-joodse agitatie en een effectief middel om een opgewonden menigte tegen de joden op de been te brengen. Het begon in Norwich (1144). Eeuw na eeuw kwam het in bijna alle landen van Europa voor. In de negentiende eeuw was het in Oost-Europa het startsein voor pogroms. In 1934 wijdde het naziblad *Der Stürmer* een heel nummer aan het *joodse moordplan*, compleet met lugubere prenten. In vroegchristelijke tijd werd de beschuldiging ook geuit tegen christenen. Tertullianus († ca. 225) beklaagde zich erover met de woorden: »Ze zeggen dat wij de misdadigste van alle mensen zijn.« Later werd het een middel om behalve joden ook ketterse groeperingen en heksen te stigmatiseren. In het geval van de heksen werd het verbonden met de voorstelling van de *lamiae*, vampierachtige, bloedzuigende wezens. Hoewel de vroeg-middeleeuwse wetgeving nogal sceptisch was over aantijgingen van vampieractiviteiten, leidden de verhalen een eigen leven. Een vroeg en waarschijnlijk geïsoleerd geval van 'heksenvervolging' wordt ons meegedeeld door Gregorius van Tours († 594) in zijn *Historia Francorum*, VI, 36. Onder foltering bekenden Parijse vrouwen het kind van koningin Fredegonde te hebben vermoord en nog andere moorden te hebben begaan, en ze gaven toe 'heksen' te zijn. Deze 'heksen' avant la lettre moeten wel heel anders worden gedefinieerd dan de laat-middeleeuwse heks; in feite werden zij veroordeeld wegens tovenarij. In de late middeleeuwen werd het thema van kindermoord verbonden met kannibalisme en het gebruik van lijkjes voor magische doeleinden.

Orgieën

In 1022 werd in Orléans een groep ketters tot de brandstapel veroordeeld, »ongebruikelijk voor die tijd« (Russel). Het zou om een gnostieke sekte gaan die de mensheid van Christus en de geldigheid van de sacramenten afwezen. Ze werden beschuldigd van nachtelijke orgieën, kindermoord en duivelsverering. De orgie had net als de kindermoord een lange traditie. In de eerste eeuwen van de jaartelling beschuldigden heidenen en christenen elkaar van dergelijke praktijken. Een vroege beschuldiging, gericht tegen ketters, is die van Justinus de Martelaar († ca. 165). Op soortgelijke wijze liet Clemens van Alexandrië († ca. 215) zich uit over gnostici en Augustinus († 430) over manicheeërs (Russel). Een standaardformule daarbij was: *nadat de lichten gedoofd waren*. In de vroege polemieken gaat het net als in de latere heksenprocessen om een cluster van *misdaden*. »Er was in de geschriften van de kerkvaders genoeg materiaal om de verbeelding van de middeleeuwse polemisten tegen ketters en heksen te voeden« (Russel).

Magie/duivelspact

In de vroege middeleeuwen zijn tovenarij en hekserij wel van elkaar te onderscheiden. Terwijl *maleficium* of *zwarte magie*, bedoeld om schade toe te brengen, voor reëel werd gehouden, werd het geloof in *heksen* (*striga*) als een produkt van volksfantasie afgewezen (Hansen). Anders dan in de Merovingische periode waar kerkelijk en wereldlijk recht min of meer gescheiden waren – bepalingen van synodes enerzijds, codificatie van het volksrecht anderzijds –, trad er in de Karolingische tijd een nauwe samenwerking tussen beide op. Met de vernieuwing van het Romeinse keizerschap onder Karel de Grote gingen Kerk en Staat een hechte verbinding aan. »Het kon niet uitblijven dat ten gevolge van het theocratische beginsel van de middeleeuwse Staat ook de wereldlijke overheid geleidelijk tovenarij als een verbond met de duivelse machten tot een zware misdaad bestempelde« (Hansen). De straffen waren dienovereenkomstig uiterst hard. Men ging er niet alleen vanuit dat magie slechts met hulp van de duivel kon worden verricht, ook werd aangenomen dat degene die magie beoefende, op de een of andere manier een verbond met de duivel was aangegaan. Ook deze voorstelling van een *duivelspact* was niet nieuw. In de *Dialogen* van Basilius de Grote († 379) is al sprake van een vrijwillige overeenkomst met de duivel.

De voorstelling dat men allerlei gunsten als seks, rijkdom, macht en kennis kon verwerven door een verbond met de duivel aan te gaan, is populair geworden door de Griekse *Theophiluslegende* die door Paulus de Diaken († 800) in het Latijn werd vertaald. Nieuw in de legende is dat er een schriftelijk contract aan te pas komt. In het geval van Theophilus loopt het goed af, omdat hij berouw krijgt en door Maria wordt gered. De populariteit van deze legende blijkt uit de talrijke volkse en literaire varianten en bewerkingen. Een vroege Duitse bewerking van Hrotsvita van Gandersheim († 975) situeert het verhaal op Sicilië. Als bemiddelaar tussen Theophilus en de duivel treedt een tovenaar op. Goethe zou een aantal details aan deze bewerking hebben ontleend voor zijn *Faust*. Kenmerkend voor latere bewerkingen, het mirakelspel van Ruteboeuf (ca. 1260) en een Nederlandse berijming (13de/14de eeuw), is een anti-joodse tendens: de tussenpersoon is een joodse magiër geworden. In de *Beatrijslegende* wordt de redding van Theophilus als motief tot bemoediging van de zondares aangehaald, wat een algemene bekendheid met deze legende veronderstelt.

Duivelscultus

Van *duivelspact* tot *duivelscultus* is nog een lange weg. Toch bevat het *pact* de aanzet tot de cultus. De grondslag voor een ruilhandel met de duivel is al gegeven in Mattheus 4:8v, waar de duivel Jezus »alle koninkrijken van de wereld en hun heerlijkheid aanbiedt, als hij hem [de duivel] aanbidt«. Mag aanvankelijk de onderwerping als een soort vazalrelatie zijn opgevat, in de christelijke gedachtengang kon onderwerping aan de duivel moeilijk anders dan als aansluiting bij een *antikerk* met bijbehorende cultus worden begrepen. In de verslagen van de inquisitie krijgt deze cultus gestalte in allerlei heiligschennende handelingen, die een parodie vormen op de christelijke liturgie.

Ketterij en hekserij

De oude strategie van demonisering, die tijdens de kerstening de goden degradeerde tot demonen, werd ook met meer of minder succes toegepast op degenen die onchristelijke praktijken beoefenden of van de christelijke leer afweken. Zoals beoefening van tovenarij als een werk van de duivel werd bestempeld, werden ketters beschouwd als aanhangers van een duivelse sekte. De dualistische leer van de Katharen bood als het ware het instrument van demonisering. Hun leer kende namelijk twee oerprincipes: goed en kwaad, wat de opvatting deed ontstaan dat zij zich wijdden aan de god van het kwaad, of in middeleeuwse termen, aan de duivel (Russel). De demonisering wordt onmiddellijk zichtbaar in de beschrijving van hun geheimzinnige bijeenkomsten. De Engelse geestelijke Walter Map († ca. 1209) beschrijft zo'n nachtelijk treffen, waarbij de duivel in de gedaante van een zwarte kat werd vereerd. De zinswending *lucerna extincta/ nadat de lichten waren gedoofd* was een oude formule die duidde op seksuele uitspattingen (Eliade). Niet alleen de aard van de bijeenkomst is vrijwel identiek met het latere heksentreffen, ook de naam *synagoge* werd op beide toegepast. De heksensabbat is dan ook geënt op de kettersabbat (Hansen).

Het geloof in magie en *duivelspact* was een van de voorwaarden voor het ontstaan van de *heksenwaan* (Gurjewitsch). Zonder de idee van een duivels collectief had het echter nooit zover kunnen komen. Er was de inquisitie, ingesteld voor de bestrijding van ketters, dan ook veel aan geleden de heksen als een ketterse sekte te kunnen brandmerken. De beschuldiging van duivelscultus werd vergemakkelijkt door identificatie met de Katharen. Dit blijkt niet alleen uit de gelijkenis van hun bijeenkomsten, ook de benaming van heksen als *Waudenses* en *Gazarii* (Waldensen en Katharen) wijst op het streven van de inquisitie om heksen en ketters op dezelfde manier te behandelen. De formele gelijkschakeling van heksen met ketters in de veertiende/vijftiende eeuw maakte het de inquisitie mogelijk de heksen systematisch te vervolgen.[3]

Nachtelijke vluchten

Een van de beschuldigingen was dat heksen zich in bepaalde nachten op de rug van dieren of anderszins door de lucht verplaatsten op weg naar het heksentreffen. Dit sloot aan bij oude verhalen waarin werd verteld van vrouwen die beweerden 's nachts met Diana op stap te zijn geweest. Het is deze nachtelijke vlucht met Diana die voor ons onderwerp van belang is. De ontwikkeling van deze 'mythe' zal in dit hoofdstuk worden nagegaan.

2. DE NACHTELIJKE RIT MET DIANA

Van heksen werd aangenomen, zo blijkt uit de processtukken, dat ze zich over land of door de lucht konden verplaatsen om zich naar hun nachtelijke bijeenkomsten, *synagoge* of *sabbat* genoemd, te begeven. Serieuze onderzoekers als H.Ch. Lea beschouwden dit als een verzinsel van de inquisitie. In het voorgaande is echter duidelijk geworden dat sommige beschuldigingen een lange voorgeschiedenis hadden. Dat is ook het geval met de *nachtelijke vlucht*. In feite gaat het hier om een 'mythe' die sinds de negende eeuw in allerlei verhalen de ronde deed. Abt Regino van Prüm († 915) hekelt het geloof in een rit met Diana, *godin der heidenen*. Hetzelfde verhaal komt al voor in de wetgeving van Karel de Kale (872). Dit betekent dat de 'mythe' ouder is dan 872 en toen al op ruimere schaal verbreid moet zijn geweest.

Een geruchtmakende tekst in dit verband is de zogenaamde *Canon Episcopi* of *Bisschopsregel* die voor het eerst voorkomt in het werk van Regino van Prüm (906) en waarop men zich eeuwenlang heeft beroepen. Hij zou afkomstig zijn van de synode van Ancyra/Ankara (314). De 'hoge ouderdom' diende om deze vervalsing, een tekst van een onbekende auteur, meer gezag te geven. De *canon* veroordeelt *maleficium/zwarte magie* en het geloof in een nachtelijke rit met

Diana. Heksen die magie bedrijven, moeten uit de parochie worden verbannen. Wat betreft de rit met Diana, dit is niet meer dan een droom, een drogbeeld. Daarmee zou de kous af kunnen zijn. Maar nee, de auteur van de tekst haalt flink uit, omdat dergelijke fabels hoogst gevaarlijk zijn voor het gelovige volk: »Bisschoppen en hun vertegenwoordigers dienen die met alle kracht uit te roeien [...] Slechte vrouwen, op de verkeerde weg gebracht door de duivel en verleid door waandenkbeelden en hersenschimmen van demonen, geloven en verkondigen dat ze tijdens de nachtelijke uren, gezeten op bepaalde dieren, samen met Diana, de godin van de heidenen, uit rijden gaan [...] en grote afstanden afleggen. Ze gehoorzamen haar bevelen alsof ze hun meesteres was, wanneer ze bij nacht ontboden worden om haar te dienen.« Wat zich in de geest afspeelt, wordt door deze vrouwen voor werkelijk gehouden en »ze sleuren menigeen mee in hun vernietigend ongeloof. Want een ontelbare menigte is misleid door deze valse opvatting [...] en raakte verstrikt in de dwalingen der heidenen«. De »ontelbare menigte« van de *canon* en de wetgeving van Karel de Kale wijzen erop dat ca. 900 deze voorstelling uiterst populair was.

Burchard van Worms († 1025) nam de tekst ook op in zijn *Decretalia* en bepaalde dat wie dit allemaal geloofde, twee jaar boete moest doen. Met Augustinus ging hij ervan uit dat wie dit geloofde, terugviel in het heidendom. Inmiddels is de aanvoerster van naam veranderd en wordt ze ook *Herodias* en *Holda* genoemd. Een variant, ook bij Burchard, luidt: »Geloof je, wat sommige vrouwen zeggen en geloven, dat je [...] in de stilte van een rustige nacht, na naar bed te zijn gegaan en met het hoofd van je echtgenoot op je schouder, je huis kunt verlaten, ofschoon alle deuren gesloten zijn, en over grote afstanden kunt reizen in gezelschap van slachtoffers van soortgelijk bedrog, en mensen kunt doden zonder zichtbaar wapen?« Het zou bij Burchard niet hebben kunnen opkomen dat kerkleiders deze vraag ooit bevestigend zouden beantwoorden. In sommige varianten wordt het misdadige karakter van de *nachtvrouwen* beklemtoond en worden ze in verband gebracht met de vampierachtige *lamiae*. De demonisering was aan het werk.

In preken en heiligenlevens keert het verhaal in allerlei varianten terug. Al deze verhalen hebben een moraal die de mensen moet overtuigen van de dwaasheid van dit soort verzinsels. *Bonae Mulieres/Goede Vrouwen* worden de *nachtvrouwen* vaak genoemd of *Bona Societas/Goed Gezelschap*. Opvallend is dat de naam van de aanvoerster met het grootste gemak verandert. In de toenmalige folklore werden de *nachtvrouwen* gezien als een soort elven of feeën die 's nachts op bezoek kwamen. Zoals bij bovennatuurlijke wezens vaak het geval is, waren ze grillig en haalden ze ook vervelende streken uit. Als eten en drinken voor hen werd klaargezet, werden de bewoners beloond met welvaart en rijkdom. John van Salisbury († 1180) schrijft dat men gelooft »dat Noctiluca of Herodias, die optreedt als 'Koningin van de Nacht', oproept tot nachtelijke bijeenkomsten waarbij gesmuld wordt en allerlei losbandigheid plaatsvindt«. In dezelfde tekst maakt hij ook melding van de kinderverslindende *lamiae* en hij verzuimt niet de duivel als aanstichter van deze fabels aan te wijzen.

Niet alle geestelijken gingen op de zware toer en sommigen trokken het geloof in de *Goede Vrouwen* eerder in het belachelijke. Zo is er het verhaal van twee jongens in de *Speculum Morale*. »Als vrouwen verkleed drongen ze het huis van een rijke boer binnen. Ze begonnen te dansen en schreeuwden af en toe: 'We nemen een ding en vergelden het honderdvoud!' Intussen legden ze de hand op al wat waardevol leek en plunderden binnen een uur het hele huis. De boer, die dit voor zijn ogen zag gebeuren, zei tegen zijn vrouw: 'Houd je rustig en doe je ogen dicht, we zullen rijk worden. Dit zijn de "Goede Vrouwen" die onze welvaart honderdvoudig zullen vermeerderen.'«

Een anekdote in hetzelfde werk gaat over een vrouw die tegen haar pastoor opschepte dat ze deel uitmaakte van de *Goede Vrouwen* en dat ze zijn leven had gered. Geen gesloten deur kon haar tegenhouden. De pastoor nam haar mee naar de sacristie en gaf haar een pak slaag met het processiekruis, zeggend: »Zie maar dat je hieruit komt, heks, en vlieg weg. Geen deur kan je immers tegenhouden!«

Wat in bovenstaand verhaal nog een grap is, is in de bekentenis van Catherine Delort werkelijkheid geworden. De identificatie van de heksen met het gezelschap van Diana was een feit. Een rampzalige stap in deze ontwikkeling was de opname van de *Canon Episcopi* in het *Decretum Gratiani* (ca. 1140). Met het werk van Gratianus († ca. 1159) werd de grondslag gelegd voor het kerkelijk recht. Mettertijd gingen ook juristen zich met de *Goede Vrouwen* bemoeien en was het niet meer alleen een zaak van theologen en zielzorgers. Naast de voortgaande *demonisering* kwam geleidelijk een proces van *criminalisering* op gang.[4]

3. Diana-Artemis-Hecate

Terwijl in het eerder behandelde type van de *Wilde Jacht* het verband met de doden nawijsbaar was via de figuur van *Herlequin* en zijn bende, is dit verband met de mythe van Diana niet direct duidelijk. Een omweg is nodig om, met behulp van de vragen: wie was Diana in de klassieke mythologie en hoe leefde zij voort in het middeleeuwse volksgeloof, haar relatie met de doden in de late middeleeuwen op het spoor te komen.

a. Vroeg syncretisme

Syncretisme is de versmelting van religieuze opvattingen van verschillende oorsprong tot een nieuwe voorstelling. In de mythe van Diana zijn twee fasen van syncretisme te onderscheiden. Oorspronkelijk in Italië beschermster van vrouwen en helpster bij bevallingen en vereerd in een heilig bos, werd ze al vroeg (4de eeuw v.C.) en grondig geassimileerd met de Griekse Artemis, maangodin, meesteres van de dieren en de wilde natuur en godin van de jacht. In deze hoedanigheid werd ze afgebeeld, gekleed in korte rok en laarzen, met een fakkel in haar hand, vergezeld van een hert. Als offer werden het vel en het gewei van gedode dieren aan bomen opgehangen. De fakkel, een vast attribuut, bezorgde haar de bijnaam *Lucifera/Lichtbrengende*. In het zesde gezang van de *Odyssee* wordt geschetst hoe Artemis, de maagd, zich met nimfen vermaakte in jacht, spel en dans, waaraan ze een andere naam, *de Luidruchtige*, te danken had. Haar maagdelijkheid zou te maken hebben met de ongerepte natuur en, naar W. Burkert meent, met archaïsche jachttaboes. Die maagdelijkheid moet echter niet worden verstaan als kuisheid. Zij is tegelijk erotisch, uitdagend en ongenaakbaar. Haar domein ligt op de grens van wildernis en beschaving, vandaar dat ze in verband wordt gebracht met grenssituaties: geboorte en dood. Het spel met de nimfen werd door meisjes in scène gezet in een rumoerige cultus met groteske maskers en uitgelaten dansen.

Haar duistere kant stamt van de identificatie met Hecate, eveneens maangodin, godin van wasdom, deuren en wegen en van magie, en heerseres over de doden. Hecate werd vereerd op driesprong en kruising van wegen, een plek geassocieerd met onheil, magie en doden. *Met afgewend hoofd* werden haar hondenoffers gebracht op de laatste dag van de maand, maar ook brood, eieren en kaas voor haar en haar doden. Zelf werd ze als hond of met een hondekop gedacht of met drie gezichten. *Trivia* werd ze genoemd, godin van de driesprong, waar drie maskers dit aspect van haar wezen uitbeeldden. Evenals de andere machten van de onderwereld werd ze met koosnamen als *Allerschoonste* en *Vriendelijke* aangeduid. Ze verscheen bij bevallingen en op begrafenissen. Op haar nachtelijke tocht werd ze vergezeld door een zwerm geesten van doden en door blaffende honden. Haar plaats was in de onderwereld, maar gemakkelijker dan andere onderaardse wezens »vond ze haar weg naar de levenden« (Rohde). Haar gevolg bestond uit rusteloze doden, die nog te midden van de levenden rondwaarden, zij die te vroeg gestorven waren of geen (behoorlijke) begrafenis hadden gehad.

Dankte Hecate haar sinistere reputatie aan haar bemoeienis met spoken en met de driesprong, mettertijd werd ze onder oosterse invloed ook vereenzelvigd met tovenarij en ging men haar beschouwen als godin van de magie. Demonische wezens als de bloedzuigende *lamiae* en *strigae*, de heksen van de Oudheid, gingen tot haar gevolg behoren. De verleidelijke Circe en de wraakzuchtige Medea stelden zich in haar dienst. Diana zou dezelfde reputatie met haar gaan delen. Zo beschrijft Horatius († 8 v.C.) hoe de heks Canidia haar magische praktijken aanvangt met een gebed: »Nacht en Diana, trouwe getuigen van al mijn ondernemingen, jullie gebieden de stilte wanneer wij onze meest geheime mysteries vieren, kom mij te hulp en richt al jullie macht en toorn tegen mijn vijanden.« In een andere bede wordt Hecate »koningin van de nacht, vijandin van de zon, vriendin en gezellin van de duisternis« genoemd. Latijnse schrijvers vertellen over de praktijken van heksen die met toverspreuken en tovermiddelen hartstochten kunnen opwekken, haat en tweedracht zaaien, storm of ziekte veroorzaken. Lang voor de middeleeuwse heksenprocessen werden gedaanteverandering en nachtelijke vlucht als heksenkunsten beschouwd. Ook werden heksen toen al verdacht van kindermoord, zoals blijkt uit het grafschrift van de jonge Jucundus: »Een wrede heks ontrukte mij aan het leven; ouders, past op jullie kinderen.«

Daarmee is het beeld van Hecate niet af; niet voor niets heeft zij drie gezichten. Een oud gezegde luidt: *similia similibus curantur/gelijke (kwalen) worden met gelijke (middelen) genezen*. Wie kon beter dan Hecate beschermen tegen de dreiging van demonen en heksen? Haar beeld werd voor het huis geplaatst en om haar gunstig te stemmen werden haar offers gebracht. »Bij Aristophanes [† ca. 385 v.C.] verschijnt Hecate speciaal als vrouwengodin; een vrouw vraagt haar om raad bij het verlaten van het huis en de vrouwen organiseren een spel ter ere van haar [...] Ook beschermt zij de vrouwen bij de geboorteweeën« (Nilsson). Meer dan acht eeuwen scheiden Aristophanes van Proclus van Constantinopel († 485 n.C.), een van de laatste heidense filosofen. Zijn gebed tot Hecate zou in een christelijk gebedenboek niet misstaan: »Reik mij de hand, ik smeek U, en wijs mijn zoekend hart de goddelijke paden, zodat ik het heerlijk licht zal aanschouwen [...] Reik mij de hand, ik smeek U, en laat mij, als ik moe geworden ben, met gunstige winden in de haven van vroomheid voor anker gaan.«[5]

b. Laat syncretisme

In de laatste eeuwen voor de christelijke jaartelling hadden de Olympische goden een groot deel van hun aantrekkingskracht verloren. Nieuwe godsdiensten uit het Oosten vervulden een behoefte aan verlossing, aan de persoonlijke band met een god. Het gebed van Proclus is daarvan een voorbeeld. Met deze mysteriegodsdiensten van een stervende en verrijzende god kwam er een nieuw proces van syncretisme op gang, waarbij ideologieën en goden werden geassocieerd, aan elkaar werden aangepast om ten slotte te versmelten. Dit gebeurde ook met Artemis/Diana. Tijdens een tweejarig verblijf in Efeze kreeg Paulus een conflict met de plaatselijke zilversmeden die hun handel in beeldjes van de godin, »die door heel Azië en de hele wereld vereerd werd«, in gevaar gebracht zagen. Er ontstond een rel en een opgewonden menigte schreeuwde twee uur lang: *Groot is Diana van de Efeziërs*. Deze Diana zou niets te maken hebben met de maagdelijke jachtgodin (Hastings). Ze is een Aziatische moedergodin; geen gewone moeder, want haar enige zoon Attis is tevens haar minnaar (Nilsson).

Van de nieuwe religies was de Egyptische Isiscultus een van de meest succesrijke. Isisbeelden, munten met haar afbeelding, resten van tempels, zijn teruggevonden tot in de uithoeken van het Romeinse rijk. In de roman *De gouden ezel* van Apuleius († ca. 180) roemt Isis zichzelf als godin met de »ontelbare namen«, als »moeder van de orde der dingen, meesteres van alle elementen, koningin van de doden« enzovoort. Ze somt haar succes op bij de verschillende volken en haar bondgenootschappen met Minerva, Venus, Diana, Hecate, Proserpina, Ceres, Juno (Nilsson). Zowel Artemis/Diana als Isis was zeer populair en de fusie van beide *oecumenische godinnen* is een sterke stimulans geweest voor de verdere verspreiding van de cultus. Hier doet zich hetzelfde probleem voor als bij de Diana van Efeze, dat van de moeder-maagd. Van Isis wordt aangenomen dat ze, afgebeeld als moeder met het kind op haar schoot of haar kind zogend, model heeft gestaan voor de christelijke madonna.[6]

Zowel Isis als Artemis/Diana werd geïdentificeerd met Tyche/Fortuna, godin van het geluk, het toeval, het menselijk lot, afgebeeld met de hoorn van overvloed. Het is dus niet zo vreemd dat de middeleeuwse Diana, aanvoerster van de *nachtvrouwen*, ook *Habundia* of *Dame Abonde/Vrouwe Overvloed* wordt genoemd. Een ander symbool van Fortuna was het geluksrad.

In het gebied van Maas en Rijn zijn weliswaar sporen gevonden van een Isis- en Dianacultus, maar afgaande op de archeologische vondsten komen ze duidelijk op de tweede plaats, achter inheemse godinnen. Volgens de Romeinse gewoonte werden deze echter ingepast in of aangepast aan het Romeinse systeem. Op Walcheren zijn talrijke votiefstenen gevonden van Nehalennia, beschermgodin van handelaren en zeelui. Ze wordt zittend afgebeeld met hoorn van overvloed of met fruitmand en door Tacitus werd ze met Isis gelijkgesteld. Iconografisch hiermee verwant zijn de zogenaamde *Matres/Moedergodinnen* die gewoonlijk met z'n drieën naast elkaar zittend worden afgebeeld, met hoorn, fruitmand of bloemen. Meer dan elfhonderd wijstenen zijn er gevonden van deze *Matres*, vereerd door Kelten en Germanen. Hun bijnamen hebben deels betrekking op de volksstammen door wie ze werden vereerd, deels op hun functies: bescherming van het gezin, geboortehulp en vruchtbaarheid. Op een van die stenen worden ze *Parcae* genoemd, de Romeinse schikgodinnen die ook in de verbodscodex van Burchard van Worms worden genoemd. Ook Saxo Grammaticus legt het verband tussen *Matres* en *Parcae*. In een heel andere context worden ze genoemd door de Angelsaksische monnik Beda († 735). De Angelen hielden in de *Modraniht/Moedernacht* offerfeesten die vrijwel samenvielen met het Germaanse winterfeest.[7]

Ten gevolge van syncretisme bestond er in de late keizertijd een soort *Dianacomplex* (waarbij Diana plaatsvervangend staat voor de andere godheden), dat er schematisch als volgt uitziet:

  1.a. Moedergodinnen: Isis, Diana van Efeze, 'Matres'
   .b. geboortehulp: Diana/Artemis, Parcae, 'Matres';
  2. menselijk lot, geluk/ongeluk: Fortuna/Tyche, Parcae
      (embleem: geluksrad);

3. vruchtbaarheid: Diana/Hecate, Isis
   regionaal: Nehalennia, 'Matres'
   (emblemen: hoorn van overvloed, fruitmand);
4. erotische dans: Diana/Artemis, Nimfen;
5. doden, dodenrijk, dodenleger: Diana/Hecate, Isis;
6. magie, hekserij: Diana/Hecate, Isis
   (geassocieerd met: maan, nacht, wegkruising).

4. DE DIANATRADITIE IN DE MIDDELEEUWEN

De middeleeuwse Dianatraditie stelt ons voor een groot probleem. Door haar associatie met Hecate werd Diana in de klassieke mythologie met de doden in verband gebracht en voerde ze een dodenleger aan. Vervolgens zwijgen de bronnen bijna duizend jaar over deze kant van haar wezen. In het volksgeloof leefde ze voort als een koningin van de feeën die de huizen bezocht en, mits gunstig gestemd, zegen schonk. Onder kerkelijke invloed werd dit beeld gedemoniseerd en werd ze in verband gebracht met tovenarij en hekserij, een aspect overigens dat vanouds deel van haar gecompliceerde persoonlijkheid uitmaakte. Dan, in de late middeleeuwen, wordt ze opnieuw met de doden in verband gebracht en blijkt ze weer een dodenleger aan te voeren. Dit is onverklaarbaar, tenzij de middeleeuwse traditie er aanknopingspunten voor bood waarover wij niet geïnformeerd zijn. Niet vergeten moet worden dat ook de *Herlequin*-traditie onbegrijpelijk zou zijn zonder dat ene verhaal van Orderic Vital. Er zijn twee goede redenen om de middeleeuwse traditie van Diana nog even te volgen: haar latere associatie met de doden en de speciale relatie die ze volgens de legenden had met Nicolaas, een relatie die mogelijk een nieuw licht werpt op het ontstaan van het kinderfeest.[8]

Hoe is het te verklaren dat Diana zo lang onder haar eigen naam kon voortleven, terwijl de meeste goden vrij snel vergeten werden? Omdat het christendom geen vrouwelijke godheid kende, ontstond er door de afschaffing van het heidendom een leemte die ook door de Mariavering niet (helemaal) kon worden opgevuld. Diana is een van de weinige godheden die in het Nieuwe Testament worden genoemd. Het is denkbaar dat de naam van de *grote Diana der Efeziërs* zich in het collectieve geheugen heeft vastgezet. Wat hiervan zij, feit is dat op het platteland in Gallië en Spanje nog geruime tijd een Dianacultus heeft bestaan. In verschillende Romaanse talen heeft de naam Diana regionale varianten opgeleverd, hetgeen erop wijst dat de naam onder het volk leefde.

Caesarius van Arles († 543) verbiedt de naam van Diana aan te roepen. Eerder had hij bij een meisje een demon uitgedreven «die de boeren Diana noemen». Martinus van Braga († 580) hekelt »onwetende mensen die in de bossen diana's aanroepen.« *Diana's* in het meervoud, mogelijk een soort bosnimfen. Gregorius van Tours († 594) geeft het relaas uit de eerste hand van een monnik die een beeld van Diana bij Trier heeft neergehaald. In de tijd van Sint-Amand († 675) waren er in de Ardennen nog heidenen die een godin Diana/Arduina vereerden. Caesarius verbiedt ook op de *kalenden* van januari 's nachts een *gedekte tafel* klaar te zetten, een verbod dat regelmatig terugkeert. De *gedekte tafel* wordt in verband gebracht met Fortuna of met *de Drie Zusters*. De gedachte erachter was dat de godin(nen) dit in het komend jaar honderdvoudig zou(den) vergelden. Bonifatius († 754) beklaagt zich bij paus Zacharias dat hij van landgenoten had vernomen dat dit gebruik nog in Rome gepraktizeerd werd. Op zijn verzoek werd het in 743 door de paus andermaal verboden.[9]

Het is mogelijk dat het nachtelijk bezoek van Diana en haar *Goed Gezelschap* als vertelmotief op dit gebruik teruggaat. Van dit motief zijn zoveel varianten van de negende tot de twaalfde eeuw overgeleverd, dat het als een belangrijk bestanddeel van de verhaaltraditie van deze periode moet worden beschouwd. De overeenkomst van deze *Goede Vrouwen* met de feeën van volksverhaal en volksgeloof is opvallend. Beiden komen 's nachts op bezoek en geven, als ze goed onthaald worden, zegen en voorspoed. Maar ze zijn ook grillig en als ze zich tekortgedaan voelen, worden ze wraakzuchtig. Ze zijn dol op mensenkinderen en de vrees was wijdverbreid dat ze inderdaad kinderen stelen. Over de oorsprong van de feeën zijn in de vorige eeuw in Engeland heftige polemieken gevoerd. *Fairy-lore/feeënkunde* werd een tak van de volkskunde. K. Thomas is van mening dat »onderzoek naar de oorsprong van de feeën nooit meer dan speculatief kan zijn«. Het corpus van *fairy-tales* is inderdaad zo omvangrijk, dat het beeld van de *moderne* fee uiterst bont en onoverzichtelijk is (zie Motif-Index F200-399). Het begon met de Arthurliteratuur en haar vele vertakkingen. Al die Keltische verhalen belemmeren eerder het uitzicht op de *klassieke* fee. Haalt men deze literaire Keltische deken weg, dan verschijnt een buitengewoon helder beeld van de fee.

Fee is afgeleid van *Fatae* en is verwant met *fatum/noodlot*. De *Fatae* of *Parcae* zijn drie mythische *vroedvrouwen* of wijze vrouwen die onder invloed van de Griekse *Moiren* tot schikgodinnen werden. Staande aan de wieg, bepaalden ze het lot van het kind. Voorgesteld als spinsters, sponnen ze de levensdraad. »De verering van de 'Tria Fata/Drie Feeën' wordt door Ausonius [† na 393], Procopius [† na 562] en Isidorus van Sevilla [† 636] betuigd« (Wolfzettel). Burchard van Worms († 1025) heeft het over »die drie zusters die door de ouden in hun dwaasheid 'Parcen' werden genoemd«. En passant »verbiedt hij de toverspreuken die de vrouwen bij het spinnen en weven murmelen« (Gurjewitsch).

In het eerder besproken *Jeu de la Feuillée* verschijnen de drie feeën op het feest in de nacht van 1 mei. De tafel is al voor hen gedekt. Intussen zijn de bellen van het *Herlequinvolk* te horen. Namens *Herlequin* brengt Croquesots een boodschap over aan Fee Morgue, op wie zijn meester verliefd is. En zoals dat met deze drie zusters pleegt te gaan, één van hen is boos, omdat haar mes ontbreekt. Mes stond gelijk met bestek, anders gezegd, men had vergeten voor haar te dekken. Morgue en Arsile spreken al over de beloning voor de gastheer: geld, voorspoed, verliefdheid, goed uiterlijk. Maglore, de gefrustreerde, schenkt een kale kop en domheid. Daaraan valt niets meer te veranderen, dat is de magie van het woord. Als vervolgens Croquesots met Fee Morgue aan de praat raakt, verschijnt op de achtergrond het geluksrad van Fortuna en gaat het gesprek verder over de wisselvalligheden van het menselijk lot. Nog voor de ochtendschemering moeten de feeën weg, want de oude vrouwen wachten op hen bij de wegkruising. Wat het vertelmotief van de *gedekte tafel* voor de feeën betreft, dit lijkt erg veel op de *gedekte tafel* uit de kerkelijke verboden.[10]

Hoe dicht vertelmotief en ritueel nog bij elkaar liggen, blijkt uit het biechtboek van Bartholomeus Iscanus, bisschop van Exeter († ca. 1184), zij het dat het ritueel is gedegradeerd tot een bijgelovige praktijk. De nummers twee en drie van zijn zondencataloog luiden; zonde doet: 2. »alwie gevangen in de valstrikken van de duivel, geloven en verkondigen dat zij met ontelbare menigten van anderen meerijden in het gevolg van haar, die door het domme volk Herodias of Diana wordt genoemd, en haar bevelen gehoorzamen«. 3. »alwie een tafel heeft gedekt met drie messen voor de dienst van de feeën, zodat deze goed zullen voorbeschikken aan hen die in het huis geboren zijn«. Biechtboeken waren hulpmiddelen voor de priester aan de hand van de tien geboden de biechteling te ondervragen en zo te achterhalen wat deze verkeerd kon hebben gedaan.

Naar aanleiding van het eerste gebod: *Gij zult geen afgoden vereren*, stelt een Oudfrans biechtboek de vraag: »Creis tu onques [...] ne la Mesnee Herlequin, ne genes, ne fées?/Geloof je soms in het leger van Herlequin en heksen en feeën?« De betekenis van *genes* is omstreden. Het zou van *genius* komen en zou dan *beschermgeest* betekenen of het zou afgeleid zijn van *Diana* en zou dan synoniem zijn met *striga/mythische heks* (Thappolet). Het Ouditaliaanse *gana/heks* pleit voor de tweede betekenis (Spence). Deze biechtvraag behelst twee interessante gegevens: Herlequin, heksen en feeën worden in één adem genoemd en het geloof in dergelijke wezens is een vorm van afgoderij. Dit komt dan overeen met het standpunt van Burchard dat wie zo iets gelooft, *terugvalt in heidendom*.

Soms wordt er onderscheid gemaakt tussen *Goede Vrouwen* en feeën, zoals in het biechtboek van bisschop Iscanus, soms lijken ze identiek te zijn. In de verhalen zijn de *Goede Vrouwen* soms vriendelijke wezens, soms boosaardige heksen. De feeën van Adam de la Halle verschijnen in de nacht van 1 mei, bekend als de *Walpurgisnacht*, de nacht van de heksen. Voordat ze het toneel verlaten, wordt de toeschouwer meegedeeld dat ze nog naar de *wegkruising* moeten, waar de oude vrouwen op hen wachten. Plaats en tijd laten weinig twijfel aan de betekenis van dit treffen. Volgens Gervatius van Tilbury († ca. 1220) worden heksen ook wel feeën genoemd. In het proces tegen Jeanne d'Arc (1431) werd deze ervan beschuldigd »met de feeën te hebben gedanst, hen te hebben aanbeden, demonen te hebben opgeroepen en een pact met de duivel te hebben gesloten«. De aanklacht luidde: hekserij en ketterij. Uiteindelijk liet men de eerste aanklacht vallen en werd ze als ketterse veroordeeld (Russel). Met *Diana gaan* of *met de feeën dansen* maakte voor de inquisiteurs weinig verschil. Voor hen was het allemaal hekserij.

Het is echter van belang vast te stellen dat de poging tot demonisering maar ten dele is geslaagd. Waar het dodenleger van *Herlequin* in levenden lijve optrad, was het niet meer van een duivels leger te onderscheiden. Daarnaast bleven de doden in de verhaaltraditie tot in de moderne tijd als doden herkenbaar. Hetzelfde geldt voor Diana en haar gezelschap. Terwijl in de verhalen van kerkelijke auteurs de feeën systematisch tot heksen werden verklaard, bleven ze in de mondelinge traditie de min of meer vriendelijke wezens die ze vanouds waren. Diana zelf werd in de kerkelijke traditie de *onreine Diana*, *des duivels moer*, terwijl ze in de *Midzomernachtsdroom* verschijnt als de feeënkoningin. Het lijkt op een soort wetmatigheid: overal waar de fantasie de werkelijkheid te dicht naderde, was de demonisering absoluut. Dat geldt voor de maskerade van het dodenleger en voor vrouwen die beweerden tot het gezelschap van Diana te behoren en die door de inquisitie als heksen werden veroordeeld.

Door biecht- en preekboeken werd de Dianatraditie in het Westen verspreid en levendig gehouden. Omdat haar beeld in de kerkelijke literatuur negatief is, moet wel worden uitgegaan van een mondelinge verhaaltraditie die het positieve beeld verklaart. *Habundia* en *Herodias* werd ze ook wel genoemd. In verschillende landen kreeg ze regionale namen: *Dame Abonde* in Frankrijk, *Befana* in Italië, *Perchta* of *Holda/Vrouw Holle* in Duitsland en Oostenrijk. De feeën werden in Duitsland *Nachtfrauen* of *Saligen* genoemd. In Oostenrijk werd een wintermaskerade verbonden met de naam van Perchta: het *Perchtenlaufen*. De *gedekte tafel* voor de feeën of *tabula Fortunae* werd een *Perchtentisch* of *Glückstisch*. Werden Perchta en Holda in het verleden graag voor Germaanse godinnen gehouden, hun onmiskenbare relatie met Diana maakt een Germaanse oorsprong onwaarschijnlijk.[11]

5. BENANDANTI, HEKSEN EN DODEN

In de klassieke mythologie werd Hecate/Diana in verband gebracht met de dood en een dodenleger. In de middeleeuwse Dianatraditie was er tot zover geen spoor van doden. C. Ginzburg heeft in zijn *I Benandanti* (1966) aannemelijk gemaakt dat er wel degelijk een verband bestaat tussen heksen, doden en de *Wilde Jacht*. Hier volgt eerst een samenvatting van zijn these en vervolgens wordt nagegaan of er al vroeger en buiten Italië sporen van een verband tussen heksen en doden te vinden zijn.

Tussen 1575 en 1676 werd in Friuli, in het Noordoosten van Italië, een reeks kerkelijke processen gevoerd tegen personen die zich *benandanti* noemden.

Benandanti betekent *zij die de goede weg bewandelen*, in tegenstelling tot de *malandanti* of *stregoni/heksen*, *die van de slechte weg*. Het bijzondere van de processtukken is dat niet alleen de standpunten van de inquisiteurs, maar ook de opvattingen van de aangeklaagden uitvoerig zijn vastgelegd. Duidelijker dan bij andere heksenprocessen blijkt hier dat rechters en beschuldigden tot verschillende 'culturen' behoorden die elkaars 'taal' maar half begrepen. De verhalen van de *benandanti* klopten niet met de standaardbeschuldigingen van het heksenproces. Volgens de inquisiteurs moest er meer aan de hand zijn. Met hun ondervragingstechnieken en andere methoden waarmee zij mensen aan het praten kregen, lukte het in enkele decennia, van de *benandanti* ordinaire heksen te maken. Anders dan in grote delen van Europa kwam het in Friuli niet tot heksenverbrandingen.[12]

Het begon in 1575 toen pastoor don Bartholomeo aan inquisiteur fra Julio in Cividale verslag uitbracht van wat zich in zijn dorp afspeelde. Ene Paolo Gasparutto, die zich *benandante* noemde, beweerde een ziek kind dat door heksen betoverd was, te kunnen genezen. Van *benandanti* had de inquisiteur nog nooit gehoord en discreet probeerde hij hierover meer aan de weet te komen. Pas op 27 juni 1580 werd Paolo door fra Felipe, de opvolger van fra Julio, officieel opgeroepen om tekst en uitleg te geven van de merkwaardige geruchten die over hem de ronde deden. Het verhaal van Paolo komt hierop neer. Vier keer per jaar op *quatertemperdag* (8.7.c) moet hij tijdens de slaap *uittreden** om in de geest met andere *benandanti* op weg te gaan naar het treffen met de heksen. Ze bevechten* elkaar met symbolische wapens: gierst- en venkelstengels. Venkel is het wapen van de *benandanti*. De nieuwe oogst* is afhankelijk van de uitslag van dit gevecht. Winnen de *benandanti*, dan is een goede oogst verzekerd. Net als bij de *nachtvrouwen* is er sprake van dans- en smulpartijen en frivool gedrag van de heksen. De *benandanti* vertegenwoordigen het goede en zijn, als een soort heelkundigen*, ook in staat mensen van beheksing te ontslaan. Daarom worden ze door buitenstaanders die het niet zo goed begrijpen, ook wel *goede heksen* genoemd. Op hun activiteiten rust een zwijgplicht*. Als ze hun mond voorbij praten, krijgen ze van de heksen een pak slaag*. Als *benandante* ben je voorbestemd. Iedereen die *met de helm* (8.7.a) is geboren, wordt opgeroepen om tegen de heksen te vechten. De *uittreding* vindt plaats tijdens de slaap en wordt als reëel ervaren. Het lichaam blijft in een toestand van schijndood achter en mag niet aangeraakt en zeker niet omgedraaid worden, want dan kan de geest niet meer terug in het lichaam.[13]

Een jaar later wordt Anna, bijgenaamd *de Rooie*, door inquisiteur fra Felipe ondervraagd. Ze had beweerd met de doden in contact te kunnen treden en boodschappen uit het hiernamaals te kunnen overbrengen. Zij liet zich daarvoor betalen. Net als Paolo heeft zij haar ervaringen nadat haar geest is uitgetreden om de doden te ontmoeten. Net als de heksen gaan de doden de huizen binnen om zich te goed te doen aan eten en drinken. Uit processen tegen vrouwen met soortgelijke ervaringen komt naar voren dat zij ook *met de helm* geboren zijn, dat ze naar de processie met de doden moeten gaan, dat ze er niet over mogen praten, anders worden ze door de doden met gierststengels geslagen. Het vermogen de doden te zien is een gave, maar wordt ook als noodlot ervaren, waaraan niet valt te ontkomen.[14]

Er zijn dus twee soorten *benandanti*: zij die tegen de heksen vechten om een goede oogst te garanderen, en zij die naar de dodenprocessie gaan en de zielen in het vagevuur kunnen zien. Ginzburg noemt ze *Veld-* en *Doden-benandanti*. Ze hebben dezelfde naam, zijn *met de helm* geboren, hebben soortgelijke uittredingservaringen op quatertemperdagen, hun lichaam blijft *schijndood* achter, ze worden geslagen als ze uit de school klappen, ze hebben weet van de wandaden van de heksen en kunnen dit onheil met hun heelkundige gaven herstellen. In hun verhalen is er een opvallende overeenkomst tussen het gedrag van *Goede Vrouwen*/heksen en doden: deze gaan de huizen in om onthaald te worden, ze kunnen onheil aanrichten en ze worden agressief als hun geheim verklapt wordt, maar als ze tevreden zijn over de ontvangst, zorgen ze voor welvaart en voorspoed. Als een *benandante* niet meer kan terugkeren in zijn lichaam, moet hij als de doden ronddolen tot zijn tijd gekomen is. Hij verandert in een *malandante*, een boosaardige dode. Ginzburg spreekt van identiteit tussen rondzwervende doden en *stregoni*/heksen om het even verder te nuanceren. Het gaat om vormen van volksgeloof die in elkaar overgaan, die niet zonder tegenspraak zijn en waar men met gewone logica niet helemaal uitkomt.[15]

Volgens Anna moet ze op vrijdag en zaterdag de bedden op tijd klaar hebben, omdat de doden uitgeput zijn en bij haar komen uitrusten. In 1599 doet don Sebastiano, pastoor in Udine, bij de inquisiteur aangifte tegen de notarisvrouw donna Florida, die beweert dat ze elke donderdagnacht naar de processie met de doden moet en weet wie in het vagevuur en wie in de hel zijn. Ze zou met de heksen hebben gevochten en tweemaal zijn geslagen, omdat ze betaling had aangenomen voor haar geheime informatie. Vanwege haar gave uitsluitsel over de doden te kunnen geven, wordt ze door allerlei mensen benaderd, terwijl anderen haar voor een heks houden. Een nieuw element duikt op in het proces tegen Maria Panzona. Ze had met de *benandanti* tegen de heksen gevochten op de *wei van Josafat* ter verdediging van het geloof en om een overvloedige oogst te verzekeren. Volgens de volkstraditie vindt het laatste oordeel plaats in het *Dal van Josafat*. »Het gold als een vloek zijn vijand voor de hoogste rechterstoel in het 'Dal van Josafat' te dagen« (Beitl). Dit werd beschouwd als een laatste uitweg, wanneer de aardse rechtspraak te kort schoot. Naar het zeggen van Panzona bevond zich in de *wei van Josafat* »de vrouw die in majesteit op een drievoet gezeten was en abdis genoemd werd«, een verwijzing naar de aanvoerster van de *nachtvrouwen*, maar hier als meesters van de heksen geduid – en de heksen vochten voor de duivel.[16]

6. Diana en de 'Wilde Jacht'

De gebeurtenissen in Friuli en de daarmee verbonden mythen waren niet nieuw. Twee eeuwen eerder, in 1384, verscheen in Milaan ene Sibilla voor de wereldlijke rechter op beschuldiging van zwarte kunst. Ze had die geleerd van *Signora Oriente* tijdens de wekelijkse trip in de nacht van donderdag. In een tweede proces (1390), nu voor de inquisitie, wordt *Signora Oriente*, misschien onder druk van de rechters, vereenzelvigd met Diana en Herodias. In hetzelfde jaar wordt, ook in Milaan, een proces gevoerd tegen Pierine de' Bugatis. Haar verhaal lijkt veel op dat van Sibilla. Nieuw in haar bekentenis is dat zowel levenden als doden deel uitmaken van het gezelschap van *Signora Oriente*. In beide processen wordt melding gemaakt van nachtelijke eetpartijen. De dieren die daarbij worden verorberd, worden vervolgens door *Oriente*, nadat vel en botten bijeen zijn gedaan, weer tot leven gewekt. *Oriente* heeft trekken van een archaïsche jachtgodin, vergelijkbaar met Artemis/Diana. Eliade en Russel zijn van mening dat aan dit soort bekentenissen volksgebruiken en voorstellingen ten grondslag lagen die door de inquisiteurs niet begrepen werden en door hen in de bekende heksenmal werden geperst.[17]

Een halve eeuw later publiceerde Johannes Herolt († 1468), prior van het dominicanenklooster in Neurenberg, een handboek met uitgewerkte preken. In een preek, bedoeld voor Kerstmis, hekelt hij »degenen die in deze 'twaalf nachten' veel dwaasheden (*vanitates*) bedrijven en die beweren dat de godin die door sommigen Diana wordt genoemd, wat in de volkstaal 'frawen unholdi' betekent, met haar leger rondtrekt«. Het gezelschap van Diana wordt *exercitus*/leger genoemd, net als in het geval van *Herlequin*. Dit is een van de vroegste identificaties van Diana met de *Wilde Jacht*. De verhalen over dit nachtelijk *leger* gaan gepaard met *dwaasheden*/volksgebruiken die, gelet op de *twaalf nachten*, mogelijk maskerades zijn. *Frawen unholdi* lijkt een woordspeling te zijn op Holda, die traditioneel met Diana wordt geassocieerd. *Unhold* betekent demon of duivel, en daarmee is Diana op kernachtige wijze gedemoniseerd.

De dominicaan Johannes Nider († 1438) had zich al eerder uitgelaten tegen vrouwen die beweren »te hebben deelgenomen aan de nachtelijke bijeenkomst van Herodias, wat een zonde is tegen het eerste gebod« en anderen die zeggen »in de quatertemperweken doden in het vagevuur te hebben gezien en andere verzinsels«, onder andere over verloren of gestolen goederen. De beroemde Straatsburger prediker Geiler van Kaysersberg († 1510) neemt de thema's van Herolt en Nider over, dat van vrouwen die doden menen te zien in de quatertempernachten en het geloof in de *Wilde Jacht*, het dodenleger, dat bij voorkeur in de quatertempernachten voor Kerstmis zou verschijnen. De *dwaasheden* waarover Herolt repte, worden door Geiler concreet genoemd, het gemaskerd rondgaan op quatertemper voor Kerstmis. In 1519 werd een vrouw in Bern aan de schandpaal gebonden en vervolgens verbannen, omdat ze beweerd had »met *Vrouw Selden* en de *Wilde Jacht* uit rijden te zijn geweest«.

Geiler van Kaysersberg laat de *nachtvrouwen* van Diana, Holda en Venus bijeenkomen in de *Venusberg* (Grimm). De *Venusberg* werd geassocieerd met magie en met heksen of, zoals in het geval van *Tannhäuser*, met een liederlijk leven. Een oudere traditie echter verbond de *Venusberg* met de *Hörselberg* waar de doden verblijf hielden onder toezicht van Holda. Bij de ingang van deze dodenberg hield de *trouwe Eckhard* de wacht, die ook als plaatsvervanger van *Herlequin* het dodenleger aanvoerde (15.2.c).

Een kroniek uit 1544 maakt melding van *clerici vagantes/rondtrekkende klerken* die hun occulte wetenschap onder het bijgelovige volk te gelde maakten. Ze beweerden op de *Venusberg* te zijn geweest, de toekomst te kunnen voorspellen, verloren zaken te kunnen terugvinden en mens en dier te kunnen beschermen tegen hekserij en zwarte kunst. Ook konden ze het dodenleger oproepen dat zich in de quatertempernachten en op de donderdagen van de advent verzamelde (Ginzburg). Erg serieus ziet dit optreden er niet uit. Het heeft veel weg van een kermisvoorstelling. Maar dan nog is het interessant te zien welke thema's ze hanteerden om het publiek op te lichten. Diana en haar gezelschap, *dodenleger* en *Venusberg* dienden kennelijk net zo goed als onderwerpen voor preek als voor 'volksvermaak'.

Maar wie er zich al te persoonlijk mee vereenzelvigde, kwam in grote problemen. Dat was al gebleken uit de processen van Milaan. In 1586 moest een herder, Konrad Stöcklin uit Oberstdorf, zich verantwoorden omdat hij had deelgenomen aan de dodenprocessie. Volgens Stöcklin waren er drie soorten nachtelijke evenementen: levenden die in de quatertempernachten naar de dodenprocessie gaan, de dodenprocessie zelf en heksen die naar de sabbat gaan. Zelf hoorde hij bij de eerste groep. De rechters geloofden er niets van en wisten hem de bekentenis te ontlokken dat hij met de heksen naar de sabbat was geweest en nog veel ergere dingen had gedaan. Hij werd tot de brandstapel veroordeeld (Ginzburg).[18]

In het vorige hoofdstuk hebben we gezien hoe het dodenleger van *Herlequin* werd gedemoniseerd en in een *duivelsleger* veranderde. De preken van Herolt en Geiler van Kaysersberg laten echter zien dat men in de vijftiende eeuw nog wel degelijk wist dat *Herlequin* en zijn leger met de doden te maken hadden. Vanaf het einde van de veertiende eeuw is er documentatie dat ook het gezelschap van Diana met de doden werd geassocieerd. Sindsdien kon het dodenleger zowel door een mannelijke als een vrouwelijke mythische figuur worden aangevoerd. Is het geoorloofd deze gelijkschakeling met terugwerkende kracht te laten gelden, zoals Ginzburg en Russel doen? Anders gezegd: kan men ook de vroege verhalen over Diana en de *Goede Vrouwen*, waarin met geen woord wordt gerept over doden, als variant van de *Wilde Jacht* beschouwen? Wisten kerkelijke auteurs als Regino van Prüm († 915) en Burchard van Worms († 1025) nog dat Diana/Hecate vanouds een dodenleger aanvoerde? Wat is trouwens de ware identiteit van het *Goed Gezelschap*? Wie zijn eigenlijk die *Goede Vrouwen* die door de prediker Berthold van Regensburg OFM († 1272) *saligen Fräulein* worden genoemd? In een legende van Sint-Germain uit de *Legenda Aurea* wordt de *tafel gedekt* voor de *Goede Vrouwen*. Achteraf blijken het *geesten* of *demonen* te zijn geweest die de gestalte van levenden hadden aangenomen.

In het Oudfranse biechtboek werden *Herlequin*, *heksen/diana's* en feeën in één adem genoemd en werd het geloof in deze wezens als afgoderij beschouwd. In het spel van Adam de la Halle wordt *Herlequin* in verband gebracht met de feeën, die opeens haast blijken te hebben omdat ze nog naar een heksentreffen moeten. Dezelfde rits: leger van *Herlequin*, *Dame Abonde* en feeën wordt ook genoemd door Raoul de Presles († 1383). Drie keer dezelfde combinatie kan geen toeval zijn. Zou dat kunnen betekenen dat er verwantschap bestaat tussen deze wezens? Gelijkenis tussen *heksen/diana's* en feeën is al eerder gesignaleerd. Geldt dat ook voor *heksen* en het leger van *Herlequin*? We hebben hier te maken met mythen die in elkaar overgaan. De twee varianten van de *Wilde Jacht* vertonen een tegengestelde beweging. De doden van *Herlequin* veranderen in duivels (doden → duivels); de *nachtvrouwen* en *heksen* blijken achteraf ook met doden te maken te hebben (doden ← heksen), doden die net als de *nachtvrouwen* bij een goede ontvangst zegen en voorspoed schenken. Het Italiaanse volksgebruik heeft de herinnering aan beide bewaard. In Noord-Italië worden in de nacht van Driekoningen geschenken gebracht door *Befana*, een fee met het uiterlijk van een heks. In Zuid-Italië en Sicilië laten in de nacht van Allerzielen (2 november) de *buoni morti/goede doden* geschenken achter in de schoen die *calzetta dei morti/dodenschoen* wordt genoemd.[19]

7. HELDERZIENDEN EN QUATERTEMPER

Wie *met de helm* geboren is, is *benandante* en voorbestemd om vier keer per jaar uit te treden om met de heksen te vechten of naar de dodenprocessie te gaan. Dit gebeurt in de quatertempernachten, bij voorkeur in de nacht van quatertemperdonderdag in december. Wat betekent volgens het volksgeloof *met de helm* geboren, wat is de relatie met *quatertemper* en waarom de voorkeur voor *donderdag*?

a. 'Met de helm' geboren

Het geloof dat wie *met de helm*, dat is met het embryo-vlies, geboren is over bijzondere gaven beschikt, is in heel Europa verbreid. »Wie met de helm geboren is, heeft het 'tweede gezicht', die moet 's nachts opstaan om een lijkstoet te zien en moet zo nodig de hekken voor zulk een 'voorloop' openzetten.« »[...] 'voorloop' is het gebeuren van dingen, voordat ze werkelijk gebeuren« (Ter Laan). Ambivalent als al het buitengewone wordt deze gave als een geluk en een noodlot beschouwd. De *helm* beschermt tegen verwondingen, maakt rijk en gelukkig. Dit is de gedachte van het geluks- of zondagskind. De zegen kan in een vloek verkeren door associatie met de dood en doden. Wie met de doden verkeert en de dood voorziet, is bedreigend. De boodschapper van het onheil wordt met dit onheil geïdentificeerd. In een Westfaals gedicht heet het zo:

»O, sprich ein Gebet, inbrünstig, echt
für die Seher der Nacht, das gequälte Geschlecht.«
(A. von Droste-Hülshoff)[20]

b. Donderdag

In de tweede eeuw v.C. was de zevendaagse week algemeen in het Middellandse-Zeegebied en in het Nabije Oosten. De christelijke week kreeg gestalte in tegenstelling tot de joodse week. De dag des Heren verving de sabbat. De joodse vastendagen maandag en donderdag werden vervangen door woensdag en vrijdag. De Germaanse namen van de afzonderlijke dagen werden geënt op de Romeinse week, waarbij inheemse goden de Romeinse vervingen. Deze ontwikkeling was afgesloten voor de vierde eeuw. De poging van de Kerk om de heidense goden te doen vergeten door eenvoudig de dagen te nummeren is, buiten de liturgie, zonder succes gebleven. In de eerste eeuwen was van zondagsrust geen sprake. Constantijn bepaalde in 321 dat op zondag de staatszaken moesten rusten. Geleidelijk werd het laten rusten van werk op zondag algemene norm en door kerkelijke wetgeving vanaf de zesde eeuw verplicht gesteld en diende om de arbeidsrust op donderdag, op de dag van Jupiter, af te lossen (Caesarius). Verboden werd: werken op het land, rechtspraak en commerciële activiteiten, zoals markten. Liturgisch was de donderdag lang zonder betekenis, een aliturgische dag. In de achtste eeuw werd hij als laatste van liturgische teksten voorzien. De relatie met Witte Donderdag en Hemelvaart is toevallig. Anders ligt het met de instelling van Sacramentsdag in de dertiende eeuw, die aan de donderdag ook een kerkelijke betekenis gaf.

In de vroege middeleeuwen, toen de donderdag dus geen kerkelijke betekenis had, is het prestige van de donderdag bij het gewone volk des te opvallender. De zesde synode van Toledo (496) is de oudste aanwijzing dat er een concurrentieverhouding bestond tussen de zondag en de *donderdag/dies Jovis*. Sint-Eligius († 660), raadsman van Dagobert I en later bisschop van Noyon, bracht het Evangelie naar Vlaanderen. Van hem is een preek bewaard met een lijst van ongewenste praktijken: waarzeggerij, maskerades op nieuwjaar, de *gedekte tafel*, het aanroepen van Diana, arbeidsrust op donderdag enzovoort. Burchard laat nog in de elfde eeuw aan de biechteling vragen of hij de vijfde dag ter ere van Jupiter heeft gevierd. Gelet op het conservatieve karakter van kerkelijke bepalingen is deze formulering begrijpelijk. In werkelijkheid zal de vraag wel hebben geluid of de biechteling zich op donderdag van werk heeft onthouden. De goden waren al lang vergeten, maar *vrijaf nemen* op donderdag was nog steeds een zonde tegen het eerste gebod. Het gebruik overleefde waarschijnlijk zonder dat men nog wist waarom. Tot in de zeventiende eeuw waren bepaalde werkzaamheden als spinnen, houthakken of mest uitrijden op die dag ongewenst. De ironie wil dat na het concilie van Trente de donderdag vrije dag werd in kerkelijke onderwijsinstellingen, een gebruik dat op sommige seminaries tot in de tweede helft van deze eeuw heeft bestaan.[21]

c. Quatertemper

De *quatertemperdagen* zijn bid- en boetedagen aan het begin van de seizoenen. De *Didachè* (2de eeuw) schrijft een wekelijkse vasten voor op woensdag en vrijdag. Later kwam daar de zaterdag bij. Van deze vroeg-christelijke praktijk was het zich onthouden van vlees op vrijdag tot voor enige decennia het overblijfsel. Het voorschrift om vier keer per jaar op woensdag, vrijdag en zaterdag te vasten, is een verzachting van de oorspronkelijke, wekelijkse praktijk. Het was een plaatselijk Romeins gebruik. Er is geen eenstemmigheid over de tijd van ontstaan. Instelling ervan wordt zowel aan paus Calixtus († 222) als aan paus Siricius († 399) toegeschreven. Leo de Grote († 461) beschouwde het als een oude traditie. Het zou bedoeld zijn als tegenwicht tegen Romeinse agrarische feesten, verband houdend met de graanoogst in juni, de wijnoogst in september, de olijvenoogst in de winter. Een andere opinie brengt het in verband met een oudtestamentisch gebruik. Beide interpretaties beroepen zich op Joël 2:19: »Zie, ik zend u weer koren, wijn en olie, om U te verzadigen. Niet langer geef ik U aan de hoon van de heidenen prijs.« De *quatertemperpreken* van Leo de Grote bevatten verschillende verwijzingen naar de oogst. Ook Vaticanum II heeft dit verband gelegd en heeft de gebeden van de kruisprocessies (in de week van Hemelvaart) voor de vruchten der aarde overgeheveld naar *quatertemper*. Een andere gedachte, verbonden met deze boetedagen, is die van de uitdrijving van demonen, uitgedrukt in de evangelietekst van de dag. Dit zou te maken hebben met de gedemoniseerde goden die bij de oogstfeesten werden geëerd (Eisenhofer).

Oorspronkelijk ging het om drie weken: in juni, september en december. In de zesde eeuw werd de eerste week van de vasten eraan toegevoegd en pas dan kan gesproken worden van *Quattuor Tempora/vier jaargetijden*. Vanuit Rome verspreidde het gebruik zich via Engeland naar het Frankische rijk. Op *quatertemperzaterdag* werden sinds de vijfde eeuw ook diakens en priesters gewijd. Ofschoon er inhoudelijk geen verband was tussen de oorspronkelijke oogstgedachte en deze wijdingen, heeft men toch kans gezien de symboliek door te trekken.

Uitgaand van Numeri 3:12v, waar de Levieten, plaatsvervangend voor alle eerstgeborenen, de Heer gewijd werden, werden ook de nieuwe wijdelingen als eerstgeborenen gezien. »Het is dus passend met de eerstelingen van de tijd, 'in primitiis temporum', dat wil zeggen: in de quatertempertijd die een nieuw seizoen opent, de eerstgeborenen van de mensen God toe te wijden« (Eisenhofer).[22]

d. Quatertemperdonderdag in december

De bid- en boetedagen van *quatertemper* werden door de Kerk aangeboden als alternatief voor oude agrarische rituelen. Ze kunnen terecht als dankdagen voor de oogst worden beschouwd. Er is niet veel fantasie voor nodig om te beseffen dat het volk zijn eigen voorstellingen hiermee verbond, vaak op een manier die haaks stond op de bedoelingen van de Kerk. Het duidelijkst komt dit tot uitdrukking in de *quatertemperweek* van december, die werd verbonden met twee mythen: die van de dodenprocessie of het dodenleger en die van het nachtelijk bezoek van Diana en haar gezelschap. Verder was er een relatie met de *verboden* donderdag, het oude *dies Jovis*.[23]

In het proces tegen Battista Moduco (1580) antwoordt deze op een vraag van de inquisiteur: »Ik ben *Benandante* omdat ik vier keer per jaar, in de vier quatertempernachten, 's nachts ga vechten, onzichtbaar, in de geest en het lichaam blijft achter. En zo gaan wij voor Christus en de *stregoni/heksen* gaan voor de duivel en zo vechten wij met elkaar, wij met venkelstengels en zij met gierststengels. En als wij winnen, is het een jaar van overvloed, en als wij verliezen, is er schaarste in dat jaar.« Op een andere vraag antwoordt hij: »Het was december in de quatertemperweek voor Kerstmis, donderdagnacht, ongeveer vier uur na het Angelus, in de eerste slaap [...] de hoofdman van de *Benandanti* riep mij, omdat ik voor het graan moest vechten.« »Bij onze gevechten vechten we eenmaal om maïs en al het graan, een tweede maal om groenten, soms om wijn. En zo wordt er viermaal om alle vruchten der aarde gevochten en in het jaar waarin de *Benandanti* winnen, is er overvloed.« In hetzelfde proces wordt uitvoerig ingegaan op het thema van de *helm*. In 1599 was het proces tegen donna Florida, die beweerde *benandante* te zijn en tijdens de nachtelijke processie »diegenen te zien die in het vagevuur en in de hel zijn«. Tegen een jongeman die haar *visioenen* niet geloofde, zei ze »dat ze donderdag naar het district van Pavoro zou gaan om hem de dodenprocessie te laten zien«.[24]

Soortgelijke voorstellingen waren al eerder gedocumenteerd in Tirol, Zwitserland, Zuid-Duitsland en de Elzas. Kinderen die op *quatertemper* geboren zijn, hebben net als zij die *met de helm* geboren zijn, de gave van het *tweede gezicht* en kunnen de doden zien. Johannes Nider († 1438) schreef: »Zij die menen naar de bijeenkomst van Herodias te worden gebracht of in de quatertempernachten de zielen in het vagevuur te kunnen zien, worden door de duivel misleid en zondigen tegen het eerste gebod.« Geiler van Kaysersberg († 1510) preekte tegen vrouwen die beweren dat ze zich in de *quatertempernachten* naar *Fraw Venus* begeven en hekelde het geloof in het dodenleger van de *Wilde Jacht* dat in de *quatertemperdagen* zou rondgaan. In de eerder aangehaalde kroniek (1544) over rondtrekkende klerken, beweerden deze »dat ze naar de Venusberg waren geweest en dat ze het *Wilde Leger* konden oproepen. Dit leger van ongedoopte kinderen en in de oorlog gevallen soldaten [...] kwam bijeen in de zaterdagnacht van de vier quatertemperweken en op donderdag in de advent.« Ook beweerden ze de oogst te kunnen beïnvloeden.

In Oostenrijk vallen deze voorstellingen samen met de wintermaskerades op de drie donderdagen voor Kerstmis, op *quatertemperdonderdag* in december of in de *twaalf nachten*. In Tirol en Beieren werd *Temper* de benaming voor de *Wilde Jacht* en nam *Frau Fasten*, personificatie van de *quatertemperdagen*, de plaats in van Diana (1467). *Frau Fasten*, *Perchta*, *Befana* werden geacht 's nachts de huizen te bezoeken, de luien te straffen, de braven en ijverigen te belonen. Het zal niet verwonderen dat dit wezen zelfs *Klaaswijf* genoemd werd. Voorstellingen van verschillende oorsprong vermengden zich. Sinterklaas, die vanouds met een gevolg van duivels de huizen bezocht, ging een verbond aan met de *Wilde Jacht* (Meisen), een verschijnsel dat in Nederland, Duitsland en Zwitserland *Klaus-/Klaasjagen* werd genoemd.[25]

e. De doden en de oogst

Rest tot slot van dit hoofdstuk een even delicaat als onvermijdelijk onderwerp, dat van vegetatie en vruchtbaarheid. Twee namen en twee werken zijn met dit thema verbonden: *Wald- und Feldkulte* (1875-1876) van W. Mannhardt en *The Golden Bough* (1890, 1911-1915) van J.G. Frazer. Vooral het werk van Frazer was gedurende enige decennia een bijbel voor antropologen en volkskundigen, tot men zich gegeneerd of geërgerd afwendde van deze 'kamergeleerde'. Vruchtbaarheid, te pas en te onpas door epigonen als verklaringsprincipe voor allerlei kalendergebruiken en rituelen aangevoerd, heeft in het verleden zulke groteske vormen aangenomen, dat het als model volledig in diskrediet is geraakt. Ook de traditionele Sinterklaaskunde stond bol van de vruchtbaarheidssymbolen en *offers* aan de goden. De afkeer van het vruchtbaarheidsgedoe is zodanig, dat nu het kind met het badwater dreigt te worden weggegooid. Het nieuwe verklaringsmodel lijkt vooral te bestaan in een heftige ontkenning van het oude, wat een belemmering is voor nieuwe creatieve inzichten.

De betekenis van Ginzburgs *Benandanti* (1966) is dat hij dit nieuwe taboe doorbrak. De betekenis van de *quatertemperdagen* als bid- en dankdagen voor de oogst enerzijds, de relatie tussen *benandanti*, oogst en doden anderzijds, is zo evident, dat dit dwingt tot herformulering. »Het is even dom om onze huidige beperkingen te ontkennen, als om de resultaten van het vorige paradigma [verklaringsmodel] massaal overboord te gooien [...]« Waar het om gaat, is »het monopolie van het oude model aan te vechten, daar dit de onderzoeker het uitzicht beneemt op de sociale aspecten van het feest« (H.S. Versnel).[26]

De mythe van de *benandanti* en hun relatie met de oogst en met de doden is maar één voorbeeld. Het verband tussen doden en oogst lijkt te berusten op analogiedenken, evenals de relatie tussen doden en verborgen schatten. Net als verborgen schatten en het zaad, rusten de doden in de aarde. Aangezien de doden bijzondere krachten worden toegeschreven, hebben zij ook invloed op het al of niet gedijen van het zaad. De constatering is zo triviaal, dat dit wel de verklaring moet zijn voor de bijna universele band tussen dodencultus en vegetatie in agrarische samenlevingen. Gaat het in het geval van de verborgen schatten om een simpel verhaalmotief, in het andere gaat het om de basis van het levensonderhoud.

In Oost-Europa wordt bij begrafenissen en op dodengedenkdagen een gerecht bereid, *kutja* of *kollyva* genoemd, een soort brij die in de Oudheid zowel in de dodencultus als bij oogstfeesten werd gegeten. De samenstelling varieert van rijst met rozijnen tot een symbolisch mengsel van allerlei plantekiemen, dat stond voor alles wat gezaaid werd (Gjerstad). »In Rome was het altaar van Consus in het Circus Maximus een reservoir voor koren en tegelijk verblijfplaats voor de doden« (Van der Leeuw). In Griekenland werden de doden *demetreioi* genoemd, het volk van Demeter, de korenmoeder. »Sinds er boeren zijn, weet men hoe het voedsel en daarmee het leven groeit vanuit de diepten, namelijk dat 'het graan van de doden komt'« (Hippocrates) (Burkert). Niet wezenlijk anders zag de Griekse kerkvader Johannes Chrysostomus († 407) het, ook al bedoelde hij het symbolisch: »De boer jammert niet als de graankorrel sterft [...] hij verheugt zich. Verbaas je dus niet als de apostel het begraven als zaaien bestempelt.

[...] Soortgelijke relaties tussen vruchtbaarheidsfeesten en de terugkeer van de doden zijn niet onbekend aan andere agrarische samenlevingen; bijvoorbeeld de festiviteiten van Kerstmis bij de Noordeuropese boeren hebben zowel betrekking op de doden als op de viering van vruchtbaarheid en leven« (Grottanelli, ER I, 145v). *Joel*, het Scandinavische winterfeest, had beide kenmerken. Het was onmiskenbaar een dodenfeest en tevens werd getoost: *Til ars oc til fridar/voor een vruchtbaar en vredig seizoen*. Zelfs in christelijke tijd werd een bier gewijd aan de heilige Maagd *om een goede oogst en vrede te verkrijgen*. De twee aspecten stonden niet naast elkaar, het één was zonder het ander niet denkbaar. Tijdens het feest werden de banden tussen de leden van de gemeenschap en tussen levenden en doden hernieuwd en versterkt. De doden werden geëerd, in de hoop dat zij hun zegen zouden geven voor een goede oogst in het nieuwe seizoen. Een curieuze anekdote uit de *Halfdanar saga* illustreert het verband tussen voorouderverering en een goede oogst. Toen koning Halfdan gestorven was, ontstond er een twist over het bezit van zijn lijk. »[...] kwamen de voornamen uit Raumariki, uit Vestfold en uit Heidhmörk allen vragen het lijk te mogen meenemen, in de mening dat wie het zou hebben een goed jaar zou krijgen. Ze werden het als volgt eens, dat het lijk in vieren werd gedeeld, het hoofd werd begraven in Stein in Hringariki, en ieder nam zijn deel mee en begroef het en al deze grafheuvels werden Halfdanheuvels genoemd.«[27]

Het christendom ontzegde de doden bijzondere krachten en dus elke relatie met de landbouw. De doden zijn per definitie hulpbehoevend, *arme zielen*, en elke poging hun toch meer status te geven, werd beantwoord met demonisering. Het feit dat dit in West-Europa zo grondig gebeurde, wijst erop dat er met de doden meer aan de hand was dan uit de spaarzame informatie van kerkelijke bronnen kan worden opgemaakt.

9. Duivelsmaskerades

1. VAN DODENMASKER TOT DUIVELSMASKER

a. Overzicht van het voorgaande

In het voorgaande is zo vaak van masker en maskerade sprake geweest, dat het nuttig is even samen te vatten. In de hoofdstukken 1 tot en met 5 hebben we gezien dat de duivelsmaskerade in verschillende varianten een vast bestanddeel was van het Nicolaasfeest. De oudste vorm was die van de scholierenbisschop die met een gevolg van misdienaars en duivels al bedelend door de stad trok. Dit scenario is ouder dan het Nicolaasfeest en gaat terug op het feest van Onnozele Kinderen. Het scenario voor de oudere jeugd, dat onder verschillende namen nog steeds bestaat, is een wat ruwere variant waarbij de maskerade een alibi vormt om op de meisjes te jagen. Door Meisen en andere auteurs werd deze variant in verband gebracht met de mythe van de *Wilde Jacht* en een gebruik dat *charivari* wordt genoemd. De mythe vertelt van een dodenleger, dat in de weken van december door de lucht jaagt.

Deze, volgens Dumézil, Indo-europese mythe, werd in de middeleeuwen gekerstend. In het verhaal van Orderic Vital is het een leger van boetende zielen geworden, aangevoerd door *Herlequin*. In een proces van demonisering veranderden deze boetende zielen in duivels. Als duivels leger verscheen het in het spel van Adam de la Halle. Van *toneelduivels* veranderen ze ten slotte in *straatduivels*, nog steeds onder leiding van *Herlequin*, actief bij de ensceneering van een *charivari*, een ritueel, bestemd om een verdacht huwelijk aan de kaak te stellen. Uit kerkelijke en civiele bronnen is bekend dat dit *spel* in de veertiende eeuw al gespeeld en ten strengste veroordeeld werd. In biecht en preek werden de gelovigen sinds de dertiende eeuw gewaarschuwd voor *Herlequin*, die niemand anders is dan de *Helse Jager*, en zijn bende. In de vijftiende eeuw wordt de *Wilde Jacht* door predikanten geassocieerd met Diana, Holda of Perchta. Van deze wezens, die al eeuwen met heksen in verband werden gebracht, werd nu ook verteld dat ze een dodenleger aanvoerden. Deze verhalen werden door de predikanten als fabels bestempeld en zij die ze vertelden, zondigden tegen het eerste gebod.

Een voorlopige conclusie was dat niet elk duivelsmasker ook werkelijk een duivelsmasker was (6.1), dat, gezien de systematische veroordeling van alle maskerade door de Kerk gedurende meer dan duizend jaar, het masker geen christelijke schepping kan zijn en dat het duivelsmasker een latere ontwikkeling is van het voorchristelijke masker. In hetzelfde hoofdstuk heb ik verwezen naar een artikel van K. Meuli, die stelt dat sommige vormen van duivelsmasker terug te voeren zijn op een voorchristelijk dodenmasker (6.4.c). De demonisering van het dodenmasker vindt een parallel in de demonisering van de cultisch vereerde voorouders of beter gezegd, beide zijn aspecten van hetzelfde verschijnsel. Verering van de voorouders was onverenigbaar met de kerkelijke leer van hulpbehoevende *arme zielen*. Demonisering was een manier om met een dergelijke verering af te rekenen. Hier neem ik het betoog van Meuli weer op om te zien hoe het begrip dodenmasker nog herkenbaar is in de oudste benamingen voor masker. Een tweede groep namen van kerkelijke oorsprong laat vervolgens zien, dat masker systematisch met *demonisch masker* wordt aangeduid. Na deze begripsbepaling kan de rol van het duivelsmasker in de laat-middeleeuwse feestcultuur worden nagegaan: in het religieus toneel (*toneelduivel*) en op vastenavond (*straat-* of *feestduivels*). Ten slotte, om de cirkel te sluiten, wil ik nagaan hoe Sinterklaas aan zijn gevolg van duivels is gekomen (9.5) en waarom de duivel ook wel *Moor* wordt genoemd (9.6).

b. Oude benamingen voor masker

b.1. Masca

De geschiedenis van het woord is omstreden. Meuli stelt een viertal betekenissen voor:
1. net waarin een lijk gehuld werd;
2. weerkerende dode (soort vampier) in een net gehuld, boze geest;
3. heks/demon (als 2) en heks als scheldwoord;
4. vermomde die de dode (2) of demon (3) uitbeeldt, verhulling van het gezicht of vermomming.

Om een dode uit te beelden deed men een net voor het gezicht. Ter vergelijking: maskering met behulp van een stuk gaas of vitrage of de moderne nylonkous. Meuli haalt het Middelnederlandse woord *netboeve* of *netteboeve* aan: hansworst, bedelaar. Dit woord zou achtereenvolgens een vermomde die een dode uitbeeldt, een grappig persoon en een bedelaar betekenen. Men herinnert zich het verbod van Hincmar van Reims om maskers te gebruiken bij een dodenherdenking (6.4.c). Hij gebruikt daar het woord *talamasca*. Het voorvoegsel *tala* brengt Meuli in verband met *talmen*: bazelen, onverstaanbaar praten, lallen.

b.2. Larve

Het Nederlandse *larve* slaat op een bepaalde levensfase van insekten. In sommige Duitse streken is het de gebruikelijke benaming voor masker. »De woorden 'Larve' en 'Maske' waren de relatie met vastenavond ver vooruit« (Kluge), zijn dus ouder dan vastenavond. »Uit de voorstelling van het kunstmatig gezicht, waarachter zich het ware wezen verbergt, werd 'Larve' ook een vakterm in de insektenkunde« (ibid.). Het Latijnse *larva* betekent behalve masker, mombakkes, ook spook, boze geest. De *larvae* zijn de dodengeesten die de mensen lastig vallen, demonen die bezit van een mens kunnen nemen. *Larvatus* is iemand die behekst, bezeten is. Bovendien dienden *larvae* in de Oudheid al om kinderen in het gareel te houden (Kleine Pauly). Van Dale geeft de volgende omschrijving voor *larvae*: »zielen van overledenen die om enige reden (gewelddadige doodsoorzaak, niet geboete schuld of iets dergelijks) geen rust konden vinden en rondwaarden als een soort spoken die de mensen met krankzinnigheid konden treffen«. De voorstelling van kwaadaardige doden en de gelijkstelling van deze doden met demonen is duidelijk al van voorchristelijke oorsprong.

b.3. Scema, schim, schaduw

Het Middelnederlands kende een woord *schemel* dat spook, geestverschijning betekende en *scheme*, schim van gestorvene, spookgestalte (Verdam). *Schembart* is een baardmasker en werd verbasterd tot *Schönbart*. Deze term is vooral bekend geworden door de vastenavond van Neurenberg (15de/16de eeuw). Net als *larva* slaat het woord oorspronkelijk op geesten van doden uit het schimmenrijk. Romeinse *larvae* van het Larenfeest, de *Computalia* bij Vergilius en Prudentius worden in het Oudhoogduits met *scema* weergegeven (Meuli). De betekenisverschuiving van dodengeest tot masker is dus analoog aan die van *masca* en *larva*. Van *scema* afgeleid is het Zwitserduitse werkwoord *schemele*: met een masker lopen en gaven eisen. Het Middelhoogduits: *schemelaere*, bedelaar, betekent in het Zwitserduits: nar, grapjas, vermomde, kind dat bedelt met vastenavond (Meuli).

Uit het bovenstaande komt het beeld naar voren van doden als zeer ambivalente wezens. Dat geldt ook voor hen die de doden uitbeelden. De gemaskerden van de wintermaskerades staan bekend om hun agressieve karakter, zeker als ze niet met het nodige respect worden ontvangen. Nog steeds houden ze ervan de omstanders te plagen, te slaan, zwart te maken. Hun eisrecht wordt algemeen erkend. Ze gaan de huizen binnen en rekenen erop goed onthaald te worden. En ze worden graag ontvangen, want hun komst is een goed teken. Het tweeslachtig karakter: agressief en welwillend, is een algemeen kenmerk van wezens uit de andere wereld. Meuli schrijft: »Het totaalbeeld beantwoordt aan het doen en laten van primitieve dodenmaskers, ze zijn kwaad, slaan en eisen, dansen en schenken tastbare zegen en hun gedoe brengt geluk [...] Hun bezoek is een verzoeningsfeest.« Deze gemaskerden gaan niet zomaar, ze moeten *omgaan*. S. Glotz heeft gewezen op hun manier van lopen: »Hun gang is geen afgemeten tred die op een doel is gericht, maar overdreven als van spoken of van een feeachtige snelheid of plechtig geheimzinnig, bijna altijd ritmisch, klaar voor de dans.«[1]

c. Kerkelijke benamingen voor masker

H. Moser heeft een inventaris gemaakt van Latijnse en Middelhoogduitse woorden voor masker op grond van de handschriftenverzameling van de Beierse Staatsbibliotheek in München, handschriften voornamelijk afkomstig uit vroegere kloosters. Het oorspronkelijke *larva* wordt uitgebreid tot *larva demonum* of *larva demoniorum/demonenmasker*. Het Latijnse *larva* wordt vertaald met *schem*, *schein*, *schiem* en andere varianten van *scema*. Andere vertalingen zijn *schemhaupt*, *teufelskopf* en *teufelshaupt*. De middeleeuwse auteurs (overwegend uit de veertiende en vijftiende eeuw) herkenden in *larva* nog de dodenschim, dat blijkt uit de verschillende varianten van *schim* die ze als vertaling geven. Maar de neiging tot demonisering is duidelijk herkenbaar, zowel door de toevoeging van *demonum* (of *demoniorum*) en door het grote aantal vertalingen met *Teufelskopf/ -haupt*. Soms geven ze toelichtingen bij het betreffende woord: 1. »wat voor het gezicht gedaan wordt om kinderen bang te maken«, 2. »Item dicitur maleficus, incantor, wat eerder op magie lijkt te wijzen«, 3. »schimmen van demonen of doden«. 4. »'larvare', dat is het masker van de duivel of van een dier voordoen«. Bij wijze van conclusie kan worden vastgesteld dat in het kloostermilieu een duidelijke tendens te bespeuren valt om het masker te demoniseren, terwijl de oude relatie met de doden nog niet is vergeten.[2]

2. Duivelsscènes in het religieus toneel

Croquesots/Narrenbijter, de afgezant van *Herlequin* in het spel van Adam de la Halle (ca. 1262), is een vroeg voorbeeld van een *toneelduivel* in het wereldlijk toneel. In het religieus theater was de duivel al eerder opgetreden. Het oudst bekende stuk waarin een duivel voorkomt, is de *Sponsus*, een spel van de wijze en de dwaze maagden, deels in het Latijn, deels in het Provençaals geschreven (11de of 12de eeuw). Een voorbeeld van de duivel in een hoofdrol is het *Spel van de Antikrist* (12de eeuw).

Mysteriespel en mirakelspel zijn de twee vormen van religieus toneel. Het mysteriespel is voortgekomen uit de liturgie van Pasen en Kerstmis en beoogde de geheimen van het geloof aanschouwelijk uit te beelden. Aanvankelijk niet meer dan een bescheiden dialoog in het Latijn die aansloot bij het evangelie van de dag, ontwikkelde het zich in de late middeleeuwen tot een vast bestanddeel van het toneel in de volkstaal. Anders dan het wereldlijk toneel wil het mysteriespel de toeschouwers onderrichten en stichten, al ontbreekt de komische noot nooit helemaal. In zijn volgroeide vorm is het een werkelijk kosmisch drama dat begint bij de schepping en zondeval en loopt via de verlossing tot het laatste oordeel. Dit kosmisch karakter wordt weerspiegeld in de opbouw van het toneel op drie niveaus. Het normale speelniveau is de aarde. Tegen de achtergrond bevindt zich op een verhoog het *paradijs*, de troon van God de Vader, terwijl de hel zich onder de aarde bevindt, afgesloten door het gordijn met de *hellemond*, de zogenaamde *Herlequinmantel*. De beslissende momenten van het heilsdrama worden geënsceneerd op de feestdagen van het kerkelijk jaar in: paradijs-, kersten passiespel en in het spel van de Antichrist. De rol van de duivel is die van de tegenspeler van God, degene die Gods bedoelingen doorkruist en erin slaagt veel zielen mee te sleuren. Het komische schuilt in zijn onvermogen de ware aard van het heilsplan te doorzien en zijn onhandigheid om zijn eigen doeleinden te realiseren zodat, als het eropaan komt, hij aan het kortste eind trekt.[3]

Het mirakelspel, voortgekomen uit de heiligenlegende, brengt het duel tussen de heilige en de duivel op herkenbaar menselijke schaal in beeld. De toeschouwer die de strijd tussen goed en kwaad in zijn eigen leven kent en uit ervaring weet dat het gevecht met de duivel veel nederlagen kent, ziet deze strijd op het toneel geënsceneerd. Hier kan hij zich met zijn held, de heilige, identificeren. En er valt genoeg te lachen. »De duivel was de meest effectieve komische figuur, om de paradoxale reden dat hij het meest angst inboezemde, waardoor zijn onderwerping en nederlaag een emotionele bevrijding teweegbracht« (Russel). »De invloed van de heiligenlevens op preek en toneel was van beslissende betekenis voor de niet aflatende greep van de duivel op de geest van de late middeleeuwen en renaissance« (ibid.).[4]

De mysteriespelen, die uren duurden en soms in cycli over meerdere dagen verspreid waren, werden regelmatig – indachtig het motto: *tot lering ende vermaak* – door dans en kluchtige tussenspelen onderbroken. Hierbij kon het ruig toegaan, tot groot vermaak van het eenvoudige publiek en werd er schunnige en godslasterlijke taal gebruikt. Deze tussenspelen zijn misschien nog het best te vergelijken met het moderne gooi- en smijtwerk. Een vorm van tussenspel was de *diablerie/duivelsscène* waarin grote en kleine duivels tekeergingen. Maar ze beperkten zich niet tot het toneel. In 1500 verleenden de schepenen van Amiens goedkeuring aan het passiespel en werd er uitdrukkelijk toestemming voor gegeven dat de duivels door de stad zouden rennen. De *toneelduivel* werd *straatduivel*. Ook in Chaumont mochten ze vanaf palmzondag róndgaan en op weinig subtiele manier geld van de mensen lospeuteren. Als de palmprocessie door de stadspoort naar binnen wilde trekken, brak de hel los, compleet met vuurwerk, waarna de duivels zich op de menigte stortten. Uit Amiens (3 maart 1496) is een andere goedkeuring opgetekend voor een *Jozefspel*, maar met het uitdrukkelijk verbod aan geestelijken en koorknapen overdag of 's nachts door de straten te rennen. In Montauban (1442) werden ze *barbastoles* genoemd, clowns met baardmaskers die op gehoornde duivels leken.[5]

De levendigste beschrijving is te vinden bij Rabelais († 1553) die de dichterschurk François Villon († na 1463) laat opdraven in een *diablerie* met duivels, gekleed in wolfs-, kalfs- en ramsvellen, met ramskoppen en ossehoorns, keukenhaken, koebellen, muildierschellen, kortom, het bekende *charivarispul*. »Na zijn duivels tot vermaak van het volk en schrik van de kinderen te hebben rondgejaagd«, gaat het naar een herberg buiten de muren, met de bedoeling een bedelmonnik, Etienne Tappecoue, met wie Villon een appeltje te schillen had, op te wachten en hem de stuipen op het lijf te jagen. Het paard van broeder Etienne slaat op hol bij het duivels geraas en de arme monnik overleeft het niet. Het commentaar van Villon: »Jullie zullen goed spelen, mijn heren duivels, en ik daag de duivels van Saumur, Douay en Angers [...] uit, of ze met jullie vergeleken kunnen worden«. Punt voor punt vergelijkt Driesen, auteur van *Der Ursprung des Harlekin*, *diablerie* met *charivari* om tot de conclusie te komen: »dezelfde maskers, dezelfde kostuums, dezelfde attributen, hetzelfde lawaai, dezelfde buitensporigheden, dezelfde conflicten met de overheid, dezelfde populariteit bij het publiek«.

In 1462 keurde koning René het *cérémonial*/draaiboek voor de processie van Sacramentsdag in Aix-en-Provence goed. Deze wel zeer bizarre processie is een mengsel van religieuze processie en optocht. Wie komen we hier tegen? »Ridders van de halve maan, Mozes en Israëlieten met het gouden kalf; Israëlieten die, om hun minachting jegens Mozes te tonen, een kat in de lucht gooien en handig opvangen; leprozen; de koningin van Sheba met duivels; de drie koningen met de ster die een pantomime opvoeren; de duiveltjes van Herodes en de Onnozele Kinderen; de apostelen en Christus die het kruis draagt, gevolgd door een reus, Christoffel; standaarddragers van de gilden en vlaggedragers, lanciers en fusilliers die al hun vaardigheid tonen door het zwaaien of in de lucht gooien van standaard, lans of vlag; verder de aanvoerders van carnavals- en theatergezelschappen; vervolgens de clerus; dan de dood met de zeis, een troep clowns, ook wel kinderen van 'Momus' genoemd, die als saters verkleed leuzen naar de omstanders roepen of liederen zingen met toespelingen op de schandaalkroniek van de stad.« Ook hier weer de voor die tijd vanzelfsprekende vermenging van het heilige en het profane. Voor ons onderwerp zijn vooral de duivels en duiveltjes interessant.[6]

3. Vastenavond

a. Antifeest

In 1509 was Erasmus getuige van het carnaval in Siëna. In zijn ogen was het een »onchristelijk« feest, omdat het »sporen van het oude heidendom« bevatte en »het volk aanzette tot zedeloosheid« (Burke). Bij *heidendom* dacht de humanist Erasmus aan *Bacchusfeesten* en *Saturnaliën* beslist niet aan een Germaans lentefeest dat men er graag in heeft gezien. Zijn mening lijkt in tegenspraak met het oordeel van W. Mezger over het Duitse vastenavond: »Zover we nu weten, heeft de roomse Kerk de vastenavond niet alleen vanaf het begin geduld, maar het zelfs intensief in haar catechese [preken] betrokken en die zo minstens indirect bevorderd.« De theorie van Mezger, Küster en anderen is gebaseerd op de beeldende kunst, op de kerkelijke leer over zonden en ondeugden van de late middeleeuwen en op de protocollen van de vastenavond van Neurenberg, het best gedocumenteerde feest van de vijftiende en zestiende eeuw.

Vastenavond had weinig van doen met mythologie en andere vage voorchristelijke toestanden. Vastenavond was een antifeest, waarbij voor een bepaalde tijd de wereld op haar kop werd gezet. Niet zoals het moderne carnaval dat doet, door gedurende enkele dagen op speelse manier de teugels te laten vieren en wat lucht te geven aan de spanning van het moderne leven. Hier komt geen theologie aan te pas, anders dan bij het middeleeuwse vastenavond. Als men daar een paar dagen lang de *nar* of de *beest* kon uithangen, was het tegen een ernstige achtergrond van zonde en schuld. De middeleeuwse vastenavond was namelijk een *omkering* van alle christelijke waarden en van het christelijk wereldbeeld. Voortbordurend op het *twee-statenmodel* van Augustinus, ensceneerde men *de stad van de duivel*.

Alle onaangepast gedrag, alle ondeugd en zonde werd voor enige tijd tot 'norm' verheven. De nar was geen onschuldige pias die een gek gezicht trok en malle fratsen uithaalde. Theologisch gezien was hij de verpersoonlijking van de zondige wereld, de godloochenaar die het christelijk heil afwees. Op schokkende en heiligschennende manier werd alles wat heilig was, omgekeerd. *Narrenvrijheid* betekende dat men dit een paar dagen per jaar ongestraft kon doen, door het te spelen. De *omgekeerde wereld* was niets minder dan het rijk van de duivel, en de nar was zijn ambassadeur. Niet verwonderlijk dus dat de nar en de duivel de vastenavondfiguren bij uitstek waren. Dit was alleen mogelijk binnen een christelijke cultuur die zich zo'n antifeest kon veroorloven. Doel van dit alles was, volgens de Kerk, zich in de daaropvolgende vastentijd daarvan af te keren, zich te bekeren tot het heil en zich door vasten en boete voor te bereiden op Pasen. Plastisch werd dit uitgebeeld door een ritueel gevecht tussen een dikbuikige vastenavond en een broodmagere *Vrouw Vasten*, een scène die door Breughel in een bekend schilderij is vastgelegd.[7]

De tegenstelling vastenavond/vasten is zo voor de hand liggend, dat die andere tegenstelling vastenavond/Pasen weleens over het hoofd wordt gezien. Door de liturgiehervorming van 1951 werd de vroeg-christelijke paasnacht in ere hersteld en werden de plechtigheden van Paaszaterdag weer naar de avonduren verlegd, waardoor het dramatisch karakter van het paasvigilie opnieuw tot zijn recht kwam. In de liturgie van de paasnacht wordt de (nieuwe) schepping geënsceneerd door het doven van de lichten, de wijding van water en vuur, de schepping van het nieuwe licht, de initiatie door het doopsel en de lezing van het scheppingsverhaal. De schepping en de verlossing worden niet alleen herdacht, maar door ze te *spelen* actueel gemaakt. Vastenavond nu is hiervan de absolute tegenhanger, het is de gespeelde chaos van vóór de schepping en vóór de verlossing, veilig van Pasen gescheiden door de lange vastentijd. Zo bezien is vastenavond/Pasen de christelijke variant van het kosmisch nieuwjaarsfeest. Volgens de regels van een archaïsch scenario is vastenavond de terugkeer naar de chaos die vooraf moet gaan aan de nieuwe schepping met Pasen, dat wil zeggen: de verlossing.[8]

b. Maskerade

Tussen 1475 en 1522 en nog éénmaal in 1539 werd bij het Neurenberger *Faßnacht* een wagen meegevoerd die *hel* werd genoemd. Op allegorische manier werd het antirijk van de duivel uitgebeeld met thema's als de *toren van Babel*, de *Venusberg*, het *narrenschip*. Naast de feestwagen, het voorrecht van de patriciërszonen, was er een veelheid van gemaskerde en andere figuren. Het waren de gemaskerden met hun duivels- en dieremaskers die het feest zijn naam gaven: *Schembartlauf*/gemaskerd gaan. Ter Gouw zegt hierover: »'Loopen' is het werkwoord dat bij den vastenavond hoort«, dat is het doelloos heen en weer lopen. De uitdrukking voor de Amelander maskerade drukt in wezen hetzelfde uit: *in het pak gaan*, dat wil zeggen: gemaskerd en gekostumeerd rondgaan. Bij de tekst van Ter Gouw staat een oude prent afgedrukt, waarop de duivel, de nar en het kalf een rondedans maken. Beter kon het wezen van vastenavond niet worden uitgebeeld.

De duivel als gemaskerde figuur is afkomstig uit het religieuze toneel. Dit wordt nog eens duidelijk in zijn hoedanigheid van *narren-* of *zielenvreter*, een verwijzing naar het gordijn met de *hellemond* van het mysteriespel. De dierefiguren waren bekend van de *bestiaires/dierenboeken* met allegorische dierenverhalen en meer nog van de talloze afbeeldingen in steen in en rond de kerk. Bepaalde dieren werden in theologische verhandelingen en preken opgevoerd als zinnebeelden van ondeugden en zonden: hoogmoed, onkuisheid, gulzigheid, gierigheid enzovoort. Door hun associatie met het kwaad waren ze bij de duivel in goed gezelschap. Dat de duivel zelf zich in de gedaante van allerlei dieren kon veranderen, was een oude traditie (9.5.c). Wat de vastenavondgangers zich bij hun verschillende vermommingen ook hebben voorgesteld, voor de Kerk viel het hele feest te herleiden tot een duivelse aangelegenheid. Of, zoals een Duits spreekwoord zegt: *Der Teufel hat viele Larven/de duivel heeft veel maskers, veel gezichten*. Nog in de achttiende eeuw zag een katholieke predikant, Ignatius Ertl, in het duivelsmasker het prototype van alle maskers. Hij voert Lucifer ten tonele »die de eerste 'Schembart' was, die door zijn afval van God de eerste maskerade in de hemel opvoerde en de afschuwelijkste duivelsmaskers aantrok«.[9]

c. Volksfeest

Door het voorgaande zou de indruk kunnen ontstaan dat de modale vastenavondganger met theologie bezig was. Zo is het natuurlijk niet. De bonte werkelijkheid van het feest is één ding, de visie van de Kerk daarop een ander. Het volk liet het zware werk over aan de kerkelijke specialisten en maakte zich meester van de nar, die net als de duivel een potsierlijke figuur werd, en genoot de *narrenvrijheid* met volle teugen. P. Burke maakt onderscheid tussen formele en informele, georganiseerde en spontane activiteiten van het feest. Vastenavond was een grandioze show waarbij de hele stad zich manifesteert in een gekostumeerde parade met een voorliefde voor het exotische, zoals *Moren*, *Turken* en *Indianen*. De actualiteit was niet vreemd aan de Turkenmode van die tijd. Constantinopel was in 1453 gevallen, de legers van de Sultan bedreigden Europa. In kluchten en parodieën werd de draak gestoken met echte of vermeende wantoestanden: parodieën van rechtspraak, schertspreken, schertshuwelijken met travestie. Een vast bestanddeel waren de wedstrijden: wedrennen, paardenrennen, touwtrekken, ringsteken en andere steekspelen te land of te water, die een parodie vormden op de hoofse toernooien. In Engeland was het vastenavondvoetbal favoriet, een soort rugby met de hele stad of het hele dorp als speelveld. Er werd gespeeld van de middag tot zonsondergang, waarna de gewonden werden geteld en de schade kon worden opgemaakt.

Vastenavond was een feest van overdaad en geweld. Het schransen ontleende zijn betekenis aan de magere weken die voor de deur stonden, maar het maakte ook voor korte tijd de illusie van overvloed werkelijkheid, *luilekkerland* in de praktijk. Het drinken in combinatie met *lopen* en dansen leidde tot een feestroes, een soort extase, die meer was dan alleen maar dronkenschap. Sekstaboes werden getart met obscene liedjes en schunnige opmerkingen aan het adres van voorname dames. Het feest werd gevolgd door een jaarlijkse geboortenpiek in november. Agressie was er in soorten, verbaal of fysiek, ritueel of echt. Vanachter de anonimiteit van het masker kon men zich ongestraft scheldpartijen en beledigingen permitteren. Meer gestileerd gebeurde het in satire op Kerk en overheid. Fysiek geweld uitte zich in rituele gevechten of in ordinaire vechtpartijen en baldadigheid en in sadistische spelletjes met dieren: *ganstrekken*, *kat-*

knuppelen en *haanslaan*. De periodieke verboden van maskers hadden te maken met het ongecontroleerde geweld dat werd bevorderd door de anonimiteit. Hier en daar werd het feest afgesloten met de *terechtstelling van 'Vastenavond'*. Na een kluchtige rechtszitting werd een pop verbrand, verdronken of begraven.

In het jaar waarin Erasmus het plan opvatte voor zijn *Lof der Zotheid* sprak hij zich uit tegen dit feest, omdat het in zijn ogen *heidens* was, maar vooral vanwege de zedeloosheid. De hervormers namen dit standpunt over. Na 1522 was het in Neurenberg met de *Schembartlauf* gedaan. Luther noemde het een *hoogst goddeloos schouwspel*. Uit protest tegen de predikant Osiander, een scherpslijper die alle genoegens wilde afschaffen, werd er in 1539 nog éénmaal een *Schembartlauf* gehouden, schitterender dan ooit tevoren. Osiander vond 'zelf' een plaatsje op de *hellewagen* van dat jaar. Ter Gouw haalt getuigen aan, dat het feest in het begin van de zeventiende eeuw ook door protestanten in Nederland nog werd gevierd. Over de tijd van ontstaan van het feest bestaat geen duidelijkheid, begin veertiende eeuw, misschien al dertiende eeuw. Het ligt voor de hand dat al in een vroeg stadium de vasten vooraf werd gegaan door een eet- en drinkpartij. Wat ook de ouderdom van het feest als geheel is, de afzonderlijke elementen kunnen veel ouder zijn. Zoals een volksverhaal betrekkelijk jong kan zijn, terwijl de verhaalmotieven veel ouder zijn, zo is ook het masker ouder dan vastenavond.[10]

4. DE OMGEKEERDE WERELD

a. Vormen van omkering

Vastenavond

Zoals alle echte symbolen is ook het beeld van de *verkeerde/omgekeerde wereld* er een met meerdere betekenissen. Het komt voor in de vorm van *omkeringsfeesten* en *omkeringsrituelen* in magie en bij overlijden. Voor de theologen en predikanten was vastenavond de van God afgekeerde wereld. De ondeugd werd tot norm verheven, de duivel had het voor het zeggen en de nar zwaaide de scepter. Voor het vastenavond vierende volk betekende het de omkering, letterlijk en figuurlijk, van de alledaagse werkelijkheid, *de wereld op haar kop*. Het was een spel van onbegrensde mogelijkheden. Links werd rechts en omgekeerd. Hetzelfde gold voor de begrippenparen: hoog/laag, boven/onder, voor/achter, binnen/buiten, even/oneven, mens/dier, man/vrouw, jong/oud, meester/knecht, rijk/arm, mooi/lelijk, goed/kwaad, geoorloofd/ongeoorloofd. In de praktijk werkte dit heel simpel. Je trok je jas binnenstebuiten aan en je had de *verkeerde wereld*. Een jongen die voor *oud wijf* speelde, draaide de paren man/vrouw en jong/oud om. In de kunst van die tijd werd dit thema herhaaldelijk uitgebeeld in de *narrenwagen*, waar de voerman/nar op zijn kop stond en de paarden achter de wagen waren gespannen. Een verwijzing naar de echte wagens in Neurenberg die, ongeacht het motief van het jaar, *hel* werden genoemd, dus toch weer de goddeloze wereld van de theologen. Het was »een appèl aan alle dwazen, zo goddeloos en asociaal mogelijk te leven, om samen de ondergang tegemoet te gaan« (H. Pleij).

Andere omkeringsfeesten

Gespeelde rolverwisselingen waren bekend, lang voor het ontstaan van vastenavond. Het *Fête des fous/narrenfeest* op Onnozele Kinderen (28 december) stond de koorknapen toe de rol van de voorname koorheren over te nemen. Als tijdens de vespers op de vooravond gezongen werd: *de machtigen stootte hij van de troon*, was dit het signaal om de kerk op stelten te zetten en de draak te steken met de heilige handelingen. De aanzet tot dit feest viel al in 911 waar te nemen in het klooster Sankt Gallen, waar de leerlingen het *recht* hadden hun magister of de abt in gijzeling te nemen. Op 17 december vierden de Romeinen de *Saturnalia*, waarbij de maatschappelijke tegenstellingen waren opgeheven, soms zelfs omgekeerd, en de ondergeschikten door hun meesters werden bediend; een uitgelaten feest met maskerades en travestie. Een vergelijkbaar Romeins feest was dat van *Bona Dea*, exclusief gereserveerd voor vrouwen (van betere stand). Wijn, normaal taboe voor vrouwen, was de rituele drank, maar werd *melk* genoemd. Een zeer omstreden feest van dezelfde orde, was de Griekse *Kronia*, dus ook een omkeringsfeest: »De nar is koning [...] mensen veranderen in dieren, vrouwen spelen de rol van mannen, kinderen bevelen hun leermeesters en slaven hun meesters« (H.S. Versnel).

Omkering in magie en hekserij

Omkering speelde een rol in hekse ngeloof, magie en bijgeloof. Heksen zouden zich tijdens de sabbat op de rug voortbewegen of op hun handen lopen, ze vereerden het achterste van de duivel en dansten ruggelings. »Christelijke symbolen en waarden werden gehanteerd in omgekeerde vorm« en met de linkerhand. Caro Baroja ziet in heksen geen duivelvereersters, maar gefrustreerde vrouwen die interessanter wilden lijken dan ze waren, en met oneigenlijke middelen hun lage status compenseerden. »Ze leefden een leven van valse of omgekeerde waarden. Wat slecht is, werd in hun ogen goed, wat krom is, recht.« Voorschriften voor magische handelingen gaan uit van het principe dat ze tegen de gebruikelijke orde in gaan. Ze dienen met de linkerhand en in *verkeerde* volgorde verricht te worden. Het effect kan versterkt worden door daarbij een kledingstuk binnenstebuiten te dragen. De plaats van handeling dient men achteruitlopend te naderen. Het meisje dat in de droom haar toekomstige geliefde wil zien, stapt in de Andreasnacht (30 november) achteruit in bed. Magische formules moeten van achteren naar voren worden opgezegd of van rechts naar links worden gelezen. Voorwerpen worden over de linkerschouder gegooid. Bij draaiende bewegingen en bij het gaan of dansen in een kring, moet dit tegen de richting van de klok in gebeuren. Oneven getallen zijn krachtiger dan even getallen. »Het oneven getal brengt geluk« (Shakespeare).

Omkeringsrituelen bij overlijden

»Wat hier omgekeerd is, heeft in de andere wereld zijn juiste gedaante« (Beitl). Dit komt tot uitdrukking in merkwaardige gebruiken rond het overlijden. Dodenrituelen zijn overgangsrituelen die beogen de integratie van de dode in de wereld van de doden te bevorderen en de nabestaanden uit deze crisis weer in de normaliteit terug te voeren. Gedurende enige tijd wordt de dode geacht nog onder de levenden te verkeren en bevinden ook de familieleden zich in een uitzonderingstoestand, in de marge, wat tot uitdrukking komt in rouwkleding en andere voorschriften en verboden. Alle werk is hun verboden, zelfs het bereiden van voedsel. Het is de buurtschap die te hulp komt en de regie voert tot en met de begrafenis. Zelfs het sterfhuis valt onder de uitzonderingstoestand: het vuur wordt gedoofd, de klok stilgezet, spiegels en schilderijen, potten en pannen worden omgedraaid. Het leven zelf komt tot stilstand. Tijdens deze overgangsperiode participeren de familie en anderen die nauw bij de dodenrituelen betrokken zijn aan de *omgekeerde wereld* van de doden. Dit kan worden uitgedrukt in ongekamde haren, ongepoetste schoenen, het nalaten van scheren (Van Gennep). Brabantse vrouwen droegen de omslagdoek binnenstebuiten. Elders hielden de mannen onder de kerkdienst hun hoed op of bleven ze tijdens de lezing en de zegen zitten, waar de anderen gingen staan (Ranke). Traditioneel werd dit soort gebruiken als magische uiting van afweer geïnterpreteerd. Des te opvallender is dat K. ter Laan, die in het algemeen niet afkerig is van magische verklaringen, heeft gewezen op de participatiegedachte: »dat de dode en al de zijnen buiten de gemeenschap staan«.[11]

b. Betekenis van de omkering

De eerder genoemde begrippenparen: links/rechts, meester/knecht, goed/kwaad enzovoort, drukken een ruimtelijke, sociale of morele oriëntatie uit. *Omkering* betekent *desoriëntatie, verstoring van de bestaande of gewenste orde*. Door te kiezen voor wanorde plaatst men zich buiten de orde, tenzij het gezamenlijk gebeurt in de vorm van een feest. In dat geval, zou men kunnen zeggen, is het maatschappelijk geaccepteerd. Uit het voorgaande is al gebleken dat er *omkering* is in soorten en gradaties, van spel tot ernst, van vrijblijvend tot dwingend, van waardevrij tot immoreel.

Bij de *omkeringsfeesten* gebeurde de *omkering*, de overtreding van wat normaal verboden was, collectief en ritueel. Men maakte er gezamenlijk en ritueel een 'puinhoop' van, het was een 'gespeelde chaos'. De verklaring daarvoor zou zijn dat de druk van de normaal geldende regels voor enige tijd werd opgeheven. De druk moest ééns per jaar van de ketel en dit werd mogelijk door een gespeelde, collectieve ongebondenheid. Het is echter niet waarschijnlijk dat deze sociologische verklaring voldoende is in samenlevingen met een religieuze ideologie. Men zoekt naar een religieus of mythologisch model dat de 'gespeelde chaos' rechtvaardigt. Met vastenavond speelde men het rijk van de duivel, om na een lange boetetijd het geheim van de verlossing op Pasen nog beter tot uitdrukking te brengen. In het geval van de Romeinse *Saturnalia* en de Griekse *Kronia* betekende het een terugkeer naar een mythische oertijd, de tijd van Saturnus en Kronos. De paradox van die mythische oertijd was dat die gold als een gouden tijdperk van overvloed en tegelijk als een tijd van barbaarse chaos, van een god die zijn kinderen verslond. In rituele overdaad van eten en drinken en ritueel geweld werd de ambivalente, chaotische oertijd opnieuw geënsceneerd.

Een meeromvattend scenario is het *archaïsche nieuwjaarsfeest* dat door Eliade uitvoerig beschreven is in *The Myth of the Eternal Return* en waarvoor het Babylonische nieuwjaarsfeest model stond (zie hoofdstuk 6.2). Het was de rituele bezwering van de crisis die de overgang van *oud-in-nieuw* met zich meebracht. In dit mythisch scenario werd het nieuwe jaar gelijkgesteld aan het moment van de schepping in de oertijd. De scheppingsmythe vertelde als het ware wat er ritueel diende te gebeuren. Zoals de *chaos* aan de *schepping* voorafging, zo moest de *chaos* ritueel worden beleefd door de omkering van de geldende orde. *Chaos* betekent afwezigheid van structuur. »De aarde was vormeloos en leeg« (Gen. 1:2). Tijdens het feest vervaagden dan ook de grenzen tussen de categorieën: mens/dier, man/vrouw, levenden/doden, geoorloofd/ongeoorloofd. Rituele gevechten hadden geen andere zin dan de strijd uit te beelden tussen de machten van *chaos* en *kosmos*. Pas als het monster uit de diepten dat stond voor de *chaos* was verslagen, als de *chaos* opnieuw beleefd en overwonnen was, kon de *schepping/het nieuwe jaar* plechtig worden geïntroduceerd. Met recht kan van een *kosmisch nieuwjaarsfeest* worden gesproken.

Omkering bij hekserij wordt enigszins begrijpelijk door een vergelijking met vastenavond. Wat daar incidenteel gebeurde, 'gespeeld' werd, dat deed de heks, zo werd aangenomen, systematisch. Terwijl tijdens vastenavond het volk zich te buiten ging aan overdaad en geweld en, volgens de theologen, zich overgaf aan de heerschappij van de duivel, stelde de heks zich uit vrije keuze in dienst van de satan en plaatste zij zich bewust *buiten de orde*. Zo werd het tenminste in de *Heksenhamer* en andere boeken van de inquisitie beschreven. Het goddeloze en heiligschennende karakter van zo'n levenswijze kon dan ook niet anders worden begrepen dan als een *omkering* van alles wat heilig was. Hoe werkte *omkering* bij magie? Als omkeringsgebruiken geschikt zijn om de overgangscrisis te bezweren, als men dus aan *omkering* een meer dan gewone kracht toekent, dan is het gebruik van omkeringsrituelen bij magie een logische stap. In feite gaat het hier om archaïsche handelingen met een bijzondere symboolkracht.

Omkering is *wanorde*. De *omkering* kan een vrolijke zijn, zoals bij het feest, de sinistere van de heks of een ingetogene bij overlijden. De hierboven beschreven dodengebruiken zijn gedocumenteerd tot in de negentiende eeuw, sommige tot in de twintigste eeuw. Ze hadden een signaalfunctie en een therapeutische functie. Een sterfgeval betekent een crisis in een familie en een gemeenschap. Door het sterfgeval verkeren de familieleden in een uitzonderingstoestand. Voor hen is de normaliteit opgeheven. Door hun handelingsonbekwaamheid geven zij te kennen deel te hebben aan de toestand van de dode die pas rust vindt als alle dodenrituelen voltrokken zijn. Naast deze signaalfunctie beogen de omkeringsrituelen als overgangsrituelen ook, de verstoorde orde te herstellen, de crisis te boven te komen en de nabestaanden terug te voeren in de normaliteit.[12]

5. SINTERKLAAS EN DE DUIVEL

»Op Sinterklaasavond was het de gewoonte in kathedraal en kapittelkerken en in menige parochiekerk en slotkapel, dat de koorknapen één uit hun midden kozen om de bisschop te spelen. Gekleed in bisschopskleren, vergezeld door de rest van de koorknapen in koorkleding, die zijn clerus vormden, en door sommigen in fantastische vermomming als duiveltjes en saters, ging hij in processie naar de kerk en trok daarna door de parochie, van deur tot deur, met zang en dans. De koorknapenbisschop gaf zijn zegen aan het volk en zamelde geld in dat vrijwillig werd gegeven [...] Op Onnozele Kinderen [28 december] bracht de 'bisschop' deze profane pantomime tot afsluiting met een preek« (Banks).

Dit tafereel uit Schotland aan het einde van de vijftiende eeuw was een vertrouwd beeld in West- en Midden-Europa. In Engeland werd het gebruik in 1542 afgeschaft en in 1554 door Mary Tudor opnieuw ingevoerd. In Duitsland had Luther, die aanvankelijk nog cadeautjes had gekocht voor zijn kinderen op 5/6 december (1535-1536), zich later (1545-1546) uitgesproken tegen het gebruik,» *denn Gott kennet das Larvenvolk und Nicolasbisschofe nicht*/God kent geen gemaskerd volk en geen Nicolaasbisschop«.

a. Een strijdbare heilige

Grote en kleine duivels op het toneel en op straat, met vastenavond, op palmzondag en sacramentsdag of in de kersttijd, in optocht en processie waren in de late middeleeuwen zo vanzelfsprekend, dat de duivels in het gevolg van de scholierenbisschop eigenlijk niet hoeven te verwonderen. Maar hoe vertrouwd ook, er moest een reden zijn om de heilige met de duivel in verband te brengen; in moderne termen: het verschijnen van de duivel moest functioneel zijn. In hoofdstuk 1 is uiteengezet hoe de gebruiken van de scholierenbisschop en van het nachtelijk bezoek door de Nicolaaslegenden waren geïnspireerd. Wat had Nicolaas met de duivel te maken, wat zeggen de legenden hierover?

1. Als kind overwint hij de duivel door vasten.
2. In de legende van het graanschip verleidt de duivel de kooplui om onrechtmatig geld in hun zakken te steken. Als vervolgens een storm opsteekt, krijgen ze berouw en door tussenkomst van Nicolaas gaat de storm liggen.
3. In de stratelatenlegende wekt de duivel de afgunst van de praetor op, die de generaals bij de keizer verdacht maakt.
4. Een man bezoekt op 6 december met zijn vrouw de kerk om het feest van de heilige te vieren. Hun zoontje, dat alleen thuis is, wordt door de duivel, verkleed als pelgrim, gedood. Nicolaas verschijnt, eveneens als pelgrim, en vraag te eten en te drinken in de kamer waar het kind ligt, en wekt het tot leven.
5. Twee legenden vertellen over de strijd van de heilige met de duivel om een kind. Het gaat om bezetenheid en in beide gevallen wordt de duivel uitgedreven.
6. In drie andere legenden wordt de duivel overwonnen en onder de aarde verbannen of onder een steen gekluisterd.

In deze verhalen is het de duivel, de *vijand*, de grote *verleider* die dynamiek aan het verhaal geeft door mensen tot kwaad aan te zetten. Dit lokt tegenactie van de heilige uit, als hij tenminste nederig en vol vertrouwen wordt aangeroepen. Door tussenkomst van Nicolaas wordt het kwaad weer ongedaan gemaakt.

In zijn *Leven van Nicolaas* noemt Symeon Metaphrastes († ca. 1000) hem een onbloedige *overwinnaar*, ofschoon van aard en uit vrije keuze een *martelaar*. Ook de auteur van de *Legenda Aurea* speculeert over de naam *Nicolaas* en brengt die in verband met de *nikè/overwinning*. Nicolaas wordt door de legenden gesitueerd in Klein-Azië in het begin van de vierde eeuw, toen Constantijn de christenen vrije uitoefening van godsdienst schonk (313). De daaropvolgende confrontatie tussen heidendom en christendom wordt in de legende toegespitst op een persoonlijke vete tussen Nicolaas en Artemis/Diana, wier tempels hij neerhaalde. Symeon schrijft hierover: »De boze geesten die geen kans zagen de aanvallen van de heilige te weerstaan, gingen luid krijsend op de vlucht. En zij protesteerden, dat zij grote angst hadden uitgestaan door zijn toedoen en onbarmhartig uit hun bezittingen verdreven waren. Zonder twijfel had de kracht van de heilige bij de uitvoering van deze campagne en de aanval die hij tegen de demonen gelanceerd had, een goed resultaat opgeleverd.«

Door de vereenzelviging van de heilige met allerlei volksgebruiken zou men kunnen vergeten dat hij eens een van de meest vereerde heiligen was. In de liturgie van zijn feestdag werd de herinnering aan zijn grote daden door gebeden, lezingen en liederen levendig gehouden. De Griekse datum, 6 december, werd door de Latijnse Kerk overgenomen. Voor dit feest dat mettertijd de hoogste rang kreeg die voor een heiligenfeest denkbaar is, werden talloze hymnen gedicht. Hymnen waarin het leven en de wonderen van de heilige bezongen werden, de heilige zelf aangeroepen en God geprezen werd om de grote daden die hij door zijn heilige had verricht.

»Terwijl wij de Heer de verschuldigde lof zingen,
vieren wij allen met vroom gemoed
deze heilige dag, waarop Nicolaas
ten hemel vaart.«

Tussen de negende en twaalfde eeuw is er bijna geen hymne waarin niet wordt gezinspeeld op de strijd met de duivel: »Gij hebt met het kruis de duivel aan stukken gereten« (hymne *apud myros*).

In de gebeden wisselen lofprijzing en smeekbede elkaar af, met als steeds terugkerend thema dat men in de strijd met het kwaad overeind mag blijven: »God, die de gezegende Nicolaas eerde [...] geef, dat door zijn verdiensten [...] wij na de dood verlost mogen worden van het vuur van de hel.« Of in het gebed van Bartholomeus van Grottaferrata († ca. 1055): »De hele wereld, stralend in het licht van Uw wonderbare daden, is het schitterend tegendeel van de blinde passies en de duisternis van de boze geesten en met blijde geest prijst zij Uw gedachtenis, Vader Nicolaas, terwijl zij God verheerlijkt die U verheerlijkt [...] U bent, Vader Nicolaas, als de mystieke dageraad, U die de duisternis van de kwade geesten en de nacht van de hartstochten verjaagde [...].«

Geen feest zonder feestpreek, waarin de gelovigen onderricht worden in de geheimen van het feest, en worden aangespoord de heilige te eren en zijn voorbeeld te volgen. Gelet op de rang van het feest was de preek op 6 december kerkelijk voorgeschreven (Post). Net als in de hymnen werden in de preek de wonderverhalen van de heilige geëxploiteerd, maar nu met alle kunstgrepen van de retorica, om op het gemoed van het volk in te werken. Aangezien de duivel in die verhalen steeds als tegenspeler van de heilige optreedt, is het aannemelijk dat deze confrontatie een vast bestanddeel van de Nicolaaspreek uitmaakte en ertoe heeft bijgedragen dat de associatie van Nicolaas met de duivel vast in het collectieve geheugen werd ingeprent. Het is daarom wat vreemd dat Meisen, die de verschillende aspecten van de Nicolaascultus zo grondig heeft geanalyseerd, de preek buiten beschouwing laat. In een tijd zonder reclame en nieuwsmedia was de preek een van de sterkste wapens om de publieke opinie te beïnvloeden. »De preek was als basis van zielzorg en opinievorming een beheersende factor van het middeleeuwse cultuurleven« (Wilpert).

Bij predikanten moet men niet alleen denken aan parochiegeestelijken, maar veeleer aan de bedelmonniken, specialisten in het genre, die bij voorkeur voor feestpreken werden uitgenodigd. Ten behoeve van predikers werden verzamelingen korte, stichtelijke verhalen (*exempels*) aangelegd, want een preek zonder verhaal, dat kon echt niet. De *Index Exemplorum* van F. Tubach is een inventaris van 5400 exempels, een goudmijn voor de studie van de religieuze volkscultuur van die tijd. De *Index* vermeldt achttien exempels over Nicolaas, geen indrukwekkend aantal, eerder een aanvulling op de standaardlegenden die bijeen te vinden waren in de *Legenda Aurea*. Preken zijn gelegenheidsprodukten die in de regel niet worden bewaard. Des te aardiger is het dat een vroege Nicolaaspreek is overgeleverd van Petrus Damianus († 1072), waarvan Jones de inleiding heeft afgedrukt. Met de bekende superlatieven worden de wonderen van de heilige geprezen: »Hij wordt geroemd op zee, geprezen op aarde, aangeroepen in ieder gevaar [...] Denk niet dat ik oratorisch ben of mijn woorden oplaad met gouden gemeenplaatsen, want de hele wereld voelt de weldaden van deze belijder.« Maar lang voordat Nicolaas aan zijn succesvolle carrière in het Westen begon, was de toon gezet in de oosterse Kerk, bijvoorbeeld in de woorden van keizer Leo VI († 912): »De vijand van het menselijk geslacht lijdt bij ieder feest van een heilige een nederlaag, maar de meeste angst bezorgt hem het feest van de heilige Nicolaas, omdat hij in de hele wereld gevierd wordt.«[13]

b. De geketende duivel

In Oostenrijk en Zwitserland bedienen de duivels in het gevolg van Nicolaas zich van kettingen, als lawaai-instrument en om hun boemanfunctie meer kracht bij te zetten. In Amsterdam gingen de *Zwarte Klazen* rond, »met schoorsteenkettingen een afgrijselijke muziek op de straatkeien makend« (Ter Gouw). Meisen brengt de ketting in verband met de middeleeuwse voorstelling van de *geketende duivel*. Het twaalfde-eeuwse visioen van Tundal beschrijft hoe »'deze vijand van het menselijk geslacht' is gebonden met dikke, gloeiende kettingen« (Russel). De voorstelling was al bekend in het Oude Testament (Jes. 24:21-23) en werd populair in de apocriefe literatuur (Tob. 8:3; I Henoch 10:4,12; 88:1-3). In het boek van de Openbaring heet het: »Toen zag ik een engel uit de hemel neerdalen, de sleutel van de afgrond en een grote ketting droeg hij in zijn hand en hij greep de draak, die oude slang, die de duivel en satan is, en bond hem vast voor duizend jaar en wierp hem in de afgrond. Toen sloot hij hem op en plaatste zijn zegel erop« (Apoc. 20:1-3). In twee mysteriespelen werd dit motief gedramatiseerd: de duivel geketend door Michaël. Twee oriëntaalse heiligen hebben deze rol van de engel overgenomen: Joris als overwinnaar van de draak, Nicolaas die zich liet vergezellen door duivels met kettingen. In enkele legenden »bindt Nicolaas de duivel, bant hem onder de aarde, onder een steen, in een diepe afgrond of op een andere manier« (Meisen).

Een onopgelost theologisch probleem was hoe het te verklaren is dat de duivel, die immers overwonnen was, toch nog macht over de mensen uitoefende (Russel). Door deze contradictie kon de symboliek worden omgekeerd en werd in de kunst de duivel afgebeeld met de verdoemden aan een ketting, die hij met zich meevoerde naar de hel. Een vergelijkbare voorstelling, bekend van het *charivari* van Gervais du Bus en van vastenavondscènes, is die van de duivel als *helse jager* en als *zielenvreter* die zijn buit meeneemt in een zak. Met succes is dit beeld overgedragen op het kinderfeest: de duivel die de *stoute kinderen* meeneemt. Zo, in de eerder aangehaalde woorden van Knecht Ruprecht: *Ich bin der alte Böse Mann, der alle Kinder fressen kann*. In de verwijzing van Ter Gouw naar de Amsterdamse *Zwarte Klazen* wordt uitdrukkelijk vermeld dat ze op zoek waren naar *stoute kinderen*.[14]

c. Nicolaas en de duivel

In de dertiende eeuw, de »bloeitijd van de Nicolaascultus« en het »hoogtepunt van het duivelsgeloof« zou, aldus Meisen, de volkse voorstelling zijn ontstaan van de heilige die op zijn jaarlijkse feestdag een geketende duivel met zich meevoert. De formulering van Meisen geeft aanleiding tot enkele vragen. De verbinding in legende en liturgie was al eerder een feit, terwijl overtuigende documentatie van een duivelsmaskerade op 5/6 december in de veertiende eeuw spaarzaam verschijnt en pas overvloedig in de vijftiende/zestiende eeuw. En wat moet onder »hoogtepunt van het duivelsgeloof« worden verstaan? De populariteit van toneel- en straatduivels in mysteriespelen, processies en op vastenavond valt eveneens in de vijftiende, begin zestiende eeuw. De obsessie met de duivel, zoals die tot uitdrukking komt in de heksenwaan, zou pas goed op gang komen in de vijftiende eeuw. Dit zijn aanwijzingen dat het *hoogtepunt* later zou moeten worden gedateerd.

Het is moeilijk van één *hoogtepunt* te spreken. In de kunst en de preek liggen de zaken weer anders. Wat de preek aangaat, heeft Russel een tegenstelling met de theologie geconstateerd. Terwijl de duivel in de scholastiek een onbeduidende plaats inneemt, is er sprake van overdaad in de verkondiging. »De kleurrijke en concrete duivel van de Woestijnvaders en Gregorius de Grote [...] bleef levend in preek, poëzie en drama.« De abstracte theologie werd voor het ongeletterde volk versneden met smeuïge verhalen, de eerder genoemde *exempels*. In de exempelverzameling van Caesarius van Heisterbach († ca. 1240) is de duivel alom aanwezig. Om een idee te krijgen welke proporties de duivel aannam in deze verhalen, kan de *Index Exemplorum* weer goede diensten bewijzen. Het trefwoord *duivel* is wel de grootste verrassing van deze inventaris van preekverhalen: ruim 500 exempels. Kennelijk was er geen dankbaarder onderwerp om over te praten. Ter vergelijking: Maria ca. 225, Christus ca. 150, engelen ca. 100 exempels. De invloed van de preek, waar het de duivel betreft, moet immens geweest zijn. Ongeveer 65 exempels gaan over de *gedaanteverandering* van de duivel in een *dier*. Gedaanteverandering was dus ook een vertrouwd thema in de preek en heeft mogelijk invloed gehad op latere maskerades, de dieremaskers van vastenavond. Het biedt tenminste een mogelijke verklaring voor het verband tussen *duivelsmaskers* en *dieremaskers*.

De drie scenario's

De relatie Nicolaas-duivel in legende en cultus mag nog zo evident zijn, daarmee zijn de buitenliturgische gebruiken nog niet verklaard. Het lijkt erop dat deze relatie een stimulans is geweest om al bestaande gebruiken in de feestviering op te nemen. De Nicolaastraditie kent drie scenario's voor drie leeftijdsgroepen.
1. De *scholierenbisschop*, *Nicolaasbisschop* genaamd, die met zijn gevolg, waarin zich ook duivels bevonden, door de stad trok en de huizen aandeed om gaven in te zamelen.
2. Een maskerade van de ruige soort, voor de oudere jeugd, verwant met de wintermaskerades die in verband worden gebracht met de *Wilde Jacht*.
3. Het *nachtelijk bezoek* van een onzichtbare (!) heilige die geschenken achterliet voor de jonge kinderen (zie 9.5.d).

Het eerste en oudste scenario is, zoals Meisen overtuigend heeft aangetoond, voortgekomen uit het feest van Onnozele Kinderen met zijn omkeringsrituelen, waarbij een scholier de rol speelde van bisschop. Tegen het einde van de dertiende eeuw kwam er een verbinding tot stand tussen deze 'bisschop' en die andere bisschop, Nicolaas, patroon van de scholieren. Ongeveer vier decennia voordat het verband tussen deze feesten voor het eerst gedocumenteerd is (Amiens, 1291), is er al sprake van duivelsmaskers, *monstra larvarum*, op Onnozele Kinderen (28 december) in het klooster Prüfening bij Regensburg (1249). Na *woeste excessen* werd dit door een pauselijk besluit verboden. Wanneer de paus eraan te pas komt, moet er al wat voorgevallen zijn en moet het een voorgeschiedenis hebben. In de loop van de veertiende eeuw volgen soortgelijke verboden. Het is niet te veel verondersteld dat met de scholierenbisschop de duivels mee overgingen naar 6 december, te meer daar Nicolaas alles van duivels af wist. Toch duurt het nog enige tijd voordat het voor het eerst expliciet vermeld wordt: Brunswijk 1400.

Het *Klaasjagen* is in zijn vroege stadium niet gedocumenteerd. Is het een plattelandsvariant van het stadse scholierenfeest, of heeft het ooit ook in de stad bestaan en overleefde het alleen op het platteland? Het bestaan van de *Zwarte Klazen* van Amsterdam pleit voor de tweede veronderstelling. Ook hier lijkt een al bestaand gebruik in de Sinterklaasviering te zijn opgenomen. Maar er is een verschil met het eerste scenario. Terwijl daar de duivels aan het gevolg van de scholierenbisschop worden toegevoegd, gaat het hier om een bestaande duivelsmaskerade van het *charivari*-type, die een verbinding is aangegaan met de patroon van de jeugd. Om te begrijpen hoe dit in zijn werk kan zijn gegaan, is het nodig een laatste aspect van de relatie Nicolaas-duivel te onderzoeken.[15]

d. Nicolaas en Diana

Meer dan de overige legenden heeft die van de strijd tegen Artemis/Diana de reputatie van Nicolaas als overwinnaar van de duivel bevorderd. Bovendien heeft deze legende ertoe bijgedragen dat Nicolaas in de middeleeuwen op de een of andere manier met Diana en de Dianatraditie in verband werd gebracht. De hiervolgende versie is die uit de wel beroemdste legendenverzameling, de *Legenda Aurea* of *Gulden Legenden* van Jacob de Voragine († ca. 1298).

»In hetzelfde land had men de afgoden vereerd volgens oude gewoonte, in het bijzonder het beeld van Diana, de duivelin. Nog ten tijde van Sint-Nicolaas beleden heel wat boeren dit geloof en brachten hun offers onder een boom die aan deze afgod gewijd was. Sint-Nicolaas verstoorde deze slechte gewoonte en liet de boom omhakken. Dit nu beviel de boze geest absoluut niet en deze zon op wraak. Ze bereidde een olie, 'myrdiakon' genaamd, die zo krachtig was, dat hij tegen de wetten van de natuur stenen en water doet branden. En zij nam de gedaante aan van een vrome vrouw, en ze ontmoette mensen op zee, die met een scheepje op weg waren naar de kerk van Sint-Nicolaas en zij sprak tot hen: 'Ik zou graag met jullie tot Gods heilige zijn gevaren, maar ik kan niet. Ik verzoek jullie, deze olie voor mij naar zijn kerk te brengen en uit mijn naam de wanden van de voorhof ermee te bestrijken.'

Daarop was zij verdwenen. Maar op hetzelfde moment zagen ze een ander scheepje met eerzame lieden dat aan kwam varen. Onder hen was er een die veel op Nicolaas leek en die sprak: 'Zeg eens, wat heeft die vrouw met jullie besproken, of wat heeft ze jullie gegeven?' Toen vertelden ze hem alles. Daarop sprak dezelfde man: 'Weet wel, deze vrouw was de schandelijke Diana en opdat jullie inzien dat ik de waarheid spreek, giet de olie in zee.' Ze goten de olie uit en zie, het water brandde tegen de wetten van de natuur en het vuur laaide hoog op en dat duurde een hele tijd. Ze voeren verder tot ze aan de kerk van Sint-Nicolaas kwamen. Toen ze hem zagen, zeiden ze: 'Waarlijk, u bent het die ons op zee verschenen is en ons verlost heeft van de listen van de duivel.'«

Dit wonder werd in meerdere hymnen bezongen en heeft ervoor gezorgd, dat de herinnering aan de strijd met Diana levend bleef.

»Vervuld van de heilzame genade van Christus,
roeide hij de demonencultus met wortel en tak uit.
Toen dan de duisternis verdreven was, leerde hij,
hoe de weg van het licht te bewandelen.

Uit medelijden openbaarde hij het bedrog van Diana
aan de onwetenden, terwijl hij nieuwe wonderen aan de zeelui liet zien.
Want de diepe zee raakte in brand,
nadat de olie eroverheen gegoten was.«

In de kathedraal van Chartres brengt een heel raam, bestaande uit zestien medaillons, deze legende in beeld. Het is slechts één van de vele glas-in-loodramen die aan de heilige waren gewijd. Jones heeft zich afgevraagd hoe dit grote aantal te verklaren is en citeert een preek van Sint-Bernardus († 1153), volgens wie, na Onze-Lieve-Vrouw, geen heilige het vrome gemoed van de gelovigen meer heeft ontroerd. Een meer praktische verklaring zou hierin liggen dat de clerus, die de iconografie van de beeldhouwwerken van een kerk controleerde, minder invloed had op de keuze van de thema's van de glas-in-loodramen, die voor een groot deel door de schenkers werden bepaald. Het *Diana-raam* was een geschenk van de Parijse kanunnik Etienne Chardonel, afkomstig uit Chartres.

De scenario's

De aanwijsbare relatie Nicolaas-Diana en het gegeven dat ze beiden nachtelijke activiteiten ontplooiden, doen het vermoeden ontstaan dat Diana mede verantwoordelijk is voor het ontstaan van het derde scenario en mogelijk ook het tweede heeft beïnvloed. In het hoofdstuk over Diana is gebleken dat volkstradities op associaties berusten. De functies blijven constant terwijl namen en figuren verwisselbaar zijn. Het is een verschijnsel dat ook bekend is uit de hagiografie, waar eigenschappen en soms hele stukken van de 'biografie' van de ene op de andere heilige worden overgedragen.

Het nachtelijk bezoek

In het geval van het kinderfeest gaat het om gaven van een 'bovennatuurlijke' gever. In de middeleeuwen werd dit *heimelijk geven* aan Diana en Nicolaas toegeschreven. Na de Hervorming werd dit gedeeltelijk overgedragen op het

Kerstkind of, profaner, op de kerstman. Van Diana en haar gezelschap, evenals van de drie feeën, werd verteld dat ze 's nachts de huizen bezochten en zegen schonken als ze tevreden waren. Hetzelfde wordt verteld van Holda en Perchta in de Duitstalige landen, van Dame Abonde in Frankrijk, van Tante Arie in de Jura, van Befana in Italië. Ook werd verteld dat ze wraakzuchtig konden zijn als ze ontevreden waren. Ze verenigden beloning en straf in één persoon. Van al deze *nachtvrouwen* heeft Befana zich met succes doorgezet en in Italië doet zij met Driekoningen wat Nicolaas in de rest van West- en Midden-Europa op zijn feestdag doet. Ten slotte is er het curieuze feit dat de heilige een vrouw werd toebedacht. In Zuid-Duitsland en Oostenrijk was ze bekend als *Nikolofrau* of *Klausenweiblein*, in Venray als *Vrouw van Sinterklaas*. In Limburg en het Rijnland werd deze rol toegekend aan Sinte-Barbara/Sinte-Berb, feestdag 4 december. Naar het model van een pastoorshuishouden stelde men zich Barbara voor als huishoudster van Nicolaas (Ter Laan, Beitl).

In het eerste hoofdstuk hebben we gezien hoe de elementen voor het scenario van het *nachtelijk bezoek* aan de legenden zijn ontleend. Van de legende van de drie dochters was bekend dat de heilige 's nachts stilletjes een beurs met geld door het raam gooide en van de stratelatenlegende dat hij zich door de lucht kon verplaatsen en op meerdere plaatsen tegelijk kon zijn. Door associatie met het scholierenmilieu werd hij een 'bovennatuurlijke' opvoeder en werd zijn bezoek in verband gebracht met beloning en straf. Anders dan zijn vrouwelijke collega's had hij het straffen gedelegeerd aan een derde, de duivel als universele boeman, uitgerust met roe, ketting en zak als strafinstrumenten. De opsplitsing in twee personen: Nicolaas en duivel, speler en tegenspeler, was in de twee andere scenario's aanleiding tot verdere dramatisering, wat ongetwijfeld tot het succes van het feest heeft bijgedragen. Dit des te meer omdat het publiek meer was dan toeschouwer en actief bij het spel betrokken werd. De onverwoestbaarheid van het kinderfeest is mede een gevolg van het geheimzinnige, nachtelijke gedoe – het was de vormgeving in de werkelijkheid van het sprookjesmotief van de 'bovennatuurlijke' gever (*Motif-Index* F 340v). Wie als kind het *nachtelijk bezoek* nog heeft meegemaakt, weet hoe ongelooflijk geladen de sfeer rond deze gebeurtenis was. Dat in het derde scenario de heilige onzichtbaar was, was geen enkel probleem, integendeel. Bovendien kon het feest daardoor in het calvinistische Holland overleven.

Het scenario van het *nachtelijk bezoek* zou volgens Meisen zijn voortgekomen uit het kerkelijk-kloosterlijk milieu. De legenden leverden, zoals gezegd, de stof voor de enscenering van dit gebruik. Toch is zijn betoog wat dit aspect van het feest betreft niet overtuigend. Vertelmotieven vormen nog geen gebruik. Het ontstaan, zoals door Meisen bedoeld, blijft onduidelijk. Kan het zijn dat dit scenario net als de beide andere aan een reeds bestaand gebruik heeft aangeknoopt, waarna het met behulp van de legenden werd omgeduid? Welke argumenten wettigen de veronderstelling dat er inderdaad een samenhang bestaat tussen het *nachtelijk bezoek* van Nicolaas en dat van Diana?

Er is al eerder op gewezen dat Diana onder allerlei regionale, vaak allegorische namen optreedt. De laat-middeleeuwse kerkelijke bronnen maken regelmatig melding van Perchta, voor wie in de nacht van Driekoningen een *gedekte tafel* werd klaargezet. Haar Italiaanse naam Befana is een verbastering van *Epiphania/ Driekoningen*. Twee gebruiken van de *kalenden* van januari, het Romeinse nieuwjaarsfeest, werden overgedragen op Driekoningen, dat wel *Grootnieuwjaar* werd genoemd (Liungman), namelijk het geven van geschenken en de *gedekte tafel* voor de *nachtvrouw*. De nieuwjaarsgeschenken, *strenae* genoemd, zijn waarschijnlijk langer doorgegaan dan gedocumenteerd is, want het woord leeft voort in het Franse *étrennes*. Ze werden in christelijke zin omgeduid door te verwijzen naar de geschenken van de Drie Wijzen. De *gedekte tafel* waartegen Bonifatius al ernstig bezwaar maakte en die onder meer gehekeld werd door Burchard van Worms en bisschop Iscanus (zie 8.4) is nog onderwerp van de laatmiddeleeuwse catechese, onder andere bij Nikolaus von Dinkelsbühl († 1433) en Johannes Herolt († 1468). De *nachtvrouw* wier bezoek wordt verwacht, heet er Perchta of *Habundia/Vrouw Overvloed*. De *gedekte tafel* werd in het Duits een *Perchtentisch* of *Glückstisch*. De gedachte achter deze gebruiken was, dat wie zich op nieuwjaar edelmoedig toonde, in het komend jaar daarvoor zou worden beloond.

Van Perchta/Befana werd een beloning verwacht in de vorm van voorspoed in het nieuwe jaar. Dat is iets anders dan concrete geschenken voor de kinderen. Het is echter zeer wel mogelijk dat op een gegeven moment de nieuwjaarsgeschenken en het *nachtelijk bezoek* zijn gaan samenvallen. Wat hiervan zij, vaststaat dat Befana tot op de dag van vandaag in Italië in de nacht van 6 januari haar nachtelijke geschenken brengt. Met een redelijke mate van waarschijnlijkheid mag worden aangenomen dat er een verband is tussen de middeleeuwse Perchta/ Befana en haar moderne naamgenoot, tussen de door de Kerk gehekelde *gedekte tafel* en het *nachtelijk bezoek* en het moderne Italiaanse gebruik. Sinds de vijftiende eeuw is er documentatie dat ook Nicolaas 's nachts heimelijk de huizen bezoekt en er geschenken achterlaat. Nu waren Nicolaas en Diana oude bekenden. De legende vertelt dat Diana door de heilige was overwonnen. Het is niet uitgesloten dat onder invloed van de Dianalegende en het populaire scholierenfeest, het *nachtelijk bezoek* op Nicolaas werd overgedragen.

Vergelijkt men de activiteiten van Nicolaas en Befana, dan blijkt dat ze beiden precies hetzelfde doen en dat ze ieder hun eigen exclusieve territorium hebben; anders gezegd: waar de één optreedt, is de ander als gavenbrenger onbekend. Het boven gesignaleerde *Klaasvrouwtje* is als het ware de verbindingsschakel tussen beiden. Als de hier geschetste voorstelling van zaken aannemelijk is, dan is dit vrouwtje een ontluisterde Diana, die zich net als de duivel in dienst moest stellen van de heilige. De figuur van Barbara zou te verklaren zijn door het feit dat de oude samenhang niet meer begrepen werd en dat een *Vrouw van Sinterklaas* toch wel enige bevreemding wekte. De vervanging door Barbara lijkt op een naïeve, stichtelijke poging de aanstootgevende voorstelling van het *Klaaswijf* te verdringen. Hoe gemakkelijk de overdracht van het *nachtelijk bezoek* kon plaatsvinden, blijkt uit de houding van Luther. Toen Nicolaas zelf in diskrediet raakte, werd met een simpele ingreep het brengen van geschenken overgedragen op het Kerstkind. Het toont nog weer eens aan dat gebruiken gemakkelijk over de kalender kunnen gaan zwerven en dat de functies gelijk blijven, terwijl de personen of namen veranderen.

Het Klaasjagen

In het tweede scenario gaat het om jongelui die in hun maskerade een vrijbrief hebben/hadden om op de meisjes van het dorp te jagen. Met hun maskerade eren/ eerden zij Nicolaas, patroon van de vrijers. Daarmee is niet alles gezegd. Men herinnert zich wat vijftiende-eeuwse predikanten zeiden over Diana en het dwaze, nachtelijke gedoe met het *dodenleger* (8.6,7.d). Johannes Herolt (1468) bijvoorbeeld: »Er zijn er die in deze 'twaalf nachten' velerlei dwaasheden begaan en die zeggen dat Diana, ook wel 'frawen unholdi' genaamd, met haar leger rondtrekt.« De favoriete tijden voor deze activiteiten waren de *twaalf dagen* tussen Kerstmis en Driekoningen, en de *quatertemperdagen* van december. Uit andere uitspraken blijkt dat met het *leger van Diana* het *dodenleger* of de *Wilde Jacht* bedoeld is. Nu staat vrijwel vast dat het tweede scenario naar het model van de *Wilde Jacht* is gevormd en wel in de trant van *charivariduivels*, die immers eveneens van het *dodenleger* afstammen. Uit kerkelijke bronnen weten we dat zowel het geloof in een *dodenleger* als charivari-achtige praktijken hoogst verdacht waren. Door nu, naar het model van het eerste scenario, de maskerade onder het patronaat van Nicolaas te plaatsen, kreeg het een zekere legitimatie. Dit kon des te gemakkelijker, omdat de dragers van dit gebruik enerzijds Nicolaas vereerden als de patroon van de geliefden, en anderzijds, juist als *charivariduivels*, zich verantwoordelijk achtten voor een bepaald soort *huwelijksmoraal*. Was de maskerade in het teken van Diana zeer bedenkelijk, onder beschermheerschap van Nicolaas leek het wat onschuldiger.[16]

Blijft nog het probleem van de maskerade op Ameland. Zoals bekend, is de maskerade daar een aangelegenheid van de mannen boven de achttien, getrouwd of ongetrouwd. Ik heb eerder het vermoeden geopperd dat het patronaat van de zeelui mogelijk heeft meegespeeld bij deze rolverdeling. Desondanks is ook bij deze maskerade de tegenstelling man-vrouw zeer markant. De vrouwen mogen zich niet op straat begeven, het exclusieve domein van de *Omes*, en moeten zich de tirannie en de grillen van deze *Omes* laten welgevallen. De spelregels eisen dat de vrouwen van hun kant hun best doen de *Klaasomes* te ontmaskeren en hun zo hun identiteit van *Omes* te ontnemen.

Samenvatting

De angst voor de duivel in de late middeleeuwen kan men zich niet hevig en concreet genoeg voorstellen. Zonder deze obsessie zou de heksenwaan ondenkbaar zijn geweest. De onbedwingbare neiging om de duivel belachelijk te maken, had geen andere zin dan om deze angst te bezweren. Dit verklaart de 'populariteit' van de duivel op het toneel en tijdens feesten, als *toneel-*, *straat-* of *feestduivel*. In dat opzicht vormden de duivels in het gevolg van Nicolaas geen uitzondering. Maar waarom werd hij als enige heilige met zo'n gevolg voorgesteld? In de legenden verschijnt de duivel met grote regelmaat als zijn tegenspeler en trekt systematisch aan het kortste eind. In gebeden en hymnen wordt Nicolaas dan ook als de overwinnaar van de duivel aangeroepen en bezongen. De *geketende duivel*, een beeld, ontleend aan het boek van de Openbaring, bracht deze verhouding plastisch tot uitdrukking. Zijn onderworpenheid werd zichtbaar gemaakt, doordat hij met rammelende ketting achter de heilige aan moest draven.

Dat was het uitgangspunt voor de vormgeving van de gebruiken die allengs met de feestdag van de heilige werden verbonden. Deze gebruiken zijn echter niet uit de kerkelijke verering voortgekomen. Al bestaande gebruiken werden in de feestviering opgenomen en kregen vervolgens zozeer het stempel van het kerkelijk feest, dat het leek of ze hieruit waren ontstaan. In drie scenario's zijn deze gebruiken overgeleverd. Het oudste is dat van de *scholierenbisschop* die met een gevolg van duivels door de stad trok om gaven in te zamelen. Voor de oudere jeugd was er een maskerade van duivels die op de meisjes jaagden, maar onder de supervisie van de patroon van de vrijers. Voor de jonge kinderen was er het *nachtelijk bezoek* met heimelijk gebrachte geschenken. Dit scenario gaat terug op een ouder model, dat van een fee of goedaardige heks die 's nachts de huizen bezocht en haar tevredenheid toonde door geschenken. De fee was niemand anders dan de heidense Diana die door Nicolaas was verslagen. Terwijl ze in de volksfantasie voortleefde als een min of meer goedaardig wezen, werd ze in de kerkelijke traditie voorgesteld als een duivelin, de *onreine Diana*, prototype van de latere heks.

6. De duivel en de Moor

Een van de visioenen van de *Dialogen* van paus Gregorius de Grote († 604) gaat over ene Chrysaurius die even slecht was als rijk. Toen zijn laatste uur was gekomen, »opende hij zijn ogen en zag zwarte en afschuwelijke wezens voor zich verschijnen, druk in de weer om hem mee te sleuren naar de gevangenis van de hel«. De zwarte duivel is een cliché in de visionaire en vroomheidsliteratuur. In 447 had het concilie van Toledo de duivel beschreven als een »grote, zwarte, monsterachtige verschijning met hoorns op zijn hoofd, gespleten hoeven, ezelsoren, klauwen, vurige ogen, knarsende tanden, een reusachtige fallus en stinkend naar zwavel«. Al in de brief van Barnabas, eerste helft van de tweede eeuw, wordt hij kortweg *de Zwarte* genoemd. De oudste afbeelding is die van een zwart duiveltje dat een bezetene bij duiveluitdrijving verlaat (6de eeuw). In kunst, toneel en maskerade wordt de zwarte duivel een standaardfiguur.

a. De 'Ethiopiër'

Elk jaar wordt op verschillende plaatsen in Spanje het spel van de *Moros y Cristianos* opgevoerd, herinnering aan een eeuwenlange strijd. Caro Baroja merkt hierover op dat men heel goed weet hoe Moren er in werkelijkheid uitzien, maar dat we hier te maken hebben met *mythische wezens*. Het is inderdaad van belang vanaf het begin onderscheid te maken tussen de etnische en de mythische Moor. Verwant met deze laatste, maar aanzienlijk ouder, is de *Ethiopiër*. Gemeenschappelijk is hun zwarte uiterlijk en hun associatie met de duivel. In het verhaal van Orderic Vital staat: »Zelfs werd er door twee 'Ethiopiërs' een stevige martelpaal meegesleept, waaraan een beklagenswaardige mens was vastgebonden.« Het is even wennen, want men vraagt zich af wat *Ethiopiërs* in het gevolg van *Herlequin* te zoeken hebben.

Voor tijdgenoten van Orderic is dat geen vraag. Petrus Damianus († 1072) vertelt de ervaring van een jongeman uit Aquitanië, die in zijn stervensuur een verschrikkelijk visioen had: »En zie, daar wierpen twee 'Ethiopiërs', uiterst lelijk en wild om aan te zien, zich als brullende leeuwen op hem, grepen hem als wilde rovers beet [...] bonden hem aan armen en voeten en droegen hem als een bokje, hangend aan een stok, weg.« Etienne De Bourbon OP († ca. 1261), prediker en inquisiteur in Zuidoost-Frankrijk, schrijft: »We zouden vooral plaatsen waar gedanst wordt en het dansen zelf moeten vermijden [...] Ik heb gehoord hoe een zekere heilige man de duivel zag in de gedaante van een kleine 'Ethiopiër', staande boven een vrouw die de dans leidde en haar rondvoerend zoals het hem beliefde.« Gregorius van Tours († 594) vertelt hoe een troep *Ethiopiërs* op een nonnenklooster afstormde om de religieuzen te verleiden.

De *Ethiopiër* is een oude bekende in de ascetische literatuur en gaat terug op de Egyptische Woestijnvaders. In het laatste kwart van de derde eeuw had Antonius († 356) zich als kluizenaar teruggetrokken in de woestijn. Hij maakte school en de toeloop was enorm. Dit leven in eenzaamheid was niet zonder risico en niet geschikt voor iedereen. Pachomius († 346) schreef een regel voor ascetisch leven in gemeenschap, het begin van het kloosterleven. De demonen beklaagden zich over de toeloop op hun eigen domein, de woestijn, van zoveel kluizenaars en monniken. De heiligenlevens van de Woestijnvaders staan vol van het gevecht met de duivel in allerlei gedaanten. Ze vertellen van lijfelijk geweld en van bekoringen in soorten. Zoals een van de duivels zei: »Ja, monnik, het is oorlog.«

Hij vertoonde zich in de gedaante van dieren, als een verleidelijke vrouw, als kind. Een favoriete vermomming was die van *Ethiopiër*. »Zoals bij Pachomius, wanneer de duivel als 'Ethiopisch' meisje op zijn knie komt zitten« of »de bende kleine 'Ethiopiërs' die rondrennen om de broeders van het psalmzingen af te houden«. Al deze duivelsverhalen gingen deel uitmaken van de westerse kloostercultuur. Toen in de vijftiende/zestiende eeuw de Antoniusverering populair werd, verschenen diezelfde duivels op schilderijen van Jeroen Bosch en anderen als de *bekoring van Sint-Antonius*.

Met de Egyptische kluizenaars zou je verwachten in de buurt van de oorspronkelijke Ethiopiër te zijn gekomen. Toch was deze toen al een mythische figuur. De Griekse geschiedschrijver Herodotus († 425 v.C.) bezocht omstreeks 455 Egypte. Hij plaatst Ethiopië ten zuiden van Egypte, in het huidige Nubië. Zijn verslag is een mengsel van fabel en feiten. Fantastischer nog is een volk dat in het diepe Zuiden van Indië wordt gesitueerd, levend onder de grond, van barbaarse zeden, donker gebrand, zelfs hun sperma is zwart. Ook dit zijn *Ethiopiërs*. Herodotus kent drie werelddelen: Europa, Azië en Lybië. Dat is de bewoonbare wereld. Ten zuiden van Azië en Lybië wonen de *Ethiopiërs*, wezens van een andere orde dan de 'beschaafde mensheid'. Een nog oudere bron (7de eeuw v.C.) is Jeremia 13:23: »Kan een Ethiopiër zijn huid veranderen of een luipaard zijn vlekken? Zou gij dan het goede kunnen doen, gij die het kwaad gewend bent?« Het gezegde van Jeremia ging over in het internationale spreekwoordenrepertoire. *De Ethiopiër wit willen wassen* stond gelijk aan *vergeefse moeite*.

In *Wit over Zwart*, het boek bij de gelijknamige tentoonstelling (Amsterdam 1990) wordt met behulp van de fabel van *Priester Johannes* en van diplomatieke contacten tussen Rome en Ethiopië het beeld geconstrueerd van de 'geliefde Ethiopiër' in de vijftiende/zestiende eeuw. Dit positieve beeld past slecht bij de opkomende slavenhandel. In 1441 arriveerde de eerste scheepslading negerslaven in Portugal, het voorspel tot de transatlantische slavenhandel. Het is ongetwijfeld juist dat Rome contact zocht met de Ethiopische Kerk, zoals ze ook contacten probeerde te leggen met andere oosterse Kerken, in de hoop deze voor zich te winnen. Dat was een zaak van kerkpolitiek. Daar had het volk geen weet van en voor het beeld van de *Ethiopiër* als duivel had het geen enkele betekenis. Sterker nog, in de late middeleeuwen werd de *Ethiopiër* niet meer door het volk begrepen, en vervangen door de *Moor*. De *wit te wassen Ethiopiër* is bij Dirc van Delft (ca. 1400): »die moerman in sinen swarten velle« (Stoett). Ook Luther vertaalt *Ethiopiër* met *Moor*. Dat daarentegen geleerde humanisten als Erasmus *Ethiopiër* gewoon lieten staan (Wander) spreekt haast vanzelf.[17]

b. De 'Moor'

Een verhaal van Gregorius de Grote doet vermoeden dat voor de Romeinen de *Moor* een soortgelijke betekenis had als de *Ethiopiër*. In boek IV,19 van de *Dialogen* vertelt hij het visioen van een kind in doodsnood. »Zijn vader hield het kind op zijn schoot – ik spreek naar getuigen, mensen die erbij waren – toen dit kind met verschrikte ogen boze geesten naar zich toe zag komen. Het schreeuwde: 'Vader, houd ze tegen!' Schreeuwend wendde het zich naar zijn vader, om zich voor de geesten te verbergen. De vader vroeg aan het bevende kind wat het zag. En het antwoordde: 'Daar zijn de Moren ('Mauri') die me willen meenemen.« Het is uitgesloten dat een kind dat verzint. De associatie duivel/*Moor* moet vertrouwd zijn geweest. Mogelijk werd met de duivel/*Moor* als boeman gedreigd.

De demonisering van de moslim is vergelijkbaar met die van heksen, ketters en joden. Met succes kon deze demonisering ook worden toegepast op zijn uiterlijk, omdat hij ver weg was en voor de massa's van West-Europa onzichtbaar. Uit het voorgaande blijkt dat de clichés al klaar lagen, voordat de christelijke wereld en de islam in een strijd van eeuwen verwikkeld raakten. Bij een vijand hoort een vijandbeeld. Nog in onze tijd kon een vijand als *grote of kleine Satan* bestempeld worden en een vijandig land als *het rijk van het kwaad*. De propaganda heeft behoefte aan beelden en het maakt weinig uit of beeld en werkelijkheid elkaar dekken. De clichés zijn zelfs effectiever naarmate ze minder realistisch zijn. Zo kon de *Moor* of *Saraceen* (een oude benaming voor Arabier) zelfs als heiden en afgodendienaar beschouwd worden en Mohammed als een soort antikrist. In de Franse ridderliteratuur werd Agolaffre, aanvoerder van de Saracenen, als zwart en mismaakt voorgesteld. »Toen het christendom de tegenaanval lanceerde, werden de moslims in de volksverhalen als monsters afgeschilderd met twee paar hoorns en werden ze duivels genoemd, zonder recht op leven« (Cohn). Het kon zelfs gebeuren dat vijanden die niets met elkaar te maken hadden, met elkaar verward werden. In de kloosterkroniek van Sankt Gallen merkt de schrijver op dat binnenvallende Magyaren niet met Saracenen verward dienden te worden. In de vijftiende eeuw werden ook zigeuners voor Saracenen versleten of Egyptenaren/*Gypsies*.

Het zou echter te simpel zijn dit volkse cliché voor het enige beeld te houden. »In werkelijkheid maakte het christelijke Europa zich niet, zoals gewoonlijk wordt aangenomen, één enkel beeld van deze vijandige wereld waarop het stootte, maar meerdere« (Rodinson). »Haat, vrees, bewondering en fascinatie voor het onbekende bezielden de christelijke wereld in de middeleeuwen tegelijkertijd« (Grunebaum). Ook de middeleeuwer en zeker de ontwikkelde middeleeuwer kende het verschil tussen etnische en mythische Moor zeer goed. In de kronieken van de kruistochten werd Saladin als een edele ridder voorgesteld. Op cultureel gebied waren de Arabieren de gevende partij. Gretig werd door het

Westen Arabische kennis op het gebied van filosofie, botanie, geografie, wiskunde, medicijnen enzovoort overgenomen. En wat de *Moor* betreft, het geval van de heilige Mauritius laat zien dat zwart niet per se diabolisch was. Volgens de legende was er in het Romeinse leger een zogenaamd *Thebaans legioen*, een legerafdeling uit Egypte, die in zijn geheel christen was geworden. Omdat deze legionairs weigerden aan de goden te offeren, stierven ze de marteldood (ca. 287). Hun cultus verspreidde zich in Zwitserland (Saint Maurice, Sankt Moritz) en langs de Rijn. Met name bekend zijn Victor van Xanten en Mauritius. De laatste werd als Moor uitgebeeld en vereerd als rijkspatroon. Men denke verder aan de Morenkoning onder de Drie Koningen. Een positief en een negatief Morenbeeld verdroegen elkaar kennelijk uitstekend.

Voor ons onderwerp is vooral de *Moor* in toneel en maskerade interessant. Het verschil met *toneel-* en *straatduivel* is soms zo gering, dat ze niet altijd van elkaar te onderscheiden zijn. In het spel van Herodes deden duivels dienst, maar aangezien het zich in de *Oriënt* afspeelde, konden het ook *Saracenen* zijn, die net als de *straatduivels* stad en land onveilig maakten. In het *Pseudo-Turpijn* of *Historia Karoli Magni* (ca. 1150) heet het van de *Saracenen*: »Ze hebben bebaarde en gehoornde maskers, net als duivels.« In het eerder vermelde voorval van Karel VI die deelnam aan een *charivari* met noodlottige afloop, openden hij en zijn makkers het bal met een *sarassine endiablée*, een »duivelse, Saraceense dans«. In de *comptes du Roi René* wordt deze dans *morisque* genoemd en met de *Ethiopiërs* in verband gebracht: »*item illis qui choreant more Ethiopum, cive la morisque*/evenzo degenen die op de manier van de Ethiopiërs dansen, welke dans 'Morisque' wordt genoemd«. De klerk die dit schreef, wist dus nog wat met *Ethiopiërs* werd bedoeld.

Als er in de vijftiende eeuw een betekenisverschuiving optreedt in het *Moren*beeld is dat niet van negatief naar positief, maar van demonisch naar exotisch. In de laat-middeleeuwse feestcultuur zijn de *Moor* en de *Moorse dans* niet weg te denken. Aan de vorstenhoven was de *Morisca* zeer populair en *Moren* traden op in vorstelijke entrees en parades. In 1377 organiseerde de stad Londen een gemaskerde optocht met *Moren* voor Richard II. Vlaamse rederijkers combineerden *morisca's* met kluchten en boden ook de Bourgondische hertogen hun diensten aan (1420). Neurenbergse patriciërszonen kregen in 1487 toestemming van de raad, met vastenavond een groep *Moren* uit te beelden, duidelijk onderscheiden van duivels. Want al mag de *Moor* heel goed passen in het theologisch concept van vastenavond als antifeest, er is duidelijk ook het plezier in exotische verkleedpartijen. In dit opzicht is de *Moor* vergelijkbaar met de *Turk*, de extravagant uitgedoste *Oriëntaal*, naar de mode van die tijd. Uit het voorgaande mag duidelijk zijn dat de *Moor* even gemakkelijk met de duivel geïdentificeerd als ervan onderscheiden werd.[18]

Deel III
Het christendom en de doden

A. *Christelijke 'dodencultus'*

10. Van vereerde doden tot 'arme zielen'

In deel II werd geschetst hoe de Kerk de voorstelling van cultisch vereerde doden afwees door ze te demoniseren. Deel III is bedoeld als tegenhanger hiervan. Wat stelde de Kerk hiervoor in de plaats en hoe werkte de oude mentaliteit nog geruime tijd door in de nieuwe, christelijke vormen?

1. INLEIDING

Voorouderverering was gebaseerd op twee principes: eerbied voor de doden en solidariteit tussen levenden en doden. De voorouders waren de morele standaard voor de levenden. De eerbied kwam tot uitdrukking in respect voor de *Vaderen* en hun erfgoed, de overgeleverde normen en zeden. Eerbied ook voor de rechten van de doden. In de heidense tijd werd hieraan vorm gegeven in offers, in het aandeel dat met de dode meeging in het graf, in het correct uitvoeren van de dodenrituelen, in het in ere houden van hun herinnering en in het periodiek communiceren met de doden tijdens de feesten van levens- en jaarcyclus. Solidariteit betekent wederkerigheid. Wanneer de doden hun aandeel hadden gehad, werd van hen verwacht dat zij hun zegen schonken en garant stonden voor het welzijn van de gemeenschap.

Het christendom bracht verandering in de vormen maar niet in de grondhouding. Een intense bemoeienis met het lot van de overledenen was kenmerkend voor de middeleeuwen. De solidariteit bleef. Opvallend is dat, ondanks de afwijzing van de voorchristelijke dodencultus, de Kerk weinig dogmatische uitspraken heeft gedaan over de dood en de doden. Het was meer een kwestie van kerkelijke praktijk dan van kerkelijke leer. Deze praktijk heeft zich door de eeuwen ontwikkeld. Daardoor kon het gebeuren dat een voorchristelijke praktijk meer op de christelijke praktijk inwerkte dan de bedoeling was. En er waren verschillen naar plaats en tijd. De oosterse Kerk was minder streng in haar houding tegenover de 'oude' gebruiken dan de westerse (hoofdstuk 12). Toen in de zevende/achtste eeuw Friezen en Saksen werden gekerstend, kregen ze te maken met een streng afwijzend standpunt ten aanzien van dodencultus. Men herinnert zich de uitspraken van bisschop Hincmar in de negende eeuw. Al te gemakkelijk wordt aangenomen dat de Kerk vanaf het begin dit standpunt heeft ingenomen, en te weinig wordt beseft dat de kerstening in deze streken het werk was van monniken die in strenge ascese waren opgeleid en weinig bereid waren tot compromissen. Van Willibrord en Bonifatius is bekend dat ze radicaal waren in hun afwijzing van heidense en bijgelovige praktijken. Verderop zal blijken dat het in de vroege Kerk heel wat gemoedelijker toeging.

Zoals gezegd, solidariteit met de doden was een opvallend kenmerk van de middeleeuwse cultuur. Hieraan kwam een dramatisch einde met de Hervorming. Voor het begrip *vagevuur* was geen plaats meer en volgens de nieuwe leer konden de levenden niets wezenlijks meer doen voor de doden. Er bleven, afgezien van piëteitvolle herinnering, weinig mogelijkheden over om uitdrukking te geven aan de solidariteit met de doden. Dit bracht een ingrijpende mentaliteitsverandering met zich mee. Als men, cru gezegd, geen boodschap meer had aan de doden, dan gold dat ook voor de voorouderlijke zeden en had de traditie haar dwingend karakter verloren. Door een vertragingseffect kon de traditie echter nog enkele eeuwen doorwerken bij het ongeletterde volk, zoals Burke heeft laten zien. Maar met de komst van de industriële revolutie en het verplicht onderwijs voor allen was het met de oude volkscultuur echt gedaan. Door de zorg voor stervenden en doden uit te besteden aan specialisten werd de vervreemding een feit.

2. Voorchristelijke praktijk

Dodenverering had allereerst betrekking op de overleden familieleden. De eerste plicht van de nabestaanden was het welzijn van de dode ritueel te garanderen, de overgang naar de andere wereld te vergemakkelijken, ervoor te zorgen dat de dode vrede had met zijn nieuwe bestaan, rust vond. De houding ten opzichte van de doden was ambivalent; enerzijds verdriet dat in rouw werd geritualiseerd, anderzijds huivering, angst dat de dode te kort was gedaan en als ontevreden, rusteloze dode terugkwam en de levenden bleef lastig vallen. Kurt Ranke heeft aangetoond dat het dodenritueel, bestaande uit dodenmaal, dodenklacht, dodenwake, dodenzang en -dans en grafgiften, een Indo-europese traditie was waarin de rechten en plichten tot uitdrukking kwamen. Dit betekent dat de zorg voor de dode niet alleen een ritueel maar ook een juridisch karakter had. De individuele rituelen waren bij de verschillende Indo-europese volken gebonden aan termijnen: óf de derde, zevende, dertigste dag, óf de derde, negende, veertigste dag na de dood en de verjaardag of sterfdag van de dode.

Zover de herinnering van de levenden reikte, was er sprake van verering van de afzonderlijke doden. Deze verering omvatte drie generaties. Pas daarna voegden ze zich bij het volk van de anonieme doden en kregen ze deel aan de vooroudercultus in strikte zin. Bij alle belangrijke gebeurtenissen werden de doden betrokken. Het is lang gebruik gebleven dat bij een bruiloft een bezoek werd gebracht aan de graven. Hoogtepunt was het *nieuwjaarsfeest* of hoe het ook heten mag, waarbij de voorouders geacht werden aanwezig te zijn. Met ritueel drinken, zang en dans werd de band vernieuwd en werd hun zegen afgesmeekt voor het komende seizoen. Het welzijn van de levenden was hiervan afhankelijk. Sommige gebruiken bleven verbonden met Kerstmis en werden later overgedragen op Allerzielen (2 november). Van de individuele dodenrituelen bleven het dodenmaal en de dodenwake en de genoemde termijndagen nog eeuwenlang in gebruik.[1]

3. VROEG-CHRISTELIJKE PRAKTIJK

Een terugblik op de christelijke praktijk in de Romeinse samenleving van de tweede tot de vierde eeuw is zinvol, omdat de praktijk van de Kerk van Rome maatgevend zou worden voor de pasbekeerde volken van het Westen. De Romeinen stonden bekend om hun familiezin. Het begrip *piëteit*, dat wij nog rechtstreeks met de doden associëren, was diep verankerd in het Romeinse denken. *Piëtas* was de gronddeugd die het familieleven beheerste en de verhoudingen tussen de familieleden, zowel levenden als overledenen, regelde. *Piëtas* omvatte plichtsgevoel en liefde, trouw, eerbied en aanhankelijkheid, vroomheid, gerechtigheid en medelijden. Het was de Romeinse burgerdeugd bij uitstek en de mythische stamvader Aeneas werd dan ook de verpersoonlijking van al deze eigenschappen, kortweg *pius Aeneas*. Ten aanzien van de doden betekende piëteit onder andere dat men op de derde, zevende, dertigste dag na het overlijden en op de verjaardag naar het graf kwam om met en voor de dode te eten en te drinken. Een lege zetel, de *cathedra*, symboliseerde de *aanwezigheid* van de dode. Op de grafsteen of *mensa/tafel* werd brij en vis of vlees voor de dode neergezet en via openingen werden plengoffers gebracht. Deze liefdedienst heette *refrigerium/verkwikking van de doden*. Op 22 februari, de laatste dag van de *parentalia*, een collectief dodenfeest, werden alle doden op dezelfde wijze herdacht.

De Romeinse christenen deden het niet anders. Wel ademden hun begrafenis en dodenmaal een andere sfeer en stonden ze in het teken van de verrijzenis. De dodenspijs en -drank werden mettertijd het aandeel van de armen, die een steeds belangrijker rol in de *economie* van de levenden en doden gingen spelen. De grafkamers van zowel heidenen als christenen waren vrolijk beschilderd, om de dode een plezier te doen en om een aangename ruimte te scheppen voor de dodenmalen, die het karakter van een familiefeest hadden. Al in een vroeg stadium werd onderscheid gemaakt tussen modale en prominente doden. »De stoffelijke resten [van martelaren] werden spoedig voorwerp van bijzondere verering, die gebaseerd was op het besef dat de goddelijke macht die zich in hen had gemanifesteerd tijdens hun leven, aanwezig zou blijven in hun lichaam of wat ervan restte.« De martelarencultus is het begin van de heiligenverering. Na de kerkvervolging kwamen daar andere heiligen bij: heilige bisschoppen en zij die in afzondering een streng, ascetisch leven hadden geleid.[2]

De min of meer ingetogen praktijk uit de eerste eeuwen veranderde drastisch toen in de vierde eeuw het christendom staatsgodsdienst werd en de grote massa's, en daarmee allerlei heidense gebruiken, de Kerk binnenstroomden. De heiligenverering werd geregisseerd door keizer en bisschoppen met de pracht en praal die voorheen bij heidense feesten werd ontplooid. Dat dit ook niet bedoelde neveneffecten teweegbracht, is niet verwonderlijk. Het volk reageerde enthousiast en wel op de manier die het gewend was. Keizer Constantijn liet monumentale basilieken bouwen boven het heilige graf in Jeruzalem en boven de graven van Petrus en Paulus en andere heiligen. De kerkhofbasilica verving het *heroön*, het mausoleum van de goddelijke held, en had de allure van een keizerlijk paleis, residentie van de heilige.

Het feest van *Petrus' Stoel* in Rome is er een voorbeeld van hoe een christelijk feest aanleiding kon geven tot misverstanden. Zowel de naam van het feest, *Cathedra*, als de datum, 22 februari, werkten dit in de hand. De *cathedra* was de zetel van de bisschop, symbool van zijn leerambt. De bisschop van Rome voerde zijn gezag terug op Petrus, en de *Stoel van Petrus* was hiervan het zichtbare teken. Maar *cathedra* was ook de lege zetel waarop de dode tijdens het dodenmaal geacht werd plaats te nemen. Het feest van Petrus' Stoel op 22 februari, de datum van het oude dodenfeest, onder andere bedoeld om dit heidense feest te doen vergeten, had een omgekeerd effect. De heilige hield op die dag open huis en de enthousiaste gelovigen stroomden toe voor de nachtelijke liturgie. Maar bij 22 februari hoorden ook spijs en drank, en zo liep het allemaal wat uit de hand.

Paulinus van Nola († 431) tilde er niet zo zwaar aan toen hij naar aanleiding van een soortgelijk feest in Nola, ter ere van de heilige Felix, schreef: »Het simpele volk raakt uit vroomheid van streek en gelooft dat de heiligen zich vast verheugen in 't graf als er geurige wijn overheen loopt.« Andere bisschoppen hadden er meer moeite mee dat op feestdagen de basiliek meer weg had van een kroeg. Als Augustinus († 430) schrijft: »Wat wij leren is één ding, wat we toestaan een ander, en wat we niet kunnen beletten nog een ander ding«, heeft hij dit soort toestanden op het oog. In zijn eigen bisschopsstad Hippo (Algerije) ging het er volgens F. van der Meer nog ruiger aan toe dan elders, en in Carthago had een bisschoppelijk verbod op muziek en dans in de kerk een rel tot gevolg. In zijn correspondentie met bisschop Aurelius van Carthago schrijft Augustinus hoe hij al zijn retorisch talent heeft moeten aanwenden om de orde in zijn eigen kerk enigszins te herstellen.

De enscenering van de heiligencultus, de vermenging met elementen uit de doden- en heroscultus – de verering van vergoddelijkte helden –, heeft de mening doen ontstaan dat de heiligenverering uit de heldencultus zou zijn voortgekomen en dat de heiligen de opvolgers zouden zijn van de mythische voorouders. De tegenovergestelde mening gaat uit van de martelarenverering als de oorsprong. De brief van de kerk van Smyrna aan een andere kerk in Klein-Azië bevat het oudste verslag van een marteldood, die van de heilige Polycarpus († 156), bisschop van Smyrna. »[...] hier vinden we de opvatting beklemtoond dat martelaarschap een navolging van Christus is. Dit document is verder de vroegste aanwijzing voor de martelarenverering: 'Daarna namen we zijn stoffelijke resten, kostbaarder dan edelstenen en voortreffelijker dan goud, en begroeven ze op een passende plaats. Daar zal de Heer ons toestaan, zover als dat mogelijk is, bijeen te komen in uitbundige vreugde en zijn marteldood, de dag van zijn geboorte, te vieren'« (Quasten). Deze brief laat geen twijfel bestaan over de christelijke oorsprong van de heiligenverering, ook al gaf de latere enscenering soms aanleiding tot misverstand. Een aardige anekdote, enige eeuwen later, laat zien hoe een niet-christen tegen heiligenverering aankeek en deze als een soort dodencultus opvatte. Bij het beleg van Parijs door de Noormannen in 885 werd de bevrijding van de stad toegeschreven aan de stadspatronen, Sint-Germain en Sint-Genoveva, wier relieken waren rondgedragen. Een van de Vikingaanvoerders berichtte aan zijn koning dat bij de Franken de doden machtiger waren dan de levenden.

Was dus het feest van de patroonheilige een uitbundige aangelegenheid, bij de graven van de eigen doden ging het er eveneens vrolijk aan toe. Dit werd nog in de hand gewerkt door een nieuwe ontwikkeling. Terwijl voor de heidense Romeinen de begraafplaats met onreinheid werd geassocieerd en duidelijk van het domein van de levenden gescheiden was, haalde het christendom de doden binnen de muren. »Graf en altaar werden verbonden« (Brown) en iedereen wilde zo dicht mogelijk bij de heilige worden begraven. Het gebruik van picknicks op de graven werd pas geleidelijk afgeschaft. Lokale en regionale verschillen hadden te maken met de meer of minder grote tolerantie van individuele bisschoppen. Augustinus vertelt hoe zijn moeder Monica in Milaan de kerk wilde binnengaan met een mandje vol brij, brood en wijn, en dat haar de toegang werd geweigerd omdat het door bisschop Ambrosius († 397) verboden was. Augustinus was ten opzichte van deze privé-gebruiken wat soepeler, als men maar zorgde dat de gaven niet als dodenoffer werden begrepen en men de armen liet meeprofiteren. Het verbod zet zich maar langzaam door. Het tweede concilie van Tours (567) berispt degenen »die op het feest van Petrus' Stoel na de mis spijzen aten die zij eerst op de graven van de doden hadden neergezet; alleen ze deden het stilletjes thuis« (Van der Meer). Nog eeuwenlang zijn er sporen van het dodenmaal zichtbaar, zoals verderop zal blijken. De tendens was in ieder geval duidelijk: de westerse Kerk was niet gecharmeerd van een al te materiële dodencultus. In de orthodoxe Kerk was dat anders. Bij Grieken en Slaven is het hier en daar nog gebruik op bepaalde feesten de doden te herdenken door eten en drinken naar de graven te brengen.[3]

4. De 'arme zielen'

Was in de voorchristelijke dodencultus sprake van vereerde doden, voor de Kerk was dit onaanvaardbaar. Voor haar zijn de doden hulpbehoevende wezens die door de gebeden van de levenden kunnen worden geholpen. Twee concepten lagen hieraan ten grondslag: dat van de verlossing en dat van de gemeenschap van de heiligen. Wie in staat van grote zonde was gestorven, was voor eeuwig verloren. Wie in Christus was gestorven, werd gered, maar van de meeste gestorvenen werd aangenomen dat ze niet zo volmaakt waren dat ze na hun dood niet nog iets goed hadden te maken. De uitstaande schuld moest alsnog worden uitgeboet. Dat was de toestand van loutering na de dood. De doden die nog loutering moesten ondergaan, werden *arme zielen* genoemd. De gemeenschap van de heiligen omvatte de levende gelovigen, de *arme zielen* en de heiligen. Aangenomen werd dat levenden en heiligen de *arme zielen* door gebed en voorspraak konden bijstaan om zo de toestand van loutering te bekorten. De leer van de loutering was niet van meet af aan duidelijk geformuleerd. Wat zeggen de kerkvaders, gezaghebbende christelijke auteurs in de vroege Kerk, hierover?

a. De dood als slaap en als reis

De christenen in de eerste eeuwen leefden in de verwachting van het einde der tijden, het laatste oordeel. Doodgaan betekende ontslapen in de Heer, tot hij wederkomt. De opschriften van de graven in de catacomben, onderaardse begraafplaatsen, geven uitdrukking aan deze hoop: »Gaudentia moge in vrede worden ontvangen«; »Endelechia, uw ziel ruste in vrede«; »Augurinus ruste in de Heer«; »Antonia, moge God in vrede uw geest verkwikken«. In een van de gebeden van de dodenliturgie is deze bede om *verkwikking/refrigerium* en vrede bewaard gebleven.

Dezelfde gedachte vindt men terug bij de kerkvaders: »Niemand moet treuren en weeklagen en het heilswerk van Christus in diskrediet brengen. Hij heeft toch de dood overwonnen. De dood is toch tot slaap geworden!« (Basilius). »Dan volgt de vreugde over het besef dat ze deel zullen hebben aan de rust van de eeuwige glorie« (Ambrosius). *Requiem aeternam*, de bede om eeuwige rust, is de rode draad in de Romeinse dodenliturgie; archaïsche woorden van een klassieke liturgie die de angst voor de *dag der wraak/dies irae* overstemmen.

Een ander beeld dat bij de kerkvaders steeds terugkeert, is dat van de reis van de ziel: »Wij willen het vertrek van onze geliefden niet betreuren en ook zelf, als de dag van onze oproep gekomen is, haastig en met vreugde naar de Heer gaan, die ons roept« (Cyprianus); »Hij verlangt van ons een moeizame reis, maar leidt ons ook naar de rust« (Leo de Grote); »Wij vergeten de verjaardag van onze dierbare overledenen en vieren de dag waarop zij 'naar huis zijn gegaan'« (Ambrosius). Gregorius de Grote plaatst deze reis in het kader van de heilsgeschiedenis. Door de zonde is Adam uit het paradijs verdreven. Hij en zijn nakomelingen leven in ballingschap. Door Christus is er een weg terug naar het *hemelse vaderland*. Het aardse leven is als een reis in ballingschap, een pelgrimstocht. De reis van de ziel na de dood wordt gezien als de laatste en gevaarlijkste etappe op weg *naar huis*. In de doodsvisoenen (Gregorius: *Dialogen*) wordt verteld hoe de ziel na de scheiding van het lichaam door duivels wordt aangevallen, in een laatste poging haar van haar bestemming af te houden. Michaël en de engelen komen de ziel te hulp en zo ontstaat een gevecht tussen goede en kwade geesten. De dodenliturgie heeft de herinnering hieraan vastgehouden in het gezang *In paradisum*: »mogen de engelen u geleiden naar het paradijs«. Op plastische wijze vindt dit thema van de reis gestalte in de communie aan de stervende. *Viaticum/ teerspijze* is de benaming hiervan en het moet dienen als proviand voor onderweg. Zelfs is het enige tijd gebruik geweest de geconsacreerde hostie te geven aan iemand die al overleden was. Dit gebruik is herhaaldelijk verboden. De communie werd daardoor verlaagd tot een magisch middel. Het is een herinnering aan de dodenpenning die in de Oudheid de doden in de mond werd gelegd als veergeld, om de dodenrivier te kunnen oversteken.[4]

b. Vagevuur

De bedoeling van wat volgt, is geen pleidooi voor het vagevuur. Voor een goed begrip: de vraag waar het om gaat, is niet of het vagevuur bestaat, maar wel hoe de middeleeuwer dit beleefde. Hoe hij zijn hoop, angst en verwachting projecteerde op het hiernamaals; wat hemel, hel en vagevuur betekenden voor priester en leek, volk en elite. En vooral, hoe zij in dit wereldbeeld hun solidariteit met de doden tot uitdrukking brachten. Een wat uitvoeriger behandeling is noodzakelijk, omdat het geruchtmakende boek van de Franse historicus Jacques Le Goff, *De geboorte van het vagevuur*, meer verwarring heeft veroorzaakt dan opheldering verschaft.

b.1. De 'loutering' bij de kerkvaders

Terwijl de voorstelling van de dood als slaap in de eerste eeuwen van het christendom vrij algemeen was, waren er al vroeg andere opvattingen. Tertullianus († ca. 220) stelt de vraag: »Zullen we slapen? [...] [nee] slaap is alleen een zaak van het lichaam.« Anders gezegd: zielen slapen niet. »Zijn alle zielen in de onderwereld (Hades)? Of je het wilt of niet, ja, alle zielen behalve de martelaren, en er zijn daar ook straffen en verkwikkingen.« Een tijdgenoot, Clemens van

Alexandrië († ca. 215) spreekt over een *reinigend vuur*. Epiphanius († 403) neemt het standpunt in dat gebeden voor de overledenen geen zin hebben voor ketters. Van Cyrillus van Jeruzalem († 386) is de uitspraak dat de zielen voor wie tijdens de eucharistie wordt gebeden, daarvan groot nut ondervinden. Ambrosius († 397) heeft het over »verschillende verblijfplaatsen« voor de zielen. Naar gelang ze hebben geleefd, is hun toestand verschillend. Augustinus († 430) onderscheidt vier soorten zielen: de »zeer goede en de zeer slechte«, bestemd respectievelijk voor hemel en hel, en de »niet zeer goede en slechte«. Voorts leert hij de *tussentoestand* tussen dood en verrijzenis. Sprekend over de hulp van de levenden zegt hij »dat veel zielen niet zo goed zijn dat ze deze hulp kunnen missen en niet zo slecht dat het hun niet zou baten«. Augustinus, afkerig van al te volkse godsdienstigheid, wil niet speculeren over het hoe en het waar: »dat gaat ons niet aan«. Caesarius van Arles († 542) spreekt van een »bijzonder gericht«, onmiddellijk na de dood en de daaropvolgende loutering. Gregorius de Grote († 604) ten slotte leert dat alle schuld, ook als die vergeven is, alsnog moet worden uitgeboet. Van de terughoudendheid van Augustinus is bij hem geen sprake meer. Zijn *Dialogen* bevat een groot aantal doodsvisioenen, een genre verhalen dat school zou maken in de daaropvolgende eeuwen. In deze visioenen schildert hij in bonte beelden de lotgevallen van de ziel na de dood (zie 13.1).

Fundamenteel in dit systeem is de hulp van de levenden, de zogenaamde *voorspraak/suffragium*. De materiële *verkwikking/refrigerium*, in de vorm van het dodenmaal, wordt vergeestelijkt. Door vasten en gebeden, aalmoezen en missen kan de tijd van de loutering of reiniging bekort worden. Volgens de leer van de gemeenschap van de heiligen konden de *arme zielen* effectief worden geholpen door de voorspraak van engelen en heiligen en door gebeden en goede werken van de levenden. Deze praktijk is aanzienlijk ouder dan de dogmatische formulering van het *vagevuur/purgatorium* in de dertiende eeuw. De zaak is ouder dan het woord. Met paus Gregorius (eind 6de eeuw) was het denken hierover voorlopig afgesloten. Wat daarna kwam, was stoffering, schildering van de verschrikkingen van het *louterend vuur*. Vaak is niet duidelijk of in een beschrijving sprake is van hel of *vagevuur*. Pas als blijkt dat de kwellingen tijdelijk zijn, weet de lezer dat het laatste wordt bedoeld, een soort hel op termijn.[5]

b.2. Jacques Le Goff, *De geboorte van het vagevuur*

In 1981 publiceerde Le Goff zijn *Geboorte van het vagevuur*. Zijn stelling is dat het systeem eigenlijk pas in de twaalfde eeuw tot volle ontplooiing is gekomen. Hij gaat daarmee in tegen een vrijwel unanieme consensus, ook van niet-katholieke theologen die het systeem zelf afwijzen, dat de katholieke Kerk vanaf de vijfde/zesde eeuw is uitgegaan van het bestaan van de loutering en van de effectieve hulp van de levenden. Zijn argument is dat pas in de twaalfde eeuw het besef is ontstaan van een derde, vaste, plaats tussen hel en hemel, anders gezegd: dat een driedeling de oude tweedeling van hel en hemel verving. Toen pas kon het systeem een naam krijgen: *purgatorium/vagevuur*. Natuurlijk kent Le Goff de traditionele opvatting en in zijn rijk gedocumenteerde boek – zelden is zoveel materiaal over het onderwerp bijeengebracht – draagt hij de feiten aan die tot de *geboorte* in de twaalfde eeuw hebben geleid. Maar deze feiten worden zo gepresenteerd dat alles wat aan de twaalfde eeuw voorafging, niet meer zou zijn dan een voorafschaduwing, een soort prehistorie van het 'echte' vagevuur.

Oppervlakkig bezien lijkt het te gaan om een woordenspel, om het verschil tussen een bijvoeglijk (*purgatorius*) en een zelfstandig naamwoord (*purgatorium*). Terwijl *purgatorius/reinigend, louterend* al sinds de kerkvaders gangbaar is, is *purgatorium/louteringsplaats* in de twaalfde eeuw gevormd. Deze nieuwe term vond echter geen ingang in het Nederlands en het Duits. Als voorheen gebruikte men de term *ignis purgatorius/reinigend vuur* of *vagevuur*. Maar er is meer aan de hand. Le Goff doet het voorkomen alsof de grote economische, sociale en culturele veranderingen in de twaalfde eeuw en de daarmee gepaard gaande verandering van mentaliteit, bij uitstek tot uiting komen in een nieuw denken over het hiernamaals. Hij spreekt van »revolutionaire ontwikkeling« (p. 213) en »diepgaande verandering« (p. 307). Daarmee doet hij een toen al eeuwenoude traditie te kort.

Driemaal heeft de Kerk een officiële uitspraak gedaan, als reactie op bewegingen die het vagevuur in twijfel trokken of ontkenden, en wel op de concilies van Lyon (1274), Florence (1438) en Trente (1563). In de geest van Augustinus gebeurde dit in sobere bewoordingen, waarin niet gerept wordt over het waar en het hoe. De uitspraak van Lyon is ongeveer een eeuw na de veronderstelde *geboorte van het vagevuur* van Le Goff. In de formule van 1274 is geen sprake van een plaats noch van vuur, zelfs het sleutelwoord *purgatorium* ontbreekt. Le Goff zegt dat het om een minimumformule gaat, om een compromis met de Griekse Kerk te bereiken, en dat hij geen reden heeft om zijn standpunt te wijzigen (p. 384). Dogmatische formuleringen gebruiken echter geen woord meer dan nodig is. Als bepaalde woorden daarin worden weggelaten, betekent dat dat ze desnoods gemist kunnen worden en zeker niet essentieel zijn. In feite formuleert het concilie van Lyon wat sinds Gregorius onder *loutering* werd verstaan: er is een *tussentijd* tussen de dood en het laatste oordeel; de ziel ondergaat een loutering van schuld die weliswaar vergeven maar nog niet uitgeboet is. Deze loutering is een pijnlijk proces en kan worden bekort door de hulp van de levenden: gebed, vasten, mis en aalmoes. De boete wordt als het ware afgekocht. Het is dit afkoopprincipe, bekend als *aflaat*, dat in de late middeleeuwen zoveel ergernis veroorzaakte. Voor de hervormers was het een aanleiding om het vagevuur in zijn geheel af te wijzen.

b.3. Betekenis van het debat

Men zou het bovenstaande voor een theoretische discussie kunnen houden, ware het niet dat, als Le Goff gelijk zou hebben met zijn stelling, een van de belangrijkste ontwikkelingen in de vroege middeleeuwen onbegrijpelijk zou worden: de gewoonte namelijk van de adel om kloosters te stichten of rijke schenkingen aan kloosters te doen en zo hun zielerust veilig te stellen. Vooruitlopend op de uitwerking in de hoofdstukken 11 en 13 volgt hier beknopt hoe de christelijke zorg voor de doden zich in het Westen, met name in het Frankische rijk, heeft ontwikkeld.

De *Dialogen* van Gregorius de Grote († 604) was een van de meest gelezen boeken in de vroeg-middeleeuwse kloosters, in populariteit vergelijkbaar met *De navolging van Christus* in de late middeleeuwen. Het werk bestaat uit vier 'boeken'. Boek II bevat het *leven* van Benedictus, de vader van het westerse kloosterwezen. Boek IV gaat over het hiernamaals en bevat talrijke doodsvisioenen. Het succes vooral van boek IV valt op te maken uit een toenemend aantal doodsvisioenen in de trant van Gregorius (8ste tot 12de eeuw). Van Wetti, een monnik in het klooster Reichenau, wordt verteld dat bij zijn sterven werd voorgelezen uit dit boek IV. Vanaf de zevende eeuw valt in de Frankische kloosters een drukke activiteit waar te nemen met betrekking tot de doden. In de zogenaamde *gebedsverbroederingen* verplichtten kloosters zich onderling, elkaars doden in hun gebeden te gedenken en missen voor hun zielerust op te dragen. De grote aantallen missen waartoe men zich had verplicht, leidden tot de *stille missen*. Dit bracht weer met zich mee dat er naast het hoofdaltaar behoefte ontstond aan *zijaltaren*, ondergebracht in zijkapellen. Zo bevorderde de zorg voor de doden de klericalisering van de monniken. De zorg voor de zielen werd een van de hoofdtaken van de kloosters (zie 11.1).

Vanaf het begin van de Frankische verovering van Gallië wordt melding gemaakt van kloosters die door Merovingers werden gesticht. Childebert I († 558), zoon van Clovis, stichtte Sint-Germain in Parijs, waar hij ook begraven werd (Prinz). De bemoeienis van Merovingers, Karolingers en van de hoge adel bij de stichting van kloosters is opvallend. De stichtingen ontvingen privileges en uitgestrekte landerijen. Welke bedoelingen de adel nog meer mocht hebben gehad, zeker is dat ze voor zichzelf en hun familieleden een bevoorrechte plek zochten om begraven te worden, in de nabijheid van een heilige, *ad Sanctos*. In dat geval had het klooster de functie van familiegraf van een vorstelijk of adellijk geslacht. In de tiende eeuw stichtte Dirk I de abdij van Egmond, waar hij en zijn vrouw werden begraven bij de relieken van de heilige Adelbert. Na 1203 nam de abdij van Rijnsburg de plaats in van die van Egmond als grafkerk voor de graven van Holland. In de Munsterkerk, voormalige kloosterkerk van cisterciënzer nonnen in Roermond, is te zien hoe de stichter van een klooster zich voorstelde ten eeuwigen dage te rusten, omringd door een biddende gemeenschap. Het betreft het praalgraf van graaf Gerard van Gelre († 1229) en zijn vrouw onder de vieringkoepel (11.2).

In het geval van al bestaande kloosters hadden schenkingen onder andere tot doel dat de gever en zijn familieleden zouden worden herdacht in de gebeden van de kloosterlingen, en dat op de sterfdag een mis voor hen zou worden opgedragen (Angenendt). Het lijkt niet overdreven te stellen dat de heiligencultus en de zorg voor eigen zaligheid kloosters en adel bijeen hebben gebracht. Zonder het geloof in de *loutering* zouden deze activiteiten en de enorme investeringen een groot deel van hun betekenis verliezen.

Met de opkomst van de steden in de twaalfde eeuw zijn we er beter over geïnformeerd hoe het gewone volk omging met zijn doden. Het herdenken van de doden werd geritualiseerd door gilden en broederschappen. Een groot aantal *exempels*, verhalend over doden, wijst erop dat het een dankbaar thema was om over te preken. Het aantal stichtingen voor jaarlijks te lezen missen was indrukwekkend. Een beroep op de piëteit voor de doden was een efficiënt middel om fondsen te werven. 'De grote kerken zijn voor een aanzienlijk deel uit gelden voor de doden bekostigd' (Oediger). Maar was dit echt nieuw? Le Goff spreekt van een »revolutionaire ontwikkeling in de twaalfde eeuw«. Het mag juist zijn dat in de steden nieuwe vormen ontstonden om uitdrukking te geven aan de piëteit voor de doden. En er was geld in de steden. Echt nieuw was dit niet.

Hoe het volk in de vroege middeleeuwen met de doden omging, is slecht gedocumenteerd. Het had zeker niet de financiële middelen om op spectaculaire wijze uiting te geven aan zijn piëteit. Als echter uit de grote investeringen voor de doden, gedaan door de adel in de vroege en door de stedelingen in de late middeleeuwen, mag worden geconcludeerd dat solidariteit met de doden een hoge emotionele waarde vertegenwoordigde, dan kan men er niet ver naast zitten als men dit ook laat gelden voor de boerenbevolking in de vroege middeleeuwen. In het midden latend in welke vormen de solidariteit werd geuit, kan men er toch veilig van uitgaan dat het sterk geritualiseerde vormen waren (ER XI,441v).[6]

c. *Allerzielen*

Van een collectief dodenfeest is in het Westen pas sprake na het jaar 1000. Maar voorlopig alleen in kloosterkringen. Het ligt geheel in de lijn van de bovengeschetste ontwikkeling. De Spaanse monnikenregel van Isidorus (7de eeuw) kende een collectieve herdenking op dinsdag na Pinksteren. In de abdij van Fulda (Duitsland, 8ste eeuw) werden de doden elke maand collectief herdacht. Over de invoering van *Allerzielen* op 2 november bestaat geen eenstemmigheid. Het zou teruggaan op een decreet van Odilo, abt van Cluny. Volgens anderen is dit een vrome legende en zou het feest zijn ingevoerd door bisschop Notker van Luik († 1008). Een feit is dat Cluny bekendstond om zijn activiteiten ten behoeve van de *arme zielen in het vagevuur*. Afgezien van de gebruikelijke gebeden en missen, werd er het *caritas-drinken* beoefend, een vrome dronk op de doden. »In alle drie de activiteiten speelden oude, voorchristelijke voorstellingen een rol« (Fichtenau). De *Legenda Aurea* geeft bij de behandeling van *Allerzielen* de volgende 'anekdote' van de abt van Cluny: »De heilige Odilo had vernomen hoe bij de berg Vulcanus op Sicilië vaak het tieren te horen was van duivels die schreeuwden dat hun de zielen van de overledenen uit handen werden gerukt door aalmoezen en gebeden.« Volgens dezelfde legende zou hij daarop het feest van Allerzielen hebben ingesteld.

Het volksgeloof verbond zijn eigen voorstellingen met de kerkelijke leer van het vagevuur. In de *Walewein* (ca. 1200) is de plaats van loutering een stroom van vuur waarin de ziel als een zwarte vogel onderduikt en er uitkomt »vele witre dan de snee«. Het beginsel dat het vagevuur een straf op termijn is, heeft de gedachte doen ontstaan dat de arme zielen *verlof* konden krijgen om tijdelijk het vagevuur te verlaten. Daaruit ontstond de voorstelling dat de doden op bepaalde dagen, met name met Kerstmis en op Allerzielen, bij de levenden op bezoek kwamen. Le Goff haalt een exempel aan van Jacques de Vitry († 1240), waarin degenen die tijdens hun leven de zondagsrust hebben geschonden, uitgesloten zijn van dit *verlof*. In dit verband wordt ook verwezen naar de joodse voorstelling van de *sabbatrust* voor de verdoemden. Van de hedendaagse dodensagen wordt ook een aantal in verband gebracht met de beide data, onder andere die van de *dodenmis* en van de *Wilde Jacht*.

In het volksgebruik werd aan het *bezoek van de zielen* concreet gestalte gegeven. In het huis of op de graven werden voedsel en drank klaargezet, die vervolgens aan de armen werd overgelaten. Een wijdverbreid gebruik was het bakken van broden of koeken voor de doden. In Vlaanderen gingen de kinderen langs de deuren om zielenbroodjes. Op Vlieland gingen vroeger kinderen, in het wit gekleed, met lampionnen rond. Het gebruik werd *pierepauwen* genoemd, naar een deuntje dat werd gezongen. In Engeland heette het gebruik *go a-souling* en de koeken werden *soul cakes* genoemd. Gasten werden uitgenodigd een koek te eten met de woorden: *A soul cake, a soul cake, have mercy on all Christians for a soul cake*. In Zuid-Italië waren de rollen omgedraaid en werd door de kinderen het nachtelijk bezoek van de *buoni morti/de goede doden* verwacht met hun geschenken.[7]

d. De armen en de doden

d.1. De armen als gevolmachtigden van de doden

Paulinus van Nola vertelt hoe de rijke Romeinse senator Pammachius bij de dood van zijn vrouw Paulina voor alle armen van Rome een feestmaal aanrichtte in een stampvolle Sint-Pieter. In zijn commentaar maakt Paulinus duidelijk wat de rol van de armen in de heilseconomie is. Hij noemt hen »de beschermheren van onze zielen«. Solidariteit met de armen stond voor solidariteit met de doden en omgekeerd. Dit was meer dan symboliek. Het één was zonder het ander niet denkbaar. Augustinus maakte geen bezwaar tegen het zetten van spijs en drank op de graven, onder voorwaarde dat het de armen ten goede kwam. Als de familie het zelf nuttigde, was het heidens, als armenhulp was het christelijk. Met andere woorden: alleen via de armen konden de doden ervan profiteren. Men zou dit het charisma van de armen kunnen noemen.

Voor een goed begrip van de betekenisverschuiving is het verschil in betekenis van de relatie familie/individu in de traditionele godsdiensten en het christendom van het grootste belang. In de traditionele godsdiensten is de familie, dat wil zeggen: alle verwanten, inclusief de voorouders, de belangrijkste eenheid. Het is een heilige instelling, een cultusgemeenschap. Het individu heeft alleen betekenis als behorend tot een familie. Identiteit betekent familie-identiteit. De zin van de familiecultus is het welzijn en de onderlinge samenhang van haar leden te bevorderen. In dit concept spelen de voorouders een eminente rol als oorsprong en garantie van de familie. In alle belangrijke aangelegenheden van het leven moeten de voorouders betrokken, geëerd en aangeroepen worden. Dodenmaal is communiceren met de doden, het is een sacrale handeling, zoals het rituele drinken. Door het dodenmaal wordt de band met de doden, de laatste schakel in de keten van de voorouders, tot stand gebracht. Heil betekent in dit concept familieheil.

Het christendom beoogt het heil van de persoon, in zijn ogen is de familie secundair. Als verlossingsgodsdienst gaat het uit van de behoefte aan verlossing van iedere mens afzonderlijk. De behoefde aan verlossing is gebaseerd op de zondigheid van de mens. Verlossing is »vrijmaking uit de macht van zonde en dood« (van Dale). Verlossing is met de dood niet afgesloten en duurt voort tot de mens zijn eindbestemming, de eeuwige zaligheid, heeft bereikt. Er kan geen sprake van zijn dat voorouders machtig zouden zijn, het heil zouden kunnen bewerken. Dit zou een ontkenning van het christendom zijn. Voorouderverering en dodenmaal hebben in het christendom geen enkele positieve zin, ze tasten de bestaansreden van het christendom zelf aan.

Is het dodenmaal voor het christendom heidens, voor de niet-christen en voor de pasbekeerde zou afschaffing ervan heiligschennend zijn. Het dilemma wordt opgelost door de betekenis van het dodenmaal te veranderen. Door voor de doden te bidden en de materiële gaven aan de armen te doen toekomen, is de angel eruit. »Door van het dodenmaal een aalmoes te maken« worden meerdere doelstellingen tegelijk gerealiseerd. Het heidens karakter wordt eraan ontnomen, er wordt christelijke liefdadigheid beoefend – dat wordt de gever als verdienste aangerekend – en de loutering van de dode wordt erdoor bekort. Alleen door het dodenmaal aan zijn heidense bestemming te onttrekken, kan de dode ervan profiteren.

Alleen door tussenkomst van de arme kan de dode worden geholpen. Alleen door de arme kan de levende verdienste verwerven. In die zin wordt de uitspraak van Paulinus van Nola duidelijk: »De armen zijn de beschermheren van onze zielen.« De arme is de plaatsvervanger, de gevolmachtigde van de doden, hij is een middelaar tussen levenden en doden.

Dat de armen inderdaad werden gezien als vertegenwoordigers op aarde van de doden, blijkt uit verschillende termen van de christelijke armenzorg. Zo werd het godshuis of gasthuis aangeduid als *refrigerium pauperum/verkwikking van de armen*. *Refrigerium* betekende achtereenvolgens: tussentoestand, dodenmaal, geestelijke hulp aan de overledenen en materiële hulp aan de armen. Het moeilijk te vertalen Duitse woord *Seelengerät* is een aanduiding voor stichtingen van jaarmissen (te lezen op de sterfdag), voor charitatieve instellingen en voor knekelhuizen. *Seelenleute* zijn armen en kinderen die op Allerzielen rondgaan om, namens de doden, hun aandeel in ontvangst te nemen. Dezelfde rol werd door de armen gespeeld bij begrafenissen. Het aandeel in broden of koeken werd aangeduid met *Seelenwecken*, *zielenbroden* of *soul cakes*. Spijs voor de doden wordt dus omgezet in een aalmoes, eten voor de armen.

Alvorens het betoog over de armen te vervolgen is het nodig een nuancering aan te brengen bij wat hierboven is gezegd over de relatie familie/individu. De zorg voor het eeuwig heil is in de christelijke visie ieders persoonlijke verantwoordelijkheid, daar valt niet aan te tornen, dat is de principiële kant. Toch was daarmee het voorchristelijke uitgesproken familiedenken niet verdwenen, evenmin als de solidariteit tussen levenden en doden. Hoe sterk dit familiedenken was, is nergens beter gedocumenteerd dan bij de adel in de vroege middeleeuwen, waar ook de zorg voor het eeuwig heil verliep langs lijnen van verwantschap, getuige de vele stichtingen van kloosters als laatste rustplaats voor de familie. Soortgelijke documentatie over het gewone volk ontbreekt, maar er is geen reden om aan te nemen dat daar het denken in termen van verwantschap wezenlijk anders zou zijn geweest, al zal zich dat in andere vormen hebben geuit (zie 11.2 en 11.3).

d.2. Christelijke armenzorg

»Wat in aalmoezen belegd wordt, is tegen elk verlies verzekerd« (Leo de Grote). De aalmoes als kapitaal voor het hiernamaals is een vast thema bij de kerkvaders. Behalve de liefdadigheid, waartoe iedere christen gehouden is, is de institutionele armenzorg in de vroege middeleeuwen een zaak van bisschoppen en kloosters. Een van de eerste verplichtingen van de bisschop was de zorg voor armen, weduwen en wezen. Een kwart van zijn inkomsten moest voor hen opzij worden gelegd, aldus een bepaling van paus Gelasius († 496). Al vroeg was het de gewoonte dat minimaal een vast aantal armen moest worden onderhouden – vaak was dat het symbolische getal twaalf of een veelvoud ervan – die geregistreerd werden in de zogenaamde *matricula/armenregisters*. De kloosters kenden soortgelijke vaste 'pensiongasten'. Daarnaast werden dagelijks tientallen langskomende armen aan de poort gevoed, in tijden van nood honderdtallen. In feite waren klooster en bisschop beheerders van de goederen die de weldoeners met het oog op hun zieleheil hadden gegeven. Naast de normale, dagelijkse bedeling en de bijzondere op feestdagen wordt de armenzorg van de kloosters nadrukkelijk in verband gebracht met de doden, bijvoorbeeld bij het overlijden van een abt of een weldoener en bij de herdenking van hun sterfdag.

d.3. De rol van de armen bij begrafenissen

De gewoonte armen uit te nodigen bij begrafenissen van leken moet heel oud zijn, hoewel de documentatie hierover vooral uit de late middeleeuwen stamt (Löffler). De herinnering aan het oude dodenmaal wordt zichtbaar in het gebruik om de gaven eerst op de lijkbaar of op het graf te leggen. Kurt Ranke ziet hierin een aanwijzing dat de armen inderdaad als de vertegenwoordigers, de gevolmachtigden van de doden werden gezien. »In Karinthië bracht men meel, reuzel en brood voor de armen naar een naburig café als 'proviand voor de doden'.« Ook werden de kleren van de dode aan armen van zijn leeftijd weggegeven. De christelijke associatie *armen* en *arme zielen* ligt voor de hand, maar er zou ook een voorchristelijke voorstelling van de gemeenschap van levenden en doden in doorwerken. Immers, door het *dodendeel* aan de armen te laten toekomen, wordt de fictie in stand gehouden dat de levenden het de dode (of zijn gevolmachtigde) aan niets willen laten ontbreken. Mogelijk hebben een christelijke en een voorchristelijke traditie elkaar versterkt en kwam in de gaven aan de armen een fusie van christelijke armenzorg en voorchristelijke dodencultus tot stand.

d.4. De kinderen en de armen

Bij kalendergebruiken zien we dat kinderen vaak de plaats van de armen innemen of dat ze naast elkaar optreden. De *zielenbroodjes* van Allerzielen worden aan armen of aan kinderen gegeven. Nu zijn die *zielenbroodjes* een herinnering aan de tafelgemeenschap met de doden. Hoe is de rol van de kinderen bij dit soort gebruiken te begrijpen? K. Meuli is van mening dat de kinderen, die op bepaalde kalenderfeesten rituele bedeltochten houden, eveneens de plaatsvervangers van de doden zijn. Dat het niet zomaar om kinderen gaat, blijkt hieruit dat ze de macht hebben *heilwensen* of – als ze niets krijgen – *verwensingen* uit te spreken. Wat ons als een onschuldig kinderspel voorkomt, zou vroeger, toen nog werd geloofd in de magie van het woord, toen zegen nog een zegen en vloek een vloek was, als een ernstige zaak zijn begrepen. De gewoonte bedelende kinderen op Allerzielen als *Seelenleute* te bestempelen, zou in dezelfde richting wijzen.

Een andere verklaring zou deze kunnen zijn. Verdwijnende rituelen hebben vaak in de vorm van kinderspelen een taai leven. Twee eigenschappen van kinderen maken dit begrijpelijk. Kinderen (jonge kinderen) imiteren volwassenen, ze spelen wat zij de groten zien doen. En jonge kinderen zijn gewoontedieren, ze herhalen dezelfde handeling zo vaak, tot ze die beheersen. Het is het plezier van de herhaling. *Rituele* handelingen zijn daarvoor bijzonder geschikt. In het hoofdstuk over de maskerades hebben we gezien dat het eigenlijke feest wordt voorafgegaan door een kopie, gespeeld door de kinderen. Niet de kinderen, maar de eigenlijke gemaskerden zijn de plaatsvervangers van de doden. Zowel in dit geval als in het geval van de bedeloptochten zijn de kinderen de plaatsvervangers van de plaatsvervangers. Zij spelen wat ze de gemaskerden en armen zien doen.[8]

e. De dertigste dag

De gedachte dat de ziel na de dood nog enige tijd in de nabijheid van het lichaam verblijft, totdat alle rituelen voltrokken zijn op de derde, zevende, dertigste dag of de derde, negende, veertigste dag, is van Indo-europese oorsprong (Ranke). Deze voorstelling leeft voort in allerlei volkse gebruiken. Van deze termijnen heeft de Kerk de dertigste dag overgenomen, zoals blijkt uit interessante christelijke overblijfselen. Op Gregorius gaan de zogenaamde *gregoriaanse missen* terug, die dagelijks gedurende dertig dagen na de dood worden opgedragen. Van Gregorius van Tours († 594) is het verhaal afkomstig dat een vrouw dertig dagen lang na de dood van haar echtgenoot wijn naar de kerk bracht, bestemd voor de mis, maar ter *verkwikking/refrigerium* van de ziel van de dode.

Bij de dood van Hendrik, monnik en keldermeester van de abdij Reichenau, bepaalde de abt dat de eerste dag honderd armen, de derde dag tweehonderd, de zevende dag driehonderd en de dertigste dag vierhonderd armen moesten worden gevoed. Een soortgelijk gebruik heeft wel heel lang overleefd. In sommige kloosters was het tot voor kort de gewoonte (en is het misschien nog) om gedurende dertig dagen na de dood voor de overledene in de eetzaal te dekken. Zijn plaats werd gemarkeerd door een crucifix. Na de maaltijd ging zijn portie naar de poort. Le Goff geeft een exempel waarin een abt voor zijn dood aan een monnik belooft, hem op de dertigste dag na zijn dood te verschijnen. Als hij op de afgesproken dag verschijnt, is hij stralend wit van boven, zwart van onderen. Ten teken dat de loutering half voorbij is. Voor het verhaal is die dag niet van belang. Als traditioneel gegeven is het interessant.[9]

11. Elk naar zijn stand

1. DE KLOOSTERS

Bemoeienis met de doden heeft alles te maken met bloedverwantschap. De familie was sterk verankerd in de Romeinse en Germaanse cultuur. Dat veranderde niet met de komst van het christendom. Familie betekende: piëteit, solidariteit, trouw, onderlinge verantwoordelijkheid; eerbied voor het overgeleverde erfgoed en eerbied voor de *vaderen* van wie dit erfgoed stamt. Het is niet verwonderlijk dit denken in termen van familie terug te vinden in de vroegmiddeleeuwse kloostergemeenschap waar het werd verbonden met de christelijke opvattingen van zonde en schuld, boete en vergeving. Men verliet de wereld om zijn zieleheil veilig te stellen. Men verbrak de natuurlijke familiebanden om te worden opgenomen in een nieuwe familie, die de beste garanties bood voor het eeuwige heil. Verderop zullen we zien dat deze gedachte buiten het klooster even sterk leefde als erbinnen. Wie de middelen bezat, had er veel voor over om zich als het ware in een kloosterfamilie *in te kopen* en op die manier aanspraak te maken op de heilsmiddelen: gebeden en missen van die religieuze familie.

Mettertijd ontwikkelde zich in de kloosters een indrukwekkend geheel van christelijke riten rond sterven en dood: de liturgie van de stervenden en het dodenofficie, bedoeld om de monnik op zijn laatste reis te begeleiden. Angenendt suggereert een verband tussen het ontstaan van de Frankische dodenliturgie en de doodsvisioenen van Gregorius de Grote. De stervende deed openlijk schuldbelijdenis. Na de absolutie/zondenvergeving ontving hij het sacrament van de stervenden en de communie en omhelsde vervolgens alle medebroeders. Toen de dood nabij was, werd de stervende op een boetekleed gelegd en met as bestrooid. Intussen hadden alle monniken zich rond de stervende verzameld en zong men de geloofsbelijdenis. Het geheel van gezangen en gebeden werd *commendatio animae/aanbeveling van de ziel* genoemd, waarbij de stervende aan engelen en heiligen werd aanbevolen, om hem te begeleiden tot voor het aanschijn van de Heer. Na het overlijden werd het lijk gewassen en in monnikskleren opgebaard in de kloosterkerk, en werd er zonder ophouden tot aan de begrafenis bij de dode gewaakt.

Een gebruik waaruit een intense bemoeienis met de doden spreekt en dat is ontstaan in Engeland (7de/8ste eeuw), is de zogenaamde *gebedsverbroedering*. Het is een contractuele verbintenis, aanvankelijk tussen monniken van verschillende kloosters, later ook voor wereldgeestelijken en leken, om elkaar in leven en dood bij te staan met missen, gebeden en goede werken. Er wordt zoveel over doden gesproken, dat het lijkt of deze mensen geobsedeerd waren door de dood. Een dergelijke conclusie zou echter volkomen onjuist zijn. Obsessie met de dood of haar keerzijde, verdringing, is een modern verschijnsel. Het is opvallend dat in moderne studies zo vaak *de dood* wordt genoemd, tot in de titels toe, terwijl *de doden* uit het beeld zijn verdwenen. *De dood* als abstractie, als metafoor, of concreter: als dreiging, is zo dominant dat men zich deze merkwaardige tegenspraak zelfs niet altijd bewust is. Niets is meer tekenend voor de vervreemding van de doden dan deze begripsverwarring tussen *de dood* en *de doden*. Wat de monnik in de vroege middeleeuwen obsedeerde, was niet de dood maar de lotgevallen van de ziel na de dood. Als alle krachten werden gebundeld om de doden te hulp te komen was dat geen macabere belangstelling voor de dood, maar een uiting van de zeer grote solidariteit met de doden. Alles werd in het werk gesteld om de gruwelijke straffen van loutering, bekend van de doodsvisioenen, te bekorten.

In de achtste eeuw verspreidde het gebruik van de *gebedsverbroedering* zich over West-Europa. Zo sloten in 762 op de synode van Attigny vierentwintig bisschoppen en abten zich aaneen tot een *dodenbond* en verplichtten zich voor elk overleden lid honderd psalmen te bidden en honderd missen te laten lezen. Thietmar van Merseburg vertelt in zijn *Kroniek* hoe de bisschoppen van het rijk in het jaar 1005 in Dortmund een soortgelijke verbintenis aangingen. Op deze bijeenkomst onder leiding van keizer Hendrik II was ook bisschop Ansfried van Utrecht aanwezig. Ook hier is weer sprake van de verplichtingen: gebeden, missen, te voeden armen, te branden kaarsen, waaraan binnen dertig dagen na de dood moest worden voldaan. Maar *gebedsverbroedering* was vooral een specialiteit van de kloosters. De leden werden bij hun dood opgenomen in de *necrologieën/dodenregisters* die in elk klooster werden bijgehouden. Elke dag werden na de namen van martelaren en heiligen van de dag ook de leden genoemd wier sterfdag werd herdacht. Het bekendste van deze vrome genootschappen was dat van de abdij Reichenau aan het Bodenmeer, waarbij meer dan vijftig kloosters en duizend leken waren aangesloten. Deze praktijk heeft het ontstaan van de laatmiddeleeuwse *broederschappen* mede beïnvloed.[1]

2. DE ADEL

a. Het probleem met de voorouders

Van de heilige Wulfram stamt de legende van de doop van de Friezenkoning Radboud die op het laatste moment niet doorging. Volgens deze legende stond hij op het punt zich te laten dopen maar, om zeker te zijn informeerde hij of hij na zijn dood met zijn voorouders zou worden verenigd. Het ontkennende antwoord deed hem van de doop afzien. Liever was hij bij zijn voorouders in de hel. Ook al is dit niet meer dan een vrome legende, ze drukt voortreffelijk het dilemma van de overgang naar het christendom uit, namelijk afgesneden te worden van de voorouders en bijgevolg de breuk met een heilige traditie. Dit nu gebeurde toen Clovis besloot zich met zijn aanhang te laten dopen. Sommige Angelsaksische koningen lieten bij hun overgang naar het christendom een van de zonen ongedoopt. Mocht er onverhoopt iets fout gaan, dan kon deze heidense zoon de dynastieke traditie voortzetten. Het Germaanse koningschap was een sacrale instelling. Het charisma van de koning, het koningsheil, betekende heil en welzijn voor zijn volk en berustte op zijn goddelijke afstamming. Het opgeven van de voorouderlijke traditie, de breuk met de voorouders, betekende het opgeven van de koninklijke legitimatie. Voor de Merovingers was er dus een serieus probleem. De nieuwe religie moest minstens iets gelijkwaardigs te bieden hebben. Een belangrijk middel voor de nieuwe legitimatie van een christelijk koningschap was de concrete band met een heilige, bij voorkeur een heilige van het eigen geslacht, een dynastieke heilige.

Dit nu is verschillende Angelsaksische koningsfamilies beter gelukt dan de Merovingers. De *Anglo-Saxon Chronicle* geeft de stambomen van de verschillende koningsgeslachten die uiteindelijk afstamden van Wodan. Een soortgelijke mythische afstamming is te vinden bij Beda († 735) in diens *Kerkgeschiedenis van de Engelse natie*. Toen dit voor een christelijke legitimatie niet meer geldig was, werd Wodan een tussenschakel die op zijn beurt weer afstamde van Noë en uiteindelijk van Adam. In deze gekerstende stamboom speelt de heilige koning de rol van authentiek christelijk voorvader die de mythische stamvader kon doen vergeten. Beda maakt veel werk van de koning-martelaar Oswald van Northumbria († 642), die van vaders- en moederskant van Wodan afstamde en aan wiens graf tal van wonderen gebeurden.

Bij gebrek aan een eigen familieheilige adopteerde men de heilige van een ander geslacht. Dit gebeurde met de heilige Edmund († 870) die door het huis Wessex werd geadopteerd. »Nog betekenisvoller is de houding van de Deen Knut de Grote ten opzichte van dezelfde Sint-Edmund na de verovering van Engeland. Omdat hij zijn koningschap wilde integreren in de Angelsaksische traditie, schonk hij belangrijke privileges aan het klooster van Bury Saint Edmund's, alsof hij de weldaden van de heilige koning op zijn eigen familie wilde overdragen« (Folz). Maar er is meer aan de hand. Zonder continuïteit in de opvolging geen legitimatie. Waar de continuïteit ontbreekt, moet deze gecreëerd worden. Door als het ware de heilige koning te *adopteren* schoof Knut († 1035) in de rij van Engelse koningen. Wat gebrek aan legitimatie betekende, begreep ook Pepijn de Jongere zeer goed, toen hij de laatste Merovingische koning afzette. Als eerste Frankische koning liet hij zich naar oudtestamentisch voorbeeld tot koning zalven (751).

Wat voor de koning gold, gold voor de adel in zijn geheel. De zorg van de adel voor stambomen en genealogieën is bekend. *Edele afstamming* is immers de enige rechtvaardiging voor zijn rijkdom en privileges. Zijn dilemma na de kerstening was vergelijkbaar met dat van de koning. Aan dit zoeken naar een nieuwe legitimatie is het ontstaan van een nieuw type heilige te danken, de adellijke heilige. Bij de oplossing van dit probleem hebben adel en kloosters elkaar gevonden. De vroeg-middeleeuwse heiligenlevens maken melding van adellijke zonen die kloosters stichtten en als heilige abten en monniken hun families een nieuw charisma gaven en hun aanspraken rechtvaardigden. Het is tekenend dat »bepaalde adellijke families uit Neustrië en Austrasië alleen uit de hagiografische literatuur bekend zijn« (Riché).

Deze nieuwe heilige is niet meer de van de wereld afgewende asceet, maar iemand die midden in zijn tijd staat en ook als abt of bisschop weet hij wat hij zijn familie schuldig is. De talrijke wonderen tijdens zijn leven en vooral na zijn dood manifesteren zijn heiligheid en zijn macht. Zijn roem straalde af op zijn familie. De familieheilige werd het nieuwe fundament voor de machtsaanspraken van zijn geslacht, de heiligenvita werd ingezet als propaganda. Vooral het translatiebericht, het verslag van de plechtige overbrenging van de relieken naar de nieuwe rustplaats en van de wonderen aldaar, moest het prestige van het nieuwe cultuscentrum vestigen. Op de feestdag van de heilige, dat is zijn sterfdag, kwam ook het gewone volk in aanraking met de nieuwe heilige. De luister van de liturgie, de schittering van het reliekschrijn en de wonderverhalen deden het hunne om de populariteit te vergroten.

b. Investeringen voor de eeuwigheid

Rijke schenkingen aan land en andere goederen verhoogden het prestige van het klooster dat het heiligengraf herbergde. De Romeinse gewoonte om zich in de nabijheid van de heilige te laten begraven, werd voortgezet, maar nu als exclusief privilege van de adel, zoals ook de leden van de kloosterfamilie bij voorkeur uit adellijke families werden gerekruteerd. Vooraanstaande kloosters werden zo familiegraf van diezelfde families. De rijke giften die voor de kerstening aan prominente doden in het graf werden meegegeven en zo voorgoed aan de economie werden onttrokken, gingen nu naar de schatkamer van het heiligengraf en werden gebruikt voor de vervaardiging van schitterende reliekschrijnen. Het *dodendeel* werd, behalve *armendeel*, ook *heiligendeel*. De voordelen van dit systeem moet het de adel gemakkelijker hebben gemaakt, zo niet om zijn heidense voorouders te vergeten, dan toch van heidense dodenrituelen af te zien. Immers, behalve de uiterlijke pracht van een eigen klooster en de door de heilige gesanctioneerde economische en politieke macht, was er de hoop op de voorspraak van de heilige na de dood en de zekerheid dat de kloostergemeenschap met missen en gebeden het zieleheil van de weldoeners zou garanderen.

Eeuw na eeuw vermelden de kloosteroorkonden de gemaakte schenkingen om daarmee hun bezit te documenteren en om de volgende generaties monniken te herinneren aan hun verplichtingen tegenover hun weldoeners. »Van het klooster Sankt Gallen zijn van het begin van de achtste eeuw tot het begin van de tiende eeuw ongeveer 800 oorkonden behouden, waarvan 647 schenkingen voor het zieleheil« (Angenendt). Hier slechts twee voorbeelden om te laten zien hoe dit systeem werkte en hoe alles draaide om de eigen ziel en zaligheid en die van de familieleden. Het eerste (ingekorte) document is van Willem I van Aquitanië († 918), initiatiefnemer tot de stichting van Cluny. Opvallend is dat in de formulering de schenking rechtstreeks wordt gedaan aan de heilige, die daarmee als rechtspersoon en als patroon wordt beschouwd. Opvallend is verder dat hij zich graaf en hertog noemt *bij Gods genade*. Over legitimatie gesproken!

»[...] Daarom heb ik, Willem, Graaf en Hertog bij Gods genade [...] van plan zijnde te zorgen voor mijn eigen zaligheid, zolang het nog tijd is, het niet alleen dienstig maar zelfs hoogst noodzakelijk geacht een klein deel van de goederen [...] te besteden voor het welzijn van mijn ziel. Laat het daarom bekend zijn aan allen [...] zelfs tot het eind van de wereld [...], dat ik enkele van mijn rechtmatige bezittingen schenk aan de heilige apostelen Petrus en Paulus [...] Dit alles [Cluny met toebehoren] geven ik, Willem, en mijn echtgenote Ingelberga, allereerst uit liefde tot God, dan voor de ziel van mijn voorvader koning Eudes, van mijn vader en moeder en omwille van de gezondheid van mijn ziel en lichaam en van mijn echtgenote, voor de ziel van Avana [...] voor de zielen van onze broers en zusters, neven en nichten en verwanten van beiderlei kunne [...] Dat bovendien ijverige gebeden en smekingen tot de Heer gericht worden zowel voor mij als voor alle bovengenoemde personen [...] en dat dagelijks werken van barmhartigheid zullen worden verricht aan de armen en behoeftigen, vreemdelingen en pelgrims [...]«

Het volgende document is van de hand van Gérard, abt van Seauve-Majeure, en heeft betrekking op een andere Willem van Aquitanië. Waarschijnlijk is dit Willem VIII († 1078); Seauve-Majeure werd gesticht in 1079. »Ik Gérard, bij Gods voorzienigheid eerste abt van Seauve-Majeure, heb bevolen dat voor deze gift en menige andere weldaad aan ons gedaan, Heer Willem, Hertog van Aquitanië, altijd herdacht zal worden in onze gebeden [...] Wij hebben bepaald dat elke week een speciale mis voor hem wordt gezongen en dat elke dag een dagelijkse portie voedsel voor een monnik apart wordt gezet om aan de armen te worden gegeven, omwille van hem. Bovendien zal dit worden voortgezet na zijn dood, zolang dit klooster zal bestaan.«

Andere weldoeners stichtten zogenaamde *pitancia/jaargetijden* of *jaardiensten* om na hun dood te worden herdacht op hun sterfdag. Op de bewuste dag ontvingen de monniken (en kanunniken) extra voedsel en de armen een aalmoes. Later werd ook geld uitgekeerd. Deze extra's in de kloosters leidden tot een tweestrijd tussen Cluny en Citeaux, omdat het inging tegen de door de regel voorgeschreven soberheid. Na de dood van Bernardus gaven ook de cisterciënzers toe aan dit gebruik. J. Heers vermeldt het geval van zo'n stichting die uitgroeide tot een carnavalesk feest met drinkgelag in de kerk.

Ten slotte was er het wonderlijk gebruik dat bekering *ad succurendum* werd genoemd. Aanzienlijke leken kregen het voorrecht, tegen een rijke gift, als lid van het klooster in monnikskleren te mogen sterven en als monnik te worden begraven en aldus hun zieleheil veilig te stellen. »In dit jaar [1070] gaf Gérard Brunel zijn hele landgoed Sconville aan Sint-Maarten en aan de monniken van Marmoutier, die hun dankbaarheid toonden door hem toe te laten tot de broederschap van hun gebeden en ook beloofden ze dat ze hem zouden toelaten, zonder betaling, als hij zou wensen monnik te worden en, indien niet, zouden ze hem op hun kerkhof begraven.« Van enkele Angelsaksische koningen (8ste eeuw) is bekend dat ze naar Rome pelgrimeerden. Ze stierven er en werden er in monnikskleren in de nabijheid van Sint-Petrus begraven.[2]

3. DE BEIDE ELITES

Het is gebruikelijk het verschil tussen geestelijken en leken te beklemtonen. Dit is terecht en er is geen reden hieraan iets te willen afdoen. Door een eenzijdige beklemtoning zou men echter een andere tweedeling over het hoofd kunnen zien, die tussen een tweeledige elite en het volk. Uit het voorgaande blijkt dat in het Frankische rijk de belangen van beide elites onontwarbaar verstrengeld waren. Dit betekent niet dat ze hun eigen karakter opgaven. Het is niet ondanks, maar juist dankzij hun respectievelijke monopolies en specialismen dat ze elkaar hebben gevonden. Het kennis-, schrijf- en heilsmonopolie van de Kerk en het gewelds- en bezitsmonopolie van de adel vulden elkaar aan. Het klooster verschafte de adel een nieuwe legitimatie in een heiligencultus 'nieuwe stijl', de *adellijke heilige*, en garandeerde tevens het eeuwige heil door zijn heilsmiddelen in dienst te stellen van de gelieerde adellijke familie. Deze nieuwe structuren konden de voorchristelijke voorouder- en dodencultus vervangen. De adel van zijn kant voorzag het klooster van landerijen en goederen, waardoor het klooster een machtige instelling werd, die dankzij deze materiële basis zijn culturele taak beter kon vervullen.

De formule *adel en klooster hebben elkaar gevonden via de doden* heeft de aantrekkelijkheid van het eenvoudige. Het is nodig deze voorstelling van zaken wat te nuanceren. In het voorgaande is de indruk gewekt dat Kerk en klooster identiek waren. Dit is, zeker in oorsprong, niet het geval. De vroegste kloosterlingen waren zelfs geen geestelijken. Bovendien waren in de oosterse Kerk de kloosters niet minder belangrijk dan in het Westen. Daar kwam geen adel in westerse zin aan te pas en ook de doden hadden daar niets te zoeken, want de leer van het *vagevuur* werd door de orthodoxe Kerk afgewezen. En ook de verhouding tussen adel en klooster was niet de idylle die hierboven wordt gesuggereerd. Het is niet overbodig kort op deze bezwaren in te gaan.

a. Reguliere en seculiere clerus

De katholieke Kerk kent twee typen priesters, de seculiere of wereldpriester die tot het ambtsgebied van een bisschop hoort en als pastoor of kapelaan zielzorg verricht in een parochie, en de reguliere priester (pater) die lid is van een kloostergemeenschap. De bisschop, priester en diaken zijn de ambtsdragers in de Kerk, zij vormen samen de *clerus/geestelijkheid*. Zij gaan voor in de eredienst, bedienen de sacramenten en beoefenen de zielzorg. De bisschop geeft leiding aan zijn diocees/bisdom. Priesters en diakens oefenen hun ambt uit onder verantwoordelijkheid van de bisschop.

Naast deze clerus ontstonden in het Oosten kloostergemeenschappen in vier regio's: Egypte, Palestina, Syrië en Klein-Azië. De laatste drie kunnen niet zonder meer als kopieën van het Egyptische model worden beschouwd. In de genoemde regio's »hebben zich nationale vormen van kloosterlijk leven ontwikkeld [...] hoewel dit wederzijdse beïnvloeding niet uitsloot« (K.S. Frank). Men hoeft maar te denken aan de bizarre ascese van de Syrische kluizenaars die zich in kettingen lieten slaan of die als *pilaarheilige* hun leven sleten op een hoge zuil. Had Pachomius († 346) met zijn kloosterregel de grondslag gelegd voor het Egyptische kloosterleven, in Klein-Azië schreef Basilius de Grote († 379) een regel voor de Griekse kloosters.

Ook in de westerse Kerk ontstonden regionale kloostertypen. Hadden in het algemeen kluizenaars en kloostergemeenschappen een voorkeur voor de eenzaamheid, al in de vijfde eeuw ontstonden in Rome ook stadskloosters. *Claustrum/afgeslotenheid/klooster* werd de gewone benaming van zo'n ommuurde nederzetting. De kluizenaar en de monnik waren aanvankelijk eenvoudige leken, die zich terugtrokken uit de wereld om in afzondering het evangelisch ideaal te beleven. Als zodanig waren zij dus duidelijk onderscheiden van de clerus. In deze vroege periode waren er niet meer priester-monniken dan nodig was voor de bediening van de sacramenten en voor de eredienst in het klooster.

Hoewel priester en kloosterling tot verschillende terreinen van het kerkelijk leven behoorden, waren de grenzen tussen beide niet altijd even scherp. Er waren bisschoppen die met hun priesters op de manier van een kloostergemeenschap een gemeenschappelijk leven leidden, zonder kloosterling in strikte zin te zijn. Het bekendst is het geval van Augustinus, bisschop van Hippo († 430), die een regel schreef voor priesters die een gemeenschappelijk leven leidden. Daarnaast zijn er in de vroege middeleeuwen veel voorbeelden van bisschoppen die uit de kloosters voortkwamen en in hun bisschopsstad weer nieuwe kloosters stichtten. Gregorius de Grote († 604) was de eerste monnik die paus werd. Mettertijd werden steeds meer monniken tot priester gewijd en werd de monnikenstand steeds meer geklerikaliseerd. Twee ontwikkelingen zijn voor deze verandering beslissend geweest: de grote rol die de monniken hebben gespeeld in de kerstening van West-Europa en de grote aantallen missen waartoe de kloosters zich hadden verplicht en die grote aantallen priesters vereisten.

Bekende voorbeelden van missionerende monniken waren Martinus van Tours († 397) en Columbanus († 615). Martinus stichtte in Ligugé bij Poitiers het eerste Gallische klooster. Nadat hij al tot bisschop van Tours was gekozen, bleef hij toch als monnik leven in het ook door hem gestichte klooster Marmoutier bij Tours. Van hem is bekend dat hij met zijn monniken door Gallië trok om het platteland te kerstenen. De Ier Columbanus kwam ca. 590 met twaalf gezellen naar Gallië waar hij het klooster Luxeuil stichtte. Hij missioneerde onder de Alemannen in de Elzas en in Zuid-Duitsland. Na zijn heftige kritiek op de levenswijze van de Austrasische koning moest hij uitwijken naar Noord-Italië, waar hij een ander beroemd klooster, Bobbio, stichtte.

In het begin van de zevende eeuw zond paus Gregorius de Grote monniken uit voor missionering onder de Angelsaksen. Op soortgelijke wijze werden op hun beurt de Lage Landen en Duitsland door Angelsaksische monniken tot het christendom gebracht. Missioneren betekende het opzetten van een kerkelijke infrastructuur. Om dit werk te kunnen doen, moesten de monniken tevens priester zijn. Ook hier ging de missionering gepaard met de stichting van nieuwe kloosters, waar jonge geestelijken en monniken werden gevormd. Bonifatius († 754) stichtte een klooster in Fulda, Willibrord († 739) stichtte kloosters in Utrecht en Echternach. Het percentage monniken dat priester was, wordt in hun tijd geschat op vijftig, in de negende eeuw op vijfenzeventig.

b. Klooster en adel

Het verschil tussen een klooster in het Italië van Benedictus († ca. 550) en Gregorius de Grote († 604), en in de tijd van Karel de Grote († 814) in Gallië en Duitsland kan men zich niet groot genoeg voorstellen. Was het aanvankelijk een bescheiden instelling van twaalf tot twintig monniken met een kapel en een eenvoudige behuizing, rond het jaar 800 was het konings- of rijksklooster een rijk en machtig instituut waar tot zeshonderd monniken leefden. In de plannen van Karel de Grote was het klooster een steunpilaar van de rijkspolitiek, een centrum van onderwijs, studie en kunst, in het bezit van uitgestrekte landerijen. Deze rijkdom, die moeilijk was te verenigen met de armoede, een van de hoofddoelstellingen van een klooster, werd verdedigd met het argument dat de individuele monnik niets bezat, arm was. Het kon niet uitblijven dat door zoveel bezit het ideaal werd uitgehold en de kloosterdiscipline werd aangetast.

De grote rijkdom van de kloosters en bisdommen had nog een ander gevolg. Als de koning of een graaf oorlog wilde voeren, had hij soldaten nodig met uitrusting. Deze soldaten werden geleverd door de adel. Zo'n uitrusting was echter erg kostbaar en kon eigenlijk alleen worden betaald uit de opbrengst van een stuk grond, de enige bron van rijkdom. In een tijd van grote onrust was het voor de strijdende partijen dus erg aantrekkelijk zich van kerkelijke goederen meester te maken, zodat er meer soldaten konden worden uitgerust. Zo kon het dus gebeuren dat de rijkdom van de kloosters grotendeels afkomstig was van de bezittende klasse, terwijl diezelfde bezittende klasse, de adel, een bedreiging werd voor het klooster. Karel Martel († 741) onteigende omvangrijke kloostergoederen en verdeelde ze onder de adel om deze aan zich te binden in zijn strijd om de macht in het Merovingische rijk, en hij plaatste familieleden aan het hoofd van een klooster. Ook de adellijke heren beschouwden zich nog steeds als eigenaar van het klooster dat door hun familie was gesticht. Dit gaf weer aanleiding tot nieuwe conflicten en betekende een verdere aantasting van het kloosterideaal.

In conflicten tussen adel en klooster gold het recht van de sterksten en gewoonlijk trokken de monniken aan het kortste eind. Hun laatste redmiddel was een dramatisch beroep op hun heilige, de *liturgische klacht* of *clamor*. In een meningsverschil over het klooster Malmédy (1066) tussen de monniken van Stavelot en de bisschop van Keulen, trokken de monniken met hun patroon, dat wil zeggen: met het reliekschrijn van de heilige Remaclus naar het hof in Aken om hun protest kracht bij te zetten. »Bij hun intocht in Aken hoorde men zulk een gejammer en geweeklaag als nooit tevoren.« In 1071 was nog een tweede poging nodig en men dreigde Hendrik IV met de wraak van de heilige, waarop de vorst een uitspraak deed ten gunste van de monniken. Deze overwinning werd door de chroniqueur in de annalen opgetekend als de »triomf van de heilige Remaclus«.

Op nog dramatischer manier werd Foulques III Nerra van Anjou († 1040) door de heilige gedwongen onrecht te herstellen. De graaf had schade toegebracht aan het sticht van Sint-Martinus van Tours. De kanunniken, die geen andere uitweg zagen, gingen over tot *de vernedering van de heilige*. De rituele vernedering is als volgt te begrijpen. Door het gedrag van de graaf is de heilige feitelijk vernederd. De kanunniken maken dit door hun handelwijze alleen maar zichtbaar. De relieken en het kruis werden op de grond gelegd en met doornen bekleed. Ook het graf van de heilige werd met doornen bedekt. De graaf en zijn familie werd de toegang tot de kerk, waar meerdere voorouders begraven lagen, ontzegd. Het gerucht van de *vernedering* deed zijn werk en de graaf werd ertoe gebracht blootsvoets boete te doen en de schade te herstellen. De *liturgische klacht* kan als een doeltreffende strategie van de kloosters worden beschouwd, nadat ze al te lang aan het geweld van de adel blootgesteld waren geweest.

Als er al van een verbond tussen adel en klooster kan worden gesproken, dan is wel zeker dat van een ongestoorde idylle geen sprake was. Het zou echter te ver gaan te concluderen dat het ene feit het andere opheft. Het is ook mogelijk de feiten intact te laten en de contradictie te accepteren. De onmiskenbare zorg voor de doden wordt niet tenietgedaan door menselijk falen. Bovendien, dé adel is een abstractie, in feite gaat het om concreet handelende personen en dit gegeven maakt de verscheidenheid van handelen niet alleen mogelijk, maar eerder waarschijnlijk. Het eerder aangehaalde getuigenis van Willem I van Aquitanië zou er niet minder indrukwekkend om worden als ooit een nakomeling zich zou vergrijpen aan het klooster dat hij had helpen stichten.[3]

4. Het volk en zijn doden

a. Gebrekkige documentatie

»Heiligen... bisschoppen... kanunniken... abten... monniken... klerken, dat zijn de personen die we het meest hebben ontmoet in deze geschiedenis, maar de massa van het volk die in de oude of nieuwe steden woont en, meer nog, die verspreid op het platteland leeft, onttrekt zich bijna compleet aan onze ogen.« Zo beschrijft E. de Moreau de kerkelijke toestand in de vroege middeleeuwen van wat nu België is. Vergeleken met de toestand in de Noordelijke Nederlanden, waar op het punt van documentatie de toestand nog heel wat ongunstiger is, had hij weinig reden tot klagen. Een blik op de kaart van Nederland anno 1000 laat het volgende beeld zien: veel platteland, weinig steden en kloosters. Utrecht en Maastricht waren de enige echte steden. Tiel, Deventer en Stavoren waren eerder handelsnederzettingen. Een handvol kloosters: Susteren, Thorn, Sint-Odiliënberg, Elten, Egmond en Hohorst bij Amersfoort. Weinig kloosters en steden betekent weinig kerkelijke centra, weinig uitstraling, weinig documenten. Om de kerkelijke toestand van Nederland anno 1000 te beschrijven is er heel wat minder materiaal dan waarover de Moreau beschikte.

»In het laatste kwart van de achtste eeuw was het land [Friesland] christelijk. Het ontbrak niet aan kerken [...] maar er waren ook landstreken van waaruit men moeilijk een kerk kon bereiken. De christelijke instellingen waren erkend, men onderhield de zondag [...]. In het Germaans recht stoot men overal op een niet onbeduidend religieus element. Het kreeg bij de Friezen een christelijke kleuring die echter het oorspronkelijk heidense duidelijk laat doorschemeren (Hauck).«

Niet veel later verschenen de eerste drakeschepen op de Nederlandse rivieren.

In 834 werd Dorestad voor het eerst geplunderd. De invallen van de Noormannen hebben veel schade toegebracht aan de jonge Kerk. In 858 werd de Sint-Maartenskerk in Utrecht verwoest. Bisschop Hunger († ca. 866) en de kanunniken vluchtten naar Sint-Odiliënberg bij Roermond. In 900 bezocht bisschop Radboud († 917) zijn bisdom vanuit zijn voorlopige standplaats Deventer. Omstreeks 920 vestigde bisschop Balderik († 975) zich weer in Utrecht. Anno 1000 waren er in Nederland ongeveer zeventig parochiekerken. Uitgestrekte parochies dus, slechte verbindingen gepaard met een gebrekkige zielzorg. Nog begin twaalfde eeuw (1112) werd over de omgeving van Kerkrade geschreven »dat het woord Gods tot dan toe zeldzaam en kostbaar was en nu pas [dankzij de preken van abt Rikher van Kloosterrade/Rolduc] in dit gebied begon te kiemen en vrucht te dragen«. Dit mag een beroepsklacht van een geestelijke zijn, maar toch.

Als er zo weinig concreets bekend is over het kerkelijk leven in het algemeen, wat valt er dan helemaal te zeggen over de zorg voor de doden? De betrouwbaarste gegevens over het omgaan met de doden komen van de opgravingen. Verandering in de manier van begraven in de achtste eeuw wijst op een veranderde houding tot de doden. Deze aanpassing heeft zich in korte tijd voltrokken. Het is niet duidelijk of dit uit innerlijke overtuiging of door druk van boven gebeurde. Het laatste lijkt het waarschijnlijkst. De grafrichting veranderde van noord-zuid in west-oost. De *oriëntatie* van de kerken, de gerichtheid op het oosten, op Jeruzalem, vond ook bij de graven plaats. Niet langer begroef men de doden bij de voorouderlijke grafheuvels, maar rondom de kerk. De *eigenkerken* van de plaatselijke adel, de voorlopers van de dorpskerken, *trokken het kerkhof naar zich toe*. Het gebruik de doden giften mee te geven, verdween eveneens in de achtste eeuw.

Van de kloosters en de adel weten we dat ze een enorme inspanning hebben geleverd in hun zorg voor de doden. Een soortgelijke inspanning is bekend van de stedelijke bevolking in de late middeleeuwen. Solidariteit met de doden was een opvallend kenmerk van het middeleeuws christendom. De vormen waarin zich dat uitte, waren christelijk. De solidariteit zelf was een voorchristelijk erfgoed, dat zich uitstekend verdroeg met de christelijke leer van de gemeenschap van de heiligen. Solidariteit met de doden moeten we ook wel aannemen bij de eenvoudige gelovige in de vroege middeleeuwen, over wie we zo slecht ingelicht zijn. Ondanks een gebrekkige zielzorg moeten zij op de hoogte zijn geweest van de kerkelijke leer van *de laatste dingen*: dood, oordeel, hemel en hel. Het christendom was zozeer op het hiernamaals gericht, dat ook het volk vertrouwd moet zijn geweest met de leer van de loutering en dat het wist dat missen, gebeden en aalmoezen de aangewezen middelen waren om de doden te hulp te komen. Het beschikte niet over de middelen van de adel om zich in te kopen voor de eeuwigheid. Maar ook de *penning van de arme weduwe* was kostbaar (Mar. 12:42v). In het *leven* van de heilige Ansgar († 865) is een vroeg voorbeeld bewaard van wat een gelovige uit het volk met zijn geld deed. In dit geval gaat het om een rijke weduwe. Omstreeks 850, midden in het vikingengeweld, gaf de Friese koopmansweduwe Frideburg, woonachtig in Birka (Zweden), kort voor haar dood haar dochter Catla opdracht alles te verkopen en het geld te verdelen onder de kerken en armen van Dorestad.[4]

b. Drinken op de doden

Tot zover is alles goed christelijk. Daarnaast leidden sommige oude zeden een eigen leven. De *Indiculus Superstitionum*, een lijst van heidense gebruiken waarvan de datering onzeker is – mogelijk eind achtste eeuw –, verbiedt dodenoffers, dodenmalen op de graven en dodenbezweringen. Abt Regino van Prüm († 915, Trier) hekelt de mistoestanden tijdens de dodenwake: »En dat niemand het waagt daarbij duivelse liederen te zingen of grappen te maken of te laten dansen, dingen die de heidenen door de leer van de duivel uitgevonden hebben [...] Want het is duivels daar te zingen, vrolijk te zijn, zich te bedrinken en gelach aan te heffen [...] Wie zingen wil, moet maar 'Kyrie Eleyson' zingen of laat hij anders de mond houden.« Drinken op de doden en de scandaleuze liederen, dans en scherts waren al eerder gehekeld door Hincmar van Reims († 882) en keren terug bij Burchard van Worms († 1025). »Heb je deelgenomen aan de dodenwake [...] heb je gedanst [...] en gedronken en gedaan alsof jij je verheugde over de dood van je broeder? Zo ja, dertig dagen vasten op water en brood.« Er was met de doden meer aan de hand dan de Kerk lief was.[5]

Toen Burchard dit schreef, was het pas enkele decennia geleden dat in Scandinavië het heidense dodenfeest veranderd was in Kerstmis en dat de dronk op de goden en op de doden was omgezet in een dronk op Christus en de heiligen. Men herinnert zich dat zelfs in gekerstende vorm deze heildronk een heilige plicht was. Het belang van het Scandinavische gebruik schuilt niet in zijn exclusieve karakter, de *minnedronk* was immers ook in West-Europa inheems, maar in het feit dat het in zijn voorchristelijke vorm gedocumenteerd en goed beschreven is. Het *blot*/offerfeest, gevolgd door een ritueel drinkgelag, was een familieaangelegenheid. Enkele keren per jaar kwamen familie en genodigden bijeen rond de bierketel voor een *heilige maaltijd*. Hoogtepunt was het elkaar ritueel toedrinken. Staande liet men volgens rang de drinkhoorn rondgaan en sprak een zegewens uit. Het was een schande en het betekende onheil om de kring van drinkenden te onderbreken. Niemand van de aanwezigen kon zich hieraan onttrekken. Door dit elkaar toedrinken, werd de *biervrede* gevestigd. Op de grote momenten van jaar- en levenscyclus en bij belangrijke ondernemingen als vikingtochten, liet men de rituele beker rondgaan en zwoer men elkaar trouw: welkomst- en afscheidsbier, verlovings- en bruiloftsbier, erf- en grafbier (Grönbech).

Van al deze *bieren* was het *erf-* of *dodenbier* voor de christelijke clerus het meest aanstootgevend. Er is ook nauwelijks een groter contrast denkbaar dan tussen sterven en dood in christelijke zin, waarbij de eeuwigheid op het spel staat, en de beschreven gebruiken. Drinken op de dode en *ritueel gelach* moest wel als heiligschennis worden ervaren. In Engeland (10de eeuw) was het priesters verboden hieraan deel te nemen: »Je zult niet meedoen met de jubelkreet over de doden. Als je op een begrafenis wordt uitgenodigd, verbied dan de heidense liederen en het luidklinkend gelach waaraan de mensen zo'n plezier hebben.« W. Grönbech, aan wie het bovenstaande is ontleend, voegt eraan toe: »Ongeveer duizend jaar later kunnen we met sympathie glimlachen over de boer die gelaten zijn einde ziet naderen, waarna het dorp omwille van hem een vrolijke dag moet hebben.«

Als vertelmotief komt het *ritueel drinken* voor in de literatuur, de hagiografie en de geschiedschrijving. De *Beowulf* is een Oudengelse bewerking van een Noordgermaanse sage. De Gotenheld Beowulf komt de koning van de Denen te hulp in de strijd tegen het monster. In de *bierzaal* gaat de koningin rond met de beker. Nadat Beowulf heeft gedronken, doet hij de plechtige belofte de strijd met het monster aan te gaan. De verheven taal geeft een idee van de bijzondere sfeer die het samen drinken uittilt boven het alledaagse. Wat hier als een 'liturgische' handeling wordt opgeroepen, wordt in de heiligenlevens als een heidens misbruik afgewezen. Een Frankische edelman nodigde Chlotar I uit voor een feest. Onder de genodigden was ook Sint-Vaast. Omdat het gezelschap uit heidenen en christenen bestond, was het bier discreet in tweeën gedeeld. Zelfs dit gebaar ging de bisschop te ver. Hij maakte een kruis over het 'heidense' vat, dat prompt barstte. Hierop lieten de ongelovigen zich dopen. In Beauvais wordt een wandkleed met deze scène bewaard. Van de heilige Columbanus wordt een soortgelijke anekdote verteld naar aanleiding van zijn bezoek bij de Zwaben. Gregorius van Tours vertelt in zijn *Geschiedenis van de Franken* hoe Chilperik hem wilde uitnodigen voor een dronk, met de bedoeling hem in te palmen. Beiden wisten maar al te goed dat *samen drinken* geen vrijblijvende zaak was. Gregorius bedankte en wilde pas op de uitnodiging ingaan als alles eerst op christelijke manier zou zijn geregeld.[6]

c. Drinken in gildeverband

Hoe diep het *ritueel drinken* was verankerd in de vroeg-middeleeuwse samenleving blijkt uit het feit dat het in meerdere tradities voortleefde:
1. het streng verboden drinken op de doden;
2. de *minnedronk* of een proosten op deze of gene heilige;
3. het *caritas-drinken* in de kloosters;
4. het drinken in gildeverband.

Een vroeg voorbeeld van dit laatste is te vinden in het boek *De diversitate temporum* van Albert van Metz. Hierin laat hij ons kennismaken met de kooplui van Tiel, die in de slag bij de Merwede (1018) een conflict uitvochten met graaf Dirk († 1039) van West-Friesland. Albert is niet erg gecharmeerd van deze lui. »Ze zweren om de haverklap en dat om hun schanddaden te bedekken [...] Dankzij geld dat door hen wordt ingezameld, geven ze zich over aan drinkgelagen [*potationes*] en applaudisseren voor hen die, beneveld door wijn, schandelijke toespraken houden om de anderen aan het lachen te brengen.« Ze beschouwden zich als *mannen van de keizer* (*homines imperatoris*). Inderdaad kregen ze hulp van keizer Hendrik II tegen graaf Dirk. *Mercatores vagantes/ zwervende handelaren* werden ze genoemd. S. Lebecq is hun sporen nagegaan tot in de Baltische landen en Rusland. Hun genootschap wordt als een voorloper van de latere handelsgilden beschouwd. Het door Albert gewraakte *zweren* en *drinken* is ook karakteristiek voor de latere gilden. Uit het bovenstaande relaas wordt duidelijk dat de Kerk deze vroege vormen van *gilden* niet zag zitten. Al door Karel de Grote was het *zweren in gildeverband* (*gildonia*) verboden in het capitularium van Herstal (779), een verbod dat werd herhaald door bisschop Hincmar van Reims.[7]

Van de koopliedengilden tot de handwerkersgilden is een lange weg. Het is zeker niet zo dat ze naadloos in elkaar zijn overgegaan. Daarvoor zijn de lokale en regionale verschillen te groot. Waar de kooplieden het stadspatriciaat gingen vormen, ontstonden de ambachtsgilden vaak als reactie op de exclusieve rechten van de patriciërs. Van belang is echter hun overeenkomstige structuur. Van Dale definieert een gilde als »middeleeuwse broederschap of vereniging tot onderlinge hulp en het houden van gezellige bijeenkomsten«. De oude strijdvraag over de Romeinse of Germaanse oorsprong lijkt beslist ten gunste van de laatste. Een recente Franse studie omschrijft de handelsgilden als volgt: »verenigingen voor onderlinge hulp en verdediging, die sinds de Frankische tijd de oude heidense broederschappen deden herleven of voortzetten. Terwijl ze hun religieus karakter en hun oude rituele drinkgelagen bewaarden – nu ter ere van de heiligen – dienden deze genootschappen of broederschappen (door de eed verbonden) [...] tevens ter verdediging van hun economische belangen«. Kenmerken waren: disgenootschap, onderlinge hulp en trouw, en zorg voor de doden (Löffler). Lebecq houdt een Friese oorsprong niet voor uitgesloten. In elk geval hebben volgens deze auteur de Friese kooplui wezenlijk bijgedragen tot de verspreiding ervan en heeft hij sporen van Friese gildeactiviteiten in Zweden aangetroffen.

Deze gezworen broederschappen hadden een economisch, juridisch en cultisch karakter. Naast de zeer praktische wederzijdse belangenbehartiging speelden gilderituelen een grote rol: ritueel eten en drinken. Drinken op elkaars heil en dat van de overleden broeders was een voornaam kenmerk van hun feestelijke bijeenkomsten. Dit geldt zowel voor de vroege handelsgilden als voor de latere ambachtsgilden. Met profane ogen bekeken mogen hun drinkgelagen met het eindeloze proosten meer weg hebben van vulgaire drinkpartijen en zijn de gildebroeders niet meer dan *drinkebroers*. Alleen wanneer men tafel- en drinkgemeenschap ziet als sacrale gemeenschap, wat het oorspronkelijk zeker is geweest, is het mogelijk de zin van het vreemde ritueel te vatten. Drinken tot wederzijds heil, heil van levenden en doden. Heil dat inmiddels in christelijke zin als zieleheil werd begrepen.

Zorg voor de doden omvatte ook een passende begrafenis van de gildebroeder. »Als een lid van het gilde sterft, betaalt het gilde zielemissen en koopt bovendien brood dat onder de armen wordt verdeeld 'voor het zieleheil van de doden'. Het 'moge God het u vergelden' van de arme weegt even zwaar in het hiernamaals als de dodenmis van de kapelaan.« »Net als alle anderen verdelen ook de snijders bier onder de armen, niet zonder zegebede. Ze hebben een eigen biervoorraad [...] maar als ze die aanspreken, drinken de armen mee. Zo is de kring rond: geen aardse welvaart zonder hemelse steun, geen snijderswelvaart zonder armenzorg« (A. Borst). Aldus enkele bepalingen van het snijdersgilde van Lincoln.[8]

d. Broederschappen en 'parochiegilden'

Maatschappelijk leven buiten enige vorm van broederschap was in de middeleeuwen nauwelijks denkbaar en eeuwig heil al helemaal niet. Een *eervolle* begrafenis was dan ook een van de belangrijkste doelstellingen van gilden en gildeachtige genootschappen. Omdat niet iedereen lid van een gilde kon zijn, ontstonden in de late middeleeuwen allerlei religieuze broederschappen naar gildemodel, maar met de ideologie van de vroeg-middeleeuwse gebedsverbroederingen. Vooral ten tijde van de grote pest, »toen men handen te kort kwam om de doden te begraven«, bloeiden deze broederschappen. Daarnaast waren er zogenaamde *parochiegilden*. Een dergelijke gemeenschap moet Guillaume Pépin († ca. 1432), bisschop van Evreux, wel bedoelen als hij een nachtelijk festijn in de kerk hekelt: »De vierde soort komt naar de kerk in de geest van vraatzucht en dronkenschap, zoals veel landvolk doet dat bepaalde gildeherdenkingen houdt ter ere waarvan, zeggen ze, ze samenkomen op bepaalde dagen van het jaar en hun feesten in de kerk houden, misschien omdat ze geen huizen hebben die zo'n gezelschap kunnen herbergen, en aldus ontheiligen en bevuilen ze het heiligdom van God met hun vreten en zuipen, vuile taal en geschreeuw.« Het kan ook zijn dat Pépin gewoon het feest van Kerkwijding, het feest van de parochiepatroon bedoelde, maar dan nog is het frappant dat de doden bij de feestviering werden betrokken, zoals blijkt uit de term *gildeherdenking*. Gedacht kan ook worden aan wat de Engelsen *church ale/kerkbier* noemden, drinkgelagen op de vooravond van kerkelijke feesten. Over de relatie parochie-gilde leze men het onlangs verschenen boek van E. Duffy: *The Stripping of the Altars*.[9]

Het zou niet juist zijn gilden, broederschappen, parochies en buurtschappen

op één hoop te gooien. Daarvoor zijn de verschillen veel te groot. Maar gemeenschappelijk was de onderlinge solidariteit en de solidariteit met de doden. Dit laatste kwam tot uitdrukking bij het jaarlijkse drinken op de doden en bij de begrafenis van een lid van zo'n gemeenschap. *Studien zum Totenbrauchtum* van P. Löffler is een vergelijkend onderzoek naar de gebruiken rond dood en begrafenis bij gilden, broederschappen en buurtschappen. Drie dingen vallen in deze studie op:
1. éénzelfde scenario, onder meer bestaand uit doodaanzeggen, dodenwake, lijkstoet en doden- of begrafenismaal;
2. het feit dat iedere gemeenschap het ceremonieel van *de laatste gang* in eigen regie hield;
3. de opmerkelijke continuïteit van deze structuren.

Het langst bleven ze bestaan in de buurtschappen op het platteland, tot in de negentiende eeuw. Hier moeten twee kanttekeningen worden gemaakt. Het onderzoek van Löffler strekt zich uit van de vijftiende tot de negentiende eeuw en beperkt zich tot Westfalen. Maar de door hem bestudeerde gebruiken tonen grote overeenkomst met die van de oostelijke provincies van Nederland. Opmerkelijk is ook zijn conclusie dat de religieus-kerkelijke structuren weinig invloed hadden op het scenario. Dit relativeert de stelling van Ph. Ariès »dat voor lange tijd de dode een klerikale aangelegenheid zou worden«. Het mag juist zijn dat vanaf de twaalfde eeuw de rol van de clerus groter werd: sacramenten van de stervenden, dodenmis en jaardiensten. Dat neemt niet weg dat de gemeenschappen het scenario in eigen hand hielden.[10]

Van de door Löffler behandelde thema's sluiten de dodenwake en het dodenmaal aan bij het hiervoor behandelde. De *dodenwake* had tot doel de dode *in de kring van de levenden te betrekken*. Zolang niet alle rituelen waren voltrokken, werd de dode nog niet als echt dood beschouwd. Het is de archaïsche voorstelling van *de levende dode*, die gebonden was aan de termijnen van de derde, zevende en dertigste dag. Onder het genot van bier en jenever en van eten werd de tijd doorgebracht. Er werd gekaart, gedanst, men haalde grappen uit en vertelde verhalen, bij voorkeur griezelverhalen. Met name in de buurtschappen waren er volgens Löffler geen grote verschillen tussen katholieken en protestanten. Zoals te verwachten is, ontbreken de verboden van Kerk en overheid niet. Pas in de achttiende/negentiende eeuw kreeg de dodenwake een wat 'stichtelijker' karakter en werd het bidden bij de dode algemeen. Er begon een afstand tot de dode op te treden en men waakte in een ander vertrek dan waar de dode lag opgebaard.[11]

Het *dodenmaal* of *dodenbier* bracht gilde of buurtschap bijeen om een laatste keer gemeenschap te vieren met de dode, die als gastheer werd beschouwd (Ranke). Op het platteland gebeurde dat op de deel, waar de dode lag opgebaard in een geopende kist. Een bijzondere plaats namen de lijkdragers in. Zij brachten de afscheidsdronk uit, waarmee de positie van de dode als huisheer werd beëindigd. Löffler ziet deze dronk als een juridische, niet als een magische handeling. Met recht kan van *erfbier* worden gesproken, want pas na deze officiële dronk kwam de erfenis vrij. Officiële verslagen spreken in misprijzende zin over deze 'zuippartijen'. Het zou zijn voorgekomen dat om die reden de lijkstoet te laat in de kerk kwam. Confessionele verschillen kwamen voort uit het feit dat de protestantse begrafenissen in de namiddag plaatsvonden. Na de begrafenis vond (weer) een dodenmaal plaats. In de loop van de negentiende eeuw werden alleen nog de *naaste buren* in het sterfhuis onthaald. De overige gasten werden getrakteerd in een café. Bier en jenever en allerlei gerechten werden mettertijd vervangen door koffie en gebak. Maar zelfs toen bleef de term *dodenbier* nog enige tijd in gebruik. En zoals het altijd was geweest en zoals het hoorde, ook de armen kregen hun aandeel in de vorm van *lijkkoeken*. In afgelegen streken hield het oude scenario stand tot aan de Eerste Wereldoorlog. Met het verschijnen van lijkhuizen en begrafenisondernemers werden de doden pas echt uit de gemeenschap van de levenden verbannen.[12]

Om methodische redenen zijn in de voorgaande bladzijden die dodenrituelen beschreven die in handen waren van de gemeenschap waartoe de dode behoorde, en die een indrukwekkende continuïteit laten zien. Rituelen die het de nabestaanden bovendien gemakkelijker moesten maken het verdriet te verwerken. Dit doet geen afbreuk aan de kerkelijke 'overgangsriten': sacramenten van de stervenden, dodenliturgie en missen die voor de overledene werden gelezen. In de praktijk vormden zij een eenheid met de niet-kerkelijke gebruiken. Wat de zorg voor de dode betreft, was er in katholieke landen en landstreken geen breuk tussen middeleeuwen en nieuwe tijd. De echte breuk kwam met de ontkerkelijking, hoewel zelfs door onkerkelijken de kerkelijke riten soms nog op prijs gesteld werden/worden.

12. Dodencultus in de orthodoxe Kerk

In deel II werd uiteengezet hoe de voorstelling van zelfstandig optredende doden door de Kerk werd afgewezen. Dit gebeurde niet in dogmatische uitspraken maar in de vorm van demonisering. In de hoofdstukken 10 en 11 hebben we kunnen zien dat de westerse Kerk ook al te materiële uitingen van piëteit jegens de doden als zeer ongewenst beschouwde, maar dat desondanks restanten van archaïsche voorstellingen voortleefden. Een vergelijking met dodengebruiken in de orthodoxe Kerk laten zien hoe het ook had gekund. Een vergelijking is gerechtvaardigd, omdat het gaat om verwante tradities met een gemeenschappelijke oorsprong: het voorchristelijk maal op het graf, dat *refrigerium/verkwikking* werd genoemd. In de Kerk van het Oosten is het, ondanks aanvankelijk verzet van kerkelijke zijde hiertegen, bewaard gebleven en min of meer geïntegreerd. De Russen namen het des te gemakkelijker van de Grieken over, omdat het aansloot bij inheemse gebruiken.[1]

1. RUSLAND

Vladimir Propp gaat uit van de omstreden hypothese dat »de dodencultus is verbonden met de belangen en aspiraties van de boeren«. Aan het eind van dit hoofdstuk zal moeten blijken hoe gefundeerd deze opvatting is. Wat zijn de feiten? In Rusland vindt het herdenken van de doden plaats op verschillende tijdstippen tussen de winter- en zomerzonnewende en op 22 oktober, het feest van Sint-Dimitri. Het kerstfeest begint met een maal ter ere van de doden. Gegeten wordt (werd?) varkensvlees en *kutja*, de dodenspijs bij uitstek. Dit is een zoete brij van tarwe en rijst, vermengd met honing en vruchten. In plaats van rijst of tarwe werd ook gierst of gerst gebruikt. Hetzelfde gerecht wordt geserveerd op nieuwjaar en Epifanie/Driekoningen. Propp beklemtoont dat voor dit gerecht, dat ook bij begrafenissen wordt genuttigd, ongemalen korrels dienen te worden gebruikt. Dus zaadkorrels met kiemkracht, garantie voor de volgende oogst, een gedachte die ook ten grondslag ligt aan het eten van eieren. *Kutja* eten betekent, aldus Propp, deel hebben aan het zaad dat sterft om levend te worden;

het is terugkeer van het leven, ondanks de dood. Daarom hoort het ook bij geboorte en trouwen. Ritueel zijn ook de *bliny*, pannekoeken, onderdeel van het doden- of herdenkingsmaal. Ter verklaring voegt Propp eraan toe dat, hoewel *bliny* archaïsch voedsel is, het de magische betekenis van *kutja* mist. Allen drinken uit één beker, na eerst voor de doden, die aanwezig worden geacht, geplengd te hebben. Hoewel het ritueel bestemd was voor de eigen doden, werden voor doden zonder nakomelingen *bliny* in het raam gelegd.

In de *vette week* (vastenavond), het vrolijkste feest van het jaar, worden *bliny* in de vensterbank gelegd of uitgedeeld aan het »bedelgilde om hun doden te gedenken«. Een bijzonder gebruik is dat men elkaar op de laatste dag van dit feest vergiffenis vraagt en de graven bezoekt om de doden vergiffenis te vragen. Men legt *bliny* op het graf en soms een fles wodka. In de dagen voor en na Pasen is men opnieuw druk met de doden. Volgens Zelenin zou het om een oud nieuwjaarsfeest gaan (A. Zelenin, *Russische Volkskunde*, z.p. 1927, geciteerd in Haase). Op Witte Donderdag wordt het huis grondig geveegd en het afval verbrand. Op Paaszondag bezoekt men in alle vroegte de graven om de doden een zalig Pasen te wensen. In de paasweek of Thomasweek valt *Radunica*. Iedereen gaat naar het kerkhof, de vrouwen heffen klaagzangen aan, gelijk aan de lijkklacht bij begrafenissen. Spijs en drank, met name *bliny* en *kutja*, worden op het graf gezet. Weer wordt de doden zalig Pasen gewenst en dan volgt een vrolijk feest met de doden: eten, drinken, zang en dans. In de pinksterweek is er het *rusalki-* of *semikfeest* met dodenmaal (*bliny* en *kutja*) en ook nu weer de merkwaardige afwisseling van dodenklacht en uitgelaten vrolijkheid. Haase concludeert: »De overdracht van Oudslavische dodenfeesten of christelijke feesten is overal daar aanwezig, waar *kutja*, de rituele dodenspijs, aan te pas komt.« Daarnaast is de overeenkomst met hedendaagse Griekse gebruiken te opvallend om Byzantijnse invloed helemaal uit te sluiten. De bovenstaande beschrijving is gesteld in de tegenwoordige tijd. Wat van al deze feesten is overgebleven na zeventig jaar communisme, is onduidelijk.[2]

2. Joegoslavië

Nergens kon beter dan in voormalig Joegeslavië worden vastgesteld hoe bepalend de kerkelijke invloed is geweest op de volksgebruiken. De gegevens zijn ontleend aan het werk van Schneeweiss (1935). »Zoals op alle gebieden van de folklore is ook bij de dodengebruiken te zien dat ze bij de Serviërs frisser en oorspronkelijker zijn dan bij de Kroaten, wat met de grotere tolerantie van de orthodoxe Kerk tegenover volksgebruiken samenhangt. Heel opvallend uit zich dit bij de spijziging van de doden« (Schneeweiss).

Net als de Russen kennen de Serviërs meerdere dodenfeesten en wel op de zaterdagen voor de verschillende vastenperiodes, in de herfst, in februari en voor

Pinksteren en op veel plaatsen ook op maandag na beloken Pasen. Broden, gemaakt van tarwe en honing, en andere gerechten en dranken worden naar de kerk gebracht en gezegend. Aansluitend vindt bezoek aan de graven plaats, waar gegeten en gedronken wordt. De katholieke Kroaten houden zich aan Allerzielendag op 2 november. Ze versieren de graven met bloemen, sprenkelen wijwater en branden kaarsen. Ook laat men het vuur nog een week 's nachts branden, zodat de zielen zich kunnen warmen. Velen bezoeken bovendien de graven daags na Kerstmis, Pasen en Pinksteren. In de nacht van 1 op 2 november komen de zielen op bezoek. De klokken worden geluid, omdat de doden geacht worden bijeen te komen voor een mis. Een groot twee- of driedaags feest bij de Serviërs is dat van de huispatroon, de heilige met wie de familie nauw verbonden is en waarbij ook de doden niet worden vergeten. Voor hun zielerust worden koeken uitgedeeld. Ten slotte kennen zij ook een éénpansgerecht van graansoorten of peulvruchten op kerstavond, vergelijkbaar met het Russische *kutja*.[3]

3. Griekenland

In Griekenland is het beeld vergelijkbaar en zijn de dodengedenkdagen gebonden aan de kerkelijke feestkalender. Zoals in Joegoslavië brengt men de gaven eerst naar de kerk om ze door de priester te laten zegenen. Deze krijgt zijn aandeel van de gaven, evenals de armen. We zien hier een tweevoudige strategie van de orthodoxe Kerk om 'onchristelijke' zaken te legitimeren: binding aan de kerkelijke kalender en zegen. De eerste gedenkdagen van het jaar zijn drie zaterdagen voor en na carnaval, de zogenaamde *psychosabbaton*. Het volksgeloof neemt aan dat op deze dagen de doden met de levenden verkeren. De huisvrouwen maken *kollyva*, een soort brij, en *halva*, een versnapering van amandelen en suiker, en delen die uit aan de buren. In het zwart geklede vrouwen en meisjes bezoeken de graven met *kollyva*. De graven worden verlicht met kaarsen en er wordt wierook gebrand. Op deze dagen geldt een arbeidsverbod. Aan de *kollyva* worden magische krachten toegekend, als bescherming tegen het boze oog of als liefdesorakel.

Op Paaszaterdag is er na de kerkdienst een korte ceremonie op het kerkhof onder leiding van de priester. In sommige plaatsen worden brij, broden en andere gerechten aan de armen gegeven. In de dagen na Pasen gaan de kinderen langs de deuren om de *roussalia* te zingen. *Rosalia* is ook de naam voor het dodenfeest op de zaterdag voor Pinksteren en zou teruggaan op een feest van dezelfde naam in de Oudheid. De opvatting dat in de tijd tussen Pasen en Pinksteren de doden zich weer ophouden in de wereld van de levenden, wordt daardoor verklaard dat Christus, die met Pasen de poorten van de onderwereld verbrak, de doden vrijliet de onderwereld te verlaten tot Pinksteren. Behalve *kollyva* worden op deze dag ook bloemen naar de graven gebracht, bloemen waaraan het feest zijn naam ontleent.[4]

4. Oorsprong

Wat in de Slavische gebruiken inheems is en wat is toe te schrijven aan Byzantijnse invloed, kan hier niet worden uitgemaakt. Uit de beknopte beschrijving is duidelijk geworden dat brij voor de doden, *kutja* in het Russisch, *kollyva* in het Grieks, een steeds terugkerend element is. De samenstelling ervan kan variëren, maar de rituele betekenis is onmiskenbaar. Het is ook het gerecht bij uitstek op de dag van de begrafenis en op de derde, negende en veertigste dag erna. Het dient zowel bij individuele als collectieve dodenfeesten. Wat betreft de oorsprong zegt Nilsson: »Hoogst zelden kan de continuïteit van een cultisch gebruik door de eeuwen worden vervolgd als in dit geval.« In de moderne literatuur wordt het gerecht wel als *panspermie/allerlei zaad* aangeduid. In de Oudheid was het een soort eerstelingenoffer van de nieuwe oogst. In dit gerecht is het verband met de oogst en de doden evident en ook nu nog wordt het behalve op dodengedenkdagen bij oogstfeesten bereid. Om van continuïteit te kunnen spreken, is het niet voldoende te vergelijken en overeenkomsten vast te stellen, aldus Gjerstad, er dient ook een ononderbroken reeks te worden aangetoond. In een uitvoerig artikel is hij de christelijke overlevering van dit gebruik nagegaan, waarbij ook voldoende negatieve geluiden van kerkelijke zijde te beluisteren zijn. Anders dan de zusterkerk van het Westen hebben de orthodoxe kerkleiders zich uiteindelijk neergelegd bij de gebruiken waaraan het volk zo gehecht was.

In dit complex van rituelen wordt op indrukwekkende manier de solidariteit tussen levenden en doden niet alleen gesymboliseerd, maar feitelijk voltrokken. Met recht kan hier worden gesproken van *communie* tussen levenden en doden. Deze nog levende gebruiken kunnen de sceptische moderne mens helpen zich voor te stellen hoe in voorchristelijke tijd in onze streken de gemeenschap met de doden werd gevierd met een vrolijke dronk. Geconcludeerd mag worden dat de orthodoxe Kerk, die tegen het dogma van het vagevuur was, wel meer respect heeft getoond voor uitingen van volksvroomheid met betrekking tot de doden dan de westerse Kerk. Daarmee is niet gezegd dat ze het in detail met al dit soort praktijken eens was. Een overeenkomst met het Westen is dat ook hier de armen optreden als de gevolmachtigden van de doden.

Hoe aannemelijk is de hypothese van Propp dat »de dodencultus is verbonden met de belangen en aspiraties van de boeren«? De 'vruchtbaarheidsideologie' is in de volkskundige literatuur zeer omstreden en wordt door veel auteurs afgewezen. In hoofdstuk 8.7.b is dit probleem aan de orde geweest en daar werd vastgesteld dat een relatie tussen de doden onder de aarde en het zaad dat in de aarde rust, wel moet worden aangenomen. Deze veronderstelling vindt steun in de hier beschreven gebruiken. Niet alleen wordt *zaaigoed* ritueel genuttigd samen met de doden, vanouds is het ook een gerecht dat zowel met de oogst als met de dodencultus in verband stond.[5]

Samenvatting van deel III.A

De zeer verschillende gebruiken en praktijken die in deel III.A de revue zijn gepasseerd, zijn onverklaarbaar zonder een sterke beweegreden. Het is de solidariteit met de doden, die bergen heeft verzet. Het christendom moest bepaalde heidense uitingen van solidariteit wel afwijzen, omdat ze onverenigbaar waren met zijn leer van de individuele verantwoordelijkheid en van de *loutering* (*vagevuur*). Volgens deze leer is de dode een hulpeloos wezen dat in ellendige staat verkeert en niets meer voor zichzelf kan doen. De christelijke variant van de solidariteit is de leer van de Gemeenschap van de Heiligen, die levenden en doden verbindt. De *arme zielen* kunnen worden geholpen door de heiligen en de levenden, krachtens de genade van Christus. De bijdrage van de levenden bestaat uit missen, gebeden en aalmoezen. De aalmoes maakt van de armen een onmisbare schakel in de christelijke heilseconomie.

De dodenliturgie en de gebedsverbroedering, twee scheppingen van het vroegmiddeleeuwse klooster, dienen om de mens op zijn laatste reis effectief te begeleiden. Adel en klooster vonden elkaar in de zorg voor de doden: aardse goederen in ruil voor eeuwig heil. In de late middeleeuwen imiteerde de bemiddelde stedeling de adel, getuige de talrijke stichtingen van jaarmissen. De Kerk kon niet verhinderen dat bepaalde vormen van voorchristelijke dodencultus bleven voortbestaan; in de orthodoxe Kerk in de vorm van ritueel eten met de doden, in het Westen als proosten op de doden. Geaccepteerde vormen hiervan waren de *minne*, het drinken op de heilige en het *caritas-drinken* in de kloosters, een vrome dronk voor de zielerust van een weldoener. Het meest problematisch waren aanstootgevende gebruiken rond dood en begrafenis. In gilde, broederschap en buurtschap werden ze gestileerd in dodenwake en dodenmaal bij de begrafenis.

B. De doden in de religieuze verhaaltraditie

13. De reis in het hiernamaals

De laat-middeleeuwse mens was geobsedeerd door de dood. »Geen tijd heeft de doodsgedachte met zoveel nadruk voortdurend aan allen opgedrongen als de 15de eeuw« (Huizinga). In woord en beeld, of met de woorden van Huizinga in *preek en prent*, werden de vergankelijkheid van het leven en de verschrikkingen van hel en vagevuur breed uitgemeten. Het *grote sterven* tijdens de pestepidemieën heeft ongetwijfeld tot deze obsessie bijgedragen, maar het thema is ouder. Het door tal van componisten getoonzette *Dies Irae/Dag der wrake* stamt uit de dertiende eeuw. De leer van *de uitersten*: dood, oordeel, hemel en hel, was minder een zaak van officiële kerkelijke uitspraken dan van populaire verkondiging. Getalenteerde predikers beukten sedert de twaalfde eeuw op de hoofden van de gelovigen met hel en verdoemenis om hun een *heilzame vrees* in te boezemen. Hun preken bevatten talrijke exempels over de lotgevallen van de ziel na de dood. De door Le Goff gesignaleerde 'populariteit' van het vagevuur is grotendeels te danken aan deze volkspredikers. Waar haalden die hun stof, waar kwamen de verhalen vandaan? De weg terug leidt weer naar het klooster, de vroeg-middeleeuwse monnikengemeenschap.[1]

1. Gregorius de Grote, vader van het doodsvisioen

Gregorius de Grote († 604) vertelt in zijn *Dialogen* over een van zijn monniken, die tegen zijn zin in het klooster was gegaan. Hij vloekte, had driftbuien en spotte met het heilige. Tijdens een pestepidemie werd hij door de ziekte getroffen. Zijn medebroeders verzamelden zich rond zijn sterfbed om voor hem te bidden. Plotseling riep hij: »Ga weg, allemaal, ik ben uitgeleverd aan een draak die mij verslindt, alleen jullie tegenwoordigheid houdt hem tegen. Laat hem doen, wat hij moet doen.« Bij die woorden verdubbelden de monniken hun gebed en slaagden erin de demon te verdrijven. De levensgeesten keerden terug en Theodorus, zo heette de man, werd een voorbeeldig monnik. Dit is een van de vele verhalen over wat de mens bij de dood kan overkomen, verhalen die Gregorius in zijn *Dialogen* verzamelde.

a. Zielzorger, schrijver. De 'Dialogen'

Een boek vol visioenen, visioenen van stervenden en doden. Doden die reisden naar de andere wereld en terugkwamen om daarover te vertellen. Het visioen als zodanig had al een lange voorgeschiedenis: joods, christelijk, heidens. Daarover straks meer. Het nieuwe van het boek was: 1. een hele collectie soortgelijke verhalen, 2. rond de thema's dood en hiernamaals, 3. als illustratie van de leer hieromtrent. En de auteur, een monnik op de stoel van Petrus. Ook dat was nieuw.

Gregorius stamde uit een Romeins patriciërsgeslacht en genoot de beste opleiding van zijn tijd. Hoewel voorbestemd voor een politieke carrière trok hij zich terug uit de wereld, stichtte in zijn eigen huis een klooster en later, uit eigen middelen, nog zes andere. Lang zou dit monnikenleven niet duren, want als diaken werd hij door de paus voor een diplomatieke missie naar Constantinopel gestuurd. Tegen zijn zin werd hij tot paus gekozen (590), maar zijn regering zou »beslissend blijken te zijn voor het vervolg van de kerkgeschiedenis en het middeleeuws pausschap« (Kelly). Hoofd van de Kerk in een apocalyptische tijd: pest, hongersnood, invallen van de Longobarden, achtte hij het einde der tijden aanstaande. Dit gegeven en zijn monastieke achtergrond verklaren zijn interesse voor de *laatste vragen*.

Gregorius was een eminent zielzorger, meer dan een origineel denker (Altaner). Zijn betekenis ligt dan ook op het vlak van de kerkelijke praktijk. Wat Augustinus was voor het theologisch denken, was Gregorius voor de zielzorg. Zijn *homilieën*, een verzameling preken, golden in de middeleeuwen als een model voor de verkondiging. »Zijn *Regula Pastoralis*, een handleiding voor zielzorgers, was qua betekenis voor de wereldgeestelijken vergelijkbaar met de regel van Benedictus voor de monniken« (Altaner). De boeken I-III van de *Dialogen* zijn gewijd aan de levens van de heiligen en hun wonderen. Boek II gaat in zijn geheel over Benedictus. Dit verklaart mede de populariteit in kloosterkringen. Boek IV gaat over de *uitersten*: dood, oordeel, hemel en hel, en bevat de visioenen over het hiernamaals. Hier zet hij ook de leer van de loutering (*vagevuur*) uiteen en legt hij uit wat de levenden voor de doden kunnen doen. De invloed van *Dialogen* IV op het middeleeuwse denken kan niet hoog genoeg geschat worden.

Gregorius is verschillend beoordeeld door kerkhistorici van verschillende confessies. Zeer hard is het oordeel van Harnack. Gregorius zou het denken van de kerkvaders hebben gesimplificeerd en de aanzet hebben gegeven tot een grofzinnelijke godsdienstigheid. Wie met moderne ogen de naïef aandoende verhalen van de *Dialogen* leest, kan zich niet voorstellen dat uitgerekend dit werk zo'n geweldige uitwerking zou hebben. Over deze middeleeuwse 'bestseller' bij uitstek schreef Gregorovius in 1867: »Wie deze verhalen leest, moet toch wensen dat het de kritiek gelukt zou zijn Gregorius van het auteurschap te bevrijden.«

Nu, meer dan een eeuw later, zijn de oordelen genuanceerder, en aan zijn betekenis, hoe ook gewaardeerd, wordt door niemand meer getwijfeld.[2]

b. Voor wie bestemd?

Dom de Voguë, die in 1978 een wetenschappelijke editie van de *Dialogen* verzorgde, is van mening dat het geen populair boek was, maar bestemd voor een elite. De geschiedenis van het doodsvisioen laat zien dat dit vooral in de kloosters werd gecultiveerd om pas in de twaalfde eeuw echt 'populair' te worden, dankzij een verbeterde prediking. Le Goff beschouwt het doodsvisioen terecht als een monastieke erfenis. De mening van de Voguë wordt niet gedeeld door P. Riché: »Toen paus Gregorius zijn 'Dialogen' schreef, dacht hij vooral aan het grote publiek of aan degenen die gevoeliger zijn voor exempels dan voor leerstellige betogen.« Het antwoord op bovengestelde vraag is niet zonder betekenis, want *Dialogen* IV gaat over een thema dat als geen ander de gemoederen in de middeleeuwen bezighield: het lot van de doden.

Zelfs als Gregorius zijn boek in eerste instantie in handen van een geletterd publiek zag, kan hij de boodschap ervan onmogelijk voor een select publiek hebben bedoeld. De boodschap: wat staat de ziel na de dood te wachten, was van te algemene betekenis en Gregorius was te zeer zielzorger om die boodschap beperkt te zien tot een exclusieve kring. In de *Dialogen* gebruikt hij meermalen de zinsnede: »Zoals ik in mijn preken al eens heb gezegd.« Gregorius citeert zichzelf regelmatig. De Voguë ondergraaft zijn eigen mening door aan te tonen dat er een aanwijsbaar verband is tussen de *Dialogen* en de preken. De *Preken over het Evangelie* bevatten meer dan veertig verwijzingen naar boek IV van de *Dialogen*. Ruim een derde heeft betrekking op ervaringen met het hiernamaals. Deze preken waren in elk geval voor een breed publiek bestemd.

Hoezeer Gregorius ook gehecht was aan het kloosterleven – het is bekend dat hij met tegenzin het klooster verliet om paus te worden –, zielzorg woog voor hem zwaarder dan kloosterleven. Dat blijkt ook uit zijn besluit om monniken in te zetten voor de missionering onder de Angelsaksen. In het vorige hoofdstuk is gebleken hoezeer de Germanen geobsedeerd waren door het lot van hun doden. De boodschap van Gregorius is bij hen zeer goed overgekomen, zoals blijkt uit het werk van Beda. En ook de Frankische adel gaf te kennen, Gregorius goed te hebben begrepen. Ze praktizeerden precies datgene wat Gregorius in zijn *Dialogen* had aanbevolen. Ze deden grote investeringen opdat missen zouden worden gelezen, gebeden gezegd en aalmoezen gegeven voor hun eigen zieleheil en dat van hun familieleden. Men mag ervan uitgaan dat zij door hun veelvuldige contacten met de kloosters ook kennis hebben genomen van de verhalen over reizen in het hiernamaals.

Of dit ook gold voor het volk is moeilijker vast te stellen. Zoals gewoonlijk, wanneer het over het volk gaat, zwijgen de bronnen. Of beter gezegd, wanneer in de bronnen over het volk wordt gesproken, is dat veelal in negatieve zin. Toch is het niet goed voor te stellen dat het volk geen weet heeft gehad van de boodschap van Gregorius. Het christendom is te zeer gericht op het hiernamaals dan dat dit niet in de verkondiging, hoe elementair ook, aan de orde is gekomen; juist voor een ongeletterd publiek waren de verhalen buitengewoon geschikt. Men herinnert zich het geval van de Friese koopmansweduwe die haar bezittingen vermaakte aan de kerken en armen van Dorestad (9de eeuw). Zij moet daarbij wel dezelfde voorstellingen gehad hebben als de adel. Kan men op goede gronden aannemen dat het volk inderdaad op de hoogte moet zijn geweest van de leer over het hiernamaals, moeilijker is het dit aan te tonen. Het volgende is dan ook een kwestie van speculeren.

Verderop kom ik nog te spreken over de preek in deze periode. Nu volsta ik met op te merken dat het daarmee, althans op het platteland, niet best gesteld was. Het werd daarom wenselijk geacht dat de pastoor naast de liturgische boeken over een *preekboek* beschikte, zodat hij tenminste deze preken voor zijn gelovigen kon vertalen – aangenomen dat zijn kennis van het Latijn toereikend was. Onder deze *standaardpreken* namen de veertig homilieën van Gregorius een voorname plaats in (Jedin). Dit zal zeker het geval zijn geweest in parochies die vanuit de kloosters werden bediend. Hoe dan ook, deze preken circuleerden hier en daar onder de parochiegeestelijken en gezien de gretigheid van hun gehoor als het over de doden ging, zullen die preken die wat te melden hadden over het hiernamaals, waarschijnlijk van tijd tot tijd aan de orde zijn gekomen. In een cultuur waarin de mondelinge overlevering zo'n grote rol speelde, zullen deze verhalen weer zijn doorverteld. Een dergelijke gang van zaken is des te waarschijnlijker, omdat het verkeer tussen levenden en doden een gangbare voorstelling was van hoog tot laag in de Kerk. Kortom, het is niet aannemelijk dat het volk tot de twaalfde eeuw heeft moeten wachten, alvorens te worden geconfronteerd met verhalen over de doden in de trant van Gregorius.[3]

c. Het doodsvisioen

Het is wenselijk eerst duidelijk te maken wat er wel en niet onder visioenen wordt verstaan. Visioen als religieuze ervaring is een »innerlijk gezicht van profetische of mystieke aard dat als iets bovennatuurlijks, in een toestand van extase, trance of droom, ervaren wordt« (van Dale). Het religieuze visioen is wel te onderscheiden van pathologische verschijnselen als hallucinaties, van kunstmatig opgewekte bewustzijnsveranderingen of bijna-dood-ervaringen. Onderscheid moet ook worden gemaakt tussen het visioen zelf en de schriftelijke neerslag ervan. Een bron van misverstand is dat datgene wat de visionair heeft *gezien* op één lijn wordt gesteld met *literaire 'visioenen'*. Volgens deze opvatting zouden de opgetekende visioenen louter literaire conventie zijn. Bekende voorbeelden van *literaire 'visioenen'* zijn de reizen naar de onderwereld in de *Odyssee* (chap. 11) en de *Aeneis* (chap. 6), en de fantastische reizen uit de Keltische literatuur. Lang heeft de literaire kritiek de vroeg-middeleeuwse visioenen als afleggertjes van de klassieke literatuur beschouwd. Dit is niet verwonderlijk, omdat de beelden rechtstreeks ontleend zijn of lijken te zijn aan de oude literaire modellen. Zo heeft bijvoorbeeld de beschrijving van de gruwelen van de Hades haar weg gevonden in de joodse en christelijke apocalypsen. Wat hier religieuze ervaring is en wat literaire conventie, is moeilijk uit te maken. Een laatste misverstand komt voort uit het gelijkstellen van de visioenen in kwestie met middeleeuwse allegorieën. Men heeft ze vergeleken met de *Divina Commedia* van Dante (Le Goff), om vervolgens te concluderen dat het nogal povere produkten zijn. Het wezenlijke verschil werd daarbij over het hoofd gezien, het verschil namelijk tussen werkelijkheid en fictie. In het eerste geval gaat het om een verslag van een religieuze ervaring (*Erlebnisbericht*), in het tweede om een literaire allegorie (Dinzelbacher).[4]

Kenmerkend voor het joods-christelijke visioen is dat het een boodschap voor de geloofsgemeenschap bevat ofwel bekering van de visionair teweegbrengt (König). Een voorbeeld van dit laatste is het visioen van Paulus bij Damascus en de daaropvolgende bekering (Hand. 22; 2 Kor. 12). Een doodsvisioen is een religieuze ervaring in het uur van sterven, waarin de visionair ziet wat hem na de dood te wachten staat: de heerlijkheid van het paradijs of de gruwelen van de hel of de loutering. Hij maakt als het ware een reis naar de *andere wereld* (*Jenseitsreise*). Er zijn ook gevallen beschreven waarbij iemand dood was en naar het leven terugkeert, om te vertellen wat hij ginds gezien heeft. Een visioen kan authentiek zijn en toch een conventionele inhoud hebben. Hoe zou het ook anders kunnen zijn! Een ziener is tenslotte een kind van zijn tijd, heeft zijn geest gevoed met bepaalde gangbare beelden, bezit als het ware een innerlijke iconografie. Zo lijken vroeg-middeleeuwse doodsvisioenen erg veel op elkaar.

Wat te denken van de verhalen van Gregorius? Zijn het echte visioenen of vrome fabels? Dom de Voguë noemt ze een mengsel van historie en legende, van feit en fictie. Een aantal is terug te voeren op oudere literaire bronnen, andere spelen in zijn omgeving of heeft hij van zegslieden die steeds met name worden genoemd. Gregorius is zich ervan bewust dat het vermelden van zijn getuigen met de geloofwaardigheid te maken heeft. Drie dingen zijn in elk geval duidelijk:

1. Gregorius vertelt ze met een stichtelijk doel, namelijk om de leer van de onsterfelijkheid van de ziel en van de vergelding te ondersteunen of te *bewijzen* en op te wekken tot boete en bekering »zolang het nog niet te laat is«.
2. In de vroege middeleeuwen zijn deze verhalen als authentieke visioenen geaccepteerd. De grens tussen hier en ginds werd doorlaatbaar geacht (Gurjewitsch). Wat telt, is de middeleeuwse acceptatie en niet de scepsis van de moderne lezer, als men tenminste de toenmalige mentaliteit wil begrijpen.

Naar aanleiding van een visioen uit zijn eigen tijd schrijft Hincmar: »Ik ben ervan overtuigd dat het de waarheid is. Iets dergelijks heb ik ook gelezen in de *Dialogen* van de heilige Gregorius, in de *Geschiedenis van de Angelen* [van Beda] en in de werken van de heilige Bonifatius.« Het werk van Beda († 735) en de *vita* van Ansgar († 865), geschreven door zijn opvolger Rimbert, zijn goede voorbeelden van de manier waarop visioenen werden beschouwd, namelijk als uitingen van een diep religieuze ervaring.
3. Gregorius heeft met zijn visioenen school gemaakt, hij staat aan het begin van een lange traditie (Angenendt). Het is opmerkelijk dat de orthodoxe Kerk een dergelijke traditie niet kent.

Ten slotte nog een opmerking over de hier gebruikte term *doodsvisioen*. Het is een gebrekkige weergave van *Jenseitsvision*. Het Nederlands kent geen adequaat woord voor *Jenseits* (*Otherworld*, *Au-delà*). *Hiernamaals* drukt meer een tijdsaspect dan een ruimteaspect uit.[5]

d. 'Dialogen' IV

Het visioen vindt plaats in wakende toestand (extase) of tijdens de slaap, de *visio nocturna*, het nachtelijk visioen of droomgezicht. Soms zien de omstaanders de ziel van een heilige monnik opstijgen in de gedaante van een duif. De ruimte wordt vervuld van een heerlijke geur, een verschijnsel dat voortleeft in de uitdrukking *in geur van heiligheid sterven*. Ook wordt hemelse muziek gehoord of demonisch lawaai, de zogenaamde *auditiones*. Regelmatig wordt bericht hoe engelen en duivels een gevecht voeren om de ziel van de dode.

Dialoog IV, 39 is het verhaal van een reis naar de andere wereld. Op grond van een fout in de hemelse administratie, een persoonsverwisseling, keert iemand terug naar het leven en vertelt wat hij heeft gezien. Boven een zwarte, stinkende rivier bevond zich een brug. Wie erin slaagde eroverheen te komen, kwam in aangename groene weilanden met geurige bloemen. Iedereen had er zijn eigen schitterende woning. De brug was een brug van beproeving. De slechten vielen onherroepelijk in de rivier, waar afzichtelijke, zwarte wezens hen met haken naar beneden trokken.

Het boek is geschreven in dialoogvorm. Een diaken, Petrus, is de gesprekspartner. Op diens vraag of er een *reinigend vuur* (*ignis purgatorius*) is, zet Gregorius de leer van de loutering uiteen. Vóór hem had Caesarius van Arles († 542) al gesproken over dit reinigend vuur onder verwijzing naar de *stroom van vuur* in Daniël 7:20. Men kan zijn eigen loutering bekorten door goede werken in dit leven, bijvoorbeeld door het geven van aalmoezen. Voor alles beklemtoont Gregorius de noodzaak van bekering, zolang het nog tijd is. Op de vraag wat de levenden voor de arme zielen kunnen doen, zet hij uiteen hoe doeltreffend gebeden en vooral missen zijn. Typisch middeleeuws is al de nadruk op kwantiteit: veel gebeden, veel missen. In Dialoog IV, 57 vertelt hij het bekende verhaal van een van zijn eigen monniken, die ernstig tegen de kloosterregel had gezondigd door drie goudstukken te verbergen. Gregorius liet hem na zijn dood op een mestvaalt gooien. Als een gebaar van medelijden liet hij echter *dertig missen* lezen op dertig opeenvolgende dagen, waarna de dode verscheen om te laten weten dat hij gered was. De gewoonte dertig missen te laten opdragen voor een overledene, gaat terug op dit verhaal. Als *gregoriaanse missen* zijn ze de geschiedenis in gegaan. Dat doden verschijnen aan levenden wordt in de *Dialogen* als vanzelfsprekend beschouwd.

Op de vragen van zijn gesprekspartner waar de hel ligt, boven of onder de aarde, of de helse straf eeuwig duurt en wat de aard van het vuur is, gaat Gregorius zeer uitvoerig in. Sprekend over de duivel is hij op bekend terrein. Talloze verhalen over demonen waren onderdeel van de monnikencultuur. Dit was een erfenis van de Egyptische *Woestijnvaders*. Model hiervoor was het *leven* van de Egyptische kluizenaar Antonius († 356), grondlegger van het kloosterwezen, geschreven door Athanasius († 373), bisschop van Alexandrië. Kort na de dood van de heilige werd dit *leven* rond 375 door Evagrius van Antiochië in het Latijn vertaald. De gevechten van Antonius met baarlijke duivels werden spreekwoordelijk. »De demonen nemen een aanzienlijke plaats in deze biografie in en vooral de lange toespraak tot zijn volgelingen treft de moderne lezer bijna als een verhandeling over demonologie« (Quasten). Gregorius werd de vertolker van deze ideeën. Mede door zijn geschriften was de duivel, de grote verleider, niet meer weg te denken uit het leven van de monnik. Een leven lang duurde dit gevecht, en de doodsvisioenen laten zien wat op het beslissende moment de uitslag was van deze strijd. Dit verheft het visioen op een hoger plan en laat Gregorius' bedoeling zien. Net als de wonderen zijn het tekens van Gods handelen en het antwoord van de mens hierop. Geplaatst buiten deze religieuze context is het begrijpelijk dat men deze verhalen vaak als banale fantasieprodukten heeft beschouwd. Voor de leer van het hiernamaals en voor het middeleeuwse geloof in duivels is *Dialogen* IV een van de belangrijkste bronnen.[6]

2. Beda de Eerbiedwaardige

a. Erfgenaam van Gregorius

Bij de Angelsaksische monnik Beda († 735), tijdgenoot van Willibrord († 739) en Bonifatius († 754), wordt andermaal duidelijk dat het doodsvisioen een monastieke aangelegenheid was. Angenendt is van mening dat er een verband is tussen deze visioenen en de zogenaamde *gebedsverbroederingen*, deze vrome *samenzweringen* om zielen te redden. Het visioen bloeide in de tijd van Beda, de *gebedsverbroedering* is in dezelfde tijd in Engelse kloosters ontstaan.

Als kind van zeven jaar werd Beda opgenomen in het klooster Wearmouth in Northumbrië. Het grootste deel van zijn leven sleet hij in het nabijgelegen klooster Yarrow als opvoeder van jonge monniken en als geleerde. Voor het schrijven van zijn bijbelcommentaren baseerde hij zich op de kerkvaders, met een speciale voorkeur voor Gregorius. Zijn roem dankt hij aan zijn *Kerkgeschiedenis van de Engelse natie*. In meerdere opzichten laat hij zien de spirituele erfgenaam van Gregorius te zijn. In zijn *Kerkgeschiedenis* verwijst hij regelmatig naar diens geschriften. Het eerste hoofdstuk van boek II is een korte biografie en tevens een lofzang van deze paus, die opdracht gaf tot de kerstening van Engeland: »Hij maakte ons volk, tot dan toe overgeleverd aan de afgoden, tot de Kerk van Christus.« Dit was het werk van monniken, door Gregorius uitgezonden.

De eerste anderhalve eeuw was de Kerk van Engeland een monastieke Kerk. De bisschoppen kwamen voort uit dezelfde kloosters die ook Willibrord, Bonifatius en gezellen de Noordzee over zonden om het Evangelie te verkondigen aan Friezen en naburige volken. Het is niet te gewaagd te veronderstellen dat deze voor hun preken de vrome verhalen van wonderen en visioenen uit de *Kerkgeschiedenis* van Beda haalden. Meer dan 160 complete manuscripten zijn ervan bewaard, wat wijst op een enorme populariteit. Ongeveer zes jaar na voltooiing, nog tijdens het leven van Willibrord, werd er waarschijnlijk een kopie gemaakt in diens klooster in Echternach. Dit 'exemplaar van Echternach' dient als basis voor het wetenschappelijk onderzoek (Knowles). Door het getuigenis van Hincmar weten we dat ook Bonifatius zich met visioenen bezighield. Het is een intrigerende gedachte dat, terwijl monniken in de beschutting van een Engels klooster deze verhalen hoorden voorlezen tijdens de maaltijden in de refter, Friezen diezelfde verhalen hoorden vertellen door zonderlinge mannen met een merkwaardige tongval.

Geestelijk erfgenaam van Gregorius was Beda ook als het gaat over visioenen. Men vindt ze verspreid in zijn *Kerkgeschiedenis* en in zijn *Leven van Sint-Cuthbert van Lindisfarne*. Men zou het visioen van abt Fursey (boek III,19) moeten lezen om de diepe ernst te begrijpen waarmee mensen als Gregorius en Beda dit soort verhalen verstonden als stimulans tot hoogstaand zedelijk leven en als interpretatie van de profane geschiedenis vanuit een bovenaards standpunt. In het visioen van abt Fursey zijn we weer getuige van een kosmisch gevecht tussen engelen en duivels om de ziel van de abt. Elders wordt een visioen van Sint-Fursey meegedeeld, waarin het *uittredings*-karakter goed wordt beschreven. Na in het gezelschap van engelen te hebben verkeerd, kreeg hij opdracht tot zijn lichaam terug te keren. »Toen pas merkte hij dat hij zijn lichaam had afgelegd en hij [...] ondervond grote spijt zijn lichaam weer te moeten aannemen [...] Zijn ziel was in de gevangenis van zijn lichaam teruggekeerd, zonder dat hij wist hoe.

In een ogenblik voelde hij het leven zich verspreiden over zijn wangen.« Zijn gezellen hadden hem voor dood gehouden en de nacht bij hem gewaakt.

Een andere episode toont ons koning Edwin op de vlucht voor Ethelfrid en in ballingschap levend aan het hof van koning Redwald. Edwin zag in een visioen hoe het tij in zijn voordeel zou keren als hij het christelijk geloof zou aannemen (Boek II,12). In het *leven* van Sint-Cuthbert wordt verteld over het bezoek van abdis Elfleda aan bisschop Cuthbert. Toen ze samen aan tafel zaten, zag ze hoe zijn gelaatskleur veranderde, zijn ogen ongewoon verstrakten en het mes uit zijn handen viel. Op de vraag van de abdis wat hij had gezien, vertelde Cuthbert dat hem werd getoond hoe een heilige uit haar eigen klooster door engelen ten hemel werd geleid. De ontknoping van dit verhaal doet denken aan een moderne thriller. Waar de moderne lezer in Beda de geboren verteller waardeert, waren zijn tijdgenoten vol ontzag bij het horen van de wonderlijke dingen die God aan de mensen verrichtte door tussenkomst van zijn heiligen. Men is geneigd hem op zijn woord te geloven als hij aan het einde van zijn *Kerkgeschiedenis* schrijft: »Ik beleefde altijd genoegen aan leren, lesgeven en schrijven.«

b. 'Van de man die opstond van de dood'

Het volgende is de verkorte weergave van het verhaal van een man die opstond van de dood in het jaar 696 en vertelde wat hij had gezien. Dit wonder gebeurde »opdat de levenden gered mogen worden van de dood van de ziel« (Boek V,12). »Daarop verdeelde hij zijn bezittingen in drie delen, een deel voor zijn vrouw en een deel voor zijn kinderen. Het derde deel, zijn eigen aandeel [het *dodendeel* dat vóór de kerstening mee in het graf ging] verdeelde hij onder de armen [werd *armendeel*]. Vervolgens trad hij in het klooster Melrose.« Hier volgt zijn relaas:

»Hij die mij leidde, was stralend van gestalte. Al lopend kwamen we bij een breed dal, eindeloos lang. Aan de linkerkant waren verschrikkelijke vlammen, aan de andere kant niet minder afschuwelijke hagel en sneeuw. Beide plaatsen waren vol zielen van mensen die geen rust konden vinden. Ik begon te geloven dat dit de hel was, maar mijn gids zei: 'Geloof maar niet dat dit de hel is.' Daarna zag ik tal van bollen, bestaande uit zwarte vlammen, die als het ware uit een grote put kwamen en daarin terugvielen. Hierop liet mijn gids mij alleen te midden van de duisternis en de vlammen waren vol menselijke zielen. En achter mij hoorde ik het geluid van een afschuwelijke en treurige jammerklacht en tegelijk het harde lachen als van een ruwe menigte die gevangen vijanden beledigde. En toen het geluid dichterbij kwam, zag ik een bende boze geesten die de huilende en jammerende zielen met zich meesleurden. Intussen brachten sommige duivels mij aan alle kanten in het nauw, maar ze durfden me niet aan te raken, ofschoon ze me grote vrees aanjaagden. Toen ik dus overal omringd was door vijanden en duisternis, keek ik naar alle kanten om hulp. En daar verscheen achter mij als het ware een stralende ster, die geleidelijk in intensiteit toenam en al die boze geesten stoven uiteen en sloegen op de vlucht. Hij wiens toenadering hen op de vlucht joeg, was dezelfde die mij voorheen had begeleid.

Hij bracht me uit de duisternis in een sfeer van licht [...] en wij zagen een uitgestrekt en prachtig veld, zo vol geurige bloemen dat de heerlijke geur onmiddellijk de stank van de duistere oven verdreef. In dit veld waren ontelbare groepen mensen, gekleed in het wit, en menig gezelschap in blijdschap bijeen. Ik begon te denken dat dit misschien het hemels koninkrijk zou kunnen zijn. Hij antwoordde op mijn gedachte met de woorden: 'Dit is niet het hemels koninkrijk.' Toen we verder kwamen, ontdekte ik een nog veel mooier licht en hoorde daarin welluidende stemmen van hen die zongen. Hierbij verbleekte al het voorgaande. Ik hoopte dat we deze heerlijke plaats zouden binnengaan, toen mijn gids plotseling stilstond en mij terugbracht langs de weg waarlangs we gekomen waren.

Hij vroeg me of ik wist wat alles wat ik had gezien, betekende. Ik antwoordde ontkennend. En hij zei daarop: 'Het dal dat je zag, is de plaats waar zij die berouw toonden in het uur van sterven hun straf uitboeten. Op de dag van het oordeel zullen zij toegelaten worden in het hemels koninkrijk. De vurige stinkende put is de mond van de hel. Niemand die daarin valt, zal in eeuwigheid ooit verlost worden. Het prachtig landschap waar je die mooie, zeer jeugdige mensen zag, stralend van geluk, is de plaats waarin de zielen van hen worden ontvangen die hun lichaam hebben verlaten na goede werken te hebben verricht, maar die nog niet zo volmaakt zijn dat ze onmiddellijk in het koninkrijk des hemels worden toegelaten. Toch zullen zij allen Christus zien op de dag van het oordeel en deel hebben aan de vreugden van het koninkrijk. Alleen zij die volmaakt zijn in gedachte, woord en daad zullen, als ze het lichaam verlaten, onmiddellijk het hemels rijk binnengaan. Wat jou aangaat, je keert nu terug naar je lichaam om weer onder de mensen te leven.' Toen hij dit gezegd had, ondervond ik een grote weerzin naar mijn lichaam terug te keren.«

In deze beschrijving zijn de vier categorieën zielen te herkennen die Augustinus onderscheidde: de zeer goeden en zeer slechten en de niet zeer goeden en niet zeer slechten. De plaats van de nog niet helemaal volmaakten zal mettertijd uit het beeld verdwijnen en de vierdeling maakt plaats voor de klassieke driedeling. Er is nog een aspect dat de aandacht verdient. De ziener van dit visioen is geen geestelijke of kloosterling, iemand die door studie en geestelijke oefeningen vertrouwd is met de hogere zaken van geestelijk leven. Het is een eenvoudige huisvader uit Cunningham in Northumbrië. Pas op het eind van het relaas noemt Beda terloops zijn naam: broeder Drithelm. Het lijkt uitgesloten dat een gewone leek een dergelijk visioen kan hebben als hij niet in preken van dergelijke zaken heeft gehoord. Het is een aanwijzing dat het doodsvisioen inderdaad een thema van de gewone verkondiging was. Als we van Hincmar horen dat ook Bonifatius zich met visioenen bezighield, versterkt dat het vermoeden dat dit soort verhalen niet beperkt bleef tot binnen de kloostermuren maar ook onder de aandacht van het volk werd gebracht. Misschien maakten ze zelfs onderdeel uit van de missioneringsstrategie en moesten ze de heidenen op het vasteland overtuigen van de noodzaak christen te worden en de heidense voorouderverering op te geven.[7]

3. DE VISIONAIRE TRADITIE

Tot zover was er sprake van visioenen die gingen over de lotgevallen van de ziel na de dood met felrealistische beschrijvingen van hemel, hel en vagevuur. In de twaalfde eeuw bereikte dit *doodsvisioen* zijn hoogtepunt, daarna werd het betrekkelijk zeldzaam. Het paradoxale feit doet zich voor dat op het moment dat dit type visioen het einde van zijn ontwikkeling had bereikt, het pas echt populair werd. Als vertelstof en bron van inspiratie voor predikanten, schrijvers en schilders zou het nog eeuwen tot de verbeelding spreken. Als religieuze belevenis werd het afgelost door een ander visioen, dat van vrome vrouwen die in extase de mystieke vereniging met de Verlosser beleefden.

a. Hernieuwde belangstelling

Was het visioen, en wel het mystieke visioen, nog niet zo lang geleden iets waarmee alleen kloosterlingen, kerkhistorici en literatuurspecialisten zich bezighielden, inmiddels is het door publikaties in het kader van vrouwenstudies ook voor een breder publiek ontsloten. Het oudere type, dat van *de reis in het hiernamaals* (*Jenseitsreise*), is sinds kort ook aan een herwaardering toe door het werk van Gurjewitsch en Dinzelbacher. Gurjewitsch heeft zich ten doel gesteld met behulp van bepaalde 'populaire' genres uit de Latijnse, kerkelijke literatuur, meer zicht te krijgen op de vroeg-middeleeuwse volkscultuur. Deze genres: heiligenlevens, doodsvisioenen, biechtboek en exempel, waren bestemd voor geestelijken in hun contacten met het gewone volk en laten – onbedoeld – veel zien van de denk- en gevoelswereld van de ongeletterden.

De Oostenrijkse mediëvist P. Dinzelbacher heeft voor niet-specialisten een bloemlezing van beide typen visioenen samengesteld. Onder de titel *Mittelalterliche Visionsliteratur* verscheen het in 1989. Voorafgegaan door een heldere inleiding is het zeer geschikt als eerste kennismaking. Uit hetzelfde jaar is ook *An der Schwelle zum Jenseits*, een *interculturele vergelijking* tussen middeleeuwse en moderne stervensvisioenen, de laatste bekend als *bijna-dood-ervaringen*. Ook Dinzelbacher is van mening dat de visionaire literatuur »belangrijke aspecten van het toenmalig leven belicht: de wereld van de religie met haar verwachtingen en angsten, de ontwikkeling van de vroomheidsgeschiedenis, maar evenzeer maatschappelijke situaties en relatiepatronen tussen mensen, alsook overvloedige informatie over de geschiedenis van het alledaagse leven en van de mentaliteitsveranderingen«.

b. Nogmaals het debat over het 'vagevuur'

De stelling van Le Goff dat het *vagevuur* een schepping is van de twaalfde eeuw heeft niet alleen gevolgen voor zijn beoordeling van alle inspanningen ten behoeve van de doden in de voorgaande periode, maar ook van de visioenen. Om de originaliteit van de twaalfde eeuw te laten uitkomen, verkleint hij het belang van het voorgaande. Dit komt tot uitdrukking in zijn woordgebruik. Hij spreekt over een periode van stagnatie in het theologisch denken over het hiernamaals. »Waarom zou men zich dan interesseren voor dit tijdperk, waarin niet veel gebeurt in de opvattingen over het hiernamaals« (p. 133). Hij heeft het over »leerstellige onbeweeglijkheid« (p. 148), »teksten zonder veel reliëf« (p. 134), »de verbeelding van het hiernamaals«, »imaginair materiaal« (p. 134), »imaginaire reizen in het hiernamaals« (p. 148), »min of meer 'folkloristische' reizen« (p. 153), kortom, onbeweeglijkheid in het denken, maar veel fantasie. Wat betreft de »leerstellige onbeweeglijkheid« valt op te merken dat met Gregorius de essentie van de loutering inderdaad min of meer voltooid was. Latere officiële uitspraken van de Kerk hebben er niets nieuws aan toegevoegd. Wanneer het *vagevuur van Sint-Patrick* aan de orde komt, gaat het opeens over een 'echt visioen' (twaalfde eeuw). Gelet op de grote weerklank die het boek van Le Goff heeft ondervonden, moet opnieuw de vraag worden gesteld: hoe reëel of hoe fantastisch waren de visioenen?

Het antwoord op deze vraag is daarom van belang, omdat zes eeuwen vroomheidsgeschiedenis in het geding zijn. Het lot van de doden stond sinds Gregorius in het centrum van de aandacht. De zorg voor de *arme zielen* heeft bergen verzet. Om zijn eeuwig heil veilig te stellen ging men in het klooster, beoefende men een leven lang strenge ascese. De strijd tegen het kwaad werd zeer plastisch beleefd als een continu gevecht met de duivel, een gevecht dat zijn toppunt bereikte in het stervensuur. Tal van visioenen zijn gesitueerd op dit dramatisch moment. De kloostergemeenschap vormde een muur van gebed rond de stervende monnik en men verzekerde zich van het gebed van andere kloosters. Wat waren de *gebedsverbroederingen* anders dan een soort *samenzwering* om het heil van elke afzonderlijke kloosterling te garanderen? Als we ervan uit kunnen gaan dat de *Dialogen* »de meest gebruikte beroepslectuur« in de kloosters was (Fichtenau), dan is het inderdaad niet te ver gezocht een direct verband te zien tussen de daar beschreven visioenen en de enorme gebedsactiviteit in de kloosters. Of, zoals Angenendt het formuleert: de plastische beschrijving van de *andere wereld* met zijn hemelse landouwen, de loutering door het vuur en de helse folteringen (*Jenseits-Realistik*) »hebben tot de gebedsverbroederingen met hun schier ontelbare geestelijke boetedoeningen geleid«.

De adel had er fortuinen voor over om hieraan deel te hebben en stichtte kloosters tot heil van de eigen familie. Om bij een heilige te worden begraven en zich omringd te weten door een biddende kloostergemeenschap, was geen offer te groot. De zorg voor de doden bracht zo een herverdeling van goederen op grote schaal teweeg. Dat de kloosters vervolgens een politieke factor werden in het spel van de machtigen, doet daar niets aan af. In hoeverre het volk hieraan in deze periode deel had, is onbekend. Materieel had het weinig te bieden. Met het ontstaan van de steden en het opkomen van een nieuwe, welvarende klasse gingen ook 'gewone mensen' zich verzekeren voor de eeuwigheid door legaten en stichtingen ten behoeve van de Kerk en de armen. Op bescheiden schaal kopieerden ze het model van de adel. Dit werd gestimuleerd door een verbeterde zielzorg en professionelere prediking. Maar de vormen waren die van de voorgaande periode, de vroege middeleeuwen.

Het waarheidsgehalte van het visioen

Hoe reëel waren de visioenen? Een rechtstreeks antwoord op deze vraag is niet meer mogelijk. Wat wel kan worden vastgesteld, is hoe ze werden ontvangen en wat ze teweegbrachten. Voor de late middeleeuwen staat wel vast dat veelvuldige preken met exempels over het hiernamaals in grote mate hebben bijgedragen tot de gedane *investeringen*. Een overeenkomstige werking van de visioenen valt aan te nemen voor de vroege middeleeuwen. De woorden van Hincmar († 879) over een visioen uit zijn tijd: »Ik ben ervan overtuigd dat het de waarheid is«, vertolken ongetwijfeld een algemeen gevoelen. Van afzonderlijke visioenen, zoals dat van broeder Drithelm, is bekend dat ze aan het leven van de visionair een radicale wending gaven. Bekering als gevolg van een schokkende geestelijke ervaring.

Dinzelbacher geeft een reeks voorbeelden van effecten van visioenen. Hier volgt er één. Proost Jan van Leuven († 1438), afkomstig uit Roermond, bestemde in zijn testament een som van vierduizend Rijnse gulden voor de stichting van een klooster in zijn geboorteplaats. Uit voorzorg had hij zich laten begraven in het Roermondse karthuizerklooster. De uitvoerders van zijn testament maakten geen haast met de uitvoering van zijn wilsbeschikking. Dionysius, monnik van het karthuizerklooster, zag toe driemaal toe in een visioen hoe de kanunnik nog steeds moest boeten. Dionysius schreef een brief om de uitvoerders te manen hun verplichtingen na te komen. Pas een tweede brief had effect, zoals blijkt uit een raadsbesluit uit 1444. De hier beschreven gang van zaken gaat in tegen het moderne rechtsgevoel, dat namelijk het falen van anderen niet de stichter kan worden aangerekend. Voor het middeleeuwse denken was het beoogde doel, verlossing uit het vagevuur, niet los te zien van de uitvoering van de wilsbeschikking.

c. De twaalfde eeuw als hoogtepunt en als keerpunt

De twaalfde eeuw is het hoogtepunt van het doodsvisioen. Anders dan voorheen zijn het nu leken: ridders en boeren, die dit soort visioenen krijgen. Hun namen: Alberich, Owen, Tundal, Gottschalk, Thurkill. De naam van ridder Owen is verbonden met wat *het vagevuur van Sint-Patrick* wordt genoemd. In het jaar 1153 bevond hij zich op het eiland Lough Derg in Noord-Ierland. Terwijl hij biddend en vastend de nacht doorbracht in een grot werd hij in de geest weggevoerd op een reis in het hiernamaals. De grot werd sindsdien beschouwd als de ingang tot het vagevuur, waarheen eeuwenlang gepelgrimeerd werd. Een eeuw later werd het voorval opgetekend door Caesarius van Heisterbach († 1240). Hij raadde iedereen die twijfelde aan het bestaan van het vagevuur aan daarheen te gaan en zich te overtuigen.

De populariteit van deze visioenen moet zeer groot zijn geweest. Ter vergelijking: van het visioen van Tundal zijn meer dan honderdvijftig handschriften bewaard tegen vijfendertig van het *Nibelungenlied*. Het kon niet uitblijven dat de literatuur de thematiek overnam voor allegorische 'visioenen', fictieve reizen naar het hiernamaals. Het 'visioen' als voorwendsel voor belering of satire. Lang heeft men het authentieke visioen en de literaire imitatie voor één en hetzelfde verschijnsel gehouden, namelijk fictie. Alleen zo is het te verklaren dat de *Divina Commedia* als hoogtepunt van de visionaire traditie werd beschouwd.

Daardoor werd ook de paradox over het hoofd gezien dat, ondanks de populariteit van de thematiek, het authentieke doodsvisioen na de twaalfde eeuw steeds zeldzamer werd. Het was een erfenis van het verleden. De twaalfde eeuw: een hoogtepunt en een keerpunt. Het visioen veranderde van inhoud, de religieuze elite ging nieuwe wegen, schiep een nieuwe spiritualiteit. Het innerlijk leven werd belangrijker, de visionaire ontmoeting met God, de Verlosser, de Man van Smarten, werd bepalend voor het mystieke visioen. Ook in zijn nieuwe gedaante behield het visioen zijn invloed. Op gezag van hun visioenen wezen mystieke vrouwen als Hildegard van Bingen († 1179), Birgitta van Zweden († 1375) en Catharina van Siëna († 1380) bisschoppen en pausen op hun plichten.[8]

4. Terugkeer van de doden

In een verhandeling over de doden verdient één soort verhalen bijzondere aandacht – verhalen over doden die aan levenden verschijnen – omdat ze ons veel leren over de relatie tussen levenden en doden. Of men ze visioen, verschijning of droom noemt, ze zijn wel te onderscheiden van de visionaire reizen in het hiernamaals. Augustinus neemt dergelijke verschijningen aan, maar is toch sceptisch: »Zo min als ik er weet van heb wanneer iemand over mij droomt, zo min hebben de doden er weet van als wij over hen dromen.« Gregorius kent deze twijfel niet. De *Dialogen* bevatten twee verhalen van ontmoetingen tussen levenden en doden. Hugo van Sint-Victor († 1141) heeft het over »talrijke voorbeelden van verschijningen van zielen«. Thomas van Aquino († 1274) acht dergelijke verschijningen niet onmogelijk, ze zijn door God toegestaan ter lering van de levenden. Maar als intellectueel is hij gereserveerd over een al te uitbundig verkeer tussen levenden en doden. Ze horen tot gescheiden werelden en dat moet maar liever zo blijven.

Het verschijnsel van terugkerende doden is eigen aan veel archaïsche religies. Wat in ons geval de oorsprong ook mag zijn, het was kennelijk niet onverenigbaar met de christelijke leer. Dit lijkt in tegenspraak te zijn met de eerder verdedigde opvatting dat autonoom opererende doden wel door de Kerk moesten worden afgewezen en gedemoniseerd werden. In het eerste geval gaat het over doden die verschijnen om de hulp van de levenden af te smeken ter bekorting van hun loutering. Soms verschijnen ze nog een tweede maal om te laten weten dat de hulp effectief is geweest en dat ze verlost zijn. Dit soort verschijningen ondersteunde de leer van de loutering en was om die reden aanvaardbaar. Buiten deze context waren contacten tussen levenden streng af te raden. Dubieuze contacten worden dan ook vaak gekenmerkt door de agressie van de doden tegenover levenden die ten onrechte het verboden domein binnendringen.

In volksboeken over het vagevuur wordt vaak verwezen naar het apocriefe bijbelboek *Tobit*. Daarin wordt verteld hoe de jonge Tobias wordt geholpen door een dankbare dode. Dit verklaart mede het optreden van dankbare doden in exempelverzamelingen. Sinds Cluny de zorg voor de *arme zielen* tot haar program had gemaakt, »hopen berichten zich op over verschijningen van doden die door vrome werken verlost zouden zijn« (Röhrich). Men treft deze verhalen aan in de werken van Thomas van Cantimpré († ca. 1270), Caesarius van Heisterbach († 1240) en anderen. »Een sage die teruggaat op een exempel van Cluny vertelt van een ridder die altijd bad voor de arme zielen. Op een dag werd hij door vijanden achtervolgd en vluchtte hij een kerkhof op. Daarop stonden de doden op uit hun graf om hem bij te staan. Van dit verhaal bestaan ook afbeeldingen, vooral in kerkhofkapellen« (Röhrich).

Petrus Venerabilis

In het volgende relaas doet Petrus Venerabilis († 1156), achtste abt van Cluny, verslag van een verschijning die hem tijdens een visitatie van het Spaanse klooster Nazara werd verteld. Vooraf laat hij de lezer weten dat hij zijn zegsman, een eerbiedwaardige monnik, zeer kritisch heeft ondervraagd in aanwezigheid van twee bisschoppen. Pedro Engelberti was een vermogend man, voordat hij in het klooster trad. Op bevel van zijn koning had hij zijn knecht

Sancho gestuurd om tegen Castilië te vechten. Deze was kort na zijn terugkeer ziek geworden en overleden.

»Het kan vier maanden na zijn dood zijn geweest. Ik lag in bed in Stella, dicht bij het vuur, en plotseling, rond middernacht, verscheen deze Sancho voor mijn nog wakende ogen. Hij zat bij het vuur en terwijl hij het vuur oprakelde om wat meer warmte of licht te krijgen, vertoonde hij zich des te duidelijker aan mijn ogen. Bij het zien hiervan vroeg ik: 'Wie ben je?' en hij antwoordde nederig: 'Ik ben Sancho, uw dienaar.' 'Wat doe je hier?' zei ik. Hij zei: 'Ik ben op weg naar Castilië en een groot leger met mij om te boeten voor onze misdaden op de plek waar we ze begaan hebben.' 'Waarom ben je dan hier gekomen?' zei ik. 'Omdat,' zei hij, 'ik nog enige hoop heb op vergeving en u, als u medelijden met mij wilt hebben, des te eerder mijn zielerust kunt bewerken.' [Volgt het relaas van het misdrijf, de inbraak in een kerk.]

Ik vroeg: 'Hoe kan ik je helpen?' 'Ik smeek u aan mevrouw uw echtgenote te vragen dat ze niet langer de betaling van acht solidos, die ze mij rechtens voor mijn werkzaamheden schuldig is, uitstelt. Dat het geld, dat tijdens mijn leven zou zijn gegeven voor mijn lichamelijke behoeften, nu aan de armen wordt gegeven omwille van het heil van mijn ziel, die nog behoeftiger is.' [Na tussenkomst van een andere dode, die Sancho maant haast te maken, herhaalt deze zijn smeekbede.] Daarop verdween hij in een oogwenk. Haastig wekte ik mijn vrouw die naast me sliep. Alvorens haar te vertellen wat ik gehoord en gezien had, vroeg ik haar of ze Sancho, onze gemeenschappelijke dienaar, iets schuldig was. Waarop ze antwoordde dat ze hem acht solidos schuldig was. Toen ik begreep dat ik dit nooit eerder had gehoord, behalve van de lippen van de dode, kon ik niet langer twijfelen. Derhalve nam ik bij het aanbreken van de dag de acht solidos van mijn vrouw en deed er evenveel bij namens mijzelf. Een deel gaf ik aan de armen, de rest was voor de bijstand van missen, hetgeen door mijn gebed en mijn zorg de volledige vergeving van zijn zonden zou bewerken [...] Dit edel en opmerkelijk visioen heb ik woord voor woord opgetekend, ter stichting van het geloof en de zeden onder de mensen, zowel in onze tijd als in de toekomst.«

Verder merkt Petrus Venerabilis op hoe voorzichtig men moet zijn met dit soort verhalen.

'Speculum Morale'

Uit het *Speculum Morale* of de *Zedenspiegel* is het verhaal van een abt die behept was met nepotisme en ervoor zorgde dat zijn neef hem zou opvolgen. »Toen deze neef na zijn verkiezing in zijn eentje een wandeling maakte in zijn tuin, in de buurt van de fontein, hoorde hij een stem uit de fontein, een stem die leek op die van zijn oom, die jammerlijk klaagde. De abt bezwoer de geest zijn naam te noemen. Waarop deze antwoordde: 'Ik ben je oom, die moet branden buiten alle verwachting, omdat ik uit vleselijke gehechtheid je promotie doorgedrukt heb.' 'Maar,' antwoordde de ander, 'hoe kunt u zo gekweld worden in een fontein met zo'n matige temperatuur?' 'Ga dan en breng de koperen kandelaar die achter het altaar staat en gooi hem in het water.' De neef gehoorzaamde en aanstonds smolt het koper als was in het vuur of boter in een pan. Toen maakte de abt een kruisteken en van toen af hoorde hij de stem niet meer.«

'De kroniek van Lanercost'

Dat het ook in de middeleeuwen kon spoken, toont een Engelse kroniek uit 1307, de zogenaamde *Kroniek van Lanercost*. »Een man die slecht leefde onder het heilige ordekleed, kwam ellendig aan zijn einde onder de vloek van excommunicatie wegens heiligschennende daden in zijn eigen klooster begaan. Het lijk van deze man kwelde, lang na zijn begrafenis in genoemd klooster, menigeen met illusies die te zien en te horen waren te midden van de schaduwen van de nacht. Daartoe nam hij een lichaam aan (een natuurlijk of een etherisch lichaam, dat weten wij niet, maar in elk geval zwart, grof en tastbaar) en vond er genoegen in, gekleed in de pij van een benedictijn te gaan zitten op de geveltop van een graanschuur. En telkens als een man met pijlen op hem wilde schieten of hem doorboren met een hooivork, dan brandde de materiële substantie waaruit dat verdoemde spook bestond op staande voet tot as, sneller dan ik het kan vertellen. Evenzo smeet en schudde hij al degenen die met hem geworsteld zouden hebben zo ongenadig, alsof hij al hun ledematen wilde breken.«

Thietmar van Merseburg

Van onheilspellende doden is ook sprake in het artikel '"Volk" en geloof in Vroegmiddeleeuwse teksten' van M. de Jong. Het gaat om enkele varianten van een verhaaltype, verteld door bisschop Thietmar van Merseburg († 1018). 's Nachts verzamelen de doden zich op het kerkhof voor een kerkelijke dienst. Wanneer een levende, priester of koster, hierbij komt, stuit hij op de vijandigheid van de doden en moet hij zijn binnendringen met de dood bekopen of ontsnapt hij op het nippertje. Thietmar zegt, onder verwijzing naar de *Dialogen* van Gregorius, dat hij deze verhalen vertelt om de leer van de onsterfelijkheid en de opstanding te illustreren. Nieuw is het opduiken van deze verhalen bij Thietmar niet. Ze gaan terug op een oude traditie, een verhaal vermeld door Gregorius van Tours († 594). Opvallend is wel dat op één plaats en één moment meerdere varianten tegelijk verschijnen. Dit betekent dat ze tot het levende repertoire van die tijd behoren en een zekere populariteit hadden. Als *Dodenmis* is dit verhaaltype een vast bestanddeel geworden van de moderne sagentraditie (zie 16.3.b.1).[9]

5. NICOLAAS EN DE DODEN

De gewoonte zich in de nabijheid van een heilige te laten begraven, berustte op de voorstelling dat men zich na zijn dood geen betere hulp dan de voorspraak van een heilige kon wensen. Wat het ontbreken van een machtige voorspreker betekende, toont het geval van Wetti, monnik van de abdij Reichenau. In zijn stervensuur had hij een visioen en zag hij zich omringd door een schare zwarte duivels. Hij kwam tot de ontstellende ontdekking dat de heiligen hem nauwelijks konden helpen. Er was geen heilige bij met wie hij een persoonlijke band had of wiens relikwieën in het klooster werden bewaard. Op voorspraak van Maria kreeg hij toch nog uitstel om zijn zonden te kunnen belijden. De kloostergemeenschap was zeer onder de indruk van het gebeurde en besloot maatregelen te nemen. Wat Wetti bijna was overkomen, mocht niet nog eens gebeuren. Waar het klooster behoefte aan had, waren relieken van grote heiligen, om in de toekomst van hun voorspraak verzekerd te zijn. Vijf jaar na de dood van Wetti wist het klooster onder andere de hand te leggen op de relikwie van de heilige Marcus uit Alexandrië.

Voor de middeleeuwse christen, gewend aan hiërarchische verhoudingen, was de voorstelling van een invloedrijke voorspreker voor de hoogste rechter een vanzelfsprekende zaak. Dit komt tot uitdrukking in een gebed van de heilige Anselm († 1109), abt van het klooster Bec in Normandië en later aartsbisschop van Canterbury: »Zo talrijk zijn mijn tekortkomingen, dat niets mij kan baten, noch kan mijn gebed worden aangenomen zonder een voorspreker.« In hetzelfde gebed wendt hij zich tot de heilige Nicolaas: »Gij, grote Nicolaas, als God zich van mij afwendt, wie zal zich dan tot mij keren [...] ontzeg uw hulp niet aan de behoeftige smekeling.« Nicolaas als geestelijk leidsman tijdens de *laatste reis*, zo zag Anselm het. Dat was ten tijde van de overbrenging van de relieken van de heilige naar Bari. Naarmate de verering zich uitbreidde in het Westen, werd ook de voorstelling van Nicolaas als helper in het uur van de dood vertrouwd onder zijn vereerders. In een kruisvaarderslied heet het: »Gezegende Nicolaas, breng ons van de benauwenissen van de dood naar de hemelse haven.«

Dat Nicolaas een veelzijdige heilige was, getuige de meest uiteenlopende patroonschappen, mag bekend zijn; dat hij ook werd aangeroepen als *patroon van het vagevuur* (Le Goff), is minder bekend. Een eeuw na Anselm was dit gemeengoed. Rond het jaar 1200 zien we de heilige optreden in een drietal doodsvisioenen: dat van de monnik van Eynsham, van de Engelse boer Thurkill en van de Franse heilige Elpide. Op Goede Vrijdag 1196 raakte de zwaar zieke monnik Edmund van het klooster Eynsham in trance, een toestand waaruit hij twee dagen later ontwaakte door de klokken op Paaszondag. »En terwijl de heilige belijder Nicolaas nog met mij sprak, hoorde ik plotseling het plechtige luiden van de klokken [...] en toen het harde en wonderlijke luiden voorbij was, zag ik mijzelf ontdaan van het aangename gezelschap van mijn gids en begeleider

Sint-Nicolaas [...] en hoorde ik de stemmen van mijn broeders die rond mijn bed stonden.« In gezelschap van de heilige had Edmund in een visioen een reis in het hiernamaals gemaakt en had hij de gruwelijke folteringen van de hel, de pijnlijke straffen van het vagevuur en de heerlijkheid van het paradijs gezien. In plaats van de engel uit vroegere visioenen is Nicolaas als gids bij het bezoek aan de regionen van de *andere wereld* getreden. Net als in de *Divina Commedia* van Dante († 1321) wordt het vagevuur als een *berg van de loutering* voorgesteld. Om die reden hebben sommigen in dit visioen een voorloper van het werk van Dante gezien (Jones).

Eenmaal in verband gebracht met het vagevuur, kon zijn rol verder worden gedramatiseerd. In het visioen van Thurkill van Essex, ongeveer tien jaar later, is Nicolaas supervisor van een deel van het vagevuur. In het visioen van de heilige Elpide († 1211) heeft de heilige als het ware de functie van opperste rechter (Meisen: *Zweiter Weltrichter*) aangenomen. »Met grote verontwaardiging en streng uiterlijk spreekt hij de verdoemden toe: 'Wat zoeken jullie hier, duivelsknechten, hoe wagen jullie het voor mijn aangezicht te komen [...] omdat jullie tot het einde verstokt in het kwaad zijn gebleven, zal ik jullie niet helpen.'« Meisen veronderstelt zelfs dat deze stoet verdoemden model heeft gestaan voor de stoet van duivels in het volksgebruik. Dat Nicolaas als overwinnaar van de duivel (zie hoofdstuk 9.5 over Nicolaas en de duivel) in het laatste uur werd aangeroepen, is aannemelijk. Wat was de dood in de middeleeuwse gedachtengang anders dan het laatste beslissende gevecht om het bezit van de ziel. Wat de veronderstelling van Meisen betreft, kan worden opgemerkt dat de heilige in het visioen van Elpide en in het volksgebruik als beloner van het goede en bestraffer van het kwade wordt voorgesteld.

Een aandoenlijke passage in het visioen van Edmund is de ontmoeting in het vagevuur tussen de monnik en een goudsmid. Ze kennen elkaar van vroeger. De man zei: »Beste vriend, jullie in de wereld denken allemaal dat ik verloren ben, niet wetend dat de goedheid en het medelijden van mijn hier aanwezige heer Sint-Nicolaas niet duldde dat ik, een ongelukkige en nutteloze dienaar, voor altijd verdoemd en verloren zou zijn.« Uitvoerig wijdt hij uit over zijn grote gebrek, de drankzucht. Zelfs grote feestdagen had hij daardoor ontheiligd. Maar hij had ook oprecht gevast en vooral had hij gedurende zijn leven Nicolaas vurig vereerd en gezorgd dat het altaar van de heilige altijd goed verzorgd was en dat er altijd op zijn kosten een lamp brandde. Verder vertelt hij hoe de duivels zich bij zijn dood meester van hem probeerden te maken. »Toen verscheen mijn zeer zachtmoedige en dierbare advocaat Nicolaas, tot wie ik in mijn laatste ogenblik riep uit het diepst van mijn hart en die ik altijd vereerd heb tijdens mijn leven, ofschoon ik een zondaar was, en hij bevrijdde mij uit hun handen en zette mij op deze plaats in het vagevuur voor mijn loutering.«[10]

14. Godsdienstige opvoeding van het volk

Preek en biecht

De bedoeling van dit hoofdstuk is de achtergrond van twee verschijnselen na te gaan: het verband tussen preek en verhalen over doden, en tussen dodenrituelen als uiting van volkscultuur en biechtboeken. 14.1 is een beknopte vergelijking tussen de preek in de vroege en late middeleeuwen. Van de preek in de late middeleeuwen staat vast dat ze sterk gericht was op dood, oordeel, hemel en hel, en dat deze leer aanschouwelijk werd gemaakt met behulp van plastische verhalen, *exempels* genaamd. Wat daar systematisch gebeurde, vond in de vroege middeleeuwen incidenteel plaats, zoals Gregorius het had voorgedaan. De vraag die in 14.2 aan de orde wordt gesteld, is: Hoe betrouwbaar is de informatie over de volkscultuur in de vroege middeleeuwen? Over het bestaan van een afzonderlijke volkscultuur zijn de meningen zeer verdeeld. De enige informatie hierover is van kerkelijke aard. Onder de kerkelijke bronnen nemen de biechtboeken een voorname plaats is. Deze nu zouden daar waar ze verwerpelijke volksgebruiken aan de kaak stellen, onbetrouwbaar zijn.

1. Preek en exempel

a. Vroege middeleeuwen

Preken was vanouds het voorrecht en de plicht van de bisschop. Nog in de achtste eeuw vroegen priesters zich af of ze wel het recht daartoe hadden. Was deze toestand in de tijd van Augustinus, toen een bisdom een overzichtelijk territorium was, nog realistisch, in de uitgestrekte bisdommen van Noordwest-Europa was dit niet meer houdbaar. In 801 bepaalde Karel de Grote dat »iedere priester op zon- en feestdagen het Evangelie van Christus voor het volk moest preken«. Ook gaf hij aanwijzingen waarover moest worden gepreekt. In zijn *Geschichte der deutschen Predigt im Mittelalter* deelt R. Cruel de preek tot 1100 in twee perioden in: de missiepreek (600-900) en de bisschopspreek (900-1100). Van enkele bekende bisschoppen zijn preken bewaard. Met analyses van enkele preken laat Cruel zien dat ook preken van Bonifatius en Hrabanus Maurus hele citaten van grote voorgangers bevatten. Verwonderlijk is dit niet in een tijd waarin trouw aan de traditie hoger werd geschat dan originaliteit. In een aantal preken weidt Bonifatius uit over de werken van de duivel en besluit met de vermaning over het toekomstig gericht: »Deze werken zal Satan op onze sterfdag bij ons zoeken en als hij ze vindt [...] zal hij ons kermend en weeklagend meesleuren naar de kerker van de hel.« De angst voor het komend gericht liep als een rode draad door de middeleeuwse preek.

Hoe stond het op het platteland met de zielzorg in het algemeen en met de preek in het bijzonder? Van de eenvoudige dorpspriester werd sinds de reorganisatie van de zielzorg door Karel de Grote verwacht dat hij regelmatig preekte. Zeker is wel dat dit geen reële eis was. Zijn opleiding was zeer gebrekkig en bovendien liep hij het gevaar geïsoleerd te raken. Om dit enigszins te voorkomen was er de maandelijkse bijeenkomst van pastoors met een toespraak van de deken en de jaarlijkse visitatie, een bezoek van de bisschop of zijn afgevaardigde, waarbij de verplichtingen en verboden werden aangescherpt. De officiële documenten schetsen de ideale toestand, de praktijk bleef hierbij nogal eens achter. Tot de verplichtingen hoorden de mis en de bediening van de sacramenten. De pastoor moest een aantal teksten vanbuiten kennen, andere moest hij kunnen lezen en vertalen in de volkstaal. Hij moest erop toezien dat alle parochianen de geloofsbelijdenis en het Onze Vader vanbuiten leerden. Gepreekt werd over de geloofsbelijdenis en het Onze Vader of het Evangelie van de dag. De nadruk lag meer op zonde en zedelijk leven dan op de geloofsleer. Deze moraliserende tendens kwam de verdieping van het geloofsleven niet ten goede.

De kerkelijke leiders beseften dat de doorsnee pastoor niet in staat was een behoorlijke preek te houden. Daarom werd het wenselijk geacht dat hij behalve over de liturgische boeken ook over een *preekboek* beschikte, een verzameling klassieke preken van Augustinus, Ambrosius, Gregorius en Caesarius van Arles. De preken van Gregorius genoten een speciale voorkeur. Van godsdienstonderricht aan de kinderen was geen sprake. Het was de taak van de peetouders, dat de kinderen de meest elementaire begrippen en de bovengenoemde teksten leerden. De zielzorg was vooral liturgisch van aard. Van een goede preek kwam weinig terecht. Dit was des te ernstiger, omdat de taal van de liturgie niet meer werd verstaan. Tot aan de gregoriaanse hervorming in de elfde eeuw kwam in deze toestand weinig verandering.

In het vorige hoofdstuk hebben we gezien dat het doodsvisioen een onderdeel was van de kloostercultuur, maar niet tot de kloosters beperkt bleef. Er zijn aanwijzingen dat deze verhalen ook mondeling werden doorgegeven. In de preken van Gregorius die circuleerden, wordt er regelmatig op gezinspeeld. Van Beda en Bonifatius is bekend dat zij er een speciale belangstelling voor hadden. Dit geldt waarschijnlijk ook voor Willibrord. Van bisschop Anno († 1075) van

Keulen is een preek bewaard die wordt afgesloten met een exempel. Een man vertelt zijn wederwaardigheden aan gene zijde van de dood. Hij stond voor de rechterstoel van Christus, hij was zo goed als veroordeeld en werd al door zwarte duivels beetgepakt. Op dat ogenblik hield de heilige Caesarius een pleidooi voor de verdoemde en werd hij bijgevallen door Maria en andere heiligen, »zodat de Heer eindelijk toegaf«. Op diens bevel werd hij aan de duivels ontrukt. Dat een preek met een exempel werd afgesloten »naar het voorbeeld van Gregorius [...] was al lang in gebruik, vooral op feestdagen van heiligen [...] Dergelijke verhalen vormden in de tweede periode (900-1100) een belangrijk element van de preekkunst« (Cruel). Hier moet wel sprake zijn van beter opgeleide geestelijken die de regels van de retorica verstonden. Hrabanus Maurus († 856) schreef hierover: »Degene die deze discipline studeert [...] en er de regels van toepast [...] doet goed werk, als hij het doet om het woord van God te verkondigen zoals het hoort.«[1]

b. Late middeleeuwen

Onder invloed van de armoedebeweging traden tegen het einde van de elfde eeuw rondtrekkende predikers op, strenge asceten die met hun aanvallen op de misbruiken in de Kerk de massa's aanspraken. Ketterse en antiketterse bewegingen brachten grote menigten op de been. Voor het eerst in de geschiedenis van de Kerk namen leken, begaafde sprekers, het woord. Bisschoppen zagen zich genoodzaakt tegen dit illegale en vaak verdachte preken op te treden. Wat de macht van het woord vermocht, blijkt uit een beweging van een heel andere orde. In 1095 had paus Urbanus II in Clermont tot de kruistocht opgeroepen. Het enthousiasme dat door het preken van de kruistocht werd teweeggebracht, werd alleen geëvenaard door een even grote chaos. »Het in Clermont ontstoken vuur werd tot een uitslaande brand« (Jedin).

De twaalfde eeuw gaf een tweevoudige ontwikkeling te zien, de theologische en de mystieke preek. De eerste richtte zich naar de regels van de scholastieke theologie, was verstandelijk van aard en zette op heldere wijze een geloofspunt uiteen. Haar sterkte was tevens haar zwakheid. Door de geloofsleer beredeneerd te behandelen verviel ze gemakkelijk in schematisch denken, spitsvondigheden en de behoefte om te 'bewijzen'. Bij vertegenwoordigers van de oude school, die zich nog steeds met teksten van de kerkvaders voedden, stootte deze kille redeneertrant op grote tegenstand. Verzet ondervond de scholastieke preek ook bij de grootste prediker van de twaalfde eeuw, Bernardus van Clairvaux († 1153), »die meer de gevoelskant van de godsdienst beklemtoonde« (Cruel). Hij liet zich inspireren door een warme, persoonlijke devotie tot Onze-Lieve-Vrouw en de Lijdende Christus, zonder de praktijk van het christelijk leven uit het oog te verliezen. In de mystieke preek was beleving belangrijker dan het begrijpen.

In de dertiende eeuw ging een grote invloed uit van de bedelorden – franciscanen en dominicanen, die van de preek een professioneel instrument maakten en in de steden de zielzorg op een hoger plan brachten. Door hun vestiging in de steden werden zij, onbedoeld, een concurrentie voor de wereldgeestelijken. *De paters* konden nu eenmaal beter preken. De minderbroeder Jan Brugman († 1473) is zelfs spreekwoordelijk geworden vanwege zijn gave van het woord. Nooit is er zoveel gepreekt als in die tijd. Naast de gewone liturgie werden er speciale preek- en gebedsdiensten gehouden. Als de kerk te klein was, gebeurde dat in de openlucht. Zoals met zoveel andere zaken werd het stadsvolk beter bediend dan de mensen op het platteland. De gewone pastoor had nog altijd te weinig niveau om een behoorlijke preek te houden. Pas met het concilie van Trente (16de eeuw) kwam er een professionele opleiding voor parochiepriesters.

Kenmerkend voor de middeleeuwse preek was het moraliserende karakter, de nadruk op zedelijk leven en het vermijden van zonden. Het belang van de strijd tegen het kwaad of, concreter, het gevecht met de duivel, kan niet beter geïllustreerd worden dan door het buitensporig hoge aantal exempels over de duivel (ruim 500), een veelvoud van elk ander onderwerp. Verhelderend is een studie over de laat-middeleeuwse preek in Noord-Frankrijk van H. Martin. Hoofdstuk 9 gaat over de inhoud van de preek en valt uiteen in vijf punten:

1. *Wat moet men geloven*: de artikelen van de geloofsbelijdenis (18 pagina's)
2. *Wat moet men vrezen*: de duivel en zijn aanhang
3. *Wat moet men vrezen*: de dood en het laatste oordeel } (33 pagina's)
4. *Wat moet men vrezen*: de hel en het vagevuur
5. *Wat moet men verlangen*: het heil en het paradijs (1 pagina).

Datgene wat gevreesd moet worden, neemt bijna twee keer zoveel ruimte in als datgene wat geloofd moet worden (18, 33 pagina's). Het heil en het paradijs zijn goed voor iets meer dan één pagina. Deze verhouding valt te begrijpen als men weet dat de preek ook was bedoeld als voorbereiding op de jaarlijkse biecht in de vasten.[2]

c. Het exempel

In het voorgaande is regelmatig sprake geweest van *exempels*, korte, anekdote-achtige verhalen, bedoeld om een leerstelling te verduidelijken. Gregorius gebruikte ze spaarzaam in zijn preken, overvloedig in zijn *Dialogen*. Hiermee stond hij in een oude traditie. Het *exemplum* was een onderdeel van de klassieke retorica, de kunst van het goed spreken. De retorica leverde de regels voor een goed betoog. Het ging erom de toehoorders door een knap betoog te overtuigen. Terwijl de argumenten een beroep deden op het verstand van de luisteraars, werkten de *voorbeelden* op het gemoed. Met de *exempla* probeerde de spreker de aandacht van zijn publiek terug te winnen, de luisteraars welwillend te stemmen en, als dat nuttig werd geacht, ook te vermaken. Met name bij een eenvoudig publiek werkten pakkende voorbeelden sterker dan een geleerd betoog. De kerkvaders hadden de retorica overgenomen van hun grote klassieke voorgangers, onder anderen Cicero en Quintilianus. Het was een verplicht onderdeel van het middeleeuwse 'vakkenpakket'. De kunst van de *welsprekendheid* behoorde tot de standaarduitrusting van een geletterd persoon.

In een godsdienstig betoog had het exempel echter een meerwaarde. Het diende niet alleen om de mensen aangenaam bezig te houden of om iets moeilijks duidelijk te maken. De preek wilde het gehoor overtuigen van Gods handelen met de mensen. De exempels nu waren concrete tekens van dit heilshandelen. In de *Dialogen* van Gregorius is dit zeer duidelijk. De argumenten worden uiterst kort gehouden, de exempels nemen als het ware de plaats in van de argumenten. De geleerde paus slaat zijn lezers met het ene voorbeeld na het andere om de oren.

Met de heropleving van de preek in de twaalfde eeuw en de komst van specialisten in dit genre, was er een grote behoefte aan exempels. Ze konden putten uit een overvloedige kloosterliteratuur. Ten behoeve van de predikanten werden verzamelingen aangelegd, thematisch of alfabetisch geordend. Een van de bekendste is de *Dialogus Miraculorum* van de cisterciënzer monnik Caesarius van Heisterbach († ca. 1240). »Systematisch bouwde hij het exempel in zijn preken in en ontwikkelde het geleidelijk tot het hoogtepunt van een autonoom literair genre« (F. Wagner). Een groot deel van de *Dialogus* gaat over de duivel en de zonde, de dood en de vergelding na de dood. De straf voor de zonde wordt breed uitgemeten. Oediger noemt dit werk een »kroniek van de menselijke angst«. Het verbaal geweld waarmee de gelovigen in deze eeuwen in de preek werden geconfronteerd, heeft historici ertoe verleid om van chantage te spreken, zelfs van boerenbedrog. Russel merkt hierover op dat angst voor de helse straffen onder de clerus niet geringer was dan onder de leken. Hoofdstuk 8: 'Over verschillende visioenen', is een bloemlezing van ontmoetingen tussen levenden en doden en doet een beroep op de solidariteit met de *arme zielen*. Gurjewitsch noemt het werk van Caesarius »het meest waardevolle getuigenis van de volkse opvattingen van zijn tijd«. Volgens deze auteur heeft Caesarius zich meer op eigentijdse 'gebeurtenissen' gebaseerd dan op de oude kloosterliteratuur, hoewel »hij zich ook graag op de 'Dialogen' van Gregorius beroept«.

De eerder genoemde *Index Exemplorum* van F. Tubach, een alfabetische inventaris van middeleeuwse exempels, vermeldt onder het trefwoord *Return of the Dead* 185 exempels. De dode wordt weer levend of verschijnt in een visioen. Hij smeekt om verlichting van zijn pijn, om hulp in de vorm van gebeden en missen. Hij vraagt om vergeving, om plaatsvervangende boete. Hij vertelt over het hiernamaals, waarschuwt de levenden, dankt voor hulp. Verwante thema's zijn: voortekens van de dood, de plotselinge dood, stervensvisioenen, de betekenis van aalmoezen, het oordeel na de dood. Veel exempels leven voort in latere sagen. Bekende voorbeelden zijn: *de dankbare dode, de dode als gast, de dode die helpt tegen vijanden, de dode die zijn eigen begrafenis bijwoont, het toernooi van de doden.* Voor volkskundigen en historici van de middeleeuwen zijn de exempels een waardevolle bron van informatie over het denken en voelen van de middeleeuwse mens.[3]

2. DE KERK EN DE RELIGIEUZE VOLKSCULTUUR: DE BIECHTBOEKEN

a. Een omstreden onderwerp

Met de biechtboeken en de veronderstelde relatie tot de religieuze volkscultuur in de vroege middeleeuwen komen we onmiddellijk in een geleerde discussie terecht. Het is »een pad vol voetangels en klemmen« (De Jong). Wat maakt dit onderwerp tot een hachelijke onderneming? In de discussie pro en contra zijn schematisch vier probleemgebieden te onderscheiden.

a.1. De echte tegenstelling is die tussen geletterden en ongeletterden, dus de geestelijken enerzijds, de leken, adel en volk, anderzijds. De geestelijken die over het schrift beschikten en als enigen leiding konden geven aan de christelijke cultuur, en de ongeletterden, adel en volk die dezelfde bijgelovige opvattingen deelden. Dit maakt het moeilijk, zo niet onmogelijk, de religieuze opvattingen van volk en adel van elkaar te onderscheiden.

a.2. De enige documentatie over de *volkscultuur* is nu juist afkomstig van de geestelijkheid en zegt meer over de visie van de geestelijke op het volk dan over de *volkscultuur* zelf. Wij kijken naar deze *volkscultuur* door een klerikale bril. De werkelijke volkscultuur, als die al bestaan heeft, onttrekt zich aan onze waarneming.

a.3. De schriftelijke bronnen: heiligenlevens, conciliebesluiten, preken en biechtboeken zijn in dit opzicht onbetrouwbaar. Deze klerikale literatuur is er een van clichés en literaire thema's en zegt weinig over de realiteit die ze lijken weer te geven. Eén zo'n klassiek thema is de afwijzing van de *Kalendae Ianuarii*, het Romeinse nieuwjaar en de gebruiken die daarmee gepaard gingen, onder andere maskerades. Wanneer Alcuïn († 804) het hertemasker hekelt, hoeft dat niet te betekenen dat deze maskerade in zijn tijd nog bestond. In feite gebruikt hij letterlijk de woorden van Caesarius van Arles († 542). Bij gebrek aan een gezaghebbend kerkelijk wetboek beriep men zich steeds weer op gezaghebbende auteurs van het verleden en op conciliebesluiten van voorgaande eeuwen, zonder onderscheid te maken tussen bestaande en niet meer bestaande toestanden. Zo zouden ook de *Gezegden van Pirmin* († 753) teruggaan op Caesarius van Arles, Isidorus van Sevilla († 636) en Martinus van Braga († 580).

a.4. De tegenstelling tussen kerkelijke elite en volk in deze periode zou helemaal niet zo absoluut zijn als vaak wordt aangenomen. De kerkelijke leiders deelden vaak de bijgelovige opvattingen van het volk. Als voorbeeld dient het geval van bisschop Thietmar van Merseburg († 1018) en zijn verhalen over doden die zich 's nachts in een kerk verzamelden. Hij wilde daarmee de noodzaak van het geloof in de opstanding aantonen. In feite deelde hij het naïeve geloof van het kerkvolk. De tegenstelling tussen cultuur van de elite en volkscultuur mag nuttig zijn voor het onderzoek van de late middeleeuwen, »maar wie met behulp van dit model de verhoudingen van vóór c. 1150 wil onderzoeken, komt onvermijdelijk in de problemen« (De Jong).[4]

b. Commentaar op de bezwaren

De impasse lijkt compleet. Het komt erop neer dat de informatie uit kerkelijke bronnen met grote scepsis wordt bekeken, sterker, dat het bestaan van een religieuze volkscultuur in deze periode in twijfel getrokken of zelfs ontkend wordt. Gezonde scepsis is op haar plaats, daarover hoeft geen twijfel te bestaan. Maar ontkenning van een religieuze volkscultuur in genoemde periode houdt in dat er geen pogingen kunnen of hoeven te worden gedaan om door te dringen in het moeilijk toegankelijke terrein van de middeleeuwse geschiedenis. Het betekent in feite stilstand van het wetenschappelijk onderzoek. Vruchtbaarder lijkt het, minstens als werkhypothese, uit te gaan van het bestaan van een religieuze volkscultuur. Dit zet aan tot vindingrijkheid, tot het ontwikkelen van meer verfijnde methodieken. Is de geschiedschrijving werkelijk machteloos om het wereldbeeld van de gewone man in de vroege middeleeuwen te beschrijven? Wat valt op de genoemde vragen af te dingen? Achtereenvolgens komen hier vragen aan de orde over: de ongeletterdheid van de adel en de verhouding adel-Kerk en adel-volk; de (on)betrouwbaarheid van de schriftelijke bronnen met betrekking tot de *volkscultuur*; de biechtboeken; de verhouding geestelijkheid-volk.

b.1. Geletterd-ongeletterd

De ongeletterdheid van adel en volk zijn niet zonder meer met elkaar vergelijkbaar. Terwijl de *domheid van het volk* (*vulgaris stutitia*) spreekwoordelijk was, wordt in de bronnen de adel niet met *domheid* in verband gebracht. De 'handicap' van ongeletterdheid van de adel was betrekkelijk. De ontbrekende kennis of deskundigheid werd eenvoudig in huis gehaald in de persoon van een clericus of huiskapelaan die, indien gewenst, ook dienst deed als huisonderwijzer. Bovendien waren lang niet alle adellijken ongeletterd. Sommige kloosters hadden een zogenaamde *buitenschool* voor de zonen van de adel. Naar het oordeel van P. Riché, kenner van het onderwijs en het schoolwezen in de vroege middeleeuwen, »konden veel adellijken lezen, konden sommigen schrijven en kenden slechts weinigen Latijn en bezaten in hun bibliotheek profane en religieuze boeken«. Wat had het voor zin te kunnen lezen, waar bijna alles in het Latijn werd geschreven? Wie als kind had leren lezen, had een grondige mentaliteitsverandering ondergaan, had enkele jaren onder de invloed gestaan van geletterde personen. Voor hem had het geschreven woord zijn magische betekenis verloren. Ook mag worden aangenomen dat in een tijd waarin de orale cultuur wijd verbreid was, leerlingen van kloosterscholen, intern of extern, allerlei teksten vanbuiten leerden. Dat de tegenstelling geletterd-ongeletterd te simpel is, blijkt uit een opmerking van Riché over het woord *illiteratus/ongeletterd*: »Dit woord, waarvan men vaak verkeerde interpretaties heeft gegeven, betekent nooit analfabeet. Men kan een zekere cultuur hebben zonder kennis van het Latijn.« Deze constatering zou moeten leiden tot een nieuwe formulering van het probleem. Duidelijk is in elk geval dat er gradaties van (on)geletterdheid waren.[5]

De beide elites In hoofdstuk 11 is uiteengezet hoe adel en klooster elkaar hebben gevonden in de zorg voor de doden, door materiële goederen te ruilen tegen geestelijk heil (11.2). De kloosterlingen werden overwegend gerekruteerd uit de adel. De zonen van de adel bezetten (in meerderheid) de bisschopszetels of gaven leiding aan kloosters. Gezien de nauwe banden tussen de elites mag men ervan uitgaan dat de adel frequente contacten onderhield met bisschoppen, abten en geleerde monniken en dat deze contacten de eigen opvattingen en het wereldbeeld van de adel hebben beïnvloed, getuige onder meer het toevertrouwen van de doden aan de kloosters. Een ander interessant feit is het bestaan van *lekenspiegels*, handleidingen ten behoeve van zonen van vorsten en van de hoge adel, met richtlijnen voor een goed bestuur, waarin echter raadgevingen voor een goed christelijk leven niet ontbraken. »Dankzij de 'spiegels' kunnen we het profiel schetsen van de volmaakte aristocraat« (Riché). Desondanks werd de relatie tussen de elites gekenmerkt door talrijke conflicten en had ze soms meer weg van een haat-liefdeverhouding. Te bekend zijn de gevallen dat machtigen zich vergrepen aan het bezit van kloosters en kerken. Wanneer er in afkeurende zin over de adel werd geschreven, was dat vanwege belangenconflicten, onzedelijk gedrag of onderdrukking van zwakken en niet vanwege bijgeloof en magie. Dit betekent natuurlijk niet dat zij geen bijgeloof of magie kenden.[6]

Adel-volk De sociale en economische verschillen tussen adel en volk waren zo groot, dat er ook mentaal een kloof gaapte tussen beide bevolkingsgroepen. Verschillen in levenswijze brengen culturele verschillen met zich mee, verschillen in feestvormen. De houding van de adel tegenover het volk was een minachtende. In deze hiërarchische maatschappij stond 'laag' gelijk met onvrij, immobiel, inferieur. De volgende woorden van bisschop Jonas van Orléans († 843) zijn eerder een oproep tot christelijke barmhartigheid dan de weergave van een sociale werkelijkheid:»De mannen van het volk moeten als broeders worden beschouwd; de zwakheid van hun lichaam, de misvormdheid van hun uiterlijk, de smerigheid van hun kleren moeten ons niet beletten in hen mensen te erkennen absoluut gelijk aan onszelf.« Het oordeel van een andere bisschop, Adalbero van Laon († 1030), drukt waarschijnlijk beter het algemeen gevoelen over het volk uit, als hij het »lui, misvormd (deformis) en onzedelijk (turpis)« noemt (Fichtenau). Het enige positieve gevoel dat men zich kan voorstellen, is dat van medelijden in de vorm van een aalmoes.

Ook als de adel allerlei vormen van bijgeloof met het volk gemeen had, waren al die magische gebruiken van de boerenkalender voor een goede oogst en de gezondheid van het vee hem vreemd. Natuurlijk had ook de adel belang bij een goede oogst, maar het was geen kwestie van al dan niet overleven. Om het met een vergelijking te verduidelijken: adel en volk vormden als het ware verschillende 'biotopen'. Zeden en gebruiken die voor de ene groep zinvol waren, waren dat voor de andere niet of in mindere mate. Anders gezegd: de gebruiken kregen pas hun betekenis in de context van het betreffende milieu. Een ander groot verschil tussen adellijke en volkscultuur was, zoals we eerder hebben gezien, de zorg voor de doden.[7]

b.2. Kerkelijke literatuur

Nooit was de uitdrukking *zwijgende meerderheid* meer van toepassing dan met betrekking tot het gewone volk in de vroege middeleeuwen. Zoals al gezegd, wanneer we iets willen ervaren over zijn manier van denken, manier van doen, zijn we aangewezen op de literatuur van de geestelijkheid, de Latijnse literatuur van die tijd. Het beeld van het volk dat hier wordt geschetst, is ongunstig. Het volk is »onwetend, grof, wellustig, zelfs gevaarlijk« (Riché). Opgetekend werd wat niet aan de christelijke normen voldeed. Het meeste werd niet vastgelegd, zodat het beeld noodzakelijk eenzijdig is. Gurjewitsch onderscheidt een Latijnse literatuur, bestemd voor de geestelijke elite zelf, en een *opvoedkundige* literatuur, bestemd om het volk op het rechte pad te krijgen en te houden, de zogenaamde *parochieliteratuur*: preken, heiligenlevens en biechtboeken. In deze literatuur vindt een »wisselwerking plaats tussen geestelijke elite en voorchristelijke volkscultuur« (Gurjewitsch). De bemiddelaar tussen geestelijke elite en volk was de dorpspastoor, die uit het volk voortkwam en zelf slechts een gebrekkige opleiding had genoten. Als we te weten willen komen wat er aan godsdienstige opvattingen onder het volk leefde, zijn we aangewezen op de *paro-*

chieliteratuur. De meningen lopen echter uiteen als het op de betrouwbaarheid van uitspraken over het volk aankomt. Gewoonlijk spitst de discussie zich toe op de (on)betrouwbaarheid van de biechtboeken.

b.3. De biechtboeken

De biecht, bestaande uit schuldbelijdenis, het vragen om vergeving en het op zich nemen van boete, is ontstaan in het Ierse kloostermilieu (6de eeuw) en verving de oudchristelijke boetepraktijk. Waren voorheen schuldbelijdenis en boete een publieke aangelegenheid, de biecht was een zaak tussen biechtvader en biechteling. Ten behoeve van de biechtvader waren handleidingen samengesteld, de biecht- of boeteboeken, waarin stond aangegeven welke boete bij welke zonde moest worden gegeven. Een veel voorkomende vorm van boete was het vasten. Hoe ernstiger de zonde, hoe langer er gevast diende te worden. Biecht en biechtboeken zijn langs twee wegen op het vasteland terechtgekomen. Rechtstreeks, door de missionering van de Ier Columbanus en zijn monniken in Gallië, en indirect door het werk van de Angelsaksische monniken in de Lage Landen en Duitsland. De bedoeling van de biechtboeken was ook om uniformiteit te brengen in de biechtpraktijk. Deze doelstelling werd nooit bereikt. Behalve de Ierse en Angelsaksische, circuleerden ook biechtboeken die op het vasteland waren geschreven, vaak met grote onderlinge verschillen. De verwarring werd nog vergroot doordat deze boeken telkens opnieuw werden overgeschreven en aangepast. Was dit gebrek aan uniformiteit een bron van ergernis, ze werden er niet minder door gebruikt.

Geen ander genre had zo rechtstreeks betrekking op het doen en laten van het gewone volk als de biechtboeken. Nergens wordt beter afstand tussen ideaal en werkelijkheid gedocumenteerd. Traditionele opvattingen en gebruiken die niet met de kerkelijke leer en praktijk strookten, vormden een deel van die werkelijkheid. Hierover spreken de biechtboeken met grote regelmaat. Het al eerder gesignaleerde probleem is dat de samenstellers van deze boeken zich telkens weer beriepen op uitspraken van gezaghebbende auteurs en op conciliebesluiten uit voorgaande eeuwen. Deze uitspraken werden nog herhaald als een 'mistoestand' al lang verdwenen was. Dat is één aspect. Daar staat tegenover dat biechtboeken bedoeld waren voor de praktijk van de zielzorg. Men moet ervan uitgaan dat in de biecht geen onzinnige vragen werden gesteld, vragen die voor de biechteling onbegrijpelijk waren omdat ze niets met zijn werkelijkheid te maken hadden.

Tussen deze twee aspecten: verouderde bepalingen en de eis dat alleen zinnige vragen worden gesteld, bestaat een gespannen verhouding. Het onderzoek dient daarom tweeledig te zijn: Wat was de precieze relatie tussen biechtboek en biechtpraktijk en hoe kunnen verouderde en niet verouderde bepalingen van elkaar worden gescheiden? Dit laatste zou dienen te gebeuren met behulp van geldige criteria. Zo heeft een gebruik dat slechts éénmaal voorkomt een grotere kans op echtheid dan een gebruik dat in identieke bewoordingen, soms met dezelfde overschrijffouten, eeuw na eeuw terugkeert. Hetzelfde geldt voor een gebruik dat voorkomt in bronnen die niet van elkaar afhankelijk zijn (Künzel). Een goed voorbeeld van dit laatste zijn het ritueel drinken en het drinken op de doden, gebruiken die door uiteenlopende bronnen zijn gedocumenteerd.

In het genre biechtboeken nemen die van abt Regino van Prüm († 915) en bisschop Burchard van Worms († 1025) een bijzondere plaats in. Regino kreeg van bisschop Radboud van Trier de opdracht een praktisch handboek samen te stellen tot herstel van de kerkelijke tucht in het bisdom, bedoeld om in plaats van de omvangrijke boeken met conciliebesluiten te worden meegenomen op visitatiereizen. In feite is het meer dan alleen een biechtboek en had het betrekking op de goede gang van zaken in de parochies: de taken en plichten van de pastoor en het zedelijk leven van de gelovigen. Van de 96 visitatievragen van Regino mag men aannemen dat ze een hoge actualiteitswaarde hadden. Een groot deel van dit werk werd overgenomen door Burchard van Worms. Ook nu weer was de aanleiding de zorgelijke toestand van het geestelijk leven, waarover Burchard zich beklaagt. Het was een soort handleiding voor de pastoors ten behoeve van de zielzorg en kan niet los worden gezien van de actualiteit. Oudere bepalingen werden aangepast aan jongere kerkelijke opvattingen. Een deel van de te stellen vragen had betrekking op bijgeloof, magie en waarzeggerij, waarbij hij eigen waarnemingen mengde met het oudere materiaal. Zo hekelt hij het domme geklets over *Goede Vrouwen* die 's nachts de huizen bezoeken. Hun aanvoerster Diana krijgt hier een inheemse naam, *Holda*.[8]

b.4. Geestelijkheid-volk

Een argument tegen het bestaan van een religieuze volkscultuur in de vroege middeleeuwen dat naar voren wordt gebracht, is dat, wat het bijgeloof betreft, de grenzen tussen volk en geestelijke elite vloeiend waren. Alsof dat in de late middeleeuwen anders was; men denke aan het geloof in heksen. Het ligt voor de hand dat opvattingen, waarden en normen van de verschillende bevolkingsgroepen elkaar gedeeltelijk overlapten, gedeeltelijk uitsloten. Het zou pas vreemd zijn als het anders was. Eén zo'n gemeenschappelijke voorstelling van hoog tot laag was, dat levenden en doden met elkaar in contact konden treden, dat de doden konden terugkeren.

Doorslaggevend is niet of geestelijken en volk eenzelfde opvatting deelden, maar de plaats die zo'n opvatting innam in het waarden- of betekenissysteem van de afzonderlijke groep. Verhelderend voor het verschil tussen klerikale en volkscultuur is de houding tegenover (witte) magie. Was dit voor het volk een overlevingsstrategie, voor de kerkleiders was het volstrekt verwerpelijk, niet omdat ze er niet in geloofden, maar omdat het onchristelijk was, een werk van de duivel, een terugval in het *heidendom*, zoals Burchard het bestempelde. Magie als bestanddeel van de volkscultuur diende om die reden met alle kracht te worden bestreden.

Vergelijkbaar is de houding tegenover het wonder. Voor de geestelijkheid was het wonder een teken van Gods almacht, een bewijs voor de voortreffelijkheid van de ascetische levenswijze van de heilige. Voor het volk was het wonder een antwoord op een concrete noodsituatie. Wonder en magie waren in dit volkse wereldbeeld niet wezenlijk verschillend, het was het manipuleren van geheimzinnige krachten. In deze denktrant konden ook heilige voorwerpen en handelingen magische doeleinden dienen. »Voor hen was er tussen christendom en magie geen principieel verschil« (Gurjewitsch). Natuurlijk werd hun met grote regelmaat duidelijk gemaakt dat het één heilig en het andere zondig en duivels was, maar hier ligt nu precies »de contradictie van dit syncretisme« (Gurjewitsch). Door hun irrationele denkwijze maakten ze geen onderscheid tussen magische en religieuze sfeer, waren dit twee kanten van een diffuus geheel, waar het voor de geestelijke elite twee vijandige sferen betrof.

Het verschijnen van doden diende de geestelijken als bewijs voor het geloof in de opstanding, of illustreerde de leer van de loutering na de dood. De meeste exempels over doden hebben dit laatste als thema. Voor de gewone gelovige gold dit zeker ook, maar daarnaast kende het doden die verschenen buiten deze religieuze context, zoals blijkt uit de dodenverhalen in de IJslandse saga's. Het verhaal van Orderic Vital over het dodenleger maakt duidelijk hoe de Kerk omging met volksfantasieën van autonoom optredende doden. Bij hem is het dodenleger veranderd in een stoet boetende zielen. Kennelijk was deze ingreep niet afdoende. Via een tussenstadium van verdoemden veranderden deze doden mettertijd in echte duivels en werd het dodenleger, aangevoerd door *Herlequin*, een demonisch leger.

Door bepaalde religieuze verschillen tussen geestelijke elite en volk weg te retoucheren, blijft niet alleen het volk in de vroege middeleeuwen een vormeloze massa zonder culturele identiteit, maar is het risico reëel dat ook de dominante klerikale cultuur verkeerd begrepen wordt. Waar het om gaat, is te achterhalen welke functie een opvatting of een gebruik innam in het wereldbeeld van de drie standen. Het historisch onderzoek komt niet verder zonder een structuralistische benadering die de afzonderlijke elementen hun plaats geeft in het waarden- en betekenissysteem van de verschillende bevolkingsgroepen.

Voor een goed begrip van de wisselwerking tussen klerikale en volkscultuur is het nodig onderscheid te maken tussen hoge en lage geestelijkheid. De eenvoudige pastoor kwam voort uit het volk en was niet echt theologisch geschoold. »Naar afkomst en levenswijze verschilde een deel van deze geestelijkheid weinig van de horige domeinbevolking« (Bredero). Als bij hem de zaken weleens door elkaar liepen, heeft dat te maken met zijn ambivalente positie op het raakvlak van beide culturen, daar waar twee wereldbeelden soms met elkaar in conflict kwamen. Zo moest hij er af en toe aan herinnerd worden dat bepaalde maatschappelijke verplichtingen, zoals het drinken op de doden, voor hem volstrekt verboden waren. De voorgeschreven maandelijkse bijeenkomst met andere pastoors en het jaarlijkse bezoek van de bisschop of diens afgevaardigde hadden juist tot doel, de pastoors te instrueren over wat een goede zielzorg inhield, en duidelijk te maken wat wel en wat niet kon.

Maatgevend voor de klerikale cultuur waren de bisschoppen en hun naaste medewerkers, theologen en juristen, abten en geleerde monniken. Zij gaven de richtlijnen hoe het volk moest worden opgevoed, een opvoeding die meer bestond uit verboden dan uit verdieping van het religieus besef. De grote afstand tussen hen en het volk werd versterkt door hun adellijke afkomst. Burchard spreekt regelmatig over het *vulgus*, het domme volk. Mensen als Hincmar, Regino en Burchard lieten er geen twijfel over bestaan dat de Kerk tal van volkse opvattingen en praktijken deelde noch duldde. Wat achteraf de discussie bemoeilijkt, is het feit dat de biechtboeken afzonderlijke opvattingen en praktijken veroordeelden. Gurjewitsch spreekt van een *gebroken spiegel*. In werkelijkheid was de religieuze volkscultuur meer dan de som van deze opvattingen en praktijken. Het was een levenswijze, een wereldbeeld waarin natuur en bovennatuur samensmolten. De krachten van de natuur en het noodlot die de mens bedreigden, trachtte deze door rituelen te bezweren en onder controle te krijgen. De gebruiken kunnen niet los worden gezien van de mentale ondergrond, de angst en nood, hoop en verwachtingen die als het ware de voedingsbodem ervan vormden. Doordat de Kerk de gewraakte praktijken als werken van de duivel bestempelde, kwam de eenvoudige boer, die ongetwijfeld een goed christen wilde zijn, in conflict met zijn Kerk.[9]

c. Religieuze volkscultuur in het licht van de biechtboeken

Het beeld van de Franse boer in de negende eeuw is volgens bisschop Jonas van Orléans († 843) dat van iemand die een miserabel leven leidt. Beschrijvingen van de Duitse boer in de elfde eeuw zijn niet veel positiever. Afgezien van regionale verschillen en verschillen naar tijd, ontstaat het beeld van mensen die moesten ploeteren om in leven te blijven. Ze waren onderworpen aan de grillen van de natuur, overgeleverd aan allerlei vormen van geweld en onderdrukking. De opbrengsten van de oogst waren karig en bij mislukken stond hongersnood voor de deur. De hachelijkheid van het naakte bestaan, de angst of men de volgende oogst zou halen, gaf aan de boerenkalender zijn eigen karakter, bepaalde de aard van de gebruiken. Kerkelijke feesten vierden ze op hun eigen manier met *duivelse liederen en dansen*. Het collectief geheugen had voorstellingen en tradities bewaard, die gestalte kregen in rituelen, uitingen van angst en hoop, in het gevecht om te overleven. Deze tradities »werden van vader op zoon overgeërfd« (Burchard).[10]

Het biechtboek was een handleiding voor de pastoor die de biechteling moest ondervragen. Veel vragen hebben betrekking op magie en toverpraktijken in diverse gedaanten. Gebruiken in verband met het slagen van de oogst, het voorspellen van de toekomst; feestmalen met gezang en bezweringen op nieuwjaar; rituelen om het weer te beïnvloeden, om het vee gezond te houden en de voortplanting te garanderen. Er wordt gevraagd naar heksenspreuken in bos en op wegkruising, toverspreuken bij spinnen en weven, spreuken om het boze oog te bezweren; liefdesmagie en formules om de gezondheid terug te krijgen en om nakomelingen te verwekken. Zeer gedetailleerd zijn de boeken over zwarte magie en alles wat naar hekserij zweemt. Ofschoon de kerkelijke auteurs in deze periode hekserij niet als reëel beschouwden maar als een illusie van de duivel, zijn de vragen hierover zo suggestief, dat dit alleen al hielp het systeem in stand te houden. Zwarte magie, bedoeld om schade toe te brengen aan mens, dier en gewas, is vele malen erger dan witte magie, die een positief doel diende. Vooral bij vrouwen is Burchard wantrouwig, omdat ze zich sneller overgeven aan de listen van de duivel. Er wordt gevraagd of ze iets met Diana, Friga of Holda hebben gehad en menen te hebben deelgenomen aan een nachtelijke bijeenkomst met de *Goede Vrouwen*. Twee jaar boete voor wie dergelijke illusies koestert. Andere vragen hebben betrekking op de schandelijke praktijken bij sterfgevallen en op feestgelagen met dansen en maskerades, duivelse liederen, drinkpartijen en offergaven bij bomen, bronnen, stenen of wegkruisingen.[11]

Op lange termijn was de biecht het meest ingrijpende middel van de Kerk om in te werken op het geweten van de individuele gelovige en zo een kerstening in de diepte te bewerken. Daar immers lag de effectiefste mogelijkheid de collectieve 'heidense' voorstellingen te doorbreken. De afzonderlijke gelovige bevond zich in een loyaliteitsconflict tussen persoonlijke verantwoordelijkheid, dat wil zeggen: trouw aan het christelijk geloof en solidariteit met de gemeenschap. Dit hield in zich conformeren aan de traditionele gebruiken en zondigen, of zich losmaken van de opvattingen van de gemeenschap. Dit laatste woog zeer zwaar, want deze gebruiken dienden nu juist tot welzijn van de gemeenschap. »De zedelijke oriëntatie van de enkeling op de groep bleef een buitengewoon belangrijk bestanddeel van zijn houding« (Gurjewitsch). Het is de voortdurende spanning tussen de druk van de traditie binnen de gemeenschap en de eisen van de Kerk aan de individuele gelovigen die het wezen uitmaakte van wat Gurjewitsch het *volkskatholicisme* noemt.[12]

C. De doden in de profane verhaaltraditie

15. Middeleeuwse verhaaltraditie

1. DE IJSLANDSE SAGA'S

Terwijl in West-Europa hoofse en allegorische literatuur bloeien, ontstond in IJsland een uniek, modern aandoend verhalend genre in proza, de *saga*. Een deel hiervan, de *familiesaga's*, zijn rauw-realistische 'romans' die vertellen over de vestiging (*landname*) in de negende eeuw en het leven op IJsland (10de/11de eeuw), de onderlinge veten van deze families van grote boeren, hun gebruiken, opvattingen en rechtsinstellingen, hun reizen van en naar Noorwegen en elders, hun vikingtochten, de overgang naar het christendom in het jaar 1000 en de sociale veranderingen die hiervan het gevolg waren. Hoewel gebaseerd op een mondelinge traditie zijn het creaties van een literaire, christelijke elite (12de-14de eeuw). Wanneer er heidense opvattingen en praktijken worden beschreven, moet steeds rekening worden gehouden met een christelijke interpretatie van deze feiten. Maar daarnaast »bevatten de saga's heel wat folklore, verhalen over de terugkeer van de doden en over hekserij, die opvattingen kunnen weerspiegelen uit de tijd waarin ze werden geschreven« (H. Ellis Davidson). Daar geen ander middeleeuws genre ons zo'n directe kijk geeft op het leven van gewone mensen, is een beroep op deze literatuur wel gerechtvaardigd.[1]

»Niemand kan de dag die hem door het noodlot is toegewezen, voorbijlopen«, zei Thorolfr, en overleefde de strooptocht die hij met zijn broer Thorsteinn had ondernomen niet. Dit gebeurde in de tijd van koning Harald Harfagri († 933). Het lijk ging in een kist mee op de terugvaart. Aangekomen in Zweden werden Thorsteinn en zijn mannen door jarl Herrödr met een welkomstbier ontvangen. Thorsteinn vroeg de hal te mogen lenen: »Ik wil de begrafenis van mijn broer vieren en hem met uw toestemming hier onder een grafheuvel begraven.« »Hij nodigde de jarl en veel andere edelen uit voor het dodenmaal. Men bleef er drie nachten, zoals de gewoonte was. Dan liet Thorsteinn zijn mannen gaan, na hun voortreffelijke geschenken te hebben gegeven.« Aansluitend op het verslag van deze begrafenis wordt verteld hoe Thorsteinn op uitnodiging van de jarl besloot de winter bij hem door te brengen en *Jol/Joel* mee te vieren. Op dit feest verscheen ook een onaangenaam gezelschap van *berserker* onder aanvoering van

Moldi, die de dochter van de jarl opeiste. In ruil voor de genoten gastvrijheid bood Thorsteinn aan Moldi voor een duel uit te dagen. In het voornaamste manuscript ontbreekt uitgerekend de passage met de uitslag van het duel. Twee versies van de uitslag van het duel zijn te vinden in jonge handschriften.

Toen Höskuldr uit de *Laxdöla Saga* stierf, lieten zijn zonen een schitterende grafheuvel voor hem oprichten, waarin hij met grafgiften werd bijgezet. Het was al laat in het jaar en er zouden maar weinig gasten kunnen komen. Zo besloten de broers te wachten tot het *thing* (de volksvergadering) de volgende zomer, en dan de mensen uit te nodigen voor het *feest*. Arm en rijk werden uitgenodigd. Het feest duurde een halve maand. »Er was van alles het beste en in overvloed. Naar men zegt, waren er niet minder dan 1080 gasten. Het feest was een van de schitterendste [ooit gegeven] en de broers legden er grote eer mee in.« De eregasten werden met geschenken overladen.

Het was zaak om de dode alle eer te geven die hem toekwam en de begrafenis volgens de regels te voltrekken, zodat de dode vrede zou hebben met zijn nieuwe bestaan en de levenden niet lastig zou vallen. »Wettelijk was een man pas 'dood' vanaf het ogenblik waarop zijn erfgenamen het dodenmaal hadden gegeven. Tijdens dit maal nam de aangewezen erfgenaam de erfenis aan« (Boyer). De saga's berichten van talrijke gevallen waarvan men vreesde dat er iets fout zou gaan of waar het feitelijk fout ging. De neusgaten werden met was gedicht. Soms maakte men een gat in de muur waardoor het lijk naar buiten werd gebracht, waarna het gat weer werd dichtgemaakt. *Draugr*, wraakzuchtige doden, zijn een veelvuldig thema. Mensen en vee sterven door toedoen van doden die terugkeren om schade aan te richten. Ook *trollen* staan bekend om soortgelijke kwaadaardige activiteiten en zijn gedeeltelijk »identiek met de spoken, de levende doden« (Simek).

Een geval waarin het goed mis ging, wordt verteld in de *Eyrbyggja Saga*, die bekend is om zijn lugubere voorvallen. Het was kort voor Jol, het winterfeest. Toen het bericht dat Thoroddr en zijn mannen verdronken waren, bekend werd, »nodigden Kjartan en Thuridr hun buren uit voor het begrafenisfeest. Men nam toen het Jolbier en gebruikte het voor dit begrafenisfeest. Maar de eerste avond, toen de mensen aan tafel waren gegaan voor het feestmaal, kwam Thoroddr met zijn gezellen, totaal doorweekt, het hoofdvertrek binnen. Men bereidde Thoroddr een vrolijke ontvangst, omdat men het voor een goed voorteken hield en voor waar aannam dat, als mannen die op zee waren omgekomen, terugkwamen om bij hun eigen dodenmaal aanwezig te zijn, ze goed ontvangen waren bij Ran« (de zeegodin). De auteur van de saga wijst erop dat deze pasbekeerde christenen er nog allerlei heidense praktijken op na hielden. »Thoroddr en de anderen beantwoordden de groet niet, gingen bij het vuur zitten en bleven tot het vuur bedekt was met witte as. Toen verdwenen ze. Elke avond kwamen ze terug naar het vuur, zolang als het begrafenisfeest duurde. Men praatte er veel over bij het dodenmaal en sommigen veronderstelden dat het zou ophouden als het feest voorbij zou zijn.« Het liep anders. Gedurende de hele Joltijd werden ze lastig gevallen door Thoroddr en zijn bende. Mensen werden ziek, zes personen stierven in één klap. Van de dertig bedienden stierven er achttien. Men besloot de doden een proces aan te doen. De beschuldiging luidde dat ze zonder toestemming de levenden lastig vielen en hen van leven en gezondheid beroofden. Toen het oordeel geveld was, verdwenen de doden één voor één. Als laatste Thoroddr, met de woorden: »We zijn hier niet erg welkom.« Vervolgens zegende de priester het huis met wijwater en droeg relieken door heel het huis. Zo kwam er een einde aan het gespook.

Het verschijnen van de doden op *Jol* is niet toevallig. *Jol* was vanouds een dodenfeest. *Jolnir* is de bijnaam van Odin in zijn hoedanigheid van dodengod en verwijst naar dit aspect van het feest. Als heer van de *Wilde Jacht* wordt Odin/ *Jolnir* geacht in deze kritieke tijd van het jaar aan het hoofd van een dodenleger door de lucht te jagen. Het feit dat doden kwaadaardig kunnen zijn, is niet nieuw. Wezens uit de *andere wereld* worden gekenmerkt door hun ambivalente karakter, goedaardig of boosaardig. »De dode wordt niet echt als dood beschouwd, zolang men aanneemt dat hij reden heeft ontevreden te zijn met zijn lot in de andere wereld« (Boyer). De zin van de begrafenisrituelen is nu juist ervoor te zorgen dat de dode geen aanleiding heeft zich te beklagen en hem te beletten alsnog zijn 'recht' te komen halen.

Wat wel nieuw is in de saga's, is de tendens de kwaadaardige kant naar voren te halen en de andere kant nagenoeg te verzwijgen. In de christelijke visie was een autonoom optreden van doden, buiten het kader van de christelijke leer van het hiernamaals, ondenkbaar. Het aardige van de aangehaalde episode is dat hier beide kanten nog zichtbaar zijn. De levenden beschouwen de komst van de doden aanvankelijk als een goed teken. De auteur weet wel beter. Ongemerkt slaat deze stemming om in haar tegendeel. Ranke ziet hierin de hand van de christelijke auteur. Worden de doden aanvankelijk welkom geheten, geleidelijk verandert de situatie in een ijselijke spooktoestand. Dergelijke voorvallen zijn in de saga's seizoengebonden. Het spoken neemt toe naarmate de winter nadert. Met het lengen van de dagen neemt de overlast af. In dit verhaal is een formeel rechtsgeding de manier om van de spoken af te komen. Andere manieren om *asociale doden* het spoken te beletten, is het hoofd afslaan, een paal door het lijk slaan, het lijk verbranden of op een afgelegen plek onder een hoop stenen begraven. Twee conclusies: de relatie tussen de doden en *Jol* is ook in de christelijke interpretatie van het heidense feest nog herkenbaar, maar hun oude grandeur is verdwenen. In de saga's is een proces van demonisering waarneembaar. De boodschap is duidelijk: bepaalde doden zijn sinistere wezens die je maar beter uit de weg kunt gaan.

Een soortgelijke degeneratie vindt plaats waar sprake is van de *berserker*. Ooit een religieus-militaire elite, geassocieerd met Odin en zijn dodenleger, zijn ze in de saga's een gemarginaliseerde groep geworden. Hun vermogen in extase te raken en zich met wolf (weerwolf) of beer te associëren, krijgt in de saga's asociale en belachelijke trekken. Ze verschijnen ongenodigd op feesten, bij voorkeur op *Jol*, vallen de mensen lastig, snoeven, zijn arrogant, zoeken ruzie, dagen de mannen uit tot een duel met als inzet de dochter of de bezittingen van de huisheer. In de *Grettis saga* worden ze rovers en plunderaars genoemd. »Thoror de Pens en Ögmundr de Kwaaie waren afkomstig uit Halogaland, mannen groter en sterker dan de anderen. Ze werden gegrepen door de razernij van de berserker en spaarden niemand als ze in razernij verkeerden. Ze ontvoerden de vrouwen en dochters van de mensen, hielden ze een week of twee en brachten ze vervolgens terug naar hen tot wie ze behoorden. Ze plunderden waar ze voorbijkwamen of begingen andere misdaden.« Als ze in razernij raken, kunnen ze over vuur lopen, bijten ze in hun schilden en huilen ze als wolven. Voor ons onderwerp is interessant dat net als de doden, ook de berserker, eertijds gemaskerde krijgers, door de christelijke auteurs van de saga's nog in verband worden gebracht met het winterfeest, zij het in ontluisterde gedaante. De Vries noemt het heerszuchtige optreden van de *Klaasomes* of de Zuidduitse *Perchten* een *zwakke echo* van het optreden van de *berserker*.[2]

2. LIED EN DANS IN DE MIDDELEEUWEN

a. Informatie uit kerkelijke bronnen

Dat het eenvoudige volk in de vroege middeleeuwen veel gezongen en gedanst heeft, daarover laten de bronnen geen twijfel bestaan. Over de inhoud van deze liederen wordt met geen woord gerept. Dat het niet naar de zin van de Kerk was en dat aan deze 'mistoestanden' niet veel te doen viel, blijkt uit de steeds herhaalde afkeuringen. Dat het minstens voor een deel om dansliederen ging, blijkt uit het feit dat lied en dans vrijwel steeds in één adem worden genoemd. Als de deur van de geschiedenis soms toch op een kier staat en een glimp laat zien, is dat meestal aan een toeval te danken. Dankzij de hagiograaf van Sint-Ludger weten we dat in Friesland in de negende eeuw de blinde zanger Bernlef leefde. Hij zong over de grote daden van de oude koningen. Zijn genre was het heldenlied. *Valde diligebatur*, zegt de schrijver, hij was er zeer door geliefd. En hij zong op de manier van zijn volk, *more gentis suae*. Waar het gezegde dat Friezen niet zingen, *Frisia non cantat*, vandaan komt, moet nog maar eens worden uitgezocht. Voor de vroege tijd was het vrijwel zeker een fabel. Er is geen reden aan te nemen dat de kerkelijke schimpscheuten op *schaamteloze liederen* niet voor hen golden. Ook hun werd in de biecht regelmatig de obligate vraag gesteld of ze zich hieraan hadden bezondigd.

Zeer waarschijnlijk moet ook voor deze vroege periode al een onderscheid worden gemaakt tussen het *literaire* lied, het heldenlied en *boerenliederen*. »Alcuïn [† 804] berispte de monniken van een Engels klooster, die tijdens de gemeenschappelijke maaltijd niet naar de voorlezer maar naar een speelman, niet naar de preken van de kerkvaders maar naar heidense liederen luisterden«. Gurjewitsch suggereert dat het hier gaat om heldenliederen. In een capitularium van Karel de Grote († 814) wordt de abdis op het hart gedrukt dat ze niet toestaat dat de nonnen zogenaamde *winniliederen* overschrijven of versturen. In de kantlijn worden deze liederen *plebeios psalmos*, *rusticos psalmos* genoemd. Dat lijkt op volksliederen te wijzen.

Sprekend over de Longobarden vertelt Gregorius de Grote († 604) hoe de Longobarden een geit aan de *duivel* offerden en hem deze toewijdden door in het rond te dansen en een goddeloos lied te zingen. In een brief aan de Merovingische koningin Brunhilde († 613) werden soortgelijke offers genoemd. Lied en dans heten in de bronnen schaamteloos, schandelijk, *cantica turpia, ballationes et salutationes*. Hier worden vaak nog duivelse spelen *joci et lusa diabolica* aan toegevoegd. De voornaamste ergernis van de kerkleiders gold de vermenging van het heilige en het profane. Zo verbiedt een conciliebepaling uit de achtste eeuw op kerkwijding en feesten van martelaren in de kerk deze aanstootgevende liederen te zingen en daarbij te dansen. Bij processies werd het volk op het hart gedrukt deze nederig en met devotie te volgen en alleen maar *Kyrie eleyson* te zingen. In de late middeleeuwen worden de processies soms echte optochten met processiereuzen, duivels en dergelijke. Maar deze waren sinds lang voorgeprogrammeerd, en gelegenheden waren er te over: kaarsprocessie op Maria Lichtmis, palmprocessie op Palmzondag, kruisprocessies op de dagen voor Hemelvaart en ommegangen met relieken. Zelfs geestelijken konden het dansen niet helemaal laten. Op Pasen en Pinksteren dansten kanunniken en koorknapen door kerk en kruisgang (Heers). De springprocessie van Echternach, ter ere van Willibrord, geeft nog een idee hoe zo'n dansprocessie eruitzag. Het was allemaal goed bedoeld, maar het liep steeds weer uit de hand. De veroordelingen en verboden vulden boekdelen. De verklaring: een grote gemeenzaamheid met het heilige.

De feestkalender kende ook evenementen die niets met de Kerk te maken hadden. In mei en juni vielen feesten die nooit gekerstend werden en niettemin bleven voortbestaan. In mei werd gedanst rondom bomen en putten en in de nacht van Sint-Jan, midzomernacht, danste men rondom grote vuren. Daarnaast waren er de grote gebeurtenissen van de levenscyclus: geboorte, huwelijk en sterven. De woorden *huwelijk* en *bruiloft* houden een soort program in. Het achtervoegsel *-lijk* van *huwelijk* betekent: melodie, dans, spel (Kluge). *Bruiloft* van *bruidsloop* was een dans of een wedloop (Kluge). Ter ere van de bruid zong men het *bruidslied* of *winnilied* zoals het in het Fries heette. Over lied en dans bij de dodenwake is al eerder gesproken. Het ergernis wekkend karakter lag in de tegenstelling tussen de ernst van de dood en de vrolijkheid die aan de dag werd gelegd. Trefwoorden: *cantari, laetari, inebriari*/*zingen, zich vrolijk maken, zich bedrinken*.[3]

Pas vanaf de elfde/twaalfde eeuw verschijnen uitvoeriger beschrijvingen en commentaren van volksfeesten, nog steeds uit kerkelijke bron. In het jaar 1188 maakte Gerald van Wales een rondreis door Wales met Baldwin, aartsbisschop van Canterbury. Hij beschrijft feesten, zeden en gewoonten van de bevolking. »Op 1 augustus, feest van Sint-Eluned [de dag van het vóórchristelijke Keltische *Lughnasadh*], komen grote menigten van heinde en ver daar bijeen [...] Je kunt daar jongens en meisjes zien, sommige in de kerk, sommige op het kerkhof, draaiend rondom de graven. Ze zingen traditionele liederen en dan opeens vallen ze op de grond. En degene die tot dan vredig hun leider hebben gevolgd als in trance, springen nu in de lucht als gegrepen door razernij.« Dan volgen mimische dansen. »Als alles voorbij is, gaan ze de kerk in. Ze worden naar het altaar geleid en als ze daar hun offergave brengen, zul je verrast zijn te zien hoe ze ontwaken uit hun trance.« Een interessante man, die Gerald van Wales, vol begrip voor de gewone man. »Door deel te nemen aan deze feestelijkheden zien en voelen veel mensen meteen in hun hart de vergeving van hun zonden en zij krijgen vergeving.«

Meer representatief voor de vijandige houding van de Kerk tegenover de dans is een 'voorval' in Elne, Zuid-Frankrijk, dat ons wordt meegedeeld door Etienne de Bourbon OP († ca. 1261). »Pelgrims ontheiligen de heilige plaatsen door ontuchtige liedjes, ze vertrappen de lichamen van het christenvolk op het kerkhof en ze hinderen de eredienst op het vigilie van de heilige met hun heiligschennende dansen.« In het bisdom Elne had een predikant het dansen verboden. De jongelui ter plaatse waren dol op het gemaskerd dansen met stokpaardjes, in de kerk en op het kerkhof. Ze legden zich bij het verbod neer, op één jongeman na. Terwijl de parochie in gebed bijeen was in de kerk, op de vooravond van Kerkwijding, verscheen hij op zijn stokpaardje in de kerkdeur en daar, »op de drempel van het heiligdom, vatten zijn voeten vlam en het vuur verteerde man en paard [...] Dit hoorde ik in de parochie zelf van de kapelaan, van de ouders van de jongen en van andere parochianen«.

In de exempels en commentaren wordt het kerkhof nogal eens genoemd. Men dient te bedenken dat kerk en kerkhof het hart van de parochie vormden. Op het kerkhof vonden allerlei activiteiten plaats, ook handel. Het was een ontmoetingsplaats voor de parochiegemeenschap. Om een weg af te snijden, ging men gemoedelijk met de kruiwagen dwars door de kerk. Om ten minste het priesterkoor vrij te houden van al te wereldse bezigheden, werd dit op een gegeven moment afgeschermd door een hekwerk of een jubee, een galerij dwars door de kerk.

Als de dans wordt genoemd, bedoelt men vaak de reidans. Men houdt elkaar bij de hand en laat zich leiden door de dansleider. Jacques de Vitry († 1240), bisschop van Akko, verzamelaar van exempels, vergelijkt de dansleider met de koe die met een bel aan de hals de kudde voorgaat. Etienne de Bourbon vertelt van een zekere heilige die de duivel in de gedaante van een kleine *Ethiopiër* zag boven het hoofd van de vrouw die de dans leidde. De woorden *trance* en *razernij* maken duidelijk met welke intensiteit er gedanst werd.

In uitvoerige commentaren speculeren theologen wat bij dit alles grote zonde, wat kleine zonde is, en wat nog net kan. Het meest verdraagzaam is men ten opzichte van bruiloftsdansen, omdat die los stonden van kerk en kerkdienst. John Bromyard OP († 1409) vergelijkt dansers met geesten van doden (*larvae*) en stelt ze op één lijn met rovers die zich ook onherkenbaar maken. Net als de duivel trouwens, die zich vermomt om zielen te vangen. Wat de liedjes betreft, vat Gerson († 1429) het aldus samen: »Ze zijn verboden als ze smerig en ontuchtig zijn, vals of ketters of op de verkeerde plaats [kerk, kerkhof] of tijd [zondag, kerkelijke feestdag] gezongen worden, of als ze schadelijk zijn voor anderen.«[4]

b. Volksballade

De volksballade is een laat-middeleeuws verhalend volkslied. John Bromyard zegt hiervan: »Zoals de Heilige Geest de schrift dicteerde, zo dicteert de duivel balladen die gaan over dwaze liefde, ontucht en onreinheid.« Zo te zien is de kerkelijke afwijzing van het volkslied door de eeuwen constant gebleven. De vraag is of er verband bestaat tussen het vroeg- en het laat-middeleeuwse volkslied. Bij de beantwoording lopen de meningen uiteen. De discussie over de oorsprong en de aard van de ballade heeft zoveel haken en ogen, dat ik hier slechts de kern van het debat kan aanstippen. Eén opinie gaat ervan uit dat de ballade niet vóór de dertiende eeuw ontstond en is afgeleid van het heldenlied. De voorstanders van een origineel, volks genre nemen aan dat het oorspronkelijk een danslied was, zoals de naam suggereert, en dat er een verband is met de *ballationes/dansen* en de *rusticos psalmos/boerenliederen* uit de achtste- en negende-eeuwse bronnen. Als typisch mondeling genre werd het niet opgetekend. Dat gebeurde pas veel later, toen de bloeitijd voorbij was.

De voorstanders van een volkse oorsprong wijzen op een voorval in het jaar 1020, dat bekendstaat als *de dansers van Kölbigk* en dat is vastgelegd in een legende ter ere van de Heilige Magnus. In de kerstnacht van 1020 heeft zich volgens de legende in het dorp Kölbigk, bisdom Maagdenburg, het volgende afgespeeld. Terwijl de priester de kerstdienst hield, verzamelden enkele jongelui zich onder leiding van een zekere Gerlef op het kerkhof voor een reidans of kettingdans. Ze stuurden twee meisjes de kerk in om Ava, de dochter van de pastoor, naar buiten te lokken. De priester maande hen tevergeefs hun godslasterlijke bezigheden te staken en stuurde vervolgens zijn zoon om Ava terug te halen. Maar zij was vast verbonden in de keten van dansers. Het gezang en lawaai hielden aan. Toen riep de priester de Heilige Magnus aan en zie, de dansers konden niet meer stoppen met dansen en waren gedoemd een jaar lang te blijven dansen, tot de volgende kerstnacht. Pas toen werd de ban gebroken.

Twee elementen zouden erop wijzen dat we met een ballade in de zin van danslied te maken hebben. Gerlef wordt in de Latijnse tekst *ductor furoris/ aanvoerder van de danswoede* genoemd. Van het lied dat ze zongen, wordt het refrein vermeld: »Bovo reed door het groene bos en voerde de schone Merswinde met zich. Wat staan we hier, waarom gaan we niet [dansen]?« Volgens een andere verklaring zouden »bijgelovige voorstellingen van danswoede, epilepsie en oudheidense tradities met de verering van de Heilige Magnus zijn samengesmolten« (Leisering, p. 247). Lang niet alle deskundigen zijn onder de indruk van dit verhaal. De discussie duurt voort.

Zoals al werd gezegd, is over de inhoud van het vroeg-middeleeuwse lied niets bekend. Wel weten we uit vorige hoofdstukken dat het dodenleger van *Herlequin* en het gezelschap van Diana thema's waren van het toenmalige vertelrepertoire. Pas in de laat-middeleeuwse ballade speelt de dode een duidelijke rol. Dit geldt althans voor de omvangrijke verzameling Engelse en Schotse balladen van F.J. Child († 1896). L.Ch. Wimberly wijst er in zijn *Folklore in the English and Scottish Ballads* (1928) op dat er een opvallende gelijkenis is tussen geesten van doden (*ghosts*) en elfen (*fairies*). De ziel kan allerlei vormen aannemen (chap. 1). De dode leeft voort in het graf en onderhoudt contact met de levenden (chap. 2). Elementen van het christelijk doodsvisioen leven voort in de ballade (chap. 3). De *andere wereld* ligt in een bos, onder de grond, in een berg of in het noorden (chap. 4). De dode in de ballade is een tragisch wezen. Hij is nog een natuurlijke verschijning en geen vulgair spook (p. 226). Het contact met de levenden is vanzelfsprekend (p. 227). De terugkerende dode is een objectieve werkelijkheid (p. 238), hij is vooral 's nachts actief (p. 246v). Als de doden steeds weer terugkeren, hebben ze daarvoor redenen (p. 256): om buitensporige rouw te verhinderen (p. 257v), om te straffen (p. 258), onder meer wegens verraden liefde (p. 258). Speciale nadruk hebben relaties tussen geliefden, broer en zuster, moeder en kind.

Een vluchtige speurtocht naar Nederlandse balladen die vergelijkbaar zijn met de Engelse *ghost-ballads* leverde de volgende tekst op. Dit gedicht is van zo'n vanzelfsprekende charme, dat het geen commentaar behoeft.

»'Ach Tjanne,' zeide hij, 'Tjanne,
waerom en zingde gij niet?'
'Ach wat zouder ik gaan zingen,
binst dry dagen en bender ik niet.'

Tjanne was schaers in d'aerde,
Jan trouwde met een ander lief;
En zij gaf de kinderen slagen;
En zij zeyd: 'Waarom zoekt [bedelt] gij niet?'

'sMorgens ter negen uren
Zag men dry kindjes gaen
Naer het graf van hulder moeder,
En zij bleven daar stille staan.

Zij lazen en zij baden,
Zij vielen op hulder knien;
Op 't gebed dat zij daer lazen
Het graf sprong open in drien.

Zij nam het middelste zoontje
En zij ley 't op haren schoot;
En zij nam het jongste zoontje
En zij ley 't aen haar borst bloot.

En zij gaf 't nog eerst te zuygen,
Gelijk al de moedersch kuisch;
'Ach kinders,' zeide zij, 'kinders,
Wat doet uwen vader al t'huys?'

'Ach moeder,' zeiden zij, 'moeder,
Mijn honger is wel te groot,
Staet op en gae gij mede
Wij zullen t'saem vragen ons brood.'

'Ach kinders,' zeide zij, 'kinders,
'k En kan voorwaer niet opstaen,
En mijn lichaam ligt onder d'aerde,
En den geest doet mij hier staen.'«[5]

c. In de Venusberg

Van Heer Danielken is een ballade, gepubliceerd in het *Antwerps Liedboek* (1544; nr. 160). Zeven jaar heeft Heer Danielken in de berg doorgebracht met Vrouw Venus, in dienst van haar minne. Als hij tot het besef van zijn zondig leven komt, besluit hij naar Rome te pelgrimeren en de paus om vergeving te vragen. Hij kondigt Vrouw Venus zijn vertrek aan en laat blijken dat hij haar door heeft: »U ogen bernen al waer 't een vier, mij dunct ghi zijt een duvelinne.« In Rome aangekomen verschijnt hij voor de paus: »Here ic soude mij biechten gaern ende roepen op Gods genade. Ic soude mij biechten seer bevreest met alle mijnen sinnen. Ic heb seven jaer in de berch gheweest met Vrouw Venus, die duyvelinne.« De paus weigert hem de vergeving van zijn zonden en neemt een dorre stok, steekt die in de grond met de woorden: »Wanneer desen stock roosen draecht, dan zijn U zonden vergheven.« Heer Danielken kan het wel vergeten. Mistroostig besluit hij naar Vrouw Venus terug te keren. Na drie dagen begint de stok te bloeien. Tevergeefs worden boden uitgezonden om Danielken te zoeken.

c.1. 'Van Heer Danielken'

Dit is een wat onbeholpen bewerking van een Duitse ballade die in meerdere varianten is overgeleverd. Onduidelijke zinnen worden pas duidelijk door vergelijking met deze varianten (Kalff). Dan blijkt dat in de Nederlandse versie zelfs de volgorde van de strofen niet klopt. Het Duitse lied, bekend als de *ballade van Tannhäuser*, is de bewerking van een sage die teruggaat op een historische figuur, de adellijke minnezanger Tannhusen (13de eeuw). Deze leefde aanvankelijk aan vorstelijke hoven, leidde vervolgens een avontuurlijk bestaan en raakte aan lager wal. In zijn gedichten bekent hij aan de vrouwen te gronde te zijn gegaan. De hardvochtige paus uit de ballade wordt in een Duitse versie Urbanus IV († 1264) genoemd. Het motief van de Venusberg gaat terug op een Keltische traditie van de verbintenis van een fee met een sterveling. De naam *Venusberg* is van Italiaanse oorsprong. Het wonder van de staf is een latere toevoeging (Frenzel).

c.2. De Venusberg en vastenavond

Het verhaal van Tannhäuser en het motief van de Venusberg moeten in de zestiende eeuw wel populair zijn geweest. In 1518 werd het in Neurenberg als thema gekozen voor de wagen van de vastenavondoptocht. Van geen andere stad is zoveel over de laat-middeleeuwse vastenavond bekend als van Neurenberg. Uit de bewaard gebleven protocollen blijkt dat elk jaar een wagen op sleeën werd rondgevoerd, die op allegorische wijze de *hel* uitbeeldde. Op vastenavond werd door duivels en narren het rijk van het kwaad, de *stad van de duivel*, de heilloze weg van de zonde, de brede weg naar de hel geënsceneerd. De Venusberg was zo'n allegorie, vergelijkbaar met het narrenschip en de toren van Babel. Het verhaal van Danielken, van zijn zondig leven, zijn berouw dat te laat kwam, zijn bedevaart naar Rome, de harde houding van de paus en de definitieve ondergang van de 'held' werd begrepen als een parabel, een zinnebeeldig verhaal dat laat zien hoe het de zondaar vergaat. De Venusberg verbeeldt de zonden van gulzigheid en onkuisheid. Door een gelukkig toeval zijn enkele afbeeldingen hiervan bewaard. Op één zo'n prent is een geopende heuvel te zien, waarin wordt gedanst en geschranst. Muzikanten spelen op vedel, cello en doedelzak, de instrumenten van de ijdelheid. Een duivel blaast de schalmei, één nar zwaait met de zotskolf, een ander met de bierkruik. Vrouw Venus is er de hoer van Babylon, de *duvelinne* van de ballade. In sommige commentaren wordt gesuggereerd dat in dit thema wordt verwezen naar de hoofse minne. Als dit al juist is, dan is het een geperverteerde vorm van die minne.

c.3. De Venusberg en magie

Los van het Tannhäuserthema werd de Venusberg geassocieerd met magie en magische kunsten. In een brief aan zijn broer schreef Enea Silvio, de latere paus Pius II († 1464), dat zich in de buurt van Nursia een grot bevond, Sibyllijnse grot of Venusberg geheten, »waarin heksen, demonen en schimmen woonden« en waar magie werd onderricht. Soortgelijke Venusbergen worden vermeld in Spanje, Frankrijk en Polen. Ze worden alle in verband gebracht met occulte wetenschappen. Er bestond in het Westen een eeuwenoude occulte traditie, wel te onderscheiden van heksenpraktijken en volkse magie. Het ging om zaken als alchimie en astrologie. Paus Silvester II († 1002) en de heilige Albertus Magnus OP († 1280) werden ervan verdacht zich met 'hogere' magie te hebben beziggehouden. Silvester II heeft deze reputatie te wijten aan het feit dat hij in Spanje had gestudeerd en dat men de bron van dergelijke verdachte zaken zocht in steden als Sevilla, Toledo, Granada en Salamanca, waar in de Moorse periode, maar ook daarna, occulte studies werden bedreven. Daar vond ook een intensieve en vruchtbare uitwisseling van wetenschappelijke ideeën plaats en werden veel boeken uit het Arabisch en het Hebreeuws in het Latijn vertaald. Nu is het bekend dat ongeletterden een boek als iets magisch zagen. Nog gemakkelijker werden boeken in Arabisch en Hebreeuws schrift met *geheime wetenschappen* geassocieerd. Naast objectieve feiten waren er talrijke geruchten. In Toledo zou een soort *duivelsbijbel* zijn samengesteld en in Salamanca werd de crypte van een kerk aangewezen »waar voorheen de duivel in een grot magie had onderwezen«. »In 1234 verscheen in Maastricht een 'nigromanticus' uit Toledo, die de burgers leerde hoe ze de magie moesten beoefenen en de duivel aanroepen« (Russel). '*Nigromantie/zwarte kunst*, magie, tovenarij' is een voorbeeld van betekenisverschuiving van doden in duivelse richting. Het is een verbastering van *necromantie/dodenbezwering*.

c.4. De dodenberg

De mededeling van Pius II bracht de Venusberg in verband met heksen, demonen en schimmen. In Duitsland werd hij geassocieerd met een dodenberg, *Hörselberg* genaamd. De gedachte dat doden in een berg verblijf hielden, was wijd verbreid. In de *Eyrbyggja Saga* (ca. 1350) wordt verteld hoe ene Thorolfr na een conflict met koning Harald met zijn familie uitweek naar IJsland. Niet ver van de plek waar hij zich vestigde, bevond zich een heilige berg, *Helgafell*. Thorolfr geloofde dat hij en zijn verwanten na hun dood daar zouden wonen. Vlakbij was het *thing/geding*, de plaats van de volksvergadering, waar ook recht werd gesproken. »Op een dag in de herfst zag een herder dat de berg aan de noordzijde openging. Daarbinnen zag hij grote vuren, hij hoorde vrolijke geluiden en het klinken van drinkhoorns die tegen elkaar gestoten werden [...] Hij hoorde dat men er Thorsteinn en zijn gezellen verwelkomde en dat hem gezegd werd op de erezetel tegenover zijn vader plaats te nemen.« De herder vertelde dit *visioen* aan de vrouw van Thorsteinn. 's Anderendaags bleek dat Thorsteinn was verdronken.

Van William of Newburgh († ca. 1198), schrijver van de *Historia Rerum Anglicarum*, is het volgende verhaal. Een man wandelde 's nachts langs een grafheuvel en in de diepte hoorde hij praten en zingen. Via een verborgen zijdeur ging hij naar binnen en was getuige van een feestmaal. Iemand bij de deur reikte hem een beker om te drinken. De boer deed net alsof hij dronk, maar liet de drank heimelijk wegvloeien. Hij verborg de beker onder zijn kleren en bood hem later de koning aan tegen een vorstelijke beloning. Een 'moderne' variant van de dodenberg wordt verteld in Westfalen. Het aardige van de Lutterberg is dat het een naïeve combinatie van dodenberg en vagevuur is. Tijdens een nachtelijke wandeling wordt een jongeman door de *Wilde Jager* meegenomen. Als hij bijkomt uit zijn bewusteloosheid, bevindt hij zich in een hal waar hij de leden van de Westfaalse adel aantreft. De kruiken worden tegen elkaar gestoten en de dobbelstenen rollen over tafel. Maar het merkwaardige is dat er geen geluid te horen valt. In zijn angst prevelt de jongen een schietgebed en prompt bevindt hij zich op een weiland naast de berg. Thuisgekomen wordt hij door niemand herkend, want hij is veranderd in een oude man. Hij treedt in het klooster en sterft kort erna.

In de berg gaan betekende sterven. Tal van bergen in Duitsland hadden de reputatie de doden te herbergen. Van Frederik Barbarossa werd aangenomen dat hij eeuwenlang sliep in de *Kyffhäuser*, een berg in Thüringen. Zijn baard was door de tafel heen gegroeid. Maar eens zou hij met zijn leger te voorschijn komen om zijn volk te verlossen. De doden slapen in de berg, maar houden er ook drinkgelagen. Op bepaalde momenten van het jaar, bij voorkeur in stormachtige winternachten, hoorde of zag men het dodenleger door de lucht trekken, aangevoerd door een mythische of legendarische figuur. Een van hen was Holda, die domicilie hield in de Hörselberg. Zoals de andere *Goede Vrouwen* was ze ambivalent van aard. Ze was mooi en lelijk, werd als fee of als heks voorgesteld, beloonde of strafte, bracht zegen of onheil. De favoriete tijd voor haar activiteiten waren de *quatertempernachten* in december en de *twaalf nachten* tussen Kerstmis en Driekoningen. Haar optreden werd in verband gebracht met de gemaskerde figuren die in deze periode rondgingen.

Eén aspect van de ballade van Heer Danielken bleef nog onvermeld. Als hij te kennen geeft dat hij Venus wil verlaten om naar Rome te gaan, zegt deze: »Danielken, wilt ghi oorlof ontvaen? neemt oorlof aan den grijzen«, vraag verlof of neem afscheid van de *grijze*. Dit nu is Eckhard, die de dodenberg bewaakt en als gangmaker van de *Wilde Jacht* fungeert. Zijn taak is het de levenden te manen zich uit de voeten te maken als het dodenleger eraan komt. Eckhard is de verbindingsschakel tussen de dodenberg en de Venusberg als hel. Door de figuur van de *grijze* weten we dat de Venusberg een gedemoniseerde dodenberg is. Dit bevestigt de hypothese dat het dodenleger in een duivelsleger werd veranderd. Ten gevolge van de *interpretatio christiana* werden de doden tot demonen en het dodenrijk tot het rijk van Satan omgeduid.[6]

16. Sprookje en sage

1. INLEIDING

a. Het einde van een tijdperk

Wanneer mensen aan het verzamelen slaan, is dat vaak een signaal dat een tijdperk ten einde loopt. Het voor-het-te-laat-is-syndroom levert de meest uiteenlopende collecties op: spulletjes uit grootmoeders tijd, tastbare herinneringen uit het rijke roomse leven enzovoort. In openluchtmusea leeft het verleden voort in verstilde vorm. Hetzelfde geldt voor immateriële zaken als streektalen. De hoeveelheid publikaties van dialectwoordenboeken en -bloemlezingen doet vermoeden dat het vijf voor twaalf is. Iets dergelijks heeft zich rond 1800 voorgedaan met volksverhalen, volksliederen en andere volkstradities. Een Noorse verzamelaar vergeleek het platteland met »een brandend huis waaruit men de balladen nog net kon redden voor het te laat was«. P. Burke, die dit citaat opnam, schrijft: »De these van een verdwijnende cultuur die moet worden vastgehouden voor het te laat is, keert in de geschriften [van de verzamelaars] steeds terug en doet denken aan de huidige bemoeienis om uitstervende tribale culturen te redden.«

Dit streven was des te opmerkelijker, omdat de elite bijna drie eeuwen haar best gedaan had de verachtelijke volkscultuur uit te roeien. Uitgerekend in de tijd van de Verlichting, onmiddellijk voorafgaand aan de verzamelperiode, hadden kerkelijke en wereldlijke autoriteiten hun krachten gebundeld om een einde te maken aan vulgaire en achterlijke uitingen van het onbeschaafde volk. Een wereldbeeld stond op het punt te verdwijnen. Behalve volksverhalen waren ook volksfeesten in het geding. Hetzelfde gold, zoals we hebben gezien, voor rituelen rond dood en begrafenis. De ommezwaai had niet groter kunnen zijn. De eerste aanzet tot herwaardering werd gegeven door F. Herder, die het volkslied hoger achtte dan de frivole poëzie van de elite. Met de herontdekking van *het volk* had de romantiek haar thema gevonden. De voornaamste woordvoerders van deze beweging waren de gebroeders Grimm.

b. De vraag naar de ouderdom

De ambities van de verzamelaars waren niet gering. Men dacht met behulp van sagen en sprookjes een uitgestorven mythologie te kunnen reconstrueren. De *Deutsche Mythologie* van Jakob Grimm is een indrukwekkend monument van deze ambitie. »De zoektocht naar de bronnen van een Duitse mythologie toonde de natie de weg terug naar het gouden tijdperk van haar onschuldige kindertijd« (Petzoldt). Hoewel de moderne verhaalkunde de vraag naar de oorsprong en verspreiding niet uit de weg gaat, is zij ook geïnteresseerd in andere vragen, bijvoorbeeld naar de functie van deze verhalen. Ze beantwoordden aan een behoefte aan ordening en verklaring. Waar rationele verklaringsmodellen ontbraken om de omringende wereld te begrijpen, nam men zijn toevlucht tot mythische of magische verklaringen in de vorm van verhalen. De angst die in de moderne tijd vaak geen kant uit kan, vond hier gestalte in duivels, doden, heksen en andere demonische wezens. Hier was ook plaats voor een vorm van hogere gerechtigheid, waar men als kleine man in een laat-feodaal stelsel systematisch aan het kortste eind trok.

De vraag naar de ouderdom was voor de mythologische school van het grootste belang. Het antwoord diende ter ondersteuning van de stelling dat hier een voorchristelijke mythologie voortleefde. Het moderne onderzoek maakt hier onderscheid tussen verhaal en verhaalmotief, de kleinste verteleenheid. Het is mogelijk dat een verhaal betrekkelijk jong is, de gebruikte motieven daarentegen uit een veel vroegere tijd stammen. In de sage van de *Vliegende Hollander*, een jonge variant van de *Wilde Jacht*, is het motief van het duivelspact van christelijke, dat van het eeuwig dolen van voorchristelijke oorsprong. Dit betekent niet dat afzonderlijke verhalen geen hoge ouderdom kunnen hebben. Voor een aantal heeft men parallellen in de klassieke oudheid en het Oude Testament kunnen aanwijzen. Zijn verhaalmotieven in het algemeen ouder dan verhalen, het zijn geen onveranderlijke bouwstenen. Onder christelijke invloed zijn veel motieven van gedaante veranderd. Zo waren kobolden oorspronkelijk huisgeesten die de mens behulpzaam waren als men ze in ere hield. Onder christelijke invloed zijn het spookgestalten geworden die lawaai maken of het huishouden ontwrichten. Bisschop Thietmar van Merseburg († 1018) vertelt erover alsof hij het zelf heeft meegemaakt. Voor hem zijn het onchristelijke demonen en hij beklaagt zich erover dat gelovigen er meer mee ophebben dan met regelmatig kerkbezoek. »Overigens is het geen wonder dat zich in die streken zo'n wonderteken heeft voorgedaan. Want de bewoners gaan er zelden naar de kerk en bekommeren zich niet om het bezoek van hun zielzorger. Ze vereren eigen huisgoden en brengen hun offers, in de mening dat die hun behulpzaam kunnen zijn.« De overweldigende meerderheid van de sagen is van christelijke oorsprong, teruggaand op middeleeuwse exempels of gebaseerd op motieven die in christelijke zin zijn omgeduid.

c. Sprookje en sage

Om een idee te krijgen van de eigen aard van sprookje en sage is het nodig te bezien wat hun werkelijkheidsgehalte is, hun verhouding tot de realiteit. Terwijl het sprookje als een verzonnen werkelijkheid bedoeld en begrepen werd, werd de sage als 'waar' verhaal gepresenteerd. De aanhef van het sprookje: *Er was eens*, geeft te kennen dat het er niet zo toe doet waar en wanneer het zich afspeelde. De sage daarentegen is aan tijd en plaats gebonden. Tegenover de gewenste werkelijkheid van sprookje: *Het zou mooi zijn als het zo was*, staat de (oorspronkelijk) ervaren werkelijkheid van de sage: *Zo is het*.

De sprookjesheld gaat erop uit, *der Märchenheld muß wandern* (Lüthi). Onbekommerd trek hij *de wijde wereld* in. Niet door twijfels geplaagd, gaat hij recht op zijn doel af. Door zijn rechtlijnigheid vindt hij het juiste antwoord op de hem gestelde vragen, de juiste oplossing voor de hem gestelde opdrachten. Hij is het best te vergelijken met de mythologische held, *de held met de duizend gezichten*. Onze onbewuste wensen en dromen worden door zijn effectief handelen werkelijkheid. Heel anders de mens in de sage. Hij is eerder een tragisch wezen, een antiheld. In tegenstelling tot de ongecompliceerde wereld van het sprookje, leeft hij in de confrontatie van het dagelijks leven met een bedreigende bovennatuurlijke wereld. Tegen deze confrontatie is hij vaak niet opgewassen, zodat hij bezwijkt onder het gewicht van zijn tragisch lot, onder het geweld van doden, duivels en demonen. In het gunstigste geval ontsnapt hij op het nippertje.

Röhrich heeft de instelling van beide genres tegenover de dood en de doden als volgt geformuleerd: »Terwijl het sprookje de dood negeert of ten minste voor zijn held uitsluit, spreken sagen onophoudelijk over de dood, ze tonen zelfs een zekere necrofilie. Sterven en dood en het leven na de dood zijn tenminste het bijna constante thema van de sage. Het sprookje eindigt op het hoogtepunt van de biografie van de held; meestal is dat de bruiloft met de prinses. De sage is gericht op het einde van het leven en houdt zich bezig met de toestand van de mens na de dood. Terwijl het sprookje egocentrisch is, is de sage altruïstisch, gericht op de dode en zijn lot. Wanneer 'verlossing' in het sprookje terugkeer in een leven zonder dood betekent, is dat in de sage beëindiging van de rusteloze toestand en een overgang naar de definitieve dood of – christelijk gezien – naar de eeuwige zaligheid.« Sprookje en sage worden volgens deze auteur respectievelijk gekenmerkt door *wensdenken* en *angstdenken*. Beide genres staan voor een *verschillende levenshouding*: een optimistische die de dood niet lijkt te kennen, een tragische die er steeds op bedacht is dat het noodlot toeslaat. Met het bovenstaande is al aangeduid dat het sprookje weinig weet heeft van de doden.[1]

2. Het sprookje: 'De dankbare dode'

De reisgezel van Andersen is de literaire bewerking van het sprookje van *de dankbare dode*. Na de dood van zijn vader trekt Johannes de wereld in. Met het geld van zijn erfenis koopt hij het lijk vrij van een man die was gestorven zonder zijn schulden te betalen. In een aantal versies is het lijk vreselijk toegetakeld en mishandeld. In een Noorse variant betaalt de jongeman ook de begrafeniskosten, inclusief het dodenmaal, waarbij »gehuild en gelachen wordt«. Een reisgezel voegt zich bij hem en samen komen ze in een stad waar de prinses haar vrijers drie raadsels opgeeft. Tot nu toe moesten allen het met de dood bekopen. In sommige varianten is hun hoofd op een paal gespietst. Met behulp van drie magische voorwerpen van zijn reisgenoot weet Johannes de vragen te beantwoorden. In drie opeenvolgende nachten volgt zijn gezel de prinses bij haar nachtelijk bezoek aan de koning van de trollen in de berg. Deze wordt door de reisgezel onthoofd. Pas na een drievoudig bad is de betovering van de prinses verbroken, wint Johannes haar hand en maakt zijn gezel zich bekend als de dankbare dode. ATh 507C, een variant van het voorgaande, is het verhaal van de slangenprinses. Hier bestaat de betovering uit een slang die door de prinses in haar eigen lijf wordt gekoesterd. 's Nachts worden de echtgenoten gedood door de slang die uit haar mond kruipt. De slang wordt gedood door de dankbare dode en de prinses is verlost.

Deze sprookjes willen niet getuigen van doden die geen rust kunnen vinden of van arme zielen die dankbaar zijn voor de geboden hulp. De dankbare dode is geen doel, maar middel. Het is een vertelmotief dat desnoods kan worden uitgewisseld tegen een ander motief. In een legende van Johannes Gobii OP († ca. 1300) neemt de heilige Nicolaas de plaats in van de dankbare dode. In de plaats van het vrijgekochte lijk komt een vervallen kerk die gerestaureerd moet worden (Scherf).

Een andere variant komt voor in het boek *Tobit*, geschreven in de tweede eeuw v.C. In Assyrische ballingschap begroef de oude Tobit de lijken van zijn geloofsgenoten tegen het bevel van de koning (1:18v). Als hij zijn zoon Tobias op weg stuurt om een geleende som geld op te halen, krijgt deze gezelschap van een zekere Azarias (5:5v). Onderweg vangt Tobias een vis met behulp van zijn gezel die hem zegt hart, gal en lever te bewaren. Aangekomen in Ekbatana raadt Azarias hem aan Sara, dochter van een bloedverwant, tot vrouw te nemen (6:11v). Sara wordt gekweld door een boze geest die haar zeven echtgenoten heeft gedood. Azarias geeft advies: gebed, onthouding en het verbranden van hart en lever zullen de demon verdrijven (6:18v, 8:2v). Met zijn vrouw en het geleende geld begeven Tobias en zijn metgezel zich op de terugweg. Thuisgekomen bestrijkt Tobias met de gal van de vis de ogen van zijn blinde vader, die het gezicht terugkrijgt (11:7v). Dan maakt zijn reisgenoot zich bekend als de engel Rafaël (12:15). Het zal duidelijk zijn dat de vervanging van de dode door een engel of heilige, een stichtelijk doel diende. Rafaël geeft te kennen dat zijn diensten de beloning zijn voor het onbaatzuchtig begraven van de doden (12:12).

Verlossing is een wezenlijk bestanddeel van het sprookje. »Altijd gaat het op de een of andere manier om redding of bevrijding« (Röhrich). Het sprookje streeft naar een toestand van geluk. Dit sluit het mislukken van de verlossing uit. Waar dit toch het geval lijkt te zijn dient dit slechts om de spanning te verhogen, om de climax voor te bereiden. De prinses werd verlost doordat het demonisch wezen dat haar in zijn macht had, gedood werd. Verlossing in het sprookje betekent dat de ban, de betovering, wordt verbroken. Soms wordt dat zichtbaar gemaakt door gedaanteverandering. De betoverde neemt weer de menselijke gedaante aan. Van dezelfde orde is de opwekking van de dood. Doden worden soms op paradoxale manier tot leven gewekt door ze te doden, bijvoorbeeld door onthoofding of verbranding. In de taal van het sprookje betekent dit vernietiging van de demonische gedaante die noodzakelijk is om de weg vrij te maken voor terugkeer naar de oorspronkelijke gedaante van voor de betovering, het *herstel van de ware menselijke gedaante*.

Ook de reis naar de *andere wereld* is een vast kenmerk van het sprookje. Of zijn reis hem brengt naar hemel, hel of naar welke *andere wereld* ook, het maakt de held weinig uit. Hij verwondert zich nergens over, evenmin als wat dan ook hem angst aanjaagt. »De mensen van het sprookje, helden en antihelden, gaan met de wezens van die 'andere wereld' om alsof ze hun gelijken waren [...] De sprookjesheld verwondert zich niet, hij handelt [...] De 'andere wereld' interesseert het sprookje slechts, in zover ze in de handeling ingrijpt [...] De wezens uit die wereld duiken op, op het moment waarop ze gewenst zijn [...] Ze verrichten hun taak en verdwijnen weer« (Lüthi). Daar ligt een wezenlijk verschil met de sage. Voor de sagenheld is diezelfde *andere wereld* het volstrekt andere, angstaanjagende, overweldigende. De angst die in het sprookje afwezig is, ligt in de sage steeds op de loer. Maar angst is een slechte opvoeder. Het is niet voor niets dat we kinderen eerder sprookjes dan sagen vertellen, als er nog verteld wordt. De rechtlijnige logica, de glasheldere structuur, de opgewekte kijk op het leven van het sprookje maakt de identificatie met de sprookjesheld mogelijk. Zijn uiteenlopende avonturen zijn even zoveel modellen voor de kinderlijke beleving. Alle zaken van leven en dood komen aan de orde, zelfs de meest gruwelijke, zonder te shockeren. In deze goed-is-goed-en-slecht-is-slecht-wereld voelt een kind zich thuis.[2]

3. DE SAGE

a. Aspecten van de dodensagen

a.1. Werkelijkheidskarakter

«Dit is een waar verhaal en geen sprookje.« Zo begint de sage van de jongeman die de meisjes en vrouwen op een spinavond de stuipen op het lijf jaagt, door zich als spook te verkleden. Na afloop drijft hij zijn overmoed zover dat hij de schedel die hij voor zijn grap had gebruikt, uitnodigt voor een avondeten. Dit nu had hij beter niet kunnen doen (Petzoldt [4], 182). Het gebeurt af en toe dat de verteller expliciet zegt dat zijn verhaal waar is. Nodig was dat niet, want de geloofwaardigheid van de sage was vanzelfsprekend. Petzoldt is nagegaan hoe onderzoekers vóór hem de sage hebben gedefinieerd. Bij vrijwel allen is het subjectieve waarheidsgehalte een wezenlijk kenmerk van het vertelde. Zelf beschouwt hij dit als het beslissende criterium. Het sprookje kon daarom archaïsche opvattingen behouden, omdat het niet meer geloofd werd.»De sage wil juist geloofd worden« en moet zich derhalve steeds aanpassen aan wat mensen geloven (Röhrich). Sporadische mededelingen van vertellers, dat bepaalde verschijnselen zeldzamer zijn dan vroeger omdat men er niet meer in gelooft, geven aan dat een bepaalde geestesgesteldheid voorwaarde is voor het ontstaan van dit soort verhalen en dat met het verdwijnen van die mentaliteit ook de verhalen ophouden.

Zoals men geloofde in heksen en duivels, zo geloofde men in het doen en laten van de doden, zoals daarover in de sagen werd verteld. Alleen al de grote hoeveelheid dodensagen is een indrukwekkend getuigenis van dit geloof.»Ze houden zich bezig met de kernvragen van het menselijk bestaan, met de vragen naar het hiernamaals, de zin van het leven, de terugkeer na de dood en de wisselwerking tussen levenden en doden. Ze drukken ten diepste uit wat onze voorouders in hun geloof aan een hiernamaals en in hun hoop de gestorven bloedverwanten daar weer te zien, gedacht en in de dorpsgemeenschap doorverteld hebben« (Guntern).

a.2. Verscheidenheid van verschijningsvormen

De sage is gefascineerd door het leven na de dood, maar ze kent geen vastomlijnd beeld van de doden. Christelijke en voorchristelijke voorstellingen lopen dooreen en leveren een verwarrende veelvormigheid op. Doden hebben een soort lichaam, variërend van schimmig tot zeer tastbaar, vooral daar waar ze handtastelijk worden. Ze kunnen van vorm veranderen en de gedaante van een dier aannemen. In feite is het – wat oneerbiedig uitgedrukt – een bont gezelschap. De moeder die terugkeert om haar kinderen te verzorgen (Petzoldt [4], 119). Het kind dat zijn moeder smeekt op te houden met huilen omdat het door haar tranen geen rust vindt (ibid., 126). De dode die aan zijn doodshemd zuigt en zo zijn familieleden mee in het graf trekt (ibid., 186), een variant van de vampier. De dode die uit het raam toekijkt bij zijn eigen begrafenis (ibid., 189). De zwangere vrouw die een kind baart in het graf (ibid., 199). Het lijk dat voor zijn rechten opkomt en begint te bloeden als zijn moordenaar het aanraakt; een soort godsoordeel (ibid., 113). Het spook dat pas ophoudt de mensen lastig te vallen als het door een priester wordt verbannen (ibid., 136v). De arme ziel die door slordigheid van een levende haar verlossing misloopt of door een goed woord, een zegewens, wordt gered (ibid., 163v). Naast individuele doden kent de sage collectieve voorstellingen van doden: niesgeesten (ibid., 154), dwaallichten (ibid., 146), witte wijven (ibid., 271v), het dodenleger (ibid., 220v) en ander nachtvolk (ibid., 222, 237) dat zeer gevaarlijk kan zijn voor de levenden.

De *Motif-Index*, een inventaris van verhaalmotieven, onderscheidt in kwaadwillige en vriendelijke terugkeer van de doden. Dit is enigszins misleidend, omdat het lijkt te suggereren dat er tevreden en ontevreden doden zijn. Ook in het geval van een *vriendelijke terugkeer* is er weinig vrolijks te bespeuren. Dit heeft te maken met het ambivalente karakter dat alle wezens uit de *andere wereld* eigen is. Alleen verloste doden zijn tevreden. De christelijke verklaring is dat ze het stadium van de loutering achter zich hebben. Ze hebben hun bestemming, de eeuwige zaligheid, bereikt en hebben bij de levenden niets meer te zoeken. Voor verhalen zijn ze niet meer interessant. Menselijk geluk en eeuwige zaligheid zijn nu eenmaal niet de stof waaruit romans en verhalen worden gemaakt. Men zou beter van gevaarlijke en ongevaarlijke doden kunnen spreken. Rusteloos zijn ze allemaal. Sommigen moeten ronddolen omdat ze een straf moeten uitboeten of omdat ze voor alle eeuwigheid zijn verdoemd, zoals de *Vliegende Hollander*. Anderen zijn slachtoffer, omdat hun leven voortijdig is afgebroken, omdat ze geen behoorlijke begrafenis hebben gehad of anderszins te kort zijn gekomen. In het geval van de dwaallichten gaat het over ongedoopte kinderen. Op de ontmoeting met de doden rust een taboe. Wie hun domein binnendringt, ontsnapt niet of hoogstens ternauwernood aan hun agressie. In andere gevallen is men door deze ontmoeting voor het leven getekend. Verhalen over *arme zielen* zijn een regelrechte voortzetting van de middeleeuwse exempels. Alleen in katholieke streken kent men deze doden, die contact zoeken met de levenden om verlost te worden uit het vagevuur. Maar zelfs een ontmoeting met hen is niet altijd zonder risico.

a.3. Plaats en tijd

De meeste sagen spreken niet van een verblijfplaats van de doden. Dit ligt voor de hand, want ze moeten zwerven tot ze rust hebben gevonden. Sommigen houden zich graag op bij hun voormalige woonplaats en zoeken contact met hun familieleden. Anderen keren steeds terug naar de plaats waar ze iets hebben misdaan. In een onophoudelijke sisyfusarbeid proberen ze tevergeefs het onrecht goed te maken. Dit lukt alleen met de hulp van een levende (Petzoldt [4], 138). Als er over een verblijfplaats wordt gesproken, ligt deze onder de aarde of in een berg. De inrichting verschilt niet veel van de aardse werkelijkheid. Beschrijvingen van paradijselijke landschappen in de sage verschillen niet van die in vroegmiddeleeuwse visioenen. De *Nobiskroeg* is een herberg waar de doden met elkaar kaarten. Walther von der Vogelweide († ca. 1230) laat *Vrouw Wereld* als serveerster in de kroeg van de duivel optreden. Ook Luther kent een herberg van de duivel. Het lijkt allemaal wat op de *Venusberg*. De toegang tot het dodenrijk is de levenden niet toegestaan. Toch wordt verteld van mensen dat ze de ingang ertoe hebben gevonden. Als ze al terugkeren, sterven ze kort daarop. In sommige verhalen meent de bezoeker slechts korte tijd in de onderwereld te hebben doorgebracht. Als hij terugkomt, wordt hij vaak niet herkend en blijken er eeuwen te zijn verstreken. Hij vervalt ter plaatse tot stof en as. Ook een manier om uit te drukken dat hij al lang niet meer tot de levenden behoort.

Voor het sprookje is het onderscheid tussen dag en nacht zonder veel betekenis. In de sage is de nacht de tijd waarin de wezens uit de *andere wereld* actief worden. In een sage uit Oberwallis ontmoet een vlijtige huisvader een dode die hem verwijt dat hij zelfs 'snachts werkt. De reden van het verwijt: »de nacht behoort de doden« (Guntern, 1175; Petzoldt [4], 291). In Zwitserland is *Nachtvolk* een andere naam voor *Wilde Jacht*. Speciaal de lange nachten van de winter, de nachtzijde van het jaar, zijn de favoriete tijd van doden en demonen, de *Geisterzeit* bij uitstek. Het kan geen toeval zijn dat de periode van de wintermaskerades tussen 6 december en 6 januari samenvalt met deze *Geisterzeit*. In tal van sagen wordt expliciet verwezen naar de feesten in deze tijd: *Quatertemper*, *Kerstmis*, *Nieuwjaar*, *Driekoningen*. *Quatertemper* is bijzonder populair in sagen uit Oberwallis. *Kerstmis* wordt genoemd in verhalen over dodenprocessies en dodenmissen. Een moeder gaat in de kerstnacht naar het graf van haar kind. Ze ontmoet Perchta met een stoet dode kinderen, onder wie ook haar eigen kind. Het beklaagt zich dat het de tranen van de moeder in een kruik moet meedragen (Petzoldt [4], 126). In een variant (ibid., 160) speelt hetzelfde zich af in de nacht van Driekoningen (6 januari). Een verlossend woord van de levende wordt beloond met de zegen van Perchta. In de *twaalf nachten* jaagt Herodes met zijn honden dwars door de huizen. Een van de honden blijft achter en wordt door de mensen gevoerd. Een jaar later vertrekt de hond weer met de stoet van Herodes. De beloning wordt uitgedrukt in melk en boter (ibid., 225).[3]

a.4. Verlossing

Verlossing is een centraal thema in sprookje en sage. In het sprookje betekent het opheffing van een vloek, een betovering, of bevrijding uit de macht van een demonisch wezen: draak, heks, boze stiefmoeder. *Ze leefden nog lang en gelukkig* is een bekende slotformule, het is tevens een program: het verhaal is gericht op een gelukkige afloop. De held is zodanig toegerust dat hij niet kan falen. Verlossing in de sage betekent dat er een einde komt aan de toestand van rusteloosheid, »bevrijding uit een ongelukkig, onvredig bestaan« (Röhrich), in christelijke zin: overgang naar de eeuwige rust. »Het is een wezenlijke trek van de dodensagen dat levenden en doden op elkaar zijn aangewezen« (Röhrich) en dat de dode alleen door een levende verlost kan worden. Anders dan in het sprookje is verlossing in de sage niet vanzelfsprekend en lukt vaker niet dan wel. Dit geeft de sage haar tragisch karakter. Uit angst, onbegrip, achteloosheid of onnozelheid laat de mens het vaak afweten. Op het kritieke moment weet hij niet wat er van hem wordt verwacht. Twee voorbeelden om te laten zien dat verlossing 'per ongeluk' wel en niet lukt. In het verhaal van het *tranenkruikje* (Petzoldt, 126) zegt de moeder: »Ik zal niet meer huilen, schatje.« Onbedoeld heeft ze haar ongedoopte kind een naam gegeven, waardoor het verlost is. In Neukirchen kwam een man voorbij een bosje en hoorde niezen. Hij zei: »God helpe je.« En weer werd er geniesd en telkens herhaalde hij zijn wens. De negende keer was zijn geduld op en sprak hij een verwensing. Had hij zijn wens nog één keer herhaald, dan was de niesgeest verlost geweest (ibid., 154).

In katholieke streken zijn als vanouds mis, gebed en aalmoes middelen tot verlossing. Toch worden ze in de sagen opvallend weinig genoemd, vergeleken met minder orthodoxe middelen als de vrome spreuk of zegewens. In plaats van de dode kan de levende diens schuld goed maken, onrecht herstellen, een belofte inlossen, een verwaarloosde plicht alsnog vervullen. In tegenstelling tot het sprookje volgt dankbaarheid niet vanzelfsprekend op het verlossend handelen. Hoe de afloop ook is, voor de levende is de ontmoeting met de doden vaak een traumatische ervaring die zich uit in verlamming, doofheid, depressie, ziekte of dood.

De zojuist genoemde verplichting om het verzuimde in te halen of onrecht te herstellen, rust vooral op de nabestaanden. Doden wenden zich bij voorkeur tot hun eigen familieleden. Niet alleen om een dienst te vragen, maar ook uit zorg voor de levenden, zoals de dode moeder die opkomt voor haar kinderen. De doden kunnen niet van hun familie scheiden en komen vaak terug, gewoon om erbij te zijn. Een piepende deur, een krakende bank maakt op hun aanwezigheid opmerkzaam, of ze maken zich kenbaar door kloppen, niezen, voetstappen, gestommel. »Ze nemen deel aan het familieleven, eten mee aan tafel, zitten in een hoek van de kamer« (Horn). Speciale dagen, waarop hun bezoek verwacht wordt, zijn de sterfdag, Allerzielen (2 november), Klein Allerzielen (13 januari) en de genoemde feestdagen.

a.5. Gedaanteverandering

De dierlijke gedaante staat voor de ongelukkige of demonische toestand waarin de sprookjesfiguur zich bevindt. Gedaanteverandering betekent verlossing uit deze toestand, tenminste in het Europese sprookje. In sprookjes uit archaïsche culturen is het dier een partner van de mens en vindt er geen verandering in menselijke gedaante plaats. In mythen hoeft een dierlijke gedaante niet per se een negatieve betekenis te hebben. »In het begin van de cultuurhistorische ontwikkeling staat een geloof in gedaanteverandering, dat het begrip verlossing nog niet kent« (Röhrich). Dit is een begrip uit de wereldgodsdiensten. Als in het Europese sprookje de dierlijke gedaante wordt gezien als een ongewenste toestand die beëindigd dient te worden, dan zou dit aan christelijke invloed toe te schrijven zijn (Röhrich).

De sage kent niet de simpele handgreep waarmee een dergelijke verandering in het sprookje plaatsgrijpt. De sage duidt meer aan dan ze zegt. Doden keren er terug als dieren en maken daarmee hun behoefte aan verlossing kenbaar. De dierlijke staat wordt niet beëindigd, maar is wel herkenbaar als toestand die beëindigd moet worden. Is de dode eenmaal verlost, dan verschijnt hij eenvoudig niet meer. Een sagenverzameling is geen theologiehandboek waarin dit in heldere termen wordt uiteengezet. De sage drukt het uit in beelden. De christelijke verlossingsgedachte is er nadrukkelijker dan in het sprookje. Dit blijkt hieruit, dat de verlossing na de dood plaatsvindt, met schuld verbonden is, niet automatisch plaatsvindt en dat de *verlosser* – dat is de mens die helpt – moet lijden (Röhrich). In het verhaal van Orderic Vital is de *Wilde Jacht* veranderd in een leger van boetende zielen. In de sage nemen ze soms een dierlijke gedaante aan, zoals in de sage van Herodes die in de *twaalf nachten* met zijn honden rondjaagt (Petzoldt, 225). In een middeleeuws handboek voor exorcisten (Doornik ca. 1450) wordt aan een arme ziel uit het vagevuur de vraag gesteld: 'Waarom heb je, naar men zegt, verschillende gedaanten van tamme en wilde dieren aangenomen?'

Over de oorsprong van de dode in de gedaante van een dier, zoals die in de westerse cultuur voorkomt, valt zonder nader onderzoek weinig met zekerheid te zeggen. In de middeleeuwse kunst wordt de ziel voorgesteld als een kleine mensfiguur met of zonder vleugels, of neemt ze de gedaante van een vogel of vlinder aan. Deze voorstellingen zijn een klassieke erfenis. In de Scandinavische mythe van de *Wilde Jacht* zijn paard en hond dieren die Odin als dodengod begeleiden. Beide dieren worden ook in andere Indo-europese mythologieën met de dood en de doden geassocieerd en fungeren als *psychopomp/begeleider van de dode*. De *Motif-Index* onderscheidt twee soorten spookdieren: zelfstandig optredende dieren in de gedaante van paard, hond, kat, haan enzovoort, en dieren in het gevolg van de *Wilde Jager*: paard, hond, wild zwijn, raaf, met een duidelijke voorkeur voor hond en paard.

Ook is niet helemaal duidelijk hoe verhalen met doden in de gedaante van dieren over de confessies zijn verdeeld. Ten gevolge van de hervormde leer, die de loutering afwijst, geen boetvaardige zielen kent en ook de voorstelling verwerpt dat levenden iets voor de doden kunnen doen, was het hele middeleeuwse corpus van exempels over *arme zielen* zonder betekenis geworden. De vraag is echter hoe effectief de invloed van deze leer op het volksverhaal is geweest. Enerzijds heeft de sage haar eigen logica die niet altijd samenvalt met de officiële leer en hebben middeleeuwse voorstellingen ook in protestantse landen nog lang onder het volk voortgeleefd, zoals Burke heeft aangetoond. Anderzijds gaat het in de sage om een *geloofde werkelijkheid*, en dat betekent dat de protestantse kijk op de doden zich mettertijd ook in de sage moet hebben doorgezet, dat de oorspronkelijke betekenis geleidelijk verloren is gegaan en dat *arme zielen* in de gedaante van dieren in demonische dieren of spookdieren zijn veranderd.

Des te interessanter is het te zien welke voorstellingen zich hebben gehandhaafd in een zeer geïsoleerde, katholieke omgeving. Het betreft een moderne sagenverzameling uit Oberwallis, samengesteld door J. Guntern (1978). Een op de drie verhalen gaat over doden, daarvan ruim twee derde over *arme zielen*. Wat Röhrich zegt over de sagen uit Uri, eveneens uit Zwitserland, geldt ook voor Oberwallis: »Het geloof aan de permanente, onzichtbare aanwezigheid van de 'arme zielen' in het domein van de levenden is een allesoverwoekerend aspect van het volksgeloof.« Positiever uitgedrukt, hier kan nog worden vastgesteld hoe sterk de band tussen levenden en doden ook elders ooit is geweest.

De terugkerende doden worden onderscheiden in *Büßende* en *Bozen*. De eersten zijn *arme zielen* die een beroep doen op de levenden. *Bozen* zijn *geesten* in menselijke of dierlijke gedaante: kwaadaardige, angstaanjagende wezens die de mensen lastig vallen, schade toebrengen of simpelweg de mensen de stuipen op het lijf jagen. De categorie van de *Bozen* kent gradaties van demonisering van plaaggeest tot bijna-duivel. Ook de grenzen tussen *Büßende* en *Bozen* zijn onscherp en een *Bozen* kan ook een *Büßende* zijn. De dierlijke gedaante heeft hier twee mogelijke betekenissen: onverloste of demonische toestand. Uitgerekend de onduidelijke overgang van boetvaardige naar boosaardige doden toont de dynamiek van de sage met haar tendens tot demonisering. *Bozen* tonen zich vaker in dierlijke gedaanten dan *Büßende*, onder andere als hond, paard, koe of stier. *Arme zielen* in dierlijke gedaante zijn weliswaar zeldzamer, maar ze kunnen verschijnen als witte gans (Guntern, 462), kip (ibid., 1105), zwarte kat (ibid., 1137), hond (ibid., 1139), paard (ibid., 1139, 1141), slang (ibid., 1140, 1774).[4]

a.6. Afscheid van de doden

In het voorgaande werd al de invloed van de Hervorming op de dodensage aangeroerd. Hier gaat het erom de betekenis van de Hervorming voor de verhouding tussen levenden en doden verder uit te werken. Met de dienst aan de doden waren vanouds grote financiële belangen gemoeid in de vorm van schenkingen en stichtingen. Dit wekte afgunst, wrevel en agressie tegen de Kerk, die hiervan het meest profiteerde. De strijd ontbrandde in de zestiende eeuw naar aanleiding van de *aflaathandel*. Een *aflaat* was de kwijtschelding van (een deel van) de straffen die na de dood nog moesten worden uitgeboet, tegen betaling van een som geld voor een vroom doel. Toegegeven moet worden dat het preken van de *aflaat* een wel erg commercieel karakter had aangenomen. De ergernis hierover is maar al te begrijpelijk. In zijn beroemde *thesen* van Wittenberg (1517) nam Luther hiertegen stelling. Het automatisme van de *aflaat* belet de gelovige tot ware boetvaardigheid te komen. Hier stelde hij al dat de theologische basis van de traditionele leer van het vagevuur niet erg solide was. Daarmee was de toon gezet en waren verdere stappen in de richting van afschaffing van het vagevuur nog maar een kwestie van tijd; ten gevolge van de snel toenemende polarisatie zelfs van weinig tijd. Met Luther wezen mettertijd ook de andere hervormers het vagevuur af, omdat het onverenigbaar was met »de reformatorische leer van de rechtvaardiging door het geloof alleen (*sola fide*). 'Goede werken' zijn vruchten van het geloof, ze zijn gevolg, geen oorzaak.« Kan men zijn eigen heil dus niet bewerken door *goede werken* alleen, evenmin kan men anderen daarmee helpen. Daarmee verviel de mogelijkheid dat de levenden de doden te hulp konden komen. Een keuze met verstrekkende gevolgen.

De strijd werd gevoerd met alle middelen, van theologische debatten tot vulgaire polemieken. In Engeland verscheen een pamflet *A Supplication for the Beggars* (1528), waarin werd aanbevolen alle kerkelijke goederen te confisqueren en met het vrijgekomen geld de sociale problemen op te lossen. Het was tegelijk een demagogisch betoog tegen het vagevuur. Thomas More, ontzet over deze aanval op de doden, nam als rechtgeaard advocaat hun verdediging op zich in *The Supplication of the Souls* (1529). Hij was van mening dat over veel te praten viel, maar niet over de doden en de relatie tussen levenden en doden. Hoewel hij de traditionele leer van het vagevuur uiteenzet, is het geen theologisch traktaat maar een hartstochtelijk strijdschrift waarin hij opkomt voor de rechten van de doden. De originaliteit is gelegen in het feit dat hij de doden zelf aan het woord laat komen. Deze noodkreet is letterlijk een S.O.S., een *Save our Souls*, en een beroep op de solidariteit van de levenden. Voor de moderne lezer mag dit een academische kwestie zijn, niet voor de tijdgenoten. In de discussie pro en contra het vagevuur laaiden de hartstochten hoog op. Wat de verhouding tussen levenden en doden aangaat, is de dramatiek van de Hervorming alleen vergelijkbaar met die van de kerstening.

Hoewel de gevolgen van de afschaffing van het vagevuur niet meteen zichtbaar werden, noemt K. Thomas het een »dramatische verandering«, een »breuk met het verleden«. De ceremonies werden gezuiverd, wat het verval inluidde van de dodenrituelen als *rites de passage*. In 1649 werden begrafenissen beschreven als »in zekere zin profaan; op veel plaatsen werden de doden in de grond geworpen als honden, en geen woord werd gesproken«. Het gemis werd wel degelijk gevoeld. De adel, die voorheen zijn doden bij voorkeur liet bijzetten in kloosterkerken, uitte zijn nostalgie in de eerste eeuw na de Hervorming in pathetische graftomben. Maar geen vrome stichtingen meer voor het zieleheil van de overledene, voor wie men immers niets kon doen. Wat aanvankelijk een gevoel van onmacht kan zijn geweest, ging over in ongeïnteresseerdheid. Als het verdriet over was, stierven de doden hun definitieve dood. De doden die vanouds als *morele standaard* voor de levenden hadden gegolden, hielden op deze rol te vervullen. De solidariteit hield op te bestaan. De laatste wil werd nog wel gerespecteerd, maar het gedrag werd niet meer bepaald door de normen en waarden van de voorouders, »de wortels van het verleden waren doorgekapt«. Daardoor ging ook de sociale cohesie, waarvoor de vereerde voorouders garant hadden gestaan, scheuren vertonen. De breuk met de doden is een van de factoren geweest die hebben bijgedragen tot het moderne individualisme.

Volgens de nieuwe leer waren verschijningen van doden ofwel ordinair paaps bedrog, een duivelse list of een duivel in menselijke gedaante. Eind zeventiende eeuw was men in ontwikkelde kringen nogal sceptisch over het bestaan van *geesten*. Met het opkomend atheïsme in de achttiende eeuw deed zich het merkwaardige feit voor dat het raadzamer werd geacht in *geesten* te geloven dan helemaal niet te geloven. Voor het gewone volk maakte het allemaal niet veel uit, het geloof in terugkerende doden werd voorlopig niet in twijfel getrokken, alleen miste het een religieuze grondslag, de *arme zielen* werden *geesten* (*ghosts*) of vulgaire spoken (*spectres*). Engeland kon zelfs het klassieke land van de spoken worden (*Haunted England*). Wat was de zin van deze verhalen? Thomas bekijkt het verschijnsel vanuit sociaal-historisch oogpunt. Om te beginnen was er nogal wat bedrog, dat echter onmogelijk was geweest als men niet in spoken had geloofd. Geesten verschenen altijd met een bepaald doel: wraak, bescherming, voorspelling. Ze verschenen om een behoorlijke begrafenis te eisen, een moord op te helderen of om vrouw en kinderen van advies te dienen. De duidelijkste functie lijkt te zijn die van het herstellen van onrecht, daar waar de gewone rechtspraak te kort schoot, anders gezegd: zij dienden als een *extra sanctie* tegen de misdaad. Ook kwamen ze op voor hun bezit, voor een correcte uitvoering van hun testament. »Als men mettertijd ophield 'geesten' te zien, dan was dat niet omdat ze intellectueel voor onmogelijk werden gehouden, maar omdat ze hun sociale relevantie hadden verloren.«[5]

b. Sagentypen

b.1. De 'dodenmis' (Geistermesse, messe des fantômes)

»In Gefrees gaat het verhaal dat tijdens de metten de doden uit hun graf komen en in de kerk een hoogmis houden. Een vrome dochter die veel van haar overleden moeder hield, ging om deze tijd naar de kerk om haar moeder te zien. Ze ging op haar stoel zitten. Iemand tikte haar op de schouder. De moeder stond achter haar en waarschuwde bij het uitgaan niet te verzuimen haar halsdoek weg te gooien. 'sAnderendaags lag de doek in duizend flarden verscheurd voor de kerk« (Petzoldt, 190a). Vergelijkbaar is het verhaal van de kleermaker die in de nieuwjaarsnacht getuige is van een dans van de doden rondom het altaar (ibid., 191). Ook hij ontsnapt maar net. De woede van de doden richt zich op de jas die tussen de kerkdeur geklemd zat. Men herinner zich Thietmar van Merseburg († 1018) die in zijn *Kroniek* drie varianten van dit verhaaltype vertelt. Het is een waarschuwingssage die duidelijk wil maken dat op het betreden van het domein van de doden een taboe rust. Vaak wordt ook de termijn genoemd: advents-, kerst- of nieuwjaarsnacht, Allerheiligen of Allerzielen.

Het verhaal gaat terug op een legende uit monnikenkringen, die in meerdere heiligenvitae voorkomt (4de eeuw) en waarin sprake is van een nachtelijke lofzang van de engelen. De buitenstaander is hier een heilige aan wie het vergund is dit schouwspel gade te slaan. De omvorming van legende tot sage heeft al vroeg plaatsgevonden. Gregorius van Tours († 594) bericht van een levende die zijn treffen met de doden in een nachtelijke dienst met de dood moest bekopen. Sage en legende bestaan naast elkaar voort. De vrome variant verschijnt onder andere in Marialegenden vanaf de twaalfde eeuw en in exempels. In de *Volkserzählungen aus dem Oberwallis* komen vijf nummers voor waar het gegeven verbonden wordt met de *arme zielen* (Guntern, 1061v). Aan deze laatste variant ligt het volksgeloof ten grondslag dat de doden op bepaalde dagen *vrijaf* hebben en naar de levenden terugkeren (ibid., 1168).[6]

b.2. 'Vrienden in leven en dood'

»Twee goede vrienden beloven aan elkaars bruiloft deel te nemen. Een van hen sterft. Te zijner tijd nodigt de levende zijn overleden vriend bij diens graf uit. Deze verschijnt en nodigt de bruidegom uit voor een tegenbezoek. De levende begeeft zich op een reis in het dodenrijk. Bij zijn terugkeer in dit leven is zijn omgeving volledig veranderd. Het blijkt dat het oponthoud in de andere wereld eeuwen heeft geduurd. Onmiddellijk sterft de teruggekeerde« (EM v, 238). In een variant uit *The Types of the Folktale* van Aarne/Thompson (ATh 470) nodigt de levende zijn dode vriend uit met Kerstmis en begeeft zich vervolgens op een tegenbezoek in de andere wereld. Van een bruiloft is hier geen sprake. De oudste versie vinden we in een Middelnederlands handschrift uit de vijftiende eeuw (EM v, 284).

Een verwant motief is de *boodschap uit de andere wereld*, dat ervan getuigt hoe graag levenden en doden contact met elkaar onderhouden. De oudst bekende versie is die van William of Malmesbury († ca. 1142). Twee vrienden komen overeen dat wie het eerst sterft, zal terugkomen om te laten weten dat er een leven na de dood is. Het exempel bericht van een oordeel na de dood en waarschuwt voor het gevaar van het uitnodigen van doden. Thomas van Cantimpré († ca. 1270) vertelt in zijn *leven* van de heilige Lutgard van Tongeren († 1246) iets dergelijks. Lutgard had met haar geestelijk raadsman Magister Jan van Lier een soortgelijke afspraak gemaakt. Deze verschijnt na zijn dood aan de heilige met een geestelijke boodschap. Thomas voegt eraan toe dat dit soort afspraken niet wenselijk is. Noodzakelijk is de vereniging met God en niet de omgang met de doden. Hij vertelt het alleen omdat de Voorzienigheid hiermee een bedoeling had. Aan de boodschap uit de andere wereld beantwoordt de mondelinge of schriftelijke boodschap die met een dode wordt meegegeven. Berthold van Regensburg († 1272) waarschuwt voor oplichters die pretenderen contact te hebben gehad met overleden familieleden, en daar munt uit slaan.

In een groot aantal varianten is de invloed van de kerkelijke leer minder duidelijk. »In veel mondeling overgeleverde versies zijn blijkbaar voor- en buitenchristelijke opvattingen en rituelen als verhaalmotief bewaard. Daartoe horen: het uitnodigen van overleden familieleden bij bepaalde gelegenheden om aan het bestaan van de levenden deel te nemen, het onthaal van de doden, de daaropvolgende uitwijzing in de vorm van een dodenescorte, het leven in de andere wereld dat wordt gedacht als een feestelijke voortzetting van dit leven in een 'andere wereld' die uit elementen van de reële wereld is opgebouwd« (EM v, 285).[7]

b.3. 'De dode als gast'

»Een dronken man ziet op het kerkhof een doodskop, schopt ertegen en nodigt hem voor de grap uit voor een maaltijd. De dode verschijnt op het afgesproken uur en nodigt zijn gastheer uit voor een tegenbezoek [...] Deze neemt de uitnodiging aan en wordt gedood« (EM III, 755). In andere varianten begeeft hij zich op een reis in het dodenrijk. In een Brabantse versie wordt hetzelfde verteld van een edelman *die aan God noch gebod geloofde* en voor de drank en de vrouwen leefde. De inzet van het verhaal is het geloof in een leven na de dood. Het bezoek van de dode geneest de edelman van zijn ongeloof, maar tegen een hoge prijs: hij wordt krankzinnig. Het moraliserende karakter van veel varianten verraadt een kerkelijke oorsprong.

Als exempel was het verhaal populair in de preek van de Contrareformatie en gaat het terug op een verzameling van exempels, de *Speculum exemplorum*, gedrukt in Deventer in 1481. Omdat de 'misdaad' wordt begaan door een dronken man, dient het exempel om te waarschuwen tegen de gevolgen van dronkenschap. Om meer indruk te maken bediende de predikant zich graag van een echte schedel. In de zogenaamde *Leontius*-redactie is de uitdager een *verdorven jongeman* die niet gelooft in een leven na de dood. Het gaat hier om een theaterbewerking uit het jezuïetentoneel. In Nederland was deze variant in de achttiende en negentiende eeuw als volkslied verbreid en gaat ze terug op »een droevig verhaal van een heer die een dootshooft te gast noden« (Amsterdam 1727). Al eerder had de bekende pater Adriaan Poirters SJ dit verhaal gepubliceerd (1645). De aangehaalde Brabantse variant hoort tot dezelfde traditie, waarvan de voornaamste kenmerken zijn het hekelen van een zedeloos leven en het ongeloof, met name de ontkenning van de onsterfelijkheid.

Het gegeven is beroemd geworden door de creatie van *Don Juan*. De schedel wordt vervangen door een stenen beeld en aan de onzedelijkheid van Leontius wordt een ongebreideld liefdesleven toegevoegd. De bekendste bewerkingen zijn: Tirso de Molina, *De verleider van Sevilla* (1624); Molière, *Don Juan* (1665); Mozart, *Don Giovanni* (1787). Van gewetenloze versierder en huichelaar in de zeventiende eeuw, verandert don Juan achtereenvolgens in een atheïst, een romantische held en ten slotte een absurde en cynische held. Voor ons onderwerp is van belang dat de populariteit van de literaire versies weer aanleiding heeft gegeven tot allerlei imitaties van volkstoneel, poppentheater, gedichten en verhalen. De overgeleverde varianten van de sage zijn onder te verdelen in vier groepen die teruggaan op het exempel, op de *Leontius*- of *Don Juan*-redactie en een vierde groep waarin de schedel wordt vervangen door een gehangene. Ten slotte was het onvermijdelijk dat in een aantal varianten de duivel de rol van de dode overnam.

De sage, die bij bijna alle Europese volken voorkomt, heeft een succes gehad als weinig andere en is intussen zo goed als volledig uit de verhaaltraditie verdwenen. L. Petzoldt, die een monografie aan dit verhaaltype heeft gewijd, verklaart dit verdwijnen hierdoor, dat het wonderlijk gegeven van de *wrekende schedel* voor de moderne mens onbegrijpelijk is geworden. De moraliserende tendens van de sage is te verklaren door het gebruik van het thema in de preek, maar het exempel zelf gaat terug op een veel oudere sage, waarin de herinnering aan een verboden dodencultus nog levendig was. Het oorspronkelijke gegeven was een christelijk taboe op de rituele omgang tussen levenden en doden. De schedel stond voor de dode als geheel. In een aantal versies wordt de doodskop voor een maaltijd uitgenodigd op Kerstmis of op Allerheiligen/Allerzielen. Uit een visitatiebericht uit 1665 blijkt dat er in een Oostenrijks dorp nog spijzen voor de schedels in het knekelhuis werden klaargezet. De opera *Don Giovanni* werd in Wenen tussen 1783 en 1821 in totaal 81 keer opgevoerd in de week van Allerzielen. Een populaire bewerking van het *Don Juan*-thema wordt nog jaarlijks in Spanje en Latijns-Amerika opgevoerd op de vooravond van Allerzielen. Een aanwijzing dat het om een *geloofde werkelijkheid* ging, aldus Petzoldt, blijkt ook uit het feit dat er geen sprookjesvarianten van dit type zijn. Type ATh 470A van Aarne/Thompson is geen sprookje en is hier 'per ongeluk' terechtgekomen.

»Een uitnodiging van de doden voor een maaltijd beantwoordt aan oeroude voorstellingen en gebruiken die in de dodencultus van bijna alle volken zijn terug te vinden. Uitnodiging en afscheid van de doden worden in vaste rituelen voltrokken en keren voor een deel in de sage van 'de dode als gast' terug« (Röhrich). Aan de dodencultus ligt de voorstelling ten grondslag dat de dode op de een of andere manier lichamelijk voortleeft en een soort behoefte aan huisvesting en voedsel heeft, vergelijkbaar met menselijke behoeften. Wat in archaïsche begrafenisrituelen ook duidelijk naar voren komt, is dat de dode nog aanspraken en rechten heeft. Bij een dodenmaal wordt een plaats voor hem of haar gereserveerd, men denke aan de *cathedra*, de zetel bij het Romeinse en vroeg-christelijke dodenmaal, of aan het feit dat in kloosters nog dertig dagen voor de overledene werd gedekt, waarna het eten naar de poort ging voor de armen. Soms neemt een levende in vermomming namens de dode de honneurs waar. Ranke heeft een aantal voorbeelden van dit verschijnsel verzameld. In andere gevallen dient een voorwerp van hout of steen, al of niet in menselijke vorm, als plaatsvervanger. »Van houten voorwerp tot houten beeld en vandaar tot masker van de dode, verloopt een consequente lijn die een continuïteit veronderstelt in het geloof dat eraan ten grondslag ligt. Door of in het masker, dat immers uit de dodencultus is voortgekomen, identificeert de gemaskerde zich met de dode« (Petzoldt).[8]

b.4. De 'Wilde Jacht'

»Nauwelijks één gebied van de Germaanse volkstraditie is zo omstreden als de sagen van de *Wilde Jacht*« (Höffler). Al te gemakkelijk heeft men twee soorten *Wilde Jacht* met elkaar geïdentificeerd, namelijk het verhaaltype van het dodenleger en het kalendergebruik van de wintermaskerade. Vervolgens heeft men op deze gelijkstelling de gewaagde theorie gebouwd dat beide bijeenhoren als mythe en rite van een voorchristelijk religieus complex dat meer of minder onbeschadigd de eeuwen zou hebben overleefd. In feite hebben sage en maskerade zich onafhankelijk van elkaar ontwikkeld. Bij de sage van de *Wilde Jacht*, zoals bij elke sage, moet rekening worden gehouden met literaire invloeden in de verschillende periodes van haar ontstaan: invloed van theologie en preek, van literaire smaak en van andere verhaalmotieven. Het kalendergebruik was onderhevig aan de dynamiek van de maskerade in de loop van de eeuwen. Volgens Beitl heeft de maskerade een meer autonome ontwikkeling gehad dan de sage en werd ze minder beïnvloed door de grote modes. Hij ziet over het hoofd dat ook maskerades aan culturele invloeden onderhevig zijn. Wel is het zo dat in geïsoleerde streken de ontwikkelingen een trager verloop hebben en dat ook daar de meest archaïsch aandoende maskerades worden aangetroffen.

Meer dan deze wat vage overwegingen zijn er twee concrete punten die het verschil in ontwikkeling illustreren. Hoewel het dodenleger van de sage soms demonische trekken vertoont, is het nog duidelijk als dodenleger herkenbaar, terwijl het in de maskerade al in een vroeg stadium werd veranderd in een duivels leger. Dit kan niets anders betekenen dan dat in het laatste geval de kerkelijke invloed onvergelijkelijk veel groter was. Het tweede verschilpunt is daarmee slechts ogenschijnlijk in tegenspraak. Een gebruik kan zich handhaven terwijl het van inhoud verandert of zijn betekenis zelfs helemaal verliest. Voor de moderne spelers maakt het weinig uit wat hun maskerade betekent. Of ze duivels, doden of vruchtbaarheidsdemonen uitbeelden, heeft slechts theoretische betekenis, het spel wordt er met niet minder plezier en overgave om gespeeld. Voor de sage daarentegen was het geloof in het vertelde wezenlijk. De verzameling uit Oberwallis (1978) maakt duidelijk hoe lang de vertelde werkelijkheid van de sage heeft standgehouden in een traditionele, zeer geïsoleerde omgeving. Hebben sage en maskerade zich dus onafhankelijk van elkaar ontwikkeld, ze hebben een gemeenschappelijke oorsprong en beide verwijzen naar dezelfde momenten van het jaar, waarop doden plachten te verschijnen.

»In de buurt van Basum, in het Osnabrücker land, had een boer eens de grote deur van de deel op kerstavond laten openstaan en de hele Wilde Jacht was ervoor gaan liggen. En de Wilde Jager zei dat hij niet eerder wegging voor hem een brood was gebracht. En zo gebeurde het, want er zat niets anders op om hem kwijt te raken. En dat was nog niet genoeg, want hij bedong ook nog dat elk jaar op dezelfde tijd een brood voor hem moest worden klaargelegd. Dat is dan ook jarenlang gebeurd« (Petzoldt, 226).

»In Mittelstadt werd de Wilde Jacht speciaal in de kersttijd gehoord. Men zegt dat het een enorm grote wagen is, propvol, zodat je niets dan koppen ziet en die rijdt met zoveel lawaai door de lucht alsof het de duivel met zijn leger is. Maar een stem roept voor de wagen uit: 'Uit de weg, uit de weg, dat niemand letsel oploopt!' Wie deze roep hoort, moet zich aanstonds met het gezicht naar beneden op de grond gooien en zich desnoods aan een grashalm vastklampen, dan kan hem niets gebeuren« (ibid., 238).

»Boven het dorpje Klingenstein (Schwaben) ligt de ruïne van het gelijknamige kasteel. Het pad dat naar boven leidt, is erg gevaarlijk en wordt zeer gevreesd. Van tijd tot tijd trekt 's nachts een wild leger met afschuwelijk lawaai, geraas en getier naar boven. Op de binnenplaats hoort men weldra het briesen en het getrappel van paarden, tot diep in de nacht. Nu begint een toernooi en een wild gedrang. Waterkuipen worden heen en weer gesleept, veel fonteinen beginnen te spuiten. Duizenden kiezelstenen worden tegen ramen en luiken, massa's zand in

Sprookje en sage – De sage   267

de lucht gegooid. Wie zo brutaal zou zijn te gaan kijken, die zou het slecht vergaan. Na middernacht zet de stoet, zoals hij gekomen is, zich weer in beweging door de gesloten deuren. 'sMorgens is alles stil. Geen fonteinen, geen kiezelstenen, geen zandhoop in de verre omtrek te zien. Hun taal is een oude, die thans niet meer begrepen wordt« (ibid., 219).

Er is sprake van legers die 'snachts veldslagen leveren en van merkwaardige, onheilspellende stoeten die met veel lawaai voorbijtrekken (ibid., 219, 233, 239, 246) of met een wonderlijk mooie muziek (ibid., 221, 222, 232, 247). Steeds weer wordt erop gewezen dat een ontmoeting met dit leger zeer gevaarlijk kan zijn, maar ambivalent als wezens uit de *andere wereld* zijn, kan hun komst, al is dat zeldzamer, ook geluk en zegen betekenen. Een welwillend gebaar wordt beloond met een geschenk (ibid., 243, 251), overvloed aan melk en boter (ibid., 225), de bierkruik die nooit leegraakt (Röhrich). Het geschenk van de *Zalige Vrouwen* zijn bonen die welig groeien of een kluwen garen die nooit opraakt (ibid., 318). Het lijkt allemaal veel op het gedrag van het gezelschap van Diana.

De *Wilde Jacht* is een belangrijk onderdeel van het hoofdstuk over de doden in de *Motif-Index*. De motieven zijn als volgt gerangschikt:

1. leider van de *Wilde Jacht* (*Phantom host*, *Wild hunt*);
2. deelnemers;
3. reden van het jagen of dolen;
4. dieren in het gevolg van de Wilde Jagers;
5. doel;
6. de voorloper die waarschuwt;
7. uiterlijk;
8. kleding;
9. onzichtbaar;
10. attributen;
11. tijd van verschijnen;
12. plaats van verschijnen;
13. begeleidverschijnselen;
14. route;
15. gedrag;
16. verschijnselen bij verdwijnen;
17. Wilde Jacht vermijden of bestrijden;
18. kwade gevolgen;
19. genezing;
20. Wilde Jacht als voorspelling.

Bij voorkeur trekt het wilde leger rond in de weken voor Kerstmis op de quatertemperdagen in december of in de 'twaalf nachten' tussen Kerstmis en Driekoningen. In Oberwallis en andere katholieke streken in Zwitserland is de *Wilde Jacht* een treurige processie van *arme zielen*, *Nachtvolk* of *Gratzug* genoemd.

Guntern heeft ruim 250 verhalen over dit thema verzameld (Guntern, 1242-1495). De naam *Gratzug* duidt op de moeizame tocht over de bergkammen. Iedere dodenprocessie volgt een vaste route, de *dodenweg*. De favoriete tijd zijn de quatertemperweken en Allerzielen (ibid., 506). Wie op quatertemperdag is geboren, moet met de dodenprocessie meegaan (ibid., 507). Het vagevuur is hier de ijzige kou van de gletsjers waarin de zielen hun straf moeten uitzitten. Het is begrijpelijk dat ze graag bij de levenden komen om zich te warmen op de bank bij de kachel. Ze tonen zich erkentelijk voor een attentie door de gave van het zingen en een muzikaal gehoor (ibid., 1031, 1423v). Vreemd is wel dat deze processie ook *Synagog* genoemd wordt (ibid., 1284, 1286, 1325, 1427), een term waarmee ook de heksensabbat werd aangeduid. Mogelijk een aanwijzing dat er een verband is tussen doden en heksen, zoals Ginzburg vermoedt. Volgens een andere verklaring zou de joodse voorstelling van de *sabbatrust* hieraan ten grondslag liggen en zou het betekenen dat de doden een dag *vrijaf* hebben.

Een veelvoorkomend motief is dat de levende zichzelf of een familielid in de processie ziet meelopen. »In Bifig stond vroeger een huis waarin mijn grootouders woonden. Eens hoorde mijn grootvader een gemurmel en gebed, alsof er een processie voorbijging. Hij keek naar buiten en zag werkelijk de *Gratzug*. Achteraan liep er eentje zonder hoofd en voor hem een die op mijn vader leek. Inderdaad stierf mijn vader kort daarop en vervolgens mijn grootvader. Daarom hebben we altijd vermoed dat de man zonder hoofd in de dodenprocessie mijn grootvader zelf was« (Guntern, 1390).

Met de dodenprocessie zijn we weer terug bij het verhaal van Orderic Vital († 1142). Afgezien van de martelwerktuigen gaat het in beide gevallen om een stoet boetende zielen. Samenvattend kan worden vastgesteld dat het oorspronkelijk gegeven langs drie lijnen is overgeleverd, twee in de verhaaltraditie en één in de 'werkelijkheid'. De dodenprocessie staat het dichtst bij het oorspronkelijk gegeven. Het sagentype van de *Wilde Jacht* is een minder orthodoxe variant hiervan met demonische trekken. Waar de voorstelling van terugkerende doden de werkelijkheid te dicht naderde in de rituele vorm van de dodenmaskerade, was de demonisering volledig en veranderden de doden in duivels. Een soortgelijk lot trof de volgelingen van Diana, die tot heksen werden bestempeld. Sinds het einde van de veertiende eeuw is er bovendien documentatie dat het dodenleger ook door Diana of een van haar *zusters* wordt aangevoerd.

Behalve mythische figuren worden ook historische of pseudo-historische figuren als aanvoerder van de *Wilde Jacht* genoemd: Diederik van Bern, koning Arthur, Karel de Grote en anderen. In de Nederlandse sage heet hij Derk met de beer, Henske met de hond of Berendje van Galen, de strijdlustige bisschop van Munster die zijn kanonnen op Nederlandse steden richtte. De *Wilde Jacht* heet in Nederland en Vlaanderen: *Kaïnsjacht*, *Herodesjacht*, *Helse Jacht*, *Kluppeljacht*, *Tieltjes-* of *Teeuwkesjacht*.[9]

b.5. 'De overtocht der zielen'

De veerman van Winterhausen aan de Main werd eens uit zijn slaap gewekt door een groot lawaai. Terwijl hij de rivier overstak, hoorde hij geschreeuw, hinnikende paarden, blaffende honden, hoorngeschal en het geknal van zwepen. Aangekomen aan de andere oever, zag hij niemand, maar zijn boot werd gevuld met mensen en dieren en zakte tot aan de rand. Met dit onzichtbare, rumoerige gezelschap voer hij terug, hopend dat zijn boot niet zou zinken. Hij wilde geen beloning voor deze dienst, hij wist maar al te goed met wie hij te maken had. Toen hij de volgende morgen wakker werd, trof hij een paardeham aan, het veerloon dat de Wilde Jager voor hem had achtergelaten (Petzoldt, 233).

In deze sage komen twee motieven samen, dat van de *Wilde Jacht* en van de *overtocht van de doden*. In een jongere verhaaltraditie werd de oversteek in verband gebracht met de dwergen, die weg wilden uit het land van de mensen, omdat ze de kerkzang en het luiden van de klokken niet langer konden verdragen (ibid., 405). De overtocht over een rivier om naar de *andere wereld* te gaan is een bekend motief uit de klassieke mythologie. In de eerste eeuwen van de christelijke jaartelling zou de Rijn als grensrivier met het Romeinse rijk het mythische karakter van *dodenrivier* hebben aangenomen (O. Schell in ARW). Wat hiervan zij, de verouderde uitdrukking *an den Rhein gehen* was synoniem met sterven. Caesarius vertelt hoe een monnik van het klooster Heisterbach tijdens het nachtelijk koorgebed een verschijning kreeg van de overleden keldermeester Richwin. Deze sprak tot hem: »Broeder Lambert, kom, laten we naar de Rijn gaan.« Enkele dagen later stierf Lambert.

De *Motif-Index* kent behalve de *dodenrivier* de voorstelling van het *dodenrijk* als een eiland in het westen, en de reis daarheen met het *dodenschip*. De Byzantijnse geschiedschrijver Procopius († ca. 565) stelt dit eiland gelijk met Brittia (Engeland). Hoewel het om een Keltische sage gaat, situeert hij het verhaal bij een volk dat woonachtig is aan weerszijden van de Rijnmonding, dus aan de Friese kust. Zelfs is hij eerder sceptisch en het vertelde komt hem fabelachtig voor, »ofschoon het door talrijke personen bericht wordt«. Hij vertelt het toch maar om later niet het verwijt te krijgen iets belangrijks te hebben overgeslagen en hij houdt het erop dat het met helderziendheid te maken heeft. De bewoners van de kuststreek beweren dat zij om de beurt de overvaart met de doden moeten verzorgen. 's Nachts worden zij door de aanvoerder van de doden gewekt. »Een zekere dwang volgend« gaan ze naar het strand, waar niemand te zien is. Als ze zich aan de roeiriemen zetten, voelen ze hoe de boot zich vult met het onzichtbare volk, tot de boot nog maar »één vingerbreed« boven het water uitsteekt. In één uur steken ze over naar het eiland, een tocht die normaal één dag en één nacht duurt. Aan de overzijde aangekomen, is aan het stijgen van de boot te merken dat de doden aan land gaan, terwijl hun namen worden afgeroepen.

Tjaard de Haan heeft een artikel aan het *dodenschip* gewijd onder de titel

'"Overtocht der zielen" als Waddensage'. Van sage in strikte zin kan echter geen sprake meer zijn, want de door hem verzamelde Friese en Oostfriese varianten zijn, zoals hij zelf aangeeft, terug te voeren op een bewerking van het gegeven door Heinrich Heine in diens *Die Götter im Exil* (1854). Het motief van het volksgeloof is (volks)literatuur geworden. De Haan heeft zijn eigen versie, 'Het Witte Eiland', gepubliceerd in *Volksverhalen uit Noord- en Zuid-Nederland*. De visserman Jan Huigen gaat een overeenkomst aan met een spookachtige Hollandse koopman, »makelaar in zielen«, om de jaarlijkse vracht doden over te zetten. In een Oostfriese bewerking wordt de overeenkomst afgemaakt op 3000 zielen, ofschoon het er 2999 zijn. »Op het laatste nippertje glipt nog een bleke schim over de loopplank en Jan Hugen [zo heet hij in deze versie] vreest met groten vreze. Op het Witte Eiland wordt zijn bang vermoeden bewaarheid: zijn oude, ziekelijke moeder is plotseling gestorven.«

Vestdijk, Nijhoff, Marsman en Donker gaven aan het gegeven hun eigen wending (De Haan). Marsman beschrijft de laatste reis in *de overtocht*:

»O, de tocht naar het eeuwige land
door een duisternis somber en groot
in de nooit aflatende angst
dat de dood het einde niet is.«

Wat bij Marsman angst voor de dood is, is in de (door De Haan) geciteerde versregels van A. Roland Holst heimwee naar het *eiland der zaligen*:

»Spiegelende ligt het uit de zee verschenen
ver in het westen en de dood voorbij;
die daar leven zingen, en zij roepen mij,
maar de zee, zij zingt en glinstert om mij henen.

Eeuwig eiland, o, der zaligen domein,
waarheen onder zeilen hunner laatste droomen
slechts de stervende vervoerden overkomen
waar de menschen eenzamer en schooner zijn.«

Interessant voor ons onderwerp is de onvermijdelijke demonische variant van het dodenschip. Volgens het bekende procédé veranderde het in een schip, bemand door duivels. Het verhaal wordt verteld in een zeventiende-eeuwse Oostfriese kroniek naar aanleiding van de onzalige dood van kanselier Justus Wetter. Een houtschip dat op de terugweg was naar Noorwegen kruiste een zwart schip dat op weg was naar IJsland om de ziel van de gestorven kanselier naar zijn bestemming, de vulkaan Hekla, te brengen. Reeds bij Saxo Grammaticus († 1220) had deze vulkaan de reputatie de ingang tot de hel te zijn. Om zijn verhaal te onderstrepen, haalt de kroniekschrijver een Deens gezegde aan: *Gaa du dig til Hek-kenfjäldt/loop naar de hel.*[10]

4. SLOTOPMERKING: DE GEDEMONISEERDE DODEN

Met het gedemoniseerde dodenschip zijn we terug bij een van de uitgangspunten van dit boek, namelijk de hypothese van de gedemoniseerde doden. Vanaf het begin van de kerstening in deze gewesten was demonisering een gangbaar procédé. In zijn doopbelofte moest de dopeling het heidendom afzweren en in een van de oudste doopformules werden de inheemse goden gelijkgeschakeld met de duivel: »Ik zweer ook alle werken van de duivel af, Donar, Wodan en Saxnot en alle afgoden die hun bondgenoten zijn.« Volgens de *interpretatio christiana* werd alles wat heidens was tot duivels verklaard. Men hoeft maar te denken aan de *duivelse* liederen, dansen en spelen. In de middeleeuwse catechese was alles wat naar *heidendom* zweemde een overtreding van het eerste gebod: *Gij zult geen afgoden vereren.* Wat daar zoal onder viel, is na te lezen in *Aberglaube für Laien, Programmatik und Überlieferung mittelalterlicher Superstitionskritik* van Karin Baumann.

In de voorgaande pagina's hebben we gezien hoe demonisering werd toegepast op ketters en heksen, joden en moslims. Wat was de consequentie van de *interpretatio christiana* met betrekking tot de doden? Voorouderverering betekent dat de voorouders een zekere macht wordt toegekend, dat zij door offers gunstig gestemd moeten worden, dat om hun gunst moet worden gebeden. Als al het heidense was dit voor de Kerk een gruwel, een ontkenning van de behoefte aan verlossing, een vorm van afgoderij en dus een uitvinding van de duivel. Het kon de cultisch vereerde doden niet anders vergaan dan de heidense goden, zij werden gedemoniseerd. Het dodenleger van *Herlequin* was in het verhaal van Orderic Vital twee eeuwen later veranderd in een duivelse bende. Hun maskerade, *charivari* genoemd, werd verboden op straffe van excommunicatie. Dodenmasker werd duivelsmasker. Het voorchristelijke dodenrijk, *Hades* of *Hel*, werd het exclusieve domein van Satan met zijn gevolg van duivels en verdoemden. De dodenberg van de volksverhalen werd omgedoopt tot *Venusberg*. Door het verhaal van Tannhäuser en de protocollen van de Neurenbergse vastenavond is bekend dat daarmee de hel werd bedoeld. *Necromantie*/dodenbezwering werd verbasterd tot *nigromantie*/zwarte kunst.

De middeleeuwse Kerk had één mogelijkheid opengelaten waar het ging om ontmoetingen tussen levenden en doden. Verschijningen van *arme zielen* dienden ter ondersteuning van de leer van de loutering. De hervormers maakten hiermee korte metten. Met de afschaffing van het vagevuur dienden ook de verschijningen van doden op te houden. Aangezien echter ook in protestantse kringen doden bleven verschijnen, werd weer het procédé van demonisering aangewend om met dit gedoe af te rekenen. Dergelijke verschijningen waren of paaps bedrog of een list van de duivel of de duivel in menselijke gedaante. Ook hier werd de voorzet gegeven door Luther. In zijn *Widerruf vom Fegfeuer* (1530) wijst hij de verklaring van *dwaallichtjes* als *arme zielen* van de hand. Voor hem zijn het *zwevende duivels die mensen in gevaar brengen*.

In het laatste hoofdstuk hebben we de demonisering andermaal aan het werk gezien. De *Vliegende Hollander*, een jongere versie van de *Wilde Jacht*, is gedoemd te blijven varen tot de jongste dag. In een variant van de sage van *de dode als gast* neemt de duivel de plaats in van de dodenschedel en het dodenschip voert onder de zwarte vlag van de duivel de verdoemden af naar de hel op IJsland.[11]

Aantekeningen

INLEIDING

1. *belonen/straffen*: Meisen 398vv; *prior*: Meisen 394v; Jones 116vv; *patroonschappen*: Meisen 543, 548; Jones 264vv, 501; LCI, VIII 46; Metken 39, 41; *maagden*: Brand I 420; *ridders*: Jones 156vv.
2. *Engeland*: Brand 422, 427vv; vgl. Meisen 318vv; *Bazel*: SAV 7de jg., 204; vgl. ERE, I 10b; *Utrecht*: Meisen 325.
3. *citaten*: Ter Laan 365; Ghesquiere 101; Van Hengel 774; *Sinterklaas en opvoeding*: De Jager 143v, 148vv; De Groot 175vv, 204, 205vv; vgl. hst. 9 aant. 16.
4. *citaten* in deze volgorde: Ileen Montijn, NRC 13-12-1990; H. Dors, NRC 3-11-1990; An Salomonson, NRC 29-11-1988; N. Matsier, NRC 21 en 28-11-1992, 5 en 14-12-1992; *Koloniale uitvinding?*: NRC 5-12-1988, 5-12-1992; vgl. hst. 2.4.b en hst. 2 aant. 20.
5. *afgevoerd als heilige*: Van Gilst 40; Vellekoop 133; Bredero 163; Van der Molen (2) 166; De Joode 93; De Jager 148; G.J. Zwier, NRC 4-12-1982; *Luther*: Meisen 328; *bollandisten*: LThK II 571v; IX 61; P. Peeters, *l'Oeuvre des Bollandistes*, Bruxelles 1961, 4vv, 12vv; Bredero 156v; Jones 289v; J. Tollebeek, T. Verschaffel in *Trajecta*, 2de jg., 1993, 38v.
6. *Calendarium Romanum*, Rome 1969, 68v, 148; Pernoud 281; D.H. Farmer, *The Oxford Dictionary of Saints*, Oxford 1987, 315v (vgl. inl. XII); Bredero 162v.
7. Jones 324, 2.
8. Zie aant. 5; brief van J. van der Straeten, 5-3-1992 (met toestemming geciteerd).
9. Meisen 3vv, 12v.
10. Zender (1), inleiding p. IXvv; Jones 5; Van Hengel, vgl. Meisen 10; *kritiek op Jones*: F. Halkin in *Analecta Bollandiana* 97 (1979).
11. Zender zie aant. 10; *Nicolaas-Wodan*: Ghesquiere 71vv, 92vv; *Nicolaas-Poseidon*: Jones 24; Delehaye 181; *Nicolaas-Diana* zie hst. 9.5.d.
12. *scholierenbisschop*: zie hst. 1.3; vgl. Meisen 269vv, 418vv; *Wilde Jacht*: Meisen 446vv; vgl. hst. 9.5.d; *Saturnalia*: Heers 26v, 106v, 295vv.
13. Ghesquiere 71vv; De Groot 48vv, 102vv; citaten 49, 120.

HOOFDSTUK 1

1. Meisen 50vv, 388; Metken 11v; Jones 7vv.
2. *legenden* (overzicht): Meisen 546; Jones 500v; *legenden in het Nederlands*: Ghesquiere, Ebon, De Groot; *wonderen*: Meisen 51; Jones 501; *heiligenverering algemeen*: Brown; Gurjewitsch (2), hst. 2.

3. *stratelaten*: Meisen 51, 219vv; Jones 29vv; *drie dochters*: Meisen 232vv; Jones 53vv.
4. *zeelui*: Meisen 245vv; Jones 24vv; *Poseidon*: Jones 24; Delehaye 181.
5. *Saracenen/Arabieren*: Jones 73v (zie index); *Venetië*: Jones 83v.
6. *relatie legenden-scenario*: Meisen 51; Jones 37, 43.
7. *vita/heiligenleven* (overzicht): Meisen 550; Jones 500v; Bredero 156vv, 288vv; *hymnen* (overzicht): Meisen 545; Jones 526; *Joh. de Diaken*: Meisen 550; Jones 528.
8. *verering in het Westen vóór 1087*: Meisen 71vv; Jones 108vv.
9. *Luik*: Jones 104vv; *Angers*: Meisen 506; Jones 104v; *Vellekoop* 139v; *Engeland*: Jones 142v.
10. *translatie*: Meisen 64vv, 94vv; Jones 172vv.
11. *San Michele*: Meisen 122; Jones 207; *kruistochten*: Meisen 119vv; Jones 217vv; *Normandiërs*: Meisen 89v, 246v; Jones 144vv, 161vv; *N.-Frankrijk als kern- en uitstralingsgebied van de Nicolaascultus*: Meisen 177vv, 299vv, 344vv, 464 (!), 509vv.
12. *'drie klerken'/scholierenpatronaat*: Meisen 289vv; Jones 123vv, 135vv; *iconografie*: IAC III 976vv; LCI VIII 45vv; Meisen 193vv; Jones 255vv, 499; Van Gerwen; *Nicolaas als doopnaam*: Meisen 334vv, 547; Jones 264vv.
13. Ekkehard IV 41vv, 65vv (ingekort); *over Ekkehard*: Manitius II 561vv.
14. *Onnozele Kinderen/scholierenbisschop*: Beitl (Wb.) 847; HDA V 1830vv; Jones 138; Meisen 307vv; Hazlitt (Dict.) 68vv, 111v; Burke 206v, 231; Metken 49vv; Heers 134, 169vv, 177vv, 180vv; Coulton (2) I 98v, 243; *in Nederland*: Schrijnen I 127v, 137v; Ter Laan 268, 372, 376.
15. *fusie*: LCI VIII 46; HDA VI 1102v; Heers 130; Meisen 317vv, 331vv; Metken 51; *verspreiding*: Meisen 408vv; Metken 53vv; Jones 304; *Nicolaasspel*: Jones 128vv, 253vv; Meisen 265v; Bertau I 723vv; Brett-Evans I 63; Vellekoop 142vv; *pedagogiek*: Meisen 396, 400, 402; *roede*: Meisen 400, 402v (afbeeldingen in: *L'école primaire en Belgique* 237vv, 242, 247, 257); Martin 398.
16. *kinderfeest/nachtelijk bezoek*: Meisen 10, 27v (citaat), 403vv; Metken 53vv; *gebrekkige documentatie van huiselijke feesten*: Burke 120; *Kalendae Ianuariae*: Nilsson (4); F. Schneider; Kl. Pauly III 57v; *kinderpatroon*: De Groot 97v.
17. *patroonschappen* (overzicht): Meisen 548; Jones 501v; De Groot 151v.

HOOFDSTUK 2

1. Meisen 9v, 410.
2. *patrocinia* (algemeen): LThK VIII 189; Bredero 291v; *Nicolaaspatrocinia*: Meisen 126vv; Jones 257v, 434v n. 1; *in Nederland*: Kok, hst. 10 en passim; *Nicolaaskerken gesticht door St.-Ludger* (Sierksma 98) *gelet op het vroege tijdstip, hoogst onwaarschijnlijk*, vgl. Meisen 72; *de oudste Latijnse Nicolaasvita* (Joh. Diac.) *dateert van ca. 880*: Meisen 217; *ontginning*: Jappe Alberts 68vv.
3. *kerkelijk feest*: Meisen 172vv; *Utrecht*: Meisen 186; *scholierenfeest*: Meisen 325, 327; *Nicolaasgilden en -broederschappen*: Meisen 379vv; vgl. Jones 269; *Nicolaasgeld*: A. Borst (1) 465.
4. gegevens over het *vroege kinderfeest* ontleend aan Van der Graft (1 en 2); *patroon van de vrijers*: Meisen 446vv; Jones 318vv; Ter Laan 366; Ter Gouw 253, 256vv; Van Gilst 69; Van der Ven (2) 469vv; De Groot 21, 34v, 99vv.
5. *Hervorming*: Van Gilst 36vv; Jones 284vv; Meisen 22vv en passim; Burke 221vv, 231vv, 248; *katholieken in de 17de eeuw*: Van den Hout 39, 41; Wartenbergh; *citaten*: Meisen 477, 485; *rellen*: Schama 193; Evenhuis II 116vv; Ter Gouw 262; *middeleeuwse kritiek op bijgeloof*: Baumann I 277vv; duivel als *kindervreter* zie hst. 7 aant. 16.
6. *kerkelijke viering*: Brinkhoff I 972; Rogier (3) 823, 825v; vgl. II Vatik. Konzil, Konstitutionen etc. in LThK XII 319vv; Van den Hout 75vv, 101vv.

7. Ter Gouw 261.
8. *nachtelijk bezoek*: Hellema 113v.
9. *kinderfeest-nieuwe-stijl*: Welters 59, 63.
10. *traditie*: Van Hengel 756vv; Meisen 10vv; *gemeenen kluchtspeler*: Van Hengel 774v.
11. *misbruik*: Hellema 312v.
12. *citaat*: Ter Laan 365.
13. *Nicolaasteksten*: Ghesquiere 101v; *prenten van Van Geldorp*: ibid. 69, 106, 128; *tekst van De Genestet*: ibid. 170; *spotliedjes*: Ter Gouw 253; Van der Ven (2) 459v, 463, 469vv.
14. *Nicolaasmaskerades*: Meisen 446vv; Van der Graft (1) 122vv, 126; De Ruiter 53vv (volledig overzicht); De Jager 149.
15. zie aant. 14; *Nicolaasbals*: Van der Ven (2) 476; Ter Gouw 261; *Klaaswijf*: Metken 66; Meisen 439; Beitl 601; Ter Laan 182; Van der Ven (2) 455vv; Swinkels 71; zie hst. 8.7.d, 9.5.d.
16. zie aant. 14; Van Hengel 774vv; Hellema 312v; Ter Laan 365v; Waling Dijkstra 334v; *amoureuze Sinterklaas*: Van der Ven (2) 469vv; zie aant. 4.
17. *West-Münsterland*: Sauermann 194vv, 203vv; Wrede 230; *bangmakerij*: Sauermann 203; *rol van de onderwijzer*: Sauermann 197.
18. *intocht*: Van der Molen (1) 22; Van der Molen (2) 174; De Jager 149; *Peel en Maas* 10-11-1988.
19. *NRC* 23-12-1989; *NRC* 16-12-1991; *sprookjesmotief*: zie hst. 9.5.d.
20. *kritiek*: zie inl. aantek. 3 en 4; *boeman* (alg.): Beitl (Wb.) 716v; HDA IV 1366vv; *Sinterklaas en opvoeding*: De Groot 175vv, 204, 205vv, 218v; vgl. inl. aant. 3; *Zwarte Piet als koloniaal restant*: *NRC* 5-12-1988, 5-12-1992; vgl. Nederveen Pieterse 10, 152, 157v, 163vv, 179; *duivel als boeman*: Meisen 416vv.
21. *duivel*: Meisen 416vv, 426.
22. *Wirth*: Meisen 28; vgl. *Jan Wagenaar (1765)*: Meisen 10 n. 6; '*veel namen, veel gezichten*': Meisen 470vv; Metken 60vv.
23. *scholierenbisschop*: gegevens ontleend aan Meisen 325v, 330, 411v; *verbreidingsgebied*: Meisen 446vv; *landelijke variant en 'Wilde Jacht'/charivari*: Meisen 464, 467; zie hst. 7; *Zwitserland en Oostenrijk*: zie de hst. 4 en 5.
24. *over mogelijk verband tussen Oostenrijk en Nederland m.b.t. het moderne Sinterklaasfeest*: zie hst. 5.8.
25. *Santa Claus*: Jones 326vv; *Weihnachtsmann*: Meisen 10, 472; *kerstman in Nederland*: *NRC* 16-12-1991, 30-10-1992, 4-12-1992.

HOOFDSTUK 3

1. *Klaasomes*: Kruissink; Verplanke; De Ruiter; Van der Molen (2) 175vv; Van der Ven (2) 409vv; Van der Graft (1) 123vv; De Jager 146v.
2. Moser (1): *lichten uit, niemand op straat bij het Perchtenlaufen* (p. 38); Van der Ven (2) 445vv; *interview met 'Klaasomes'; feest op Texel rond de eeuwwisseling*; Metz 80vv.

HOOFDSTUK 4

1. overzichtsartikel van Geiger (1) 261vv.
2. *Nikolausmarkt*: SAV 9de jg., 32vv, 16de jg., 39, 23ste jg., 184, 25ste jg., 119v, 26ste jg., 112; Kbl. 4de jg., 43v, 19de jg., 24, 20ste jg., 87vv, 3de jg., 20; Kapfhammer 135v, 194.

276 Aantekeningen bij p. 54-79

3. *huiselijk feest*: SAV 1ste jg., 63v, 3de jg., 225v, 9de jg., 33v; Meisen 423, 442v.
4. *Klausjagen*: SAV 1ste jg., 64, 16de jg., 74v; Meisen 448v; Kapfhammer 133vv, 194v.
5. *Klausbaum*: Kbl. 24ste jg., 52; 21ste jg., 49; SAV 42ste jg., 25; vgl. Schmidt (2) II 282.
6. *Silvesterkläuse*: Kbl. 30ste jg., 92vv; Kapfhammer 266vv; Hürlimann.

HOOFDSTUK 5

1. *citaat*: Schmidt (2) II 277; *Neder-Oostenrijk*: Kapfhammer 197v; Schmidt (2) II 277v; *Krampus/Grampus (duivel)*: Meisen 7, 46, 424 (!), 476, 488; *Bartl*: ibid. 7, 423; *Innsbruck*: Kapfhammer 196v.
2. *Tirol*: Haider 382vv; *'Klosen' in Stilfs*: Haider 385; J. Pardeller in Kapfhammer 137v; Svoboda 162v; *Santa-Klas-Wecken* in Mals: Haider 386; Kapfhammer 196; Fink (citaat) 345; HDA V 945; VI 1101; *Klaubauf*: HDA IV 1445; Haider 388vv; *zegen*: Fink 346; *boeman*: Haider 383; *'Klaubaufgehen' in Matrei*: Haider 389v; Kapfhammer 131v; Koenig; vgl. Meisen 449v.
3. *Karinthië*: Maierbrugger 128vv, 154vv.
4. *Nikolausspiel*: Stadler 57 (Mitterndorf); Haider 391vv; Fink 346vv; Meisen hst. 19; Koenig 62vv; Frenzel (1) 303vv; *jezuïetentoneel*: MEW IV 248; Burke 244, 248; Wilpert 309v.
5. *patroon van de vrijers*: Koenig; zie hst. 2 aant. 4; *Liebeszauber/Liebesorakel*: HDA V 1279vv; II 573vv; *Spinnstube*: Beitl (Wb.) 761; vgl. Ter Laan 380v; *nachtvrijen/Gassln/ Kiltgang*: Ter Laan 206, 252v; Van der Ven (2) 471; Van der Ven (4) 52vv; Koenig 70vv; Schmidt (2) II 409; Van Gennep (1) I 260vv; SAV 10de jg., 162vv, 18de jg., 121vv, 20ste jg., 151vv.
6. *voorlopige balans*: *citaten* Koenig 8v; *elite-/volkscultuur*: Burke 221vv, 248; *definities*: Duden, Dt. Universal Wb., Mannheim 1989; Beitl (Wb.) 863; Burke 194; *continuïteit pro/contra*: Zender (2) 157vv; Weber-Kellermann 72vv, 86v (vgl. hst. 6, aant. 1); Belmont, in Bonnefoy I 433vv; Boyer (1) 54; Gurjewitsch (2) 144, 163, 330v, 355; Eliade (5), 84; Eliade (4) III 231vv, 239vv; Burke 96; Heers 27v; *vorm, functie, dragers van traditie*: Ginzburg (2) 132v, Zender (2) 138vv; *Nicolaastraditie*: ibid. 144v; Schmidt (2) II 277vv; vgl. Meisen 467; *Abr. a Sancta Clara*: Schmidt (2) II 279v; Meisen 402, 420; *verspreiding*: Meisen 464; *Oostenrijkse Nederlanden*: Volmuller (Lex.) 57, 357, 582; *Moorse page*: Klessmann 236vv; Nederveen Pieterse 124vv; afb: Pollig 30, 162, 189, 322v, 33vv; Sievernich/Budde 218v, 293, 312.

HOOFDSTUK 6

1. *citaten*: Zender (1) p. XI; Bach 262; *Nicolaasmaskerade/Wilde Jacht*: Meisen 446vv, 451vv, 462vv; Bach 262; Beitl (Wb.) 970vv; *Meisen en de nazi-propaganda*: Zender ibid. p. X; Jones 5; *Het kon niet uitblijven dat het door deze propaganda misbruikte begrip 'Kontinuität'* (Bach 91v) *een belast begrip werd*: Weber-Kellermann 78 ('der Kontinuitätsgedanke beherrschte das Feld der Forschung'), 80, 82, 87; Künzel (2) 270v; vgl. G. Korff in VB 13de jg., 273; Bausinger (3) 8; G. Korff in: Bausinger (3) 21, 28; vgl. hst. 5 aant. 6; *H. Moser ((3), 242) sprak van de 'unumgänglichen Selbstreinigung des Faches'; Ten gevolge van het 'Nazitrauma'* (Farr 285) *waren zaken als 'Brauchtumsforschung' en 'Kontinuität' min of meer verdacht en wijdde de naoorlogse Duitse volkskunde zich aan een studie van veiliger thema's als het sprookje en de materiële volkscultuur* (Weber-Kellermann: *Realienforschung*, 87v); *De Nederlandse volkskunde, die altijd sterk tegen de Duitse heeft aangeleund, heeft hiervan eveneens de weerslag ondervonden. Het cultu-*

rele klimaat was lang ongunstig voor de studie van mythen, rituelen en feesten. Daarin is inmiddels een kentering ingetreden. Vidal: 'fête', 'rite' in DR 571vv, 1452vv; Gaster, Piccaluga, Zuesse in ER; vgl. K. Dröge e.a. in *Rheinisch-Westf. Zeitschrift für Volkskunde*, 36ste jg., 1991, p. 281; Wunenburger 10vv.

2. Boyer (1) 54; *kerkelijke bepalingen*: Russel (1) 300vv; De Greeve 186vv; Nilsson (4); F. Schneider; *tegen maskerades*: Glotz 20vv; Hoffmann-Krayer (2) 187vv.

3. *Nieuwjaar*: Eliade (1) 334vv; Eliade (3) 51vv; Cazeneuve 309vv; James 80vv; Henninger in ER x 415vv; Van Gennep (2) 178vv; De Vries (1) I 455; Versnel (3); *dramatisch karakter van het feest (in de zin van cultisch drama)*: Grönbech II 266vv; *feest als heilige tijd*: Goldammer 213vv; Van der Leeuw 375vv; B.C. Sproul, in ER XII 535vv; zie hst. 7.6 aant. 19.

4. *Indo-europeanen*: Loicq, in DR 778vv; B. Lincoln, in ER VII 198vv; Scott Littleton (1 en 2); P. Bosch-Gimpera in Scherer 510vv; *over Dumézil*: Loicq, in DR 465v; Scott Littleton (1 en 2); *Indo-europese volken en de doden*: Ranke; Schrader (Lex.) I 18vv, 102vv, 123vv; Schrader, in ERE II 11vv; Van Gennep (1) VI 2808vv; Nilsson (1) I 597; Boyer (1) 54; *overgangsriten*: Van Gennep (2) 146vv; ERE IV 411vv; Lebbe in: Milis 73vv.

5. *India*: B. Walker, *Hindu World*, I 39v; W. Crooke, in ERE I 450vv; *Iran*: M. Boyce, *A History of Zoroastrianism*, Leiden 1975, 122vv; E. Lehmann, in ERE I 454v; *Griekenland*: Nilsson (1) I 594vv; James 140vv; Burkert 358vv, 363; Koepping, in ER I 306; *Rome*: Dumézil (3) 372; Wissowa 232vv; James 174v; Latte 98vv; Kl. Pauly IV 512; *Slaven*: Boyer, in Bonnefoy (Dict.) II 443v; *Opatoviz* in F. Vyncke, *De godsdienst der Slaven*, Roermond 1969, 142; G.P. Fedotov, *The Russian Religious Mind*, Belmont 1975, I 17v; ERE II 26v; *Kelten*: James 227v, 316vv; A.B. Rees, *Celtic Heritage*, Londen 1976, 89v, 300vv; L.N. Primiano, in ER VI 176v; *Allerheiligen/Allerzielen*: Brinkhoff (Wb.) I 100v.

6. *bronnen*: Boyer (3) 20vv; De Vries (1) I 28vv; Ries in DR 627v.

7. *berserker*: Eliade (2) 81vv; Eliade (4) II 158vv, 443; De Vries (1) I 454v, 492vv; II 94, 97vv; Simek (Lex.) 45vv; ER II 115v; Boyer (3) 160vv; Boyer (2) 46vv, 134; *initiatie*: De Vries (1) I 454, 492v, 499vv; Eliade (2) 81vv; *Indo-europese mythologie*: ER XV 344vv; Dumézil (2) 79vv, 85v; Scott Littleton (1) 64, 80, 127; *archeologie*: De Vries (1) I 454, 498; *namen van Odin*: De Vries (1) I 299v; Simek (Lex.) 303v; Boyer (3) 162; *Jolnir*: De Vries (1) I 497; Boyer (3) 140; Simek (Lex.) 218; *Grimnir*: De Vries (1) II 64; Simek (Lex.) 142; *Drauga Drottin*: Boyer (2) 135, 140; *diernamen*: De Vries (1) II 64vv; *Wilde Jacht*: De Vries (1) I 448vv en passim; Simek (Lex.) 463v; zie 7.1.c aant. 4 en 15.1 aant. 2.

8. *seizoenen*: Eliade (1) 298; Nilsson (4) 149v.

9. *voorouderverering en wetten/zeden*: ER III 263; Cazeneuve 297v; Boyer (1) 26vv, 30, 55v; Thomas 719; Goldammer 37v; LThK I 222v; HDA I 226vv; *Joel/Jol, ritueel maal en minnedrinken*: De Vries (1) I 196v, 233, 422vv, 448vv; Simek (Lex.) 218v; Boyer (1) 30, 53v, 55; Boyer (2) 178, 185; Boyer (3) 156, 172; Gravier 239v, 254; Grönbech II 147v, 177vv, 214v; Eliade (1) 295vv; *als gekerstend gebruik, Minne*: HDA VI 375vv; Schröer I 348vv; Beitl (Wb.) 559v; LThK VII 430; Verdam (Wb.) 360; *Jultisch*: HDA IX.N, 507; De Vries (1) I 449; II 88; Boyer (3) 170; ERE III 610; Nilsson (4) 122vv; *maskerades*: Dumézil (1) 44, 46; De Vries (1) I 450vv, 494v; II 64, 97v; Boyer (3) 161, 172; Lurker (2) 208v; Glotz 33vv; *wederzijdse beïnvloeding levenscyclus/jaarcyclus*: Van der Leeuw 129; vgl. Ranke 241 (n. 2 en 3), 296v; *Seelenfest*: F. Schneider 371vv.

10. *duivel*: Angenendt 185v, 427v; Russel (3) 92vv; Roskoff I 269, 291v, 298v; II 1v; *voorouderverering als probleem*: Malek, in F. König (Lex.) 18v; LThK I 223; Boyer (3) 178; De Vries (1) II 436; Bredero 20v.

11. *Pirmin*: Angenendt 268; Scheibelreiter 341; Hauck I 335vv (citaat 343, n. 2 en 3); *maskerades*: Caesarius, Pirmin, Alcuïn in SAV 7de jg., 191v, 197; vgl. Nilsson (4) 71vv, 77vv, 93v; F. Schneider 91vv, 108vv, 121v; zie 15.2.a en hst. 15 aant. 3.

12. *dodenmasker*: Meuli (2) 1744vv; Ranke 213vv, 233v; De Vries (1) I 195vv, 452.
13. *heidense restanten*: Baumann index: Relikt, Rest; *assimilatie*: Gurjewitsch (2) 104, 125v; Bredero 16vv, 299vv; Milis 172v; Thomas 54vv; Burke 243; *kalender*: Bredero 17; Thomas 81v, 738v; Nilsson (4) 101v; *bronnen/putten*: Thomas 54v, 80v; Schrijnen I 94; II 198v; LThK II 729; Bord; Strauss; *Minne*: De Vries (1) I 424vv, 491; II 447; Beitl (Wb.) 559; Boyer (3) 156; Grönbech II 156vv, 170vv, 176v; Fichtenau 60vv; HDA III 708vv; IV 745vv; II 75v; V, 1702, 1722v; VI 241v; 1245v; VIII 428vv.
14. *ritueel drinken*: Nilsson (4) 140v; 147v; Gravier 240; Grönbech II 147, 170, 176vv, 215; Boyer (1) 30, 53vv; *verplicht drinken*: Grönbech II 148; De Vries (1) I 424vv; II 446v; Gurjewitsch (1) 266vv; *Münster*: Schröer I 348vv; vgl. HDA VIII 428vv; zie 11.4.b.
15. *familie-/rechtsdenken*: De Vries (1) I 173vv; Boyer (1) 28vv, 104, 108; zie 10.4.d en hst. 10 aant. 8; *familie/doden*: DR 1587; *familiemodel*: Fichtenau 120vv.

HOOFDSTUK 7

1. *dualism, demons and demonology, Satan*: Hastings (Dict.) 225, 211v, 888v; *woordgebruik*: Nestle, Novum Testamentum Graece et Latine, Canisiusbijbel, King James-bible, Lutherbibel.
2. *woestijn, wildernis*: Van der Leeuw 129v; Regnault 197; *demon/demonologie*: König (Lex.) 116vv; Hansen 2, 21vv, 130vv, 146vv, 172vv; EM III 223vv, 237vv; EJ V 1521vv; XIV 902vv; ER IV 284vv, 319vv; LThK III 145v; X Ivv; RGG II 2vv; Bartmann I 263vv; Rahner (Enc.) 333v, 341vv; Eicher (Wb.) I 123vv; *criminalisering*: EM III 246vv; *diabolisering*: Röhrich (2) index: Diabolisierung; *demonisering in de christelijke kunst*: LCI II 173vv; *psychologie van de sage*: Petzoldt (5) 163vv; zie 'Slotopmerking', p. 271v.
3. *sage van de 'Wilde Jacht'*: zie hst. 16.3.b.4; Meisen 446, 451vv, 462vv; *verbindingsschakel*: Meisen 452; Sébillot I 165vv; Bach 262; Beitl (Wb.) 970vv; LThK I 161; III 144; VI 343; *sage*: Petzoldt (4) 137vv, 393vv; *sage/gebruik*: Röhrich (3) 242vv.
4. *noordelijke traditie*: Wegener 201vv; Dumézil (2) 79vv; Eliade (4) II 158vv, 443; Boyer (3) 141, 160vv; De Vries (1) I 448vv, 454v, 492vv; II 58v, 97vv; Gurjewitsch (2) 138vv; Benveniste I 111vv; *Hel*: Boyer (1) 96vv; Simek (Lex.), trefwoorden: Berserkir, Einherjar, Grimnir, Hel, Jenseits, Jolnir, Jul, Odin, Odinsnamen, Odinsweihe, Totenkult, Walhall, Wildes Heer; zie hst. 6 aant. 7.
5. *zuidelijke traditie*: Nilsson (1) I 182vv; Rohde I 189vv; Pausanias I 93; Plinius, in Grimm (1) II 793.
6. *Indo-europese traditie*: Dumézil (2) 79vv; Dumézil (1) 14vv, 26vv, 44vv, 171v; vgl. Eliade (2) 83v, 122v; Eliade (3) 66vv; Eliade (7) 385; vgl. Scott Littleton (3), in ER XV 344vv; Vulcanescu in ER IX 270vv.
7. *Hecate/Artemis/Diana*: Nilsson (1) I 723; *relatie doden-magie*: ibid. II 548v.
8. *Herlequin*: Driesen 24vv (tekst ingekort); de gegevens van dit hst. zijn overwegend ontleend aan het werk van Driesen; vgl. Ginzburg (1) 72v; Lebbe in: Milis 78vv.
9. *Herlequin*: Driesen 30vv; Meisen 453v; Van Gennep (1) VIII 3371vv; De Vries (1) I 233v, 448vv; Sébillot I 165vv; Briggs (2) 48vv; Fichtenau 315; *dwaallichtjes*: Marquet/Roeck 71vv, 215vv; Ter Laan 89; HDA IV 779vv; Beitl (Wb.) 400; SAV 18de jg., 79vv; Sébillot II 418vv ('arlequins', Driesen 33); Röhrich (4) 177; Röhrich (5) 36; S. Thompson (1) E742, E742.2, F491; Molenbeek, in Petzoldt (4) 87, 376v; *Cluny en de 'arme zielen'*: Le Goff (1) 170vv; *Petrus Venerabilis*: zie hst. 13.4; *Richard I Zonder Vrees*: in SAV 35ste jg., 168.
10. *Jeu de la Feuillée*: Driesen 38vv; Bertau II 1037vv; *rad van fortuin*: Driesen 49 (v. 766-824); zie hst. 8 aant. 8; vgl. Küster 90v; *'Croquesots/Narrenbijter' als variant van 'croquemitaine/kinderhapper'*: Driesen 59.
11. *Croquesots*: Driesen 57vv, 65v; *Teufelshaupt*: zie hst. 9.1.c; *decor*: zie hst. 9.2; *chapeHerlequin*: Driesen 68vv, 240v; vgl. Le Petit Robert (Dict.) 88 'Manteau d'Arlequin'.

12. *Leviathan*: Van den Born (Wb.) 875v; LCI III 93vv; Russel (3) 97 n. 13; *masker/draak*: Beigbeder (Lex.) 305vv, 381vv; *Psalter van Utrecht*: H. Sachs (Wb.) 183; LCI II 315; III 93v; *Jonas*: H. Sachs 199, 365; LCI II 195, 419; *kopvoeter*: Baltrusaitis (afb. 3, 4, 5, 36); talrijke afbeeldingen in Van der Meer (2) en Quispel; vgl. Debidour 72, 86, 244, 315 afb. 73, 318; Nederl. afb. in Pleij (1) 94, 174v; *The Golden Age* ... Pl. 45, 65, 85, fig. 80, 124; afb. in Russel (3) 143, 146, 150, 223.
13. *nar*: zie hst. 9.3.a; *bellen/klokjes*: Driesen 41 (vers 580), 54; vgl. Küster, index: Schellen; Heers 228 (clochettes); *Herlequinvolk*: Driesen 63, 102, 239; Meisen 454vv; *Helse Jager*: Meisen 456; *Het 'oude leger'*, vgl. de uitdrukking 'in olde heer ghaen' voor sterven: Röhrich (Lex.) I 67.
14. *jaarcyclus/levenscyclus*: Driesen 102vv; *plotselinge dood*: Duffy 310v, 318v; Martin 337; 30 exempels in Tubach 436; *Roman de Fauvel*: tekst, Driesen 105 (107 n. 2), 242vv; Rey-Flaud 104vv; *Fauvel als 'vale hengst' (geen ezel)*: Gally 414; Walzer 251v; Heim 325; De Roos 322; Gally 414: *Fauvel boodschapper van de antikrist, grondlegger van de verkeerde wereld*.
15. *Roman de Fauvel*: Driesen 107vv; Meisen 454v, 464; *verboden*: Grimberg 144vv; Lebrun 221vv, 224v; *over rituele agressie vastenavond/charivari*: Burke 201v, 212v, 216vv, 226; *Karel VI*: Driesen 121; Rey-Flaud 120vv; *Duitse variant, de 'Freveltanz' en 'Überzähliger'*: Küster 187, 249 n. 486; Röhrich (3) 244 n. 73; Petzoldt (3) I 210vv, 394v; vgl. Petzoldt (4) 170v, 288v, 410v, 456; Moser (4) 124, 137; *charivariduivel/straatduivel*: zie hst. 9.2.
16. *figuranten*: Driesen 109vv, 245vv; *duivel als 'Seelenfresser/Kinderfresser'*: index Küster en Mezger; *le diable, voleur d'enfants*: de Gaiffier 169vv; Russel (3) 72, 84v; vgl. Russel (1) index: children, cannibalism; *Arlechino*: Driesen 229vv; *acrobaat/clown*: ibid. 163v, 181vv; *zwart half-masker*: ibid. 187; *lapjespak*: ibid. 185; *Oostenrijk*: Svoboda 164 (afb. 144).
17. Hoffmann-Krayer (1) 81vv, 161vv; Bach 427v; Van Gennep (1) I 196vv; *charivari*: Van Gennep (1) I 202v; II 614vv; Pleij (1) 33vv en passim; Pleij (2), (3) 134vv; zie index SAV jg., 1-45: Knabenschaften, Nachtbuben, Kiltgang, Katzenmusik, Volksjustiz; *schertscharivari*: Hoffmann-Krayer (1) 169, 172; Van Gennep (1) I 587v; *Kiltgang*: zie hst. 5 aant. 5.
18. *veroordelingen*: Grimberg 142; Ginzburg (2) 131v (citaat 138); *verandering/verlies van de betekenis van gebruiken*: Weiß 158vv (Sinn und Form des Brauches).
19. *lawaai bij Zwitserse charivari*: SAV 8ste jg., 165, 170 (zie index: Lärm); *Lärm*: HDA v 914vv; Beitl (Wb.) 493; Segalen 371; Delumeau (1) 76; *purificatieritueel*: Blok 266vv; Pleij (2) 307, 309; *antimuziek*: Marcel-Dubois 45vv; Meisen H325vv; *oud-in-nieuw*: Henninger in ER X 416; Eliade (1) 334vv; Eliade (3) 53; Eliade (6) 69; zie hst. 6.2; *doden*: Caro Baroja (2) 273vv; Meisen 462vv; Glotz 36; Meuli (2) 1851; Ginzburg (2) 135v; Eliade (1) 334, (3) 53; *demonisering van de doden*: vgl. W. Frijhoff in VB 13de jg., 287.

HOOFDSTUK 8

1. *hekserij*: Russel, overzicht in ER XV 417vv; ER XII 559vv; Russel (1); Caro Baroja (1); Eliade (5) 69vv; Eliade (4) III 239vv, 340; *over Margaret Murray, moderne hekserij en neopaganisme*: ER XV 421v; Delumeau (1) 364vv; Eliade (5) 71vv; Russel (1) 36v; Caro Baroja (1) 65, 243, 252; *over Hansen*: ER XII 560v; Eliade (5) 70; Russel (1) 34v.
2. Ginzburg (1) 29v; Russel (1) 41vv; Eliade (5) 73vv; Burke 75, 87; *teksten*: in Caro Baroja (1) 84vv; zie index Russel (1): cannibalism, children, flight, magic, orgies, pact, shape-shifting (gedaanteverandering); *Malleus*: ER XII 561; Hansen 425, 474vv; Caro Baroja (1) 94vv; Russel (1) 230vv; *samenvatting van de beschuldigingen*: ER XV 417; Russel (1) 23v, 232v; Russel (3) 296v; Caro Baroja (1) 115v; *geestesziekte, hysterie*: Hansen 323; Caro Baroja (1) 248v.

3. *kindermoord*: zie *Blood Libel*, EJ IV 1120vv; vgl. Russel (1) 59; Caro Baroja (1) 53, 62; zie index Russel (1): Jews, cannibalism, children, lamia, bloodsucking; *joden in de preek*: Martin 323vv; Delumeau (1) 273vv; *Fredegonde*: Caro Baroja (1) 53; Hansen 113; *orgieën*: Russel (1) 88, 90vv, 128v; Caro Baroja (1) 91; Eliade (5) 85vv; *Orléans*: Lambert 49vv, 54vv; Russel (1) 86vv, 94; zie index Russel (1): orgies, sexual intercourse, incubi, succubi; *rituele orgie*: Eliade (1) 300vv; Eliade (5) 88; *magie*: Russel (3) 50v; Russel (1) 6v, 13vv, 65, 71v; Baumann 437vv (index: Zauberei); Caro Baroja (1) 41vv; 56, 78vv; Gurjewitsch (2) 133vv, 137, 143; *kerkelijk en wereldlijk recht en magie*: Hansen hst. 2 en 3 (passim); *Theophilus*: Hansen 168v; Caro Baroja (1) 73v; Russel (3) 80vv; Russel (1) 19, 59, 65, 134; Roskoff I 284v, 345vv, 377; Frenzel (1) 617vv; Frenzel (2) 644vv; KLL XV 6334; XXI 9327; MEW VIII 409; De Vooys 189; Brett-Evans II 27vv; Brugmans 114v; *pact*: Russel (1) index; Baumann index: Teufelspakt; Hansen 9, 30, 165vv, 239, 274v, 284; Gurjewitsch (2) 137, 285; Caro Baroja (1) 150v; Frenzel (2) 644vv; *Basilius*: Hansen 167v; Russel (1) 9; *Hieronymus*: Hansen 167; *Augustinus*: ibid. 30 n. 5; Russel (1) 19; *duivelscultus, ketterij en hekserij*: Russel (1) 101vv, 131v (Walter Map); Caro Baroja (1) 74vv, 77v; zie index Russel (1): heresy, devil (worship of); Hansen hst. 4 (passim); Burke 182, 224; *sekte*: Russel (1) 238 (zie index); Hansen 34vv, 145v, 413vv; *kettersabbat/heksensabbat*: Hansen 226vv, 235, 277, 306, 315vv, 339v, 343, 417, 437vv, 448vv, 509; Caro Baroja (1) index: sabbath; Eliade (5) 85vv; Russel (1) 130vv; index: sabbath; *Synagoga Satanae*: Hansen 226, 411, 448; vgl. Russel (1) index: synagogue.

4. *nachtelijke rit*: Baumann 319v, 366vv; Hansen 80vv, 132vv, 167vv, 303vv; 235vv; Russel (1) 75vv; zie index: flight, ride; Caro Baroja (1) 60vv; Ginzburg (1) 62vv, *Burchard*: McNeill 332vv; Russel (1) 77v, 80vv; Caro Baroja (1) 61v, 66; *striga*: Hansen 14vv, 58vv, 80v, 132vv en passim; vgl. Caro Baroja (1) index: striga; *lamia*: Caro Baroja (1) 90, 123; Kl. Pauly III 464v; vgl. Russel (1) index: lamia; *Holda*: EM V 159vv; Beitl (Wb.) 379; HDA VI 1478vv; *John of Salisbury*: Hansen 134; Caro Baroja (1) 62v; *Goede Vrouwen*: Caro Baroja (1) 63v (satire); Russel (1) (index: Bonae Mulieres); vgl. Ginzburg (1) 65vv; *over fairies en hun vermeende relatie met de doden*: Thomas 724, 729; Spence 65vv; Briggs (2) 48vv; *Gratianus*: Jedin III/2 75; Cross (Dict.) 589; Hansen 85vv; Russel (1) 153v; Benson 316vv; J. Paul 323vv; *criminalisering*: EM III 246vv; Hansen 211, 305v.

5. *Diana*: Wissowa 251; Dumézil (3) 410, 413; *Artemis*: Burkert 234vv; Nilsson (1) I 498v; Eliade (4) I 291vv, 459; *Artemiscultus*: Burkert 236, 170v; Nilsson (1) I 724 n. 10; Liungman II 569vv; *Hecate*: Burkert 265v; Nilsson (1) I 723v; Kl. Pauly II 982; Caro Baroja (1) 26v; Rohde I 234 n. 1; II 80vv, 411vv; ERE VI 565vv; Buskens 299; *magie*: Nilsson (1) II 539vv; Caro Baroja (1) 25vv, 30, 33, 39v (citaten); *positief beeld*: Nilsson (1) I 724v; II 461.

6. *Diana van Efeze*: Eliade (4) I 292; *syncretisme*: Eliade (4) II 202, 267vv; ER XIV 218vv; Nilsson (1) II 573vv; König (Lex.) 626vv; *Isis*: Nilsson (1) II 573; Eliade (4) II 279vv; Latte 282vv; *Isis-Artemis-Diana*: Witt 141vv; *Isis-Maria*: Witt 272vv (afb. 69); C. Schneider 148vv; *meer gereserveerd*: Bäumer e.a. Marienlexikon I 248v (Artemis-Diana); II 85v (Diana); II 367vv (Ephesos); III 324v (Isis); *iconografie*: LCI II 177; III 158; Posener (Lex.) 113 (tekst!).

7. *Isis Tyche/Fortuna*: Wissowa 264; Witt 150v (afb. 8, 24); Bonnet (Lex.) 330; Kl. Pauly II 597vv; V 1016; *Nehalennia*: Beitl (Wb.) 592; Simek (Lex.) 280v; De Vries (1) II 314vv; *Matres/Matronae*: Nilsson (4) 128vv; Liungman 592 (index); Beitl 149, 548v; Simek (Lex.) 253vv; De Vries (1) II 288vv (met kaart en afb.); Boyer (3) 101v; *Matres/Nornen/Parcae*: Röhrich (2) 297; De Vries (1) I 272v; II 295v; Simek (Lex.) 291; *archeologie*: zie index Bechert en Elbe: Diana, Fortuna, Isis, Nehelennia, Matronae.

8. *kalendae Ianuariae*: Nilsson (4); F. Schneider; McNeill (index); *Diana-Abundia*: Caro Baroja (1) 64vv; zie index Russel (1): Diana; Liungman 587vv; *vroeg-middeleeuwse*

opvattingen en praktijken: Nilsson (4) en F. Schneider; De Greeve; *gedekte tafel*: Nilsson (4) 122vv (*Geistertisch* 125vv); HDA IX.N 500vv (!); I 590vv; F. Schneider 89, 96, 110, 128, 131vv, 373v, 376; Liungman II 589vv, 626, 667vv; Riché (2) 531 n. 221; *Tabula Fortunae*: Hansen 16; Baumann I 377; *Fortuna en geluksrad*: Martin 595v; Grimm (1) II 722vv, 726; III 263; Röhrich (Lex.) III 758; Gurjewitsch (1) 169v; Liungman II 583v, 591, 627; art. Fortuna in EM V lvv en bibl.; Delumeau (2) 153vv; Tubach 173; *iconografie*: LCI III 492vv; *geluksrad en vastenavond*: Küster 83, 85, 90v, 178; Mezger 114v, 247; Roller 135vv; *Nicolaas en Diana*: zie hst. 9.5.d.

9. *Diana*: de Moreau I 76; Grimm (1) I 91 n. 1, 237; II 972; *'dianae' in meervoud, Martinus van Braga*: Caro Baroja (1) 65; vgl. Tappolet 225vv; Kbl. 18de jg., 4.
10. *feeën*: Thomas 724; *theorieën over 'fairies'*: Spence 53vv, 162vv; Briggs (1) 278v, 318v, 393v, zie aant. 4; *klassieke fee*: Wolfzettel in EM IV 945vv; 'Feenglaube und Dianakult' ibid. 952v; *feeën en kinderen*: S. Thompson (1) F310vv, F321; *drie zusters/Parcae* en *gedekte tafel bij Burchard*: Nilsson (4) 122vv, 128vv; (Lat. tekst bij Grimm (1) III 409); Gurjewitsch (2) 133vv, 136v, 139; (zie aant. 8); *feeën en Herlequin*: Driesen 54v, 60v; *wegkruising*: Coulton (2) I 160v; Caro Baroja (1) 30, 73; Russel (1) 14, 181, 184; HDA V 516vv; Beitl (Wb.) 476; ERE IV 330vv.
11. *Iscanus*: McNeill 346vv, 349; Coulton (2) I 33; Tappolet 226v; Spence 139v; *Gerv. of Tilbury*: Russel (1) 117v; *Jeanne d'Arc*: Russel (1) 261v; *Diana/Titania*: Spence 138; Harvey, *Oxford Compendium of English Literature* 231, 542, 821; *Walpurgisnacht*: Caro Baroja (1) 90, 122vv; HDA V 1545vv; *Westeuropese traditie*: Caro Baroja (1) 66; *Diana, Perchta etc. in de laat-middeleeuwse catechetische literatuur*: Baumann 368v, 376v, 478, 695; *Duitse traditie*: EM V 160v; *Perchtentisch/Glückstisch*: ibid. 161; Hansen 404, 16; HDA II 1772v; VI 1034; IX 278; Beitl 75; zie aant. 8; *onreine Diana, duivels moer*: Meisen 440.
12. *benandanti* (Duitse editie): Eliade (4) III 240vv; Eliade (5) 73vv; Russel (1) 41v; *weerwoord van Ginzburg op de kritiek* in het voorwoord Duitse ed.
13. aant. 13 en 14 verwijzen naar Ginzburg (1) en illustreren de trefwoorden met een *; *met de helm (embryovlies) geboren*: 34, 35, 86, 201v, 203, 209; *quatertemperdagen*: 31v, 38, 43, 66vv, 75v, 77vv, 81vv; *donderdagnacht*: 21v, 87vv, 112, 148, 173 (zie Hansen 509; index Russel (1): thursday); *quatertemperdonderdag*: 19, 27, 67, 203, 208; *quatertemperdonderdag in december*: 27, 68vv, 138; *uittreding*: 24v, 36v, 38v, 61v, 76vv, 185, 193vv, 197, 208vv (vgl. Hansen 27vv, 204vv, 460); *gevecht met de heksen*: 19vv, 45vv, 182vv, 188vv, 198vv, 203vv; *oogst, graan*: 42v, 45v, 50v, 82v, 191, 208; *dans, eten, drinken*: 20vv, 63vv, 182vv, 199vv, 203v; *zwijgplicht, pak slaag*: 26v, 57v, 84v, 86vv, 114v; *heelkundigen*: 59vv, 78vv, 105v, 145v, 184v.
14. *boodschap van doden*: 55vv, 76, 88vv; *geslagen door doden*: 57v, 61, 84v, 89, 93; *doden in huizen*: 58, 64; *contact met doden*: 56v, 59, 61v, 66, 88vv; *(deelname aan) dodenprocessie*: 53, 75, 80, 87, 92vv; *Goede Vrouwen, Diana, Perchta*: 62v, 65vv, 74, 79, 149; *Wilde Jacht*: 67v, 69v, 72v, 75v, 80, 81v; *Dal van Josafat*: 79, 93, 102vv, 129, 131; *Venusberg*: 80vv, 233, 234 (zie hst. 15.2.c). [De verwijzingen dienen als voorbeeld; volledigheid werd niet nagestreefd.]
15. Ginzburg (1) 81v, 79, 81, 83vv, 104; *identiteit*: ibid. 85.
16. Ginzburg (1) 58, 93, 129, 133; Beitl (Wb.) 792; Petzoldt (4) 72v, 373.
17. Eliade (4) III 240; Russel (1) 211vv; Ginzburg (1) 229 n. 10; *Het standpunt van Eliade en Russel niet te verwarren met de theorie van Murray*: zie aant. 1; vgl. Ginzburg (1) 7v, 12vv.
18. *Herolt*: Grimm (1) II 778v; *Joh. Nider*: Ginzburg (1) 65vv; *Geiler van Kaysersberg*: Ginzburg (1) 67vv; Grimm (1) 766 n. 3; *Venusberg*: aant. 14, zie hst. 15.2.c; *Vrouw Selden*: Kbl. 33ste jg., 90vv; Ginzburg (1) 75v, 78, 232 n. 1; *saelde/fortuna*: Grimm (1) II 720vv; III 620vv; *clerici vagantes*: Ginzburg (1) 79v; *Stöcklin*: ibid. 77vv.
19. *Wilde Jacht*: EM V 160, 162; Baumann 366; Russel (1) 48vv, 79v, 211vv, 275; Hansen

16v; Ginzburg (1) 62vv, 67; *Ginzburg (1) 64 verwijst naar het oude volksgeloof dat op Allerzielen (2 november) de doden bij de levenden op bezoek komen en worden onthaald op eten en drinken; dat geldt ook voor Kerstmis*: HDA I 590v; IX.N 539v; *Berthold van Regensburg*: EM II 163; v 161; HDA I 1094v; *St.-Germain*: Caro Baroja (1) 64; Russel (1) 135; vgl. *Legenda Aurea* 519; *Raoul (Radulfus) de Presles*: Grimm (1) II 786; zie hst. 8.4; *Italiaanse gebruiken*: Geiger (3) 239v.
20. *helm*: Ter Laan 144, 449; Stoett I 340v; Röhrich (Lex.) II 335; *Hemd/Glückshaube*: HDA III 115vv, 890vv; Beitl 293; EM v 914, 939vv; Ginzburg (1) *zie* aant. 13 en p. 232 n. 4; Petzoldt (4) 344v, 345v; *caul*: Brand III 114v.
21. *dagen/week*: C. Schneider 555v; Brinkhoff (Wb.) II 2898vv, 2996vv, 3002v; *donderdag/ dies Jovis*: De Vries (1) II 110; Simek (Lex.) 73, 465; LThK III 509; Nilsson (4) 118v; Bach 258v; Jedin III/2 251; *Eligius, Indiculus, Burchard* (teksten): bij Grimm (1) III 402, 403, 407; HDA II 333; *indiculus*: Clévenot IV 177vv; *donderdag als vrije dag*: Richter 100.
22. *quatertemper, Didachè*: Altaner 81; Quasten I 31; *toeschrijving aan Calixtus*: Dix 342; LThK VIII 929; Eisenhofer I 482; *aan Siricius*: Brinkhoff (Wb.) II 2338; *Romeinse interpretatie*: Dix, Eisenhofer, Martimort, Brinkhoff, Meyer; *oudtestamentische interpretatie*: LThK VIII 929, Jungmann; *uitdrijving van demonen*: Eisenhofer I 484; *vier jaargetijden*: Meyer v 55; Brinkhoff II 2338vv; *wijdingen*: Eisenhofer II 360vv; Gjerstad I 70vv; Cruel 66.
23. *boerenkalender*: Ginzburg (1) 43, 224 n. 4, 5; *Geisterzeit*: HDA III 118.
24. Ginzburg (1) 189v, 87v; *helm/quatertemper*: zie aant. 13, 14, 20.
25. zie aant. 18; Guntern (index); '*Quatember/Temper' en dodenprocessie; 'Temper' als Wilde Jacht*: Beitl (Wb.) 657; *Frau Fasten en Klosawieble*: ibid. 231, 601; vgl. Metken 66; zie 2.3.d en aant. 15; vgl. HDA II 1232vv, 1772v; Meisen 439; *Nicolaas en Wilde Jacht*: Meisen 542.
26. *twee paradigma's*: *Frazer*: ER V 414vv; *Mannhardt*: ER IX 175vv; Ginzburg (1) 42vv, 46; Eliade (5) 73vv, 84v; Eliade (1) 295vv; Lanternari 536; Versnel (2) 'Wijnkruik'.
27. *de doden en de oogst*: Gjerstad 181vv; zie hst. 12.4; Van der Leeuw 126; Burkert 308; *Joh. Chrysostomus*: in Heilmann IV 440; Grottanelli in ER I 145v; *Joel*: Boyer (1) 30v; vgl. hst. 6.3 en 6.4.d; *Halfdan*: Boyer (2) 154.

HOOFDSTUK 9

1. *masca*: Hansen 58; Meuli (2) 1758vv; *talamasca*: ibid. 1762v; Verdam 384; *larvae*: van Dale II 1530; Kluge (Wb.) 424; Kl. Pauly III 502v; IV 41v; Burguière 185; Röhrich (3) 244; *scema*: Meuli (2) 1765vv; EM IV 971; Verdam 516; van Dale III 2530: *schim, schimmenrijk*: Kluge (Wb.) 675: Schönbart; *de verklaring 'Schönbart/Scheinbote' van Küster 69 is onwaarschijnlijk en vergezocht. Het baardmasker was in de middeleeuwen welbekend. Croquesots wordt ook 'baardman' genoemd*, Driesen 58, 140; *ambivalentie van doden*: Meuli (2) 1767v; 1788; Glotz 36.
2. *duivelsmasker*: Moser (4) 102vv, 105vv; Kl. Pauly III 503.
3. *Croquesots*: zie hst. 7.3; *duivel in religieus toneel*: Roskoff I 359vv; Russel (3) 245vv; Zielske 421; *mysteriespel*: Zielske 415vv; James 239vv; Hess (2) 657vv; Habicht 713vv; Linke 733vv; Brett-Evans I 28vv, 49vv; II 38vv; *decor*: Roskoff 369; Driesen 69 n. 1, 71vv, 83v; Hess (2) 661; James 268.
4. *mirakelspel*: zie aant. 3; *komische duivel*: Röhrich (2) 263v; Russel (3) 259vv (index); Hess (2) 659; Roskoff I 394vv, 399vv; Gurjewitsch (2) 271, 287; Pleij (3) 55vv; Meisen 426v.
5. *interludi*: Preminger (Enc.) 400v; Hess (2) 659; *diableries*: Driesen 136vv; Roskoff I 363, 364v; *Amiens*: Driesen 136v, 139; *Chaumont*: ibid. 137v; *Montauban*: ibid. 139v; *cyclus van spelen* (Corpus Christi): Brett-Evans I 148vv; Habicht 714vv.
6. *Rabelais*: Driesen 141v; *diablerie/charivari*: Driesen 142vv; *processie*: Chéruel (Dict.) I 416v; vgl. Burke 208v; Heers 70v, 72v; Moser (4) 114v.

7. *vastenavond*: Schröer I 353vv; Martin 378v; *Erasmus*: Burke 223; Mezger 24; *antifeest*: zie hst. 9.4; *nar*: in Mezger 37vv, 97vv; zie index Küster: Narr; *twee-statenmodel*: Mezger 24v, 108v, 111v, 370, zie index: Civitas; Küster 33, 47, 84v, 224v; *ventieltheorie*: Burke 215vv; Delumeau (2) 128v.
8. *kosmisch nieuwjaarsfeest*: zie hst. 6.2 en aant. 3; *Pasen*: Martimort IV 47vv; Meyer V 72vv, 134vv; *vastenavond als chaos*: ER III 103; *Pasen als nieuwjaar*: James 215vv; ER X 419; Eliade (6) 91.
9. *hel*: zie index: Hölle, bij Roller, Küster en Mezger; Ter Gouw 189v; *diabolische fauna*: Debidour 314vv; *masker*: Küster 67vv, 146vv; zie index Roller: Maske/Tiermaske; *Narrenfresser*: Roller 110, 134v; *Seelenfresser*: Küster (index); *Kinderfresser*: Mezger 112v, 372; *duivel in gedaante van dier*: Regnault 199v; Hansen 125, 132; zie aant. 15; Russel (3) 67, 130v, 211; LCI IV 298; zie hst. 7 aant. 12; *spreekwoord*: Wander IV 1072 nr. 318; Ertl: Küster 72.
10. *feestelementen*: Burke 196vv, 199, 201, 216; Heers 223vv; *obsceniteit*: Brett-Evans (index); Pleij (1) 56, 115v; Pleij (3) 63v; *football*: Hazlitt 242v, 244v; Wright I 26vv; James 300vv; Macleod Banks I 15vv; *Luilekkerland*: Delumeau (2) 125v; Richter 70vv; *ganstrekken* etc.: Ter Laan 106, 128, 172; *steekspelen*: Pleij (1) 48vv, 113vv; Moser (2) 150vv; *verboden*: Pleij (1) 51vv; *spotpreken*: ibid. 59, 67vv; *zuiporden*: ibid. 100vv; *satire*: ibid. 88vv, 177vv; *helleschip*: ibid. 189vv; *soc. betekenis*: ibid. 54v; *rechtszitting*: ibid. 130; *terechtstelling*: Caro Baroja (2) 108vv, 132vv; *functie van rituelen*: Burke 213vv; *Neurenberg*: Küster 106vv; Roller 140v; Ter Gouw 187; *feest, geheel/elementen*: Burke 196, 205v; Heers 234v; *Erasmus*: Burke 223; Brett-Evans II 182; Mezger 10; Augustijn 52v.
11. *verkeerd/omgekeerd*: Beitl (Wb.) 844; HDA VIII 1321vv, 1609vv; *narrenschip*: Pleij (1) 187vv; *echte/onechte symbolen*: Eliade (1) 369vv, 372vv; *Onnozele Kinderen*, zie hst. 1.3.a; *Saturnalia*: James 175vv; Leach (Dict.) 974v; *Bona Dea*: Versnel (2); *Kronia*: Versnel (3); *omgekeerde wereld*: Burke 199vv; Delumeau (2) 128vv; Richter 10, 17, 39v, 44v, 51vv, 70vv; *heks*: Caro Baroja (1) 119vv, 148, 256; Zwier 317vv; *oneven getallen*: Endres 26v; HDA I 805, 1675; VI 1711; VIII 568, 1021, 1326, 1432v; IX 220v; IX.N 540, 553; *doden*: Van Gennep (1) II 669vv, 748v; Ranke 105, 204vv, 174vv, 303vv; Schrijnen I 296; HDA V 1155; Heuvel 431; Ter Laan 24v; Stubbe 49vv, 56vv, 138; Le Goff (1) 395.
12. *Saturnalia/Kronia*: Versnel, zie aant. 11; *nieuwjaarsfeest*, zie hst. 6 aant. 3; vgl. Eliade (6) 69: 'régression périodique'; Smith 156vv; *chaos*: ER III 213vv.
13. *scholierenbisschop*: Banks III 190; Hazlitt 69; *Luther*: Meisen 26, 328, 469; Jones 293, 305, 313; Metken 56; *Nicolaas en duivel*: Meisen 273 en passim; De Groot 44vv, 52vv; zie index Jones: devil; *Symeon Metaphrastes*: Jones 19v; *Legenda Aurea* 26; *apud myros*: Meisen 172; *gebeden*: Jones 41, 162; vgl. Meisen 271; *Nicolaasliturgie*: Meisen 172vv; Jones 112vv; *preek alg.*: Wilpert 528; Schröer I 253vv; Post (2) 338v, 411vv; *Nicolaaspreek*: Jones 159vv, 236, 262; Metken 38; Post (2) 411; *exempels*: Tubach 477; *Leo VI*: Meisen 428.
14. *geketende duivel*: Ter Gouw 256; Meisen 273, 429, 442, 465v (afb. Nicolaas met duivel: Meisen nr. 146, 177, 178, 182); Russel (3) 132, 182, 215; Roskoff I 325, 389; S. Thompson (1) G303.8.4.1; *helse jager*: Russel (3) 108, 269v; Ter Gouw 256; *duivel als 'zielenvreter'*: zie aant. 9.
15. *hoogtepunt*: Meisen 332, 427; *duivel in de preek*: Martin 315vv; Russel (3) 154, 161, 208, 213v; Tubach 437vv; *duivel in gedaante van dier*: ibid. 437vv; zie aant. 9; Martin 319v; *scholierenbisschop*: zie hst. 1.3.a/b; *Amiens*: Meisen 318, 332; *Prüfening*: Meisen 316; Moser (3) 235; *Brunswijk*: Meisen 326, 434.
16. *Nicolaas en Artemis/Diana*: *Legenda Aurea* 28v; vgl. Jones 235v, 17vv; Meisen 270vv; De Groot 134vv; *hymne*: Meisen 271; *Diana-raam*: Jones 259; *nachtelijk bezoek, vrouwelijke figuren*: Geiger (3) 239; Van Gennep (1) VII 3019vv; *Frau Holle*: EM V 159vv; *Befana*: Beitl (Wb.) 71; HDA I 974v; Liungman 673v, 701vv, 990vv; *Tante Arie treedt*

sporadisch op in Frankrijk en Zwitserland en is vergelijkbaar met Befana; haar optreden sluit dat van Nicolaas uit: Van Gennep (1) VII 3019vv; Sébillot I 140, 447, 476; zie ook hst. 8.4 en 8.7.d; *gedekte tafel*: zie hst. 8.4 en hst. 8 aant. 8; *Driekoningen als nieuwjaar*: Liungman 438; *Perchta/Befana*: ibid. 673vv; *nieuwjaarsgeschenken/strenae* (Frans: *étrennes*), *een gebruik, verbonden met de kalendae Ianuariae*: Martigny (Wb.) 285vv; Hansen 242; ERE VI 211v; Nilsson (4) 51vv, 59, 62vv (resumé 91vv); *in de middeleeuwen en later (Nicolaas/Kerstmis)*: Nilsson (4) 112vv; *verboden*: ibid. 53, 56, 69v; F. Schneider 97, 100, 102, 133, 373, 377; *Iscanus*: zie hst. 8.4 en hst. 8 aant. 11; *catechese*: HDA IX.N 500vv; vgl. hst. 8 aant. 8, 11, 25; *Nicolaas als pedagogische heilige*: Meisen 398vv, 430 en passim; vgl. Inl. aant. 3; *duivel als bestraffer*: Meisen 430vv; *Klaaswijf*: zie hst. 2 aant. 15; *Nicolaas en Wilde Jacht*: zie hst. 6.1 aant. 1 en 8.7.d aant. 25; *Diana en haar leger*: 8.6, hst. 8 aant. 18, 19, 25; *charivari en 'Klaasjagen'*: Meisen 448v, 452, 462vv.

17. *Ethiopiër*: Greg. *Dialogen* IV 19: 6-7; vgl. hst. 13.1; *conc. van Toledo*: Russel (3) 69 n. 13; *Brief van Barnabas*: 4, 9; *oudste afb.*: LCI IV 295; *mythische Moor*: Caro Baroja (3) 130; *Orderic Vital*: zie 7.2; *Petrus Damianus*: Hansen 124; Dinzelbacher (1) 69; *Etienne de Bourbon*: in Coulton (2) I 90; vgl. Gurjewitsch (2) 278, 283, 393 n. 462; Jones 62; Russel (1) 191; Tubach 1912, 1913, 3096, 3108; *Woestijnvaders*: Regnault 199, 201vv; zie 7.1.a en hst. 7 aant. 2; *Antoniusverering*: Schröer I 319v; LThK I 667vv; *iconografie*: IAC III/1 107vv; LCI V 205vv; IV 295, 296; *Herodotus*: 110vv, 226; Kl. Pauly I 202vv; vgl. Buskens 302vv; Strasburger (Lex.) 23v; Van Vliet 182v, 230v; *spreekwoord*: Stoett II 47 (nr. 1556); Röhrich (Lex.) III 648; Wander (Lex.) III 692vv; *Priester Johannes*: Leach (dict.) 885v; ERE X 272vv; Pleij (3) 116; Nederveen Pieterse 25; *slavernij*: McAlister 48vv, 53vv; Konetzke 75vv.

18. *Moor*: Russel (3) 83v; Coulton (2) IV 78; Burke 61; Bertau I 188v; *islam positief/negatief beeld*: Watt 30vv, 58vv, 72vv; Rodinson 18vv, 41vv; Grunebaum I 1vv, 47vv; *vertalingen uit het Arabisch*: Vernet 95vv, 125vv, 187vv; Baltrusaitis 101vv; *citaten*: Cohn 76; Rodinson 23; Grunebaum 59; *H. Mauritius*: LCI VIII 429vv (met kaart), 558v; VII 610vv; *Driekoningen*: ibid. I 539vv; VI 97v; *morisca*: Leach (dict.) 747v; C. Sachs 349vv; Heers 238; *Londen*: Moser (4) 125; *Vlaanderen*: Moser (2) 193; *Neurenberg*: zie index: Mohr, Morisken, bij Küster en Roller; *Herodes*: Driesen 138; *Pseudo-Turpijn*: ibid. 140; *Karel VI*: Rey-Flaud 122; *Roi René*: ibid. 122 n. 23; *Turk/Oriëntaal*: Roller 55, 180 (zie index: Exotik); Küster 102, 167vv; Heers 228, 238vv (exotisme).

HOOFDSTUK 10

1. *voorouderverering*: Van der Leeuw 123vv; Eliade (1) 295vv; LThK I 222v; RGG VI 959vv; König (Lex.) 14vv; *en christendom*: RGG VI 962; König (Lex.) 18v; Gurjewitsch (2) 350v; Duffy 301vv, 324; Angenendt 424v; *Hervorming*: Thomas 719vv; zie hst. 16.3.a.6; *vertragingseffect*: Burke 284, 294v; *Indo-europese traditie*: Ranke; *dode als gast*: Petzoldt (1) 78vv, 83v, 85vv.

2. *vroeg-christelijke praktijk*: Martigny (Wb.) 279v, 33v, 357vv, 496v, 684vv, 690; *piëtas*: Kl. Pauly IV 848; LThK VII 498v; *parentalia*: Kl. Pauly IV 512; Wissowa 232vv; Dumézil (3) 372; *citaat*: DR 1510; Jedin II/1 343v; Van der Meer (1) 438vv; LThK X 271; C. Schneider 503vv; afb. LCI III 129vv; *martelaren*: Stuiber 40vv, 74vv; LThK VII 127vv; Brinkhoff (Wb.) II 1667vv; Jedin I 138; II/1 343vv; Rogier (2) II 108vv.

3. *heiligenverering*: Delehaye 151vv; Wilson 2vv; LThK V 268v; Brown; *heroscultus*: Gjerstad 184v; Rohde II 352vv; Kl. Pauly II 1103; *controverse heroscultus/heiligenverering*: Rogier (2) II 109; Gjerstad 185v; Le Goff, in Wilson 280; Van der Leeuw 233; C. Schneider 490vv; Eliade (4) III 59vv; Brinkhoff (Wb.) II 1668; *Petrus' Stoel*: Van der Meer (1) 447v, 462; *Legenda Aurea* 211; *Augustinus*: Van der Meer (1) 462, 457vv;

Aantekeningen bij p. 168-172 285

citaat: Wilson 2; *Polycarpus*: Quasten I 78; *anekdote*: Fichtenau 327; vgl. Clévenot v 33vv; *begraafplaats*: Brown 4vv; Paxton 17v; *Monica*: Van der Meer (1) 452; *orthodoxe Kerk*: zie hst. 12; vgl. Nilsson (1) II 547; *overgangsriten*: Paxton 5vv.
4. *dood als slaap*: Stuiber 39 n. 1, 113v, 117v, 141vv; Hendrichs 231vv; *kerkvaders*: Heilmann IV 465, 580; *Requiem aeternam*: Brinkhoff (Wb.) I 543vv; II 2382vv; *tussentoestand*: Stuiber 43vv, 105vv; *Dies irae*: Brinkhoff (Wb.) II 532v; Gurjewitsch (2) 190; *dood als reis, kerkvaders*: Heilmann IV 434; III 94; IV 461; Chélini 470; Paxton 54, 96, 178; Gurjewitsch (2) 167; *iconografie*: LCI IV 142vv; *Viaticum*: Brinkhoff (Wb.) II 2810vv; Angenendt 337; Paxton 32vv; LthK x 762; Martimort III 239vv; *dodencommunie*: Brinkhoff (Wb.) I 542v; *reis*: Brinkhoff (Wb.) I 573v; ARW 4de jg., 138vv; *gevecht*: Stuiber 81vv; Oediger 267v; *In Paradisum*: Brinkhoff (Wb.) I 1053v.

Na voltooiing van het manuscript kwam *Refrigerium Interim*, een studie van Alfred Stuiber over de vroeg-christelijke voorstelling van de *tussentijd*, onder mijn aandacht. Hier volgt een beknopte samenvatting van zijn these.

De Kerk in de eerste 3 eeuwen kent het begrip *loutering* niet. De vroeg-christelijke theologie nam de laat-joodse voorstelling van de *tussentijd* en de opstanding over. Aanvankelijk werd het denken beheerst door de wederkomst van de Heer, die aanstaande werd gedacht, en had men geen behoefte aan speculaties over de *tussentijd*. Alle doden met uitzondering van de martelaren rustten in de onderwereld, de *Hades*, een toestand die als voorlopig werd beschouwd en die met de verrijzenis van het lichaam voltooid zou zijn. Tertullianus († ca. 225) onderscheidt gescheiden plaatsen voor rechtvaardigen en zondaars, *refrigerium interim* en *tormentum interim*. *Refrigerium* is zowel de plaats als de toestand van relatieve zaligheid waarin de rechtvaardigen zich bevinden. Evenals hun heidense medeburgers eerden de christenen hun doden met het dodenmaal als een vorm van piëteit. *Refrigerium/verkwikking* is tevens de benaming van dit dodenmaal.

Sinds de 2de eeuw werd het christendom beïnvloed door het gnosticisme, een religieuze beweging die verlossing nastreefde door kennis (*gnosis*) van God en de Kosmos. Het gnosticisme, dat zich de ziel als gevangen in het lichaam voorstelt, ziet de verlossing als een opstijging van de ziel naar de hemelse regionen. Tijdens deze *hemelse reis* wordt de ziel belaagd door demonen die zich in de lagere luchtregionen bevinden. Volgens deze dualistische leer is het leven een strijd tussen goed en kwaad, geest en materie, en betekent verlossing bevrijding van de materie. De verrijzenis van het lichaam heeft in deze leer geen enkele positieve betekenis en wordt derhalve afgewezen. Daarmee vervalt ook de voorstelling van de *tussentijd*.

Door toedoen van Clemens van Alexandrië († ca. 215) en Origenes († ca. 254) drongen gnostische elementen binnen in de christelijke voorstelling van het hiernamaals. Clemens en Origenes leren de *loutering* na de dood door een immaterieel vuur. Origenes leert bovendien de opstijging van de ziel na de dood. Onder invloed van verwante voorstellingen stelden de Egyptische Woestijnvaders zich de wereld voor bevolkt door demonen en het leven als een continu gevecht met de duivel (4de eeuw). Na de tijd van de kerkvervolging ontstond de opvatting dat, evenals die van de martelaren, de ziel van hen die een ascetisch en heilig leven hadden geleid, in de hemel werd opgenomen. In de onderwereld verbleven derhalve die gelovigen die nog niet helemaal volmaakt waren en nog wat hadden goed te maken. Daarmee was de grondslag van de *tussentijd* als *loutering* gelegd.

5. *vagevuur*: LThK IV 49vv; RGG II 892v; Rahner (Enc.) 1317vv; Eicher (Wb.) I 264vv; II 196vv; IV 212vv; Schmaus 441vv; Bartmann II 489vv; ML II 454vv; *kerkvaders*: Heilmann IV 286v, 496v; Bartmann II 490vv; Schmaus 446vv; *Gregorius*: zie hst. 13.1.d; *gericht*: Bartmann II 474vv; Schmaus 397vv; Angenendt 449v; *gemeenschap van de heiligen*: Bartmann II 195vv; Schmaus 486; LThK IV 648vv; Rahner (Enc.) 274vv; Duffy 317vv, 324vv; Brinkhoff (Wb.) I 833vv; *voorspraak*: LThK IV 461v; IX 1149; Angenendt 343.
6. *niet-katholieke auteurs*: Harnack (index: Fegefeuer); Schaff II 599vv; Cross (Dict.)

Aantekeningen bij p. 172-186

1144vv; Gurjewitsch (2) 224, 345v, vgl. 189vv, 217, 343v, 385 n. 355; *geboorte*: Le Goff (1) 177vv; *kerkelijke uitspraken*: Bartmann 489; LThK IV 51v; Le Goff (1) 379vv; *Wetti*: A. Borst (2) 54; *Egmond*: Hof 22vv; *Rijnsburg*: ibid. 367; vgl. Angenendt 343; *Munsterkerk*: *Kunstreisboek voor Nederland*, Amsterdam 1969, p. 664; *voorbeeld van een testament*: in 'Vergessene Zeiten' 204; vgl. Ariès 199v: *testamenten*; zie ook Duffy 134vv, 302, 325v, 504; *citaat*: Oediger 269; *klerikalisering en missen voor de doden*: Jungmann I 267vv, 273vv; *situatie in Egmond*: Hof 238v; *adel en klooster*: Prinz (1) 152vv; *Childebert*: ibid. 153vv; Fichtenau 148v; Oediger 269.
7. *Allerzielen*: Brinkhoff (Wb.) I 102v; LThK I 349v; *Cluny*: Fichtenau 149v; zie 7.2 en 13.4; *Odilo van Cluny*: *Legenda Aurea* 839; Le Goff (1) 170vv, 273vv, 419vv; *volksgeloof*: Delumeau (1) 82; HDA I 267vv, 584vv; Beitl (Wb.) 13vv; Le Goff (1) 400v; *verhaaltraditie*: EM IV 964vv; Petzoldt (1) 78vv, 83vv; zie 16.3.a.3 en 16.3.b.4; *volksgebruik*: HDA I 590; Ter Laan 11, 67; Schrijnen I 208v; Van der Ven (2) 373vv, 394; *soul cakes*: Hazlitt 299v, 557v; ERE III 60, 609v; Leach (Dict.) 1051v; *Zuid-Italië*: SAV 37ste jg., 240v, 251v; Ginzburg (1) 64; *Frankrijk*: Van Gennep (1) VI 2808v; *Zwitserland*: zie index SAV jg. 1-45: Allerseelen; *Spanje*: Caro Baroja (2) 347v; zie art. Popular christian relig. ER XI 411v.
8. *armen*; *Paulinus van Nola*: Rogier (2) II 123; *familie*: Van der Leeuw 241vv; Boyer (1) 28vv, 39, 100vv; De Vries (1) II 436; Duffy 349vv; zie 6.4.e en hst. 6 aant. 15; *aalmoes*: LThK I 359v; RGG I 619v; IV 373; Oediger 269v; Duffy 357vv; ER I 215v; III 224; ERE III 382v; *refrigerium*: Stuiber 106vv, 114vv; LThK v 491v; RGG V 1636v; *Seelengerät/ dodendeel/armendeel/vrome stichting*: De Vries (1) I 193; ML II 455; Angenendt 283; Gurjewitsch (1) 278; Beitl (Wb.) 298, 405; Löffler 237, 269; Ranke 192, 218, 222; *Letzte Reise* (cat.) 94; *bisschop/klooster/armen*: Angenendt 196vv, 343v, 414v; Oediger 111, 128, 185v, 232; Hof 406vv; Knowles (3) 482vv; Schmitz II 40vv; *getal twaalf*: Angenendt 197; Knowles (3) 483; Jacobi 262; Fichtenau 41; Cruel 83; Thietmar 151 (6 × 12); Oediger 339; *gebeden van armen*: Duffy 221, 328, 362v; *armen en begrafenis*: Schröer I 251; II 52; Löffler 237vv, 269; Ranke 224vv; *voorchristelijke voorstellingen*: Ranke 225 en passim; Röhrich in EM IV 211; *kinderen en armen*: Meuli (1) IV; Geiger (3) 240v, 251vv; *zielenbroden*: zie aant. 7; *kind als gelukbrenger*: HDA IV 1333vv; *zegen/vloek*: ER II 247vv; IV 182vv; ERE IV 367vv; EM IV 1315vv; Beitl (Wb.) 225, 732; HDA II 1636vv; VVII 1582vv.
9. *dertigste/veertigste dag*: Duffy 327; Post (2) 387v; McNeill 203, 247v; Ranke 16vv, 86vv; Stubbe 132vv; Brinkhoff (Wb.) I 516v; *dertig/veertig dagen of drie/zes weken (zeswekendienst)*: Ranke 333; *Greg. missen*: Duffy, index (trentals); Ranke 329v; Brinkhoff (Wb.) I 917v; LThK VII 331, 354; zie 13.1.d; *Reichenau*: A. Borst (2) 105v; *dertig dagen gedekt*: Fichtenau 150; Brinkhoff (Wb.) I 517; Le Goff (1) 412, 404 n. 1; vgl. Oediger 252 n. 19, 267; Angenendt 338v; Petzoldt (1) 34 n. 51, 72.

HOOFDSTUK 11

1. *kloosterfamilie*: Fichtenau 120vv; *sterven*: Bühler 478v; de Valous I 294vv; Coulton (1) 385; Duffy 316vv (late middeleeuwen); *commendatio*: Brinkhoff (Wb.) I 431vv; Paxton 116vv; LThK III 19; Stuiber 169vv; *afleggen*: Brinkhoff (Wb.) I 61vv; *dodenliturgie*: Brinkhoff (Wb.) I 543vv; Angenendt 336v; *gebedsverbroedering*: LThK IV 554v; Angenendt 290v, 338v; Angenendt, in Bange 27vv; Paxton 99vv; Knowles (3) 473, 475; Schmitz I 288v; Jakobi 260vv; Thietmar 263; A. Borst (2) 57vv; *broederschappen*: LThK II 719v; O. Borst 456v; Schröer II 8v; *gebedsrol*: Duffy 134, 139vv, 334vv.
2. *Radboud*: LCI VIII 630; Angenendt 425; *Wulfram*: Lebecq 204; *koningsheil/afstamming*: De Vries (1) I 393vv; II 434vv; Eliade (4) III 98vv, 319; Boyer (2) 118, 154v, 178, 181; Boyer (3) 105vv, 229; Angenendt 171, 260v, 420v, 424vv; Bertau 41, 57v; *Angelsaksen*: Folz 137vv (citaat 138); Mayr-Harting 44; Hamilton 98; *Anglo-Saxon Chronicle* 66 (en index: Wodan); Beda 23; vgl. Folz 138; *Pepijn*: Angenendt 283v; *edele afstamming*: AGN[2]

1 403; Lebbe in: Milis 71; Gurjewitsch (1) 103, 112v; Angenendt 260v, 420v, 424vv; *adellijke heilige*: Prinz (1) 490vv; Prinz (2) 324vv, 328vv; AGN² I 399v; Gurjewitsch (2) 96v; Bredero 21, 125; Wilson 37, 264, 280 n. 15; 282 n. 30; Fichtenau 149; *heiligengraf*: Prinz (2) 335vv; *schenkingen, dodendeel/heiligendeel*: Duby (2) 66vv, 144; *armendeel*: Jakobi 262; Angenendt 283; zie 10.4.d en hst. 10 aant. 8; LThK IX 389v; *teksten*: Coulton (2) IV 47vv, 93v; *heilige als patroon*: Brinkhoff (Wb.) II 2170vv; LThK VIII 187vv; Gurjewitsch (2) 80vv; Wilson 23; Boeren 806; Fichtenau 326; *schenkingen voor zieleheil*: Angenendt 344vv; Jakobi 261vv; *jaardienst*: Brinkhoff (Wb.) I 1107; LThK VIII 526; Hof 238v, 409, 419; Oediger 268, 330; Coulton (1) 252, 336, 376, 391v, 418, 421; Heers 96v; *ad succurendum*: Schreiber II 132v; Coulton (1) 90vv, 476vv; Coulton (2) 93 (citaat); Ariès 202v; *Angelsaksen*: Angenendt 232; Beda 256vv; *klooster en begrafenisrecht*: Schreiber II 105vv.

3. *clerus*: LThK VI 336vv; *kloosterwezen, ontstaan en ontwikkeling*: Knowles (2); K.S. Frank, *Grundzüge der Geschichte des christlichen Mönchtums*, Darmstadt 1983, *citaat* p. 28; *klerikalisering*: Angenendt 403vv; Jungmann I 267vv, 273vv; *eigenklooster*: Schmitz I 85vv, 244vv; zie index Prinz (1): Eigenkloster; *Egmond*: Hof 377vv; *onteigeningen*: de Moreau I 194vv; Riché (1) 49; Schreiber II 218v; *clamor/vernedering*: Ornamenta Ecclesiae (cat.) III 41v; Oediger 286vv; Wilson 130vv; Fichtenau 327v; AGN² I 401v; Gurjewitsch (2) 78v.

4. *Noordelijke Nederlanden*: de Moreau II 268; Post (1) I 54vv, 77vv; AGN² I 280vv (kaart 201); Hauch II 357vv, 766 (citaat 358); Lebecq 145vv; *Tiel/Deventer*, ibid. 161vv; *Rolduc*: Oediger 255; *archeologie*: J. Bloemers e.a., *Verleden Land*, Amsterdam 1981, p. 128; zeer gereserveerd: Dierkens, in Milis 51vv; vgl. Kohl 200v; Oediger 250; *kerkhof*: LThK IV 373vv; Delumeau (2) 39v, 73v; Flüeler 478v; Lebbe 72; Angenendt 282v, 337v ('Stätte der Toten und der Lebenden'); Petri (2) II 75; Ariès 45, 50vv, 72v; Heers 48vv; Boeren 807; *Frideburg*: Lebecq 31v, 266; *over religieuze volkscultuur in de vroege middeleeuwen* zie 14.2.c.

5. *begrafenis/indiculus*: AGN² I 275, 410; Gurjewitsch (2) 118; HDA IV 684vv; *Regino*: McNeill 318vv; Ranke 184 n. 1, 280, 292, 296v; Hauck II 395; Boyer (3) 178; De Vries (1) I 187vv, 194vv; RGG VI 998; Gurjewitsch (2) 140, 158 (*ritueel lachen*); *Burchard*: McNeill 333; Lebbe 77; Riché (3) 330; *Hincmar*: Ranke 213 (zie 6.4.c); *heidense begrafenis*: H. Paul I 40vv.

6. *ritueel drinken*: Grönbech II 91vv, 144vv, 153v, 158v, 164vv, 176vv, 183v, 192v, 286v; De Vries (1) I 424vv; Ranke 270vv; Hauck I 122, 124v; Fichtenau 60vv; Gurjewitsch (1) 266vv; Boyer (2) 177v, 185v; *feestbier als verhaalmotief*: EM II 312; *in volksgebruiken*: Ter Laan 35; Van der Ven (1) 29vv; Van der Ven (2) 490vv; HDA I 1255vv, 1260v, 1270vv; zie 6.4.d; *erfbier*: Grönbech II 184v, 192vv; *citaten*: ibid. 184v; *Beowulf*: ibid. 101 (zie index); *Chlotar*: ibid. 148; LCI VIII 539 *Gregorius*: Grönbech 95; *Columbanus*: ibid. 148v; A. Borst (2) 21; vgl. Angenendt 429; *In de Heliand, een Oudsaksische evangeliebewerking uit de 9de eeuw, zitten de helden in de grote zaal en drinken 'Meth', een sacrale drank* (Hauck II 770); vgl. Gurjewitsch (2) 85v; *uitwisselen van geschenken*: Gurjewitsch (1) 261v, 265, 289; Duby (2) 62vv.

7. *minne*: zie 6.4.b/d en hst. 6 aant. 9, 13; *caritas-drinken*: Fichtenau 60, 149, 282; Jakobi 262, 264; Oediger 215; *kooplui van Tiel*: Lebecq 260; Jappe Alberts 90; AGN¹ II 194v; AGN² II 151; *handelsactiviteiten*: Lebecq 243vv; *verbod*: Petri (1) 290.

8. *gilde*: Duffy 141vv; Lebecq 258vv; Bosl 197vv, 205v; Löffler 12vv; Petri (1) 289v; Van der Leeuw 253; De Vries (1) I 488; Jappe Alberts 88 ('quasi-maagschap') 90v; Angenendt (afwijkend standpunt) 259; Bloch 492, 573, 578; Duby (1) 121, 150; Benveniste I 70vv; Harouel 170v; Gravier 240, 479vv; Loyn (Enc.) 158v; Gurjewitsch (1) 240vv, 267; Heers 98; *verwantschap*: Duffy 349vv; *gilden/begrafenis/armen*: A. Borst (1) 265; Duffy 143, 359vv.

9. *broederschap*: RGG I 1428v; Post (2) 383vv; Schröer II 8vv, 16; O. Borst 457vv, 464;

Löffler 12, 15v; Le Goff (1) 438v; *buurtschap*: Löffler 17vv; O. Borst 449 (Gilde-Dorf); *tekst Pépin*: Coulton (2) I 244; *parochie versus gilde*: Duffy 144vv; *Coulton gebruikt voor zo'n viering de term 'church ale'* (244 n. 1); vgl. 180v, 201, 89v; Duffy 135vv, 147; Coulton (1) 58, 235, 396; vgl. Burke 120v, 231, 236; Hazlitt 126v *'church ale' voor geldinzameling*; *veillée*: Heers 45, 73v; vgl. hst. 10.3, *feest van Petrus' Stoel* en Jedin II/2 263; Gurjewitsch (2) 127, 372 n. 196; *parochie als gemeenschap van levenden en doden*: Duffy 336v, 348v.
10. *continuïteit*: Paxton 17v; zie hst. 5 (aant. 6) en 6 (aant. 1); Zender (2) 138; De Vries (1) I 187v; *ter vergelijking met het materiaal van Löffler, Duitsland*: Sartori (1) 123vv; Wrede 185vv; Sauermann II 24vv; *Nederland*: Zumthor 143vv; Schrijnen I 287vv; Ter Laan 24v, 67v, 70vv, 226v; Heuvel 429vv; Waling Dijkstra I 404vv; II 218vv; Welters 74v; De Jager 69vv; Kruizinga 259vv; Van der Molen (1) 114vv; Kuipers 96vv; *Vlaanderen*: Peeters 408v; *Frankrijk*: Van Gennep (1) II 649vv; Kselmann 49vv.
11. *dodenwake*: Löffler 58vv; *schandelijke gebruiken*: ibid. 64vv; Flüeler 474; Oediger 267; HDA V 1110v; *levende dode*: Ranke 20vv, 175v; Delumeau (2) 37v; *als verhaalmotief*: S. Thompson (1) E422; Petzoldt (1) 49vv, 70vv; *dode als rechtspersoon*: Ranke 139vv, 145, 320vv; *rechtskarakter van de gebruiken*: Löffler 248v, 296; *dans*: Ranke 214, 293vv; *scherts*: ibid. 281vv; *zang*: ibid. 287vv.
12. *dodenmaal*: Van Gennep (1) 777vv; Ranke 185vv; *Letzte Reise* (cat.) 224v; HDA V 1081vv; Löffler 247vv; *dodenbier*: ibid. 270v; *dode als gastheer*: Ranke 269, 321; Petzoldt (1) 78v; *erfbier*: Ranke 313vv; Löffler 248v, aant. 7; zie boven, aant. 6; vgl. Gurjewitsch (2) 350; *armen*: Löffler 237vv, 269, 285vv; Duffy 135, 359vv; Van Gennep (1) 773vv; Ranke 222vv; *Letzte Reise* 247v; *veranderingen, vervreemding*: Zender (2) 140; zie 16.3.a.6; *kerkelijke rituelen*: Flüeler 472vv; *Letzte Reise* 72vv, 239vv; zie ook de studies van Le Goff (1), Ariès, Kselman 88vv, 111vv en in het bijzonder Duffy 310-337.

HOOFDSTUK 12

1. *orthodoxe Kerk*: Nilsson (1) II 547vv; *continuïteit*: ibid. 547; *Oost-/West-Europa*: Burke 228, 97vv, 292vv.
2. *Rusland*: Propp 45vv, 50vv, 57vv, 131vv; Haase 25, 228v, 301vv, 309vv, 318vv; Tokarew 269v, 272v; zie 6.3 en aant. 4; *ritueel lachen*: Propp 131vv, 180vv.
3. *Joegoslavië*: Schneeweiss 14v, 29, 116vv, 136vv, 163v, 171, 174, 184, 190, 198vv.
4. *Griekenland*: Abbot 208v; Megas 67v, 77v; Paraskevopoulou 38, 40, 50v, 71; Puchner 127vv (zie index: 'kollyva', Tote); *Pasen/Pinksteren*: Abbot 40vv; Megas 104v, 110v, 128vv; Paraskevopoulou 70v; Gjerstad 155vv, 181; Kl. Pauly IV 1457.
5. *oorsprong*: Nilsson (1) I 127vv; Gjerstad 152vv, 154v, 162v, 172vv; James 140vv; *refrigerium/dodenmaal*: Onasch 35v, 49, 79, 188, 259; *kolyvva*: ibid. 117, 215, 259, 306, 332.

HOOFDSTUK 13

1. *de uitersten*: LThK VI 989; Schmaus; Bartmann II 471vv; *Dies Irae*: LThK III 380v; Brinkhoff (Wb.) I 532v; *preek*: Russel (3) 213vv; Dinzelbacher (1) 11v; *iconografie, Seelengericht*: LCI IV 144v; *Weltgericht*: ibid. IV 513vv; *Himmel*: ibid. II 255vv; *Hölle*: ibid. II 313vv; *Fegefeuer*: ibid. II 16vv; Huizinga 141; vgl. Duffy 301v.
2. *Gregorius, Dialogen IV,40,2-5*: zie 13.1.d; de Voguë, wetenschappelijke editie van de *Dialogen*; Inleiding I 65vv; *Gregorius*: Kelly (Dict.) (1) 65vv; Cross (Dict.) 594v; Altaner/Stuiber 466vv; Jedin II/2 207vv; Schaff IV 211vv; LThK IV 1177vv; LCI VI 432vv;

Russel (3) 92vv; Rogier (2) II 258vv; *oordeel over Gregorius*: zie ook Harnack III 257vv; Andresen I 486vv; Gregorovius I 338; Dinzelbacher (3) 201v.
3. *Dialogen*: de Voguë I 39, 41, 42; Riché (2) 540; Le Goff (1) 241v; Gurjewitsch (2) 37, 44, 178, 342v; Jedin III/I 353; *synopsis van Dialogen en preken*: de Voguë III 320vv, vgl. 354vv; *Beda*: zie 13.2.a; *preek*: zie 14.1.a; Cruel 47, 104; *verkeer tussen levenden en doden*: zie 13.4.
4. *visioen: definities*: Dinzelbacher (1) 19; Dinzelbacher (3) 514v; Schütz (Lex.) 1379v; *visioen algemeen*: LThK x 811v; RGG VI 1408vv; EJ XVI 166vv; XII 996vv; *doodsvisioen*: Le Goff (1) 121vv, 146vv; Dinzelbacher (1) 8, 16v, 19vv, 24vv; Dinzelbacher (2) 83vv; Gurjewitsch (2) 43v, 174vv; zie 13.3.b; *literair visioen*: Nilsson (1) II 549vv; ER XV 126vv; Frenzel (2) 676vv; Nelson, in Stuip/Vellekoop (2) 54vv; *Visio Pauli*: in Hennecke II 536vv; *Dante*: Dinzelbacher (4) 72v; Duffy 343v.
5. *visioen, belevenis of topos?*: Dinzelbacher (1) 2, 4, 5v, 11; Angenendt 336v; Russel (3) 156v; Gurjewitsch (2) 194vv, 198vv (Hincmar), 344; *criteria voor authenticiteit van visioenen*: Schamoni 38v; *uitzonderlijke betekenis van visioenen in zijn leven*: ibid. 53vv, 58v, 66, 95, 97, 100, 105, 107, 109, 113, 115v, 119, 121.
6. *'leven' van Sint-Antonius*: Quasten III 39vv; *Antonius en de duivel*: zie 9.6.a en aant. 17; Roskoff I 277vv; *Gregorius' leer over de duivel*: Russel (3) 62v, 92vv; Angenendt 185v; Hansen 122v; Baumann index: Teufel; *duivelscènes in de Dialogen*: Russel (3) 155; vgl. Coulton (2) index: devil, demon.
7. *Beda*: Angenendt 223v, 228; Farmer (Dict.) 36v; Le Goff (1) 154vv; Hunter Blair 3vv, 89vv, 277vv; Mayr-Harting 40vv, 204vv, 214vv; *Beda als historicus: inleiding van Knowles op de kerkgeschiedenis van Beda*; *invloed op missionarissen*: ibid.; *Bonifatius en visioenen*: Gurjewitsch (2) 191v, 199, 202, 225; *taalverwantschap Oudengels/Oudfries*: Lebecq 90, 106v, 115, 180; Jappe Alberts 28; *Anglofries*: Hutterer, *Die Germ. Sprachen* 232; *visioen van Drithelm*: Beda 241vv; *dodendeel*: De Vries (1) I 193; *weerstand in het lichaam terug te keren*: Dinzelbacher (2) 51vv.
8. *visioen*: Dinzelbacher (1), voorwoord; Gurjewitsch (2) 342vv; *en gebedsverbroederingen*: Angenendt 453; *populariteit van de Dialogen*: Fichtenau 288; *over legaten en testamenten*: Le Goff (1) 436vv; Ariès 190vv; *Jan van Leuven*: Dinzelbacher (1) Iv; vgl. Gurjewitsch (2) 219; *hoogtepunt en keerpunt*: Dinzelbacher (1) 21; *vagevuur van St.-Patrick*: Dinzelbacher (1) 32; Le Goff (1) 259vv, 269vv; *visioen als fictie*: Le Goff 148v; De Vooys 291; *nieuwe spiritualiteit*: Bredero 292; *Nederlandse mysticae*: Bredero 311; Dinzelbacher (3) 377vv.
9. *terugkeer van de doden*: Delumeau (1) 78vv; Gurjewitsch (2) 196, 342; Le Goff (1) 111vv, 126, 128, 196, 361v; *Tobias*: zie 16.2 en aant. 9; *Cluny en de 'arme zielen'*: Le Goff (1) 170vv; zie 7.2 en aant. 9; *terugkeer als verhaalmotief*: Röhrich (3) 225vv; Röhrich (4) 165vv; EM III 316vv; EM IV 966, 970vv; zie 16.3; *Petrus Venerabilis*: Coulton (2) IV 112vv; *spook*: ibid. 210v; Lebbe 80v; *abt*: Coulton (1) 73v; De Vooys 294; *Thietmar*: De Jong 30vv; zie 16.3.b.1; *gevaarlijke doden*: Gurjewitsch (2) 349; zie 16.3.a.2.
10. *Nicolaas en de doden*: Wetti: A. Borst (2) 55v; *voorspraak*: Cruel 85; Duffy 317vv; *Anselm*: Jones 216v; *kruisvaarderslied*: Jones 218; *Nicolaas, patroon van het vagevuur*: Le Goff (1) 217 n. 2; *Edmund van Eynsham*: Jones 237vv; *goudsmid*: Coulton (2) I 43vv, 47vv; *Thurkill*: Jones 239; Le Goff (1) 397v, 500 (*Nicolaas supervisor*); *Elpide*: Meisen 465vv; *Nicolaaskapellen op kerkhoven*: ibid. 430 n. 2; vgl. Meisen 384, 388; *Nicolaas en de duivel*: zie 9.5.

Hoofdstuk 14

1. *preek*: Cruel 38v; *Bonifatius*: ibid. 13vv; *Hrabanus*: ibid. 56vv; Riché (2) 536vv; Riché (3) 320vv; *plattelandsclerus*: Jedin III/1 350vv; Knowles (1) III 289; Oediger 193v; Angenendt 370v; Gurjewitsch (1) 363v; Chélini 92vv, 99v; *preek van Anno*: Cruel 86; *Hrabanus*: Riché (3) 374; *retorica*: ibid. 254v.
2. *rondtrekkende predikers*: Jedin III/1 519; III/2 135v; Grundmann 16vv, 38vv, 57vv; Bredero 203v, 215v; *preken van de kruistocht*: Jedin III/1 510; III/2 98vv, 141; *theologische/mystieke preek*: Cruel 290vv; Benson 216vv; *bedelorden*: Cruel 297; Martin 165; Jedin III/2 227, 229; *late middeleeuwen*: Jedin III/2 687vv; Post (1) II 310vv; Post (2) 338v, 411vv; Baumann index: Predigt; Schröer I 253vv; *wat men moet vrezen*: Martin 295vv; Duffy 309, 313v, 341vv; *seminaries*: LThK IX 647v; Rogier (1) 10vv; *relatie biecht-preek*: Duffy 61v; Martin 386vv; *niveau lagere clerus*: Schroër I 202v; Duffy 58; Martin 139vv; Baumann I 114vv, 256.
3. *exempel*: EM IV 627vv; ML II 426v; Martin 485vv; *verzameling exempels*: EM IV 592vv; Cruel 251vv, 456vv; *retorica*: Riché (3) 254vv; *Caesarius van Heisterbach*: EM II 1131vv; KLL VII 2654vv; Gurjewitsch (2) 45vv, 304v; De Vooys 20vv; Russel (3) 213v n. 13; Russel (1) 118vv; Tubach 435.
4. *citaten*: De Jong 16, 20; *problematische bronnen*: Künzel (2) 271v; Gurjewitsch (1) 356vv; Gurjewitsch (2) 335v; *'volkscultuur' als problematisch begrip*: ibid. 355v; *over het omstreden begrip 'continuïteit'* zie hst. 5 aant. 6 en hst. 6 aant. 1; *over Alcuïn en Pirmin* zie 6.4.c en hst. 6 aant. 11.
5. *geletterd-ongeletterd*: Bredero 25vv; *illiteratus/ongeletterd*: Riché (3) 306; vgl. Bredero 210; *leken en onderwijs*: Riché (2) 227vv, 263vv, 271vv, 280vv, 369v; Riché (3) 190vv, 287vv, 292vv, 297vv, 306vv; vgl. Braunfels 32, 39; Oediger 337; Décarreaux 74v; *controverse over de 'buitenschool'*: M. de Jong, *Kind en klooster in de vroege middeleeuwen*, Amsterdam 1986, p. 167vv; Riché in Lourdaux 110vv; Knowles (3) 488vv; Schmitz II 58vv; Angenendt 409vv; McKitterick 146v; de Moreau II 213; vgl. *L'école primaire* (cat.) 224v, 265v; *over huisonderwijs*: Riché (3) 292v; Oediger 255; *over memoriseren*: A. Borst (2) 50.
6. *adel/hogere geestelijkheid/kloosters*: Bredero 23, 310, 329; *lekenspiegels*: Riché (3) 288vv; Chélini 79vv; Clévenot V 26vv.
7. *adel-volk, minachting*: Gurjewitsch (1) 396; *Jonas*: Riché (3) 314; *Adalbero*: Fichtenau 361; *kloof*: Duby (2) 197; *levensomstandigheden*: Clévenot IV 99.
8. *beeld van het volk*: Riché (4) 79; *eenzijdigheid*: Gurjewitsch (2) 19, 151v, 163, 326; Gurjewitsch (1) 394; *orale/schriftelijke cultuur*: Gurjewitsch (1) 357; (2) 330; *biechtboeken*: Brinkhoff (Wb.) II 2216vv; LThK II 126v, 802vv, 814; Hauck II 249vv, 252v, 727; Clévenot IV 92vv; *Regino*: Manitius I 695vv; Jedin III/1 352; Hansen 79vv; McNeill 41, 314vv; Hauck II 723, 735; HDA VII 615; *Burchard*: Manitius II 56vv; Jedin III/1 385; Hansen 82vv; Milis 148vv; McNeill 41v, 321vv; Hauck III 437v; IV 45v; HDA I 1709vv; Beitl (Wb.) 117; zie index Fichtenau: Regino, Burchard; *biechtpraktijk*: Gurjewitsch (1) 373v; *tirannie van de traditie/zinvolle vragen*: ibid. 374; *kritiek op Harmening*: Gurjewitsch (2) 335v; vgl. Künzel (2) 271v; *authenticiteitscriteria*: Künzel (2) 273vv.
9. *wonder/magie*: Gurjewitsch (2) 75v, 86v, 122, 146; Gurjewitsch (1) 366; *syncretisme*: Gurjewitsch (1) 389vv; *geschiedschrijving m.b.v. gedragswetenschappen*: Bredero 84, 307; *hoge/lage geestelijkheid*: Bredero 309v; Jedin III/1 350vv.
10. *boer*: aant. 7; Rösener 53v; vgl. Bredero 126; Duby (1) 110; Fichtenau 367v, 385; *assimilatie*: Bredero 16v; zie 6.4.d en hst. 6 aant. 13; *continuïteit van de gebruiken*: Gurjewitsch (2) 144, 146, 152, 163, 330, 336; Gurjewitsch (1) 393v; Milis 168vv.
11. *gewraakte praktijken*: ontleend aan Gurjewitsch (2) hst. 3; Gurjewitsch (1) 378vv; vgl. Hansen 63vv; vgl. Riché (4) 79vv; Fichtenau, hst. 14 (zie p. 308); Hamilton, hst. 10; McNeill 38vv, passim.

12. *wisselwerking/spanning tussen traditie en eisen van de Kerk*: Gurjewitsch (2) 129v, 145, 161v, 329; *individu-gemeenschap*: Gurjewitsch (1) 370, 393v, 396.

HOOFDSTUK 15

1. *saga/familiesaga*: De Vries (2) II 274vv; A. Heinrichs, in Mertens/Müller 165vv; Ellis Davidson, in ER XII 566vv; Simek/Pálson 190vv, 301vv; Wilpert (Wb.) 606v; Strömbäck 265vv; MEW VII 456; Schier 34vv; *controverse, orale traditie/christelijke invloed*: Gravier 364vv; Boyer (4) 45vv, 61vv; Ström (1) 240v; *vertaling van 'Dialogen' e.a. visioenen in volkstaal*: Gurjewitsch (2) 65, 384; Le Goff (1) 151; Simek/Pálson (Lex.) 56, 391; *citaat*: ER XII 567.
2. *teksten*: Boyer (5); *Thorsteinn*: ibid. 1123v, 1860v; vgl. Simek/Pálson 342; *Höskuldr*: Boyer (5) 439vv; Simek/Pálson (Lex.) 225; *andere opmerkelijke begrafenissen*: Boyer (5) 202, 272, 301, 396, 437, 531, 591, 599, 633, 1036; *begrafenis en dodenmaal*: Boyer (3) 178v; De Vries (1) 187vv; *draugr/trol*: index Boyer (5); Simek (Lex.) 73, 418; De Vries (1) I 231vv, 328v; *Thoroddr*: Boyer (5) 305vv; *over 'Jolbier' en Ran*: ibid. 1601; *over de Eyrbyggja Saga*: ibid. 1566v; vooral 1569v, 1574; Simek/Pálson (Lex.) 79; Ranke 205, 209vv; De Vries (1) I 236v; *Jol/Joel*: zie 6.4.b en hst. 6 aant. 7 en 9; *levende dode*: Ranke 361v en n. 1; *berserker*: zie 6.4.b, aant. 7 en 7.1.c, aant. 4 en 6; *Grettis Saga*: Simek/Pálson (Lex.) 115v; Boyer (5) 803vv; *eigenschappen van berserker*: ibid. 138v, 803v, 807, 854v, 1022, 1047v, 1059, 1063v, 1126; *gedaanteverandering/cultische maskerade*: De Vries (1) I 220v; II 97vv; Grönbech I 272vv; Boyer (3) 150v; Boyer (2) 39vv, 46v; *berserker/Perchten/'Sunderklazen'*: De Vries (1) II 98; *doden en Kerstmis/Jol*: vgl. Craigie 285, 290, 296, 328, 330v.
3. *Bernlef*: H. Paul I 523; *lied/dans*: ibid. I 35vv; De Vries (1) I 438vv; *kerkelijke verboden*: Riché (3) 328vv; zie 6.4.c en hst. 6 aant. 11; McNeill 40v, 273, 318v, 333; *Alcuïn*: Brett-Evans I 24; Gurjewitsch (2) 25; *winnilied*: H. Paul I 69v; 525v; *Gregorius en kerkwijding*: ibid. I 47v; vgl. Nilsson (4) 93, 127 n. 1; Gurjewitsch (2) 369 n. 149; 376 n. 270; *processie en dans*: Heers 70v, 92vv; H. Paul I 48; *meifeest*: G. Paris, in Pflügler-Bouillon 40vv; Driesen 39, 55; *St.-Jan*: James 314vv; *zomerlied*: Bertau II 1035vv; *bruidslied*: H. Paul I 39v; Kluge (Wb.) 432 (Leich), 98 (Brautlauf); vgl. Franck/Van Wijk 96 (bruid), 270 (huwelijk); *lied en dans bij dodenwake*: H. Paul I 40vv; *feestmaal/gastmaal*: Gurjewitsch (2) 131, 148; *feestkalender*: Burke 208vv.
4. *Gerald of Wales*: 92; *Etienne de Bourbon*: Coulton (2) I 89v; *Jacques de Vitry*: ibid. 89 n. 1; *Ethiopiër*: ibid. 90; *dans*: Martin 376vv; Delumeau (2) 73v; Küster 186vv; zie 7.5. en hst. 7 aant. 15; zie ook Coulton (1) 531vv; Coulton (2) I 128v, 204; II 75v; *kerkhof*: ibid. I 204v, 209; zie hst. 11 aant. 4; *reidans/kettingdans*: Thuren, in Pflügler-Bouillon 73; *gemeenzaamheid met het heilige*: Heers 43vv; *Bromyard*: Coulton (1) 535; *Gerson*: ibid. 538.
5. *ballade, Bromyard*: Coulton (1) 536; zie Leach (Dict.) 106vv; Preminger (Enc.) 62vv; Wilpert (Wb.) 50vv, 762; Beitl (Wb.) 55v; Metzner 331vv; *de dansers van Kölbigk*: Delumeau (2) 74; Meier, in SAV 33ste jg., 152vv; Metzner 336, 342; Petzoldt (4) 170v, 410v (*Freveltanz-motief*: zie 7.5 en hst. 7 aant. 15); Boyer (2) 152v; *Engelse/Schotse ballade*: Wimberly; *doden en 'fairies'*: zie hst. 8 aant. 4; *Gespenster-ballade*: Wilpert 247; *Tjanne*: in Buddingh 83v; Kalff 224vv.
6. *Van Heer Danielken*: in *Het Antwerps Liedboek* 105; Kalff 64vv; *Tannhäuser*: Frenzel (1) 612vv; Frenzel (2) 743; Dinzelbacher (4) 75v; Petzoldt (3) I 269v, 402v; EM IV 959; *Venusberg en vastenavond*: Küster 103vv, afb. 78; Mezger 120, 195; Roller 130v, 133; *Venusberg in de Ned. literatuur*: MEW V 107; Ter Laan, *Letterkundig woordenboek*, p. 311v; vgl. Grimm (1) II 870 n. 1; *Venusberg en magie*: Hansen 260; HDA IV 140vv; *Silvester II*: HDA III 668; Russel (1) 19, 70v; Vernet 117, 120, 122v; *Albertus Magnus*:

HDA I 241vv; Vernet 129v, 200, 253; Russel (1) 144; Russel (3) 172vv; *vertalingen uit het Arabisch*: Vernet (index: Übersetzer); vgl. Hansen 126v, 254; *necromantie/nigromantie*: HDA VI 997vv; Beitl (Wb.) 593; Bredero 318v; ER X 345; Baumann 418v, 424v, 433vv; *Maastricht*: Russel (1) 163; Hansen 239; Ginzburg, zie hst. 8 aant. 14; *dodenberg, Eyrbiggja Saga*: Boyer (5) 207vv, 216; vgl. *Njall Saga*: ibid. 1229; Boyer (1) 22, 25; *William of Newburgh*: Russel (1) 99; *Lutterberg*: *Westfälischer Sagenschatz* 104; *Kyffhäuser*: Petzoldt (3) II 4vv, 273v; Cohn 143, 146; *Hörselberg*: HDA IV 400v; *Holda/Frau Holle*: EM V 159vv; *dodenberg*: EM II 138vv; HDA I 1043vv, 1056vv; Petzoldt (4) 130vv, 391v; S. Thompson (1) E481-3; Grimm (2) 35vv; *'neemt oorlof' (Urlaub), afscheid/verlof*: zie Kluge (Wb.) 809; Franck/Van Wijk (Wb.) 477; *'de grijze'/Eckhard*: Beitl (Wb.) 835v; HDA II 541vv; Frenzel (1) 139v; Grimm (2) 37, 297v; *interpretatio christiana*: Petzoldt (5) 138vv; *Holda/Diana*: Russel (1) 49 voetnoot.

HOOFDSTUK 16

1. *vijf voor twaalf*: Burke 29v; *nieuw onderzoek*: Petzoldt (5) voorwoord; *19de eeuw*: ibid. Ivv; *Herder*: Bach 42vv; *Grimm* ibid. 45vv, 49vv; *romantiek*: Weber-Kellermann 10vv; Bausinger (2) 19vv; *Frankrijk*: Kselman 38vv; Bonnefoy (Dict.) I 434v; *functie van sage*: Petzoldt (5) 170v (citaat 41v); *volksgeloof*: Honko 287vv; *wereldbeeld*: Beyschlag 189vv; *verhaalmotief*: Petzoldt (5) 96vv; I.M. Greverus, in Petzoldt (2) 390vv; *ouderdom*: EM I 407vv; *archaïsche trekken*: EM I 733vv; zie index Röhrich (2): Altersbestimmung, archaische Motive, Kontinuität; *kobold*: Petzoldt (5) 137; Beitl (Wb.) 334, 461; HDA V 29vv; *Vliegende Hollander*: EM 299vv; Burke 58; Frenzel (1) 282vv; Lanternari 497v; Petzoldt (3) II 25v, 277; Petzoldt (4) 180, 414; *kerstening van het volksverhaal*: Petzoldt (5) 104v, 137vv, 164; Röhrich (3) 252vv; EM II 1385vv; *sprookje/sage*: Lüthi (4) 22vv; Röhrich (1) 9vv; *sprookjesheld/sagenheld*: Lüthi (1) 9vv, 14vv; vgl. Campbell 49vv; *werkelijkheidsgehalte*: Petzoldt (5) 37vv; Delumeau (1) 75vv; Röhrich (3) 219vv, 246vv; Röhrich (1) 229vv, 232vv; Lüthi (1) 78; *dodensage*: Röhrich (4) 165vv; *citaat*: ibid. 182v; Röhrich (3) 225vv; Röhrich (5) 9vv; Kselman 41vv, 58vv maakt geen duidelijk onderscheid tussen sage en sprookje.
2. *de dankbare dode*: EM III 306vv; ATh 507; S. Thompson (1) E341.1, Q271.1; Scherf (Lex.) 310vv, 328v, 399; S. Thompson (2) 50vv; Lüthi (3) 85vv; *Tobias, boek Tobit*: Van den Born (Wb.) 1411v; Hastings (Dict.) 40; EJ XV 1183vv; zie 13.4 en hst. 13 aant. 9; *verlossing*: EM IV 195vv; *gedaanteverandering*: ibid. 201vv; S. Thompson (1) D700-799 (*disenchantment*), E0-199 (*resuscitation*); vgl. S. Thompson (2) 254vv: *return from the dead*; S. Thompson (1) F0-199 (*otherworld journeys*); *die Jenseitigen*: Lüthi (4) 27v; EM III 223vv, 231vv; *angst*: EM V 568vv; III 233vv; vgl. EM V 850vv (*Gefühle*); *het 'gruwelijke' sprookje*: Röhrich (1) 123vv; Lüthi (6) 170vv; *sublimatie*: Lüthi (4) 16v, 44vv; vgl. Röhrich (1) 152v; *pedagogische betekenis van het sprookje*: Röhrich (2) 21vv; Lüthi (4) 17vv; Lüthi (6) 176vv; EM III 234; *citaten*: Lüthi (1) 9, 19v.
3. *geloofwaardigheid*: Röhrich (3) 217; Petzoldt (5) 37vv; zie aant. 1; *citaten*: Röhrich (2) 297; Guntern 341; P.182, in Petzoldt (4) 112 (commentaar 383); *dodensagen grootste groep sagen*: Petzoldt (4) 370; Petzoldt (5) 104; Röhrich (3) 226; *verschijningsvormen, soorten*: Petzoldt (4) 369vv; vgl. Petzoldt (5) 104vv; S. Thompson (1) E200-599; *ontmoeting met de doden*: Delumeau (1) 75vv; Guntern 475vv; *taboe*: Röhrich (2) 133vv; *verblijfplaatsen van doden*: EM IV 972, 975; V 914; S. Thompson (1) E481-482; *dodenberg*: zie 15.2.c.4 en hst. 15 aant. 6; vgl. Petzoldt (4) 388v; *Nobiskroeg*: ibid. 389; HDA IV 196, 203v; VIII 1472v; Ter Laan 260; SAV 29ste jg., 227; *Geisterzeit*: EM IV 970; III 757; V 914, 934; *nacht*: Delumeau (1) 87vv, 91; Beitl (Wb.) 586; HDA VI 776v; Petzoldt (1) 83vv (feestdagen).
4. *verlossing*: HDA II 924vv, I 592vv; EM IV 195vv (citaat ibid. 211); *familie*: EM IV 821vv,

Aantekeningen bij p. 257-272   293

972; *dierlijke gedaante*: Delumeau (1) 79 (Doornik); HDA VIII 822vv; EM IV 198, 201vv, 211v, 218 (citaat), 818, 971; V 283, 913v, 1188vv; S. Thompson (1) E501.4, E520vv, E730vv; Dumézil (1) 44vv, 171vv; Guntern 341, 342, 362vv, 463v, 475, 580vv (zie index); Sinninghe (Nederlands materiaal) sagen nr. 256, 331vv; Ter Laan 152, 172, 283, 382v; *iconografie*: LCI IV 141.

5. *vagevuur/aflaat*: Schröer I 330vv; Kselman 118vv; Jedin IV 44vv; Cross (Dict.) 700, 1144v; LThK I 46vv; IV 49vv; Mönnich 152, 366v, 386, 706 (citaten); Bredero 303vv; *Thomas More*: Berglar 215vv; *afscheid van de doden*: Duffy 474v; Thomas 701vv (citaten); vgl. hst. 6 aant. 9; C. Hole, *Haunted England*, 1940.

6. *dodenmis* (*Geistermesse, messe des fantômes*): EM V 933vv; Röhrich (3) 256vv; HDA III 536v, 556; VIII 1098vv; (*dodendans*); Sébillot IV 173vv; S. Thompson (1) E492v; Petzoldt (4) 118vv, 190v; *doden vrijaf*: EM IV 966, 970, 972; V 934.

7. *vrienden in leven en dood*: ATh 470; EM V 282vv; Petzoldt (4) 74, 129v, 390v; *Botschaft ins Jenseits*: EM II 639vv; Petzoldt (4) 75, 374, 386; Guntern 500vv; S. Thompson (1) M253; *Thomas van Cantimpré*: Merton 76.

8. *de dode als gast*: Marquet/Roeck 233vv; ATh 470A; Petzoldt (1); Agricola 244vv, 393v; vgl. EM III 755vv (*Don Juan*); citaat Röhrich (2) 134; Ranke 213vv; *Brabantse variant*: Ulijn 24vv; vgl. G. Engels, *Volksverhalen tussen Peel en Maas*, Maasbree 1978, p. 93vv; *Deventer druk*: EM V 284, 286; verwijzingen naar Petzoldt (1) 109vv, 105, 114vv, 118, 123, 141v, 174, 176, 76vv, 173v, 83vv, 55, 148, 39, 63vv, 71; zie index: Allerheiligen, Allerseelen, Weihnachten, Neujahr; *'Don Juan' als literair thema*: Frenzel (1) 131vv.

9. *De 'Wilde Jacht'*: Marquet/Roeck 79v; Beitl (Wb.) 970vv (citaat Höffler 971); Kselman 59v; HDA V 1773vv, VIII 1483v; Van Gennep (1) VIII 3364vv, 3371vv; Petzoldt (4) 137vv, 393vv; Grimm (1) II 765vv; SAV 14de jg., 218vv; 35ste jg., 164vv; Kbl. 29ste jg., 51vv; 37ste jg., 65vv; Sébillot I 165vv; Briggs (2) 48vv; Röhrich (2) 45; ARW 32ste jg., 193vv, 206; S. Thompson (1) E501; Guntern 504vv, zie index: Quatember, Temper, Allerseelen; vgl. Petzoldt (4) 393: Advent, Zwölf Rauhnächte zwischen Weihnachten und Dreikönig; Petzoldt (5) 107; ARW 32ste jg., 200vv; *maskerade*: Petzoldt (4) 394; Petzoldt (5) 107; *aanvoerder van de Wilde Jacht*: Meisen 455vv, 459v (duivel); *andere figuren*: Petzoldt (5) 107, 116; Ter Laan 467v; Schrijnen I 71v, 98, 215; Van Hageland 75vv; J. Wijnen, *Rondom Peel en Maasvallei*, Ede 1980, p. 124; *relatie sage/gebruik*: Röhrich (3) 242vv.

10. *de overtocht van de zielen*: Petzoldt (4) 143, 249, 233, 442; *spreekwoord*: Röhrich (Lex.) IV 1177; *Seelenüberfahrt*: HDA VII 1568vv; Prokop, *Der Gotenkrieg*, Essen 1981, p. 227v; O. Schell, in ARW 4de jg., 305vv, 320 (Rijn), 321 (Caesarius); De Haan (1) 102vv; S. Thompson (1) E481.2.0.1, E481.2.2, A692, F134; *dodenschip*: HDA III 543vv; Lanternari 492vv, 495vv.

11. *interpretatio christiana*: Petzoldt (5) 80, 131, 138v; *demonisering, diabolisering*: ibid. 139, 142v; Röhrich (2) 129, 264, 285, 289, 295, 297; *Hervorming*: Thomas 703vv; *Luther*: HDA IV 785.

Geraadpleegde literatuur

1. NASLAGWERKEN

AGN[1]	Houtte, J.H. van, e.a., *Algemene Geschiedenis der Nederlanden*, Utrecht 1949-1958.
AGN[2]	Blok e.a., *Algemene Geschiedenis der Nederlanden*, Haarlem 1981-...
ARW	*Archiv für Religionswissenschaft*, Freiburg i.B., 1898-...; Vaduz 1965.
ATh	Aarne, A. & S. Thompsom, *The Types of the Folktale*, Helsinki 1973.
DR	Poupard, P., e.a., *Dictionnaire des Religions*, Paris 1984.
EJ	*Encyclopaedia Judaica*, Jerusalem 1972, 1978.
EM	*Enzyklopädie des Märchens*, Berlin/New York 1975-...
ER	*The Encyclopedia of Religion*, New York/London 1987.
ERE	*Encyclopaedia of Religion and Ethics*, 1908-..., Edinburgh 1971.
HDA	*Handwörterbuch des Deutschen Aberglaubens*, Berlin/Leipzig 1927-...
IAC	Réau, L., *Iconographie de l'Art Chrétien*, Paris 1955-...
Kbl.	*Korrespondenzblatt der Schweizer Gesellschaft für Volkskunde*, 1911-...
KLL	*Kindlers Literatur Lexikon*, herdruk München 1974.
Kl. Pauly	*Der Kleine Pauly, Lexikon der Antike*, herdruk München 1979.
LCI	*Lexikon der christlichen Ikonographie*, 1968-..., Freiburg 1990.
LThK	*Lexikon für Theologie und Kirche*, 1957-..., Freiburg 1986.
ML	*Marienlexikon*, St. Ottilien 1988-...
MEW	*Moderne Encyclopedie der Wereldliteratuur*, Hilversum 1963-...
RGG	*Die Religion in Geschichte und Gegenwart, Handwörterbuch...*, Tübingen 1957-...
SAV	*Schweizerisches Archiv für Volkskunde*, Zürich 1897-...
VB	*Volkskundig Bulletin*, P.J. Meertens-Instituut, Amsterdam.

Beigbeder, O., *Lexique des symboles*, La Pierre-qui-vire 1969.
Beitl, R. & K. Beitl, *Wörterbuch der deutschen Volkskunde*, Stuttgart 1974.
Benveniste, E., *Le vocabulaire des institutions indo-européennes*, Paris 1969.
Bonnefoy, Y., *Dictionnaire des Mythologies*, Paris 1981.
Bonnet, H., *Reallexikon der Aegyptischen Religionsgeschichte*, Berlin 1971.
Born, A. van den, e.a. *Bijbels Woordenboek*, Roermond 1966/1969.
Briggs, K. (1), *A Dictionary of Fairies*, London 1976.
Brinkhoff, L., e.a., *Liturgisch Woordenboek*, Roermond 1958/1962.

Chéruel, A., *Dictionnaire historique des institutions... de la France*, Paris 1910.
Chevalier, J., e.a., *Dictionnaire des symboles*, Paris 1969.
Coenen, L., e.a., *Theologisches Begriffslexikon zum Neuen Testament*, Wuppertal 1977.

Cross, F.L., *The Oxford Dictionary of the Christian Church*, [1957] Oxford 1974.

Dale, van, *Groot Woordenboek der Nederlandse Taal*, Utrecht/Antwerpen 1984.
Dinzelbacher, P. (3), *Wörterbuch der Mystik*, Stuttgart 1989.

Eicher, P., e.a., *Neues Handbuch theologischer Grundbegriffe*, München 1984.

Farmer, D.H., *The Oxford Dictionary of Saints*, Oxford 1987/1990.
Franck, J., N. van Wijk & C.B. van Haeringen, *Etymologisch Woordenboek der Nederlandsche Taal*, 'sGravenhage 1912, 1971.

Grandsaignes d'Hauterive, R., *Dictionnaire des racines des langues européennes*, Paris 1949.

Hastings, J., *Dictionary of the Bible*, Edinburgh 1909, 1963.
Hazlitt, W.C., *A Dictionary of Faiths and Folklore*, London 1905.

Kelly, J.N.D. (1), *The Oxford Dictionary of Popes*, Oxford 1988.
Kluge, F., *Etymologisches Wörterbuch der deutschen Sprache*, [1883] Berlin 1967.
König, F., H. Waldenfels e.a., *Lexikon der Religionen*, Freiburg 1988.

Laan, K. ter, *Folkloristisch woordenboek van Nederland en Vlaams België*, Den Haag 1974.
Leach, M., e.a., *Standard Dictionary of Folklore, Mythology and Legend*, New York 1972.
Loyn, H.R., e.a., *The Middle Ages. A concise encyclopaedia*, London 1989.
Lurker, M. (1), *Wörterbuch der Symbolik*, Stuttgart 1979.

Martigny, M., *Dictionnaire des Antiquités Chrétiennes*, Paris 1877.
Meyer, M. de, *Le conte populaire flamand. Catalogue analytique*, Helsinki 1968.
Mönnich, C.W., e.a., *Encyclopedie van het protestantisme*, Amsterdam/Brussel 1959.

Onasch, K., *Liturgie und Kunst der Ostkirche in Stichworten*, Leipzig 1981.

Posener, G., e.a., *Lexikon der Aegyptischen Kultur*, Wiesbaden 1960.
Preminger, A., e.a., *Princeton Encyclopedia of Poetry and Poetics*, London 1979.

Rahner, K., e.a., *Excyclopedia of Theology*, New York 1975.
Röhrich, L. (6), *Lexikon der sprichwörtlichen Redensarten*, Freiburg 1977.

Sachs, H., e.a., *Erklärendes Wörterbuch zur Christlichen Kunst*, Hanau/Leipzig z.j.
Scherf, W., *Lexikon der Zaubermärchen*, Stuttgart 1982.
Schrader, O. von, *Reallexikon der indogermanischen Altertumskunde*, Berlin 1917/1929.
Schütz, C., e.a., *Praktisches Lexikon der Spiritualität*, Freiburg 1992.
Simek, R., *Lexikon der germanischen Mythologie*, Stuttgart 1984.
– & H. Pálson, *Lexikon der altnordischen Literatur*, Stuttgart 1987.
Sinninghe, J.R.W., *Katalog der niederländischen Märchen-, Ursprungssagen-, Sagen- und Legendenvarianten*, Helsinki 1943.
Stoett, F.A., *Nederlandsche spreekwoorden, spreekwijzen, uitdrukkingen en gezegden*, [1901] Zutphen 1943.
Strasburger, G., *Lexikon zur frühgriechischen Geschichte*, Zürich 1984.

Thompson, S. (1), *Motif-Index of Folk-Literature*, Helsinki 1932-...
Tubach, F.C., *Index Exemplorum. A handbook of medieval religious tales*, Helsinki 1969.

Verdam, J., *Middelnederlandsch Handwoordenboek*, [1911] 'sGravenhage 1981.
Volmuller, H.W.J., e.a., *Nijhoffs geschiedenislexicon Nederland en België*, Den Haag/Antwerpen 1981.

Wander, K.F.W., *Deutsches Sprichwörter-Lexikon*, 1866, Augsburg 1987.
Wilpert, G. von, *Sachwörterbuch der Literatur*, Stuttgart 1964.

2. MONOGRAFIEËN

Abbot, G.F., *Macedonian Folklore*, Cambridge 1903.
Agricola, Chr., *Volkssagen aus Schotland*, Wiesbaden/Leipzig 1986.
Altaner, A. & A. Stuiber, *Patrologie*, Freiburg 1980.
Andresen, C., e.a., *Handbuch der Dogmen- und Theologiegeschichte*, Göttingen 1988.
Angenendt, A., *Das Frühmittelalter*, Stuttgart 1990.
Anglo-Saxon Chronicle, The, London 1982.
Antwerps Liedboek, Het, [1544] 'sGravenhage 1941, 1968.
Ariès, Ph., *Het uur van onze dood*, Amsterdam/Brussel 1987.
Augustijn, C., *Erasmus*, Baarn 1986.

Bach, A., *Deutsche Volkskunde*, Heidelberg 1960.
Baetke, W., *Die Isländersaga*, Darmstadt 1974.
Baltrusaitis, J., *Das phantastische Mittelalter*, Frankfurt a.M. 1985.
Bange, P. & A.G. Weiler, *Willibrord, zijn wereld en zijn werk*, Nijmegen 1990.
Baroja zie Caro Baroja.
Bartelink, G.J.M., 'Het voortleven van oude religieuze gebruiken in de christelijke wereld', in: *Hermeneus*, 58ste jg., 1986.
Bartmann, B., *Lehrbuch der Dogmatik*, Freiburg 1932.
Baumann, K. *Aberglaube für Laien (...mittelalterlicher Superstitionskritik)*, Würzburg 1989.
Bäumer, R., L. Scheffczyk e.a., *Marienlexikon*, St. Ottilien 1988-...
Bausinger H. (1) e.a., *Narrenfreiheit. Beiträge zur Fastnachtsforschung*, Tübingen 1980.
– e.a. (2), *Masken zwischen Spiel und Ernst*, Tübingen 1976.
– e.a. (3), *Grundzüge der Volkskunde*, Darmstadt 1978.
Bechert, T., *Römisches Germanien zwischen Rhein und Maas*, München/Zürich 1982.
Beda, *The Ecclesiastical History of the English Nation*, London 1975.
Belmont, N., 'Les Fées', in: Bonnefoy.
Benson, R.L. & G. Constable, *Renaissance and Renewal in the Twelfth Century*, Oxford 1985.
Benveniste, E., *Le vocabulaire des institutions indo-européennes*, z.p. 1969.
Berglar, P., *Die Stunde des Thomas Morus*, Olten 1978.
Bertau, K., *Deutsche Literatur im europäischen Mittelalter*, München 1972/1973.
Beyschlag, S., 'Weltbild der Volkssage', in: Petzoldt (2).
Blair, zie Hunter Blair.
Blécourt, W. de, *De opgeverfde haan*, Utrecht/Antwerpen 1982.
Bloch, M., *La société féodale*, [1939] Paris 1968.
Blok, A., 'Charivari's als purificatie-ritueel', in: Rooijakkers (2).
Boeren, P.C., 'Het christendom en het cultuurproces', in: Waterink, J., e.a., *Cultuurgeschiedenis van het christendom*, Amsterdam/Brussel 1957.
Bonnefoy, Y., *Dictionnaire des Mythologies*, Paris 1981.
Bord, J. & C. Bord, *Sacred Waters. Holy wells and waterlore in Britain and Ireland*, London 1985.
Borst, A. (1), *Lebensformen im Mittelalter*, Frankfurt a.M. 1988.

– (2), *Mönche am Bodensee*, Sigmaringen 1985.
Borst, O., *Alltagsleben in Mittelalter*, Frankfurt a.M. 1983.
Bosl, K., 'Staat, Gesellschaft, Wirtschaft im deutschen Mittelalter', in: Gebhardt.
Boyer, R. (1), *Le Christ des barbares. Le monde nordique (9e-13e siècle)*, Paris 1987.
– (2), *Le monde du double*, Paris 1986.
– (3), *La religion des anciens Scandinaves*, Paris 1981.
– (4), *Les sagas islandaises* [studie], Paris 1986.
– (5), *Sagas islandaises* [teksten], Paris 1987.
Brand, John, *Observations on the Popular Antiquities of Great Britain*, London 1849.
Bratulescu, M., 'Winter solstice songs', in: ER xv.
Braunfels, W., e.a., *Karl der Grosse II*, Düsseldorf 1967.
Bredero, A.H., *Christenheid en christendom in de middeleeuwen*, Kampen 1987.
Brett-Evans, D., *Von Hrotsvit bis Folz und Gengenbach*, Berlin 1975.
Briggs, K. (2), *The Fairies in Tradition and Literature*, London 1977.
Brown, P., *The Cult of the Saints*, Chicago 1981.
Brugmans, H. & A. Frank, *Geschiedenis der Joden in Nederland*, Amsterdam 1940.
Buddingh, C., *Balladen en refereinen*, Utrecht/Antwerpen z.j.
Bühler, J., *Klosterleben im deutschen Mittelalter*, Leipzig 1923.
Burguière, A., 'Pratique du charivari et répression...', in: Le Goff (2).
Burke, P., *Helden, Schurken und Narren. Europäische Volkskultur...*, Stuttgart 1981.
Burkert, W., *Griechische Religion der archaischen und klassischen Epoche*, Stuttgart 1977.
Buskens, L., 'Betwixt and Between', in: Koster.

Cameron, E., *The European Reformation*, Oxford 1991.
Campbell, J., *The Hero with the Thousand Faces*, Princeton 1973.
Caro Baroja, J. (1), *The World of the Witches*, Chicago 1975.
– (2), *Le carnaval*, Paris 1979.
– (3), *El estio festivo. Fiestas populares del verano*, Madrid 1986.
Cazeneuve, J., *Les rites et la condition humaine*, Paris 1958.
Chélini, J., *l'Aube du moyen âge*, Paris 1991.
Clévenot, M., *Les hommes de la fraternité*, dl. IV (6de-8ste eeuw), dl. V (9de-11de eeuw), Paris 1983.
Cohn, N., *The Pursuit of the Millennium*, London 1957, 1984.
Coulton, G.G. (1), *Five Centuries of Religion, I*, Cambridge 1929.
– (2), *Life in the Middle Ages* [teksten], Cambridge 1967.
Craigie, W.A., *Scandinavian Folk-lore*, [1896] Detroit 1970.
Cruel, R., *Geschichte der deutschen Predigt im Mittelalter*, [1879] Darmstadt 1966.

Debidour, V.H., *Le bestiaire sculpté en France*, Paris 1961.
Décarreaux, J., *Moines et monastères à l'époque de Charlemagne*, Paris 1980.
Delehaye, H., *Les légendes hagiographiques*, Bruxelles 1973.
Delumeau, J. (1), *La peur en Occident*, Paris 1978.
– (2), *Sin and Fear [Le péché et la peur]*, New York 1990.
Dinzelbacher, P. (1), *Mittelalterliche Visionsliteratur*, Darmstadt 1989.
– (2), *An der Schwelle zum Jenseits*, Freiburg 1989.
– (4), 'Jenseitsvisionen – Jenseitsreisen', in: Mertens.
Dix Dom, Gr., *The Shape of the Liturgy*, [1945] London 1978.
Dontenville, H., *Histoire et géographie mythiques de la France*, Paris 1973.
Driesen, O., *Der Ursprung des Harlekin*, [1904] Hildesheim 1977.
Drijver, F.W., *Folkore*, Amsterdam z.j.
Duby, G. (1), *Guerriers et paysans*, Paris 1985.
– (2) e.a., *Histoire de la France*, Paris 1977.

Duffy, E., *The Stripping of the Altars. Traditional religion in England 1400-1580*, New Haven 1992.
Dumézil, G. (1), *Le problème des Centaures*, Paris 1929.
– (2), *Mythes et dieux des Germains*, Paris 1939.
– (3), *La religion romaine archaïque*, Paris 1974.

Ebon, M., & M. van Raephorst, *Sint-Nicolaas, leven en legende*, Weesp 1983.
Eco, U., *Le nom de la rose*, Paris 1970.
L'école primaire en Belgique depuis le moyen âge, catalogue, Bruxelles 1987.
Eisenhofer, L., *Handbuch der Liturgik*, Freiburg 1932-1933.
Ekkehard IV, *St. Galler Klostergeschichten* (vert. H.F. Haefele), Darmstadt 1980.
Elbe, J. von, *Die Römer in Deutschland*, München 1984.
Eliade, M. (1), *Traité d'histoire des religions*, Paris 1970.
– (2), *Rites and Symbols of Initiation*, New York 1975.
– (3), *The Myth of the Eternal Return*, Princeton 1974.
– (4), *Histoire des croyances et des idées religieuses*, Paris 1976-...
– (5), *Occultism, Witchcraft and Cultural Fashions*, Chicago 1976.
– (6), *Le sacré et le profane*, Paris 1965.
– (7), *Shamanism. Archaic techniques of ecstasy*, Princeton 1974.
Ellis Davidson, H.R., 'Sagas', in: ER XII.
Endres, F.C. & A. Schimmel, *Das Mysterium der Zahl*, Köln 1984.
Erzgräber, W., e.a., *Europäisches Spätmittelalter. Neues Handbuch der Literaturwissenschaft*, Heidelberg z.j.
Evangelischer Erwachsenenkatechismus, Gütersloh 1975.
Evenhuis, R.B., *Ook dat was Amsterdam*, Baarn 1965-1978.

Farr, I., '"Haberfeldtreiben" et société rurale dans l'Oberland bavarois à la fin due 19e siècle', in: Le Goff (2).
Fichtenau, H., *Living in the Tenth Century. Mentalities and social orders*, Chicago 1991.
Fink, H., *Verzaubertes Land. Volkskult und Ahnenbrauch in Südtirol*, Innsbruck 1983.
Flüeler, M. & N. Flüeler, *Stadtluft, Hirsebrei und Bettelmönch* (Katalog), Stuttgart 1992.
Folz, R., *Les saints rois du moyen âge en occident (6e-13e siècles)*, Bruxelles 1984.
Francken, A.W., *Het leven onzer voorouders in de gouden eeuw*, Den Haag 1942.
Frazer, J.G., *The Golden Bough*, [1913-...] London 1980.
Frenzel, El. (1), *Stoffe der Weltliteratur*, Stuttgart 1963.
– (2), *Motive der Weltliteratur*, Stuttgart 1976.
Fried, J., *Die Formierung Europas (840-1046)*, München 1991.

Gaiffier, B. de, *Etudes critiques d'hagiographie et d'iconologie*, Bruxelles 1967.
Gally, M. & C. Marchello-Nizia, *Littératures de l'Europe Médiévale*, z.p., 1985.
Gaster, Th.H., 'Seasonal ceremonies', in: ER XIII.
Gebhardt, *Handbuch der deutschen Geschichte*, Bd. 7, München 1982.
Geiger, P. (1), 'St Niklaus (aus dem Atlas der schweiz. Volkskunde)', in: SAV, 36ste jg., 1937/1938.
– (2), 'Totenkult, Totenfeier, Totenreich', in: HDA VIII.
– (3), 'Weihnachtsfest und Weihnachtsbaum', in: SAV, 37ste jg., 1939/1940.
Gennep, A. van (1), *Manuel de folklore français contemporain*, Paris 1947-...
– (2), *The Rites of Passage*, [1909] Chicago 1960.
Gerald of Wales, *The Journey through Wales*, Harmondsworth 1978.
Geramb, V., *Sitte und Brauch in Österreich*, [1948] herdruk z.p., z.j.
Gerwen, Ch. van, *St.-Nicolaas in de Nederlanden* (cat.), Valkenswaard 1988.
Ghesquiere, R., *Van Nicolaas van Myra tot Sinterklaas*, Leuven/Amersfoort 1989.

Gilst, A.P. van, *Sinterklaas en het Sinterklaasfeest*, Veenendaal 1969.
Ginzburg, C. (1), *I Benandanti*, 1966 – Duitse vert.: *Die Benandanti. Feldkulte und Hexenwesen im 16e/17e Jh.*, Frankfurt a.M. 1980.
– (2), 'Charivari, associations juvéniles, chasse sauvage', in: Le Goff (2).
Gjerstad, E., 'Tod und Leben', in: ARW, 26ste jg., 1928.
Glotz, S., 'Les origines de la tradition des masques en Europe', in: S. Glotz e.a.: *Le masque dans la tradition européenne*, Binche 1975.
Goff, J. Le (1), *La naissance du Purgatoire*, Paris 1981.
– (2) & J.C. Schmitt, *Le charivari*, colloque 1977, Paris 1981.
Goldammer, K., *Die Formenwelt des Religiösen*, Stuttgart 1960.
Golden Age of Dutch Manuscript Painting, The (cat.), Utrecht/New York 1989.
Gouw, J. ter, *De volksvermaken*, [1870] herdruk Amsterdam z.j.
Graft, C.C. van der (1), *Nederlandse volksgebruiken bij hoogtijdagen*, Amsterdam 1947.
– (2), 'Sint-Nicolaas in Amsterdam', in: *Ons Amsterdam*, 4de jg., 1952.
Gravier, M., *Les Scandinaves, ...des origines à la Réforme*, Paris 1984.
Greeve, H. de, 'Kanon 62 van het concilie van Trullo', in: *Hermeneus*.
Gregorovius, F., *Geschichte der Stadt Rom im Mittelalter*, [1859/1872] Dresden 1926.
Grimberg, M. 'Charivaris au moyen âge et à la renaissance', in: Le Goff (2).
Grimm, J. (1), *Deutsche Mythologie*, [1835, 1875/1878] Graz 1968.
– (2), *Deutsche Sagen*, [1816/1818] Darmstadt 1979.
Grolman, H.C.A., *Nederlandse volksgebruiken*, Zutphen 1931.
Grönbech, W., *Kultur und Religion der Germanen* (Kopenhagen 1909/1912), Darmstadt 1978.
Groot, A.D. de, *Sint-Nicolaas, patroon van liefde*, Amsterdam 1949.
Grottanelli, C., 'Agriculture', in: ER 1.
Grundmann, H., *Religiöse Bewegungen im Mittelalter*, [1935] Darmstadt 1970.
Grunebaum, G.E. von, *Der Islam im Mittelalter*, Zürich/Stuttgart 1963.
Guntern, J., *Volkserzählungen aus dem Oberwallis*, Basel 1978, 1979.
Gurjewitsch, A.J. (1), *Das Welbild des mittelalterlichen Menschen*, München 1982.
– (2), *Mittelalterliche Volkskultur*, München 1987.

Haan, Tj.W.R. de (1), '"Overtocht der zielen" als Waddensage', in: *Neerlands Volksleven*, 23ste jg., 1973.
– (2), *Volksverhalen uit Noord- en Zuid-Nederland*, Utrecht/Antwerpen 1973, 1979.
Haase, R., *Volksglaube und Brauchtum der Ostslaven*, [1939] Hildesheim 1980.
Habicht, W., 'Das Drama in England', in: Erzgräber.
Hageland, A. van, *Sagen en legenden in Vlaanderen*, Kalmthout/Antwerpen 1980.
Hager, F. & H. Heyn (1), *Drudenhax... Volksbrauch im Jahreslauf*, Rosenheim 1975.
– (2), *Liab, leb und stirb. Volksbrauch...* [levenscyclus], Rosenheim 1976.
Haider, F., *Tiroler Brauch im Jahreslauf*, [1968] Innsbruck 1985.
Hamilton, B., *Religion in the medieval West*, London 1986.
Hansen, J., *Zauberwahn, Inquisition und Hexenprozess im Mittelalter*, [1900] Aalen 1964.
Hardacre, H., 'Ancestor worship', in: ER 1.
Harnack, A. von, *Lehrbuch der Dogmengeschichte*, [1885/1909] Darmstadt 1983.
Harouel, J.L., e.a., *Histoire des institutions de l'époque franque...*, Paris 1990.
Hartman, Sv.S., (ed.), *Syncretism, based on papers read at... Abo*, Stockholm 1969.
Hauck, A., *Kirchengeschichte Deutschlands*, Leipzig 1898-...
Heers, J., *Fêtes des fous et carnavals*, Paris 1983.
Heilmann, A. & H. Kraft, *Texte der Kirchenväter, eine Auswahl...*, München 1963.
Heim, I., 'Über die Musik der Narren', in: Metzger, *Narren, Schellen...*, Remscheid, 1984.
Hellema, D. Wijgers, *Kroniek van een Friese boer*, Franeker 1978.
Hendrichs, F., *Het christelijk getuigenis der catacomben*, 'sHertogenbosch 1926.

Hengel, W.A. van, 'Sint-Nicolaas en het Sint-Nicolaasfeest', in: *Archief voor Kerkelijke Geschiedenis*, III, Leiden 1831.
Hennecke, E. & W. Schneemelcher, *Neutestamentliche Apokryphen*, Tübingen 1968/1971.
Henninger, J., 'New Year Festivals', in: ER X.
Herodot, *Historien* (vert. A. Horneffer), Stuttgart 1971.
Hess, R. (1), 'Das profane Drama der Romania', in: Erzgräber.
– (2), 'Das religiöse Drama der Romania', in: Erzgräber.
Heuvel, H.W., *Volksgeloof en Volksleven. De Achterhoek*, [1909] Arnhem 1978.
Hof, J., *De abdij van Egmond, van de aanvang tot 1573*, 's Gravenhave/Haarlem 1973.
Hoffmann-Krayer, E. (1), 'Knabenschaften und Volksjustiz in der Schweiz', in: SAV, 8ste jg., 1904.
– (2), 'Neujahrsfeier im alten Basel und Verwandtes', in: SAV, 7de jg., 1903.
Honko, L., 'Memorate and Volksglaubenforschung', in: Petzoldt (2).
Horn, K., 'Familie', in: EM IV.
Hout, G. van den, e.a., *Vroomheid op de Oudezijds. Drie Nicolaaskerken in Amsterdam* (cat.), Amsterdam 1988.
Huizinga, J., *Herfsttij der Middeleeuwen*, Haarlem 1957.
Hunter Blair, P., *The World of Bede*, Cambridge 1990.
Hürlimann, H., 'Silvesterkläuse in Urnäsch', in: *Das Jahr der Schweisz in Fest und Brauch*, Zürich 1981.
Huth, O., 'Der Durchzug des Wilden Heeres', in: ARW, 32ste jg., 1935.

Jacobs, M., 'Charivari in Europa', in: Rooijakkers (2).
Jager, J.L. de, *Volksgebruiken in Nederland*, Utrecht/Antwerpen 1981.
Jakobi, F.J., *Wibald von Stablo und Corvey (1098-1158)*, Münster 1979.
James, E.O., *Seasonal Feasts and Festivals*, New York 1963.
Janssen, L.M. (1), 'Carnaval et mascarades hivernales aux Pays-Bas', in: *Le carnaval, la fête et la communication*, Nice 1985.
– (2), 'Saint Nicolas aux Pays-Bas et ses Antécédents européens', in: *Tradition Wallonne*, 5de jg., 1988.
– (3), 'Sinterklaas', in: *Veldeke*, 64ste/65ste jg., 1989/1970.
Jappe Alberts, W., e.a., *Welvaart in wording*, Den Haag 1977.
Jedin, H., e.a., *Handbuch der Kirchengeschichte*, [1962-...] Freiburg 1985.
Jones, Ch.W., *Saint Nicholas of Myra, Bari and Manhattan*, Chicago 1978, pb. 1988.
Jong, M. de, '"Volk" en geloof in vroeg-middeleeuwse teksten', in: Rooijakkers (1).
Joode, T. de, *Feesten in Nederland*, Amsterdam 1977.
Jungmann, J.A., *Missarum Solemnia*, Paris 1950.

Kalff, G., *Het lied in de middeleeuwen*, [1884] Arnhem 1972.
Kapfhammer, G., *Brauchtum in den Alpenländern*, München 1977.
Kelly, J.N.D. (2), *Early Christian Doctrines*, [1958] London 1985.
– (3), *Early Christian Creeds*, [1960] Harlow 1986.
Klessmann, E., 'Der Mohr in der Literatur der Aufklärung', in: Pollig 236v.
Knowles, D. (1), 'De kerk in de middeleeuwen', dl. 3 en 4 van Rogier (2).
– (2), *Toewijding en dienst. Geschiedenis van het monnikenleven*, z.p., z.j.
– (3), *The Monastic Order in England*, Cambridge 1940, 1976.
Koenig, O., *Klaubaufgehen. Ein Maskenbrauch in Osttirol und der Gastein*, Hamburg 1980.
Kohl, W., e.a., *Westfälische Geschichte*, I, Düsseldorf 1983.
Kok, H.J., *Proeve van een onderzoek van de patrocinia in het middeleeuwse bisdom Utrecht*, Assen 1958.
Konetzke, R., *Süd- und Mittelamerika*, I, Fischer Weltgeschichte Bd. 22, Frankfurt a.M. 1981.

Koster, A., e.a., *Feest en ritueel in Europa*, Amsterdam 1983.
Kottje, R., 'Überlieferung und Rezeption der Irischen Bussbücher auf den Kontinent', in: Löwe, *Die Iren und Europa im frühen Mittelalter*, Stuttgart 1982.
Krug, Ph., *Forschungen in der älteren Geschichte Russlands*, [1848] Leipzig 1970.
Krüger, B., e.a., *Die Germanen. Geschichte und Kultur der germanischen Stämme in Mitteleuropa, I*, Berlin 1983.
Kruissink, G.R., 'Amelander Omes', in: *Neerlands Volksleven*, 24ste jg., 1974.
Kruizinga, J.H., *Levende Folklore in Nederland en Vlaanderen*, Assen z.j.
Kselman, Th.A., *Death and Afterlife in Modern France*, Princeton 1993.
Kuipers, G., *Volksleven in het oude Drenthe*, Den Haag 1976.
Künzel, R.E. (1), e.a., 'Cultuur en mentaliteit', in: *Algemene Geschiedenis der Nederlanden, I*, Haarlem 1981.
– (2), 'Heidendom, syncretisme en religieuze volkscultuur in de vroege middeleeuwen', in: Bange & Weiler.
Küster, J., *Spectaculum Vitiorum, Studien... Nürnberger Schembartlaufes*, Remscheid 1983.

Lambert, M., *Ketzerei im Mittelalter*, München 1981.
Langenfels D. & I. Götz, 'Die Entwicklung des Standard-Narrentyps... Psalterillustrationen', in: Mezger.
Lanternari, V., *La grande festa*, Bari 1976, 1983.
Latte, K., *Römische Religionsgeschichte*, München 1960, 1976.
Lea, H.Ch., *Geschichte der Inquisition im Mittelalter*, [1887] Nördlingen 1987.
Lebbe, C., 'In het schemergebied tussen het leven en de dood', in: Milis.
Lebecq, S., *Marchands et navigateurs frisons du haut moyen âge*, Lille 1983.
Lebrun, F., 'Le charivari à travers les condamnations...', in: Le Goff (2).
Leeuw, G. van der, *La religion dans son essence et ses manifestations*, Paris 1970.
Legenda Aurea van Jacobus van Voragine, Heidelberg 1975.
Leisering, 'Kölbigk', in: B. Schwineköper, *Handbuch der historischen Stätten Deutschlands XI. Sachsen Anhalt*.
Letzte Reise, Die. Sterben, Tod und Trauersitten in Oberbayern (Katalog), München 1984.
Lindow, J., 'Berserkers', in: ER II.
Linke, H.J., 'Das volkssprachige Drama und Theater im deutschen und niederländischen Sprachbereich', in: Erzgräber.
Liungman, W., *Traditionswanderungen Euphrat-Rhein*, Helsinki 1937/1938.
Löffler, P., *Studien zum Totenbrauchtum*, Münster 1975.
Loicq, J., art. 'Dumézil, Indo-européens', in: Poupard, *Dictionnaire des Religions*.
Lourdaux, W. & D. Verhelst, *Benedictine Culture, 750-1050*, Leuven 1983.
Lurker, M. (2), *Die Botschaft der Symbole*, München 1990.
Lüthi, M. (1), *Das europäische Volksmärchen. Form und Wesen*, München 1976.
– (2), *Es war einmal. Vom Wesen des Volksmärchens*, Göttingen 1973.
– (3), *So leben sie noch heute. Betrachtungen zum Volksmärchen*, Göttingen 1969.
– (4), *Volksmärchen und Volkssage. Zwei Grundformen... Dichtung*, Bern 1975.
– (5), *Märchen* (Sammlung Metzler), Stuttgart 1976.
– (6), *Das Volksmärchen als Dichtung*, Düsseldorf/Köln 1975.

Mackensen, M., 'Minne', in: HDA VI.
Macleod Banks, M., *British Calendar Customs. Scotland*, London 1939.
Maierbrugger, M., *Lebendiges Brauchtum in Kärnten*, Klagenfurt 1978.
Malek, R., 'Christentum und Ahnenkult', in: Köning & Waldenfels.
Manitius, M., *Geschichte der Lateinischen Literatur des Mittelalters*, München 1959.
Marcel-Dubois, Cl., 'La paramusique dans le charivari français contemporain', in: Le Goff (2).

Marquet, L. & A. Roeck, *Légendes de Belgique*, Anvers 1980
Martimort, A.G., *L'église en prière. Introduction à la liturgie*, Paris 1983.
Martin, H., *Le métier de prédicateur à la fin du moyen âge (1350-1520)*, Paris 1988.
Mayr-Harting, H., *The Coming of Christianity to Anglo-Saxon England*, London 1972.
McAlister, L.N., *Spain and Portugal in the New World, 1492-1700*, Minneapolis 1984.
Mckitterick, R., *The Frankish Kingdoms under the Carolingiens*, London 1983.
McNeill, J.T., & H.M. Gamer, *Medieval Handbook of Penance*, [1938] New York 1990.
Méchin, C., *Sankt Nikolaus* (vertaald uit het Frans), Saarbrücken 1982.
Meer, F. van der (1), *Augustinus de zielzorger*, Utrecht/Brussel 1947.
– (2), *Apokalypse*, Freiburg i.Br. 1978.
Megas, G.A., *Greek Calendar Customs*, Athens 1963.
Meier, J., 'Das Tanzlied der Tänzer von Kölbigk', in: SAV, 33ste jg., 1934.
Meisen, K., *Nikolauskult und Nikolausbrauch im Abendland*, [1931] Düsseldorf 1981.
Mertens, V., U. Müller e.a., *Epische Stoffe des Mittelalters*, Stuttgart 1984.
Merton, Th., *Das Leben der flämischen Mystikerin Liutgard*, Lüzern 1953.
Metken, S., *Sankt Nikolaus in Kult und Volksbrauch*, Duisburg 1966.
Metz, W.J., *Volkskundig leesboek voor de lagere scholen, Noord-Holland en Utrecht*, Groningen 1931.
Metzner, E.E., 'Die mittelalterliche Volksballade...', in: Erzgräber.
Meuli, K. (1), 'Bettelumzüge im Totenkultus, Opferritual und Volksbrauch', in: SAV, 28ste jg., 1928
– (2), 'Maske, Maskereien', in: HDA v.
Meyer, B., e.a., *Gottesdienst der Kirche. Handbuch der Liturgiewissenschaft*, Regensburg 1983-...
Mezger, W., e.a., *Narren, Schellen und Marotten, ...Narrenidee*, Remscheid 1984.
Milis, L., e.a., *De heidense middeleeuwen*, z.p. 1992.
Molen, S.J. van der (1), *Levend volksleven*, Assen 1961.
– (2), *Onze Folklore*, Amsterdam/Brussel 1980.
Moreau, E. de, *Histoire de l'église en Belgique*, Bruxelles 1940-...
Moser, D.R., 'Der Nar halt die Gebot Gotes nit', (Elf als Narrenzahl), in: Mezger.
Moser, H. (1), *Volksbräuche im geschichtlichen Wandel*, München 1985.
– (2), 'Städtische Fasnacht des Mittelalters', in: Bausinger (2).
– (3), 'Brauchkundliches vom Ende des 14e Jh.', in: *Festgabe für L. Schmidt*, Wien 1972.
– (4), 'Zur Geschichte der Maske in Bayern', in: Schmidt (1).

Nederveen Pieterse, J., *Wit over Zwart*, Amsterdam 1989.
Nilsson M.P. (1), *Geschichte der Griechischen Religion*, [1940] München 1976.
– (2), *A History of Greek Religion*, Oxford 1925.
– (3), *Greek Folk Religion*, [1940] Philadelphia 1981.
– (4), 'Studien zur Vorgeschichte des Weihnachtsfestes', in: ARW, 19de jg., 1916.

Oediger, F.W., *Geschichte der Erzbistums Köln, I*, Köln 1972.
Ornamenta Ecclesiae. Kunst und Künstler der Romanik (Katalog), Köln 1985.

Paul, H., *Germanische Literaturgeschichte*, herdruk, Stuttgart z.j.
Paul, J., *Histoire intellectuelle de l'Occident médiéval*, Paris 1973.
Pausanias, *Guide to Greece, I*, Harmondsworth 1985.
Paraskevopoulou, M., *Recherches sur les traditions des fêtes religieuses populaires de Chypre*, Nicosie 1978.
Paxton, F.S., *Christianizing Death. The creation of a ritual process in early medieval Europe*, Ithaca/London 1990.
Peeters, K.C., *Eigen aard. Overzicht van het Vlaamse volksleven*, Antwerpen 1975.

Pernoud, R., *Les saints au moyen âge*, Paris 1984.
Petri, F. (1), 'Die Anfänge des mittelalterlichen Städtewesen in den Niederlanden...', in: *Studien... europäischen Städtewesens* (coll.), Sigmaringen 1975.
– (2) & G. Droege, *Rheinische Geschichte*, dl. 1:2, 1:3, Düsseldorf 1980/1983.
Petschel, G., 'Freunde in Leben und Tod', in: EM v.
Petzoldt, L. (1), *Der Tote als Gast. Volkssage und Exempel*, Helsinki 1968.
– (2), e.a., *Vergleichende Sagenforschung*, Darmstadt 1969.
– (3), *Historische Sagen*, München 1976/1977.
– (4), *Deutsche Volkssagen*, München 1978.
– (5), *Dämonenfurcht und Gottvertrauen (Geschichte, Erforschung... Volkssagen)*, Darmstadt 1989.
Pfaundler, W., *Fasnacht in Tirol. Telfer Schleicherlaufen*, Wörgl 1981.
Pflügler-Bouillon, E., e.a., *Probleme der Balladenforschung*, Darmstadt 1975.
Piccaluga, G., 'Calendars', in: ER III.
Pleij, H. (1), *Het Gilde van de Blauwe Schuit. Literatuur, volksfeest... late middeleeuwen*, Amsterdam 1979.
– (2), 'Van keikoppen en droge jonkers, ...,' in: Rooijakkers (2).
– (3), *Sprekend over de middeleeuwen*, Utrecht/Amsterdam 1991.
Plongeron, B., e.a., *Le christianisme populaire*, z.p. 1976.
Pollig, H., e.a., *Exotische Welten, Europäische Phantasien* (Katalog), Stuttgart 1987.
Polomé, E.C., 'Germanic Religions', in: ER v.
Post, R.R. (1), *Kerkgeschiedenis van Nederland in de middeleeuwen*, Utrecht/Antwerpen 1957.
– (2), *Kerkelijke Verhoudingen in Nederland vóór de reformatie*, Utrecht/Antwerpen 1954.
Prinz, F. (1), *Frühes Mönchtum im Frankenreich*, [1965] Darmstadt 1988.
– (2), *Mönchtum und Gesellschaft im Frühmittelalter*, Darmstadt 1976.
Propp, Vl., *Feste agrarie russe. Una ricerca storico-etnografica*, [1963] Bari 1978.
Puchner, W., *Brauchtumserscheinungen im griechischen Jahreslauf*, Wien 1977.

Quasten, J., *Patrology*, Utrecht/Antwerpen 1950-...
Quispel, G., *Het geheime boek der Openbaring*, Amerongen 1979.

Ranke, K., *Indogermanische Totenverehrung, der 30e und 40e Tag im Totenkult der Indogermanen*, Helsinki 1951.
Rantasalo, A.V., *Der Ackerbau im Volksaberglauben der Finnen und Esten mit entsprechenden Gebräuchen der Germanen verglichen*, Helsinki 1919-...
Regnault, L., *La vie quotidienne des Pères du désert en Egypte au 4e siècle*, Paris 1990.
Rey-Flaud, H., *Le charivari. Les rites fondamentaux de la sexualité*, Paris 1985.
Riché, P. (1), *Les Carolingiens, une famille qui fit l'Europe*, Paris 1983.
– (2), *Education et culture dans l'Occident barbare, 6e-8e siècle*, Paris 1962.
– (3), *Ecoles et enseignement dans le haut moyen âge*, Paris 1979.
– (4) 'Croyances et pratiques religieuses populaires pendant le haut moyen âge', in: Plongeron.
Richter, D., *Schlarafffenland, Geschichte einer populären Phantasie* Frankfurt a.M. 1989.
Ries, J., 'Eliade', in: DR.
Rodinson, M., *Die Faszination des Islam*, München 1991.
Rogier, L.J. (1), *Herdenken en herzien. Verzamelde opstellen*, Bilthoven 1974.
– (2) & R. Auber, M.D. Knowles, e.a., *Geschiedenis van de kerk*, Hilversum 1963-...
– (3) & N. de Rooy, *In vrijheid herboren*.
Rohde, E., *Psyche, Seelencult und Unsterblichkeitsglaube der Griechen*, [1898] Darmstadt 1972.
Röhrich, L. (1), *Märchen und Wirklichkeit*, Wiesbaden 1974.

– (2), *Sage und Märchen, Erzählungsforschung heute*, Freiburg 1976.
– (3), 'Die deutsche Volkssage', in: Petzoldt (2).
– (4), 'Der Tod in Sage und Märchen', in: Stephenson.
– (5) *Sage* (Sammlung Metzler), Stuttgart 1971.
Roller, H.U., *Der nürnberger Schembartlauf*, Tübingen 1965.
Rooijakkers, G. (1), e.a., *Religieuze volkscultuur*, Nijmegen 1986.
– (2), e.a., *Charivari in de Nederlanden*, Amsterdam 1989.
Roos, M. de, 'Een ezel kent men aan zijn oren', in: Rooijakkers (2).
Rops, D., *L'église des temps barbares*, Paris 1950.
Rösener, W., 'Bauern in der Salierzeit', in: *Die Salier und das Reich, III*, Sigmaringen 1991.
Roskoff, G., *Geschichte des Teufels*, [1869] Nördlingen 1987.
Ruiter, S.L. de, 'De structuren en hun functies van festivals. De Sint-Nicolaasviering in vergelijking met andere midwinterfestivals', [doctoraalscriptie] Nijmegen z.j.
Russel, J.B. (1), *Wichcraft in the Middle Ages*, Ithaca/London 1985.
– (2), *The Devil. ...from antiquity to primitive christianity*, Ithaca/London 1988.
– (3), *Lucifer. The devil in the middle ages*, Ithaca/London 1988.

Sachs, C., *De geschiedenis van de dans*, [1937] Utrecht/Antwerpen 1969.
Sartori, P. (1), 'Allerseelen', in: HDA I.
– (2), *Sitte und Brauch*, Leipzig 1910/1914.
Sauermann, D., *Volksfeste im Westmünsterland*, Vreden 1983/1985.
Schaff, Ph., *History of the Christian Church*, [1910] Grand Rapids 1978.
Schama, S., *Overvloed en onbehagen. De Nederlandse cultuur in de gouden eeuw*, Amsterdam 1988.
Schamoni, *Rimberts Leben des heiligen Ansgar*, Düsseldorf 1965.
Scheibelreiter, G., 'Der Missionar im Frankenreich im 7e/8e Jh.', in: Bange & Weiler.
Scherer, *Die Urheimat der Indogermanen*, Darmstadt 1969.
Schier, K., *Sagaliteratur* (Sammlung Metzler), Stuttgart 1970.
Schmaus, M., *Von den letzten Dingen*, Regensburg/Münster 1948.
Schmidt, L. (1), *Masken in Mitteleuropa*, Wien 1955.
– (2), *Volkskunde von Niederösterreich*, Horn 1966/1974.
Schmitz, Ph., *Geschichte des Benediktiner Ordens*, Einsiedeln 1947, 1960.
Schneeweiss, E., *Grundriss des Volksglaubens und Volksbrauchs der Serbokroaten*, Celje 1935.
Schneider, C., *Geistesgeschichte der christlichen Antike*, München 1970.
Schneider, F., 'Über Kalendae Ianuariae und Martiae im Mittelalter', in: ARW, 20ste jg., 1920.
Schreiber, G., *Kurie und Kloster im 12. Jahrhundert*, [1910] Amsterdam 1965.
Schrijnen, J., *Nederlandse Volkskunde*, Zutphen z.j.
Schröer, Al., *Die Kirche in Westfalen vor der Reformation*, Münster 1967.
Scott Littleton, C. (1), *The New Comparative Mythology*, Berkely 1973.
– (2), 'Indo-European Religions', in: ER VII.
– (3), 'War and Warriors. Indo-European beliefs and practices', in: ER XV.
Sébillot, P., *Le folk-lore de France*, [1904/1907] Paris 1968.
Segalen, M., (compte rendu des débats) in: Le Goff (2).
Sierksma, Kl., e.a., *Liudger, 742-809*, Muiderberg 1984.
Sievernich, G. & H. Budde, *Europa und der Orient, 800-1900* (Katalog), München/Berlin 1989.
Smit, W.A.P., *Folklore*, Zutphen 1929.
Smith, J.Z., *Map Is Not Territory. Studies in the history of religions*, Leiden 1978.
Spence, L., *British Fairy Origins*, [1946] Wellingborough 1981.
Sprenger, J. & H. Institoris, *Malleus Maleficiarum, der Hexenhammer*, [1487] München 1991.
Stadler, F., *Brauchtum im Salzkammergut*, z.p., z.j.

Stephenson, G., *Leben und Tod in den Religionen, Symbol und Wirklichkeit*, Darmstad 1980.
Strauss H.P., *Heilige Quellen zwischen Donau, Lech und Salzach*, München 1987.
Ström, A.V. (1), 'Tradition und Tendenz', in: Hartman.
– (2) & H. Biezais, *Germanische und Baltische Religion*, Stuttgart 1975.
Strömbäck, D., 'Von der isländischen Familiensaga', in: Baetke.
Stubbe, H., *Formen der Trauer. Eine kulturanthropologische Untersuchung*, Berlin 1985.
Stuiber, A., *Refrigerium Interim. Die Vorstellungen vom Zwischenzustand und die frühchristliche Grabeskunst*, Bonn 1957.
Stuip, R.E.V. & C. Vellekoop (1), *Andere structuren, andere heiligen*, Utrecht 1983.
– (2), *Visioenen*, Utrecht 1986.
Svoboda, O., *Alpenländisches Brauchtum im Jahreslauf*, München 1979.
Swinkels, Koos, *Gebruiken het jaar rond (Venray en omgeving)*, Venray 1990.

Tappolet, E., 'La survivance de "Diana" dans les patois romands', in: SAV, 22ste jg., 1918-...
Teenstra, M.D., *De kinderwereld*, [1853] Leeuwarden z.j.
Thietmar von Merseburg, *Chronik* (vert., inleid. W. Trillmich), Berlin 1960.
Thomas, K., *Religion and the Decline of Magic*, Harmondsworth 1973.
Thompson, E.P., '"Rough music" et charivari', in: Le Goff (2).
Thompson, S. (2), *The Folktale*, New York 1946.
Thuren, Hj. 'Tanz und Tanzgesang im nordischen Mittelalter', in: Pflügler-Bouillon.
Tokarew, S.A., *Die Religionen in der Geschichte der Völker*, Köln 1978.

Ulijn, G., *Oe toch! Volksverhalen... de Brabantse Noord-Oosthoek*, Maasbree 1981.

Valous, G. de, *Le monachisme clunisien des origines au 15ᵉ siècle*, Paris 1970.
Varagnac, A., *Civilisation traditionnelle et genres de vie*, Paris 1948.
Vellekoop, C., 'Sint-Nicolaas', in: Stuip/Vellekoop (1).
Ven, D.J. van der (1), *Ons eigen volk in het feestelijk jaar*, Kampen z.j.
– (2), *Friese volksgebruiken, weerspiegeld... Europese folklore*, Bergen z.j.
– (3), *Neerlands volksleven*, Zaltbommel 1920.
– (4), *Van vrijen en trouwen op 't boerenland*, Amsterdam/Mechelen z.j.
Vergessene Zeiten. Mittelalter im Ruhrgebiet (Katalog), Essen 1990.
Vernet, J., *Die spanisch-arabische Kultur in Orient und Okzident*, Zürich 1984.
Verplanke, 'Het verhaal van de Sinterklazen op Ameland', in: *Neerlands Volksleven*, 26ste jg., 1977.
Versnel, H.S. (1), *Transition and Reversal in Myth and Ritual. Inconsistencies in Greek and Roman Religion* II, Leiden 1993.
– (2), 'Wijnkruik is honingvat, wijn is melk. Een paradigmatisch voorbeeld van "myth and ritual" in het Oude Rome' [thans in uitvoerige herbewerking in Versnel (1) 228-288].
– (3), 'Greek myth and ritual, the case of Kronos' [thans in Versnel (1) 89-135].
– (4), 'Gelijke monniken, gelijke kappen, Myth and Ritual, oud en nieuw' [thans in Versnel (1), 107-126].
– (5), 'Komedie, utopie en de omgekeerde wereld', in: *Mixta ex diversis viribus astra*, Leiden 1985, 107-126.
Vidal, J., 'Fête; Rite', in: DR.
Vliet, E.Ch.L. van der, *Strabo over landen, volken en steden*, Assen/Amsterdam 1977.
Voguë, A. de, *Grégoire le Grand, Dialogues* [vertaling, inleiding, bibl.], Paris 1978-...
Vooys, C.G.N. de, *Middelnederlandse Legenden en Exempelen*, [1926] Groningen/Amsterdam 1974.
Vries, J. de (1), *Altgermanische Religionsgeschichte*, Berlin 1956-'57, herdruk 1970.
– (2), *Altnordische Literaturgeschichte*, Berlin 1941/1942.

Vulcanescu, R., 'Masks, ritual masks in European cultures', in: ER IX.

Wagenvoort, H., *Keltische oudejaarsmaskerades* [diesrede], Utrecht 1949.
Wagner, F., 'Caesarius von Heisterbach', in EM II, 1131vv.
Waling Dijkstra, *Uit Frieslands volksleven van vroeger en later* (L 95), Leeuwarden z.j.
Walzer, A., 'Tierkopfmasken in Bild und Brauch', in: Bausinger (2).
Wartenbergh, H., 'Drie Sint-Nicolaaskerken in Amsterdam', in: *Ons Amsterdam*, 22ste jg., 1970.
Watt, W.M., *The Influence of Islam on medieval Europe*, Edinburgh 1972.
Weber-Kellermann, I., *Deutsche Volkskunde zwischen Germanistik und Sozialwissenschaft*, Stuttgart 1969.
Wegener, L., 'Feralis exercitus, das schwarze Heer der Harier', in: ARW, 9de jg., 1906-...
Weiser-Aall, L., 'Weihnacht', in: HDA IX.N.
Weiß, R., *Volkskunde der Schweiz*, [1945] Zürich 1978.
Welters, H., *Feesten, zeden, gebruiken en spreekwoorden in Limburg*, [1877] Maasbree 1982.
Wesselski, A., 'Probleme der Sagenbildung', in: SAV, 35ste jg., 1936.
Westfälischer Sagenschatz, Hünstetten 1979.
Wickham, Gl., *The Medieval Theatre*, London 1980.
Wilson, S., e.a., *Saints and Their Cults*, Cambridge 1987.
Wimberly, L.Ch., *Folklore in the English and Scottish Ballads*, [1928] New York 1965.
Wissowa, G., *Religion und Kultus der Römer*, [1912] München 1971.
Witt, R.E., *Isis in the Graeco-Roman World*, London 1971.
Wrede, A., *Rheinische Volkskunde*, [1922] Frankfurt 1979.
Wright, A.R., *British Calendar Customs. England*, London 1940.
Wunenburger, J.J., *La fête, le jeu et le sacré*, Paris 1977.

Zender, M. (1), Inleiding tot de heruitgave in 1981 van Meisen.
– (2), 'Glaube und Brauch, Fest und Spiel', in: Wiegelman, G., e.a., *Volkskunde*, Berlin 1977.
Zielske, H., 'Die Entwicklung des geistigen und weltlichen Dramas und Theaters im Mittelalter', in: *Propyläen Geschichte der Literatur*, II, Berlin 1982.
Zinnburg, K., *Salzburger Volksbräuche*, Salzburg 1977.
Zuesse, E.M., 'Ritual', in: EM XII.
Zumthor, P., *Het dagelijks leven in de gouden eeuw*, Utrecht/Antwerpen 1962.
Zwier, G.J., 'De heksensabbath als negatieve utopie van luilekkerland,' in: Koster.

Register

aalmoes 172, 176, 177, 178, 186, 208
aanbeveling van de ziel 181
Abraham a Santa Clara 44, 72
Acta Sanctorum 15
Adalbero van Laon 230
Adam van Bremen 86
adel 183vv, 261
    en bijgeloof 230
    en kloosters 174v, 178, 215, 229v
    en volk 229v
    Frankische 205
adellijke heilige 183, 184, 186
adventsdonderdagen 126
Aegerithal 55
Aeneas 167
aflaten 173, 260
afscheidsdronk 197
agressie 107
Ahriman 93
Ahura Mazda 93
Aix-en-Provence 139
Albert van Metz, *De diversitate temporum* 194
Albertus Magnus 246
Alcuïn van York 87, 88, 227, 239
Alemannen 188
allegorieën 207
allegorische visoenen 216
Allerheiligen/Allerzielen 85, 127, 175v, 178, 179, 257, 265, 268
Alpen 50, 101
Amand, St.- 120
ambachtsgilden 194
ambivalent karakter doden en demonen 106, 136, 238, 255, 267
Ambrosius, bisschop 169, 170, 171, 172, 223
Ameland 39, 47vv, 157
amoureuze Sinterklaas 31v
Amiens 138v, 152
Amsterdam 31v, 33, 34, 38, 40, 41, 150
an den Rhein gehen 269
andere wereld 238, 243, 253, 267, 269
Angelen 118
Angelsaksen 188, 205

Angenendt, A. 181, 214
Angers 22
Anglo-Saxon Chronicle 183
Anjou 22
Anno, bisschop 223v
Anselm, St.- 220
Ansfried van Utrecht, bisschop 182
Ansgar, St.- 191, 208
Anthesteriën 84
antifeest 140v
antiheld 251
antikerk 112
antimuziek 107
Antiochus Epiphanes 110
Antonius, St.- 94, 159, 209
    -verering 160
apocalyptische literatuur 207
Appenzell 51, 52, 57
Aquitanië 159
Arabisch, vertalingen uit het 246
arbeidsrust op donderdag 128
Ardennen 120
Ariès, Ph. 196
Aristophanes 117
Arlechino 104
Arlequins 99
arme zielen 80, 95, 132, 165-180 *passim*, 208, 214, 226, 258, 259, 261, 267, 271v
armen 90, 169, 185v, 192, 195, 199, 200, 201, 218
    en begrafenissen 167, 178, 179, 197
    en doden 176vv
    verkwikking van 178
    -deel 211
    -registers 179
    -zorg 178v, 195
armoedebeweging 224
Arras 99
Arsile 121
Artemis 18, 97, 115vv, 148v
Arthur, koning 268
    -literatuur 120
ascese 224
assimilatie 89vv
Athanasius, bisschop 209
auditiones 208

Augustinus 111, 114, 168, 169, 172, 177, 188, 216, 223
Aurelius van Carthago 168
Ausonius 120
Austrasië 184
authenticiteit van visioenen 215
Azië 117

baanvegers 47v
baardmannetje 100
baardmasker 139
Bacchusfeesten 140
Bach, A. 80
Bal des Ardents 104
Bal van de Brandenden 104
Balderik, bisschop 191
Baldwin, aartsbisschop 241
ballade 242vv
    van Tannhäuser 126, 245, 275
    volks- 242
ballationes 242
Ballum 49
Balticum 194
Barbara, St.- 155, 156
barbastoles 139
Bari 21vv
Barnabas 159
Bartholomeus van Grottaferrata 149
Bartl 60, 65, 66
Baselland 52, 54, 59
Basilius de Grote 111, 170, 187
Bauma 57
Baumann, K. 271
Bazel 25
Beatrijslegende 112
Beda 118, 205, 209vv, 223
    Kerkgeschiedenis van de Engelse natie 183, 208, 210
    Leven van Sint-Cuthbert van Lindisfarne 210
bedelarij 31
bedelgilde 199
bedelorden 225
bedeltocht 17, 25, 38, 52, 53, 179
beeldenstorm 33
Beëlzebub 43, 44
Befana 8, 51, 97, 122, 127, 131, 155, 156

begrafenis 132
  ad Sanctos 174
  eervolle 195
  en armen 167, 178, 179, 197
  -feest 237
  -rituelen 238
Beieren 22, 27, 63, 73, 131
Beitl, R. & K. 265v
bekering ad succurendum 186
bekeringsstrategie 87vv
België 22, 20, 38, 44, 120, 190; zie ook Brussel, Luik, Namen, Vlaanderen
belonen en bestraffen 13
Beltaine 84
benandanti 122vv, 127v, 130, 131v
  als heelkundigen 123
Benedictus 174, 204
Beowulf 193
Berb, St.- 155, 156
Berendje van Galen 268
berg van de loutering 221
Bern 125
Bernardus van Clairvaux 154, 186, 224
Berner Jura 51
  – Mittelland 51, 52
  – Oberland 51
Bernlef 239
berserker 86, 96, 97, 236v, 238v
  razernij van 86, 96, 239
Berthold van Regensburg 126, 263
bestiaires 141
bestraffen 13
Betuwe 38
bezoek doden 80, 81, 86v
  – van de zielen 176
biecht 225, 230
  -boeken 121, 122, 127, 227-235 passim
bier
  doden- 192v, 196v
  erf- 192v, 197
  feest- 90
  Johannes- 90
  Jol- 237
  oogst- 90
  welkomst- 236
biervrede 192
Birgitta van Zweden 216
Birseck 54
bisschopspreek 222
bliny 199
blot 192
Bobbio 188
Bodel, Jean 26, 67
Bodin, Jean 110
boerenkalender 234
boerenstand 234v
  gebruiken 234v
boerentoneel 67
boeteboeken zie biechtboeken
boetende zielen 99, 268
Bohemen 84
Bolland, Jean 15

bollandisten 15
Bon Enfant, le 52
Bona Dea 144
Bona Mulieres zie Goede Vrouwen
Bona Societas zie Goed Gezelschap
Bonifatius 88, 120, 156, 166, 188, 210, 223
boodschap uit de andere wereld 263
boy-bishop 13
Boyer, Régis 85
Boze, de 63
boze geesten 106, 136
Bredero, A.H. 233
Bremen 30
Brielle 38
broederschappen 175, 182, 195vv
Bromyard, John 242
Brown, P. 22
brug van beproeving 208
Brugman, Jan 225
bruidsliederen 240
bruiloftsdansen 242
Brunel, Gérard 186
Brunhilde, koningin 240
Brunswijk 152
Brussel 73
Bugglkorb 63
buitenschool 229
buoni morti 127, 176
Burchard van Worms 92v, 114, 118, 120, 121, 126, 128, 156, 192, 232, 234, 235
Burke, P. 142, 249
Burkert, W. 115
Burschenschaft 56
Bury Saint Edmund's 183
Butzli, der 54
Byzantijnse Kerk 21
  – oorsprong Nicolaaslegenden 21

Caesarius van Arles 88, 119, 128, 172, 208, 223, 227v
Caesarius van Heisterbach 101, 152, 216, 217, 226, 269
Calendarium Romanum 15
Calixtus, paus 129
calzetta dei morti 127
Canidia 116
Canon Episcopi 113, 115
cantica turpia 240
capitularium van Herstal 194
caritas-drinken 176, 193
Caro Baroja, J. 144, 159
Carthago 168
Caspar 44
Castilië 99
Catharina van Siëna 216
cathedra 167, 168
Cathedra (feest) 168
centauren 97
Ceres 118
chaos 146
chape-Herlequin 100
charivari 18, 103, 104vv, 139, 162, 271

scherts- 105
Chartres 154
Chasse-Ankin 99
Chasse-Arthur 94
Chasse-Caïn 94
Chasse-Hannequin 99
Chasse-Hèletchien 99
Chasse-Hennequin 99
Chasse-Herlequin 99
Chasse-Saint Hubert 94
Chaumont 138
Child, F.J. 243
Childebert I 174
Chilperik 193
Chlaus 57
Chlotar I 193
Christbaum 57
Chrysaurius 158
church ale 195
Cicero 226
Circe 116
Citeaux 186
Cividale 123
clamor 189v
Clas Bur 32
claustrum 187
Clemens van Alexandrië 111, 171v, n. x/4
clerici vagantes 126
Clermont 224
clerus 187v
  en volk 232vv
  hoge/lage 233v
  plattelands- 223, 230
  reguliere 187v
  seculiere 187v
Clovis, koning 183
Cluny 22, 175, 185, 186
  en de arme zielen 217
Columbanus, St.- 188, 193, 231
commendatio animae 181
communie aan de stervende 171
  – tussen levenden en doden 87, 201
Computalia 136
concilie
  Bazel 13, 25
  Compiègne 105
  Florence 173
  Lyon 173
  Nicea 58
  Toledo 158v
  Tours 169
  Trente 173, 225
continuïteit 71, 184, 201
  in verandering 8
criminalisering 115
Croquesots 100, 101, 120v, 137
Cruel, R. 222v
Cuthbert, St.- 211
cyclus
  jaar- 106
  levens- 106
  van spelen 138v
Cyprianus 170
Cyrillus van Jeruzalem 172

daimon 93
Dal van Josafat 124
Dame Abonde 118, 122, 127, 155
Dame Noël 52
dankbare dode 217, 252v
dans 240vv
dansers van Kölbigk 242
Dante 207
    Divina Commedia 207, 216, 221
Daucourt, abbé 53
Davis, N.Z. 105
Decretalia 114
Decretum Gratiani 115
Delehaye, H. 21
Delort, Catherine 109, 115
Demeter 132
demetreioi 132
demografie 105
demon/demonologie 92vv, 106, 159, 209, n. x/4
demonenmasker 89, 137
demonenuitdrijving 129
demonisch leger 233
demonisering 8, 87vv, 92, 95, 112, 122, 238, 271v
    van de doden 80
    van heksen 92-93
    van joden 92
    van moslims 161
Démonomanie 110
Derk met de beer 268
Deventer 30, 41
diablerie 137vv
diabolische fauna 141
diabolisering 92
Dialogus Miraculorum 226
Diana 8, 18, 93, 97, 108-133 passim, 153-158 passim, 232, 235, 268
    Artemis 18, 115v
    Befana 8
    Dame Abonde 118
    des duivels moer 122
    en dodenleger 119
    en exercitus/leger 125, 157
    en Goede Vrouwen 8, 17
    en nachtvrouwen 118
    en Nicolaas 148v, 153v
    en Wilde Jacht 107-133 passim
    Habundia 118
    Hecate 115v
    Holda/Vrouw Holle 8
    koningin van de feeën 119, 122
    moedergodin 117
    nachtelijk bezoek 18, 154v
    onreine 122
    Perchta 8
    Tyche/Fortuna 118
    van Efeze 117
    Vrouwe Overvloed 118
    -complex 118v
    -raam 154
    -traditie 122
dianae 119, 127
dicta Pirminii 88, 228

Didachè 129
Diederik van Bern 268
dieremasker 104, 152
dierenboeken 141
dies irae 170, n. x/4
dies Jovis 128, 130
Dimitri, St.- 198
ding/thing/volksvergadering 91, 237, 247
Dinzelbacher, P. 213
Dionysius, broeder 215
Dionysos 84
Dirc van Delft 160
Dirk I 174
Dirk III 194
dode(n) 122, 124, 126, 127, 165-272 passim
    afscheid van de 259vv
    Allerzielen 85, 127, 175v, 178, 179, 257, 265, 268
    als gast 263vv, 272
    als gastheer 196
    als rechtspersoon 196
    ambivalent karakter 106, 136, 238, 255, 267
    asociale 238
    begeleider van 258
    bezoek van de 80, 81, 86v, 137
    Bozen 259
    Büßende 259
    collectieve voorstellingen 255
    communie tussen levenden en 87, 201
    contact met 123v
    dankbare 217, 252v
    demonisering van 80
    drinken op de 192v, 196, 232
    en armen 176vv
    en benandanti 124
    en de dood 182
    en Indo-europese volken 82vv
    en magie/97
    en oogst 131-133
    gedemoniseerde 271v
    gevaarlijke 219
    goede 127, 176
    Jenseitsreise 207, 213
    levende 196
    overtocht van de 269vv
    rusteloze 116, 255
    terugkeer van de 8, 166, 217, 226, 236, 255, 259, 261
    vagevuur 124, 125, 166
    verkwikking 167, 172
    verschijnen van 232, 238
    vrijaf 262
    wraakzuchtige 237
    -berg 246vv, 271
    -bier 192v, 196v
    -bond 182
    -communie n. x/4
    -cultus 83, 165-202 passim, 198vv, 201, 264, 265
    -dans 262
    -deel 179, 185, 211
    -feesten 83, 86, 168, 175, 238

-herdenking 132, 175, 198vv
-leger/feralis exercitus 80, 94, 96, 99, 119, 126, 157, 233, 238, 248, 265vv, 268, 271
-liturgie 170
-maal 84, 167, 168, 177, 196v, 199, 236, 237, 265
-masker 88v, 134vv, 271
-mis 173, 176, 219, 262
-officie 181
-penning 171
-processie 124, 126, 268
-registers 182
-rijk 256, 269
-rituelen 145, 166
-rivier 269
-sagen 176, 254vv
-schip 269v
-schoen 127
-spijs 198v
-verering 84, 166
-wake 192, 196, 240
-weg 268
Dom de Voguë 205
Don Giovanni 264
Don Juan 264v
Donar 271
donderdag(nacht) 124, 125, 128v, 130, 131
dood 182
    als reis 170v, n. x/4
    als slaap 170v, n. x/4
    en doden 182
    opwekking van de 253
    plotselinge 101
doodsvisioen 159, 171, 172, 174, 181, 205, 206vv, 209v, 216, 220v, 223, 243
doop 270
Doornik 258
Dordrecht 30
Dortmund 182
Drauga Drottin 86
draugr 237
Drenthe 38
Dresser, Matthäus 27
drie-arme-meisjes-legende 20, 23, 27
drie beurzen 20
Drie Feeën 120, 155
drie gezichten 21
drie gouden bollen 21
drie-jongens-legende 23
drie-klerkjes-legende *zie* drie-jongens-legende
drie messen 121
Drie Zusters/Parcen 120
Driekoningen 51, 156, 256
Driesen, O. 8
drieverhalen 23
drinken
    in gildeverband 87, 193vv
    op de doden 192v, 196
    op de vrede 91
    verplicht 90
drinkwedstrijden 84

Register

Drithelm, broeder 212
droomgezicht 208
dualistische wereldopvatting 93
Duitsland 30, 33, 40, 122, 131, 147, 188, 231
  Zuid- 130, 188
Duivel (naam) 39
duivel *passim*
  beloner/gavenbrenger 33
  bestraffer 33
  boeman 150, 155, 161
  charivariduivels 8, 157
  en Ethiopiër 159v
  en Gregorius de Grote 209
  en Moor 43, 158vv
  en Nicolaas 25, 147
  en (religieus) toneel 137v
  feest- 79
  geketende 33, 43, 150v
  helse jager 151
  hinkende 65
  kindervreter 104
  komische 138
  namen 32, 44
  offers aan 240
  pact met 109, 111v, 113, 250
  rijk van 146
  stad van 140, 245
  straat- 17, 79, 138, 151
  toneel- 17, 137, 138, 151
  vs. heilige 138
  zielenvreter 33, 104, 151
  zwarte 158v, 224
duivels
  collectief 113
  moer 122
  -bijbel 246
  -cultus 112
  -kop 100
  -leger 107, 126, 248, 266
  -maal 70
  -maskers 73, 100v, 134-162 *passim*, 271
  -pact 109, 111v, 113, 250
  -scène 137vv
  -verering 111
duivelse dansen 234, 271
– liederen 234, 271
– spelen 240, 271
Dumézil, G. 8, 80, 83, 97
Düvel 44
dwaallichtjes 99, 255, 272
Dziady/Grootvaders 84

Echternach 188, 210
Eckhard 126, 248
edele afstamming 184
Edmund, St.- 183
Edmund van Eynsham 220v
Edward I 13
Edwin, koning 211
eervolle begrafenis 195
Egmond 174, 190
Egypte 160, 187
Egyptenaren/Gypsies 161
eigenkerken 191

Einherier 96, 99
eisrecht 136
Ekkehard IV 24
Elfleda, abdis 211
Eliade, M. 8, 81, 86, 125, 146
Eligius, St.- 128
eliminatie 107
elite- vs. volkscultuur 71v
Ellis Davidson, H. 236
Elne 241
Elpide, St.- 221
Elten 190
elven 114
Elzas 130, 188
Enea Silvio 246
Engeland 22, 129, 147, 182, 183, 193, 260, 261
engelen 68, 93
Epiphania 156
Epiphanius 172
episcopus puerorum 25
Erasmus 140, 143, 160
  Lof der Zotheid 143
erfbier 192v, 197
Erlebnisbericht 207
eten van pasgeboren kinderen 109
Ethelfrid 211
Ethiopië 160
Ethiopiërs 98, 159v, 241
Etienne Chardonel 154
Etienne de Bourbon 101, 159, 241
Europa, Noord- 86, 132
  Noordwest- 22, 222
  West- *passim*
Evagrius van Antiochië 209
Examen 54, 61, 65, 66
exempels 150, 151v, 222-226 *passim*, 246
exercitus antiquus 101
exotisme 162
Eyrbyggja Saga 237, 247
ezel 55, 57
ezelskop 54, 55, 57

fairies 114, 120
familia Herlequini 98
familie
  -cultus 177
  -denken 91, 181
  -heil 177
  -heilige 184
  -saga's 236
  en individu 177
famuli 44
Fasten, Frau 131
Fatae 120
Fauvel 102
feeën 114, 119vv, 122, 127
  klassieke 120
  moderne 120
  -kunde 120
feest
  -bier 90
  -gelagen 235
  -kalender 240
Felix, St.- 168

feralis exercitus 80, 94, 96, 99, 119, 126, 157
Festum Fatuorum 25
Fête des fous 144
Fielhauer-Fiegl, H. 61, 72
Fischental 57
foire des amoureux 53v
fortuin, rad van 118, 121
Fortuna, vrouwe 102, 118, 120, 121
Foulques Nerra 22, 189
Frankische rijk 129
Frankrijk 52, 122, 246
  Noord- 23, 27
Frau Fasten 131
Frauenfelt 53
Fravashis 83
Fraw Venus 131
Frazer, J.G. 131
Fredegonde 110
Frederik Barbarossa 247
Frederik van Wettin, bisschop 90
Frei- und Kelleramt 54
Freiburg 51
Freveltanz 104
Friesland 30, 38, 39, 165, 210, 239
Friga 235
Friuli 108, 122v
frühklausen 58
Fulda 175, 188
Fursey, abt 210

Gallië 81, 119, 174, 231
gandarven 97
ganstrekken 142
Gassln 69
Gauchelin 97v
gaven, eisen van 79, 136
Gazarii 113
gebeden 172, 173, 175, 176
gebedsverbroederingen 174, 182, 209v, 214
geboorte en dood 115
gebruiken/rituelen 106
  buitenliturgische 152v
gedaanteverandering 96, 110, 152, 253, 258v
gedekte tafel 120v, 122, 127, 156
gedemoniseerde doden 271v
geding/volksvergadering 237, 247
geestelijken/leken 227
geestelijkheid *zie* clerus
geesten 92, 261
Geiger, P. 52v
Geilenkirchen 44
Geiler van Kaysersberg 126, 131
Geißschwingen 55
Geistermesse 262
Geisterzeit 256
Gelasius, paus 178
Geldern 44
Geldorp, P. van 38
geletterden/ongeletterden 227, 228vv
geloofwaardigheid van sagen 254
gelukskind 128

Register 313

geluksrad 118, 121
Gemaskerde, de 86, 96
gemeenschap met de doden 201
– van de heiligen 170, 172, 191
Genestet, P.A. de 38
Genua 21
Georgel, Anne-Marie de 109
Gerald van Wales 241
Gérard, abt 185
Gerard van Gelre, graaf 175
Germaans koningschap 183
– winterfeest 118
Germaanse religie 79
Germain, St.- 174
Germanen 118
Gerson 242
Gervais du Bus 101vv, 151
Gervatius van Tilbury 121
geschenken 152, 156, 176, 236, 237
gespeelde chaos 146
gevallen engelen 93
gevecht
 met de duivel 138, 159v, 214, 225, n. x/4
 met de heksen 123v
 om de tafel 65, 69
 om de vruchten der aarde 123v
 om de ziel 171, 208, 221, n. x/4
 ritueel 142
 tussen duivel en engel 210
gevolmachtigden van de doden 176vv
Gezegden van Pirmin 88, 228
Gezelle, Guido 17
Ghesquiere, R. 38
gilde(n) 30, 175, 194
 -herdenking 195
gildonia 194
Ginzburg, C. 8, 97, 105, 122, 124, 131
Gjerstad, E. 201
Glarus, kanton 53
Gloggechlaus 57
Glotz, S. 8, 137
Glückshaube/Hemd 127v
Glückstisch 122, 156
gnosticisme n. x/4
go a-souling 176
Godehard, bisschop 22
Goed Gezelschap 114
goede doden 127, 176
Goede Vrouwen 8, 114, 115, 120, 121, 124, 126v, 232, 235, 247
Goethe 112
Gorze 22
Gothische dans 88
Gothikon, to 88
Gouw, J. ter 17, 35, 40, 141, 143
graf ad Sanctos 174
grafgiften 237
grafrichting 191
Grampus 60, 61, 62, 63vv, 70
Granada 246
Gratianus 115
Gratzug 267v

gregoriaanse missen 209
Gregorius, St.- 45
Gregorius de Grote 89, 100, 151, 171, 172, 173, 180, 181, 188, 203-209 *passim*, 210, 214, 216v, 223, 225, 240
 Dialogen 158, 161, 171, 172, 174, 203, 204-209 *passim*, 214, 217, 219, 225, 226
 Regula Pastoralis 204
Gregorius van Tours 119v, 159, 180, 219, 262
 Geschiedenis van de Franken 110, 193
Gregorius XIII 58
Gregorovius 204
Grettis saga 239
Griekenland 169, 200
grijze, de 248
Grimm, gebr. 249
Grimm, Jakob 16
 Deutsche Mythologie 250
Grimnir 86, 96
Grönbech, W. 193
Groningen 38
Groot, A.D. de 18v, 42v, 64
Grootnieuwjaar 156
Gruppenbalz 69
gruwelijk sprookje 253
Güetsli 53
Guillaume Pépin, bisschop 195
Gulathingslög 89, 91
Gulden Legenden zie Legenda Aurea
Guntern, J. 254, 259, 268
Gurjewitsch, A.J. 226, 233, 234, 235, 240
Gurri 57
Gypsies/Egyptenaren 161

Haan, Tj. de 269v
haanslaan 143
Habundia 118, 122, 156
Hades 171, 207, 271, n. x/4
Haider, F. 62, 65, 67, 70
Haimburg 65
Hakon de Goede 90
Halfdan, koning 132
Halfdanar saga 132v
Halfdanheuvels 133
Halle, Adam de la 99vv, 121, 127
Halloween 85
halva 200
handelsgilden 194
handelspatrocinium 30
handwerkersgilden 194
Harald Harfagri, koning 236, 247
Harii 96, 99
Harilo 99
Harnack, A. von 204
Hebriden 25
Hecate 97, 115vv
Heer Danielken 244v, 248
Heer van de doden 86
Heers, J. 186
heidense restanten 89

– tempels 89
heildronk 90, 192
heilige
 adellijke 183, 184, 186
 als patroon 185
 als patroon 185
 als rechtspersoon 185
 vernedering van 189v
 vs. duivel 138
heiligen
 -cultus 168v
  nieuwe stijl 186
 -deel 185
 -graf 184v
 -levens 21, 138, 184
 -verering 168, 169
Heiligenacten 15
heilseconomie 177
Hekla 270
heksen 111, 123, 124, 126, 127, 130
 -processen 123
 -sabbat 109, 110, 112, 113, 126, 144
 -synagoge 112, 113
 -treffen 112
 -vervolging 108
 -waan 113
 -waanzin 109
 nachtelijke vlucht 110
Heksenhamer 109v, 146
hekserij 144, 235, 236
 moderne 108
hel 100, 141, 270
Hel 95, 271
held/antiheld 251
Helgafell 247
Hell-Niklas 32
Hellema, D. Wijgers 35v, 37, 39
hellemond 100, 138, 141
Hellequins 101
helm, geboren met de 123v, 127v
hels lawaai 107
Helse Jacht 268
 – Jager 101, 151
Hemd/Glückshaube 127v
hemelse reis n. x/4
Hendrik II 194
Hendrik IV 189
Hendrik VIII 13
Hengel, W.A. van 17, 36v, 39, 44
Henninger, J. 81
Henske met de hond 268
Herder, F. 249
Herla 99
Herlequin 8, 92-107 *passim*, 119, 121, 122, 126, 127, 159, 233, 247, 271
 -jacht 99
 -leger 101, 107, 233, 271
 -mantel 138
 -volk 98v, 100, 101, 102
Herlethingvolk 99
Herlewinvolk 99
Herodes 256, 258
 -jacht 268
Herodias 97, 114, 121, 130

Herodotus 160
hertrouwen 105
Hervorming 14, 15, 31, 32vv, 51, 56, 166, 259v
hiernamaals 165-272 *passim*, n. x/4
Hildegard von Bingen 216
Hildesheim 26
Hincmar van Reims 88v, 135, 166, 192, 194, 208, 210, 215, 234
Hippo 168
Hippocrates 132
Historia Karoli Magni 162
Höffler, O. 94, 265
Hohorst 190
Holda 8, 97, 114, 122, 126, 155, 232, 235, 247
Holland 33, 155
Hollum 47vv
hondenoffers 116
Hongarije 25
hoorn van overvloed 118
hoornblazen 54
Horatius 116
Hörselberg 126, 246, 247
Hrabanus Maurus 223, 224
Hrotsvita van Gandersheim 112
Hugo van Sint-Victor 217
huisgeesten 250
huisgoden 250
huisonderwijs 228v
Hunger, bisschop 191
hymnen 22

Ierland 25
Iffele 55
Ignatius Ertl 142
ignis purgatorius 173, 208
IJsland 236vv, 247, 270, 272
in de berg gaan 247
in het pak gaan 47, 48
In Paradisum 171
inauguratie 107
Index Exemplorum 150, 152, 226
India 83
Indianen 142
Indiculus Superstitionum 192
Indië 160
individu-gemeenschap 235
Indo-europese mythologie 86, 258
– oorsprong Wilde Jacht 8
– traditie 97, 166
– volken en doden 82vv
infernalis venator 101
Inful 55
initiatie 86
Innsbruck 61
inquisitie 108vv, 121v, 123v, 125, 130, 146
interludi 138v
interpretatio christiana 248, 271
Iraanse wereldopvatting 93
Iran 83
Irving, Washington 46
Iscanus, Bartholomeus 121, 156
Isidorus van Sevilla 120, 175, 228

Isis 117vv
islam 161
Italië 25, 45, 122
  gebruiken 127
  Noord- 127, 188
  Noordoost- 108, 122
  Zuid- 127, 176

jaarcyclus 106
jaardiensten 186
Jacob de Voragine 153
Jacques de Vitry 176, 241
Jan van Arkel, bisschop 30
Jan van Leuven 215
Jan van Lier, magister 263
Jeanne d'Arc 121
Jedin, H. 206
Jenseitsreise 207, 213
Jenseitsvision 208
Jeremia 160
Jeu de la Feuillée 99vv, 120
– *de Saint Nicolas* 26
jezuïetentoneel 67
Jezus 93
Jiuleis 90
joden
  -pogroms 110
  -vervolgingen 92
Joegoslavië 199v
Joel 86, 90, 96, 132, 236
Johannes Chrysostomus 132
Johannes de Diaken 22
Johannes Gobii 252
Johannes Herolt 125, 126, 157
Johannes Nider 125, 130
Johannes-Paulus II 15
Johannesbier 90
John van Salisbury 114
Jol 90, 236, 237v, 239
Jolbier 237
Jolnir 86, 96, 238
Jonas 100
Jonas van Orléans 230, 234
Jones, Ch.W. 7, 16, 17, 21, 23, 25, 46
Jong, M. de 227
Joris, St.- 45, 151
Jozefspel 139
Juno 118
Jupiter 128
Jura 52
  Berner 51
Justinus de Martelaar 111
Justus Wetter 270

Kaïnsjacht 268
Kaiserstuhl 43
Kalendae Ianuariae 27, 81, 156, 227
kalender 57v
  boeren- 234
  feest- 240
  Juliaanse 57
Kandertal 52
kannibalisme 109
Kapfhammer, G. 56

Karel de Grote 91, 111, 189, 194, 222, 240, 268
Karel de Kale 113, 114
Karel Martel 189
Karel VI 103, 162
Karinthië 65v, 179
Katharen 112, 113
katholieke emancipatie 34
katknuppelen 142v, ix/10
Kelten 118
Keltisch jaar 84
kerkbier 195
kerkelijke literatuur 230v
– verboden 25, 81, 88, 152, 168, 234, 240
kerkhoven 191, 241
Kerkrade 191
kerkvaders 170vv, n. x/4
kerstboom 54, 56v
kerstening 87, 166, 271
Kerstkind 32, 54, 154, 156
kerstkribbe 56
kerstman 14, 45v, 154
Kerstmis 40, 42, 51, 90, 132, 137, 176, 256
ketelmuziek 103
ketterij 111, 112
kettersabbat 112
kettingdans 241
Kiltgang 105
kinderen
  en armen 180
  ongedoopte 255
kindermoord, rituele 110, 111, 117
Klaas 39
Klaasbroeders 30
Klaasjagen 39, 68, 131, 157
Klaaskerel 32, 35
Klaasomes 7, 47vv, 157, 239
Klaasvrouwtje 155, 156
Klaaswijf 39, 131, 157
Klaubauf 60, 63vv, 68, 69, 70
  -gehen 65, 70
Klaus-lopen 58
  -luiden 53
Klausbaum 56
Kläuse 44, 51v, 53, 56
klausen 57, 58
Klausenholz 44, 54
Klausenweiblein 155
Klausesel 57
Klausjagen 51vv, 131, 153
Klausjäger 55
Klausmütze 53
Klazen 44
Klein Allerzielen 257
Klein-Azië 45, 81, 148, 169, 187
klerikalisering 174, 188
klooster 179, 181v, 184, 188, 203, 205, 214
  en adel 174v, 178, 188vv, 215, 229v
  -familie 184
  -literatuur 226
  -oorkonden 185
  -school 229

Register 315

-typen 187
rijks- 188v
ritueel rond sterven 181v
Kloosterrade 191
Klosen 62v
Klozums 50
kluizenaars 159v, 187
Kluppeljacht 268
Knabenschaften 104
Knecht Ruprecht 33, 44, 61, 79, 151
knecht, zwarte 7
Knut de Grote 183
kobolden 250
Koenig, O. 68, 69, 70
Koenraad I 24
Kok, H.J. 30
Kölbigk 242
kollyva 132, 200, 201
Koningin van de Nacht 114
koningsheil 183
koopliedengilden 194
kooplui van Tiel 194
koorknapen-bisschop 14, 25, 147
kopvoeter 100
kosmisch gevecht 210
– nieuwjaarsfeest 146
Krampus 60, 61, 62, 63vv, 70
-lauf 70
kritiek 42vv
Kroaten 199v
Kronia 144, 146
Kroniek van Lanercost 219
kruistochten 224
Künzel, R.E. 232
Küßnacht am Rigi 55
kutja 132, 198v, 200, 201
kweesten 70
Kyffhäuser 247

Laan, K. ter 145
laatste gang 196
– reis 220
– vragen 204
Lage Landen 188, 231
lamiae 110, 114, 115, 116
Larenfeest 136
Lärmsitte 56
larva/larve 88, 136, 242
larva demoniorum 137
– demonum 89, 137
larvatus 136
Latijns-Amerika 265
lawaai 266v
-gebruiken 52
-optocht 53, 55, 62
hels 107
ritueel 52, 106v
Laxdöla Saga 237
Le Goff, J. 172v, 205, 214
Lea, H.Ch. 113
Lebecq, S. 194
Lebkuchen 54
leer der laatste dingen 191
– van de uitersten 203, 204
Leeuwarden 41

Legenda Aurea 127, 148, 153, 176
leken en onderwijs 228v
lekenspiegels 229
Lenzburg 53
Leo de Grote 129, 170
Leo VI 150
levende dode 196
levenden en doden 126, 165, 271
levens-/jaarcyclus 106
Leviathan 100
Lichtbrengende 115
lichthoed 57
lichtjesoptocht 53
liederen
 dans- 239
 boeren- 239, 242
 bruids- of winni- 240
 helden- 239v, 242
liefdadigheid 177
liefdesorakels 69
Ligugé 188
lijkkoeken 197
Limburg 25, 30, 36, 41, 44, 73
Lincoln 195
literaire visioenen 206v
literatuur, opvoedkundige 230
–, parochie- 230
liturgie
 -hervorming van 1951 141
 -parodie 25
 van de stervenden 181
liturgische klacht 189v
Löffler, P. 196
Londen 162
Longobarden 240
Lotharingen 22
Lötter 65
Lötterin 65
Lough Derg 216
loutering 170, 171vv, 175, 204, 214, 259, n. x/4
lucerna extincta 112
Lucifer 142
Lucifera 115
Ludger, St.- 239
Lughnasadh 241
Luidruchtige, de 115
Luik 22, 30
luperken 97
Lutgard van Tongeren 263
Luther, Maarten 15, 32, 143, 147, 157, 160, 256, 260, 272
Lutterberg 247
Luxeuil 188

maagdelijkheid 115
Maarten, St.- 29, 45, 188
Maasland 22, 118
Maastricht 30, 190, 246
maatschappelijke wanorde 107
madonna 118
magie 111v, 113, 116, 144, 235, 246
 en doden 97
 en Venusberg 126
 en wonderen 232v

'hogere' 246
witte 232v, 235
zwarte 109, 111, 113v, 235
Maglore 121
Magnus, St.- 242v
Mainz, bisdom 44
malandanti 123
Malang, le 63
maleficium 109, 111, 113v
Malleus Maleficarum 109v
Malmédy 189
Mals 63
Manhattan 46
Manndüvel 44
Mannhardt, W. 131
manteau d'Arlequin 100
Marcus, St.- 220
Maria 111, 132
Maria-Elisabeth 73
Maria Panzona 124
Marken 38, 39
Marmoutier 186, 188
Marsman, H. 270
martelaren 167v, 169, n. x/4
-cultus 168
-verering 169
Martinus van Braga 119, 228
Martinus van Tours, St.- *zie* St.-Maarten
Mary I Tudor 14, 147
masca 88, 135
maskerades 25, 39, 47-75 *passim*, 80v, 103, 125, 137vv, 141v, 144, 235, 241, 271
 oudere jeugd 79, 152
maskerdansen 104
maskers 43
 baard- 139
 demonen- 89
 diere- 104, 152
 symmetrische en asymmetrische 70
Matrei 65, 69, 70
Matres 118
matricula 179
Matronae 118
Matsier, N. 14
Mauri *zie* Moren
Mauritius, St.- 162
Medea 116
Meer, F. van der 168
Mehlhexe 57
Meierij 38
meifeesten 240
Meisen, K. 7, 8, 17, 18v, 26v, 29, 45, 53, 72, 79v, 94, 152, 155, 221
meisje van Sinterklaas 32
Melrose 211
mensa/tafel 167
mercatores vagantes 194
Mesnie-Ankin 99
Mesnie-Hannequin 99
Mesnie-Hèletchien 99
Mesnie-Hennequin 99
messe des fantômes 262

Meuli, K. 8, 88, 135, 136, 137, 179
Mezger, W. 140
Michaël 151, 171
Middelburg 30
Middelzee 30
midwintercarnaval 49
midzomernacht 140
Midzomernachtsdroom 122
Milaan 125, 169
Minerva 118
minne 87
-dronk 87, 88, 89, 90, 91, 192, 193
mirakelspelen 20, 67, 138
missen voor de doden 173, 176, 219, 262
missiepreek 222
Mittendorf 66
Modraniht 118
Moedergodinnen 118
Moedernacht 118
Moens, Petronella 38
Mohammed 161
Moiren 120
Molen, S.J. van der 40
Molenbeek 99
Molière 264
Monica 169
monniken 188
Montauban 139
Moor 26, 43, 73, 142, 158vv
etnische/mythische 159, 161v
Moorse page 73, 75
Morenland 43
Morgue, Fee 100, 120v
morisca 162
morisque 162
More, Thomas 260
Moros y Cristianos 159
Moser, H. 137
Mozart, W.A. 264
Münster 40, 44, 90
Mutti, der 52
Myra 20, 21, 22
myrdiakon 153
mysteriespel 137v, 151
mystiek visioen 213, 216
mystieke preek 224
– vereniging 213
mythische heks/striga 111, 116, 121
– Moor 159
mythologie, klassieke 17, 119, 122, 146
mythologische held 251
– school 106

nacht 256
nachtelijk bezoek 7, 17, 26v, 35, 36v, 52, 62, 84v, 152, 154vv
nachtelijke orgieën 111
– rit 113vv
– vluchten 113
Nachtfrauen 122
Nachtvolk 256, 267

nachtvrijen 70
nachtvrouwen 114, 118, 122, 126, 155, 156
Nachtwächter 61
Namen, provincie 44
nar 100, 140, 143
Narrenbijter 100, 137
narrenfeest 25, 144
narrenvreter 141
narrenvrijheid 140, 142
Nazara 217
nazi-propaganda 17, 79
necrologieën 182
necromantie/nigromantie 246, 271
Neder-Oostenrijk 60v
Nederland 26, 29-46 *passim*, 131, 143, 190, 196, 264, 268
Nederlanden, Noordelijke 190
Oostenrijkse 73
Zuidelijke 73, 74
Nehalennia 118
net(te)boeve 135
Neurenberg 136, 140, 143, 162, 245
Neustrië 184
New York 46
Nickel, der 33, 44, 54
Nicolaas/Sinterklaas *passim*
beloner 221
bestraffer 221
(nachtelijk) bezoek van 21, 26v, 35, 36v, 52, 62, 65, 152, 155v
boeman 42v
deftige 73
en Artemis 148v
en cadeautjes 44
en de doden 220v
en Diana 148v, 153v
en duivel 43, 147, 150v
en heiligenkalender 15v
en opvoeding 14, 42v
en Wilde Jacht 131, 157
engel 21
gavenbrenger 21
gemeenen kluchtspeler 14, 36
gevolg van 43v, 65v, 152
helper in het uur van de dood 220
hylickmaker 32
in iconografie 23v, 26, 45
kinderpatroon 25
kritiek 42vv
levende 25, 41
modern feest 41, 73vv
(nachtelijk) bezoek van 21, 26v, 35, 36v, 52, 62, 65, 152, 155v
overwinnaar van de duivel 148vv, 221
patroon van het vagevuur 220
patroon van scholieren 22, 23vv
kinderfeest 26v, 35vv
– nieuwe stijl 36
scholierenbisschop 17v, 24v, 30v, 148, 152
patroon van vrijers 18, 32, 39, 68vv, 157
patroon van zeelui 21, 157

relieken 21, 22
wonderdoener 20, 26, 30, 149
-abdij 22
-bal 39, 68
-bisschop 25, 152
-broederschap *zie* -gilde
-cultus 34
Westen 21v
-daalders 31
-gebruiken 27
-gilde 30, 31
-guldens 31
-heiligdommen 29
-hymnen 13, 149
-intocht 40v, 61
-kerken 21, 22, 29, 30, 31, 33, 34
-kloosters 22
-legenden 148
-liedjes 38
-liturgie 149
-markt 31, 53
-maskerades 7, 8, 18, 33, 35, 38v, 40, 41, 47-75 *passim*, 79v, 94v
-ommegang 79
-patrocinia 29v
-preek 149v
-scenario's 7, 35vv, 41v, 74
-spel 22, 26, 66vv
-teksten 38
-traditie 152
-verering 17, 30, 33
-vita 148v
nieuwe schepping 82, 141
Nieuwe Testament 93
nieuwjaar 256
nieuwjaarsfeest 27, 81vv, 167
archaïsch 81, 146
kosmisch 146
Romeins 156
nieuwjaarsgeschenken 156
Nieuw-Amsterdam 46
nigromantie 246, 271
Nijmegen 22, 30
Nikolaus 56
-jagen 40
-markt 53v
-spiel 66vv
-umzug 56
Nikolaus von Dinkelsbühl 156
Nikolo 66
Nikolofrau 155
Nilsson, M. 90, 96
Nobiskroeg 256
Noctiluca 114
Noordelijke Nederlanden 190
noordelijke traditie 95v
Noordzee 21
Noormannen 191
Noorwegen 89v
Normandiërs 23
Nornen *zie* Matres, Parcae
Norwich 110
Notker van Luik, bisschop 175
Nünichlingler 52, 59

Register 317

Oberdrauburg 66
Oberstdorf 126
Oberwallis 259, 262, 266, 267
obsceniteiten 142
occultisme 246
Odijk 34
Odilo van Cluny 175, 176
Odin 86, 95, 238, 258
  namen van 86
Odyssee 115
oecumenische godinnen 118
offerfeest 192
offergaven 235
offers 240, 271
Old Nick 33
Oldenzaal 31, 44
omgaan van gemaskerden 137
omgekeerde wereld 100v, 102, 140, 143vv
omkering 144vv
omkeringsfeesten 143, 144, 146
omkeringsrituelen 82, 143, 152
ondervraging van kinderen 54, 61, 63, 65, 66
onderwereld 171, n. x/4
oneven getallen 145
ongedoopte kinderen 104, 255
ongepast huwelijk 107
Onnozele Kinderen 13, 18, 24v, 144, 147
onreine Diana 122
oogst 129, 131vv, 201
  -bier 90
Oost-Europa 110, 132
Oost-Friesland 79
Oostenrijk 38, 44, 60vv, 122, 131, 150
  Neder- 60v
Oostenrijkse Nederlanden 73
Oostzee 21
Opatovitz 84
open huizen 48, 49
opstanding n. x/4
opvoedkunde 26, 64
opwekking van de dood 253
Orderic Vital 94v, 97vv, 159, 233
orgieën 111
oriëntatie van kerken 191
Origenes n. x/4
Orléans 111
orthodoxe Kerk 198vv
Osiander, predikant 143
Oswald van Northumbria 183
Otto II 22
Otto III 22
oud-in-nieuw 107, 146
oud Silvester 57
oude leger 101
Oude Sinterklazen zie Klaasomes
Oude Testament 150
oudejaarsavond 56v
overgangsrituelen 145, 146v
Overijssel 30
overtocht van de zielen 269vv

paard van Sinterklaas 36, 45

Pachomius, St.- 159v, 187
pact met de duivel 109, 111v, 113
pakjesavond 41v
Palestina 187
palmprocessie 138v
Pammachius 176
panspermie 201
Parcae/Drie Zusters 118, 120
parentalia 84, 167
Parijs 174
parochiegilden 195vv
parodieën/142
Parsis 83
Pasen 84, 90, 137, 141, 146, 199
patrocinia 29v
Paulina 176
Paulinus van Nola 22, 168, 176v, 178
Paulus 93, 117, 207
Paulus de Diaken 111
Paulus VI 16
Pausanias 96
Pavoro 130
Pechtra Waba 66
Pedro Engelberti 217
pelgrims 185
Pelzmarti, der 52
pepernoten 21
Pepijn de Jongere 184
Perchta 8, 97, 122, 131, 155, 156, 256
Perchten 65, 69, 70, 239
  -laufen 70, 122
  -tisch 122, 156
Père Chalande, le 52
Père Fouettard, le 44
perverse seks 109
Peter 44
Peter van Blois 99
Petrus Damianus 150, 159
Petrus Venerabilis 99, 217v
Petrus' Stoel 168
Petzoldt, L. 254v, 256, 264
pierepauwen 176
piëtas/piëteit 167
Pieter 8
pilaarheiligen 187
Pirmin 88, 228
Pisa 21
pitancia 186
Pitri/Vaders 83
Pius II 246
plattelandsclerus 223, 230
plebeios psalmos 240
Pleij, H. 104, 144
plengoffers 167
Plinius 96
Plutarchus 96
Pluto 44
Poirters SJ, Adriaan 264
Polen 246
Polycarpus, St.- 169
Porrentruy 53
Poseidon 17, 21, 45
Prags 67v
preekboeken 122, 206, 223

preken 151, 222-227 passim
  bischops- 222
  missie- 222
  mystieke 224
  scherts- 142
  scholastieke 224
  straf- 67
  theologische 224
Priester Johannes 160
processies 139, 151, 240
Proclus van Constantinopel 117
Procopius 120
Propp, Vl. 198v, 201
Proserpina 118
protestantisme 27, 32, 33v
Prudentius 136
Prüfening 152
Psalter(erium) van Utrecht 100
Pseudo-Turpijn 162
psychosabbaton 200
Pumpernickel 33
purgatorium zie vagevuur
purificatieritueel 107

quatertemper 129vv, 256
  -dag 123v, 129, 157, 267v
  -donderdag in december 127, 130v
  -nachten 126, 127, 130, 247
  -preken 129
  -weken 125, 130
  -zaterdag 129
Quattuor Tempora 129
Quintilianus 226

Rabelais 139
racisme 43v
rad van fortuin 118, 121
Radboud, bisschop 191, 232
Radboud, koning 87, 183
Radunica 199
Rafaël 252v
Randstad 40
Ranke, K. 166, 179, 196, 238
Raoul (Radulfus) de Presles 127
razernij 86
rechtsdenken 91
Redwald, koning 211
refrigerium 167, 172
  – interim n. x/4
  – pauperum 178
regeneratie van natuurkrachten 82
Regino van Prüm 113, 126, 192, 232, 234
reguliere priesters 187v
Reichenau 180, 182, 220
reidans 241
reinigend vuur zie vagevuur
reinigingsrituelen 81
reis naar de andere wereld 207
  – van de ziel 170v
reizen in het hiernamaals 203-221 passim
  fictieve 216
relieken 220
religieus theater 137vv, 141

religieuze volkscultuur 227
René, koning 139, 162
requiem aeternam 170, n. x/4
retorica 226
Rgveda 83
Richard I Zonder Vrees 99
Richard II 162
Riché, P. 205, 229
rijksklooster 188v
Rijn 269
Rijnland 22, 38, 40, 118
Rijnsburg 174
Rikher, abt 191
Rimbert 208
ritueel drinken 89vv, 167, 192vv, 232
– gevecht 140
– geweld 107, 142, 146
– lachen 193
– lawaai 52, 106v
– maal 87
rituele kindermoord 110, 111, 117
– overdaad 146
– wanorde 107
roede 26
Roermond 30, 174, 215
Röhrich, L. 251, 257, 258, 259
Roi René *zie* René, koning
Roland Holst, A. 270
Rolduc 191
Rollenkläuse 58, 59
Roman de Fauvel 101vv, 105v
Rome 120, 132, 160
Romeinen 27, 84
Romeins nieuwjaarsfeest 156
rondtrekkende predikers 224
Rosalia 200
Rosweyde, Heribert 15
Rovenius, vicaris 31
Ruklas 32
rusalkifeest 199
Rusland 20, 84, 194, 198v
Russel, J.B. 125, 226
rusteloze doden 116
rusticos psalmos 240, 242
Ruteboeuf 112

sabbat 176
Sachs, Hans 68
saga's 86, 233, 236vv
sage 97, 249-272 *passim*
 typen 262-270 *passim*
 werkelijkheidskarakter 254
sagenheld 253
Saint Evroul 97
Saint Maurice 162
Saint-Nicolas-aux-Mouches 22
Saksen 22, 30, 165
Saladin 161
Salamanca 246
Saligen 122
saligen Fräulein 126
Salomon, bisschop 24
Salomonson, A. 14
Samhain 84
Samichlaus 54

–jagen 55
Sankt Gallen 24v, 51, 144, 185
Sankt Moritz 162
Santa Claus 45v
Santa-Klas-Wecken 63
Santi-Klaus 54
Saraceense dans 162
Saracenen *zie* Moren
sarassine endiablée 162
Satan 93, 271
Saturnalia 18, 140, 144, 146
Sauermann, D. 40
Saunickel 33
Saxnot 271
Saxo Grammaticus 118, 270
Scandinavië 25, 90v, 95v, 192
scema 88, 136v
scenario's 7, 17, 41v, 74, 152v, 154
Schafgeiseln 52, 53, 54
Schellenklaus 57, 58, 59
Scheller 62
Schembart 136, 142
 -lauf 141, 143
schemelaere 136
schemele 136
schemhaupt 137
schenkingen voor zieleheil 175, 185
Schenkman, J. 38
schertscharivari 105
schertshuwelijken 142
schertspreken 67, 142
Schiachen 62
Schianen 62
schim(menrijk) 136v
Schleiknacht 54
Schmidt, L. 60, 71v
Schmutzli 51, 54, 55, 56
Schnappesel 55
schoen zetten 31, 36, 40, 45, 62, 127
scholastiek 151, 224
scholen, rol van 37, 40
scholierenfeest 7, 23, 25, 26, 30v
Schönbart 136
schooltoneel 67, 68
schoorsteen 45
Schotland 147
Schrijnen, J. 35
schuilkerken 33
Schwarz Käsperchen 44
Schwarze Peter 44
Schwarze Tüsseler, der 54
Seauve-Majeure 185
seculiere clerus 187v
Seelengerät 178
Seelenleute 178, 180
Seelenwecken 178
seizoenen 186
seks, perverse 109
seksualiteit 45, 142
semikfeest 199
Serviërs 199v
Sevilla 246
Sibyllijnse grot 246

Sicilië 112, 127, 176
Siëna 140
Signora Oriente 125
Silvester 56vv
 -dag 52
 -kläuse 52, 57vv
Silvester I 58
Silvester II 246
Simmental 52
Sinterklaas
 amoureuze 31v
 huiselijk feest 54v
 kerkelijk feest 34v
 kinderfeest 26v, 35vv
 nieuwe stijl 36
 scholierenfeest 30v
Sint-Eluned 241
Sint-Germain 174
Sint-Odiliënberg 190, 191
Siricius, paus 129
Slaven 84, 169, n1 VI/5
slavenhandel 160
sluiterkesdag 24
Smyrna 169
snoep 21
Snorri Sturluson 86, 90
société des garçons, la 97, 104
solidariteit met de arme zielen 226
– met de armen 177
– met de doden 177
– tussen levenden en doden 8, 87, 165v, 175, 182, 191, 196, 201, 260, 261
soul cakes 176, 178
Spanje 43, 45, 75, 81, 119, 159, 246, 265
speculaaspoppen 32
Speculum exemplorum 264
– *Morale* 218
Spel onder het bladerdak zie Jeu de la Feuillé
– *van de Antikrist* 137
– van Herodes 162
– *van Sint-Nicolaas* 67
Spielman 65
spinmalen 69
spinnejacht 69
spinning 69
Spinnstube 69
Spitzbartl 65
Sponsus 137
spook/spoken 136, 219, 238
spookdieren 258, 259
spotliedjes 40
springprocessie van Echternach 240
sprookje 249-272 *passim*
 gruwelijk 253
sprookjesheld 251
sprookjesmotief 42
stad van de duivel 140, 245
Stammheim 56
standaardpreken 206
Stapklas 32
Stellingerwerf 30
Stilfs 62v

Register 319

stille missen 174
Stöcklin, Konrad 126
stoute kinderen 33, 54, 63, 151
Straeten sj, J. van der 16
strafpreken 67
stratelatenlegende 20, 21, 27
stregoni 123, 130
strenae 156
striga/mythische heks 111, 116, 121
Striga (naam) 51
Stubenspiel 65, 66vv
Stuiber, A., *Refrigerium Interim* n. x/4
suffragium 172
Sunderums 50
Supplication for the Beggars, A 260
Supplication of the Souls, The 260
surpriseavond 41v
Susteren 190
Swinkels, K. 39
Sygfadir 96
Symeon Metaphrastes 148v
Synagog 268
Synagoga Satanae 112
synagoge 112, 113
syncretisme 115vv, 233
synode van
   Ancyra 113
   Attigny 182
   Avignon 105
   Keulen 13
   Langres 103, 105
   Parijs 13
   Rouen 13
   Sens 13
   Soissons 13
   Toledo 128
Syrië 187

taai-taai 54
tabula Fortunae 120v, 122
Tacitus 86, 96, 118
talamasca 88v, 135
Tannhäuser 126, 245, 271
Tannhusen 245
Tante Arie, la 52, 155
teerspijzen 171
Teeuwkesjacht 268
Tegernsee 26
Temper 131
terechtstelling van Vastenavond 143
termijndagen 166, 167, 180, 196, 201
Tertullianus 80v, 110, 171, n. x/4
terugkeer van de doden 132, 166, 217, 226, 236, 259, 261
Tessino 51
Teufelshaupt 137
teufelskopf 137
Texel 50
Thebaans legioen 162
theologische preek 224
Theophano, prinses 22

Theophilus 111v
Thietmar van Merseburg 182, 219, 228, 250, 262
thing/volksvergadering 96, 237, 247
Thomas van Aquino 217
Thomas van Cantimpré 217, 263
Thorn 190
Thüringen 247
Thurkill van Essex 221
Tiel 194
Tieltjesjacht 268
tijd tussen de jaren 107
Tirol 62vv, 130, 131
   Oost- 65
   Zuid- 62, 63, 67v
Tischheben 65
Tjanne 243v
Tobias 217, 252
Tobit 217, 252
Toledo 246
toren van Babel 141
tormentum interim n. x/4
Toulouse 109
tovenarij 109, 235
traditie
   Indo-europese 97
   noordelijke 95v
   zuidelijke 96
translatie van relieken 22, 184
travestie 39, 82, 142, 144
Treichein 55
Tria Fata 120
Trichein 55v
Trier 44, 120
Trinkels 55
Trivia 116
trollen 237, 252
Tryggvason, Olav 90
Tubach, F. 150, 226
Turken 142, 162
tussenspelen 138v
tussentijd 173, n. x/4
tussentoestand 172, n. x/4
twaalf, getal 179
  –dagen 157
  –nachten 107, 125, 131, 247, 256, 267
tweede gezicht 127, 130
Twente 38
Tyche/Fortuna 118

Überzähliger 104
Udine 124
uitdrijving van demonen 129
uitersten 203, 204
uittreding 210
   tijdens slaap 123
unhold 125
Urbanus II 224
Urbanus IV 245
Uri 52
Urnäsch 58v
Utrecht 14, 29, 30, 31, 188, 190, 191
Utrechter Psalter(ium) 100

Vaast, St.- 193
Vader van de Overwinning 96
Vaderen 165, 181
Vaders/Pitri 83
vagevuur 124, 125, 166, 171, 172v, 204, 208, 214v, 216, 217, 247, 260
   en orthodoxe Kerk 187
   van Sint-Patrick 214, 216
vale hengst 102
Valhöll 95
Van Heer Danielken 244v, 248
vasten 129
vastenavond 18, 43, 69, 136, 140vv, 143v, 146, 151
   als chaos 141
   en Venusberg 141
   terechtstelling van 143
   van Neurenberg 136, 140, 141, 245, 271,
   -voetbal 142
vastendagen 128
Vecchia, La 51
Vedastus *zie* Vaast
Veldbenandanti 124
Vellekoop, C. 15
Veluwe 38
Venetië 21
Venlo 25, 30, 41
Venray 30, 39, 41, 66
Venus 118, 126
   Fraw 131
Venusberg 126, 244vv, 271
   en magie 126
   en vastenavond 141
verboden, kerkelijke 25, 88, 152, 168, 234, 240
–donderdag 130
verdoemde zielen 33, 80
Vergilius 96, 136
verhaaltraditie
   profane 236-272 *passim*
   religieuze 203-235 *passim*
verkeerde wereld *zie* omgekeerde wereld
verkwikking van de armen 178
–van de doden 167, 172, n. x/4
verlof voor de ziel 176
verlossing 141, 170, 177, 253, 257, n. x/4
vernedering van de heilige 189v
verrijzenis 167, n. x/4
verschijningsvormen van sagen 254v
Versnel, H.S. 132
vertalingen uit het Arabisch 246
Verwijs, E. 16
vette week 199
viaticum 171, n. x/4
Victor van Xanten 162
Vie de Saint Nicolas 25
Villon, François 139
Vintschgau 63
visio nocturna 208
visioen van Tundal 150
visioenen 159, 206-216 *passim*

allegorische 216
authenticiteit van 215
literaire 206v
mystieke 213, 216
visitatiereizen 223, 234
visitatievragen 232
vitae 22, 138, 184
Vlaanderen 128, 176, 268
Vliegende Hollander 250, 255, 272
voesten 48
volk 205v, 230, 233, 249
  en adel 229v
  en geestelijkheid 232vv
volksballade 242
volkscultuur 213, 233, 249
  religieuze 227, 228, 232, 234v
  vs. elitecultuur 71v
volksfeesten 241, 249
volksgeloof 176
volkskatholicisme 235
volksvergadering/ding/thing 91, 237, 247
volksvroomheid 32
voorloop 127
vooroudercultus 167, 169, 183v
voorouderverering 87, 165, 177, 213, 271
voorspraak 170, 172
  van heilige 220
vrienden in leven en dood 262v
Vries, J. de 8, 85, 239
vrijersmarkt 53v
vroedvrouwen 120
vrome stichting 178
Vrouw Holle 122
– Selden 125
– van Sinterklaas 155, 156
– Vasten 140
– Venus 244v
– Wereld 256
Vrouwe Fortuna 102, 118, 120, 121
– Overvloed 118, 156
vruchtbaarheid 19, 45, 106, 131
  -beginsel 107
  -cultus 108
  -demonen 106
  -feesten 132
  -ideologie 201
  -interpretatie 64
  -symbolen 131
vuur 84, 85
  reinigend 172

Waadtland 52
Wace 25
Waddeneilanden 7, 38, 39, 47vv
Wagner, F. 226
Walcheren 118
Wald 57
Waldenzen 113
Wales 241
Walewein 176
walhalla 95
Walpurgisnacht 121
Walter Map 99, 112
Walther von der Vogelweide 256
Waudenses 113
Wearmouth 210
wei van Josafat 124
Weihnachtsmann 46
welkomstbier 236
Welters, H. 36
wereldpriester 187v
werkelijkheid, gewenste vs. ervaren 251
werkelijkheidsgehalte sprookjes en sagen 254
Werner von Steußlingen, bisschop 90
West-Münsterland 40
Westen, het 45
Westfalen 38, 40, 196, 247
Wetti 174, 220
wijdingen 130
Wilde Jacht 8, 64, 80, 92-133 *passim*, 152, 176, 238, 247, 248, 250, 256, 258, 265vv
wildernis 93v
Willem I van Aquitanië 185, 190
Willem VIII van Aquitanië 185
Willem van Auvergne 101
William of Malmesbury 263
William of Newburgh 247
Willibrord 87, 166, 188, 223, 240
  -putten 89
Wimberley, L.Ch. 243
winkelbedrijf 41, 46
winniliederen 240
winterdemonen 64
winterfeest 237, 239
  Germaans 85vv, 118
wintermaskerades 43, 80, 81, 94, 97, 104vv, 107, 122, 131, 152
winterzonnewende 86, 109
Wirth 43
witte magie 232v, 235
Wodan 7, 16v, 18, 19, 45, 86, 95, 183, 271

Woestijnvaders 93v, 51, n. x/4
wonderen 20, 232
  en magie 232v
wraakzuchtige doden 237
wrekende schedel 264
Wüeschte Kläuse 58
Wulfram, St.- 183

Yama 83
Yarrow 210
Ynglingasaga 86
Yuletide 90

Zacharias, paus 120
Zalige Vrouwen 267
Zarathoestra 83
Zelenin, A. 199
Zender, M. 17, 50, 71, 79
Ziefel 59
zielen
  boetende 99, 268
  categorieën 212
  overtocht van de 269vv
  -broden 176, 178, 179
  -vreter 33, 141, 151
zigeuners 161
zomerzonnewende 109
zondagskind 128
zondagsrust 128
zondebok 81, 107
zondencataloog 121
Zug 54
Zuidelijke Nederlanden 73, 74
zuidelijke traditie 96
Zuiderzee 92
Zürcher Oberland 51, 57
Zürich 56
Zwaben 193
zwart gezicht 39, 54, 60, 68, 70
– masker 43, 62
Zwarte, de 159
zwarte duivel 158v, 224
– kat 112
– Klazen 32, 38, 150, 153
– kunst 125, 246
– magie 109, 111, 113v, 235
– Piet 7, 43v
Zweden 86
zweepknallen 52, 53, 54
zweren in gildeverband 194
zwervende handelaren 194
Zwitserland 38, 44, 51vv, 104, 130, 131, 150, 162, 259, 267
  Oost- 52
  Centraal- 52